> *"Tu muerte será un placer para ambos, Raquel Mariana Morgan. Qué forma tan contradictoria de morir—con placer."*

Todo era borroso frente mí. Quedé pasmada al ver que esa cosa se transformaba de nuevo en un hombre alto, elegante, de levita. ¿Era un vampiro? ¿Un vampiro realmente viejo?

"¿Tal vez le temes al dolor?" dijo la visión de hombre elegante, hablando con tanta propiedad como el mismo profesor Henry Higgins. Sonriendo, me levantó lanzándome hacia el otro lado de la habitación.

Mi espalda golpeó el armario con tanta fuerza que perdí el aire y mi cuchillo sonó al caer al suelo. Me deslicé por el gabinete roto luchando por respirar, impotente frente a la cosa que me levantaba por el vestido.

"¿Qué eres?," dije carraspeando.

Sonrió. "Todo lo que te asusta."

"Divertido viaje a través de una fascinante versión de nuestro mundo."
Charlaine Harris

"No es fácil crear una protagonista que combine las cualidades de Anita Blake y Stephanie Plum, pero Kim Harrison lo hace con estilo."
Jim Butcher

Próximamente por Kim Harrison

EL REGRESO DE LOS MUERTOS VIVIENTES

LA NOCHE DE LA BRUJA MUERTA

KIM HARRISON

Traducido del inglés por Felipe Cárdenas

HarperTorch

rayo

Una rama de HarperCollins*Publishers*

HARPERTORCH/RAYO
Una rama de HarperCollinsPublishers
10 East 53rd Street
New York, New York 10022-5299

Copyright © 2004 por Kim Harrison
Traducción © 2005 por Felipe Cárdenas
Extracto de *El Regreso de Los Muertos Vivientes*
© 2005 por Kim Harrison
Traducción © 2005 por Felipe Cárdenas
ISBN-13: 978-0-06-083750-1
ISBN-10: 0-06-083750-0

Primera edición Rayo, Octubre 2005
Primera edición en inglés de HarperTorch: Mayo 2004
Primera edición especial de HarperTorch: Diciembre 2003

HarperCollins®, Rayo y HarperTorch™ son marcas registradas en la oficina de Derecho de Patentes en los Estados Unidos y en otros países.

Impreso en los Estados Unidos

10 9 8 7 6 5 4 3 2

*Al hombre que dijo que le gustaba
mi sombrero.*

Agradecimientos

Quisiera darle las gracias a la gente que sufrió conmigo durante las reescrituras de este libro. Ustedes saben quienes son, y les agradezco mucho. Pero antes que nada, quisiera agradecer a mi editora, Diana Gill, por sus maravillosas sugerencias que me abrieron las puertas a muchos pensamientos, y a mi agente, Richard Curtis.

LA NOCHE
DE LA BRUJA
MUERTA

Uno

A la sombra de una tienda desierta, frente a la taberna Sangre y Pociones, me acomodé los pantalones de cuero tratando de pasar inadvertida. *Esto es patético,* pensé, mientras le echaba una mirada a la calle mojada y vacía. Soy demasiado buena como para esto.

Normalmente mi trabajo consistía en apresar brujas sin licencia y brujas negras: se necesita una bruja para atrapar a otra. Pero esta semana las calles estaban más calladas que de costumbre. Los que podían estaban en la costa oeste, en la reunión anual, pero yo estaba aquí con este caso de pacotilla. ¡Una carga! La suerte de estar aquí en la oscuridad bajo la lluvia se la debo al Giro.

"¿A quién estoy engañando?" murmuré, acomodándome la correa del bolso sobre el hombro. Hace un mes que no me mandaban a atrapar brujas sin patente, brujas blancas, brujas negras, nada. Tal vez no fue buena idea atrapar al hijo del alcalde por andar de hombre lobo en una noche sin luna llena.

Un auto elegante dobló la esquina. Era negro, iluminado por la luz de mercurio de la calle. Esta era la tercera vez que pasaba por la cuadra. Fruncí el ceño cuando se aproximó lentamente. "¡Maldición!," dije. "Necesito un sitio más oscuro."

"Él piensa que eres una prostituta, Raquel," me dijo mi asistente al oído. "Te dije que ese corpiño rojo era demasiado llamativo."

"¿Alguna vez te han dicho que hueles a murciélago borracho, Jenks?," gruñí entre dientes, mis labios apenas moviéndose. Mi asistente estaba incómodamente cercano esta noche aferrándose a mi arete—una cosa grande, colgante— el arete, no el duende. Jenks era pretencioso, con mala actitud e igual temperamento. Claro, eso sí, sabía en qué jardín estaba el néctar. Lo mejor que me daban de asistentes eran duendes, desde aquél incidente que tuve con un sapo. Habría jurado que las hadas eran demasiado grandes para caber en la boca de un animal de esos.

Me acerqué a la esquina mientras el auto se detenía chapoteando en el asfalto mojado. Escuché el típico sonido de la ventanilla automática cuando se bajó el vidrio oscuro. Me incliné acompañada de mi mejor sonrisa al tiempo que mostraba mi identificación de trabajo. Ahí desapareció la mirada lasciva del mirón y su cara se puso pálida. El auto arrancó de una vez con un chirrido de llantas. "Debe ser un dominguero," pensé con desdén, pero *No,* corregí de inmediato. Parecía normal. Era humano. A pesar de ser correctos, términos como dominguero, empleado, blandengue, desquiciado y—mi favorito, marrano—no eran bien vistos; pero si el tipo andaba buscando prostitutas en los andenes de Los Hollows, podríamos llamarlo muerto.

El auto ni siquiera paró en el semáforo rojo. Yo me di vuelta al oír los maullidos de las prostitutas que desplacé al atardecer. Con su pose descarada del otro lado de la esquina, no parecían muy contentas conmigo. Hice un gesto para saludarlas, pero la más alta me maldijo antes de mostrarme su pequeño trasero. La prostituta y su "amigo" fornido hablaban fuerte, ocultando el cigarrillo que compartían. Eso sí, no olía a tabaco corriente. *Ese no es mi problema esta noche,* pensé, y me metí de nuevo entre las sombras.

Me recosté contra la piedra fría del edificio con los ojos puestos en las luces rojas del auto que frenaba y alcé las cejas al verme a mí misma. Soy una mujer alta, aproximadamente de un metro setenta, pero no tengo tanta pierna como la ramera que estaba en el pozo de luz cercano. Tampoco estaba tan maquillada como ella. Mis caderas angostas y mi busto casi plano no contribuyen mucho para hacerme material de calle. Antes de buscar en las tiendas para duendes, estuve mirando en la sección "tu primer sostén." Es imposible encontrar algo sin corazones y unicornios estampados.

Mis ancestros emigraron a este país querido, Estados Unidos, en el siglo diecinueve. No sé cómo, pero de generación en generación las mujeres se las arreglaron para conservar los típicos cabellos rojos y los ojos verdes de nuestra tierra irlandesa. Eso sí, mis pecas están ocultas gracias a un hechizo que papá me regaló el día que cumplí trece años. Metió el diminuto amuleto en un anillo de meñique. Nunca salgo de casa sin él.

Suspiré y me reacomodé el bolso sobre el hombro. Los pantalones de cuero, las botas rojas y el corpiño de tiras delgadas no eran tan diferentes de la indumentaria que usaba los viernes para martirizar a mi jefe; pero salir así a la calle por la noche... "mierda," le dije a Jenks, "parezco una ramera."

Un gruñido fue su única respuesta. Me esforcé por no reaccionar mientras regresaba a la taberna. Llovía demasiado y aun faltaba tiempo para que hubiera más gente, pues aparte de mi asistente y aquellas "damas," la calle estaba desierta. Había estado ahí parada casi una hora y no veía señales de mi objetivo. Lo mejor sería entrar y esperar. Además, adentro no daría la sensación de ser una callejera.

Respiré hondo y me decidí a entrar. Me solté el moño de cabellos rizados hasta los hombros. Unos instantes para ordenarlos artísticamente sobre la cara, tirar la goma de mascar y listo. El taconeo de mis botas produjo un elegante contrapunto con las esposas que colgaban de mi cintura mientras cruzaba la calle mojada en dirección de la taberna. Las argollas de acero parecían un accesorio de utilería barata, pero eran reales y destinadas a buen uso. Sonreí. Con razón se detuvo el mirón. Sí. Son para trabajar; pero no exactamente para lo que estás pensando.

Me mandaron a Los Hollows en medio de la lluvia para

atrapar a un hada por evadir impuestos. ¿Cuánto más bajo puedo llegar?, pensé. Tal vez fue por atrapar a ese perro la semana pasada. ¿Cómo podía saber que era un hombre lobo? Correspondía a la descripción que me habían dado.

Una vez que entré al pequeño vestíbulo y me sacudí el agua, le eché un vistazo a las típicas porquerías de las tabernas irlandesas: gaitas colgadas de las paredes, letreros verdes de cerveza, sillas de vinilo negro y un escenario diminuto donde una futura estrella organizaba sus instrumentos y gaitas en medio de montañas de amplificadores. Había un tufillo a azufre de contrabando que despertó mis instintos depredadores. Olía a viejo de tres días, pero no lo suficientemente fuerte para poder seguir su rastro. Si tan solo lograra clavar al que lo abastecía, tal vez podría borrarme de la lista negra de mi jefe. Tal vez me daría una misión digna de mi talento.

"Oye," gruñó una voz. "¿Estás reemplazando a Toby?"

Olvidé el azufre, abrí bien los ojos y me di vuelta, hallándome a boca de jarro ante una camiseta verde brillante. Mis ojos recorrieron a un hombre tan grande como un oso. Un gorila. El nombre en la camiseta decía CLIFF. ¡Vaya!

"¿Quién?" murmuré, mientras secaba las gotas de agua en mi escote con la manga de su camisa. No se alteró. Fue deprimente.

"Toby, una ramera estatal. ¿Volverá otra vez?"

Escuché una vocecilla que provenía de mi arete, casi cantando. "Te lo dije."

Sonreí a medias. "No lo sé," repuse entre dientes. "No soy una ramera."

Gruñó de nuevo observando mi atuendo. Busqué en mi bolso y le di mi identificación de trabajo. Cualquiera que estuviera mirándonos pensaría que estaba cerciorándose de mi edad. Con tantos hechizos para ocultar la edad, era obligatorio hacerlo, como también lo era el amuleto para rechazar hechizos que llevaba él alrededor del cuello. Resplandecía de un rojo pálido reaccionando a mi anillo del dedo meñique. Claro que eso no era suficiente razón para investigarme del todo. Todos los hechizos que llevaba en mi bolso estaban sin invocar, pero no porque no los necesitara esta noche.

"Seguridad Entremundos," proseguí, mientras le entregaba mi identificación. "Estoy de ronda buscando a alguien. No vengo a acosar a sus clientes. Por eso llevo este...eh... disfraz."

"Raquel Morgan," dijo en voz alta, casi cubriendo mi carné por completo con sus gruesos dedos. "Agente de Seguridad de Entremundos. ¿Eres agente de Entremundos?" Sus ojos pasaron del carné a mí y de nuevo al carné. Hizo una mueca con sus grandes labios. "¿Qué le pasó a tu cabello? ¿Te peinaste con un soplete?"

No le contesté. La foto en mi carné ya tenía tres años. Y no había sido un soplete sino una broma, una especie de iniciación informal como agente de tiempo completo. ¡Vaya broma!

El duendecillo saltó y dejó mi arete oscilando en el aire. "Yo cuidaría más mis palabras," le dijo, girando la cabeza y fijando los ojos en mi carné. "El último grandulón que se burló de su foto pasó la noche en la sala de urgencias con una sombrilla atravesada en la nariz."

Ya me estaba calentando. "¿Cómo sabes eso?" le pregunté, arrebatándole mi carné al grandulón.

"Todos en el Comité de Asignaciones lo saben" rió gustosamente el duende; "y también saben de tu intento por atrapar al Lobo con un hechizo para la comezón, pero que lo dejaste escapar por el retrete."

"Ya quisiera verte tratando de atrapar a un Lobo la víspera de luna llena y lograrlo sin que te muerda," argumenté en mi defensa. "No es tan fácil como parece. Tuve que usar una poción y son costosas, ¿sabes?"

"Y luego hechizaste un autobús lleno de gente." Sus alas de libélula se tornaron rojas de risa. Parecía Peter Pan en miniatura, vestido de seda negra y pañoleta roja, posando como uno de esos miembros de pandilla de centro de ciudad: eran diez centímetros de fastidio y mal humor.

"No fue culpa mía," dije frunciendo el ceño. "El conductor pasó encima de un bache. Además, alguien había trastocado los hechizos. Trataba de enredarle las patas, pero terminé por quitarle el cabello al conductor y a todos los que estaban sentados en las tres filas de adelante. Por lo menos logré atraparlo, aun cuando malgasté mi sueldo pagando taxis las tres semanas siguientes hasta que el autobús decidió volver a llevarme."

"¿Y el sapo?" dijo Jenks que salió disparado con un golpecillo que el grandulón le propinó con los dedos. "Yo fui el único que se atrevió a acompañarte esta noche y me pagan por alto riesgo." Sacó el pecho orgulloso.

Pero a Cliff no parecía importarle. Yo estaba consternada. "Escuche," le dije. "Solo quiero sentarme allá a tomarme un trago, tranquila y calladamente." Le hice un gesto indicando el escenario donde el post adolescente seguía enredando los cables de los amplificadores. "¿A qué hora empieza la función?"

El grandote encogió los hombros. "Es nuevo. Creo que en una hora." De pronto se sintió un estruendo seguido de aclamaciones y un amplificador cayó del escenario. "Tal vez dos."

"Gracias." Ignoré la aguda risa de Jenks y me abrí paso por las mesas desocupadas hasta un lugar un poco más oscuro. Me senté debajo de una cabeza de alce, hundiéndome un par de centímetros en el mullido cojín. Era una afrenta. Llevaba tres años con la S.E.—siete, contando los cuatro que hice de clínica—¡pero estaba haciendo trabajo de práctica! Sólo hacíamos el trabajo de base. Vigilábamos Cincinnati, incluido el suburbio más grande de la ciudad del otro lado del río, conocido cariñosamente como Los Hollows. Nos encargábamos de las cosas sobrenaturales que los humanos de la AFE—sigla de la Agencia Federal Entremundos—no podían manejar: solucionar problemas secundarios creados por hechizos o sacar familiares de adentro de los árboles, eran el tipo de labores que hacían los internos. Pero yo era agente, ¡maldición! Yo era más que esto. Y había hecho *mejores cosas*.

Yo sola perseguí y atrapé a la banda de brujas negras que burló los conjuros de seguridad del zoológico de Cincinnati para robarse a los monos. Los vendían luego a los laboratorios biológicos clandestinos. Y... ¿alguno me agradeció por ese trabajo? No.

Yo fui quien se dio cuenta que el pájaro bobo que desenterraba cadáveres en los cementerios de las iglesias tenía que ver con esa avalancha de muertes en la unidad de transplantes de uno de los hospitales administrados por humanos. Todos pensaron que sólo estaba recogiendo ingredientes para fabricar hechizos ilegales; pero nadie pensó que hechizaba los mismos órganos infundiéndoles salud pasajera para luego venderlos en el mercado negro.

¿Y qué me dicen de los robos a los cajeros electrónicos que acosaron a la ciudad la Navidad pasada? Tuve que aplicarme seis hechizos simultáneos para tomar el aspecto de un hombre... ¡pero atrapé a la bruja! Usaba un encantamiento de amor y olvido para asaltar a los humanos incautos. Ese objetivo fue especialmente gratificante. La perseguí por tres calles pero no tuve tiempo de lanzarle mis hechizos, pues se devolvió para atacarme con un conjuro que pudo ser fatal. Hice bien poniéndola fuera de combate con una patada de gancho. Mejor todavía, la AFE venía siguiéndola hacía tres meses, pero yo la atrapé en dos días. Quedaron como unos tontos; pero, ¿acaso me dijeron "bien Raquel, ¡buen trabajo!"? ¿Se ofrecieron a llevarme con mi pie hinchado al edificio de la S.E.? No. Claro que no.

Últimamente me han asignado menos aún: chicos universitarios que usan hechizos para ver televisión por cable gratis, robos familiares, hechizos en broma; y, ¿cómo olvidar mi preferido? Perseguir gnomos por puentes y alcantarillas antes de que se coman el cemento. Me sumí en suspiros mirando el bar. Patético.

Jenks eludió mis indiferentes manotazos para alejarlo y se acomodó de nuevo en mi arete. Que le pagaran triple por acompañarme no era buen síntoma.

Una camarera vestida con ropas ligeras de color verde

llegó a mi mesa. Estaba demasiado alegre para ser tan temprano. "¡Hola!" dijo, mostrando los dientes y los hoyuelos de las mejillas. "Me llamo Dottie. Seré tu camarera esta noche." Sin dejar de sonreír, puso tres bebidas sobre la mesa: un Bloody Mary, una tradicional y un Shirley Temple. Qué tierno.

"Gracias linda," le dije con un suspiro de desgano. "¿Quién las manda?"

Dirigió una mirada de chica difícil hacia la barra, pero solo logró parecer una colegiala el día del gran baile. Miré a la altura de su cintura delgada donde llevaba amarrado el delantal y ví a tres cuerpos con ojos rebosados de lujuria. Era una vieja costumbre: aceptar un trago era aceptar la invitación que portaba. Algo más de qué ocuparte, Raquel. Parecían normales, pero eso en realidad nunca se sabe.

Al ver que la conversación no iría más lejos, Dottie se fue a la barra a seguir con sus labores. "Chequéalos, Jenks," susurré, y el duende salió veloz con las alas rosadas de emoción. Nadie lo vio partir: pura vigilancia de duendes.

El bar estaba tranquilo pero noté que había dos cantineros detrás de la barra—un viejo y una chica. Más tarde habría más ambiente. Sangre y Pociones era un sitio caliente donde los normales se mezclaban con Entremundos. Después regresaban al otro lado del río con las ventanillas del auto bien cerradas, animados y convencidos de que estuvieron irresistibles. Eso sí, un humano solitario brilla entre Entremundos como un grano en la cara de una colegiala en la fiesta de graduación; en cambio los Entremundos se mimetizan fácilmente con los humanos. Se trata de una destreza de supervivencia que perfeccionaron desde antes de Pasteur. Por eso me acompañaba el duende. Las hadas y los duendes son capaces de olfatear a los Entremundos en un abrir y cerrar de ojos.

Pasé una aburrida mirada por la taberna casi vacía, cuando de repente cambié el malhumor por una sonrisa. Acababa de reconocer una cara familiar del trabajo. Era Ivy.

Ivy era un vampiro, la agente estrella de la S.E. Nos conocimos varios años atrás, durante mi último año de práctica, e hicimos un par de rondas juntas. Recientemente la habían contratado como agente de tiempo completo. Ivy había estudiado seis años de universidad en lugar de los dos años de universidad y cuatro de práctica que hice yo. Pensé que hacernos trabajar juntas era una especie de broma.

Trabajar con un vampiro vivo o muerto me daba terror. Después me enteré que Ivy no era un vampiro activo y que había jurado abstenerse de la sangre. Éramos tan diferentes como se puede ser: ella era fuerte donde yo era débil. Me gustaría agregar que sus flaquezas eran mis fortalezas; pero Ivy no tenía flaquezas—aparte de su habilidad para acabar con la diversión.

Hacía años que no trabajábamos juntas; pero a pesar de que yo obtuve un ascenso—a regañadientes, por supuesto—ella me superaba. Ivy sabía decir todas las cosas correctas a las personas correctas en el momento correcto. También la ayudaba el hecho de pertenecer a la familia Tamwood, un apellido tan antiguo como la ciudad de Cincinatti. Era el último miembro vivo de los Tamwood que tenía alma, tan viva como lo estaba yo, a pesar de haber recibido la infección del virus vampiro de su madre quien aun vivía en aquel entonces. El virus moldeó a Ivy mientras ella crecía en las entrañas maternas, dándole un poco de ambos mundos: el de los vivos y el de los muertos.

Le hice una seña y enfiló hacia mí. Los tipos de la barra se codearon volviéndose al tiempo para admirarla. Ella les devolvió una mirada de desprecio y podría jurar que oí a uno de ellos suspirar.

"¿Cómo van las cosas, Ivy?" pregunté. Se acomodó y se sentó frente a mí.

El asiento de plástico sonó al recostar la espalda contra la pared. Colocó los largos tacones de sus botas en el descanso y sus rodillas sobresalían del borde de la mesa. Me llevaba una cabeza de estatura y, a pesar de que yo también era alta, ella gozaba de un porte y una figura elegantes. Su aspecto ligeramente oriental le daba cierto aire enigmático, lo que confirmaba mi teoría de que casi todas las modelos son vampiros. También vestía como una modelo: falda modesta de cuero y blusa de seda fina al estilo vampiro: todo negro, naturalmente. Su cabello era suave, oscuro y ondulado lo que hacía resaltar su piel pálida y las facciones ovaladas de su cara. No importa lo que hiciera con su cabellera, la hacía ver exótica. Yo podía pasar horas con la mía pero siempre me quedaba roja y crespa. El tipo del auto negro no hubiera parado por Ivy. Ella tiene demasiada clase.

"Hola Raquel," repuso Ivy. "¿Qué haces en Los Hollows?" Su voz era suave y melodiosa y fluía con la sutileza de la seda. "Pensé que estarías tomando un poco de cáncer de la piel en la playa esta semana," agregó. "¿Denon sigue molesto por lo del perro?"

Encogí los hombros tímidamente. "No." En realidad, el jefe casi revienta. Estuve a un milímetro de que me mandara a barrer las oficinas.

"Fue un error." Ivy tiró la cabeza suavemente hacia atrás dejando ver la extensión total de su cuello. No tenía ni una sola cicatriz. "Le puede suceder a cualquiera."

A cualquiera menos a ti, pensé agriamente. "¿Cierto?" dije en voz alta acercándole el Bloody Mary. "Pues...adivina mi misión." Hice tintinear los hechizos contra mis esposas con el trébol labrado de madera de olivo.

Sus dedos delgados se enroscaron en el vaso como si quisieran acariciarlo; pero esos mismos dedos podían romperme la muñeca si les aplicaba un poco más de fuerza. Ella tendría que estar muerta antes de tener la fuerza para destrozarlo sin querer, pero, por ahora, seguía siendo más fuerte que yo. La mitad de la bebida roja bajó por su garganta. "¿Desde cuándo se interesa la S.E. por los duendes?," me preguntó mirando los otros hechizos.

"Desde la última vez que el jefe se puso de mal humor."

Se estiró un poco para sacar un crucifijo que llevaba detrás de la blusa y sostuvo provocativamente el aro metálico entre los dientes. Sus colmillos eran afilados como los de un gato pero no más grandes que los míos. Los más largos le saldrían después de morir. Les retiré la mirada y me concentré en la cruz de metal. Era tan larga como mi mano y hermosamente fabricada de plata. Empezó a llevarla recientemente para fastidiar a su madre. No estaban en muy buenos términos.

Con los dedos acaricié la diminuta cruz de mis esposas, pensando lo difícil que debe ser tener a la madre muerta viviente. Yo sólo conocía a unos pocos vampiros muertos. Los más viejos hablaban poco y los nuevos terminaban generalmente estacados, a menos que aprendieran a cuidarse a sí mismos.

Los vampiros muertos no tienen la más mínima conciencia: son el instinto cruel encarnado. La única razón por la que obedecen las reglas sociales es porque piensan que son un juego; y los vampiros muertos sí que saben de reglas. Su existencia perenne depende de ellas, pero si las desafían, terminan encontrando muerte o dolor. Por supuesto, la más importante de todas es ocultarse del sol. Necesitan sangre a diario para estar bien. Cualquier sangre. Su único placer es tomarla de los vivos. Son poderosos. Su fuerza y resistencia son increíbles y sanan con velocidad asombrosa. Es difícil destruirlos, excepto cortándoles la cabeza o enterrándoles una estaca en el corazón.

Alcanzan la inmortalidad a cambio del alma y la pérdida de la conciencia. Los vampiros viejos dicen que eso es lo mejor: pueden satisfacer sus necesidades carnales sin sentir culpa cuando una persona muere para darles un día más de placer.

Ivy portaba el virus vampiro, pero también tenía alma. Estaba atrapada en un mundo intermedio hasta que la muerte la convirtiera en una muerta viviente. A pesar de no poseer ni el poder ni el peligro de un vampiro muerto, sus hermanos muertos la envidiaban porque podía caminar bajo el sol y creer en Dios sin dolor.

Los aros metálicos del collar de Ivy sonaban al golpear

rítmicamente sus dientes nacarados. Yo traté de ignorar su sensualidad con falsa compostura. Me gustaba más de día, cuando controlaba más su imagen de depredadora sexual.

Mi duendecillo regresó para aterrizar en las flores plásticas que había en un florero lleno de colillas de cigarrillos. "Santo cielo," dijo Ivy dejando caer el crucifijo. "¿Un duende? ¡Denon debe estar cabreado de verdad!"

Jenks detuvo sus alas antes de reactivar el movimiento. "Vete al Giro, Tamwood" le dijo con desprecio. "¿Acaso crees que sólo las hadas tienen buen olfato?"

Hice un gesto de dolor cuando Jenks aterrizó pesadamente en mi arete. "Sólo lo mejor para la señora Raquel," agregué sarcásticamente. Ivy rió pero a mí se me pararon los pelos del cuello. Echaba de menos el prestigio de trabajar con ella, pero aun así me ponía nerviosa. "Puedo regresar más tarde. No quiero echar a perder tu objetivo," le dije.

"No. Está bien. Tengo a un par de adictos acorralados en el baño. Los pillé vendiendo animales fuera de estación." Se deslizó hasta el borde del asiento con el vaso en la mano, poniéndose sensualmente de pie con un leve suspiro. "Se ven muy ordinarios como para estar ocultos tras un hechizo de disfraz," dijo mientras se paraba. "En todo caso, mi búho está afuera por si tratan de escapar como murciélagos por una ventana rota. Se convertirán en comida para pájaros. Sólo estoy esperando." Tomó un sorbo mirándome por encima del vaso con sus ojos pardos. "Si encuentras a tu objetivo temprano podríamos compartir el taxi de regreso."

Presentí peligro en su voz y dije que sí evasivamente. Ivy se alejó. Mis dedos empezaron a jugar nerviosamente con los rizos rojos de mi cabello y decidí fijarme en su aspecto antes de meterme en un taxi con ella a esta hora de la noche. Tal vez Ivy no necesitaba beber sangre para sobrevivir, pero era obvio que la deseaba sin importarle su promesa pública de no hacerlo.

Se oyeron pésames en la barra pues ahora sólo quedaban dos tragos frente a mí. Jenks seguía alborotado con su pataleta. "Cálmate, Jenks," le dije, con la esperanza de que no me desgarrara la oreja con el arete. "Me gusta tener a un duendecillo como apoyo. Las hadas no hacen espionaje, a menos que obtengan permiso de su sindicato."

"¿Te diste cuenta?" gruñó, produciéndome cosquillas en la oreja cuando batía las alas. "Se creen más que nosotros sólo porque un escritor mantecoso escribió esa porquería de poesía antes del Giro. Publicidad, Raquel. No es más que publicidad. ¿Sabías que a las hadas les pagan más que a los duendes por hacer el mismo trabajo?"

"¿Jenks?," interrumpí, soplándome el pelo de los hombros. "¿Qué averiguaste en la barra?"

"¡Y esa foto!," siguió, haciendo columpiar el arete. "¿La viste? La del mocoso humano colándose en la fiesta de la fraternidad. Las hadas estaban tan borrachas que ni siquiera se dieron cuenta de que bailaban con humanos. ¡Y encima les dan regalías!"

"¡Cálmate ya Jenks!," le dije con firmeza. "¿Qué sucede en la barra?"

Rezongó y yo sentí que mi arete daba vueltas. "El concursante número uno es entrenador personal de atletismo" gruñó. "El concursante número dos es técnico de aire acondicionado; y el concursante número tres es periodista de un diario. Todos son de vida diurna."

"¿Y el tipo en el escenario?" susurré mirando hacia otro lado. "La S.E. sólo me suministró una descripción superficial, pues nuestro objetivo probablemente esté oculto tras un hechizo de disfraz."

"¿*Nuestro* objetivo?" preguntó Jenks. El movimiento de sus alas cesó y su voz cambió de tono. Ya no estaba enojado.

Aproveché eso. Tal vez sólo necesitaba sentirse partícipe. "¿Qué tal si lo chequeamos?" sugerí en lugar de darle una orden. "Creo que ni siquiera sabe de qué lado soplar la gaita."

Jenks dejó escapar una risilla y se fue zumbando de buen humor. No se fomentaba el confraternizar entre agentes y acompañantes; pero ¡qué demonios! Jenks se sentiría mejor y tal vez eso haría que mi oreja se mantuviera intacta hasta el amanecer.

Los tipos de la barra se tocaron con los codos y yo frotaba el borde de mi vaso con el dedo índice para que sonara mientras esperaba. Estaba aburrida y pensé que coquetear un poco le vendría bien a mi alma.

Unos tipos entraron hablando fuerte comentando que la lluvia arreciaba. Se acomodaron en el fondo del bar y hablaban al mismo tiempo. Estiraban los brazos reclamando sus tragos y exigían que los atendieran. Les eché un vistazo, pero un leve retorcijón de estómago me dijo que al menos uno de ellos era un vampiro muerto. Difícil saberlo con tanto disfraz encima.

Pensé que sería el tipo joven callado del fondo. Era el de aspecto más normal de todos esos cuerpos tatuados y perforados y vestía jeans con camisa de botones en lugar de cuero mojado por la lluvia. De seguro le iba bien con esa banda de humanos que lo acompañaban, sus cuellos llenos de cicatrices y los cuerpos flacos y anémicos. Pero parecían contentos y satisfechos con su cercanía tan familiar. Eran especialmente amables con una rubia bonita a quien trataban de convencer de comer un poco de maní. Se veía cansada. A lo mejor iba a ser su desayuno.

Como atraído por mis pensamientos, el tipo atractivo se dio la vuelta. Bajó los lentes de sol sobre su nariz y mi cara se puso lívida cuando nuestros ojos se encontraron. Respiré profundo mientras observaba las gotas de lluvia en sus pestañas. De pronto, me invadió la urgencia de limpiárselas. Casi sentía las húmedas gotas en mis dedos, su frescura. Sus labios se movían susurrando algo y me parecía oír sus palabras sin entenderlas: me envolvían y me empujaban hacia él.

Mi corazón martillaba. Le regalé una mirada de aprobación al tiempo que movía mi cabeza suavemente. Una leve sonrisa apareció en los extremos de su boca, pero volteó la mirada.

Mi respiración contenida escapó cuando le quité los ojos

de encima. Sí. Era un vampiro muerto. Un vampiro vivo no hubiera podido contrarrestar mi hechizo, ni siquiera por unos segundos. Si él realmente lo hubiera querido, yo hubiese quedado a su disposición. Pero para eso estaban las leyes ¿verdad? Los vampiros muertos podían atrapar novicios dispuestos sólo después de firmar papeles. Pero, ¿qué testigos había para demostrar que los habían firmado antes o después? Brujas, brujos y otros Entremundos eran inmunes a volverse vampiros: un pequeño consuelo si por alguna casualidad el vampiro perdía el control y uno moría degollado. Claro que contra eso también había leyes.

Agitada aún, levanté la cabeza para encontrarme con el músico que venía directamente hacia mí con ojos encendidos por el deseo. ¡Duende estúpido! Se dejó descubrir.

"¿Viniste a oírme tocar, preciosa?," dijo el chico parándose junto a mi mesa haciendo un esfuerzo por engrosar la voz.

"Mi nombre no es preciosa; me llamo Sue," mentí mientras observaba a Ivy que se reía de mí. ¡Muy gracioso! Sería el tema de conversación de la oficina.

"Mandaste a tu amigo hada a *che-quear-me*," agregó, cantando las sílabas.

"No es un hada; es un duende" repuse. Este tipo era un normal estúpido o un Entremundos inteligente aparentando ser un normal estúpido. Yo le apostaría a lo primero.

Abrió el puño y Jenks salió volando dando tumbos hacia mi arete. Tenía un ala torcida por donde le salía polvillo que regaba sobre la mesa y en mi hombro. Cerré los ojos y cogí fuerzas. Sabía que me llamarían la atención por esto. Seguro.

Los gruñidos de ira de Jenks no me dejaban oír y al mismo tiempo trataba de pensar. Por lo menos sabía que el chico era un normal.

"Si quieres te puedo mostrar la gaita grande que tengo en mi camioneta," dijo. "Apuesto que la harías cantar."

Lo miré de pies a cabeza. "¡Lárgate!" La propuesta del vampiro muerto me puso nerviosa.

"Llegaré muy lejos, Sue preciosa," alardeó. Tal vez pensó que mi hostilidad era una invitación para sentarse. "Iré a la costa apenas consiga suficiente dinero. Tengo un amigo que trabaja en el negocio de la música. Dice que conoce a un tipo que conoce a otro tipo que le limpia la piscina a Janice Joplin."

"Ya vete," repetí; pero se estiró hacia atrás con una mueca y se puso a cantar en voz alta: "Sue-Sue-Suessudio" golpeando la mesa con un ritmillo quebrado.

Era embarazoso. Estoy segura de que todos entenderían si lo cacheteaba. Pero no: yo era un buen soldado que luchaba contra los crímenes que se cometen contra los normales, aun cuando nadie más creía en esa lucha. Sonreí y me incliné para revelar mi escote. Eso siempre los hace reaccionar aun cuando no haya mucho que mostrar. Estiré el brazo sobre la mesa, lo agarré de los pelos del pecho y se los retorcí. Eso también los hace reaccionar y suele ser más satisfactorio.

Pegó un chillido y dejó de cantar. Fue como un postre: dulce. "Vete" susurré, poniéndole el vaso de la bebida tradicional en la mano y cerrándole los dedos alrededor. "Y termínate esto por mí." Le di un empujoncito y abrió los ojos asombrado. Lo solté y se marchó tomándose medio vaso de un solo trago.

En la barra sonaron ovaciones. Al darme vuelta vi que el viejo cantinero gruñía. Se tocó la nariz y yo bajé la vista. "Chico idiota," murmuré. No debería estar en Los Hollows. Alguien debería sacarle el trasero de este sitio y mandarlo al otro lado del río antes de que termine herido.

Aún tenía un trago delante y era seguro que ya estaban apostando si lo bebería o no. "¿Estás bien, Jenks?," le pregunté, aun cuando podía adivinar su respuesta.

"Ese gigante casi me vuelve picadillo, ¿y tú me preguntas si *estoy bien?*," gruñó. Su vocecilla sonó cómica y alcé las cejas. "Casi me rompe las costillas. Me dejó apestando a babas. *Por todos los cielos,* ¡apesto! ¡Y mira lo que le hizo a mi ropa! ¿Tienes idea de lo difícil que es quitarle este olor apestoso a la seda? Mi mujer me hará dormir en las macetas si regreso a casa oliendo así. ¡Al diablo con la paga triple! ¡Tú no la vales, Raquel!"

Jenks no se dio cuenta de que yo no lo escuchaba. No dijo nada sobre su ala y por eso supe que estaba bien. Me hundí deprimida en el asiento sintiendo que no avanzaba para ningún lado. Estaba cansada. Si regresaba con las manos vacías, solo me destinarían a disturbios de luna llena y reclamos por malos encantamientos, desde ahora hasta la primavera. No era mi culpa.

Como Jenks no podía volar sin ser visto, pensé que era mejor regresar a casa. Tal vez si le compraba unos hongos de Maitake no le contaría al tipo del Comité de Asignaciones cómo se dobló el ala. *Qué diablos,* pensé. *¿Por qué no mejor gozar?* Como última actividad antes de que mi jefe clavara de una vez por todas mi escoba en un árbol, podría ir al centro comercial a comprar un tratamiento de spa y un nuevo disco de jazz suave. Mi carrera iba en picada, pero no había razón para no gozar del vuelo.

Con perversa expectativa, tomé mi bolso y el Shirley Temple y me levanté para dirigirme a la barra. No es mi estilo dejar las cosas a medias. El concursante número tres estaba ahí parado haciendo muecas y moviendo la pierna para acomodarse. Ayúdame Señor. ¡Los hombres pueden ser tan repugnantes! Me sentía cansada, aburrida y despreciada. Sabía que todo lo que dijera lo tomaría como si estuviera haciéndome la difícil y me seguiría afuera del bar. Entonces dejé caer la bebida frente a él y seguí caminando.

Su furia por el ultraje me hizo reír. Puso una pesada mano sobre mi espalda pero me agaché y le lancé una pierna haciéndolo caer estruendosamente en los tablones del piso. Hubo una exclamación y luego el bar quedó en silencio. Me senté sobre su pecho antes de que se diera cuenta de que estaba tirado en el suelo.

Mis uñas rojas saltaban a la vista. Lo agarré del cuello y sus pelos se enredaban entre mis dedos. Tenía los ojos bien abiertos. Cliff estaba parado junto a la puerta cruzado de brazos disfrutando del espectáculo.

"Demonios, Raque," dijo Jenks saltando en mi arete. "¿Quién te enseñó esto?"

"Mi papá" repuse, inclinándome sobre la cara del tipo. "Cuánto lo siento," le susurré con el pesado acento de Los Hollows. "¿Quieres jugar duro?" Pude leer el miedo en sus ojos cuando me identificó como Entremundos y no como un bombón en busca de una noche de aventuras. Sí. Era un tipo rudo. Pero esto lo hacía por diversión y nada más. No le haría daño, pero eso él no lo sabía.

"Madre mía," exclamó Jenks apartando mi atención del lloriqueo del humano. "¿Hueles eso? ¡Trébol!"

Lo solté y el tipo gateó debajo de mi cuerpo. Se levantó tambaleándose, arrastrando a sus dos compinches hacia las sombras musitando insultos para cubrir las apariencias. "¿Es uno de los cantineros?" pregunté mientras me levantaba.

"La chica," dijo. Sentí que la emoción me recorría el cuerpo.

Levanté la mirada para verla mejor. Su cuerpo se ajustaba bien al apretado uniforme negro y verde y se movía con seguridad detrás de la barra. "¿Estás perdiendo el tino Jenks?" murmuré mientras me acomodaba de nuevo los pantalones. "No puede ser ella."

"Ya está," repuso al instante. *"Tú sí* estás en lo cierto. ¡Para qué escuchar al duende! Podría estar en casa mirando la televisión; pero no-o-o-o-o. Aquí me tienen con esta mujer que piensa que su intuición femenina funciona mejor que yo. Tengo frío, hambre y un ala torcida. Si se rompe tendré que esperar a que me vuelva a salir. ¿Tienes idea de cuánto se demora eso?"

Le eché un vistazo al bar y me tranquilicé al ver que todos charlaban normalmente otra vez. Ivy se había ido. A lo mejor se perdió todo. Mejor. "¡Cállate Jenks! Has de cuenta que eres un adorno."

Me dirigí sigilosamente hacia el viejo cantinero. Me incliné hacia adelante y él me lanzó una sonrisa que dejó ver los dientes que le faltaban. Las arrugas le cubrían el rostro de piel curtida y sus ojos revoloteaban por todas partes, pero no me miraba. "Dame algo" le dije; "algo dulce, algo que me haga sentir bien. Algo rico, cremoso, algo que no debería tomar."

"Necesito ver tu identificación, paloma," dijo el viejo con un fuerte acento irlandés. "No pareces tener edad como para estarte escapando de las faldas de tu mamita."

Falseaba el acento, pero le regalé una sonrisa auténtica por el cumplido. "Seguro, guapo." Escarbé en mi bolso buscando mi licencia de conducir, dispuesta a seguir el juego que evidentemente nos agradaba a los dos. "¡Oh!," exclamé dejando caer mi licencia del otro lado del mostrador. "¡Qué tonta soy!"

Me apoyé en el banco para inclinarme por encima de la barra y echar un buen vistazo atrás. Con el trasero al aire, no sólo logré distraer a los concurrentes sino lograr mi cometido. Tal vez era poco elegante, pero funcionaba. Cuando alcé la cabeza, el viejo me miraba mal: pensó que lo estaba chequeando. Pero quien me interesaba era la chica. Estaba parada encima de una caja.

Tenía la estatura indicada, estaba en el sitio indicado y Jenks la había detectado. Se veía más joven de lo que podía esperarse, pero si uno tiene 150 años de edad hay que conocer algunos secretos de belleza. Jenks resopló en mi oído y sentenció con petulancia: "Te lo dije."

Me acomodé otra vez en el banco y el cantinero me devolvió la licencia y me sirvió un Hombre-Muerto flotando con una cuchara. Era una porción de helado en un pequeño vaso de Bailey's. Ummm. Guardé la licencia y le guiñé el ojo. Luego dejé allí el vaso y me di la vuelta para mirar a los clientes que entraban. Mi pulso se aceleró y sentí cosquilleos en la punta de los dedos. Era hora de trabajar.

Sentí la adrenalina del cuerpo cuando la sonrisa condescendiente de la chica se topó con mi sonrisa tonta. Para mí, la emoción valía más que la paga semanal que me esperaba en el cajón de mi escritorio. Claro que la sensación menguaba tan rápido como llegaba. Mi talento estaba desperdiciado. Para este caso ni siquiera necesitaba usar hechizos.

Si esto es todo lo que S.E. tiene para mí, tal vez debería olvidarme del salario fijo y trabajar independiente, pensé. Pocos abandonaban la S.E., aun cuando existía un precedente: León Bairn. León fue una leyenda viviente antes de independizarse, pero desapareció al poco tiempo por un mal conjuro. Las malas lenguas dicen que la S.E. le puso precio a su cabeza por romper su contrato de treinta años. Pero eso ocurrió hace más de diez años. Los agentes desaparecían con frecuencia, algunas veces porque la presa era más astuta o tenía más suerte que ellos. Era malicioso eso de imputarles la culpa a los equipos de asesinos de la S.E. Nadie abandonaba la institución porque el salario era bueno y los horarios cómodos. Así de simple.

Sí, pensé, ignorando el sentimiento de peligro que sentí de repente. La muerte de León Bairn fue exagerada. Nunca comprobaron nada y el único motivo por el cual yo aún tenía trabajo era porque legalmente no podían despedirme. Tal vez debería trabajar independiente. Peor de lo que hacía ahora, imposible. Se alegrarían de verme partir. *Seguro,* pensé mientras sonreía: Raquel Morgan, agente privado. Se respetan los derechos. Se realizan venganzas honestas.

Sonreí forzadamente mientras la chica limpiaba lo derramado con una toalla junto a mis codos. Entonces comencé a respirar rápido. Con mi mano izquierda le arranqué la toalla y le enredé las manos. Mi brazo derecho voló hacia atrás buscando las esposas y luego hacia adelante para colocárselas alrededor de las muñecas. Fue en un instante y abrió los ojos asombrada. ¡Rayos, soy buena!

Sus ojos no podían creer lo sucedido. "¡Por todos los infiernos!" gritó con inconfundible y auténtico acento irlandés. "¿Qué demonios estás haciendo?"

Emití un suspiro mirando la última cucharada de helado que quedaba en mi bebida. "Seguridad Entremundos" repuse. "Se le acusa de conformar una red y luego falsear las ganancias obtenidas con dicha red, de no certificar las solicitudes correspondientes, de no informarle a las Autoridades sobre el propósito de dicha red, eso es todo."

"¡Mentira!" gritó la chica contorsionándose por las esposas. Pasaba salvajemente la mirada por todo el bar pues la atención se centró en ella. "¡Pura mentira! ¡Yo hice esa red legalmente!"

"Tiene derecho de mantener la boca cerrada," improvisé, mientras sacaba la cucharada de helado. Sentí frío en la boca y la pizca de alcohol no se comparaba con el calor que me produjo la adrenalina que empezaba a desvanecerse. "Claro que si no quiere mantener cerrada la boca, se la cerraré yo."

El cantinero golpeó la barra con la palma de la mano. "¡Cliff!"—esta vez bramó sin acento irlandés—"pon el aviso de 'se busca cantinero' en la ventana. Después ven acá y ayúdame."

"Sí jefe," repuso Cliff como a quien no le importa nada.

Dejé mi cuchara, me estiré hasta el otro lado del mostrador y jalé el hada hasta el suelo antes de que se hiciera más pequeña. Se estaba encogiendo, pero el poder de mis esposas contrarrestaba su débil hechizo. "Tiene derecho a un abogado," le dije guardando mi carné. "Si no puede pagar uno, entonces está en problemas."

"¡Tú no puedes atraparme!" amenazó luchando por soltarse. El público emocionado clamaba. "¡Unos aritos de acero no van a retenerme. He escapado de reyes, sultanes y de las redes de niños repugnantes!"

Traté de acomodar mi pelo húmedo mientras ella peleaba y luchaba. Poco a poco se dio cuenta de que estaba atrapada. Ella se encogía pero las esposas también, aprisionándola. "Ya me soltaré...es...cosa de...un instante." Pateó hasta que al fin se detuvo a mirar sus muñecas. "Ay no...por San Pedro." Se dio por vencida al ver la luna amarilla, el trébol verde y el corazón rosado que adornaban mis esposas. "Que el perro del mismísimo demonio te encorve las piernas. ¿Quién hay que se atreva a burlarse de estos hechizos?" Entonces miró más de cerca. "¿Me atrapaste con cuatro? ¿*Cuatro*? Jamás hubiese creído que los hechizos viejos aún funcionan."

"Pueden llamarme anticuada," repuse tomando mi bebida, "pero cuando algo funciona yo lo sigo usando."

Ivy pasó caminando con dos vampiros de capa negra delante de ella, su elegancia encubría su lúgubre miseria. Uno tenía un moretón debajo del ojo; otro cojeaba. Ivy no era suave con los vampiros que asechaban a los menores de edad. Y yo estoy de acuerdo. Basta con recordar la atracción que sentí por el vampiro muerto del otro lado del bar. Una chica de dieciséis años no tendría defensa; o mejor aún, no *querría* defenderse.

"Escucha Raquel," me dijo muy alegre—se veía casi humana cuando no estaba trabajando. "Voy hacia el distrito residencial. ¿Compartimos el pasaje?"

Pensé en la S.E. y puse en la balanza el riesgo de convertirme en una pobre empresaria muerta de hambre o pasarme el resto de la vida persiguiendo ladronzuelos y vendedores ilegales de embrujos. La S.E. no me tenía en alta estima. No. Denon estaría feliz de hacer trizas mi contrato. Yo no podía darme el lujo de empezar una oficina en Cincinnati, pero ¿en Los Hollows? tal vez. Ivy pasaba bastante tiempo por aquí. De seguro sabría donde encontrar un lugar barato. "Está bien," le respondí, fijándome en sus hermosos ojos de color pardo. "Quisiera preguntarte algo."

Asintió y empujó a sus capturados hacia adelante. El gentío apretaba y el mar de ropas negras absorbía toda la luz. El vampiro muerto me hizo una señal respetuosa con la cabeza, como diciendo "Buena captura." El impulso de la emoción que me hacía sentir una falsa grandeza me hizo retribuirle el gesto en respuesta.

"Así se hace Raquel" dijo Jenks. Sonreí, pues hacía mucho que no escuchaba algo así.

"Gracias." Lo miré de reojo en el espejo del bar colgado de mi arete. Retiré el vaso con la mano para alcanzar mi bolso pero mi sonrisa fue aún mayor cuando el cantinero me dijo que era cortesía de la casa. Bajé del banco sintiendo una satisfacción que no provenía precisamente del alcohol y empujé al hada para que saliera caminando. Entonces comencé a soñar con una puerta de oficina y mi nombre en letras doradas. Libertad.

"¡Espera!" gritó el hada mientras yo tomaba mi bolso y le sacaba el trasero del bar. "¡Deseos! Tres deseos...¿entiendes? Me dejas libre y te concedo tres deseos."

La saqué bajo la tibia lluvia que caía. Ivy había llamado un taxi y sus capturados estaban bien seguros en la cajuela. Así habría más espacio para nosotras. Aceptar deseos de un criminal era la forma más segura de hallarse del lado equivocado de la escoba...sólo si te atrapan.

"¿Deseos?" respondí, ayudándola a entrar al taxi. "Hablemos."

Dos

"¿Qué dijiste?" le pregunté girando en el asiento delantero para ver a Ivy. Me hizo un gesto de impotencia desde atrás. El ruido de los limpiaparabrisas gastados y el sonido de la música luchaban por sobresalir en una estrafalaria mezcla de guitarras agudas y chirridos de plásticos deshechos contra el vidrio. El grupo "Grito Rebelde" daba alaridos por los altoparlantes mientras Jenks trataba de bailar con la muñeca hawaiana giratoria encima del tablero. Yo no podía competir contra aquello. "¿Puedo bajar el volumen?," le pregunté al taxista.

"¡No tocar! ¡No tocar!" exclamó con un acento extraño. ¿Tal vez era de los bosques de Europa? Un ligero olor a almizcle lo identificó como hombre lobo. Tomé el botón del volumen pero me quitó con un golpe de su mano peluda.

El auto viró bruscamente hacia el carril siguiente. Sus hechizos—todos dañados por el aspecto que presentaban—rodaron por el tablero desparramándose sobre mí y cayeron al piso. El manojo de ajos que se balanceaba en el retrovisor me golpeó en un ojo. El olor que emanaban me produjo náuseas.

"Chica mala," me regañó. Viró otra vez para retomar su carril lanzándome contra él.

"Sí, soy buena chica ¿me dejas bajar el volumen?" le pregunté gruñendo deslizándome hacia mi asiento.

Hizo una mueca. Le faltaba un diente y le faltarían dos si me hacía enfadar. "Ta'bien. Ora'tan hablando." La música se había terminado y fue reemplazada por un anunciador que gritaba más que la misma música.

"Santo Dios," rezongué bajando el volumen. Mis labios se retorcieron al tocar la capa de grasa que había en el botón. Miré mis dedos y los limpié con los amuletos que estaban aún sobre mis muslos. De todas formas no servían para nada más. La sal que se había formado por su manipulación excesiva ya los había arruinado. Con una mirada de lástima los metí en un portavasos roto.

Miré a Ivy extendida en el asiento trasero. Con una mano agarraba al búho para evitar que saliera por la ventana con cada salto del auto. La otra la tenía detrás del cuello. Su negra silueta se iluminaba con las luces de los autos que pasaban y por las escasas luces de la calle. Tenía ojos oscuros. Sin pestañear, nuestras miradas se encontraron pero pronto regresaron a la ventanilla y a la noche. Sentí que se me erizaba la piel con su aire de tragedia antigua. No pretendía nada. Ivy era sólo Ivy, pero me ponía los pelos de punta. ¿No sonreía jamás esta mujer?

Mi prisionera estaba acurrucada en una esquina tan lejos de Ivy como le era posible. Sus botas verdes apenas llegaban al borde del asiento y parecía más bien una de esas muñecas que venden por la televisión: *¡Tres cómodos pagos de $49.95 por esta detallada réplica de Becky, la cantinera! Otras muñecas se han triplicado y cuadruplicado de valor.* Sólo que esta muñeca despedía un destello solapado en los ojos. Le hice una mueca maliciosa pero la mirada de sospecha de Ivy se cruzó con la mía.

El búho emitió un sonido lúgubre cuando pasamos sobre un bache, abriendo las alas para mantener el equilibrio. Ese era el último, pues habíamos cruzado el río y estábamos de nuevo en Ohio. Ahora el pavimento era liso como el cristal. El conductor disminuyó la velocidad y empezó a prestarle atención a las señales de tránsito.

Ivy soltó al búho y se pasó los dedos por la larga cabellera. "Dije 'nunca habías aceptado viajar conmigo'. ¿Sucede algo?"

"Eh... sí... sí," pasé el brazo por detrás del asiento. "¿Sabes dónde puedo alquilar un apartamento barato, tal vez en Los Hollows?"

Ivy me miró de frente con su perfecta cara ovalada, pálida por las luces de la calle. Ahora las había en todas las esquinas, tantas que parecía de día. Reglas de paranoicos. No es que los culpe. "¿Te mudas a los Hollows?" me preguntó con mirada burlona.

No pude evitar la sonrisa. "No. Pienso retirarme de la S.E."

Eso le llamó la atención. Lo sé por la forma como pestañó. Jenks dejó de bailar con la muñeca hawaiana en el tablero y se quedó mirándome. "No puedes incumplir tu contrato con la S.E." dijo Ivy. Le echó una mirada al hada que sonreía. "¿No estarás pensando..."

"¿Romper la ley? ¿Yo?" repuse suavemente. "Soy demasiado buena para romper la ley. Eso sí, no es mi culpa que ésta sea el hada equivocada," agregué sin sentir ni una pizca de culpa. La S.E. había dicho claramente que no requería más mis servicios. ¿Qué se supone que debía hacer? ¿Tirarme de espaldas con la panza al aire y lamerle el... eh... el hocico a alguien?

"Burocracia," interrumpió el taxista. Ahora hablaba con un acento tan plano como el pavimento. Hablaba y demostraba el comportamiento que se necesitaba para cobrar las tarifas de este lado del río. "Di que los documentos se perdieron. Siempre sucede así. Por aquí debo tener la confesión de Rynn Cormel, de cuando mi padre transportaba abogados que estaban en cuarentena hasta las cortes durante el Giro."

"Así es," dije, aprobando con una sonrisa. "Nombre equivocado en el documento equivocado. Q.E.D."

Ivy no parpadeó ni una sola vez. "León Bairn no estalló de repente, Raquel."

Dejé escapar un resuello. Yo no creía en esa historia. Era solo eso: una historia para evitar que los agentes de la S.E.

terminaran sus contratos una vez que aprendían todo lo que la S.E. tenía para enseñarles. "Eso fue hace diez años" repuse, "y la S.E. no tuvo nada que ver. No me van a matar por terminar mi contrato: ellos quieren que me vaya." Fruncí el ceño. "Además, debe ser más divertido trabajar sola y no hacer lo que hago ahora."

Ivy se inclinó hacia adelante. No se daba por vencida. "Dicen que les tomó tres días encontrar suficientes restos de León para llenar una caja de zapatos. Lo último lo rasparon del techo de su terraza."

"¿Y qué se supone que debo hacer?" repuse bajando el brazo. "No he recibido ni una sola misión decente en meses. Mira esto," dije gesticulando hacia mi prisionera. "Un hada por evasión de impuestos. Es un insulto."

La pequeña mujercita se puso seria. "Vaya vaya, dis-cúl-pe-me usted."

Jenks abandonó a su nueva novia para sentarse en el ala de atrás del sombrero del taxista. "Sí," sentenció. "Raquel terminará barriendo con una escoba si yo me veo forzado a tomar tiempo libre para reponerme de esto."

Movió su ala torcida irregularmente ante lo cual mostré una sonrisa de lástima. "¿Maitake?"

"Un cuarto de libra" repuso. Yo lo aumenté automáticamente a media libra. Jenks no estaba tan mal para ser duende.

Ivy frunció el entrecejo. Sus dedos jugaban con la cadena del crucifijo. "Hay razones por las que nadie rompe el contrato. La última persona que lo hizo terminó succionada por una turbina."

Apreté los dientes y me di vuelta para mirar por la ventanilla. Lo recuerdo bien. Sucedió hace casi un año y lo habría matado si no estuviera ya muerto. El vampiro estaba por regresar a la oficina en cualquier momento. "No estoy pidiendo tu autorización" dije. "Sólo te pregunto si sabes de alguien que arriende un sitio barato." Ivy guardó silencio y yo giré para verla. "Tengo algo ahorrado. Puedo abrir una oficina, ayudar a la gente que necesita trabajo."

"¡Por amor a la sangre!" interrumpió Ivy. "Que te largues para abrir una tienda de hechizos, puede ser; ¿pero para abrir tu propia agencia?" Meneó la cabeza moviendo su pelo negro. "No soy tu madre, pero si lo haces eres mujer muerta. ¿Jenks? Dile que será mujer muerta."

Jenks asintió solemnemente. Yo di la vuelta para mirar por la ventana. Me sentí como una estúpida pidiendo ayuda. El taxista también asintió: "Muerta," dijo, "muerta, muerta, muerta."

Ahora sí que estaba hecha. Jenks y el taxista se encargarían de anunciarle a toda la ciudad que me retiraba antes de que yo personalmente le avisara a la S.E. "Mejor olvídenlo. No quiero hablar más de ello."

Ivy pasó el brazo por encima del asiento. "¿No te has detenido a pensar que tal vez alguien te tienda una trampa? Todos saben que las hadas buscan formas de comprar su libertad. Si te atrapan te dejarán el trasero como mantequilla."

"Sí, ya lo pensé" respondí. La verdad es que no lo había pensado, pero no quise decírselo. "Mi primer deseo será pedir que no me atrapen."

"Siempre es el primero" dijo el hada con picardía. "¿Es tu primer deseo?" En un arranque de excitación asentí y el hada sonrió de oreja a oreja. Estaba a medio camino de la libertad.

"Escucha Ivy. No necesito tu ayuda. Gracias por nada." Busqué mi billetera hurgando dentro del bolso. "Déjame aquí" le dije al taxista. "Necesito un café. ¿Jenks? Ivy te llevará a la S.E. ¿Me harías ese favor Ivy? ¿Por lo viejos tiempos?"

"¡Raquel!" exclamó, "¡no me estás escuchando!"

El taxista puso la señal de parar y se acercó a la orilla. "Cuídate la espalda, Candela."

Me bajé, abrí la puerta trasera con fuerza y saqué a mi hada por el uniforme. Mis esposas habían contrarrestado del todo su hechizo para hacerse más pequeña. Ahora parecía un niño regordete de dos años. "Toma" le dije a Ivy tirándole un billete de $20 en el asiento. "Eso cubre mi parte."

"Sigue lloviendo," gimió el hada.

"¡Cállate!" Las gotas me golpeaban arruinando el moño y hacían que los mechones se me pegaran al cuello. Tiré la puerta cuando Ivy se inclinaba para decirme algo. No tenía nada que perder. Mi vida se había convertido en una montaña de estiércol mágico, pero ni siquiera servía de fertilizante.

"¡Me estoy mojando!," se quejó el hada.

"¿Quieres regresar al auto?" le pregunté. Mi voz sonó calmada pero por dentro parecía un volcán. "Si quieres podemos olvidarlo todo. Estoy segura de que Ivy se encargará de tus papeles. Dos capturas en una noche, ¡le darán una bonificación!"

"No," dijo dócilmente.

Yo ya estaba fastidiada. Del otro lado de la calle había una cafetería Starbucks donde venden sesenta diferentes tipos de café, ninguno de los cuales satisface a los pelmazos de los barrios residenciales. A este lado del río—y a esta hora—lo más seguro es que estuviera casi desocupada. Era el lugar perfecto para escapar del malhumor y reorganizarme. Prácticamente tuve que arrastrar al hada hasta la puerta y traté de adivinar el precio de una taza de café mirando por encima de unos fulanos que estaban ahí parados frente a la ventana.

"Espera, Raquel." Ivy había bajado la ventanilla y pude oír otra vez la música en el taxi que retumbaba con una canción de Sting, "Mil años," como para regresar al auto.

Abrí la puerta del café y se escucharon unas campanillas. "Café negro" le grité al chico detrás del mostrador mientras me dirigía a la esquina más oscura con mi hada a cuestas. El chico parecía un tipo correcto, con delantal de rayas rojas y blancas y cabello perfecto. Seguro que era estudiante de universidad. Yo he debido asistir a la universidad por lo menos uno o dos semestres en lugar de ir a la escuela comunitaria. Había sido aceptada.

El asiento era suave y bien acolchado, la mesa tenía un mantel de verdad y mis zapatos no se quedaban pegados en el piso: punto a favor. El chico me miraba con interés, así que me quité las botas y crucé las piernas para provocarlo. Todavía seguía vestida de prostituta. Creo que el pobre no sabía si llamar a la S.E. o su homóloga humana, la AFE. ¡Vaya chiste!

Mi boleto para liberarme de la S.E. estaba delante de mí y no se quedaba quieta. "¿Me das un café con leche?" gimió.

"No."

De nuevo sonaron las campanillas de la puerta y entró Ivy con su búho en el brazo. El animal le apretaba el grueso brazalete con las garras. Jenks se había posado sobre su hombro tan lejos del búho como le era posible. Me quedé quieta mirando una foto de bebés disfrazados de ensalada de frutas que había encima de la mesa. Se supone que debía ser una foto bonita, pero a mí sólo me abría el apetito.

"Raquel, necesito hablar contigo."

Para el chico, eso fue demasiado. "Disculpe, señora," dijo con perfecta entonación. "No se admiten animales. El búho debe permanecer afuera."

¿Señora? pensé, haciendo un esfuerzo para no reventar de la risa.

Ivy se quedó mirándolo y él se puso blanco. Pasmado, por poco cae de espaldas cuando empezó a retroceder. Le estaba arrastrando el aura. Nada bueno.

Luego me dirigió la mirada. Acomodé la espalda en el sillón y exhalé. Sus depredadores ojos negros me clavaron contra el asiento de vinilo. Sentí que mi estómago se pegaba y que mis dedos temblaban.

La tensión de ese enlace era intoxicante. No podía dejar de mirarla. Esto no se parecía a la sugerencia amistosa del vampiro muerto en Sangre y Pociones. Esto era rabia, poder. A Dios gracias la rabia no era conmigo sino con el chico del mostrador.

Al darse cuenta de mi espanto hizo desaparecer la ira de sus ojos. Sus pupilas se contrajeron y sus ojos volvieron a ser de color pardo. En un instante la abandonó el velo de poder que regresó a las profundidades del infierno donde pertenecía. Tenía que venir de allá. Un poder tan salvaje no podía provenir de un encantamiento. Creo que mi rabia empezaba a disminuir, pues con rabia no habría sentido miedo.

Habían pasado años desde que Ivy me arrastró el aura. La última vez, discutíamos cómo atrapar a un vampiro de sangre baja sospechoso de atraer chicas menores de edad con juegos de cartas. Hice caer a Ivy con un hechizo para el sueño y escribí "idiota" en sus uñas con esmalte rojo. Luego la amarré a un asiento y la desperté. A partir de ese día fue una amiga modelo aunque a veces fuera un tanto fría. Creo que estaba agradecida porque no se lo conté a nadie.

El chico aclaró la garganta. "Señora...no puede...eh... eh...quedarse a menos que pida algo," dijo débilmente.

Guapo, pensé. *Debe ser un Entremundos.*

"Jugo de naranja" dijo Ivy con voz fuerte. "Sin pulpa."

Sorprendida, la miré de nuevo. "¿Jugo de naranja?" Fruncí el ceño. "Escucha," dije soltando las manos y poniendo mi bolso de hechizos sobre los muslos. "No me interesa si León Bairn terminó como una estampilla en el andén. Yo renuncio y nada de lo que digas me hará cambiar de opinión."

Ivy dio unos pasos preocupada. Eso me tranquilizó. ¿Ivy preocupada? Jamás la había visto así.

"Quiero irme contigo," dijo finalmente.

Me quedé mirándola un instante. "¡¿Qué?!"

Se sentó frente a mí con aire fingido dejando que el búho vigilara el hada. Aflojó ruidosamente los ajustadores del brazalete y lo dejó en el asiento de al lado. Jenks dio un salto hacia la mesa con los ojos bien abiertos y la boca por fin cerrada y el chico llegó con nuestras bebidas. Esperamos en silencio mientras ponía con manos trémulas todo en la mesa y luego desapareció en el cuarto de servicio.

Mi taza estaba descascarada y apenas a medio llenar. Contemplé la posibilidad de regresar más tarde para dejar un amuleto debajo de la mesa que arruinara toda la crema a un metro a la redonda, pero decidí que tenía cosas más importantes en qué pensar. Por ejemplo: ¿por qué Ivy quería tirar su brillante carrera por el inodoro?

"¿Por qué?," le pregunté sin saber qué decir. "El jefe te adora. Puedes escoger tus casos. El año pasado te dieron vacaciones pagadas."

Ivy miraba la foto eludiéndome. "¿Y qué?"

"¡Fueron cuatro semanas! Te fuiste a Alaska en el tren del sol de medianoche."

Sus cejas delgadas se juntaron y estiró el brazo para arreglarle las plumas al búho. "Yo pago la mitad del arriendo, de los servicios, la mitad de todo; tú pagas la otra mitad. Yo busco mi trabajo, tú buscas el tuyo. Si es necesario, trabajamos juntas. Como antes."

Me recosté en el espaldar y exhalé, pero no tan fuerte como hubiera querido. Los asientos eran bastante blandos.

"¿Por qué?," pregunté de nuevo.

Sus dedos dejaron el búho. "Soy buena en lo que hago," me dijo sin responder. Pero ahora su voz delataba algo vulnerable. "No voy a ser una carga para ti, Raquel. Ningún vampiro se atreverá contra mí. Puedo extenderte ese privilegio. Mantendré a los vampiros asesinos lejos de ti mientras consigues el dinero para pagar tu contrato. Con mis contactos y tus hechizos podremos sobrevivir hasta que la S.E. retire el precio que ponga por nuestra cabeza. Pero quiero un deseo."

"No hay precio por nuestra cabeza," me apresuré a agregar.

"Raquel" dijo coqueta. Sus ojos eran de un pardo suave cuando se preocupaba y eso me alarmó. "Lo habrá." Se inclinó hacia adelante y ya no pude alejarme. Respiré hondo tratando de percibir su olor a sangre pero sólo olía a jugo de naranja. Ivy estaba equivocada. La S.E. no le pondría precio a mi cabeza. Querían que me fuera. En cambio ella sí tenía de qué preocuparse.

"Yo también," dijo Jenks de repente saltando hasta el borde de mi taza. El polvillo iridiscente de su ala torcida cayó adentro formando una capa de grasa en el café. "Quiero que me incluyan. Quiero un deseo. Voy a retirarme de la S.E. y seré el apoyo de ustedes dos. Van a necesitarme. Raque, las cuatro horas antes de la medianoche son para ti; para Ivy las cuatro siguientes. Como prefieran. Cada cuarto día es libre, siete festivos pagados y un deseo. Además dejen que viva con mi familia en la oficina. ¿Sueldo? Lo mismo que gano ahora, pagadero cada dos semanas."

Ivy asintió y bebió un poco de jugo. "Suena bien. ¿Qué dices?"

Se me cayó la mandíbula. No podía creer lo que escuchaba. "No puedo darte mis deseos."

El hada meneó la cabeza. "Sí puedes."

"¡No!," repuse impaciente. "Quiero decir, los necesito." Sentí que la tensión me presionaba las tripas de pensar que Ivy tal vez tenía razón.

"Ya usé uno para que no me atrapen por dejarla libre. Ahora necesito otro para zafarme del contrato, así como para comenzar."

"Eh..." balbuceó el hada. "Si está por escrito, no puedo hacer nada al respecto."

Jenks resopló burlándose. "No fue tan buen trato, ¿verdad?"

"¡Cierra la boca, insecto!," le respondió con las mejillas rojas.

Esto no puede estar sucediendo, pensé. Lo único que quería era salirme, no convertirme en líder de una rebelión. "No estarás hablando en serio," dije. "Vamos Ivy, dime que este es el cruel sentido del humor que yo aún no conocía en ti."

Se quedó mirándome fijo. Nunca he sabido qué hay detrás de la mirada de un vampiro. Ivy habló haciendo un gesto de mano: "Por primera vez en mi carrera regresaré con las manos vacías. Dejé escapar a mis objetivos. Abrí la cajuela y los dejé huir. Rompí las reglas." Sonrió con los labios cerrados. "¿Te parece suficientemente grave?"

"Vas a tener que encontrar un hada" le dije mientras

me reponía alcanzando mi taza. Jenks todavía seguía ahí sentado.

Ivy rió. Hacía frío y esta vez estaba tiritando. "Yo selecciono mis casos" agregó. "¿Qué crees que pasaría si saliera por un hada, fallara la captura y luego tratara de largarme de la S.E.?"

Al otro lado el hada suspiraba. "Nadie lo va creer, ni deseándolo. De hecho, ya es difícil que este caso parezca coincidencia."

"¿Y tú Jenks?," pregunté con voz entrecortada.

Jenks encogió los hombros. "Yo quiero un deseo. Un deseo puede darme lo que la S.E. no puede. Quiero ser estéril para que mi esposa no me abandone." Voló haciendo curvas hasta el hada. "¿Es demasiado difícil para ti, chiquilla verde?" le preguntó sarcásticamente parado con las piernas abiertas y las manos en la cintura.

"Insecto," murmuró. Mis hechizos sonaban y ella amenazaba con aplastarlo. Las alas de Jenks se pusieron rojas de ira y hasta llegué a pensar que el polvillo que caía de sus alas estallaría en llamas.

"¿Esterilidad?," pregunté, tratando de continuar el tema.

Jenks se alejó del hada y vino hacia mí. "Sí. ¿Sabes cuántos mocosos tengo?"

Ivy también pareció sorprenderse. "¿Vas a arriesgar tu vida por eso?" le preguntó.

Jenks se rió. "¿Quién dice que voy arriesgar mi vida? A la S.E. le importa un rábano que me vaya. Los duendes no firmamos contratos. No nos investigan. Soy agente libre. Siempre lo he sido y siempre lo seré." Jenks me pareció demasiado astuto para ser tan pequeño. "Pienso que mi vida será más larga si solamente tengo que preocuparme de dos gigantes como ustedes."

Entonces le hablé a Ivy. "Sé que firmaste un contrato. Te adoran. Si alguien debería preocuparse por una amenaza de muerte, esa eres tú. No yo. ¿Por qué te arriesgas por... por—dudé en decirlo—por nada? ¿Qué deseo puede valer tanto la pena?"

Ivy se quedó estática. Una pizca de oscura sombra pasó tras ella. "No tengo que decírtelo."

"No soy una estúpida," dije tratando de ocultar mis nervios. "¿Cómo sé que no ejercerás de nuevo?"

Evidentemente, Ivy se ofendió, y fijó su mirada en mis ojos hasta que bajé la cara sintiendo escalofríos hasta la médula de los huesos. *Definitivamente esto no es buena idea,* pensé. "No practico el vampirismo" repuso finalmente. "Ya no. No más."

Bajé la mano al darme cuenta de que estaba jugando con mi pelo húmedo. Sus palabras a duras penas me alentaron. Su vaso estaba medio vacío y recuerdo que apenas había bebido un sorbo.

"¿Socias?" preguntó Ivy ofreciéndome la mano desde el otro extremo de la mesa.

¿Sociedad con Ivy? ¿Con Jenks? Ivy era la mejor agente de la S.E. Era más que halagador que quisiera trabajar conmigo de forma permanente; pero me preocupaba. Claro, tampoco se trataba de vivir con ella. Lentamente estiré la mano para encontrar la suya. Mis uñas rojas perfectamente pulidas se veían estridentes junto a las suyas sin arreglar. Todos mis deseos se esfumaron. Igual, a lo mejor los habría malgastado.

"Socias," repuse. Me estremecí al sentir su mano fría.

"¡Así se habla!" gritó Jenks, revoloteando hasta aterrizar en nuestras manos entrelazadas. El polvillo que despedía parecía calentar un poco la piel de Ivy.

"¡Socias!"

Tres

"Santo Dios," gemí. "No dejes que me enferme. Aquí no." Cerré los ojos esperando que no me dolieran mucho al abrirlos con la luz. Me hallaba en mi cubículo del piso 25 de la torre de la S.E. Los rayos del sol de la tarde entraban inclinados pero no me alcanzaban. Mi escritorio era un completo desorden. Alguien había comprado unas rosquillas y el olor del azúcar me producía ruidos en el estómago. Lo único que quería era regresar a casa y dormir.

Abrí el cajón de arriba buscando torpemente un amuleto para el dolor. Los había usado todos. Golpeé el borde metálico del escritorio con la frente y me quedé mirando el borde de mis botas encima de mis jeans. Me vestí más serio por respeto a mi renuncia: blusa de lino rojo y pantalón. No más cuero ajustado por ahora.

Lo de anoche fue un error. Bebí demasiado y fui lo suficientemente estúpida como para regalarles a Jenks e Ivy los dos deseos que me quedaban. En realidad estaba contando con ellos. Los que saben de deseos también saben que a uno no se le presentan así nomás. Lo mismo con los deseos de riqueza. El dinero no aparece así como así. Tiene que provenir de algún sitio. Y si uno no usa el primero para que no lo atrapen, entonces lo agarran a uno por hurto.

Los deseos son traicioneros. Por eso los Entretemundos casi siempre exigían un mínimo de tres para escapar. En retrospectiva, no me iría tan mal. El deseo de que no me atra-

paran por dejar libre al hada me permitiría al menos retirarme de la S.E. con una historia limpia. Y si Ivy tenía razón
y querían liquidarme por terminar mi contrato, tendrían que
hacerlo parecer un accidente. Pero, ¿para qué molestarse?
Las amenazas de muerte eran costosas y de todas formas
querían que me largara.

Ivy pidió un abalorio para portar su deseo y usarlo más
adelante. Era una especie de moneda vieja con un agujero en
la mitad. Lo amarró con una cinta púrpura y se lo colgó al
cuello. Por otra parte, Jenks pidió su deseo ahí en el bar.
Luego salió zumbando hacia su esposa para darle la noticia.
Debí largarme cuando se fue Jenks, pero Ivy no tenía ganas
de irse. Hacía mucho tiempo que no disfrutaba de una noche
de chicas y pensé que encontraría valor para renunciarle a
mi jefe en el fondo de un trago. Pero no fue así.

A los cinco segundos de decir mi discurso, Denon abrió
un sobre de manila, sacó mi contrato y lo rompió en pedazos. Me dijo que quería que me fuera del edificio en media
hora. Mi carné de identificación y las esposas estaban sobre
su escritorio. Los hechizos que las adornaban estaban en mi
bolsillo.

En mis siete años con la S.E. acumulé montañas de basura
y memorandos vencidos. Con manos temblorosas agarré un
grueso florero que no veía flores en meses. Lo tiré a la basura—donde también terminó el cretino que me lo regaló.
Metí la vasija de disoluciones en la caja de cartón que tenía
a mis pies. La cerámica azul cubierta con una costra de sal
rayaba el cartón. Se había secado la semana anterior y quedaba un polvillo de sal como resultado de la evaporación.

Después de la vasija siguió una astilla de madera de secoya. Era demasiado gruesa para hacer una vara mágica,
pero la verdad es que de todas formas no era suficientemente
buena para convertirse en varita. La compré para fabricar un
par de amuletos que detectan mentiras, pero nunca los hice.
Era más fácil comprarlos. Me estiré y agarré mi lista telefónica de anteriores contactos. Eché un rápido vistazo para
cerciorarme de que nadie me estaba observando y la escondí

junto a mi vasija de disolución. Mi reproductor de CD's y mis audífonos les hicieron pronta compañía.

Tenía, además, unos pocos libros de referencia, que en realidad eran de Joyce. Ella estaba del otro lado del pasillo. Pero el recipiente de sal que usaba para apoyarlos había sido de papá. Lo metí en la caja pensando qué diría él por mi renuncia. "Estaría más que satisfecho," susurré apretando los dientes por la resaca.

Levanté la mirada por encima de las horribles divisiones amarillas. Lo que había para ver era muy poco, pues mis compañeros voltearon los ojos hacia otro lado. Todos chismorreaban en grupos fingiendo estar muy ocupados; pero sus cuchicheos me crisparon. Respiré profundo y cogí mi fotografía en blanco y negro de Watson, Crick y Rosalind Franklin, la mujer que estuvo detrás de todo. Estaban ahí, parados frente a su modelo de ADN; pero la sonrisa de Rosalind tenía el mismo humor oculto de la sonrisa de la Mona Lisa. Parecía saber lo que sucedería después. A veces me detuve a reflexionar si acaso Rosalind no era una Entremundos, pues muchas personas pensaban lo mismo. Conservé la foto para recordar cómo da vueltas el mundo por aquellos pequeños detalles que otros dejan pasar por alto.

Habían transcurrido casi cuarenta años desde que la cuarta parte de la humanidad murió por la mutación de un virus, el Ángel T4. Pero a pesar de la insistencia televisada de los eternos evangelistas, nosotros los Entremundos no tuvimos la culpa. Todo comenzó y terminó con la paranoia de siempre de los humanos.

En los años cincuenta, Watson, Crick y Franklin unieron sus cerebros y en seis meses resolvieron el misterio del ADN. Todo habría parado ahí, pero los soviéticos le echaron la mano a la tecnología. Y, por supuesto, el temor a una guerra hizo que le lloviera dinero a la ciencia genética en desarrollo. Al comenzar los años sesenta, ya estábamos produciendo insulina con bacterias y luego siguieron infinidad de drogas producidas con ingeniería biológica. Estas inundaron el mercado y fueron el resultado de las oscuras investigaciones de Estados Unidos con armas biológicas. No llegamos a la Luna. Más bien, nos dedicamos a hacer ciencia en secreto para tratar de aniquilarnos.

Y luego, hacia el final de la década, alguien cometió un error. Aún siguen debatiendo si fueron los norteamericanos o los soviéticos. El hecho es que una cadena mortal de ADN escapó de un laboratorio en algún lugar del Ártico, dejando un rastro moderado de muerte hasta Río, donde fue identificado y controlado. La mayoría de las personas nunca se enteró de lo sucedido. Pero el virus mutó a pesar de que los científicos ya habían escrito y archivado sus conclusiones de laboratorio.

El T4 se pegó a un tomate de ingeniería biológica en un punto débil de su cadena genética modificada, pero los científicos consideraron que aquello no revestía importancia suficiente para preocuparse. Ese tomate vino a conocerse oficialmente como Ángel T4—su identificación de laboratorio—y de ahí el nombre del virus: Ángel.

Ignorantes del hecho de que el virus usaba el tomate Ángel como huésped, las líneas aéreas lo transportaron. Pero dieciséis horas después era demasiado tarde. Los países del tercer mundo fueron arrasados en tres semanas de pánico y Estados Unidos cerró sus puertas a la cuarta semana. Las fronteras fueron militarizadas y se instituyó la política gubernamental de "Lo sentimos mucho, pero no podemos ayudarlos." Estados Unidos sufrió y murió gente; pero en comparación con el camposanto en que se convirtió el resto del mundo, lo nuestro fue un paseo.

Pero la razón principal por la que la civilización permaneció intacta es que la mayoría de las especies de Entremundos éramos resistentes al virus del Ángel. Las brujas, los muertos vivientes y las especies más pequeñas como los gnomos, duendes y hadas, no sufrieron en absoluto. Los hombres lobo y vampiros vivos simplemente contrajeron gripa. Pero todos los elfos murieron. Dicen que su práctica de procrear con humanos para multiplicar su población fracasó porque los infectó el virus Ángel.

Cuando pasó la tormenta y el virus fue erradicado, la cantidad de Entremundos de todo tipo y especie juntos era casi igual que la de humanos. Aquella fue una oportunidad que no dejamos pasar por alto. El Giro, como vino a conocerse después, comenzó al medio día. Cuando terminó a la media noche, la humanidad no podía aceptar la realidad de haber vivido con brujas, vampiros y hombres lobos desde antes de los tiempos de las pirámides.

La reacción instintiva de los humanos fue tratar de hacernos desaparecer de la faz de la Tierra. Pero se fue aplacando rápidamente cuando les hicimos ver que nosotros fuimos quienes salvamos a la civilización mientras el mundo se deshacía en pedazos. De no ser por nosotros, la mortandad habría sido peor.

Aun así, los años que siguieron al Giro fueron una locura. Los humanos temían atacarnos y además prohibieron las investigaciones médicas, pues las señalaban como culpables de todos sus males. Destruyeron los laboratorios de biología y los ingenieros biólogos que lograron escapar de la plaga fueron juzgados. Muchos murieron en lo que podríamos llamar asesinatos legales. Luego llegó la segunda ola de muerte cuando las fuentes de los medicamentos fueron destruidas por equivocación junto con la biotecnología.

Fue apenas cuestión de tiempo para que los humanos fundaran una institución ciento por ciento humana para controlar las actividades de los Entremundos. Entonces surgió la Agencia Federal Entremundos—AFE—que acabó y reemplazó a los organismos policiales y de seguridad en todo el país. Los policías y agentes federales Entremundos ahora desempleados, formaron su propia fuerza policial: La S.E. La competencia entre ambas es intensa inclusive hoy, lo cual ayuda a mantener bajo control a los Entremundos más agresivos.

Cuatro pisos del edificio principal de la AFE en Cincinnati se dedican a buscar y encontrar los laboratorios biológicos ilegales que aun persisten y en los cuales se consigue buena insulina a precios muy elevados y algo para conjurar la leucemia. La AFE de los humanos vive obsesionada con hallar tecnologías prohibidas, tanto como la S.E. lo está por erradicar de las calles la droga llamada azufre.

Y todo comenzó cuando Rosalind Franklin se dio cuenta de que alguien había movido su lápiz y de que alguien más estaba en el lugar equivocado, pensé, pasando las yemas de los dedos por mi adolorida cabeza. Pequeñas claves. Pequeñas pistas. Eso es lo que hace que el mundo de vueltas. Eso fue lo que me convirtió en buena agente. Le sonreí a Rosalind, limpié las huellas de mis dedos del marco y la metí en mi caja de cosas para conservar.

De pronto escuché un estallido de risa nerviosa a mis espaldas. Abrí el siguiente cajón moviendo papeles sucios, notas adhesivas y clips de papel. Encontré mi cepillo donde siempre lo dejaba, pero sobre todo sentí gran alivio cuando lo guardé en la caja. El pelo se puede usar para lanzar hechizos contra blancos específicos. Si Denon quisiera verme muerta, ya lo habría tomado.

Mis dedos se toparon con el pesado reloj de bolsillo de papá. Era mi única pertenencia y tiré el cajón para cerrarlo con fuerza. Sentí que mi cabeza iba a estallar. Las manecillas se habían detenido faltando siete minutos para la medianoche. Le gustaba tomarme del pelo diciendo que se había detenido la noche en que fui concebida. Lo metí en mi bolsillo de adelante escurriéndome en la silla. Casi podía verlo ahí parado bajo del umbral de la puerta de la cocina, paseando los ojos desde su reloj hasta el reloj encima del lavaplatos, con una sonrisa que le invadía la cara, como pensando adónde se habría ido el tiempo perdido.

Puse a Don Pez y su acuario—el pescadito que me habían regalado el año pasado en la fiesta navideña de la oficina—en la vasija de disoluciones, confiando en que agua y pez no se salieran a salpicones, y luego siguieron las latas de alimento para peces. De repente sentí un golpe acolchonado que venía del fondo de la oficina y que me hizo voltear la mirada por encima de las divisiones amarillas en dirección a la puerta cerrada de Denon.

"No te alejarás más de un metro de esta puerta, Tamwood," escuché que decía con su voz apagada, silenciando el murmullo de las conversaciones. Aparentemente, Ivy acababa de renunciar. "Tengo tu contrato. ¡Tú eres quien trabaja para mí, no al contrario! Si te largas ya verás lo que..." Se oyó un ruido detrás de la puerta. "¡Mierda!" exclamó en voz baja, "¿Cuánto dinero hay ahí?"

"Lo suficiente para pagar mi contrato," repuso Ivy con su frialdad de costumbre. "Suficiente para tí y para los muertos del sótano. ¿Trato hecho?"

"Sí," repuso Denon con asombro y codicia. "Sí...eh... estás despedida."

Sentí como si mi cabeza estuviera llena de papel higiénico y la recosté entre mis manos puestas en forma de cáliz. ¿Ivy tenía dinero? ¿Por qué no me lo dijo anoche?

"¡Vete a Girar, Denon!" le dijo Ivy con perfecta claridad en el silencio total que reinaba. "Yo renuncié. Tú no me has despedido. Puedes quedarte con el dinero, pero no te metas con sangre alta. Eres de segunda y ninguna suma de dinero podrá cambiarte. Aún si tuviera que vivir en los bajos fondos con las ratas, sería más que tú. Te estás muriendo porque ya no tendré que recibir tus órdenes."

"No creas que con esto estarás a salvo," rebuznó el jefe. Casi que podía verle las venas saliéndole del cuello. "Porque puede haber accidentes. Si te acercas demasiado, a lo mejor amaneces muerta."

La puerta de la oficina de Denon se abrió como empujada por una tormenta y por ahí salió Ivy. La cerró tan fuerte que hasta las luces titilaron. Estaba tensa y no creo que me haya visto cuando pasó frente a mi cubículo. Yo estaba totalmente convencida de que lo había hecho muy bien. Su falda larga se infló mientras cruzó el recinto con pasos mortíferos. Manchas de ira se reflejaban en su rostro. La tensión le fluía por el cuerpo y casi podía verse lo fuerte que era.

No se estaba transformando en vampiro, pero estaba iracunda. De todas formas, dejó una turbulencia gélida a su paso, tanto, que ni siquiera los rayos de sol que penetraban por la ventana la pudieron atravesar. Llevaba una bolsa vacía en el hombro y su deseo colgando alrededor del cuello. *Chica inteligente*, pensé. *Consérvalo para un día de lluvia.* Ivy se dirigió a las escaleras y yo cerré los ojos preparándome para el golpe de la puerta metálica contra la pared.

Jenks apareció en mi cubículo, zumbando alrededor de mi cabeza como una polilla trastornada y exhibiendo el remiendo que tenía en el ala. "Hola Raque," dijo con júbilo detestable. "¿Qué hay de nuevo?"

"Baja la voz," susurré. Habría dado lo que fuera por una taza de café, pero no estaba segura si valía la pena caminar los veinte pasos que me separaban del lugar donde estaba la cafetera. Jenks estaba vestido de civil, de colores fuertes y estridentes. El morado no va con el amarillo. Jamás. Nunca irá bien. Santo Dios, la venda de su ala también era morada. "¿No estás un poco mareado?" Respiré hondo.

Jenks se sentó en el vaso de los lápices haciendo muecas. "No. El metabolismo de los duendes es muy sofisticado. El alcohol se convierte en azúcar en cuestión de minutos. ¡Qué bueno! ¿No te parece?"

"Uhh, fantástico." Envolví la foto donde salgo junto a mamá con pañuelos de papel y la puse junto a la de Rosalind. Por un instante pensé contarle a mamá que estaba sin empleo, pero cambié de opinión por razones obvias. Decidí esperar hasta que tuviera otro. "¿E Ivy? ¿Está bien?" le pregunté.

"Sí. Estará bien." Jenks saltó hasta la maceta del laurel. "Solo está un poco fastidiada por haber usado todos sus ahorros para comprar su contrato y protegerse el trasero."

Asentí con la cabeza contenta de pensar que a mí me querían fuera. Todo sería más fácil si ninguna de las dos tuviera encima un precio por su cabeza. "¿Sabías que ella tenía dinero?"

Jenks desempolvó una hoja y se sentó con aire de superioridad. Claro que era un tanto contradictorio verlo así pues, apenas medía diez centímetros de altura y estaba vestido de mariposa malhumorada. "Pues…uhh…es obvio. Ivy es la última persona viva de sangre de su familia. Yo le daría un par de días. Está tan brava como una avispa mojada. Perdió su hacienda en el campo, la tierra, las acciones...todo. Lo único que le queda en la ciudad es la mansión junto al río, pero es de la mamá."

Me recosté en la silla, saqué mi última pastilla de chicle de canela y me la metí a la boca. Entonces escuché un traqueteo cuando Jenks aterrizó en mi caja de cartón y comenzó a hurgar. "Ah sí," exclamó. "Ivy dijo que ya alquiló un departamento. Aquí tengo la dirección."

"¡Sal de ahí!" Lo sacudí con un dedo y voló otra vez hacia el laurel, parándose en la rama más alta para observar el chismorreo de la gente. Mis sienes latían al agacharme a desocupar el cajón de abajo. *¿Por qué le dio Ivy todo lo que tenía a Denon? ¿Por qué no usó su deseo?*

"¡Atención!," exclamó Jenks rodando por la planta escondiéndose tras las hojas. "Aquí viene."

No acababa de enderezarme cuando me topé con Denon del otro lado de mi escritorio. Y detrás venía Francis, el hipócrita oportunista de la oficina. La mirada de mi ex jefe pasó por encima de las divisiones del cubículo y se detuvieron junto a mí. Por poco me trago el chicle.

Para ponerlo en palabras más sencillas, el jefe parecía luchador profesional con una especialización en coquetería: grande, músculos fuertes, piel morena perfecta. A lo mejor fue una roca en otra vida. Como Ivy, Denon era un vampiro viviente. Pero a diferencia de Ivy, nació humano y después cambió. Eso lo hacía de sangre baja, una segunda clase lejana en el mundo de los vampiros.

De todas formas Denon tenía poder y era persona de cuidado, pues había trabajado duro para sobreponerse a su origen innoble. Su exceso de músculos era más que atractivo: lo ayudaba a mantenerse con vida cuando frecuentaba la compañía de sus familiares adoptivos más fuertes que él. Poseía la mirada de eterna juventud de aquellos que se alimentan regularmente de zombies. Solamente un muerto viviente puede convertir a un humano en vampiro; y, dado su aspecto saludable, Denon era claramente uno de los preferidos de los vampiros. Por otro lado, la mitad del edificio soñaba con ser su juguete sexual. La otra mitad se mojaba en los pantalones de miedo. Yo era miembro orgulloso del segundo grupo.

Mis manos temblaban. Alcé la taza con el café del día anterior fingiendo tomar un sorbo. Sus brazos se movían como pistones cuando caminaba y su camisa deportiva amarilla contrastaba con sus pantalones negros. Estaban perfectamente planchados, mostrando la línea de los músculos de las piernas y su cintura delgada. La gente se quitaba a su paso y hubo varios que salieron corriendo por la puerta. Dios me proteja si me equivoqué con mi único deseo y me atrapaban.

El plástico crujió cuando se apoyó sobre el borde de mis cuatro paredes. No lo miré. Más bien fijé los ojos en los agujeritos que habían abierto las tachuelas en los separadores de corcho. Sentí cosquillas en la piel, como si Denon me estuviera tocando. Su presencia producía un torbellino a mi alrededor que azotaba las paredes del cubículo y ahora lo sentía detrás. Mi pulso se aceleró y fijé la mirada en Francis.

El tonto se detuvo en el escritorio de Joyce desabrochando su chaqueta azul de poliéster. Sonrió mostrándome sus dientes perfectos y lo miré mientras se subía las mangas de la chaqueta revelando sus brazos flacos. Su cara triangular estaba enmarcada por el cabello que le llegaba hasta las orejas y se quitaba de encima de los ojos cada segundo. Se creía juvenilmente atractivo, pero a mí me parecía como si acabara de despertar.

A pesar de que apenas eran las tres de la tarde, ya tenía una barbita que le cubría la cara. El cuello de su camisa hawaiana estaba intencionalmente volteado hacia arriba. El rumor en la oficina es que quería parecerse a Sonny Crockett, pero sus pequeños ojos eran bizcos y su nariz demasiado larga y delgada. Patético.

"Sé lo que está sucediendo, Morgan," dijo Denon forzándome a prestarle atención. Tenía esa voz baja y ronca que solo poseen los hombres de alma oscura y los vampiros. Es una regla que anda escrita por ahí. Voz ronca. Dulce. Persuasiva. La amenaza que transmitía me templó la piel y el temor recorrió mi cuerpo.

"¿Cómo?" respondí, satisfecha de que no me temblara la voz. Envalentonada, le sostuve la mirada. El aire me entró hasta los pulmones y me sentí tensa. Trataba de arrastrarme el aura a las tres de la tarde. *Maldición*.

Denon se inclinó sobre la división y descansó los brazos en el borde de arriba. Sus bíceps se encogieron inflamándole las venas. Los pelos de mi nuca se pararon y luché contra la urgencia que sentí de mirar hacia otro lado. "Todos creen que te largas por los casos de pacotilla que te he estado encargando" dijo con voz balsámica, acariciando las palabras a medida que salían de sus labios. "A lo mejor están en lo cierto."

Se enderezó y yo me sacudí con el sonido del plástico que se doblaba. El color pardo de sus ojos había desaparecido completamente tras sus pupilas dilatadas. *Doble maldición*.

"He tratado de librarme de ti durante los últimos dos años," continuó, "pero tú no tienes mala suerte." Sonrió mostrándome sus dientes humanos. "Me tienes atrapado. Malos refuerzos, mensajes indescifrables, filtraciones sobre tus objetivos. Pero apenas logro que te largues, te llevas a mi mejor agente contigo." Sus ojos se volvieron intensos. Hice un esfuerzo por soltar las manos pero fijó su mirada en ellas. "Mala cosa, Morgan."

No fui yo, pensé. No supe si debía alarmarme. No fui yo. Todos esos errores *no fueron* míos. Pero entonces Denon se acercó más.

De repente me hallé parada entre crujidos de plástico y metal apoyándome en el escritorio. Los papeles también crujieron y el ratón cayó de la mesa colgando como un péndulo. Los ojos de Denon se habían vuelto completamente negros y mi pulso me martillaba.

"No me gustas Morgan," dijo, envolviéndome con su aliento pegajoso. "Nunca me has gustado. Tus métodos son flojos y descuidados, igual que tu padre. Es increíble que no hayas sido capaz de agarrar a esa hada." Pero, de repente, su mirada se perdió en la distancia y me di cuenta de que yo estaba conteniendo la respiración. Sus ojos se volvieron vidriosos y pareció perder el entendimiento.

Por favor, funciona, pensé desesperada. *Funciona . . . funciona*. Dennon se acercó. Yo me clavé las uñas en la palma de la mano para no huir. Me forcé a respirar. "Absolutamente increíble" repitió, como si quisiera descifrar algo; pero luego batió la cabeza fingiendo estar consternado.

Mi respiración volvió a medida que él se retiraba. Rompimos el contacto visual y él fijó los ojos en mi cuello donde mi pulso se veía como un martillo. Lo cubrí con una mano pero él sonrió como solo lo habría hecho con su verdadero y único amor. Tenía una sola cicatriz en su cuello hermoso y me pregunté adónde tendría todas las demás. "Apenas pongas los pies en la calle todo vale," susurró.

Mi asombro y mi temor se mezclaron produciéndome náuseas. Le estaba poniendo precio a mi cabeza.

"No puedes hacerlo . . . ," repuse tartamudeando. "Tú me pediste que me fuera."

No se movió, pero su inmovilidad me hizo temerle más. Mis ojos se fijaron en su respiración lenta y sus gruesos labios rojos. "Alguien va a morir por esto, Raquel." La forma como pronunció mi nombre me heló las entrañas. "No puedo matar a Tamwood, por eso tú recibirás su castigo. Felicitaciones." Denon me tenía entre cejas.

Bajé la mano del cuello apenas se alejó de mí. No era Ivy. Se notaba la diferencia entre la sangre alta y la sangre baja, entre los nacidos vampiros y aquellos humanos que cambiaron. Cuando llegó al pasillo, sus ojos amenazantes habían desaparecido. Denon sacó un sobre del bolsillo del pantalón y lo tiró en mi escritorio. "Disfruta tu último cheque, Morgan" dijo hablando fuerte para que los demás escucharan. No lo hacía por mí. Luego dio media vuelta y se fue.

"Pero tú querías que yo renunciara," murmuré mientras desaparecía en el ascensor. Las puertas se cerraron y la flechita roja que indica bajada se encendió. Ahora tenía que informarle a su jefe. De seguro tenía que estar bromeando. No podía ponerle precio a mi cabeza por algo tan estúpido como que Ivy y yo nos largábamos al mismo tiempo, ¿o sí?

"Buena esa Raquel." Alcé la cabeza reaccionando ante esa voz nasal. Me había olvidado de Francis. Se levantó del escritorio de Joyce y se recostó contra mi pared. Después de ver a Denon hacer lo mismo, la comparación con Francis era ridícula. Lentamente regresé a mi silla giratoria.

"He aguardado seis meses para que te desesperes y te largues" me dijo Francis. "Debí imaginar que lo único que te quedaba por hacer era emborracharte."

La ira terminó por quemar los restos de temor que me quedaban aun y seguí empacando. Mis dedos estaban fríos y traté de calentarlos frotándolos. Jenks salió de su escondite y regresó a la planta volando despacio.

Francis se bajó las mangas de la chaqueta hasta los codos, empujó mi cheque con un dedo y se sentó en mi escritorio con un pie en el suelo. "Te demoraste más de lo pensado," dijo con sorna. "O bien eres demasiado terca, o simplemente demasiado estúpida. De cualquier modo, estás muerta." Respiró con desdén carraspeando con su nariz delgada.

Entonces tiré duro un cajón para cerrarlo y casi le aplasto los dedos. "¿Estás tratando de demostrarme algo, *Francis?*"

"Me llamo Frank," respondió con tono de superioridad, pero en realidad sonó como si estuviera resfriado. "No te preocupes por desocupar los archivos de tu computadora. Ahora son míos. Y también tu escritorio."

Le eché un vistazo al protector de pantalla de mi computadora. Era un gran sapo verde con ojos saltones. ¡Más de mil veces lo había imaginado tragándose a una mosca con la cara de Francis! "¿Y desde cuándo los duros de abajo permiten que un aprendiz de brujo se encargue de los casos?" le pregunté minimizando su posición. A Francis ni siquiera podía clasificarlo como brujo. No era suficientemente bueno. Era capaz de invocar un hechizo, pero no sabía cómo manipularlo. Yo sí podía, pero casi siempre compraba amuletos. Era más fácil y más seguro para mí y para mi objetivo. No era culpa mía que hubiéramos vivido durante miles de años con ese estereotipo de que las mujeres son brujas pero los hombres son magos.

Creo qué él mismo quería que le hiciera esa pregunta. "Tú no eres la única que sabe preparar, Raquel mi amiga. Obtuve mi licencia la semana pasada." Se inclinó, sacó un lapicero de mi caja y lo puso otra vez en el vaso de lápices. "Me habría convertido en brujo hace tiempo. Lo que pasa es que no quería ensuciarme las manos aprendiendo a hacer hechizos. Tal vez no debí aguardar tanto tiempo. ¡Es tan fácil!"

Saqué el lapicero de nuevo y lo metí en el bolsillo de mi pantalón. "Pues, qué bueno para tí." *¿Francis brujo?* pensé. *Tienen que haber recortado los requisitos.*

"Así es," dijo Francis limpiándose bajo las uñas con uno de mis puñales de plata. "Me dieron tu escritorio, tu archivo de casos... hasta tu auto de la compañía."

Le arrebaté el cuchillo de las manos y lo lancé a la caja. "No tengo auto de la compañía."

"Pero yo sí." Se acomodó el cuello de la camisa de palmeras, sintiéndose muy a gusto con sí mismo. Juré mantener la boca cerrada para no darle otra oportunidad de fanfarronear. "Así es," insistió con una sobredosis de volumen. "Lo voy a necesitar. Denon quiere que vaya el lunes a entrevistar al concejal Trenton Kalamack." Francis rió burlonamente. "Mientras que tú revoloteabas tratando de arrastrar a tu miserable captura, yo lideré la misión que confiscó dos kilos de azufre."

"No me digas" repuse, lista para ahorcarlo.

"No es la cantidad" dijo, quitándose el pelo de los ojos, "sino quién los portaba."

Eso me llamó la atención. ¿El nombre de Trent asociado con azufre? "¿Quién?" pregunté.

Francis se levantó de mi escritorio y tropezó con mis zapatillas rosadas. Por poco cae al piso. Logró reponerse y me apuntó con el dedo, imitando una pistola. "Cuídate la espalda Morgan."

Hasta ahí llegó mi paciencia. Apreté los dientes y estiré la pierna colocándola certeramente debajo de la suya. Francis cayó aullando. Luego le puse mi rodilla detrás de su asquerosa chaqueta de poliéster y mi mano buscó automáticamente mis esposas, ¡pero ya no estaban! Jenks gritó un par de vivas revoloteando encima. Después de un grito ahogado de alarma, la oficina volvió a quedar en silencio. Ninguno se entrometía. Ni siquiera me dirigían la mirada.

"Escucha chiquillo, no tengo nada que perder" gruñí, inclinándome hasta que olí su sudor. "Tal como lo dijiste, yo ya estoy muerta; así es que lo único que me detiene de arrancarte los ojos ahora es una simple curiosidad. Te lo preguntaré de nuevo: ¿a quién atrapaste con azufre?"

"¡Raquel!" exclamó. Podía golpearme el trasero pero se moría de miedo. "Estás hundiéndote en m...¡ay! ¡ay!," gritó al sentir mis uñas que se enterraban en sus ojos. "¡Yolin! ¡Yolin Bates!"

"¿El secretario de Trent Kalamack?" preguntó Jenks volando sobre mi hombro.

"Sí," dijo Francis, raspando la alfombra con la cara, tratando de voltear la cabeza para mirarme. "O mejor, su ex secretario. ¡Maldición Raquel, quítate de encima!"

"¿Está muerto?" pregunté, sacudiéndome el polvo de los jeans mientras me levantaba.

Francis se puso de pie. Alguna satisfacción sacaba de contarme todo esto; de lo contrario ya se habría largado.

"Era una mujer, no un hombre," continuó mientras se ajustaba el cuello de la camisa hacia arriba. "Ayer la encontraron tiesa como una roca en un calabozo de la S.E. Literalmente como una roca. Era aprendiz."

Dijo lo último con tono condescendiente pero yo le devolví una sonrisa agria. Cómo podía sentir desprecio por algo que él era hasta hace apenas una semana. *Trent*, pensé, fijando la mirada a lo lejos. Si yo lograba demostrar que Trent estaba traficando con azufre y lo entregaba a la S.E. en bandeja de plata, Denon se vería obligado a dejarme en paz. La S.E. estaba tras él desde hacía años, desde que la red del azufre empezó a extenderse. Nadie sabía si Trent era humano o Entremundos.

"Demonios Raquel," gimió Francis frotándose la cara. "Me partiste la nariz."

Mi mente estaba clara y me volteé mirándolo con sorna.

"Tú eres brujo. Ve a preparar un hechizo." Yo sabía que no podía hacerlo. Tendría que pedir uno prestado, como cuando era aprendiz, y yo sabía que eso lo irritaba. Sonreí con satisfacción cuando empezó a abrir la boca para decir algo; pero pensó dos veces, se tapó la nariz y se fue.

Sentí un golpecito seco al aterrizar Jenks en mi arete. Francis caminó afanosamente por el pasillo con la cabeza ladeada en un ángulo extraño. Su chaqueta deportiva se movía según su extraño caminar y no pude contener la risa al oír que Jenks cantaba el tema musical de *Miami Vice*.

"Qué pedazo de trapo sucio" dijo Jenks mientras yo regresaba a mi escritorio.

Volví a fruncir el ceño y traté de meter mi maceta y el laurel en la caja ahora repleta de cosas. Me dolía la cabeza y quería irme a casa a dormir la siesta. Pasé una última mirada por el escritorio y levanté mis zapatillas para guardarlas con todo lo demás. Le dejé los libros a Joyce sobre su silla con una nota diciéndole que la llamaría luego. *¿De manera que quieres mi computadora?* pensé mientras abría un archivo. Bueno, tres clics...y ya está: ahora le sería imposible cambiar el protector de pantalla sin arruinar todo el sistema.

"Me voy a casa, Jenks" susurré, mirando el reloj de la pared. Las tres y media. Había estado en la oficina solo media hora, pero me pareció un siglo. Una última mirada a todo el piso. Solo cabezas y espaldas volteadas. Era como si yo no existiera. "¡Quién los necesita!" masculé. Tomé mi chaqueta del espaldar de la silla y mi cheque.

"¡Ey!" le grité a Jenks que me jalaba de la oreja. "¡Diablos, Jenks...ya deja eso!"

"¡El cheque!" exclamó, "Demonios, mujer...¡ha hechizado tu cheque!"

Me quedé inmóvil. Dejé caer la chaqueta en la caja y observé el sobre aparentemente inofensivo. Cerré los ojos y respiré profundo buscando identificar el olor de secoya.

Luego traté de sentir en la garganta el persistente sabor de azufre de magia negra. "No huele a nada."

Jenks soltó una carcajada. "¡Pero yo sí! Tiene que ser el cheque. Es lo único que te dio Denon. Ten cuidado Raquel: ¡es negra!"

Tuve una sensación de malestar. Denon no podía estar hablando en serio. No era posible.

Le eché otro vistazo a la oficina pero no había nadie que quisiera ayudarme. Saqué mi vasija del cesto de la basura que tenía agua del acuario de Don Pez. Le agregué una porción de sal, la probé con el dedo y luego le agregué un poco más. Muy bien. La misma salinidad del mar. Luego la vertí sobre el cheque. Si estaba hechizado, la sal rompería el hechizo.

Del sobre salió un humillo amarillo. "Relámpagos" dije, sintiendo temor repentinamente. "¡Cuidado con la nariz, Jenks!" y me resguardé debajo del escritorio.

El hechizo negro se disolvió formando burbujas. Una ola amarilla de humo sulfúrico se alzó y salió por los respiraderos, acompañado de varios lamentos. Hubo una pequeña estampida, pues todos se levantaron buscando puertas. Aun estando preparada para ello, el fétido olor a huevo podrido me irritó los ojos. El hechizo era inmundo y dirigido a mí, pues tanto Denon como Francis habían tocado el sobre. No podía creerlo.

Aún agitada, salí de debajo del escritorio. La oficina estaba desierta. "¿Está todo bien?," dije con algo de tos. Jenks asintió parado en mi arete. "Gracias Jenks."

Tenía revuelto el estómago pero tiré mi cheque empapado en la caja y salí pasando junto a todos los cubículos desocupados. Parecía que la amenaza de muerte de Denon iba en serio. ¡Maldición!

Cuatro

"**R**a-a-a-queeel-l-l-l" dijo cantando una vocecilla irritante que cortó el traqueteo de los cambios del autobús y el desfogue del motor diesel. La voz de Jenks chirrió adentro de mi oído peor que una tiza sobre el pizarrón. Tuve que hacer un esfuerzo por no lanzarle la mano para agarrarlo. Yo nunca lo había tocado. El pequeño fastidioso era muy rápido.

"No estoy dormida" le dije antes de que lo hiciera otra vez. "Solo descanso los ojos."

"Pues vas a descansarlos más allá de tu parada, Candela." Me llamó con el mismo apodo que me había dado el taxista y lo miré por una rendija del párpado.

"No me llames así." El bus dobló una esquina y tuve que sostener la caja con fuerza para equilibrarla sobre mis muslos. "Faltan aún dos cuadras" dije entre dientes. La náusea había desaparecido pero persistía la jaqueca. Sabía que faltaban dos cuadras por el ruido que hacían los de la liga de béisbol infantil. Los niños practicaban en el parque junto a mi apartamento y después del atardecer habría otra práctica.

Sentí el rasgueo de las alas de Jenks que descendía de mi arete hasta la caja. "¡Madre mía! ¡¿Ese era tu sueldo?!" exclamó.

Abrí los ojos como un relámpago. "¡Fuera de ahí!" Agarré mi cheque húmedo y lo metí en un bolsillo de la chaqueta. Jenks se burló haciendo muecas y yo froté mis dedos pulgar e índice como diciéndole que lo iba a triturar. Parece que entendió. Se alejó con sus pantalones de seda amarillo y morado y se sentó en el asiento frente a mí. "¿No deberías estar en algún lugar?" le pregunté, "¿por ejemplo, ayudando a tu familia a mudarse?"

Jenks soltó una carcajada. "¿Ayudarlos a mudarse? ¡Por nada del mundo!" Sus alas temblaron. "Además, debería darle una olfateada a tu sitio, sólo para asegurarnos de que todo esté en orden antes de que vueles en mil pedazos cuando quieras entrar al baño." Rió estruendosamente y varias personas voltearon a mirarme. Me encogí de hombros, como diciendo: "Duendes."

"Gracias," le respondí agriamente. Un duende guardaespaldas. Denon se moriría de la risa. Estaba agradecida con Jenks por detectar el hechizo en el cheque, pero la S.E. no tenía tiempo de perpetrar nada más. Pensé que a lo mejor tendría que cuidarme un par de días si la amenaza iba en serio. Pero yo creo que lo que quiso decir fue "no dejes que el hechizo te mate cuando vayas de salida" o algo así.

Me levanté y el autobús se detuvo. Bajé las escalerillas y me encontré con el último sol de la tarde. Jenks seguía fastidiando dando vueltas a mi alrededor. Era peor que un zancudo. "Bonito lugar" dijo sarcásticamente, mientras yo esperaba a que pasara el tráfico antes de cruzar la calle hacia mi apartamento. Asentí con la cabeza en silencio. Vivía en el distrito residencial de Cincinnati, en lo que fue un buen vecindario hace veinte años. El edificio de cuatro pisos era de ladrillo, construido originalmente para universitarios de clase alta. Había disfrutado de su elegancia hacía muchos años pero ahora quedaba reducido a esto.

Los buzones negros del porche eran feos y estaban abollados y se notaba que los habían forzado. La dueña me llevaba el correo, aun cuando sospechaba que era ella quien forzaba los buzones para escudriñar a sus anchas la correspondencia de los inquilinos. Había una pequeña franja de césped y dos arbustos desaliñados a cada lado de las escaleras. El año pasado sembré las semillas de milenrama que recibí de una promoción por correo de la revista *Hechizo Semanal;* pero el perro chihuahua de la dueña, el Sr. Dinky, las escarbó junto con el resto del jardín. Había pequeños terrones por todas partes, lo que le daba el aspecto de un campo de batalla de hadas.

"Y yo que pensaba que mi casa era mala," susurró Jenks cuando salté por encima del escalón podrido.

Mis llaves tintinearon mientras balanceaba la caja con una mano y trataba de abrir la puerta con la otra. Una vocecita en la cabeza me decía siempre lo mismo, año tras año. El olor a comida frita me asaltaba tan pronto entraba en el vestíbulo haciéndome fruncir la nariz. Una alfombra verde desaliñada y deshilachada adornaba las escaleras. La Sra. Baker había aflojado la bombilla de nuevo, pero la luz del atardecer que entraba por la ventana sobre el papel de botones de rosas de la pared me bastaba para encontrar el camino.

"Oye," dijo Jenks mientras subía las escaleras, "esa mancha en el techo tiene forma de pizza."

Miré hacia arriba. Tenía razón. Es gracioso. Jamás la había notado antes.

"¿Y esa abolladura en la pared?" continuó apenas alcanzamos el primer piso; "es justo del tamaño de una cabeza. Demonios, ¡si las paredes hablaran!"

Aun podía sonreír. Esperemos a que vea mi apartamento. Había una abolladura en el piso de la sala donde alguien había encendido una hoguera.

Pero la sonrisa desapareció tan pronto pisé el segundo descanso: todas mis cosas estaban en el pasillo.

"¿Qué demonios?" susurré. Asombrada, dejé la caja en el piso y miré por el pasillo buscando la puerta de la Sra. Talbú. "¡Ya pagué el alquiler!"

"¿Raque?," llamó Jenks desde el techo. "¿Dónde está tu gato?"

La rabia iba aumentando. Miré mis muebles y me pareció que ocupaban más espacio amontonados en el pasillo, sobre la ordinaria alfombra plástica. "¿Pero...por qué? ¡Maldición!"

"¡Raquel!" gritó Jenks. "¿Dónde está tu gato?"

"No tengo gato" gruñí. Ese era uno de mis puntos débiles.

"Pensé que todas las brujas tenían un gato."

Recorrí el pasillo con los dientes apretados. "Los gatos hacen estornudar al Sr. Dinky."

Jenks volaba junto a mi oreja. "¿Quién es el Sr. Dinky?"

"Es él" le dije, señalando una fotografía gigante de un chihuahua blanco que colgaba de frente a la puerta de la propietaria. El cochino perro de ojos saltones tenía uno de esos lazos que las mamás les ponen a las bebitas para que se sepa que es una niña. Golpeé en la puerta. "¿Sra. Talbú? ¡¿Sra. Talbú!?"

Se escuchaban los chillidos secos del Sr. Dinky y de alguien que clavaba detrás de la puerta. Luego... los gritos de la propietaria tratando de hacer callar al bendito animal. El Sr. Dinky multiplicó sus ladridos, arañando el piso y tratando de excavar un camino para salir.

"¡Sra. Talbú!" grité, "¿Qué hacen mis cosas en el pasillo?"

"¿Tus cosas, Candela?," dijo Jenks desde el techo. "Querrás decir mis desbaratadas cosas."

"¡Ya te dije que no me llames así!" grité, golpeando la puerta de nuevo.

Oí que adentro se cerraba una puerta y los ladridos del Sr. Dinky se hicieron más lejanos y desesperados. "¡Vete! ¡Aquí no puedes vivir más!"

Me dolía la palma de la mano y comencé a masajearla. "¿Usted piensa que no voy a pagarle el alquiler?" le dije sin importarme que todos los vecinos se enteraran. "Tengo dinero, Sra. Talbú. No puede sacarme así. Aquí mismo tengo el dinero del arriendo del próximo mes." Saqué mi húmedo cheque y lo agité frente a la puerta.

"Cambié la cerradura," dijo la Sra. Talbú con voz trémula. "Vete antes de que te maten."

Incrédula, me quedé inmóvil mirando la puerta. ¿Sabía de la amenaza de la S.E.? Además, esa actitud de señora anciana era pura comedia. Gritaba claro y duro a través de la pared cuando pensaba que tenía muy alta la música. "¡No puede desalojarme!" le dije desesperada. "¡Tengo mis derechos!"

"Las brujas muertas no tienen derechos" dijo Jenks parado en la instalación eléctrica.

"¡Maldita sea, Sra. Talbú!," grité frente a la puerta. "¡No estoy muerta aún!"

No hubo respuesta. Me quedé ahí parada pensando. No tenía mayor opción y ella lo sabía. Tal vez podía quedarme en mi nueva oficina hasta encontrar algo. Mudarme a vivir con mamá estaba descartado y no había hablado con mi hermano desde que empecé a trabajar con la S.E.

"¿Y mi depósito de garantía?" le pregunté. Seguía el silencio. Mi rabia se convirtió en fuego lento que podía arder durante días. "Sra. Talbú," dije calmadamente. "Si usted no me devuelve el saldo de este mes de alquiler y mi depósito de garantía, no me moveré de este sitio." Hice una pausa a ver si la escuchaba. "Me quedaré aquí sentada hasta que me atrapen y me hechicen. A lo mejor voy a explotar aquí mismo y dejaré una gran mancha de sangre en su alfombra que jamás podrá sacar. Y tendrá que verla todos los días. ¿Me escucha? ¿Sra. Talbú?," amenacé. "¡Encontrará pedazos míos en el techo de su pasillo!"

Escuché un jadeo. "Oh, mi pobre Dinky" dijo la Sra. Talbú. "¿Dónde está mi chequera?"

Miré a Jenks sonriendo agriamente y me respondió con un gesto de triunfo.

Se escucharon unos crujidos seguidos de un momento de silencio. Luego, el típico sonido de un cheque que se arranca de la chequera. No entiendo para qué continuaba con esa comedia de viejecita. Todos sabían que era más dura que la boñiga petrificada de dinosaurio y seguramente viviría más que todos nosotros. ¡No la quería ni la muerte!

"¡Desfachatada! Voy a asegurarme de que todos se enteren de esto. No encontrarás sitio para arrendar en toda la ciudad."

Jenks bajó como un dardo tan pronto vio que un papel blanco se asomaba debajo de la puerta. Luego de girar a su alrededor unos instantes, me indicó que estaba bien. Lo levanté y leí la suma. "¿Y mi depósito de garantía?" pregunté. "¿Quiere venir a mi apartamento para inspeccionarlo? ¿Quiere asegurarse de que no hay agujeros de clavos en las paredes o malos augurios debajo de la alfombra?"

Se oyó una maldición apagada seguida de más rasguños. Apareció otro papel. "¡Lárgate de mi edificio!" gritó la Sra. Talbú. "¡Lárgate antes de que te ataque el Sr. Dinky!"

"Yo también la quiero mucho, vieja murciélago." Saqué la llave de mi llavero y la tiré. Enfadada pero satisfecha, agarré el segundo cheque.

Regresé donde estaban mis cosas y reconocí el revelador olor a azufre que salía de ellas. Mis hombros estaban tensos de los nervios al observar mi vida arrimada contra las paredes. Todo estaba hechizado. No podía tocar nada. ¡Oh Dios, ayúdame! Estaba bajo amenaza de muerte de la S.E.

"No puedo empapar todo con sal" dije, al tiempo que oí una puerta que se cerraba.

"Conozco a un tipo que tiene un depósito," dijo Jenks con ánimo inusualmente comprensivo. Miré hacia arriba cruzando los brazos. "Si se lo pido, vendrá por todo esto y lo guardará. Luego podrás disolver los hechizos." Dudó un instante observando los discos compactos tirados de cualquier manera en mi gran cuenco de cobre para hechizos.

Asentí poniendo mi espalda contra la pared dejándome escurrir lentamente hasta quedar sentada en el piso. Mi ropa, mis zapatos, mi música, mis libros...¿mi vida?

"Ay, no..." dijo Jenks suavemente. "Hechizaron tu disco de los *Éxitos de Takata*"

"Está autografiado" susurré. El ronroneo de sus alas disminuyó. El plástico sobreviviría al baño en agua salada, pero el catálogo de papel quedaría arruinado. ¿Me mandaría otro si se lo pedía? A lo mejor se acordaba de mí. Pasamos juntos una noche salvaje, persiguiendo sombras entre las ruinas de los viejos laboratorios biológicos de Cincinatti. Creo que escribió una canción sobre eso: "Nueva luna naciente perdida al amanecer / las sombras de la muerte son de temer." Estuvo entre los veinte primeros éxitos durante dieciséis semanas seguidas. Fruncí el ceño. "¿Habrán dejado algo sin hechizar?"

Jenks aterrizó sobre el directorio telefónico encogiéndose de hombros. Les habían dado todo a los forenses.

"Vaya." Me levanté sintiendo un nudo en el estómago. Recordé lo que había dicho Ivy sobre León Bairn. Pedacitos de brujo esparcidos por todo el porche. Tragué con dificultad. No podía ir a casa. *¿Cómo demonios iba a pagarle a Denon?*

Volvió el dolor de cabeza. Jenks se acomodó en el arete con la bocota cerrada mientras yo levantaba mi caja de cartón. Bajé las escaleras. Primero lo primero. "¿Cómo se llama el tipo ese que conoces?" le pregunté cuando llegué al vestíbulo. "El del depósito. ¿Crees que si le pago extra me ayudará a diluir mis cosas?"

"Tendrías que explicarle cómo hacerlo. . . . no es brujo."

Me quedé pensando tratando de componerme. Mi teléfono celular estaba en el bolso, pero la pila estaba muerta y el cargador en algún lugar entre mis cosas hechizadas. "Puedo llamarlo desde la oficina," dije.

"No tiene teléfono" dijo Jenks saltando de mi arete y volando en reverso a nivel de mis ojos. La venda de su ala se había soltado y pensé ofrecerle ayuda para ponérsela de nuevo. "Vive en Los Hollows," concluyó Jenks. "Hablaré con él. Es un poco tímido."

Agarré la perilla de la puerta pero dudé un instante. Con la espalda contra la pared, levanté ligeramente la cortina amarilla desteñida por el sol para echar un vistazo por la ventana. El estropeado jardín estaba en silencio bajo el sol de la tarde, quieto y vacío. El ruido de una cortadora de pasto y el zumbido de los autos que pasaban era amortiguado por el vidrio. Con los labios apretados, decidí aguardar allí hasta el próximo autobús.

"Prefiere efectivo" dijo Jenks, bajando para detenerse en el umbral. "Lo llevaré a la oficina cuando haya guardado tus cosas."

"Querrás decir, todo lo que aun no ha desaparecido" repuse, a pesar de que creía que todo estaba relativamente a
salvo. Se supone que los hechizos tienen un blanco determi-
nado, sobre todo si son magia negra; pero nunca se sabe.
Nadie se arriesgaría a morir por mis cosas. "Gracias Jenks."
Me había salvado el trasero por segunda vez. Me sentía incómoda, y un poco culpable.

"Oye, para eso están los socios," respondió. Pero con eso
no mejoró nada.

Apenas sonreí al ver su entusiasmo. Puse mi caja en el
piso y esperé.

Cinco

E l autobús estaba en silencio, pues a esa hora del día casi todo el tráfico salía de Los Hollows. Jenks había salido por la ventana poco después de que cruzamos el río hacia Kentucky. Era de la opinión de que la S.E. no intentaría atacarme en un autobús con testigos. Yo no estaba tan segura, pero tampoco le pediría que se quedara conmigo.

Le di la dirección al chofer y acordamos que me avisaría cuando llegáramos. Era un humano flaco. Su desteñido uniforme azul le quedaba grande, a pesar de todas las galletas waffers que se metía a la boca como si fueran dulces.

Casi todos los choferes del sistema de transporte público de Cincinatti se llevaban bien con los Entremundos. Pero no todos. Las reacciones que los humanos tenían hacia nosotros variaban mucho. Algunos sentían miedo. Otros no. Algunos nos querían. Otros nos querían muertos. Unos pocos aprovechaban las tarifas de los impuestos y se iban a vivir a Los Hollows, pero eran la minoría.

Poco después del Giro se presentó una emigración inesperada. Casi todos los humanos que podían, decidieron mudarse a las ciudades. Los sicólogos de entonces la bautizaron "el síndrome de hogar; y, en retrospectiva, ese fenómeno nacional tenía sentido. Los Entremundos estaban más que dispuestos a tomarse las propiedades de las afueras, atraídos por la perspectiva de poseer un poco más de tierra que podían considerar suya. Y eso sin contar siquiera la gran deva-luación de las casas.

Apenas ahora la población empieza a equilibrarse a me-dida que los Entremundos ricos regresan a las ciudades y los humanos con menos suerte—pero más inteligentes—prefie-ren vivir en un bonito vecindario de Entremundos y no en un basurero humano. Pero, por lo general, aparte de una pe-queña sección alrededor de la universidad, los humanos vi-vían en Cincinatti y los Entretemundos en Los Hollows del otro lado del río. A nosotros no nos importa que los huma-nos rechacen nuestros vecindarios viéndolos como ghettos anteriores al Giro.

Los Hollows se han convertido en el bastión de la vida de los Entremundos, cómoda y casual en la superficie, pero con problemas potenciales ocultos. Muchos humanos se asom-bran de ver lo normales que se ven Los Hollows. Y, pensán-dolo bien, tiene sentido. Nuestra historia es la historia de la humanidad. No caímos del cielo en el 66. Emigramos por Ellis Island. Combatimos en la Guerra Civil, en la Primera Guerra Mundial, en la Segunda Guerra Mundial—algunos de nosotros en las tres. Sufrimos la Depresión y todos juntos esperamos para saber quién le disparó a JR.

Pero existen diferencias peligrosas y todos los Entremun-dos mayores de cincuenta años han pasado la primera parte de su vida ocultándolas—tradición que se mantiene aún hoy.

Las casas son modestas, pintadas de blanco, amarillo o rosado. No hay casas embrujadas, con la excepción del cas-tillo Loveland en el mes de octubre. Entonces se convierte en la peor de las casas encantadas a ambos lados del río. Hay columpios, piscinas, bicicletas en los jardines y autos esta-cionados en las calles. Hay que tener entrenada la vista para darse cuenta de que las flores están organizadas en hechizos contra la magia negra y que las ventanas de los sótanos ge-neralmente están cementadas. La peligrosa y salvaje reali-dad sólo florece en las profundidades de la ciudad, donde la gente se encuentra y la emotividad corre desenfrenada: parques de diversión, clubes de baile, bares, iglesias. Pero en nuestros hogares, *jamás.*

Es silencioso—incluso de noche, cuando sus moradores andan despiertos. El silencio era lo que primero que hacía reaccionar a los humanos y los inquietaba haciendo volar sus instintos.

Sentí que no estaba tan tensa mientras miraba por la ventana y contaba las persianas negras a prueba de luz. La tranquilidad del vecindario parecía apoderarse del autobús. Hasta los pocos pasajeros que iban conmigo estaban inmóviles. Algo había en Los Hollows que me hacía sentir "en casa."

Mi cabello cayó hacia adelante cuando el autobús se detuvo. Salté nerviosamente cuando el tipo que venía atrás me rozó el hombro al levantarse. Bajó apresuradamente por la escalerilla con un ruido metálico de botas y se perdió en dirección del atardecer. El chofer me dijo que la siguiente parada era la mía. Aguardé de pie mientras el buen hombre se acercaba al andén para dejarme bajar. Descendí hacia las sombras que ya caían, envolviendo la caja con mis brazos y tratando de no respirar los gases del autobús que se alejaba. Desapareció tras una esquina llevándose consigo los últimos vestigios de ruido y humanidad.

Me fui quedando en silencio oyendo el cantar de algunos pájaros. En algún lugar cercano unos niños llamaban...no; gritaban...y un perro ladraba. Algunos augurios en tiza de colores decoraban los andenes rotos y una muñeca olvidada con colmillos pintados me recibió con su sonrisa. Del otro lado de la calle había una pequeña iglesia de piedra con su campanario que sobresalía por encima de los árboles.

Giré sobre mis tacones para ver lo que había arrendado Ivy para nosotras: era una casa de un piso que podía convertirse fácilmente en oficina. El techo parecía nuevo, pero el cemento de la chimenea se caía a pedazos. Al frente el pasto estaba tan crecido que necesitaba una podada. Hasta tenía garaje. Y, adentro, una máquina oxidada de cortar césped.

Estaremos bien, pensé, mientras abría la reja encadenada a la cerca que cerraba el patio. Un hombre viejo negro estaba sentado en el porche, meciéndose al ritmo del atardecer. ¿El dueño? cavilé sonriendo. Pensé si acaso sería un vampiro, pues usaba lentes oscuros frente al sol de la tarde. Su aspecto era descuidado, a pesar de estar afeitado. Junto a las sienes, su cabello rizado se tornaba gris. Tenía barro en los zapatos y otro tanto en las rodillas de sus jeans. Se veía muy gastado y cansado—desechado como un caballo de arado al que ya no quieren, pero que aun puede trabajar otra temporada más.

Colocó un vaso largo en la baranda del porche a medida que yo subía las escaleras. "No gracias" dijo, quitándose los lentes y guardándolos en el bolsillo de la camisa. Su voz era áspera.

Vacilante, lo miré parada en el primer escalón. "¿Disculpe?"

Tosió para despejar la garganta. "Lo que sea que esté usted vendiendo de esa caja, no lo quiero. Tengo suficientes velas de maleficio, caramelos, revistas; y no tengo dinero para un nuevo revestimiento exterior, purificador de agua o cuarto de sol."

"No vendo nada," le dije. "Soy su nueva inquilina."

Se enderezó, lo que lo hizo verse más descuidado aun. "¿Inquilina? Querrá decir...del otro lado de la calle."

Confundida, cambié mi caja de pierna. "¿No es éste el 1597 de la calle Oakstaff?"

Rió. "Queda del otro lado de la calle."

"Disculpe que lo haya incomodado." Me di vuelta para salir, subiendo mi caja un poco más.

"Así es," dijo el hombre. Me detuve, pues no quise ser descortés. "En esta calle los números están invertidos. Los números impares están en el lado equivocado de la calzada." Sonrió de nuevo plegando las arrugas alrededor de los ojos. "Pero a mí no me preguntaron cuando pusieron los números." Me extendió la mano. "Yo soy Keasley," dijo, esperando a que yo subiera por las escaleras para darle la mano.

Vecinos, pensé, rotando los ojos mientras subía. *Más vale ser amable.* "Raquel Morgan" repuse, con un sólo apretón de manos. Se sonrió dándome unas palmaditas paternales en el hombro. La fuerza de su mano era sorprendente, lo mismo que el olor de secoya que despedía. Era un brujo, o por lo menos aprendiz. Incómoda por su exceso de confianza, di un paso atrás y me soltó la mano. El porche estaba más fresco y me sentía más alta parada bajo el techo.

"¿Tus amigos están con la vampiro?" dijo, indicando con el mentón hacia el otro lado de la calle.

"¿Ivy? Sí."

Asintió lentamente, como si se tratara de algo importante. "¿Las dos renunciaron juntas?"

Parpadeé. "Las noticias vuelan."

Rió otra vez. "Así es. Vuelan de verdad."

"¿No le da miedo que me hechicen delante de su puerta y que lo arrastre conmigo?"

"No." Se recostó en su mecedora y tomó el vaso. "Este te lo quité de encima." Tomó un diminuto amuleto autoadhesivo entre el pulgar y el índice. Yo quedé con la boca abierta mientras que él lo dejaba caer en el vaso. Lo que pensé que era limonada comenzó a formar espuma a medida que el hechizo se disolvía. Salió humo amarillo mientras él movía su mano dramáticamente. "¡Cáspita! . . . Era feo."

¿Agua salada? Sonrió al ver mi conmoción. "Él tipo del autobús . . . ," tartamudeé retirándome del porche. El azufre amarillo se arremolinó en las escaleras, como si me estuviera buscando.

"Un gusto conocerla, Srta. Morgan" dijo el hombre. Salí a trompicones hasta la acera. "Una vampiro y un duende pueden ayudarla a seguir con vida un par de días, pero de nada servirá si no tiene más cuidado."

Volteé los ojos buscando calle abajo el autobús que obviamente ya no estaba. "El tipo del autobús . . ."

Keasley asintió con la cabeza. "Es verdad que no intentarán nada cuando haya testigos, menos aun al principio; pero tiene que cuidarse de los amuletos que sólo se activan cuando está sola."

Había olvidado los hechizos de acción retardada. Pero, ¿de dónde sacaba Denon el dinero? Fruncí el ceño tratando de pensar en el dilema; el dinero de soborno de Ivy estaba financiando mi pena de muerte. ¡Qué bien!

"Estoy en casa todo el día," dijo Keasley. "Venga si quiere hablar. Ahora salgo muy poco. Artritis." Se dio una palmadita en la rodilla.

"Gracias por encontrar ese hechizo."

"Un gusto," respondió con la mirada fija en el techo del porche y el ventilador que giraba lentamente.

Sentía un nudo en el estómago mientras me dirigía hacia la acera. ¿Acaso toda la ciudad se había enterado de mi despido? Tal vez Ivy habló con él.

Me sentía vulnerable en la calle vacía. "Mil quinientos noventa y tres" musité, observando una pequeña casa amarilla con dos bicicletas en el césped. "Mil seiscientos uno," dije mirando para el otro lado, hacia una casa de ladrillo bien cuidada. Me mordí los labios. Lo único que había en medio de ambas era la iglesia de piedra. Quedé helada. ¿Una iglesia?

Un zumbido áspero pasó por mis oídos y me agaché instintivamente.

"¡Hola Raque!" Jenks se detuvo en el aire justo fuera de mi alcance.

"¡Diablos, Jenks!" grité, enojándome más al oír la risa del viejo. "¡No hagas eso!"

"Tus cosas ya están organizadas" dijo Jenks. "Lo hice colocar todo encima de bloques."

"Es una iglesia."

"No me digas, Sherlock. Espera a que veas el jardín."

Permanecí inmóvil. "Es una *iglesia.*"

Jenks flotaba en el aire esperándome. "Atrás hay un jardín inmenso; buenísimo para hacer fiestas."

"Jenks," le dije con los dientes apretados, "es una iglesia y el jardín es un *cementerio*."

"No todo," dijo flotando con impaciencia; "y, además, ya no es iglesia. Es una guardería infantil desde hace dos años. Ahí no han enterrado a nadie desde el Giro."

Lo miré fijamente. "¿Sacaron los cuerpos?"

Dejó de revolotear y quedó suspendido, inmóvil. "Naturalmente que sacaron los cuerpos. ¿Me crees *estúpido*? ¿Crees que viviría donde hay *humanos* muertos? Dios me ayude. ¡Los gusanos, las enfermedades, los virus y toda esa mierda filtrándose por el piso infectándolo todo!"

Acomodé de nuevo la caja y crucé la calle en sombras. Luego subí por las amplias escaleras de la iglesia. Jenks no tenía la más mínima idea si los cuerpos habían sido trasladados o no. Los escalones de piedra gris estaban hundidos en el centro por tantos años de uso y además estaban resbalosos. Tenía dos puertas dobles de madera rojiza más altas que yo aseguradas con metal. Una tenía una placa atornillada que decía: "Guardería Infantil de Donna." Rezongué leyendo la placa. Empujé una de las puertas y me asombré de la fuerza que se necesitaba para moverla. Ni siquiera tenía candado, tan sólo un pasador interior.

"Claro que sacaron los cuerpos" dijo Jenks, revoloteando por toda la iglesia. Apostaría cien dólares a que se dirigía hacia el jardín para investigar.

"¿Ivy?" grité, tratando de cerrar la puerta a mis espaldas. "Ivy, ¿estás aquí?" El eco de mi voz resonó por el santuario que aun no había visto. Era un sonido grave en un espacio cerrado rodeado de vitrales de colores. El vestíbulo estaba oscuro. No tenía ventanas y había unos paneles negros de madera. Era cálido y tranquilo y se sentía la atmósfera de las antiguas liturgias. Dejé la caja en el piso de madera y contemplé el resplandor verde y ámbar que provenía del santuario.

"¡Enseguida bajo!," llegó el grito distante de Ivy. Sonaba casi alegre; pero, ¿dónde demonios estaba metida? Su voz venía de todas partes, pero a la vez de ninguna en especial.

Escuché el suave sonido de un pestillo e Ivy apareció detrás de un panel. A sus espaldas había una escalera angosta en espiral. "El búho está en el campanario" dijo, sus ojos pardos más vivos que nunca. "Es perfecto como almacén. Cantidades de repisas y estantes. Sólo que alguien dejó sus cosas. ¿Quieres que echemos un vistazo juntas más tarde?"

"Ivy, estamos en una iglesia."

Ivy se detuvo. Cruzó los brazos y me miró, su cara súbitamente vacía.

"Hay gente muerta en el jardín" agregué. Entonces se dirigió al santuario. "Se pueden ver las lápidas desde la calle," continué diciendo mientras la seguía.

Los bancos habían desaparecido, lo mismo que el altar. Sólo quedaba un cuarto desocupado y una tarima ligeramente elevada. Esa misma madera negra formaba el revestimiento que quedaba debajo de los altos ventanales con vitrales de colores que no podían abrirse. Una sombra descolorida en la pared indicaba el lugar donde alguna vez colgó una cruz inmensa sobre el altar. El techo tendría unos tres pisos de altura y yo fijé mis ojos en la talla de la madera. Pensé que sería difícil mantener el calor en el lugar durante el invierno. No era otra cosa que un espacio desnudo y vacío, pero la fría desolación lo proveía de una sensación de paz.

"¿Cuánto cuesta?" pregunté, acordándome de que debería estar enojada.

"Setecientos al mes, servicios incluidos" dijo Ivy secamente.

"¿Setecientos?" dije sorprendida y algo escéptica. Es decir, mi parte son tres cincuenta. Pagaba cuatrocientos cincuenta en los suburbios por mi propio castillete de una habitación. No estaba mal. Nada mal. Sobre todo si tenía jardín. *No,* pensé, de vuelta con mi mal humor. Es un *cementerio*.

"¿Adónde vas?" le pregunté a Ivy que se alejaba. "Te hablo a ti."

"Voy por una taza de café. ¿Quieres una?" Desapareció por la puerta que estaba detrás de la tarima elevada.

"Está bien. El alquiler es barato" dije. "Eso fue lo que dije que quería, ¡pero es una iglesia! ¡No puedes administrar un negocio desde una iglesia!" Molesta la seguí, pasando junto a los baños para hombres y mujeres. Más adelante, a la derecha, había una puerta. Eché un vistazo al pasar y me hallé con un cuarto desocupado de buen tamaño, piso y paredes respondiendo a mi respiración con un eco. Una ventana con un vitral de santos estaba abierta con una vara para ventilarlo y podía escuchar a los gorriones cantando afuera. El cuarto daba la impresión de haber sido una oficina, adaptado luego para acomodar cunas de bebés. El piso estaba polvoriento pero la madera se veía bien y no tan rayada.

Satisfecha, eché otro vistazo por la puerta del otro lado del pasillo. Había una cama arreglada y cajas abiertas. Antes de que pudiera ver más, Ivy se paro de frente y cerró la puerta.

"Son tus cosas" le dije mirándola.

Ivy se quedó inmutable, helándome más que si hubiese tratado de arrastrarme el aura. "Tendré que quedarme aquí hasta que pueda arrendar una habitación en algún lugar." Dudó por un instante acomodándose el cabello negro detrás de la oreja. "¿Algún problema?"

"No" repuse suavemente, cerrando mis párpados unos instantes. Por el amor de Santa Filomena. Tendría que vivir en la oficina mientras encontraba otro lugar. Abrí los ojos y me llamó la atención la extraña mirada de Ivy. Era una mezcla entre temor y ¿expectativa?

"Parece que yo también voy aterrizar aquí" le dije, a pesar de que esto no me gustaba para nada. Pero no tenía otra opción. "Me sacaron del apartamento. La caja que hay adelante es todo lo que tengo hasta que logre conjurar el hechizo de mis cosas. La S.E. embrujó todo mi apartamento con magia negra y por poco me clavan en el autobús. Además, gracias a la dueña, nadie me alquilará un apartamento dentro de los límites de la ciudad. Denon le puso precio a mi cabeza, tal como tú dijiste." Traté de que mi voz no sonara quejumbrosa, pero era imposible.

Los ojos de Ivy aun destellaban esa extraña luz y pensé si acaso me habría mentido respecto a que no era un vampiro activo. "Puedes quedarte en la habitación desocupada" dijo asegurándose de que la voz le sonara inexpresiva.

Asentí ligeramente. *Está bien,* pensé, al tiempo que respiraba profundo. Estaba viviendo en una iglesia con cuerpos en el jardín, con una amenaza de la S.E. y con un vampiro al otro lado del pasillo. Me pregunto si se dará cuenta si pongo un candado en la puerta. Me pregunto si haría alguna diferencia.

"La cocina queda atrás" dijo. La seguí, atraída por el aroma del café. Dimos la vuelta por la galería y de nuevo olvidé que estaba molesta.

El tamaño de la cocina era aproximadamente la mitad del santuario, tan bien equipada y moderna, mientras que el santuario era medieval y vacío. El metal de cromo relucía y las luces fluorescentes brillaban. El refrigerador era inmenso. De un lado del cuarto había una estufa y un horno de gas. Del otro, un reverbero eléctrico. El centro era una isla de acero inoxidable con estantes desocupados abajo. La estantería superior estaba engalanada con utensilios metálicos, sartenes y ollas. Era una cocina de ensueño para una bruja: ¡ahora no tendría que revolver mis hechizos y la cena en la misma estufa!

Aparte de la mesa y los asientos de madera medio desbaratados de la esquina, la cocina parecía una de esas que salen en los programas de televisión. Un extremo de la mesa estaba organizado como un escritorio para computadora, con la pantalla titilando incesantemente en busca de enlaces de red. Era un programa costoso y eso me dejó pensando.

Ivy aclaró la garganta mientras abría un armario al lado del fregadero. Había tres tazas diferentes en la repisa de abajo. Por lo demás, estaba desocupado. "Instalaron la cocina nueva hace cinco años a petición del Departamento de Sanidad" dijo atrayendo mi atención. "La congregación no era muy grande y cuando terminaron de instalarla, no tenían como pagar. Por eso la están alquilando. Para pagarle al banco."

El sonido del café cayendo en las tazas llenó la habitación mientras yo pasaba mis dedos por la intachable isla de acero. Jamás habían preparado allí un pastel de manzana o galletas para la escuela de domingo.

"Quieren recuperar su iglesia" dijo Ivy apoyándose contra el mostrador con la taza bien acomodada entre sus manos pálidas. "Pero se están muriendo. Quiero decir, la iglesia" agregó, cuando mis ojos y los suyos se encontraron. "No hay nuevos miembros. Es triste, de verdad. La sala queda acá detrás."

No supe qué responder, prefiriendo mantener la boca cerrada. La seguí por el pasillo y por una puerta angosta al final del corredor. La sala era acogedora y dispuesta con tan buen gusto que no dudé ni un instante de que estas eran las cosas de Ivy. Era la primera cosa cálida y suave que había visto en este lugar, aun cuando todo fuera en tonos grises y las ventanas apenas simples vidrios transparentes. Celestial. Sentí que disminuía mi tensión. Ivy oprimió un control remoto y sonó música de jazz. Tal vez no estaba del todo mal.

"¿Por poco te atrapan?" preguntó Ivy lanzando el control sobre la mesita de centro y acomodándose en uno de los voluptuosos sillones de gamuza gris junto a la chimenea vacía. "¿Estás bien?"

"Sí," repuse agriamente, hundiéndome hasta los tobillos en la alfombra. "¿Todas estas cosas son tuyas? Un tipo se topó conmigo pegándome un hechizo que solo invocaría cuando no hubiera testigos presentes...además de mí. No puedo creer que Denon haga esto en serio. Tú tenías razón." Me esforcé para sonar despreocupada, pues no quería que Ivy se diera cuenta de lo nerviosa que estaba. ¡Demonios! Yo tampoco quería darme cuenta de lo preocupada que estaba. Conseguiría el dinero de alguna manera para pagar mi contrato. "Tuve mucha suerte de que ese viejo del otro lado de la calle me lo quitara." Levanté una fotografía de Ivy con un perro labrador. Sonreía mostrando los dientes y yo oculté mi estremecimiento.

"¿Qué viejo?" preguntó Ivy de inmediato.

"Al otro lado de la calle. Te ha estado observado." Dejé el marco metálico en la mesa y acomodé el cojín de la silla frente a ella antes de sentarme. Muebles que hacen juego; qué bien. Un viejo reloj de repisa sonaba suave y melódicamente. Había una pantalla grande de televisión con un reproductor de discos compactos en una esquina y muchos botones. Ivy sabía de aparatos electrónicos.

"Traeré mis cosas una vez que las haya disuelto" dije, pensando cómo se verían mis cosas ordinarias junto a las suyas. "Al menos lo que sobreviva a la sumergida," agregué.

¿Sobrevivir a la sumergida? pensé de repente cerrando los ojos y frotándome la frente. "Ay no," dije suave, "no puedo disolver mis hechizos."

Ivy equilibró su taza en una rodilla mientras pasaba las páginas de una revista. "Ummmm...¿qué?"

"Hechizos," dije a media voz. "La S.E. recubrió mi colección de hechizos con magia negra. Sumergirlos en agua salobre para romper el encantamiento los arruinará y no puedo comprar más." Hice una mueca observando su mirada en blanco. "Si la S.E. llegó hasta mi apartamento, estoy segura que también fueron al almacén. Debí traer unos cuantos ayer antes de renunciar, pero nunca pensé que les importaría que me fuera." Ajusté con desgano la pantalla de la lámpara de mesa. Nunca les importé, hasta el día en que Ivy se fue conmigo. Deprimida, tiré la cabeza hacia atrás y fijé los ojos en el techo.

"Pensé que ya sabías preparar hechizos," comentó Ivy extrañada.

"Sí puedo, pero es como una patada en el trasero; además ¿dónde consigo los materiales?" Cerré los ojos con amargura. Tendría que preparar mis hechizos.

Hubo un sonido de páginas y alcé la cabeza para ver a Ivy que ojeaba su revista. En la portada salía Blanca Nieves y una manzana. El corsé de Blanca Nieves estaba abierto y dejaba ver su ombligo. En un extremo de la boca, una gota de sangre brillaba como una joya. Le daba otro sentido a ese cuento del hechizo para dormir. El Sr. Disney se habría horrorizado; a menos, claro está, que hubiese sido un Entremundos. Eso explicaría muchas cosas.

"¿Y no puedes simplemente comprar lo que necesitas?," preguntó Ivy.

Reaccioné ante los destellos de sarcasmo en su voz. "Sí, pero tendré que sumergir todo en agua salobre para asegurarme de que no lo hayan alterado. Será virtualmente imposible deshacerme de toda la sal y con eso las mezclas quedarían mal."

Jenks salió zumbando de la chimenea con un chillido irritante, dejando una nube de hollín a su paso. Quién sabe cuánto tiempo habría estado ahí escuchando. Aterrizó sobre una caja de pañuelos de papel y se limpió un poco las alas. Parecía una mezcla de libélula con gato en miniatura. "Vaya vaya...parece que estamos obsesionadas," dijo respondiendo a mi pregunta sobre su posible espionaje.

"Tienes a la S.E. tratando de acabarte con magia negra y te pones un tanto paranoica." Le di un porrazo a la caja donde estaba sentado y salió por los aires. Se quedó volando estático en medio de las dos. "Aun no has visto el jardín ¿verdad Sherlock?"

Le lancé un cojín pero ágilmente se quitó. El cojín golpeó la lámpara junto a Ivy, pero ella la alcanzó con indiferencia antes de que cayera al piso. No levantó la mirada de su revista ni derramó una sola gota del café que balanceaba en la rodilla. Se me pararon los pelos de la nuca. "No me llames así tampoco" le dije tratando de ocultar mi molestia. Se veía realmente petulante ahí suspendido en el aire frente a mí "¿Y entonces?" le pregunté maliciosamente, "¿el jardín tiene algo más aparte de maleza y gente muerta?"

"Tal vez."

"¿Verdad?" Esto podría ser la primera cosa buena en sucederme hoy. Me levanté para mirar por la puerta trasera "¿Vienes?," le pregunté a Ivy mientras le daba la vuelta a la perilla.

Su cabeza estaba doblada mirando una página con cortinas de cuero. "No," repuso desinteresadamente.

Así es que quien me acompañó a salir por la puerta trasera del jardín fue Jenks. El sol poniente era fuerte y excitante y los olores se hacían más fuertes por la humedad que salía de la tierra mojada. En algún lugar había un árbol de serbal y respiré profundo. También un abedul y un roble. Aquellos chiquillos que de seguro eran los hijos de Jenks, revoloteaban ruidosamente por todos lados, persiguiendo a una mariposa amarilla encima de los montículos de vegetación. Hileras de matas adornaban las paredes y el muro de piedra alrededor de la iglesia. Una muralla de la altura de una persona le daba la vuelta completa a la propiedad, aislando diplomáticamente a la iglesia de sus vecinos.

Otro muro menos alto, tanto que se podía saltar por encima, separaba el jardín de un pequeño cementerio. Entrecerré los ojos y vi algunas plantas que sobresalían entre el pasto alto y de las lápidas, pero solo aquellas que crecían más entre los muertos. Cuanto más me acercaba, más me asombraba. El jardín estaba completo. Hasta las cosas fuera de lo común estaban allí.

"Es perfecto" susurré, paseando mis dedos por el limoncillo. "Todo lo que yo necesitaba, ¿cómo llegó todo esto aquí?"

La voz de Ivy sonó a mis espaldas. "Según la vieja…"

"¡Ivy!," dije girando para verla ahí parada, quieta, silenciosa, en medio de un haz de luz color ámbar. "¡No hagas eso!" *Vampiro escalofriante,* pensé, *debería colgarle una campana.*

Prosiguió con la palma de la mano de frente al sol poniente. "Dijo que el último pastor fue brujo. Él hizo el jardín. Puedo hacer que nos rebajen cincuenta del arriendo si alguien se encarga de mantenerlo como está."

Echándole una mirada al tesoro escondido dije: "Yo lo haré."

Jenks voló de entre un grupo de violetas. Sus pantalones morados tenían manchas de polen que hacían juego con su camisa amarilla. "¿Trabajo manual?" preguntó, "¿con esas uñas tuyas?"

Miré los óvalos perfectos de mis uñas rojas. "Esto no es trabajo; esto es terapia."

"Lo que sea." Volvió la atención hacia sus niños y zumbó por el jardín para rescatar a la mariposa que era su víctima.

"¿Crees que aquí habrá todo lo que necesitas?" preguntó Ivy al tiempo que daba la vuelta para entrar de nuevo.

"Casi todo. La sal no se puede hechizar, así que mi provisión va a estar bien; pero necesito mi caldera de buenos hechizos y todos mis libros."

Ivy se detuvo en el camino. "Yo creía que era necesario saber preparar las pociones de memoria para obtener licencia de bruja."

Sentí vergüenza y me incliné para arrancar una hoja de pasto detrás de una mata de romero. Nadie preparaba sus propios hechizos si podía comprarlos. "Sí," repuse, dejando caer la hojita y sacando la tierra debajo de mis uñas. "Es que he perdido la práctica" suspiré. Esto sería más difícil de lo que parecía.

Ivy se encogió de hombros. "Podrías descargarlas de la red... me refiero a las recetas."

La miré con recelo. "¿Confiar en la red? No creo que sea buena idea."

"Hay algunos libros en el desván."

"Sí, claro," repuse sarcásticamente. "Ciento un hechizos para principiantes. Todas las iglesias tienen un ejemplar."

Ivy se puso seria. "No te des aire de superioridad" me dijo. El color pardo de sus ojos comenzó a desaparecer tras sus pupilas dilatadas. "Solo pensé que si alguno del clero era brujo y con las plantas adecuadas aquí, a lo mejor podría haber dejado sus libros. La vieja dijo que huyó con una feligresa joven. Es probable que esas cosas en el desván sean suyas. A lo mejor tiene agallas para regresar."

Lo último que necesitaba era a un vampiro molesto durmiendo al otro lado del pasillo. "Disculpa" le dije. "Echaré un vistazo. Si tengo suerte, cuando pase por el cobertizo en busca de un serrucho para cortar mis amuletos me toparé con una bolsa de sal de las que se usan para descongelar el hielo en el invierno."

Ivy comenzó a caminar y luego volteó a mirar el cobertizo que más parecía un armario. La pasé, deteniéndome bajo el umbral. "¿Vienes?" le pregunté, decidida a no dejarla creer que encender y apagar el vampiro me estaba poniendo nerviosa. "¿O tus búhos me dejarán tranquila?"

"No…digo…sí." Ivy se mordió el labio. Ese fue sin duda un gesto humano que me hizo alzar las cejas. "Te dejarán subir. No hagas demasiado ruido. Yo…yo subiré pronto."

"Como quieras," musité girando para buscar el camino hacia el campanario.

Tal como lo prometió Ivy, los búhos me dejaron tranquila. Resultó que en el desván había un ejemplar de todo lo que había perdido en mi apartamento. Algunos libros eran tan antiguos que se deshacían. En la cocina había un conjunto de ollas de cobre, probablemente usadas, que Ivy había encargado para sus competencias de cocina. Eran perfectas para preparar hechizos pues no habían sido selladas para disminuir las manchas. El hecho de encontrar todo lo necesario resultaba un tanto misterioso, tanto que cuando salí a buscar un serrucho en el cobertizo, me tranquilicé al no encontrar sal. Así es…pero estaba en el piso de la despensa.

Todo marchaba demasiado bien. Algo debía estar mal.

Seis

Me senté encima de la antigua mesa de cocina de Ivy: con las piernas cruzadas y mis pies en mis pantuflas rosadas de peluche. Los trozos de verdura estaban cocidas en su punto, crujientes aun, y les di vuelta con mis palillos chinos buscando más pollo en la cajita blanca. "Fantástico," dije mascullando todavía con la boca llena. El ají rojo me quemó la lengua y mis ojos se aguaron, así que me tomé casi todo el vaso de leche. "Picante" dije. Ivy alzó la mirada de su cajita que acomodaba muy bien entre sus manos largas. "¡Demonios, sí está picante!"

Ivy arqueó sus negras cejas delgadas. "Me alegro que estés de acuerdo." Estaba sentada a la mesa en el espacio que había despejado delante de la computadora. Inclinándose sobre su cajita de comida, una ola de cabello negro le caía hacia adelante formando una cortina sobre su cara. Se lo pasó detrás de la oreja y me quedé mirándole el contorno de la mandíbula mientras comía.

Yo tenía poca experiencia con palillos, apenas lo suficiente como para no parecer tonta, pero Ivy los usaba con gran precisión, llevándose a la boca los trozos pequeños de comida con ritmo sensual. Por eso cambié la mirada, porque me sentí incómoda.

"¿Cómo se llama?" pregunté, buscando en mi cajita de cartón.

"Pollo al curry rojo."

"¿Eso es todo?" pregunté extrañada mientras ella movía la cabeza afirmativamente. Recuerdo que hice un ruido y encontré otro trozo de pollo. El curry estalló en toda mi boca y lo pasé con un sorbo de leche. "¿Dónde lo compraste?"

"Piscary."

Abrí los ojos asombrada. Piscary era un hueco de pizzería y un sitio donde se reunían los vampiros. Buena comida en una atmósfera más bien particular. "¿Esto viene de Piscary?" pregunté, recalcando bien la pregunta mientras masticaba un vegetal. "No sabía que prepararan cosas que no fueran pizza."

"No lo hacen...por lo general."

De inmediato, me puse en alerta cuando escuché su voz ronca, pero la ví muy concentrada en su comida. Alzó la cabeza al percatarse de que yo no me movía y me guiñó sus ojos de almendra. "Mi madre le dio la receta. Piscary lo prepara especialmente para mí. No es nada del otro mundo."

Me invadió una sensación de desazón al verla comer. Escuchaba los grillos y el ruido que hacían nuestros palillos. Don Pez nadaba en su pecera sobre la repisa de la ventana, y los sonidos nocturnos de Los Hollows no se podían oír por el rítmico golpeteo de mi ropa dando vueltas en la secadora.

No me acostumbraba a la idea de tener que vestirme mañana con la misma ropa, pero sabía por Jenks que su amigo no podría desembrujar mi ropa sino hasta el domingo. Ahora sólo podía lavar lo que tenía y esperar a no toparme con nadie conocido. Tenía puesta la pijama y la bata de Ivy. Todo negro, naturalmente, pero ella insistía en que me quedaban bien. El ligero olor a ceniza de madera no era desagradable y parecía adherirse a mí.

Mis ojos se posaron en el espacio vacío encima del fregadero donde debería haber un reloj. "¿Qué hora será?"

"Más de las tres" repuso Ivy sin mirar su reloj. Seguí escarbando y caí en la cuenta de que ya me había comido la piña. "Ojalá que mi ropa esté lista pronto. Estoy agotada."

Ivy cruzó las piernas y se inclinó sobre la comida. "Ve

a acostarte. Yo la sacaré. Estaré despierta hasta eso de las cinco."

"No. Me quedo." Bostecé cubriéndome la boca con la mano. "No tengo que madrugar mañana para ir al trabajo" concluí sarcásticamente. Ivy dejó escapar un murmullo de aprobación y yo dejé de escarbar en la cajita. "Ivy, puedes decirme que no es asunto mío, pero . . . ¿por qué entraste a la S.E. si no querías trabajar para ellos?"

Pareció sorprenderse y me miró respondiéndome con un tono de voz indiferente que lo decía todo. "Lo hice para quitarme de encima a mi madre." Un destello de dolor pasó por sus ojos; ocurrió tan rápidamente que no supe si fue real. "Mi padre no está contento con mi renuncia" agregó. "Piensa que debí quedarme . . . o matar a Denon."

Dejé mi comida a un lado. No sabía si me asombraba más oír que su padre vivía o su original consejo sobre cómo ascender en el trabajo. "Eh . . . Jenks dice que tú eres el último miembro viviente de tu casa."

Ivy asintió moviendo la cabeza lentamente. Fijó sus ojos pardos en mí mientras movía rítmicamente los palillos de la cajita a la boca. Aquella demostración de sensualidad sutil me confundió y me acomodé nerviosamente en mi sitio. Nunca la había visto mal cuando trabajamos juntas; pero, claro, generalmente abandonábamos el trabajo antes de la medianoche.

"Mi padre se casó en la familia" dijo entre bocado y bocado. No creo que Ivy tuviera idea de lo atractiva que era en ese momento. "Soy el último miembro vivo de mi linaje. El dinero de mi madre ahora es mío. Bueno . . . era. Está furiosa porque renuncié. Quiere que consiga un buen vampiro vivo de sangre alta, que asiente cabeza y produzca tantos hijos como sea posible, para garantizar que su linaje no desaparezca. Me mataría si muero antes de tener un hijo."

Moví la cabeza como si hubiera entendido. Pero no entendí. "Yo entré a la S.E. gracias a mi padre" dije. Volví la atención a mi comida un tanto apenada. "Papá trabajaba para la S.E. en la división de misterios. Todas las mañanas regresaba a casa con alguna historia extraña de gente a la que había ayudado o atrapado. Lo hacía ver todo tan emocionante" dije sonriendo. "Nunca habló de la parte burocrática. Cuando murió, pensé que de esa manera tendría su recuerdo más cerca. Qué tontería ¿verdad?"

"No."

Subí la mirada al tiempo que masticaba una zanahoria. "Tenía que hacer algo. Pasé un año viendo cómo mi mamá perdía el juicio. No está loca, pero no quiere aceptar que mi padre murió. No puedes hablarle sin que te diga cosas como 'Hoy hice budín de banano; era el preferido de tu padre.' Ella sabe que está muerto, pero no lo deja ir."

Ivy fijó la mirada en la oscuridad afuera de la cocina, reflexionando sobre sus recuerdos. "Mi padre es así. Se la pasa pensando en mi madre. No lo tolero."

Mastiqué lentamente. Pocos vampiros continuaban con vida después de morir. Las sofisticadas precauciones para evitar la luz del sol y el valor del seguro bastaban para arruinar a cualquier familia. Y para qué hablar del suministro permanente de sangre fresca.

"No lo veo casi nunca" agregó casi suspirando. "No entiendo Raquel. A él le queda toda la vida por delante, pero no deja que ella tome la sangre que necesita de nadie más. Si no está con ella, está tirado en el suelo de tanta sangre que ha perdido. Se está muriendo para mantenerla viva. Una sola persona no puede mantener a un vampiro muerto. Ambos lo saben."

La conversación tomó un giro incómodo, pero ahora no podía retirarme así nada más. "Tal vez lo hace porque la ama" sugerí suavemente.

Ivy frunció la frente. "Y…¿qué clase de amor es ese?" Se puso de pie y sus piernas largas se enderezaron con elegancia. Luego desapareció por el pasillo con su cajita de cartón en la mano.

El silencio repentino me golpeó los oídos y me sorprendí a mí misma mirando su asiento vacío. Se había marchado. ¿Cómo podía marcharse así? La conversación era demasiado interesante como para abandonarla. Me levanté de la mesa con mi cajita de comida y la seguí hasta la sala.

Se había recostado en uno de los sillones de gamuza gris, extendida, con mirada desinteresada. Recostó la cabeza en uno de los gruesos brazos del sillón y sus pies colgaban del otro. Por un instante dudé confundida frente a la puerta con esta imagen que me mostraba Ivy. Era una leona satisfecha en su madriguera después de la matanza. *Pues bien,* pensé, *después de todo es un vampiro.* ¿Cómo se supone que debería verse?

A mi mente volvió el hecho de que ella no era un vampiro activo. Yo no tenía nada que temer. Me acomodé despacio en la silla delante de ella. La mesita de centro estaba en el medio. Solamente una de las lámparas de mesa estaba encendida, de manera que la sala estaba en penumbra. Sólo brillaban las luces de su equipo electrónico. "¿De manera que la S.E. fue idea de tu padre?" le pregunté.

Ivy se había colocado la cajita blanca sobre el estómago. Sin mirarme, se recostó y siguió comiendo perezosamente un vegetal con los ojos fijos en el techo mientras masticaba. "Originalmente fue idea de mi madre. Ella quería que yo trabajara en la parte administrativa." Comió un poco más. "Se supone que iba a ser un puesto seguro. Pensaba que tenía que mejorar mis relaciones sociales." Se encogió de hombros. "Pero yo quería ser agente."

Me quité las pantuflas y me senté con los pies cruzados. La miré mientras se sacaba los palillos de la boca. Casi todos los que estaban en la alta administración de la S.E. eran muertos vivientes. Siempre pensé que era un trabajo ideal para los que no tienen alma.

"Ella no podía detenerme" continuó Ivy con la mirada fija en el techo, "y para castigarme por hacer lo que yo quería en lugar de lo que ella quería, se aseguró de que Denon fuera mi jefe. Pensó que me fastidiaría tanto que aceptaría el primer cargo administrativo que hubiera. Pero jamás imaginó que daría mi herencia para librarme de mi contrato. Pero ahora ya lo sabe," dijo sarcásticamente.

Dejé a un lado una mazorca en miniatura para comerme un trozo de tomate.

"¿Así que tiraste todo tu dinero porque no te gustaba el jefe? A mi tampoco me gusta pero..."

Ivy se puso tensa. El poder de su mirada me dejó fría. Mi boca enmudeció apenas noté el odio en su expresión. "Denon es un demonio." Las palabras de Ivy helaron todo el cuarto. "Sólo un día más bajo su órdenes y le hubiera rajado el pescuezo."

Dudé un momento antes de hablar. "¿Un demonio?" pregunté confundida. "Pensé que era un vampiro."

"Lo es." Al ver que yo no le respondía se enderezó y puso sus botas en el piso. "Mira" dijo algo molesta. "Habrás notado que Denon no parece un vampiro. Sus dientes son humanos, ¿no es así? No puede arrastrar un aura al mediodía y camina tan fuerte que lo oyes venir a dos kilómetros de distancia."

"No estoy ciega, Ivy."

Acomodó su cajita de cartón blanco y me miró. El aire de la noche que entraba por la ventana era muy fresco para ser final de primavera y me acomodé mejor la bata sobre los hombros.

"A Denon lo mordió un muerto viviente y por eso tiene el virus vampiro" continuó. "Eso le permite hacer un par de trucos y parece muy mono, pero no me cabe duda alguna de que puede ser más temible que el mismo infierno si te dejas intimidar. Pero Denon no pasa de ser el sirviente de alguien, Raquel. Es una marioneta. Siempre lo será."

Puso su cajita blanca en el borde de la mesa que nos separaba y se acomodó en el sillón de manera que pudiera alcanzarla. "Incluso si muere y alguien se toma la molestia de convertirlo en un muerto viviente, siempre será de segunda clase. La próxima vez que lo veas, míralo a los ojos. Verás que tiene miedo. Cada vez que se deja morder de un vampiro para alimentarlo, debe confiar en que lo regresarán como muerto viviente... si en algún momento pierden el control y lo matan por…accidente." Respiró pausadamente. "Tiene de qué tener miedo."

El curry rojo perdió todo el picante. El corazón me latía fuerte pero busqué su mirada y recé que fuera Ivy quien me devolviera la mirada. Sus ojos todavía eran pardos, pero tenían algo; algo del lejano pasado que yo no lograba entender. Mi estómago se puso tenso y de repente me sentí insegura de mí misma. "No le temas a los demonios como Denon" susurró. Yo pensé que esas palabras eran para tranquilizarme, pero sólo lograron templarme la piel hasta que sentí un hormigueo. "Hay cosas más peligrosas."

¿Como tú? pensé para mis adentros. Su repentino aire de depredadora reprimida hizo que sonaran las alarmas en mi cabeza. Pensé levantarme y largarme. Tal vez era mejor meter mi escuálido trasero de bruja en la cocina, donde le correspondía estar. Ivy se volvió a acomodar con la comida en su sillón y yo no quería que se diera cuenta que me ponía los pelos de punta. No es que nunca la hubiera visto con actitud de vampiro. Pero jamás después de la medianoche. En su sala. Solas las dos.

"¿Cosas como tu madre?" dije, con la esperanza de no ir demasiado lejos.

"Cosas como mi madre" respiró. "Por eso estoy viviendo en una iglesia."

Recordé mi pequeño crucifijo, aquél que llevo en mi pulsera junto con mis otros hechizos. Nunca ha dejado de admirarme cómo algo tan pequeño puede detener fuerzas tan poderosas. La cruz no disminuía la actividad de un vampiro vivo, solo la de un vampiro muerto viviente. Pero yo estaba dispuesta a defenderme como fuera.

Ivy colocó los tacones de sus botas al borde de la mesita de centro.

"Mi madre ha sido una muerta viviente desde hace unos diez años, más o menos" dijo, sacándome de mis oscuros pensamientos. "Detesto eso."

Sorprendida, no pude más que preguntarle. "¿Por qué?"

Empujó la comida hacia un lado con gesto de evidente molestia. Su expresión se volvió aterradoramente vacía y no quiso mirarme a los ojos. "Yo tenía dieciocho años cuando mi madre murió" susurró. Su voz era distante, como si no se diera cuenta de que hablaba.

"Algo había perdido, Raquel. Cuando no puedes caminar bajo el sol, pierdes algo tan difuso que ni siquiera sabes qué es. Pero ya lo has perdido. Ella tenía un patrón de conducta del que no podía escapar, pero no sabía por qué. Todavía me ama, pero no se acuerda de por qué me ama. Lo único que le da vida es tomar sangre, y cuando lo hace se vuelve totalmente salvaje. Una vez saciado su deseo, entonces la veo como mi madre...lo que queda de ella. Pero nunca dura. Nunca es suficiente."

Ivy levantó la mirada. "Tú tienes un crucifijo...¿no es así?"

"Aquí está" repuse con un tono de alegría forzada. No iba a dejar que viera que me estaba poniendo muy nerviosa. No lo permitiría. Alcé la mano dejando caer la manga de la bata hasta el codo mostrando mi pulsera de hechizos.

Ivy puso las botas en el suelo. Yo me tranquilicé al ver que asumía una posición menos provocativa, pero entonces se inclinó sobre la mesita. Su mano cruzó hacia la mía con una velocidad inesperada, tomándome de la muñeca antes de que me percatara que se había movido. Me recorrió un frío a pesar de sentir el calor de sus dedos. Estudió con cuidado el hechizo de metal que llevaba incrustado en la madera mientras yo luchaba contra el impulso de retirar la mano. "¿Está bendecida?" me preguntó.

Pálida, asentí. Ella me soltó retirando la mano con sobrecogedora lentitud. Aun sentía su puño aferrándome con firmeza. No apretaría más, a menos que tratara de soltarme. "La mía también" repuso, sacándola de adentro de la blusa.

Más asombrada todavía, dejé mi cena a un lado y me acerqué. No pude resistir la tentación de tomarla en mis manos. Era como si la plata pidiera que la tocaran. Ivy se inclinó sobre la mesa para que pudiera alcanzarla. Estaba labrada con antiguos augurios y otras bendiciones más tradicionales. Era hermosa y me pregunté cuán antigua sería.

De repente sentí el aliento cálido de Ivy en la mejilla. Me senté un poco más derecha con su crucifijo aun entre mis manos. Sus ojos estaban oscuros y su cara no mostraba sensación alguna. Estaba vacía. Asustada, pasé de mirar sus ojos a mirar el crucifijo. No podía soltarlo así. La golpearía en el pecho. Pero tampoco podía soltarlo lentamente contra su cuerpo.

"Ten," le dije sintiéndome muy incómoda ante su mirada vacía. "Toma."

Ivy estiró la mano y sus dedos rozaron los míos mientras agarraba el viejo metal. Tragué y me acomodé de nuevo en el asiento tapándome las piernas con su bata prestada.

Con lentitud provocadora, Ivy se quitó el crucifijo. La cadena de plata se enredó en su lustroso cabello negro. Lo soltó dejándolo caer hacia atrás. Era una cascada de resplandores. Puso el crucifijo en la mesita delante nuestra y se escuchó el duro sonido del metal golpeando la madera. Se acurrucó en el sillón frente a mí sin pestañear, sentada sobre los pies, y me miró fijamente.

¡Mierda!, pensé con un repentino destello de claridad y pánico. ¡Yo le gustaba! Eso era lo que sucedía. ¿Cómo pude ser tan ciega?

Apreté los dientes mientras que mi cabeza volaba buscando la manera de salirme de esto. Yo era heterosexual. Nunca pensé lo contrario. Me gustaban los hombres más altos que yo, pero no tan fuertes que no pudiera lanzarlos al suelo en caso de una sobrecarga pasional. "Eh...Ivy...," comencé.

"Yo nací vampiro" dijo Ivy suavemente.

Su voz grave recorrió mi médula espinal y me obstruyó la garganta. Casi sin respirar, mis ojos se toparon con el negro de sus ojos. No dije nada temiendo que se moviera. ¡Yo sólo quería que no se moviera! Algo había cambiado, pero no estaba del todo segura de qué estaba sucediendo.

"Mi padre y mi madre son vampiros" dijo. Aun cuando no

se movió, sentí como aumentó la tensión en toda la sala, tanto que ya no escuchaba los grillos. "Fui concebida y nací antes de que mi madre se convirtiera en una muerta viviente. ¿Sabes lo que eso significa... Raquel?" Sus palabras fueron lentas y precisas, salieron de sus labios como un rumor de salmos.

"No," repuse, respirando a duras penas.

Ivy inclinó la cabeza. Su pelo parecía una ola de obsidiana que brillaba con la luz de la sala. Entonces me miró diciendo: "El virus no esperó a que yo muriera para moldearme. Me moldeó a medida que crecí dentro de mi madre. Me dio un poco de dos mundos: el de los vivos y el de los muertos."

Abrió los labios y sus dientes afilados me hicieron estremecer. No quería sudar, pero por mi espalda comenzó a correr el agua. Ivy contuvo la respiración. Creo que eso la hizo reaccionar. "Para mí es fácil arrastrar un aura," me dijo soltando el aire. "En realidad, el truco está en suprimirla."

Se estiró en su asiento. Yo solté el aire por la nariz con un suave silbido y ella trató de sonreír cuando me oyó. Lenta y metódicamente, puso los pies en el suelo. "Y aunque mis reflejos y mis fuerzas no son tan buenos como los de un muerto viviente, al menos son mejores que los tuyos" concluyó.

Yo sabía todo eso, pero ¿por qué me lo estaba diciendo? Mi preocupación se triplicó. Luchando por no mostrar mis nervios, decidí quedarme donde estaba mientras ella se inclinaba hacia adelante con las palmas de las manos sobre la mesa, una a cada lado del crucifijo.

"Más aun, ya es seguro que voy a ser una muerta viviente, así me muera sola en el campo con la sangre en el cuerpo. No tengo de qué preocuparme, Raquel. Ya soy eterna. La muerte sólo me hará más fuerte."

Mi corazón martillaba. No podía quitarle la mirada de los ojos. ¡Maldición! Esto era más de lo que necesitaba.

"Y... ¿sabes lo mejor?" me preguntó.

Agité la cabeza temiendo que mi voz se quebrara. Caminaba en el filo de un cuchillo tratando de conocer su mundo, pero sin penetrar en él.

Sus ojos relucían. Con el torso inmóvil, levantó una rodilla y la puso sobre la mesita...y luego la otra. Dios, ayúdame. ¡Viene por mí!

"Los vampiros vivos pueden deshechizar a la gente...si la gente quiere" susurró. La suavidad de su voz recorrió mi piel hasta erizarla. ¡Doble maldición!

"¿De qué te sirve si sólo funciona con las personas que lo permiten?" pregunté con voz carrasposa comparada con la fluidez de la suya.

Los labios de Ivy se abrieron dejando ver la punta de sus dientes. No podía dejar de mirarla. "Sirve para tener relaciones sexuales maravillosas...Raquel."

"¡Oh!" Fue todo lo que pude decir. Sus ojos se llenaron de lujuria.

"Tengo el gusto de mi madre por la sangre" dijo arrodillándose sobre la mesa que nos separaba. "Es como el ansia por el azúcar que tienen algunas personas. No es la mejor analogía, pero lo que más se le parece....si pruebas."

Ivy exhaló moviendo todo el cuerpo y su respiración reverberó por el mío. Tenía los ojos muy abiertos de asombro y desconcierto, pues sentía deseos. ¿Qué demonios estaba sucediendo? Yo era heterosexual. ¿Por qué de repente quería sentir la suavidad de su cabello?

Solo tenía que estirar la mano. Estábamos a centímetros. Listas, preparadas. En el silencio escuchaba los latidos de mi corazón. Su sonido producía un eco en mis oídos. Entonces observé con horror cómo Ivy retiraba su mirada de mis ojos y miraba mi cuello donde sabía que me latía el pulso.

"¡No!" grité sintiendo pánico.

Pataleé ahogada de susto al sentir todo su peso sobre mí, aprisionándome contra el sillón.

"¡No Ivy!" grité. Tenía que quitármela de encima. Luché por moverme. Tomé una bocanada de aire y la solté en un inútil grito de desamparo. ¡Cómo pude ser tan estúpida! ¡Era un vampiro!

"Quieta Raquel."

Su voz era suave y calmada. Con una mano me tomó del cabello, lanzando mi cabeza hacia atrás para exponer el cuello. Dolía y me escuché gemir a mí misma.

"Estás complicando las cosas" dijo, mientras que yo me movía, jadeando, su mano apretando mi muñeca hasta lastimarme.

"¡Suéltame!" dije ya casi sin aire como si hubiera estado corriendo. "¡Dios, ayúdame! Suéltame Ivy. Por favor. ¡No quiero esto!" le rogué. No pude evitarlo. Estaba aterrada. Había visto fotos. Dolía. Oh Dios, esto sí que iba a doler.

"Quédate quieta" repitió. Su voz era tensa. "Raquel, estoy tratando de soltarte, pero tienes que quedarte quieta. Estás haciendo todo más difícil. Tienes que creerme."

Respiré jadeando y contuve el aire. Moví los ojos tratando de verla. Su boca estaba a milímetros de mi oreja. Tenía los ojos negros, con un apetito que contrastaba con el suave sonido de su voz. Su mirada estaba fija en mi cuello. Sentí una gota cálida de saliva que tocaba mi piel. "¡Oh Dios, no!," susurré.

Ivy se estremeció y su cuerpo temblaba junto al mío. "Quieta Raquel," repitió de nuevo. Esta vez el terror me invadió hasta el pánico. Mi respiración se volvió irregular y muy fuerte. En verdad ella estaba tratando de retirarse, pero según parece, perdía la batalla.

"¿Qué hago?" susurré.

"Cierra los ojos" dijo. "Necesito tu ayuda. No pensé que sería tan difícil."

Sentí la boca seca al escuchar su voz de niña derrotada. Tuve que usar toda mi fuerza de voluntad para cerrar los ojos.

"No te muevas."

Su voz tenebrosa y suave al mismo tiempo. La tensión me golpeaba. Sentí náuseas en el estómago y el pulso que se estrellaba contra mi piel. Tal vez estuve debajo de Ivy un minuto. Todos mis instintos me ordenaban correr. Escuché los grillos y sentí que me corrían las lágrimas mientras que su aliento se acercaba y alejaba de mi cuello.

Al fin lloré cuando sentí que aflojaba su mano de mi cabello. Poco a poco me volvió el aliento a medida que retiraba su peso de mi cuerpo. Ya no sentía su olor. Quedé paralizada, helada. "¿Puedo abrir los ojos?" susurré.

No hubo respuesta.

Me senté y vi que estaba sola. Escuché el sonido lejano de la puerta del santuario que se cerraba y la rápida cadencia de sus tacones en la acera. Después, nada. Entumecida y agitada, me sequé primero las lágrimas y luego la saliva del cuello. Mis ojos escudriñaron la habitación pero no encontraron familiaridad en el ambiente gris. Se había marchado.

Me levanté sin fuerzas y sin saber qué hacer. Me agarré tan fuerte con los brazos que me dolió. Mi mente regresó al terror y, antes de eso, al destello de deseo que me invadió, poderoso y embriagante. Había dicho que solamente podía deshechizar a los que estaban dispuestos. ¿Me mintió, o yo realmente quería que me atrapara contra el sillón y me destrozara?

Siete

El sol ya no entraba por la ventana de la cocina, pero aun hacía calor. Pero no lo suficientemente caliente para llegar al centro de mi alma, aunque agradable. Estaba viva. Aun tenía todas las partes de mi cuerpo. Era una buena tarde.

Estaba sentada en el extremo despejado de la mesa de Ivy, estudiando el libro más destrozado que hallé en el desván. Era lo suficientemente viejo como para haber sido impreso antes de la Guerra Civil. Nunca había oído hablar de algunos de sus hechizos y por eso su lectura me resultaba fascinante. Debo admitir que la posibilidad de probar uno o dos de ellos me despertó una peligrosa excitación. Ninguno hacía referencia al ocultismo, lo cual me alegró sobremanera. Lastimar a la gente con la magia era repugnante y equivocado. El ocultismo iba en contra de mis principios, y el riesgo que representa no valía la pena.

Toda magia tenía su precio, que se paga con la muerte en diferentes niveles de gravedad. Yo era estrictamente una bruja terrestre. Mi fuente era un poder proveniente de las plantas de la tierra que se aceleraba con el calor, la sabiduría y mi herencia de bruja. Puesto que solamente trabajaba con magia blanca, el costo se pagaba con la vida de las plantas. Hasta ahí, estaba bien conmigo. No profundizaba en la moralidad o inmoralidad de matar plantas, de lo contrario me volvería loca cada vez que cortaba el césped de mamá. Esto no significa que no hubiera brujas terrestres de magia negra: las había; pero los que ejercían la magia negra en la Tierra usaban ingredientes inmundos, como por ejemplo pedazos de cuerpos y hacían sacrificios. La sola actividad de recolectar los ingredientes para fabricar un hechizo negro, bastaba para que casi todas las brujas terrestres hicieran magia blanca.

Sin embargo, las brujas de línea ley eran historia aparte. Obtenían su poder directamente de la materia prima, de la fuente cruda, sin el filtro de los seres vivos. Ellas también dependían de la muerte; pero era una muerte más sutil: la lenta muerte del alma. Y no necesariamente la suya. La muerte del alma que necesitaban las brujas de línea ley no era tan severa como la que sostenía a las brujas negras. En lugar de cortar el césped degollaban carneros en el sótano. Pero la creación de un poderoso hechizo diseñado para lastimar o matar, deja una herida profunda en el ser.

Las brujas negras de línea ley evitaban esto desviando el pago hacia otro ser. Generalmente iba adherido al hechizo. Pero si la persona era "pura de espíritu" o más poderosa, el costo—no el hechizo—volvía hacia su creador. Se dice que si uno tiene mucha magia negra en el alma les facilita a los demonios el arrastrarlo a uno involuntariamente hacia el nunca jamás.

Tal como era papá, pensé mientras frotaba mi dedo pulgar en la página que tenía en frente. Yo sabía con absoluta certeza que él fue un brujo blanco hasta el final. Sé que habría podido encontrar el camino hacia la realidad, a pesar de que no vivió para ver el nuevo amanecer.

Un pequeño ruido llamó mi atención. Me puse tensa al ver a Ivy vestida con una bata de seda negra recostada contra el marco de la puerta. El recuerdo de la noche anterior me envolvió formando un nudo en mi estómago. No logré detener la mano que se arrastraba hacia mi cuello, pero sí cambié el movimiento como si me acomodara el arete, simulando estudiar el libro que tenía al frente. "Buenos días," dije con cautela.

"¿Qué hora es?" preguntó Ivy con un susurro ronco.

Le eché una mirada. Su pelo, que normalmente era lacio estaba desarreglado, dejando ver las huellas de los dobleces de su almohada. Tenía sombras oscuras debajo de los ojos y su cara ovalada estaba flácida. La lasitud de la tarde temprana le había aplastado su aire de depredadora al acecho. Sostenía en una mano un librito delgado encuadernado en cuero y no pude menos que pensar si habría pasado la noche en blanco, como yo.

"Son casi las dos," repuse con cautela, empujando con el pie la silla hacia el otro lado de la mesa para que no se sentara junto a mí. Se veía bien, pero yo no sabía cómo tratarla. Llevaba puesto mi crucifijo—que no servía para detenerla— y mi cuchillo de plata en el tobillo—que tampoco servía de mucho más. Un amuleto de sueño la haría caer, pero estaba en mi bolso, en una silla lejos de mi alcance. Me tomaría unos cinco segundos invocar uno. Pero, sinceramente, en ese momento no parecía tan amenazante.

"Hice muffins," dije. "Fue con tus provisiones. Espero que no te moleste."

"Uh," dijo, cruzando el suelo brillante con sus pantuflas negras hasta la cafetera. Se sirvió una taza de café tibio, recostándose luego en el mostrador para beberlo. Su deseo había desaparecido de su cuello. No podía imaginar qué habría deseado. Pensé si tendría que ver con lo sucedido anoche. "Estás vestida," susurró, a la vez que se dejaba caer en la silla que yo acababa de empujar frente a su computadora. "¿A qué hora te despertaste?"

"Mediodía." *Mentirosa*, pensé. Estuve despierta toda la noche fingiendo dormir en el sofá de Ivy. Decidí comenzar el día oficialmente al vestirme. Pasé la página amarillenta ignorándola. "Veo que ya usaste tu deseo," murmuré cuidadosamente. "¿Qué deseaste?"

"Eso no te incumbe," respondió. La advertencia era obvia.

Suspiré lentamente y seguí con la mirada baja. Nos envolvió un incómodo silencio que dejé crecer, resistiéndome a romperlo. Anoche estuve a punto de irme, pero la muerte segura que me acechaba afuera lejos de la protección de Ivy pesaba más que mi posible muerte en manos de Ivy. Tal vez quería saber lo que sentiría si la dejara hundir sus dientes en mi cuello.

Pero *no* quería que mis pensamientos se encaminaran en esa dirección. Ivy me había propinado un susto de mil demonios, pero en la luz brillante de la tarde parecía humana. Inofensiva. ¿Malhumorada?

"Quiero que leas algo," dijo. Alcé la mirada y vi que ponía sobre la mesa que nos separaba el librito que traía en la mano. No había nada escrito en la cubierta, el adorno casi desgastado por completo.

"¿Qué es?" pregunté secamente sin tomarlo.

Bajó la mirada y se lamió los labios. "Siento mucho lo de anoche," dijo. Sentí que mis tripas se tensaron. "Tal vez no me creas, pero yo también estaba asustada."

"No tanto como yo." El haber trabajado con ella durante un año no me había preparado para lo de anoche. Yo sólo conocía su lado profesional y jamás pensé que fuera diferente fuera de la oficina. La miré primero y luego aparté la mirada hacia otro lado. Parecía completamente humana. Buen truco ese.

"Hace tres años que no soy vampiro activo," dijo suavemente. "No estaba preparada...no caí en la cuenta." Me miró con sus ojos pardos suplicantes. "Tienes que creerme Raquel. Yo no quería que eso sucediera. Lo que pasa es que tú me mandabas señales equivocadas. Luego te asustaste y sentiste pánico, y fue peor."

"¿Peor?" repuse, convencida de que la rabia es mejor que el temor. "¡Por poco me atraviesas el cuello!"

"Lo sé," me dijo casi implorando. "Perdóname. Afortunadamente no lo hice."

De nuevo, tuve que luchar contra el estremecimiento al recordar el calor de su saliva goteando en mi cuello.

Acercó más el libro. "Sé que podemos evitar una repetición de lo de anoche. Yo quiero que esto funcione y no hay ninguna razón para que no sea así. Te debo algo por haber tomado uno de tus deseos. Si te vas, no podré protegerte de los vampiros asesinos. No querrás morir en sus manos."

Apreté la mandíbula. No. No quería morir por la mano de un vampiro, mucho menos un vampiro que me pide perdón mientras me asesina.

Encontré su mirada al otro lado de la mesa abarrotada. Se había sentado ahí con su bata y sus pantuflas, tan peligrosa como una esponja. Su necesidad de que le aceptara las disculpas era tan obvia y básica que me pareció dolorosa. Pero no podía. Todavía no. Estiré un dedo para acercar el libro un poco más. "¿Qué es?"

"Eh…hmm…una guía para…parejas," dijo vacilante.

Tomé aire y retiré la mano como si me hubieran aguijoneado.

"No Ivy."

"¡Espera!," repuso. "No es eso lo que quiero decirte. Tú me estás enviando señales contradictorias. Mi mente entiende que no lo haces a propósito, pero mis instintos…" Arrugó la frente. "Es vergonzoso, pero los vampiros, vivos o muertos, se mueven por instintos provocados especialmente por…olores," concluyó casi disculpándose. "Sólo lee la sección de las cosas que excitan ¿sí? ¡y no las hagas!"

Me acomodé de nuevo en mi silla. Lentamente, acerqué el libro. Podía darme cuenta de lo antiguo que era por la encuadernación. Habló de instintos, pero creo que apetito era la palabra adecuada. Tan sólo el hecho de lo difícil que le resultaba admitir que podía ser manipulada por algo tan estúpido como los olores, evitó que le lanzara el libro a la cara. Ivy se enorgullecía de su autocontrol. El que me haya confesado esa debilidad me decía que verdaderamente lo sentía, mucho más que cien disculpas. "Está bien," dije secamente. Ella me respondió con una sonrisa con los labios cerrados.

Tomó un muffin y la edición vespertina del *Enquirer* de Cincinatti que encontré frente a la puerta principal. El ambiente seguía algo tenso, pero al menos era un comienzo. No quería abandonar la seguridad de la iglesia, aun cuando la protección de Ivy era una espada de doble filo. Había reprimido su apetito de sangre por tres años. Si lo quebrantaba, yo estaría muerta.

"'El concejal Trenton Kalamack acusa a la S.E. de negligencia por la muerte de su secretaria'," leyó, evidentemente buscando cambiar el tema.

"Así es," comenté con cautela. Puse su libro con el montón de libros que tenía para leer después. Sentí que tenía los dedos sucios y los limpié con mis jeans. "Mira lo que logra el dinero. Hay otra noticia que lo declara inocente de traficar con azufre."

No dijo nada, pasando las páginas y mordiendo el muffin hasta encontrar el artículo. "Escucha esto," dijo suavemente. "Dice: 'Me sorprendí al enterarme de la otra vida de la Sra. Bates. Parecía ser la empleada ejemplar. Naturalmente, yo pagaré la educación de su hijo'." Ivy dejó escapar una risa amarga. "Típico." Pasó a las tiras cómicas. "Entonces ¿hoy te dedicarás a tus hechizos artesanales?"

Negué con cabeza. "Hoy voy a la bóveda de los archivos antes de que cierren por el fin de semana. Esto…" golpeé el diario con el dedo, "no sirve para nada. Yo quiero saber qué fue lo que realmente sucedió."

Ivy dejó el muffin y levantó las cejas en señal de asombro.

"Si logro demostrar que Trent está traficando azufre y lo entrego a la S.E., se olvidarán de mi contrato. En este momento tiene en contra una orden de registro" *y así podré largarme de esta iglesia,* concluí para mis adentros.

"¿Demostrar que Trent trafica azufre?" se mofó Ivy. "Ni siquiera se ha podido demostrar si es humano o Entremundos. Su dinero lo hace más resbaloso que babas de sapo en un aguacero. El dinero no compra la inocencia, pero sí compra el silencio." Mordió el muffin. Vestida así de bata y con el pelo desarreglado, se parecía a cualquiera de mis compañeras esporádicas de cuarto de los últimos años. Era desconcertante. Todo era diferente cuando salía el sol.

"Están deliciosos," dijo Ivy agitando un muffin. "Te propongo una cosa: yo compro la comida si tu cocinas. Puedo solucionar mi desayuno y mi almuerzo, pero no me gusta cocinar."

Puse cara de estar de acuerdo—tampoco disfrutaba mucho el arte de cocinar, pero luego me puse a pensar. Me tomaría tiempo, pero me gustaba la idea de no tener que ir a la tienda. Ivy lo decía para que yo no tuviera que arriesgarme la vida por una lata de frijoles, y yo encantada. De todas formas, tenía que cocinar, y es más fácil cocinar para dos que para uno. "Está bien," repuse. "Podemos tratar por un tiempo."

Hizo un sonido suave. "Trato hecho."

Miré mi reloj. Era la una y cuarenta. Mi silla chirrió en el linóleo al levantarme por otro muffin. "Pues bien, ya me voy. Tengo que conseguir un auto, o algo. Esto de andar en autobús es terrible."

Ivy dejó las tiras cómicas encima del revoltijo que había alrededor de su computadora. "La S.E. no te dejará entrar así como así."

"Tiene que dejarme. Los archivos son públicos; y nadie me atrapará con tantos testigos a quienes tendrían que sobornar. Les costaría demasiado," concluí sarcásticamente.

Ivy arqueó las cejas y con ello entendí claramente que no estaba del todo convencida.

"Escucha," le dije mientras agarraba mi bolsa y organizaba mis cosas. "Usaré un hechizo de disfraz y saldré de inmediato a la primera señal de problemas."

Agité un amuleto en el aire que pareció satisfacerla, pero regresando su atención a las tiras cómicas dijo: "Llevarás a Jenks...¿verdad?"

Eso no sonó como una pregunta y le repuse con una mueca. "Sí, claro." Yo sabía que él estaba de niñero, pero tan pronto saqué la cabeza por la puerta trasera y grité llamándolo, pensé que no era mala idea ir acompañada...así fuera de un duende.

Ocho

Me apretujé contra la esquina en el asiento del autobús, tratando de asegurarme de que nadie pudiera ver por encima de mis hombros. Estaba repleto y no quería que vieran lo que estaba leyendo: "Si su amante vampiro está saciado y usted no logra estimularlo, intente ponerse algo suyo. No tiene que ponerse demasiado, tal vez algo tan insignificante como un pañuelo o una corbata. El olor de ambos sudores mezclados es algo que ni siquiera los vampiros más controlados pueden resistir."

Muy bien. No volveré a usar la bata ni la pijama de Ivy.

"Muchas veces, el hecho de lavar la ropa junta impregna suficiente aroma. Su amante entenderá que él es importante para usted."

Arreglado. Lavaremos la ropa separada.

"Si su amante vampiro se instala en un lugar más privado en medio de una conversación, tenga por seguro que no la está rechazando. Se trata de una invitación. Déjese llevar. Relájese. Lleve algo de comer o de beber para aflojar la mandíbula y fomentar la salivación. No coquetee. El vino rojo está pasado de moda. Pruebe con una manzana o algo igualmente crujiente."

¡Maldición!

"No todos los vampiros son iguales. Averigüe si a su amante le gusta conversar en la cama. La estimulación erótica tiene muchas formas. Charlar acerca de lazos antiguos y ancestros de sangre pueden dar la nota y sacar a relucir el orgullo, a menos que su amante provenga de una línea de segunda."

¡Doble maldición! Me comporté como una ramera. ¡Una maldita perra vampira!

Cerré los ojos y recosté la cabeza contra el espaldar del asiento. Sentí un leve calorcillo en el cuello y salté, volteando a mirar. Mi mano golpeó la palma de la mano de un hombre atractivo. Él rió al sentir el sonido sordo del golpe y alzó las dos manos conciliatoriamente; pero lo que me hizo detener fue el asombro que reflejaban sus ojos.

"¿Ha leído la página cuarenta y nueve?," me preguntó al tiempo que descansó sus brazos en el espaldar de mi asiento.

Lo miré con indiferencia, pero su sonrisa era aun más seductora. Era demasiado atractivo y la suavidad de sus rasgos dejaba entrever un entusiasmo casi infantil. Su mirada fue directa al librito que sostenía en mis manos. "Cuarenta y nueve," repitió, su voz un poco más baja. "Nunca volverá a ser la misma."

Pasé hasta esa página nerviosamente. ¡Oh, Dios mío! El libro de Ivy era ilustrado; pero entonces dudé, y me arrinconé confusa. ¿Eran tres personas? ¿Y qué diablos era aquello atornillado a la pared?

"Míralo así," dijo, estirando el brazo por encima del asiento y haciendo girar el libro en mis manos. Su colonia tenía un nítido olor a bosque. Era tan agradable como su voz tranquila y su mano que intencionalmente me rozaba con suavidad. Era el clásico vampiro lacayo: bien fornido, vestido de negro y con una necesidad innata de ser querido. Y ni hablar de su falta de respeto por el espacio personal.

Le quité la mirada cuando tocó el libro. "Oh," dije, tan pronto entendí; y acto seguido exclamé "¡oh!," cerrando el libro. Eran dos personas...tres, contando a la otra que portaba esa cosa...lo que fuera eso.

Alcé los ojos buscando los suyos. "¿Y usted sobrevivió a eso?," pregunté, sin saber si debería estar consternada, horrorizada o impresionada.

Su mirada se tornó casi reverente. "Sí. No pude mover las piernas durante dos semanas, pero valió la pena."

El corazón me latía apresuradamente y metí rápidamente el libro en mi bolso. Se levantó con una sonrisa y avanzó tranquilamente para descender. No pude dejar de notar que cojeaba. Me sorprendía que pudiera caminar. Me miró sin retirar sus ojos profundos al bajar por la escalerilla.

Tragué fuerte y miré para otro lado. Pero la curiosidad no me abandonó y antes que de las últimas personas hubieran descendido del autobús, saqué de nuevo el libro de Ivy. Mis manos estaban frías. No miré la ilustración. Leí lo escrito en letra pequeña bajo las instrucciones de "Cómo hacerlo." Mi expresión se heló y sentí un nudo en el estómago.

Era una advertencia para no permitir que su amante vampiro la obligue a hacerlo sin antes haber sido mordida tres veces; de lo contrario podría no tener suficiente saliva de vampiro en el sistema para sobrecargar los receptores de dolor, haciéndole creer a su cerebro que el dolor es placer. También había instrucciones sobre cómo evitar perder el conocimiento si no se tenía suficiente saliva de vampiro y se hallaba agonizando de dolor. Aparentemente, si la presión sanguínea descendía también disminuía el placer de su amante vampiro. Pero ni una palabra sobre cómo detenerse.

Cerré los ojos y mi cabeza daba golpecillos contra el vidrio. El cuchicheo de los demás pasajeros me hizo abrir los ojos, dirigiendo la mirada hacia la acera. Ahí estaba ese hombre parado mirándome. Me sujeté fuertemente con un brazo, temblando. Sonreía como si nunca le hubieran rajado cuidadosamente la entrepierna y chupado la sangre, consumiéndola como en comunión. Lo había disfrutado, o al menos eso era lo que él creía.

Alzó tres dedos, haciendo el saludo de los Boy Scouts, se los llevó hasta los labios y luego me mandó un beso. El autobús se sacudió al arrancar de nuevo y él se fue caminando, con el dobladillo de su saco colgando.

Miré por la ventana y sentí náusea. ¿Habría participado Ivy alguna vez de algo así? A lo mejor había matado accidentalmente a alguien. Tal vez por eso ya no era activa. Debería preguntarle. O, tal vez debería mantener la boca cerrada para poder dormir de noche.

Cerré el libro y lo puse en el fondo de mi bolso, pero encontré una hoja de papel en medio de las páginas con un número telefónico. Lo arrugué y lo metí en el bolso junto con el libro. Cuando alcé la cabeza vi que Jenks venía zumbando hacia mí. Había estado hablando con el chofer.

Aterrizó en el espaldar del asiento delante del mío. Aparte de una correa color rojo chillón, vestía de negro de la cabeza a los pies: su atuendo de trabajo. "Los pasajeros recientes no tienen hechizos contra ti," dijo alegremente. "¿Qué quería ese tipo?"

"Nada." Saqué de mi mente el recuerdo de esa imagen. ¿Dónde estaba Jenks anoche cuando Ivy me tenía atrapada? Eso es lo que yo quería saber. Se lo habría preguntado, pero temía que me contestara que todo había sido por culpa mía.

"Es en serio," insistió Jenks. "¿Qué quería?"

Lo miré fijamente. "Nada, en serio. Nada. Ya olvídalo," repuse, agradecida de tener mi hechizo de disfraz. *No* quería que el Sr. Página Cuarenta y Nueve me reconociera en la calle un día de estos.

"Está bien, está bien," dijo, volando como un dardo hacia mi arete. Estaba cantando "Strangers in the Night." Suspiré, pues sabía que la llevaría prendida en la mente todo el día. Saqué mi espejo de mano pretendiendo arreglarme el cabello, asegurándome de golpear por lo menos dos veces el arete donde estaba sentado Jenks.

Me había convertido en una morena de nariz grande. Tenía el cabello asegurado con una hebilla en una trenza. Aun era largo y crespo. Algunas cosas son más difíciles de hechizar que otras. Llevaba volteada mi chaqueta de jeans con estampado de flores y tenía puesta una gorra de cuero de Harley-Davidson. Se la devolvería a Ivy disculpándome tan pronto la viera y no volvería a usarla. Después de todos los errores que cometí anoche, no quisiera que Ivy perdiera de nuevo el control.

El autobús pasó bajo las sombras de los grandes edificios. La próxima parada era la mía, así que tomé mis cosas y me levanté. "Tengo que encontrar algún medio de transporte," le dije a Jenks tan pronto aterricé en la acera. Exploré la calle. "Tal vez una moto," rezongué, calculando el tiempo necesario para no tocar las puertas de vidrio del edificio de archivos de la S.E.

De mi arete llegó un gruñido. "Yo no haría eso," advirtió. "Una moto es muy fácil de alterar. Yo seguiría usando el transporte público."

"Podría estacionarla adentro," protesté, observando nerviosamente a las pocas personas que había en el vestíbulo.

"Entonces, no podrías conducirla, Sherlock," dijo con su acostumbrado sarcasmo. Llevas una bota desamarrada."

Miré y no era cierto. "Muy gracioso Jenks."

El duende murmuró algo que no pude entender. "No," dijo impacientemente. "Quise decir que hagas como que vas a amarrar tu bota mientras me aseguro que estarás segura."

"Ah." Obedecí. Fui hasta una silla en una esquina y amarré de nuevo mis botas. Casi no podía verlo mientras volaba encima de varios agentes, detectando con su olfato los hechizos lanzados contra mí. La sincronización había sido precisa. Era sábado y abrían la bóveda por cortesía, apenas durante unas horas. Pero aun así había gente buscando información, poniendo archivos al día, fotocopiando o tratando de dar una buena impresión por trabajar el fin de semana.

"Huele bien," dijo Jenks al regresar. "No creo que pensaran que vendrías aquí."

"Bien." Con más confianza de la que merecía, me dirigí al mostrador de la recepción. Tenía suerte. Lo atendía Megan. Le sonreí y abrió los ojos asombrada. Rápidamente trató de ajustarse los lentes. El marco de madera estaba hechizado para ver a través de casi todo. Equipo estándar de las recepcionistas de la S.E. Hubo un movimiento agitado delante de mí y me detuve bruscamente.

"¡Atención mujer!," gritó Jenks, pero era demasiado tarde. Alguien me rozó. Logré mantener el equilibrio instintivamente cuando un pie se deslizó entre mis piernas para hacerme caer. Aterrada, giré para terminar de cuclillas. El miedo me invadió mientras aterrizaba en posición de defensa.

Era Francis. *¿Qué diantre hacía aquí?* pensé, levantándome para verlo agarrarse el estómago de la risa con las manos. Debí deshacerme de mi bolso. No esperé encontrarme con alguien que pudiera reconocerme bajo mi hechizo de disfraz.

"Bonita gorra, Raquel," dijo Francis casi aullando, subiéndose el cuello de su brillante camisa. Hablaba con un desagradable tono de bravucón, perdiendo el temor por el ataque que estuve a punto de lanzarle. "Escucha, compré cuatro suertes de la lotería ayer. ¿Habrá alguna esperanza de que te mueras mañana, entre las siete y la medianoche?"

"Por qué no me atrapas tú mismo," le dije con desdén. O bien no tenía orgullo o no se daba cuenta de lo ridículo que se veía ahí parado con una de sus botas desamarradas y su horrible cabello perdiendo ya el hechizo de ondulación. ¿Y cómo tenía esa barba a estas tempranas horas del día? Debió pintársela con un atomizador.

"Si te atrapara yo mismo saldría perdiendo." Francis adoptó su aire usual de superioridad. "No tengo tiempo de hablar con una bruja muerta," dijo. "Tengo una cita con el concejal Trenton Kalamack y necesito investigar unos asuntos. ¿Entiendes? Investigaciones. ¿Alguna vez lo has hecho . . . investigar?" Aspiró por su nariz aguileña. "No que yo sepa."

"Vete a rellenar tomates, Francis," le dije suavemente.

Le echó un vistazo al pasillo que conducía hacia la bóveda. "Oh," dijo arrastrando las palabras. "Qué miedo. Es mejor que te vayas ya si quieres llegar con vida a tu iglesia. Si Meg no hizo sonar la alarma, yo lo haré."

"Deja la palabrería. Estás empezando a hartarme."

"Nos vemos luego, Ra-quel-mi-Ra-quel... en un obituario." Su risa fue demasiado alta.

Le eché una mirada fulminante y firmó el libro de entrada que estaba frente a Megan con elegancia exagerada. Se volteó y dijo: "Corre, bruja, corre." Sacó su teléfono celular y oprimió algunos botones mientras pasaba frente a las oficinas oscuras de los funcionarios de mayor jerarquía. Megan me hizo un gesto de disculpa a la vez que oprimía el botón de acceso de la puerta.

Cerré los ojos durante unos segundos. Tan pronto los abrí le hice una señal a Megan diciéndole "espera un minuto," y me senté en una de las sillas del vestíbulo, hurgando en mi bolso como buscando algo. Jenks aterrizó en mi arete. "Vámonos," dijo preocupado. "Regresaremos esta noche."

"Está bien." El embrujamiento que ordenó Denon de mi apartamento era puro acoso, pero contratar a una pandilla de asesinos era demasiado costoso. Yo no valía la pena. Pero, ¿para qué arriesgarse?

"Jenks," susurré, "¿puedes entrar a la bóveda sin que te detecten las cámaras?"

"Naturalmente mujer. Jugar a las escondidas es lo que mejor sabemos hacer nosotros los duendes. ¿Que si puedo burlar las cámaras? ¿Quién crees que les da mantenimiento? Te lo diré: los duendes. ¿Y alguien les reconoce algo? No-o-o-o-o. Sólo se lo reconocen al técnico grandulón que está ahí sentado debajo de las escaleras; el que maneja el camión, abre la caja de herramientas y se come todas las rosquillas. ¿Pero qué si hace algo? No-o-o-o-o."

"Excelente Jenks. Cállate y escucha." Miré a Megan. "Anda a ver los documentos que estudia Francis. Yo esperaré todo lo que pueda, pero si hay señas de peligro, me largo. Puedes llegar a casa desde aquí, ¿verdad?"

Jenks aleteó, produciéndome cosquillas en el cuello con

un mechón de mi cabello. "Sí, puedo hacerlo. Y si quieres podría echarle algún hechizo por tí, ya que estaré adentro."

Levanté las cejas. "¿Hechizarlo? ¿Puedes hacerlo? Yo pensé que eran...eh...cuentos de hadas."

Se detuvo en el aire frente a mí con cara de suficiencia. "Le mandaré la rasquiña. Es la segunda cosa que mejor saben hacer los duendes." Dudó haciendo una mueca. "No... es más bien la tercera."

"¿Por qué no?" dije suspirando. Jenks se alzó para estudiar las cámaras. Las observó unos instantes para medir el tiempo de sus movimientos. Luego se elevó hasta el techo, cruzó el pasillo, pasó las oficinas y entró por la puerta de la bóveda. Si no lo hubiera estado observando, jamás lo habría visto entrar.

Saqué un lapicero, cerré el bolso y me dirigí hacia Megan. El gigantesco mostrador de caoba separaba completamente el vestíbulo de las oscuras oficinas del fondo. Era el último bastión entre el público y el meticuloso personal que conservaba los archivos en orden. Se escuchó una voz de mujer que reía del otro lado del pasillo abovedado. La gente no trabajaba mucho los sábados. "Hola Meg," le dije acercándome.

"Buenas tardes Srta. Morgan," dijo demasiado fuerte mientras se acomodaba los lentes. *¿Srta. Morgan?* pensé. *¿Desde cuándo soy señorita Morgan?* "¿Qué hay Meg?," dije, mirando el vestíbulo vacío a mis espaldas.

Me respondió con total seriedad. "Gracias a Dios que sigues con vida," susurró entre dientes y sonriendo. "¿Qué haces aquí? ¡Deberías estar oculta en un sótano!" Antes de que pudiera responder, agitó la cabeza en señal de colaboración, sonriendo. "¿Qué puedo hacer por tí, Srta. Morgan?"

Puse una cara burlona y Megan dirigió una mirada muy elocuente por encima de mi hombro. Su cara se puso un poco tensa. "La cámara, idiota," murmuró. "La cámara."

Suspiré en señal de haber entendido. Me preocupaba más el celular de Francis, pues nadie revisaba las grabaciones a menos que sucediera algo. Pero ya para entonces era demasiado tarde.

"Todos estamos luchando por ti," susurró Megan. "Las probabilidades son de doscientos contra uno a que logras sobrevivir la primera semana. Personalmente, te doy cien a uno."

Me sentí enferma. Su mirada se fijó de nuevo por encima de mí y otra vez se puso tensa. "Hay alguien detrás de mí, ¿no es así?," pregunté y ella hizo un gesto. Suspiré. Acomodé mi bolso contra mi espalda para poder quitarlo del camino antes de darme vuelta muy lentamente.

Vestía un elegante traje negro, camisa blanca almidonada y corbata negra muy angosta. Llevaba los brazos cruzados a sus espaldas y no se quitó los lentes oscuros. Percibí un leve olor a almizcle que junto con su suave barba roja me hizo pensar que se trataba de un hombre zorro.

Se le unió otro hombre parado entre la puerta principal y yo. Tampoco se quitó los lentes oscuros. Los miré para calcular su estatura. Tenía que haber un tercer hombre en alguna parte, a lo mejor a mis espaldas. Los asesinos siempre trabajan en trío. *Ni uno más, ni uno menos. Siempre tres,* pensé con el estómago tenso. Tres contra uno. No era justo. Miré al fondo del pasillo. "Nos vemos en casa Jenks," susurré, sabiendo que no podía oírme.

Las dos sombras se pusieron firmes. Uno desabrochó su chaqueta exhibiendo una cartuchera. Alcé las cejas. No irían a acribillarme a sangre fría delante de un testigo. Denon estaba molesto, pero no era un estúpido. Estaban esperando a que yo saliera corriendo.

Me paré con las manos en los muslos y las piernas abiertas para equilibrarme. "No creo que podamos dialogar, ¿no es cierto muchachos?," dije ásperamente sintiendo los latidos de mi corazón.

El que se había desabrochado su chaqueta sonrió socarronamente. Sus dientes eran pequeños y afilados y una capa de fino pelo rojo le cubría el dorso de la mano. Sí señor. Un hombre zorro. Grandioso. Tenía mi cuchillo, pero trataría de mantener la distancia para no tener que usarlo.

A mis espaldas se escuchó el grito airado de Meg. "Ah, no en mi vestíbulo, no. Este lío se lo llevan para afuera."

Mi pulso aceleró. ¿Será que Meg me estaba ayudando? *Tal vez*—pensé, saltando por encima del mostrador—*no quiere manchas en su alfombra.*

"Allá," dijo Megan apuntando hacia los arcos que conducían a las oficinas de atrás.

No había tiempo para dar las gracias. Entré disparada como un dardo por la puerta hallándome en un gran salón de oficinas. Detrás escuché golpes secos y maldiciones. El recinto del tamaño de una bodega tenía espacios de oficina formados por paneles divisorios de un metro con veinte. ¡Un laberinto de proporciones bíblicas!

Sonreí y agité la mano saludando a los asombrados ocupantes mientras mi bolso golpeaba los paneles al pasar. Tropecé volteando un botellón de agua, ofreciendo falsas disculpas a mi paso. No se rompió, pero sí se abrió. El sonido del borboteo del agua pronto fue superado por el clamor de los presentes pidiendo un trapeador.

Eché un vistazo hacia atrás y vi a una de las sombras enredado con tres oficinistas que trataban de colocar el botellón de nuevo. El arma la llevaba escondida. Hasta ahora todo marchaba bien. Ví la puerta trasera. Corrí hacia la pared del fondo y empujé la puerta de emergencia saboreando el aire fresco.

Alguien estaba aguardando y me apuntaba con un arma de gran calibre.

"¡Mierda!," exclamé retrocediendo. Cerré la puerta otra vez, pero antes de que cerrara del todo, algo húmedo la golpeó dejando una mancha gelatinosa. Sentí que me ardía el cuello. Me toqué con las manos y sentí una ampolla del tamaño de una moneda de medio dólar. Mis dedos ardieron al tocarla.

"Maravilloso," musité, quitándome esa cosa pegajosa de la chaqueta. "Ahora no tengo tiempo para esto." Activé el mecanismo de emergencia de una patada y me dirigí de nuevo hacia donde estaba la acción. Ya no usaban hechizos de acción retardada sino que los preparaban y los metían en estos pegotes. Vaya idea. Pensé que se trataba de un hechizo incendiario instantáneo. Si me hubiera pegado de lleno ya estaría muerta, convertida en un montoncito de ceniza sobre la alfombra. Jenks jamás habría podido oler esto, así hubiera estado a mi lado.

Yo personalmente, preferiría morir con una bala. Al menos era algo más romántico. Pero claro, es más difícil descubrir al fabricante de un hechizo fatal que al fabricante de una bala convencional de pistola. Además, un buen hechizo no deja rastros. Un hechizo incendiario instantáneo no deja casi ningún rastro. Sin rastro, no hay crimen, no hay condena.

"¡Ahí está!" gritó alguien. Me metí debajo de un escritorio golpeándome un codo. Sentía que mi cuello ardía. Tenía que ponerle sal para neutralizar el hechizo antes de que se extendiera.

Mi corazón parecía estallar. Me quité la chaqueta cubierta de salpicaduras de esa cosa pegajosa. Sin ella tal vez estaría muerta. La metí en el cesto de la basura que había allí.

La gente pedía traperos. Entre tanto, busqué una ampolla de agua salada en mi bolso. Mis dedos me ardían y el dolor en el cuello me estaba torturando. Con las manos temblorosas, mordí la tapa de goma del frasco. Contuve la respiración y lo vacié sobre mis manos y luego en el cuello. Respiré con alivio al sentir el repentino ardor y el tufillo de azufre que siempre sale cuando se rompe un hechizo negro. El agua salada goteaba en el suelo. Por un instante disfruté la gloriosa sensación del dolor que desaparece.

Temblando, me froté el cuello con la manga de la blusa. Me dolía la ampolla que tenía debajo de los dedos, pero los latidos que me producía el agua salada eran tranquilizantes en comparación con el ardor. Me quedé sentada como una idiota tratando de encontrar una manera de salir de ahí. Yo era una bruja buena y por eso todos mis hechizos eran defensivos, no de ataque. Mi técnica era dar palizas y dejar al enemigo trastornado para luego atraparlo. Siempre había sido la cazadora, pero nunca la presa. Fruncí el ceño al darme cuenta que no tenía nada para salir de esto.

El escándalo de Megan me ayudó para enterarme de dónde estaban todos. Toqué la ampolla de nuevo. Había dejado de crecer. Tuve suerte. Mi respiración se detuvo cuando sentí pasos silenciosos a unos cuantos cubículos de donde yo estaba. No quería sudar demasiado pues los hombres zorros tienen un gran olfato pero sólo tienen una idea en la cabeza. El olor a azufre seguramente les impedía encontrarme. No podía quedarme aquí. Un golpe seco en la puerta trasera me decía que era hora de largarme.

Al asomarme cautelosamente por encima de los paneles, sentía que la tensión me haría estallar la cabeza. Vi que la sombra número uno removía algunas cosas para dejar entrar a la sombra número tres. Tomé aire y avancé agachada en la dirección opuesta. Podría apostar mi vida a que los asesinos habían dejado a la otra sombra parada en la puerta principal, de manera que no me toparía con el tipo antes de llegar a ella.

Gracias a la constante gritería de Megan por el agua en el suelo, logré avanzar hasta el pasadizo abovedado sin toparme con nadie. Miré a mi alrededor para cerciorarme de que no hubiera nadie en el mostrador de la recepción. Había papeles tirados por todas partes. Los lápices se habían caído y el teclado de Megan colgaba del cable oscilando. Casi sin respiración me dirigí hacia la entrada del mostrador, la tabla que sube y se vuelve a bajar. Aún acurrucada, eché un vistazo hacia la puerta principal.

Ahí había una sombra, inquieta, un tanto hosca porque no la habían dejado entrar en acción. La probabilidad de escaparmele a uno era mayor que la de escaparmele a dos.

De la bóveda llegó la voz quejumbrosa de Francis. "¿Aquí? ¿Denon los mandó aquí contra ella? Debe estar cabreado. Esto hay que verlo. Será para reír."

Su voz se aproximaba cada vez más. *Tal vez Francis*

quiera venir de paseo conmigo, pensé. Las esperanzas me regresaron y dejé de temblar. Una cosa era cierta: Francis era curioso y estúpido, una combinación peligrosa en nuestra profesión. Aguardé con la adrenalina corriendo por mis venas, hasta que levantó la tabla y entró detrás del mostrador.

"Qué desorden" dijo, más concentrado en el reguero en el piso que en mi presencia. No vio que me acercaba. Estaba muy ocupado rascándose. Como un mecanismo de relojería, le pasé un brazo por la nuca y le doblé uno de los suyos detrás de la espalda, casi levantándolo del suelo.

"¡Ay! ¡Demonios, Raquel!," gritó, demasiado imbécil para saber lo fácil que sería codearme en el estómago para soltarse. "¡Suéltame! ¡Esto no es chistoso!"

Tragué saliva y dirigí la mirada hacia la sombra en la puerta, su arma presta y apuntando. "No, no lo es lindura," le dije respirándole en el oído y pensando lo cerca que estábamos de la muerte. Francis ni siquiera se daba cuenta pero la idea de que hiciera algo estúpido me asustaba más que la pistola. Mi corazón se estrellaba en mi pecho y sentí que se me aflojaban las rodillas. "¡Quédate quieto!," le dije. "Si él cree que puede dispararme, lo hará."

"¿Y a mí qué me importa?," gruñó.

"¿Ves alguien más aquí, además de tú, yo y la pistola?" dije suavemente. "Sería muy fácil deshacerse de un testigo, ¿no crees?"

Francis se quedó quieto. Escuché un ruido cuando Megan entró por la puerta de las oficinas del fondo. Había más gente que miraba por encima de su hombro, hablando alto. Eché un vistazo y sentí pánico. Demasiada gente. Demasiadas probabilidades de que algo saliera mal.

Me tranquilicé un poco cuando la sombra se levantó de su posición de cuclillas y guardó la pistola. Colocó los brazos a los lados pretendiendo estar conforme. Atraparme delante de tantos testigos le saldría caro. Estábamos mano a mano.

Mantuve a Francis delante de mí. Era mi escudo. Entonces se escuchó un murmullo cuando las otras dos sombras salieron como fantasmas de la zona de las oficinas. Tenían las espaldas contra la pared de la oficina de Megan. Uno desenfundó el arma pero al entender la situación la guardó en la cartuchera.

"Muy bien Francis," dije. "Es hora de tu paseo de la tarde. Lento, despacio."

"Vete al diablo, Raquel," repuso con voz temblorosa y sudando copiosamente.

Caminamos pegados al borde del mostrador. Tuve que luchar para que Francis caminara erguido pues se resbalaba al pisar los estilógrafos en el suelo. El hombro zorro parado junto a la puerta se retiró amablemente del camino. Con su actitud lo dijo todo. No tenían apuro. Tenían tiempo. Bajo sus ojos vigilantes, Francis y yo salimos de espaldas por la puerta hacia la libertad.

"¡Suéltame!," dijo Francis forcejeando. Los peatones nos observaban atónitos y los autos disminuían la velocidad para mirar. Detesto a los mirones, pero a lo mejor podía usarlos a mi favor. "Vamos, corre," dijo Francis. "Es lo que mejor sabes hacer Raquel."

Lo apreté más hasta oírlo lamentarse. "Tienes razón. Cuando tengo que correr para atrapar a alguien, lo hago mejor que cualquiera. Tú jamás podrás igualarme." Los curiosos comenzaron a alejarse al darse cuenta que esto era más que una pelea entre amantes. "Tal vez tú también quieras empezar a correr," agregué, esperando confundirlo aún más.

"¿De qué demonios estás hablando?" El olor a sudor ocultaba su colonia.

Arrastré a Francis hacia el otro lado de la calle, haciendo zigzag en medio de los autos que se detenían. Las tres sombras estaban afuera observándonos. Estaban parados, tensos, metidos en sus trajes negros y ocultándose tras sus lentes oscuros. "Imagino que estarán pensando que me ayudas. Qué más van a pensar. ¿Un brujo grande y fuerte como tú incapaz de zafarse de una niña menuda y frágil como yo?"

Sentí que respiraba profundo indicando que había entendido. "Buen chico," dije. "Ahora, ¡corre!"

Con el tráfico que me separaba de las sombras, solté a Francis y corrí para desaparecer entre la multitud. Francis corrió en sentido contrario. Yo sabía que no me seguirían hasta la casa si lograba sacarles una buena ventaja. Los zorros son supersticiosos y jamás violarían mi refugio en camposanto. Por ahora estaría a salvo, hasta que Denon decidiera enviar alguna otra cosa a buscarme.

Nueve

"Otra cosa," cavilé, pasando la delicada y descolorida página que olía a éter y gardenias. Un hechizo para pasar inadvertida sería lo mejor, pero necesitaba semillas de helecho. No solamente no había tiempo para recolectarlas, sino que no era la estación. Las vendían en el mercado de Findlay, pero no tenía suficiente tiempo. "Aterriza Raquel." Cerré el libro y estiré la espalda sintiendo dolor. "No puedes preparar una poción tan complicada."

Ivy estaba del otro lado, en la mesa de la cocina, completando los formularios del cambio de dirección y mordisqueando su último tallo de apio con salsa. Esa era toda la cena que tuve tiempo de preparar, pero a ella no pareció importarle. A lo mejor pensaba salir más tarde y comer alguna cosa. Si lograba conservarme con vida hasta mañana, prepararía una cena de verdad. Tal vez pizza. Pero esta noche la cocina no era apta para preparar alimentos.

Estaba haciendo hechizos y todo estaba en completo desorden. Había plantas a medio triturar, tierra, cuencos manchados de verde con restos cernidos enfriándose y pailas de cobre sucias arrumadas en el fregadero. Parecía la cocina de estudiantes de primer año de universidad. Había preparado amuletos para identificación, pociones para provocar sueño, e inclusive unos hechizos de disfraz para verme más vieja en lugar de joven. No pude evitar sentir cierta satisfacción por el hecho de haberlos preparado yo misma. Tan pronto hallé un hechizo lo suficientemente fuerte para permitirme entrar a la bóveda de archivos de la S.E., Jenks y yo salimos de inmediato.

Esa tarde, Jenks venía acompañado de un hombre greñudo como un lobo. Era su amigo, el que tenía mis cosas. Le compré un catre que olía a viejo y le di las gracias por traer las pocas prendas que no estaban hechizadas: mi abrigo de invierno y un conjunto deportivo para el entrenamiento que estaban metidos en una caja en el fondo del armario. Le dije que no se preocupara de nada más por ahora, sólo de mi música, mi ropa y mis utensilios de cocina. Se fue con cien dólares en la mano prometiendo traerme mañana la ropa, por lo menos.

Con un suspiro, levanté los ojos del libro y pasé la mirada por Don Pez que descansaba en la repisa de la ventana. De ahí, dirigí los ojos al jardín oscuro. Me toqué la ampolla del cuello con la mano y puse a un lado el libro haciendo espacio para otro. Denon debía estar realmente molesto para enviar a esos zorros contra mí en plena luz del día, pues me daba algo de ventaja. De haberlo hecho de noche, ahora estaría muerta—con luna nueva o sin ella. El hecho de que estaba gastando tanto dinero decía mucho de lo que le dolió perder a Ivy.

Luego de deshacerme de los Zorros tomé un taxi de regreso a casa. Me dije que lo hacía para evitar a algún posible asesino en el autobús, pero la verdad es que lo hice para que nadie se diera cuenta de que temblaba. Comencé a sentir escalofríos tres cuadras después de haber subido y no pararon hasta que terminé con toda el agua caliente de la ducha. Nunca había estado en la posición de presa y no me gustaba. Pero lo que más me asustaba era la posibilidad de tener que usar un hechizo negro para seguir con vida.

Buena parte de mi trabajo había consistido en atrapar fabricantes de "hechizos grises"—brujas que convertían un hechizo bueno, por ejemplo un hechizo de amor, en un hechizo malo. Claro que también había atrapado a unos cuantos brujos peligrosos de magia negra, aquellos que se especializan en las formas más ocultas de hacer el mal, como por ejemplo, hacerlo desaparecer a uno y, luego, por unos cuantos dólares más, hechizar a la familia para que se olviden de su existencia. Un puñado de Entremundos manejaban el poder del ocultismo ilegal. A veces lo único que podía hacer era tapar la sucia realidad para que los humanos no se dieran cuenta de lo difícil que era controlar a los Entremundos, quienes veían a la humanidad como un hato de vacas. Pero jamás había sido perseguida de esta forma. No sabía cómo hacer para mantenerme a salvo y al mismo tiempo conservar mi karma limpio.

Había pasado las últimas horas del día en el jardín. El hecho de jugar en la tierra con niños duendes husmeando todo el tiempo a mi alrededor, era una buena forma de calmarme, y me di cuenta que le estaba muy agradecida a Jenks. En realidad, no me di cuenta hasta que volví a entrar a la casa con mis materiales para preparar hechizos del motivo de la gritería y movimiento de los niños: no estaban jugando a las escondidas sino interceptando proyectiles gelatinosos.

Quedé aterrada al ver la pirámide de proyectiles que habían formado junto a la puerta de atrás. Cada uno portaba mi sentencia de muerte y yo ni me había dado cuenta. Cuando los ví ahí amontonadas se me encendió no el temor sino la rabia. ¡Juré estar preparada la próxima vez que los cazadores me encontraran!

Luego del torbellino de la preparación de hechizos, mi bolso estaba repleto con lo usual. La astilla de secoya que traje de la oficina fue mi salvavidas. Los hechizos se pueden guardar en cualquier madera, pero en la secoya duran más. Los amuletos que no estaban en mi bolso colgaban de los ganchos para las tazas en el aparador vacío de la cocina. Todos eran buenos hechizos, pero necesitaba algo más poderoso. En medio de suspiros abrí el siguiente libro.

"¿Transmutación?" dijo Ivy dejando los formularios a un lado y acercando el teclado. "¿Así de buena eres?"

Me saqué la tierra de una uña con la uña del pulgar. "La

necesidad es la madre del valor," musité. Examiné el índice sin dirigirle la mirada a Ivy. Necesitaba algo pequeño, preferiblemente algo que pudiera defenderse a sí mismo.

Ivy continuó con su búsqueda en la pantalla mientras comía apio. Yo la venía observando cuidadosamente desde la puesta del sol. Era la compañera perfecta. Se le notaba el esfuerzo por mantener al mínimo sus reacciones normales de vampiro. Tal vez sirvió el hecho de volver a lavar mi ropa. Tan pronto viera que se estaba poniendo seductora le pediría que se fuera.

"Aquí hay uno," dije en voz baja. "Un gato. Necesito una onza de romero, media taza de menta, una cucharadita de extracto de algodoncillo recolectado después de la primera helada...bueno, pues ya está, esta receta tengo que descartarla. No tengo extracto y ahora no puedo ir a la tienda."

Ivy pareció contener la risa y yo volví al índice. ¿Un murciélago? No. No tenía árbol cenizoso en el jardín y se necesitaba parte de la corteza interna. Además, no pensaba pasarme el resto de la noche aprendiendo a volar por radar. Lo mismo con las aves. La mayoría de las que aparecían en el libro no vuelan de noche. ¿Un pez? Absurdo...pero a lo mejor...

"Un ratón," dije buscando la página y revisando la lista de ingredientes. Nada exótico. Ya tenía casi todo lo necesario en la cocina. Había una nota escrita a mano en el margen de abajo y entrecerré los ojos para poder leer la borrosa letra masculina: *puede adaptarse con seguridad a cualquier roedor.* Miré la hora. Funcionaría.

"¿Un ratón?" preguntó Ivy. "¿Vas a hacer un hechizo para convertirte en ratón?"

Me levanté dirigiéndome hacia la mesa de acero inoxidable en medio de la cocina y abrí el libro. "Seguro. Tengo todo menos el pelo del ratón." Subí las cejas. "¿Puedo tomar una bolita de tu búho? Necesito cernir la leche con un pelaje."

Ivy dejó caer su pelo negro sobre el hombro. "Claro. Te traeré una." Meneó la cabeza y cerró el sitio que estaba visitando. Se levantó estirándose de tal modo que dejaba ver su estómago al descubierto. Ví la joya roja que llevaba incrustada en el ombligo y luego alejé la mirada. "De todas formas tenía que limpiar," concluyó.

"Gracias." Volví a mi receta repasando exactamente todo lo que necesitaba y colocándolo en la mesa del centro de la cocina. Cuando Ivy regresó del campanario, todo estaba listo y medido. Sólo faltaba revolver.

"Todo tuyo," me dijo. Dejó la bolita en la mesa y fue a lavarse las manos.

"Gracias," susurré. Con un cuchillo abrí la masa y saqué tres pelos de entre los huesos diminutos. Hice una mueca pensando que no había pasado completamente por el búho. Solo lo había regurgitado.

Luego, tomé una manotada de sal y mirándola le dije: "Voy a hacer un círculo de sal. No intentes cruzarlo." Me fijó la mirada y agregué: "Este hechizo puede ser peligroso. No quiero que caiga algo accidentalmente en la vasija. Puedes quedarte en la cocina; pero por favor, no cruces el círculo."

Incrédula, asintió con la cabeza. "Está bien."

Me gustaba verla fuera de base. Hice el círculo más grande que lo usual, llenando toda la mesa del centro de la cocina con mis cosas. Ivy se apoyó con las manos para sentarse en una esquina del mostrador. Abrió los ojos con curiosidad. Si pensaba hacer esto frecuentemente, más bien debía olvidarme del depósito de seguridad del arriendo y abrir una ranura recta en el linóleo del piso. ¿De qué sirve el depósito de seguridad si muero por causa de un hechizo mal orientado?

El corazón me latía con fuerza. Hacía tiempos que no cerraba un círculo pero la presencia de Ivy me ponía nerviosa. "Muy bien," murmuré. Tomé aire lentamente, cerré los ojos y despejé la mente. Gradualmente me concentré en mi objetivo.

No solía hacer esto con frecuencia pues confunde más

que otra cosa. Sentí un viento del otro lado de la realidad que levantaba mi cabello. Hice un gesto con la nariz al sentir el olor de ámbar quemado. Inmediatamente sentí que estaba afuera. Las paredes a mi alrededor desaparecieron y apenas las podía percibir. Ivy desapareció. Sólo veía el paisaje y las plantas. Sus siluetas se movían con un resplandor rojo que llenaba el aire. Era como estar parada en este lugar antes de que hubiera sido descubierto por la humanidad. Se me electrizó la piel al notar que las lápidas existían también en este mundo, blancas y sólidas como la luna en el firmamento.

Con los ojos cerrados, traté de mirar buscando la línea ley más cercana. "Mierda," dije sorprendida al encontrar una marca roja de poder que cruzaba por el jardín. "¿Sabías que hay una línea ley que cruza el jardín?"

"Sí," repuso Ivy suavemente. Su voz parecía provenir de un lugar indefinido. Empujé toda mi voluntad hasta alcanzarla. Mi olfato se abrió y me invadió una fuerza que repercutió en mis extremidades hasta que el poder se equilibró. La universidad estaba construida en una línea ley tan grande que podía alcanzarse casi desde cualquier lugar de Cincinnati. Casi todas las ciudades están construidas sobre una línea. Manhattan tiene tres grandes. La línea ley más grande de la costa del este pasa por una granja en las afueras de Woodstock. ¿Coincidencia? No lo creo.

La línea de mi jardín era muy pequeña, pero estaba tan cerca y subutilizada que me producía más fuerza de la que me dio la universidad. Aun cuando nunca me tocó la brisa real, la piel se me erizó por el viento que soplaba del más allá.

Meterse en una línea ley era un asunto peligroso. No me gustaba hacerlo. Su poder me recorría como el agua que va dejando residuos. Ya no podía mantener cerrados los ojos y los abrí.

La roja visión surrealista del más allá fue reemplazada por la rutina de la cocina. Ví la versión terrenal de Ivy sentada en el mostrador. A veces la gente se ve tan diferente, pero me tranquilicé al verla normal. Su aura—su verdadera aura, no su aura de vampiro—destellaba. Qué extraño.

"¿Por qué no me dijiste que había una línea ley tan cerca?" le pregunté.

Ivy me dirigió la mirada. Se encogió de hombros, cruzó las piernas y dejó caer los zapatos debajo del mostrador. "¿Qué importaba?"

No tenía ninguna importancia. Cerré los ojos para reforzar mi segunda visión que se desvanecía mientras cerraba el círculo. La vertiginosa inundación de poder me hacía sentir incómoda. Con mi voluntad transporté la delgada franja de sal desde esta dimensión hasta el más allá y fue reemplazada por un círculo igual de la otra realidad.

El círculo se cerró con una sacudida que me hizo saltar. "Diablos," musité. "Tal vez utilicé demasiada sal." Buena cantidad de la fuerza que atraje del más allá se movía en mi círculo. Lo que se arremolinaba a mi alrededor me ponía la piel de gallina. El residuo seguiría aumentando hasta que yo rompiera el círculo y me desconectara de la línea.

Podía sentir la barrera de la realidad del más allá como una presión lejana. Nada podía atravesar las bandas de realidades que cambiaban. Con mi segunda visión podía ver la borrosa oleada de rojo brillante que me rodeaba desde los pies hasta la cabeza. La media esfera recorría mi espalda a la misma distancia. Más adelante haría un examen más de cerca para asegurarme de no estar cruzando tuberías o cables eléctricos que harían que el círculo pudiera romperse, si acaso algo activo cruzara por ese lado.

Ivy me estaba observando cuando abrí los ojos. Le sonreí amargamente y me di vuelta. Muy pronto, mi segunda visión se redujo a nada quedando sólo mi visión normal.

"Está bien cerrado," le dije al ver que su aura comenzaba a desaparecer. "No intentes cruzar. Duele."

Asintió solemnemente. "Tú mandas . . . bruja."

Sonreí complacida. ¿Por qué no dejar que por una vez la bruja le muestre los dientes al vampiro? Tomé el cuenco de cobre más pequeño de todos, aproximadamente del tamaño de mis dos manos juntas, y lo puse encima de la estufita de gas de excursionista que Ivy me había comprado hacía poco. La había usado para preparar mis hechizos menores. La conexión corriente de gas hubiera abierto el círculo. "Agua," murmuré, llenando mi tubo de vidrio graduado con agua de manantial, agachándome para cerciorarme de la medida exacta. La vasija crepitó cuando la agregué. Luego, la quité de la llama. "Ratón, ratón, ratón," musité, luchando por no dejar ver mi nerviosismo. Este era el hechizo más difícil que había probado fuera de clase.

Ivy bajó del mostrador y me puse tensa. Los pelos de la nuca se me pararon cuando se paró detrás de mí, pero aun fuera del círculo. Detuve lo que estaba haciendo y me volteé a mirarla. Sonrió avergonzada y regresó al mostrador.

"No sabía que podías pasar al más allá," dijo antes de sentarse frente a su pantalla.

Levanté la mirada de la receta. "Soy una bruja terrestre y no lo hago con mucha frecuencia. Este hechizo me cambiará físicamente y no sólo me dará la apariencia de un ratón. Si algo llegara a meterse accidentalmente en la vasija, tal vez no logre romperlo o puede que apenas cambie a medias... o algo así."

Su actitud se tornó evasiva. Yo, mientras tanto, puse el pelo de ratón en un cernidor para agregarle luego la leche. Existe todo una rama de brujería que usa líneas ley en vez de pociones. Había pasado dos semestres limpiando el laboratorio de uno de mis profesores pues así no tendría que tomar más que el curso básico. A todos les dije que era porque aun no tenía un familiar (es un requisito de seguridad), pero la verdad es que no me gustaba. Perdí a un amigo muy querido que decidió especializarse en líneas ley pero terminó rodeado de mala compañía. Y para qué mencionar la muerte de papá, que estuvo relacionada con las líneas. Para nada sirvió que las líneas ley fueran la puerta hacia el más allá.

Se dice que el más allá era un paraíso donde vivían los elfos que entraban en nuestra realidad con tiempo suficiente para robar niños humanos. Pero cuando los demonios se apoderaron del sitio destrozándolo, los elfos se vieron forzados a quedarse aquí para siempre. Naturalmente, eso sucedió mucho antes de que Grimm escribiera sus cuentos de hadas. Todo está explicado en los cuentos más antiguos. Casi todos terminan con la frase "y vivieron felices por siempre." Bueno, así se supone que era. Grimm debió agregar "en el más allá." Puesto que algunas brujas usan líneas ley, es probable que por ello se piensa erróneamente que están del lado de los demonios. Me estremecí de sólo pensar cuántas vidas había costado ese error.

Yo era una bruja terrestre exclusivamente. Trabajaba con amuletos, pociones y hechizos. Los gestos y conjuros formaban parte del mundo de la magia ley. Las brujas que se especializan en esta rama se meten a las líneas para obtener su poder directamente de ellas. Era una magia más ruda, menos estructurada y no tan hermosa, pues no contaba con la disciplina de la hechicería terrestre. La única ventaja que yo le veía es que se podía invocar instantáneamente con la palabra adecuada. La desventaja es que uno tiene que portar un trozo del más allá en el chi. No me importa que haya formas de aislarlo de los chakras. Estoy convencida de que la mancha demoníaca del más allá deja una acumulación de inmundicias en el alma. He visto a muchos amigos perder su destreza de ver con claridad en qué lado del campo está su magia.

La magia de línea ley tenía el potencial más grande de volverse magia de ley negra. Si era difícil seguir el rastro de un hechizo hasta hallar a su fabricante, hallar al responsable de un hechizo ley era casi imposible. Esto no quiere decir que todas las brujas de línea ley sean malas. Sus destrezas tenían gran demanda para el entretenimiento, el control del tiempo y la seguridad de las industrias; pero debido a su relación cercana con el más allá y con más poder en las manos, era fácil volverse inmoral.

El motivo por el cual no me ascendieron en la S.E. podría deberse a que me negué a usar magia ley para capturar a los grandes capos del mal. Pero, ¿qué diferencia había si los atrapaba con un hechizo en lugar de hacerlo con un conjuro? Yo había perfeccionado la lucha contra la magia ley usando elementos terrestres, aun cuando nadie tenía porqué saberlo con sólo mirar mi promedio de capturas por misión.

El recuerdo de esa pirámide de proyectiles explosivos junto a la puerta me producía punzadas en el cuerpo. Vertí la leche en la vasija sobre el pelo de ratón. La mezcla estaba hirviendo. La alcé aun más en el trípode revolviéndola con una cuchara de madera. No era buena idea usar madera para preparar un hechizo y todas mis cucharas de barro tenían conjuros. Usar metales era provocar una catástrofe. Las cucharas de madera actuaban como amuletos pues absorbían el hechizo y se podían cometer errores vergonzosos; pero si al terminar las lavabas con agua salada, todo estaría bien.

Puse las manos en la cintura, programé el tiempo y leí de nuevo el hechizo. La mezcla hirviente empezó a soltar un olor almizclado. Ojalá estuviera bien.

"Entonces..." dijo Ivy mientras escribía en su teclado. "Vas a meterte en los archivos como ratón. ¿Cómo piensas abrir los cajones?"

"Jenks dice que ya tiene copias de todo. Sólo tenemos que echar una mirada."

La silla de Ivy crujió cuando se recostó hacia atrás y cruzó las piernas. Era obvia su duda de que dos enanos fueran capaces de hacer funcionar el teclado. "¿Por qué no vuelves a tu forma de bruja cuando estés allá?"

Sacudí la cabeza negativamente mientras revisaba de nuevo la receta. "Las transformaciones invocadas mediante una poción duran hasta que te empapes bien con agua salada. Si quisiera, podía transformarme con un amuleto, forzar mi entrada a la bóveda, quitármelo, buscar lo que necesito en forma de humano y luego ponerme el amuleto para salir. Pero no lo haré."

"¿Por qué no?"

Me abrumaba con preguntas. Alcé la cabeza en medio del sonido que producía una de las plantas al disolverse. "¿Nunca has usado un hechizo de transformación?" inquirí. "Creí que los vampiros los usaban todo el tiempo para transformarse en murciélagos y cosas así."

Ivy bajó la mirada. "Algunos lo hacen," repuso en voz baja.

Era evidente que Ivy jamás se había transformado. Me pregunto por qué. El dinero no era problema. "No es buena idea usar amuletos para transformarse. Tendría que amarrarme el amuleto o llevarlo en el cuello, y todos mis amuletos son más grandes que un ratón. Se vería algo extraño. ¿Y qué pasaría si estoy trepada en una pared y se me cae? Algunas brujas han muerto al volver a la normalidad cuando se rompe el hechizo al quedar incrustadas en paredes o rejas." Me estremecí a medida que revolvía la poción rápidamente en el sentido de las manecillas del reloj. "Además" agregué, "no voy a tener ropa puesta cuando regrese."

"¡Oh, vaya!" rió Ivy. "Esa es la verdadera razón, Raquel, ¡eres tímida!"

¿Que podía responder ante eso? Un poco avergonzada, cerré el libro y lo puse debajo de la mesa, junto con el resto de mi nueva biblioteca. El reloj sonó y soplé la llama para apagarla. Quedaba apenas un poco de líquido y en breve alcanzaría la temperatura del cuarto.

Me limpié las manos en los jeans y me incliné sobre el desorden de la mesa hasta alcanzar un punzón de sangre. Antes del Giro, muchas brujas fingían sufrir de diabetes con el fin de obtener una de estas valiosas herramientas gratis. Los odiaba, pero era preferible que usar un cuchillo para cortarse una vena como lo hacían en épocas más nebulosas. Lista para pincharme, me asaltó la duda un instante. Ivy no podía cruzar el círculo, pero la noche anterior estaba fresca en mi mente. Si pudiera dormiría dentro de un círculo de sal, pero tal vez me volvería loca estando permanentemente conectada con el más allá sin un familiar que absor-

biera las toxinas mentales que expedían las líneas. "Yo...eh
...necesito tres gotas de mi sangre para acelerar el hechizo,"
le dije.

"¿Verdad?" Su mirada carecía de aquella expresión decidida que generalmente se observaba antes del aura depredadora de los vampiros pero, aun así, no confiaba en ella.

Hice una señal con la cabeza y agregué: "Tal vez sea mejor que te vayas."

Ivy rió. "Tres gotas sacadas con un punzón de sangre no
causan nada."

Aun así dudé. Sentí la tensión en el estómago ¿Cómo podía estar segura de que ella conocía sus límites? Sus ojos se
volvieron menos circulares y en sus pálidas mejillas aparecieron unas manchas rojas. Si le insistía para que se fuera se
ofendería, lo sabía. Pero tampoco estaba dispuesta a demostrarle miedo. Estaba totalmente segura adentro del círculo.
Podía parar a un demonio, así que parar a un vampiro no
era nada.

Tomé aire y me pinché el dedo. Hubo un destello negro en
sus ojos y un escalofrío me recorrió el cuerpo. Luego, nada.
Mis hombros se relajaron. Decidida, le agregué las tres gotas
a la mezcla. El líquido pardo lechoso se veía igual, pero sentía un olor distinto. Cerré los ojos y respiré hondo hasta que
el olor a pasto y grano penetrara en mis pulmones. Necesitaría otras tres gotas de mi sangre para preparar cada dosis antes de usarlas.

"Huele diferente."

"¿Cómo?" dije, maldiciendo mi reacción. Olvidé que ella
estaba allí.

"Tu sangre huele diferente," dijo Ivy. "Huele a madera. A
especias. Huele a tierra, a tierra viva. Ni la sangre humana ni
la de vampiro huelen así."

"Umm," musité, totalmente segura de que no me gustaba
nada el hecho de ella pudiera oler mi sangre desde el otro
lado del cuarto a través de una barrera con el más allá. Al
menos me reconfortaba saber que jamás había desangrado a
una bruja.

"¿Serviría mi sangre?" preguntó con curiosidad.

Agité la cabeza mientras que revolvía nerviosamente la poción. "No. Tiene que ser sangre de bruja o de aprendiz. No es la sangre sino las enzimas que tiene. Actúan como catalizadores."

Asintió, dejando su computadora y dedicándose a observarme.

Froté la punta de los dedos para no untar nada con restos de mi sangre. Esta receta, al igual que casi todas las demás, me daba siete hechizos. Los que no usara esta noche los guardaría en pociones. Si quisiera, podía ponerlos en amuletos para que duraran un año. Pero no me transformaría por nada del mundo con un amuleto.

Ivy no me quitaba los ojos de encima mientras yo vertía cuidadosamente la mezcla en frascos del tamaño del dedo pulgar y luego los tapaba firmemente. Listo. Ahora sólo quedaba romper el círculo y mi conexión con la línea ley. Lo primero era fácil. Lo segundo un poco más difícil.

Le sonreí a Ivy y abrí una brecha en la sal con mis pantuflas rosadas. El sonido de fondo del poder del más allá se hizo más intenso. Mi respiración silbaba por la nariz pues toda la fuerza que antes fluía por el círculo ahora fluía por mi cuerpo.

"¿Qué está sucediendo?," preguntó Ivy desde su silla, alerta y preocupada.

Hice un esfuerzo conciente por respirar pensando en que podía hiperventilarme. Me sentía como un globo excesivamente inflado. Con los ojos fijos en el piso, le agité la mano pidiéndole que no se acercara. "El círculo está roto. Aléjate. Aún no he terminado," le dije, sintiéndome un tanto aturdida y fuera de la realidad.

Tomé aire y empecé a separarme de la línea. La lucha se presentaba entre el deseo de poder que siente el sujeto y la certidumbre de que tal poder termina por enloquecerlo. Tenía que sacarlo de mí, expulsarlo de la cabeza a los pies hasta que volviera a la tierra.

Mis hombros saltaron a medida que me abandonaba y caminé a trompicones hacia el mostrador.

"¿Te encuentras bien?" preguntó Ivy preocupada y curiosa.

Jadeante, levanté la mirada. Me sostenía de un codo ayudándome a parar. No la vi moverse y eso me produjo escalofríos. Sentía sus dedos cálidos a través de mi blusa. "Puse demasiada sal. La conexión era muy fuerte. Estoy…eh… estoy bien. Suéltame."

Su preocupación desapareció. Era evidente que sintió una afrenta y me soltó. Se sintió el crujir de la sal bajo sus pies y regresó a su esquina a sentarse en su silla, herida. Yo no me disculparía. No hice nada mal.

El pesado e incómodo silencio me afectó mientras guardaba todos los frascos en el mueble con mis amuletos, excepto uno. No pude evitar sentir una pizca de orgullo al verlos. Los hice yo. Y aunque el seguro para venderlos costaba más que mi viejo sueldo anual de la S.E., los podía usar.

"¿Necesitas ayuda esta noche?," preguntó Ivy. "No me importaría cubrir tu espalda."

"No," solté la respuesta. Fue muy prematuro y su expresión se tornó agria. Meneé la cabeza, sonriendo para suavizar mi rechazo, esperando que pudiera obligarme a mí misma a decir "sí, por favor." Pero aun no confiaba en ella y no quería estar en posición de tener que confiar de alguien. Papá murió porque confió en que alguien le cubriera la espalda. "Trabaja sola, Raquel," me dijo cuando me senté a acompañarlo en su cama del hospital, tomando su mano temblorosa en las mías mientras su sangre perdía la capacidad de transportar oxígeno. "Trabaja siempre sola."

Sentí un nudo en la garganta cuando encontré los ojos de Ivy. "Si no soy capaz de escabullirme de un par de sombras merezco que me atrapen," le dije tratando de evadir la realidad del asunto. Metí la vasija retractable y una botella de agua salada en mi bolso, además de un nuevo amuleto de disfraz que nadie en la S.E. conocía.

"¿No piensas probar uno primero?" me preguntó cuando vio que ya me iba.

Acomodé nerviosamente hacia atrás un mechón de mi pelo crespo. "Se hace tarde. Estoy segura de que funcionará."

Ivy no parecía convencida. "Si no has regresado al amanecer, iré a buscarte."

"Está bien." Si no regresaba antes del amanecer es porque estaba muerta. Agarré mi abrigo de invierno que colgaba de un asiento y me lo puse. Le sonreí nerviosamente a Ivy y salí por la puerta trasera. Cruzaría el cementerio y tomaría el autobús una calle más allá.

El aire de esta noche de primavera era frío y tirité al cerrar la puerta de anjeo. El espectáculo de ese montón de plastas explosivas era un recuerdo desagradable. Me sentí vulnerable y decidí refugiarme a la sombra de un roble a la espera de que mis ojos se acostumbraran a la noche sin luna. Apenas había pasado la luna nueva de modo que no se veía hasta despuntar el amanecer. *Gracias, Dios mío, por estos pequeños favores.*

"¡Eh... señorita Raquel!" dijo una vocecita zumbadora y volteé pensando que era Jenks. Era Jax, el hijo mayor de Jenks. El duendecillo preadolescente me había acompañado toda la tarde y estuvo a punto de que yo lo cortara varias veces por su curiosidad y sentido del "deber" que lo pusieron demasiado cerca de mis podadoras mientras su padre dormía.

"Hola Jax. ¿Tu papá está despierto?," le pregunté ofreciéndole una mano para que aterrizara.

"¿Srta. Raquel? La están esperando."

Mi corazón palpitó. "¿Cuántos? ¿Adónde?"

"Son tres." Se puso verde de excitación. "Adelante. Son tipos grandes. De su tamaño. Apestan a zorro. Los ví cuando el viejo Keasley los sacó corriendo de su acera. Yo le habría informado antes," dijo diligentemente, "pero no alcanzaron a cruzar la calle y ya nosotros les habíamos robado todos sus proyectiles explosivos. Papá nos dijo que no la molestára-mos, a menos que alguien saltara por la pared."

"Está bien. Hiciste lo correcto." Jax salió volando y yo co-mencé a andar. De todas formas iba a cruzar el jardín para tomar el autobús al otro lado de la cuadra. Miré forzada-mente en la oscuridad y le propiné un golpecillo al pequeño bulto diciendo: "Jenks, vamos a trabajar." Y se escuchó un rugido de irritación casi subliminal que provenía del bulto.

Diez

La mujer bonita que estaba sentada frente a mí en el autobús se levantó para bajarse. Hizo una pausa pero estaba demasiado cerca, tanto como para hacerme subir la guardia. Alcé la mirada del libro de Ivy. "Tabla 6.1" dijo, al tiempo que nuestras miradas se encontraron. "Es *todo* lo que necesitas saber." Cerró los ojos y se estremeció como si hubiera sentido placer.

Un poco avergonzada, pasé las páginas hacia atrás. "Vaya," susurré. Se trataba de una tabla de accesorios y sugerencias para usarlos. Me sonrojé y, aunque no soy ninguna mojigata... algunas de estas cosas ¿y con un vampiro? Tal vez con un brujo, y solo tan bien parecido como para quitarle a uno la respiración. Sin la sangre, naturalmente. *Tal vez*.

Me sacudí y ella se agachó en el pasillo. Se inclinó demasiado dejando caer una tarjeta de negocios negra en el libro abierto. "En caso de que quiera invitar a otra persona," susurró, sonriendo con una rápida familiaridad que no logré entender. "Los principiantes brillan como las estrellas, expresando lo mejor que llevan por dentro. No me disgustaría tocar el segundo violín en tu primera noche, y podría ayudarte... después. A veces se les olvida." Un destello de temor cruzó por su cara, veloz pero real.

Me dejó con la boca abierta. No pude decir ni una palabra. Ella se levantó, se alejó y bajó por la escalerilla.

Jenks volaba cerca y cerré el libro inmediatamente. "Raque," dijo, a la vez que aterrizaba en mi arete. "¿Qué lees? Tienes la nariz enterrada en ese libro desde que subimos al autobús."

"Nada," repuse, con el pulso latiendo fuerte. "Esa mujer. Era humana, ¿verdad?"

"¿La que hablaba contigo? Sí. Por su olor, es un vampiro lacayo. ¿Por qué?"

"Por nada," respondí, mientras guardaba el libro en el fondo de la bolsa. No volvería a leer esta cosa en un sitio público. Afortunadamente, la próxima parada era la nuestra. Me dirigí a los restaurantes del centro comercial ignorando el interrogatorio permanente de Jenks. Mi abrigo largo golpeaba contra mis tobillos mientras que ingresaba en el bullicio de una tarde de domingo. En el baño invoqué mi disfraz de mujer anciana esperando engañar a cualquiera que me hubiera reconocido. Aun así, me pareció prudente relajarme un poco entre la multitud antes de dirigirme a la S.E.: matar el tiempo un poco, reunir fuerzas, comprar un sombrero para reemplazar el que le perdí a Ivy en la mañana—comprar un poco de jabón para eliminar cualquier rastro de su olor en mí.

Pasé frente a una tienda de amuletos con mi usual actitud de duda. Podía preparar todo lo que quisiera y si alguien me buscaba, este sería el primar lugar que estaría vigilando. *Pero a nadie se le ocurriría pensar que compraría un par de botas,* pensé, disminuyendo el paso tan pronto ví la vitrina. Las cortinas de cuero y las luces tenues, más que su nombre, decían que este negocio estaba concebido para vampiros.

¡Qué diablos! pensé. *Yo vivo con un vampiro.* El vendedor no podía ser peor que Ivy. Además, creo que yo ya era lo suficientemente sabia como para no dejar rastros de sangre. Así es que no le presté atención a los reclamos de Jenks y entré. Mis pensamientos saltaron de la Tabla 6.1 al atractivo y coqueto vendedor que alejó a los otros vendedores y me miró por encima de los aros de madera de sus lentes.

El nombre impreso en su etiqueta de identificación decía VALENTINO. Capturé su atención como un imán, mientras que me ayudaba a escoger un buen par de botas y suspiraba sobre mis medias de seda, acariciando mis pies con sus dedos fuertes y vigorosos. Jenks aguardaba en el pasillo metido en una maceta, resentido y malhumorado.

Dios me perdone, pero Valentino era atractivo. Estoy segura de que ese era un requisito para obtener el empleo, como lo debía ser el vestirse de negro y saber cómo coquetear sin alarmar. Mirar no cuesta nada… ¿verdad? Podía mirar sin tener que entrar al club, ¿no es así?

Pero cuando salía caminando con mis botas demasiado costosas, reflexioné acerca de mi repentina curiosidad. Ivy había admitido que se sentía atraída por los olores. A lo mejor los vampiros exhalan feromonas para tranquilizar y atraer a los desprevenidos. Así era mucho más fácil seducir a la presa. Yo había disfrutado concientemente con Valentino, tan tranquila como si se hubiese tratado de un viejo amigo, dejándolo tomarse algunas libertades coquetas con sus palabras y manos que normalmente no permitiría. Pero traté de olvidar esa incómoda sensación y seguí con mis compras.

Tenía que entrar a la Gran Cereza por salsa para pizzas. Los humanos boicoteaban todas las tiendas que vendían tomates, así la variedad Ángel T-4 se hubiera extinguido hace tiempos, de tal modo que el único lugar donde se podían conseguir era en alguna tienda de especialidades donde no importaba si medio mundo tomaba la decisión de no entrar por la puerta.

El nerviosismo era lo que me hacía detenerme en la confitería. Todos saben que el chocolate relaja los nervios; y me parece que alguien realizó un estudio sobre eso. Entonces Jenks estuvo silencioso durante cinco minutos que me parecieron la gloria mientras comía el caramelo que le compré.

Luego, no podía dejar de entrar a Bath and Body: no volvería a usar el champú ni el jabón de Ivy. Y eso me condujo a una tienda de fragancias. Con la ayuda y los gruñidos de Jenks, elegí un nuevo perfume que me ayudara a tapar el persistente aroma de Ivy. La lavanda era lo único que serviría. Jenks dijo que apestaba como una explosión en una fábrica de flores. No es que me gustara tanto, pero si me ayudaba a no provocar los instintos de Ivy ¡y para eso hasta sería capaz de tomármela, no solo de bañarme en ella!

Dos horas antes del alba estaba de regreso en la calle en dirección hacia la bóveda del archivo. Mis nuevas botas eran deliciosamente silenciosas, pues sentía que flotaba sobre el pavimento. Valentino tenía razón. Me lancé a la calle vacía sin dudarlo. Mi hechizo de mujer anciana aun conservaba su efecto, lo cual seguramente explica las miradas curiosas en la tienda de cueros; pero si nadie me veía, mejor.

La S.E. cerraba bien los edificios. Casi todas las oficinas en esta cuadra tenían horarios humanos y habían estado cerradas desde la noche del viernes. El tráfico zumbaba a dos cuadras de distancia, pero aquí estaba en silencio. Miré hacia atrás antes de meterme al callejón que había en medio del edificio de archivos y la torre de seguros. Mi corazón comenzó a galopar tan pronto pasé frente a la puerta de incendios donde por poco me atrapan. Pero no pensaba entrar por ese lado. "¿Ves un tubo de desagüe Jenks?" pregunté.

"Voy a revisar," respondió, y voló hacia adelante para hacer un pequeño reconocimiento.

Yo lo seguí más lentamente agachándome un poco para escuchar el sonido sordo de los golpecillos sobre el metal. Disfrutando a fondo la explosión de adrenalina, me deslicé en medio de un gran bote de basura y una plataforma de carga. Sonreí al ver a Jenks sentado sobre el extremo curvado de una canal, dándole golpecitos con los tacones de las botas. "Gracias Jenks," le dije, quitándome el bolso y colocándolo encima del cemento cubierto de rocío fresco.

"Seguro." Voló para sentarse encima de un contenedor de basura. "Madre mía, Campanita," protestó, tapándose la nariz. "¿Sabes lo que hay aquí adentro?" Lo observé. Entonces continuó. "Lasagna de hace tres días, cinco variedades de yogurt, palomitas de maíz quemadas…" Dudó unos instantes cerrando los ojos mientras olfateaba… "tipo sureño, un millón de papelitos de caramelos… y alguien vive obsesionado con los burritos de carne de cerdo."

"¿Jenks? ¡Cállate!" El suave ruido de llantas contra el pavimento me advirtieron que me quedara inmóvil, pero hasta la mejor visión nocturna tendría problemas para detectarme aquí atrás. El callejón apestaba tanto que no tendría que preocuparme por los zorros. Pero aun así, aguardé hasta que la calle quedara en silencio antes de buscar un hechizo antidetección y un punzón de sangre en mi bolso. El fuerte pinchazo me hizo saltar. Dejé caer las tres gotas requeridas sobre el amuleto que inmediatamente brilló de un verde pálido. Dejé escapar el aire que retenía sin darme cuenta. El único ser viviente a cien pies de distancia era Jenks—y yo tenía mis duda sobre él. Pero estaba segura y podía transformarme en ratón.

"Ten, mira esto y dime si se torna rojo," le dije a Jenks a la vez que equilibraba el disco sobre el contenedor.

"¿Por qué?"

"¡Sólo haz lo que te digo!," susurré. Sentada encima de un montón de cartones, me desamarré las botas, me quité las medias y puse un pie descalzo sobre el cemento. Estaba frío y húmedo por la lluvia de anoche y dejé escapar un leve quejido de desagrado. Le eché un vistazo rápido al fondo del callejón y escondí mis botas y mi abrigo detrás de un contenedor de papeles machacados. Me sentía como una adicta al azufre. Me acurruqué en el canal y saqué mi frasco de poción. "Así se hace, Raquel," susurré, recordando que aún no había preparado la vasija de disolución.

Confiaba en que Ivy sabría que hacer si regresaba a casa como un ratón, pero jamás dejaría de recalcármelo. El agua salada formaba burbujas al llenar la vasija. Luego escondí el frasco. La tapa de rosca cayó en el contenedor haciendo el típico ruido metálico y me estremecí mientras presionaba otras tres gotas de sangre del dedo palpitante. Sin embargo, la incomodidad desapareció cuando mi sangre tocó el líquido y se elevó una suave fragancia.

Mi estómago se templó a medida que mezclaba la solución con unos golpecitos en el vidrio. Me limpié una mano nerviosamente en los jeans y miré a Jenks. Hacer un hechizo es fácil. Lo difícil es confiar en que quedó bien hecho. A la hora de la verdad, lo único que diferenciaba a una bruja de un aprendiz era el valor. *Yo soy una bruja,* me dije a mí misma. *Esto está bien preparado. Seré un ratón y podré regresar si me sumerjo en agua salada.*

"¿Me prometes que no le dirás nada a Ivy si no funciona?" le pregunté a Jenks que hacía muecas y bajaba su gorro casi tapándole los ojos.

"¿Qué me darás a cambio?"

"No te cubriré las alas con veneno para hormigas."

Suspiró. "Házlo ya," me dijo. "Quisiera llegar a casa antes de que el sol sea nova. Los duendes duermen de noche, ¿sabes?"

Me lamí los labios demasiado nerviosa para responderle. Jamás me había transformado antes. Había tomado clases, pero el valor de la matrícula no cubría el costo de comprar un hechizo profesional de transformación y los seguros contra terceros no les permitía a los estudiantes ensayar con sus propias pociones. ¡Seguros contra terceros! ¡Qué tontería!

Apreté los dedos alrededor del frasco y sentía mi pulso martillar. Esto iba a doler de verdad.

De repente cerré los ojos y lo tomé. Era amargo, pero lo tragué de un solo golpe tratando de no pensar en los tres pelos de ratón. ¡Qué asco!

Sentí calambres en el estómago y me doblé aun más. Jadeé y perdí el equilibrio. El frío del cemento me invadió el cuerpo y estiré un brazo para detener mi caída. Estaba negro y velludo. *¡Funciona!* Pensé en la felicidad y en el temor. No estaba del todo mal.

Entonces, un dolor agudo cruzó por mi columna vertebral. Me recorrió desde el cráneo hasta los pies como si fuera fuego. Grité aterrorizada al tiempo que un chirrido gutural me reventaba los oídos. Una sensación de frío y calor me corrió por mis venas.

Estaba convulsionando, la agonía me dejaba sin aire. Tuve pánico cuando la vista se tornó negra. A tientas, estiré los brazos y escuché un terrible ruido. "¡No!," chillé. El dolor se agigantó, se envolvió, me devoró.

Once

"¡Raquel! ¡Raquel! Despierta. ¿Estás bien?"
Una voz baja y desconocida me devolvió poco a poco a la realidad. Me estiré sintiendo los músculos diferentes. Abrí los ojos y ví una gama de sombras grises. Jenks estaba parado frente a mí con las manos en la cintura y las piernas abiertas. Me pareció que medía un metro ochenta. "¡Mierda!," maldije. ¡Soy un maldito ratón!

De nuevo me invadió el pánico cuando recordé el intenso dolor que sentí en la transformación. Además, tendría que experimentarlo todo de nuevo cuando regresara. Con razón la transformación era un arte en vías de extinción. Dolía como rayo.

Mis temores comenzaron a desaparecer y logré salir de entre mi ropa. Mi corazón latía muy rápido y el olor de lavanda era intenso. Me asfixiaba. Arrugué la nariz y traté de controlar mi reacción al sentir que podía oler el alcohol de las aromáticas flores. Podía detectar el olor de incienso y ceniza con el que identificaba a Ivy y pensé si acaso el olfato de los vampiros era tan sensible como el de los ratones.

Bamboleándome en cuatro patas, me senté un instante para ver el mundo con mis nuevos ojos. El callejón era del tamaño de una bodega y el cielo sobre mí se veía negro y amenazante. Lo veía todo en sombras grises y blancas: no podía ver los colores. El sonido del tráfico distante era fuerte y el hedor del callejón era abrumador. Jenks tenía razón: había alguien que le encantaban los burritos.

Ahora que estaba metida de lleno en esto, la noche parecía más fría. Giré hacia la montaña que formaba mi ropa para tratar de esconder mis joyas. La próxima vez dejaría todo en casa, menos mi cuchillo.

Miré a Jenks riendo de asombro. *¡Vaya chico!* Jenks se veía fantástico. Era todo un atleta con alas. Sus hombros eran fuertes y bien desarrollados para el vuelo. La cintura era delgada, pero el cuerpo musculoso. El pelo le caía artísticamente encima de las cejas dándole aire de autosuficiencia. Una red de destellos le cubría las alas. Mirándolo desde la misma perspectiva de su tamaño, ahora ya entendía por qué Jenks tenía más hijos que tres parejas de conejos.

Y sus ropas… ¡eran impactantes inclusive en blanco y negro! Las mangas y el cuello de su camisa estaban bordados como dedaleras y helechos. El pañuelo negro que llevaba amarrado a la frente y que yo antes veía rojo, estaba adornado con pequeños resplandores muy llamativos.

"Eh… oye, Candela" me dijo de buen humor con una voz sorprendentemente baja y grave para mis oídos de roedor. "Funcionó. ¿Dónde encontraste un hechizo de visón?"

"¿Visón?," pregunté, oyendo tan solo un chirrido. De inmediato dirigí la mirada hacia mis manos. Mis pulgares eran pequeños, pero mis dedos eran tan ágiles que no tenía necesidad de los pulgares. En la punta tenía unas pequeñas uñas puntiagudas. Me toqué la nariz y sentí el hocico corto y triangular. Luego, di la vuelta y pude ver mi cola larga y hermosa. Todo mi cuerpo mostraba una línea elegante. Nunca había sido así de flaca. Levanté una pata y me di cuenta de que mis pies eran blancos y con almohadillas blancas. Era difícil calcular los tamaños, pero de seguro era mucho más grande que un ratón, más bien como una ardilla grande.

¿Un visón? pensé, sentándome mientras que frotaba las patas delanteras en mi piel. ¿Y ahora qué? Abrí la boca y sentí los dientes afilados y peligrosos. Al menos no tendría que preocuparme de los gatos, pues era casi tan grande

como uno de ellos. Los búhos de Ivy eran mejores cazadores de lo que pensé. Cerré los ojos mirando al cielo. Búhos. Aun tendría que preocuparme de los búhos. Y de los perros. Y de todo lo que fuera más grande que yo. ¿Qué andaría haciendo un visón en la ciudad?

"Te ves muy bien Raque," dijo Jenks.

Mis ojos regresaron a Jenks. *Y tú también, hombrecito.* Pensé desinteresadamente si existiría un hechizo para convertir a la gente al tamaño de los duendes. Por lo que podía apreciar en Jenks, valdría la pena tomarse unas vacaciones como duende y gozar de lo mejor de Cincinnati. Me llamaría Tumbelina y sería una chica feliz.

"Nos vemos en el techo, ¿está bien?" agregó sonriendo al ver cómo lo devoraba con los ojos. Asentí viendo cómo se elevaba. *Tal vez exista un hechizo para agrandar duendes.*

Mi nostálgico suspiro sonó como un chirrido extraño mientras corrí hacia el canal de desagüe. Al fondo había un pozo con la lluvia de anoche y mis bigotes lo rozaron cuando comencé a subir con gran agilidad. Me di cuenta de que mis uñas eran afiladas mientras trepaba por el metal. Eran un arma tan buena como mis dientes.

Cuando alcancé el techo plano estaba jadeando. Salí del canal como un chorro de agua, trotando alegremente hasta la sombra que producía el extractor del aire acondicionado del edificio y oí el ¡hurra! de Jenks.

"Acá, Raque," llamó. "Alguien dobló la malla."

Mi sedosa cola se sacudía alegremente mientras me dirigía hacia el aire acondicionado. Faltaba un tornillo en una de las esquinas de la malla. Mejor todavía, estaba doblada. No fue difícil entrar con Jenks abriéndola un poco más para mí. Una vez adentro, aguardé a que mis ojos se acostumbraran a la oscuridad mientras que Jenks revoloteaba por todas partes. Muy pronto nos topamos con otra malla. Mis cejas de roedor se levantaron al ver que Jenks cortaba una tajada triangular en el metal. Sin duda habíamos descubierto la puerta trasera secreta para entrar a la S.E.

Llenos de confianza, Jenks y yo exploramos nuestra ruta

de ingreso por los conductos de aire del edificio. Jenks nunca cerró la boca. Sus comentarios sobre lo fácil que era perdernos y morir de hambre no eran muy alentadores. Era evidente que la maraña de conductos de aire eran usados frecuentemente. Los excrementos estaban duros y el olor viejo a animal era muy penetrante. Sólo había un sentido para movernos: hacia abajo; y, luego de un par de vueltas equivocadas, nos hallamos de pronto ante el paisaje familiar de la bóveda de archivos.

El respiradero en el cual estábamos quedaba directamente encima de las terminales de las computadoras. Nada se movía en las fotocopiadoras. La fea alfombra roja estaba cubierta de mesas rectangulares y asientos de plástico. Los archivos estaban empotrados en la pared. Se trataba de archivos activos, una diminuta fracción de la basura que la S.E. guardaba sobre las poblaciones de humanos y Entremundos, de vivos y muertos. Casi todo estaba archivado electrónicamente, pero si alguien sacaba un archivo se dejaba una copia de papel durante diez años en los archivadores, o cincuenta, si se trataba de un vampiro.

"¿Listo Jenks?" dije, olvidando que mi voz sonaba como un chillido. Podía oler el café quemado y el azúcar junto a la puerta. Mis tripas bramaron. Me acosté y estiré un brazo entre las rejas del respiradero doblando extrañamente el codo para alcanzar la palanca de apertura. Se abrió con inesperada velocidad, meciéndose por las bisagras con un fuerte chirrido. Me quedé inmóvil acurrucada en las sombras, esperando a que mi pulso se normalizara antes de sacar la nariz.

Jenks me detuvo cuando estaba a punto de empujar un rollo de soga del conducto de aire. "Aguarda," susurró. "Déjame alterar las cámaras." Dudó por un instante y sus alas se tornaron oscuras. "No le dirás a nadie esto ¿verdad? es un... eh... es algo que hacemos los duendes para pasar inadvertidos." Hizo una mueca de desilusión y yo asentí con la cabeza.

"Gracias," dijo, y se lanzó al aire. Contuve la respiración y aguardé un instante mientras regresó como un relámpago y se acomodó sentado en la rejilla que colgaba. "Todo listo. Van a grabar un lapso de quince minutos. Ven. Te mostraré lo que miraba Francis."

Empujé la soga del respiradero y bajé hasta el suelo. Fue fácil con las uñas.

"Hizo una copia extra de todo lo que necesitaba" dijo Jenks parado junto a la basura de reciclables al lado de la fotocopiadora. Hizo una mueca cuando volteé la basura y comencé a hurgar entre los papeles. "Yo alteré la fotocopiadora desde adentro y él no entendía por qué la máquina le estaba dando dos copias de todo. Seguramente su ayudante pensó que era un idiota."

Alcé la mirada muriéndome de ganas de decir: "Francis es un idiota."

"Yo sabía que estarías bien," continuó Jenks a medida que organizaba los papeles en el suelo. "Pero fue muy difícil tener que quedarme aquí sin hacer nada cuando oí que corrías. No me pidas que lo haga de nuevo, ¿oíste?"

Tenía los dientes apretados y no supe qué responder, de manera que solo asentí con la cabeza. Jenks me ayudaba más de lo que yo había anticipado. Me sentí mal por haberlo dejado de lado tantas veces y me dediqué a colocar los papeles en orden. No había mucha información, y cuanto más leía más me desilusionaba.

"Según esto," dijo Jenks parado encima de la primera página con las manos en la cintura, "Trent es el último miembro de su familia. Sus padres murieron en circunstancias con olor a magia. Casi todos los habitantes de la casa estaban bajo sospecha. Pasaron tres años antes de que la AFE y la S.E. se dieran por vencidas y decidieran hacerse los ciegos oficialmente."

Repasé rápidamente el manifiesto del investigador de la S.E. pero mis bigotes se retorcieron cuando reconocí su nombre: León Bairn—el mismo que acabó como una mancha en la acera. Interesante.

"Sus padres negaron tener ascendencia humana o Entremundos," continuó Jenks, "lo mismo que Trent. No quedó nada de ellos para realizar las autopsias. Tal como lo hacían sus padres, Trent contrata tanto a Entremundos como a humanos. De todo, menos duendes y hadas."

Eso no me sorprendía. ¿Para qué arriesgarse a una demanda por discriminación?

"Sé lo que estás pensando," dijo Jenks; "pero no parece que él se inclina hacia un lado o el otro. Sus secretarias personales siempre son aprendices de brujería. Su niñera fue una humana de buena reputación y cuando asistió a la Universidad de Princeton compartió su habitación de estudiante con una manada de lobos." Jenks se rascó la cabeza analíticamente. "Pero no ingresó a la fraternidad estudiantil. Al menos no se ve en su archivo; pero, de hecho, no es lobo ni vampiro, nada de eso." Me encogí de hombros y Jenks continuó. "Trent no huele bien. Hablé con un hada que una vez sospechó de Trent cuando trabajó como refuerzo de un agente que lo vigilaba en sus establos. No es que Trent no huela a humano, sino que tiene algo muy sutil que lo desenmascara como Entremundos."

Pensé en el hechizo que había usado esta noche para esconderme. Comencé a abrir la boca para preguntarle algo a Jenks al respecto, pero la cerré de inmediato. Lo único que podía decir sonaba como un chillido. Jenks refunfuñó y luego sacó un lápiz del bolsillo. "Tendrás que escribirlo," me dijo, escribiendo el alfabeto en la parte de abajo de una hoja.

Le mostré mis dientes y todo lo que hizo fue reír. No tenía otra opción. Resbalando el lápiz sobre el papel señalé las letras que escribía "¿hechizo?"

Jenks se encogió de hombros. "Tal vez. Sin embargo, una hada podría atravesar un hechizo con el olfato, tal como yo puedo olfatear una bruja detrás del hedor de visón. Pero, si se trata de un disfraz, eso explicaría lo de las secretarias aprendices. Cuanto más uses la magia, más hueles." Lo miré burlonamente, y agregó: "Todas las brujas huelen parecido, pero las que practican más la magia huelen más intenso, menos terrestre. Tú, por ejemplo, apestas por tu reciente hechizo. Además, esta noche convocaste al más allá ¿cierto?"

Jenks no me estaba formulando una pregunta. Sorprendida, me senté en mis ancas. ¿Jenks podía saber eso gracias a mi olor?

"Tal vez Trent hace que otra bruja le haga sus conjuros. Así puede cubrir su olor con un hechizo. Lo mismo sucede con los lobos y los vampiros."

De pronto me vino una idea, y deletreé: "¿Ivy olor?"

Jenks revoloteó nerviosamente en el aire antes de que hubiera terminado. "Eh...sí...Ivy apesta. O bien es una diletante que dejó de chupar sangre la semana pasada o una activa apasionada que dejó el vicio hace un año. No podría asegurarlo. Tal vez sea un punto intermedio—tal vez."

Fruncí el ceño—tanto como podría hacerlo un visón. Ella había dicho que habían pasado tres años. Debió ser muy intenso. ¡Vaya vaya!

Miré el reloj de la bóveda. Nos quedaba poco tiempo. Ya impaciente, tomé el escaso archivo de Trent. Según la S.E., él vivía y trabajaba en una gran propiedad, en las afueras de la ciudad. Criaba caballos de carreras en su propiedad, pero casi todos sus ingresos provenían de la agricultura: naranjales y arboledas de nuez pacana en el sur, fresas en la costa y trigo en el Medio Oeste. También tenía una isla cerca de la costa este donde sembraba té. Eso ya lo sabía. Era noticia de todos los días en los diarios.

Trent era hijo único. Perdió a su madre cuando tenía diez años y a su padre cuando cursaba el primer año de universidad. Sus padres tuvieron dos hijos más que no sobrevivieron a la infancia. El médico no quiso entregar los documentos sin una citación judicial; y poco después de la solicitud, su oficina fue incendiada y reducida a cenizas. Fue trágico: el médico estaba adentro y no logró salir. *Vaya,* pensé. *Los Kalamack guardan sus secretos.*

Me levanté y crují los dientes. Aquí no había nada que pudiera usar. No sé por qué tenía el presentimiento de que inclusive los archivos de la AFE—si es que milagrosamente lograba verlos—me serían de poca ayuda. Alguien se había tomado la molestia de asegurarse de que no se supiera nada sobre los Kalamack.

"Lo siento," dijo Jenks. "Sé que estabas contando con estos archivos."

Me encogí de hombros metiendo de nuevo los papeles en la basura. No podría levantarlo, pero al menos parecería que se había volteado sin haber sido hurgado.

"¿Quieres acompañar a Francis a la entrevista que sostendrá con Trent con respecto a la muerte de su secretaria? Es el lunes al mediodía."

Mediodía, pensé. Es una hora bastante segura. No era demasiado temprano para la mayoría de Entremundos. A lo mejor podía seguirlos. Sentí que mis labios de visón trataban de sonreír. No creo que a Francis le importara. Podía ser mi única oportunidad para averiguar algo sobre Trent. Si lograba atraparlo como traficante de azufre pagaría con eso mi contrato.

Jenks voló y se paró sobre el borde de la basura, sus alas moviéndose rítmicamente para conservar el equilibrio. "¿Te importaría si te acompaño para darle una buena olfateada a Trent? Te apuesto que puedo averiguar qué es."

Mis bigotes escudriñaron el aire mientras pensaba en la respuesta. Un segundo par de ojos no me vendrían nada mal. Además, podía viajar en el auto de Francis. Claro que no como un visón. Seguro se pondría a chillar como una bebita y echaría todo a perder si me descubría escondida en el asiento trasero. "Hablamos después," deletreé. "Casa."

Jenks hizo una sonrisa maliciosa. "Antes de irnos... ¿te gustaría ver tu archivo?"

Negué con la cabeza. Había visto mi archivo mil veces. "No," escribí. Quiero triturarlo.

Doce

"Necesito un auto," murmuré mientras descendía por la escalerilla. Tiré de mi abrigo que había quedado atrapado entre las puertas y contuve el aire mientras que el motor diesel arrancaba de nuevo y el autobús se alejaba. "Pronto," agregué, colgándome el bolso.

Llevaba varios días durmiendo mal. La sal se había secado por todas partes y sentía que me picaba el cuerpo. Además, no transcurrían cinco minutos sin golpearme la ampolla del cuello. Jenks estaba de mal humor, seguramente porque se le terminó el efecto del azúcar del caramelo. En pocas palabras, éramos los compañeros ideales.

Un falso amanecer trataba de asomarse iluminando el cielo del este, produciendo un hermoso azul traslúcido. Los pájaros cantaban a todo pulmón y las calles estaban en silencio. El frío del aire me hizo dar gracias por el abrigo. Calculé que el sol aún tardaría una hora en salir. Las cuatro de la mañana en el mes de junio era hora dorada. Todos los buenos vampiros estaban acurrucados en sus camas y los humanos sabios aun no asomaban las narices para recoger la edición matutina del periódico. "Yo estoy lista para irme a la cama," murmuré.

"Buenos días, Srta. Morgan," dijo una voz baja. Giré rápidamente y me agaché.

Jenks soltó una carcajada sarcástica desde mi arete. "Es el vecino," dijo secamente.

Me enderecé, pero el corazón me latía fuerte y me sentía tan vieja como debería ser mi aspecto por el hechizo de disfraz. ¿Por qué no está en la cama?

"Buenos días" respondí, avanzando hasta la reja de Keasley. No se mecía en su mecedora, su cara oculta por las sombras.

"¿De compras?" dijo moviendo el pie dándome a entender que había visto mis botas nuevas.

Cansada, me apoyé sobre la reja que estaba asegurada con un candado. "¿Le gustaría un chocolate?" pregunté, y él me hizo señas para que lo siguiera.

Jenks habló algo preocupado. "El alcance de una plasta explosiva es mayor que mi sentido del olfato, Raque."

"Es un hombre viejo solitario," dije, mientras retiraba el candado de la reja. "Quiere un chocolate, y además, yo parezco una vieja arpía. Cualquiera que esté observando pensará que soy su novia." Dejé caer el candado suavemente y me pareció que Keasley escondía una sonrisa detrás de unos bostezos.

Jenks dejó escapar un suspiro dramático. Yo dejé mi bolso en el porche y me senté en el escalón de arriba. Con un movimiento inusual, saqué una bolsita del bolsillo de mi abrigo y se la ofrecí.

"¡Ah!" exclamó, la mirada puesta en el sello del caballito con el jinete. "Hay algunas cosas por las que vale la pena arriesgar la vida." Tomó un chocolate oscuro, tal como yo lo esperaba. Un perro ladró a la distancia. Él masticaba lentamente dirigiendo la mirada hacia la calle silenciosa.

"Estuvo en el centro comercial."

Me encogí de hombros. "Entre otros lugares"

Jenks me ventiló el cuello con sus alas. "Raquel"

"Ya cálmate Jenks," le dije fastidiada.

Keasley se puso de pie con dolorosa lentitud. "No. Él tiene razón. Es tarde."

Definitivamente, los comentarios frívolos de Keasley y el instinto de Jenks me hicieron alarmarme. El perro ladró de nuevo y yo salté. Mi mente regresó a esa montaña de plastas explosivas junto a la puerta. Tal vez debí entrar por el cementerio, disfrazada o no.

Keasley se movió lentamente hacia la puerta. "Tenga cuidado por donde camina, Srta. Morgan. Una vez que se dan cuenta que se les puede escabullir, cambiarán de táctica." Abrió la puerta y entró. El anjeo se cerró sin hacer ruido. "Gracias por el chocolate."

"No hay de qué," susurré mientras me daba vuelta. Se que podía oírme.

"Viejo escalofriante," dijo Jenks, haciendo columpiar mi arete mientras cruzaba la calle en dirección a la motocicleta que estaba estacionada frente a la iglesia. El tenue amanecer brillaba en el cromo y pensé si acaso era la de Ivy que había enviado al taller.

"A lo mejor me deja usarla," dije en voz alta echándole una mirada provocativa al pasar junto a ella. Era brillante y negra, de líneas estilizadas y cuero satinado. Una nave de la noche. ¡Qué ganas! Pasé mi mano envidiosa por el asiento dejando una huella donde antes la cubría el rocío.

"¡Raquel, abajo!" gritó Jenks.

Me tiré y mis manos golpearon el pavimento. El corazón me latía aceleradamente. Algo zumbó por el aire donde yo estaba hacía menos de un segundo. Me subió la adrenalina y me empezó a doler la cabeza. Rodé por el suelo cubriéndome con la moto.

Contuve el aire. Nada se movía entre los arbustos y la maleza crecida. Puse el bolso frente a la cara y con las manos hurgué adentro.

"Quédate abajo," dijo Jenks entre dientes. Su voz era grave y las alas se tornaron color púrpura.

Sin darme cuenta me pinché con el punzón que me hizo saltar de dolor. Luego, invoqué en 4 segundos y medio mi hechizo para hacer dormir—tiempo récord. En realidad no me serviría de mucho si el que me atacaba se quedaba metido entre los arbustos. Tal vez podría lanzarlo. Vaya. Si la S.E. pensaba convertir sus ataques en rutina, a lo mejor valdría la pena invertir en una pistola de plastas. En realidad, mi estilo era enfrentar y dejar a mis enemigos inconscientes y eso de esconderse entre los arbustos me parecía de segunda categoría. Claro que si tienes que atacarlos con sus propias armas...

Sostuve el hechizo de la cuerda para que no me afectara y esperé.

"Guárdalo para otro día," dijo Jenks más tranquilo, a medida que quedamos completamente rodeados por una hueste de niños duendes que zumbaban. Volaban encima de nosotros tan alto y hablaban tan rápido que no logré entender lo que decían.

"Ya se fueron," dijo Jenks. "Discúlpame. Sabía que estaban allí pero..."

"¡¿Sabías que estaban allí?!" exclamé mirándolo desde el piso, sintiendo un fuerte dolor en el cuello. Oí ladrar a un perro y bajé la voz. "¿Y qué demonios se supone que estabas haciendo?"

Hizo una mueca. "Tenía que hacerlos salir."

Me levanté muy molesta. "¡Qué bien! Gracias. Avísame la próxima vez que me uses como carnada." Sacudí mi largo abrigo y me di cuenta de que los chocolates estaban aplastados.

"Vamos, Raque" comenzó diciendo con voz acaramelada zumbándome al oído. "Si te hubiera avisado habrías reaccionado mal y las hadas habrían esperado hasta que yo no estuviera en guardia."

Mi cara se relajó. "¿Hadas?" dije asombrada. A Denon le debe faltar un tornillo. Las hadas son cos-to-sí-si-maaas. A lo mejor le hicieron un descuento por el incidente con el sapo.

"Ya se fueron," siguió Jenks, "pero yo no me quedaría aquí afuera más tiempo. El rumor es que los zorros quieren una nueva oportunidad para atraparte." Se sacó el pañuelo rojo para dárselo a su hijo. "Jax, tú y tus hermanas tendrán la catapulta."

"¡Gracias pa!" El pequeño duendecillo saltó de alegría. Se

amarró el pañuelo rojo a la cintura y junto con otros seis duendecillos zumbaron hacia el otro lado de la calle.

"¡Tengan cuidado!," gritó Jenks. "¡Puede ser una trampa!"

Hadas, pensé, cruzando los brazos y mirando hacia la acera opuesta. ¡Mierda!

Los otros hijos de Jenks flotaban a su alrededor hablando todos al mismo tiempo, jalándolo para que les prestara atención.

"Alguien está con Ivy," dijo Jenks a medida que se elevaba, "pero registra bien. ¿Te importa si lo dejamos así por hoy?"

"No... para nada," repuse mirando la moto. Al fin de cuentas, no era de Ivy. "Ah, y gracias."

Se elevaron como una nube de luciérnagas. Muy cerca estaban Jax y sus hermanas, trabajando juntos transportando una catapulta tan pequeña como ellos. Volaron por lo alto encima de la iglesia con un seco repiqueteo de alas y gritos dejando tras de sí la calle sumida en el silencio del amanecer.

Me di vuelta y subí por las escaleras de piedra. Del otro lado de la calle cayó una cortina frente a la única ventana iluminada. *Se terminó la función. Vete a dormir, Keasley,* pensé, tirando de la pesada puerta para abrirla y deslizándome adentro. La cerré con cuidado y coloqué el pasador. Al menos me sentía mejor a pesar de que estaba segura de que los asesinos de la S.E. no usarían una puerta. *¿Hadas? Denon tenía que estar realmente cabreado.*

Exhalé con preocupación recostándome contra los gruesos maderos, queriendo bloquear el amanecer. Sólo quería tomar un baño y acostarme a dormir. Al cruzar por el santuario vacío escuché el sonido de una suave música de Jazz y la voz enfadada de Ivy que provenían del salón.

"Maldita sea, Kist" oí cuando entraba a oscuras a la cocina. "Si no levantas el trasero de ese asiento ahora mismo, voy a lanzarte al espacio."

"Tranquilízate Tamwood. No voy hacer nada," dijo una

nueva voz. Era masculina, profunda, quejumbrosa, como si quien hablara tuviera derecho a todo. Hice una pausa para remojar mis amuletos usados en la vasija de agua salada que había junto al refrigerador. Aun servían, pero tenía el buen juicio de no dejar amuletos activos dando vueltas por ahí.

La música dejó de sonar repentinamente. "Fuera," dijo Ivy suavemente. "Ahora."

"¿Ivy?," llamé, dejando que la curiosidad me tomara la delantera. Jenks dijo que quienquiera que estuviera aquí estaba limpio. Dejé mi bolso en el mostrador de la cocina y me dirigí hacia el salón. A pesar del cansancio, me sentía un poco molesta. No lo habíamos discutido, pero yo pensaba que mientras hubiera un precio por mi cabeza, trataríamos de llamar poco la atención.

"Ooooh," se burló el invisible Kist. "Ha regresado."

"Compórtate," amenazó Ivy cuando entré al salón, "o te desollaré."

"¿Lo prometes?"

Di tres pasos en el salón y me detuve en seco. Mi ira desapareció arrastrada por una sobrecarga instintiva natural. Un vampiro vestido de cuero se encontraba despatarrado encima del asiento de Ivy, como si estuviera en su casa. Sus botas inmaculadas estaban sobre la mesa de centro y Ivy las empujó molesta. Nunca la había visto moverse tan rápido. Se alejó dos pasos echando chispas, la cintura firme y los brazos cruzados agresivamente. Se escuchaba el tic tac del reloj de la repisa.

Kist no podía ser un vampiro muerto, pues estaba en campo santo y ya casi despuntaba el sol; pero que me parta un rayo si no era fácil confundirlo. Sus pies tocaron el suelo con exagerada lentitud. La mirada indolente que me propinó me llegó hasta la médula y me tensó las tripas. Y, era bien parecido. Peligrosamente hermoso. Mi mente voló hasta la Tabla 6.1 y tragué saliva.

Tenía una barba de tres días que le daba cierto aspecto tosco. Se enderezó quitándose los mechones de pelo rubio de los ojos con tanta gracia que seguramente llevaba años perfeccionando ese movimiento. Su chaqueta de cuero abierta dejaba ver una camiseta negra de algodón apretada sobre el pecho musculoso y atractivo. Aretes colgaban de una oreja. La otra tenía un solo arete y una cicatriz. Aparte de esa, no tenía más cicatrices a la vista. Pensé si acaso podría sentirlas si pasara mi mano por su cuello.

Mi corazón latió aceleradamente y bajé la mirada, prometiéndome no mirarlo de nuevo. Ivy no me asustaba tanto como este. Se movía por instinto salvaje, según su capricho.

"Wow," dijo Kist acomodándose mejor en el asiento. "Es bonita. Debiste decirme que era así de lii-nnn-daa." Sentí como respiraba profundo, saboreando la noche. "Y apesta a tí, Ivy bella . . . ¿no es dulce?"

Helada, agarré el cuello de mi abrigo y retrocedí hasta detenerme bajo el umbral.

"Raquel, este es Kisten. Ya se va. ¿Verdad Kist?"

Aquello no era una pregunta. Contuve el aire mientras que se levantaba con la fluidez y gracia de un animal. Kist se estiró, sus manos buscando el techo. Su cuerpo delgado se movía como una cuerda mostrando la hermosura de cada uno de sus músculos. No pude evitar mirarlo. Sus brazos cayeron y nuestros ojos se encontraron. Los suyos eran pardos. Sonrió levemente, pues sabía que lo estaba observando. Tenía los dientes afilados, como Ivy. No era un demonio. Era un vampiro vivo. Miré para otro lado, a pesar de que los vampiros vivos no pueden arrastrar a quienes son precavidos. "¿Te gustan los vampiros, brujita?," suspiró.

Su voz era agradable y mis rodillas flaquearon ante la coacción con la que dijo esas palabras. "No puedes tocarme," respondí, sin dejar de mirarlo. Trataba de arrastrarme. Mi voz sonaba como si me saliera de la cabeza. "No he firmado papeles."

"¿No?," susurró, alzando las cejas con confianza seductora. Se acercó más con paso silencioso. Con el corazón martillándome, miré hacia la puerta buscando el marco con las manos. Él era más fuerte y más rápido que yo; pero un rodillazo en la entrepierna lo haría caer al suelo como a cualquier hombre.

"A las cortes no les importa," dijo mientras seguía acercándose. "Ya estás muerta."

Abrí grande los ojos cuando lo tuve a mi lado. Su fragancia me invadió—húmeda fragancia a tierra. Me estallaba el pulso y di un paso al frente. Su mano cálida me tomó la quijada. Una descarga me recorrió el cuerpo doblándome las rodillas. Me agarró el codo y me apretó contra el pecho. La expectativa de una promesa desconocida me aceleró la sangre. Me incliné hacia él, y esperé. Sus labios se movieron y musitó unas palabras que no pude entender, bellas y oscuras.

"¡Kist!," gritó Ivy sorprendiéndonos a ambos. Un relámpago de ira cruzó por sus ojos y luego desapareció.

Mi voluntad empezó a retornar dolorosamente. Traté de zafarme, pero estaba atrapada. Olía a sangre. "¡Suéltame!"

Me soltó y se volteó hacia Ivy, olvidándose de mí por completo. Retrocedí pasando por el umbral, temblando, incapaz de irme voluntariamente hasta que me di cuenta de que ya no estaba.

Kist estaba parado frente a Ivy, calmado y sereno, indiferente a la agitación de Ivy. "Ivy, amor, ¿por qué te atormentas? Tu aroma la cubre a ella, pero su sangre aun está pura. ¿Cómo puedes resistir? Lo está pidiendo. Lo está pidiendo a gritos. Se quejará y gemirá la primera vez, pero al final te lo agradecerá."

Su expresión se volvió tímida. Suavemente, se mordió el labio y los recorrió deliberadamente con su lengua tentadora. Mi respiración sonó áspera, inclusive a mis oídos, y la contuve.

Ivy estaba furiosa. Sus ojos se convirtieron en esferas negras. La tensión no me dejaba respirar. Los grillos del jardín chirriaban más rápidamente. Con exagerada lentitud, Kist se inclinó cuidadosamente hacia Ivy. "Si no quieres abrirla" dijo con voz suave y llena de expectativa, "dámela a mí. Te la devolveré." Sus labios se abrieron dejando ver sus brillantes colmillos. "Palabra de scout."

La respiración de Ivy era agitada. Su cara era una mezcla irreal de odio y lujuria. Podía ver su lucha por sobreponerse al apetito y observé fascinada y aterrada cómo se desvanecía, permaneciendo tan sólo el odio. "¡Fuera de aquí!" dijo, con la voz ronca y temblorosa.

Kist suspiró lentamente. Yo pude respirar otra vez. Tomé rápidas y cortas bocanadas de aire mientras que mis ojos saltaban del uno al otro. Ya había pasado. Ivy ganó. ¿Estaría yo a salvo?

"Es una estupidez, Tamwood," dijo Kist mientras se ajustaba su chaqueta de cuero negro con movimientos cuidadosamente serenos. "El desperdicio de algo bueno a cambio de algo que no existe."

Con pasos abruptos y veloces, Ivy se dirigió a la puerta trasera. Un hilillo de sudor bajó por mi espalda al sentir la brisa que formó a su paso. El frío aire de la mañana inundó el salón reemplazando a la oscuridad que pareció haberse instalado adentro. "Es mía," dijo Ivy, como si yo no estuviera allí. "Está bajo mi protección. Lo que yo haga o no haga con ella es asunto mío. Dile a Piscary que si vuelvo a ver a una de sus sombras en mi iglesia, asumiré que está poniendo en tela de juicio lo que me pertenece. Pregúntale si quiere guerra conmigo, Kist. Pregúntale eso."

Kist pasó en medio de las dos, deteniéndose un instante bajo el umbral. "No puedes ocultar tu apetito por ella para siempre," dijo Kist. Ivy apretó los labios. "Una vez que ella te vea, correrá; entonces será presa libre." Instantáneamente pareció desanimarse. Sus facciones se suavizaron con su cara de niño regañado. "Regresa," dijo con inocencia dulzona. "Puedes volver a tu antiguo lugar, pero solamente si accedes a una pequeña concesión. Ella es sólo una bruja. Ni siquiera sabes si ella…"

"¡Fuera!" interrumpió Ivy, señalando hacia afuera.

Kist salió por la puerta. "Una oferta rechazada trae enemigos funestos."

"Y una oferta semejante, avergüenza a quien la hace."

Encogiéndose de hombros, sacó un gorro de cuero del bolsillo trasero y se lo puso. Me miró con ojos hambrientos. "Hasta pronto, mi amor," suspiró. Me estremecí como si hubiera rozado mi mejilla con su mano. No sabría decir si sentí repulsión o deseo. Ya se había marchado.

Ivy tiró la puerta. Con la misma gracia escalofriante, cruzó la sala y se tumbó en un asiento. Su cara estaba llena de ira y me quedé mirándola. *Mierda, estaba viviendo con un vampiro.* Activa o no, ella era un vampiro. ¿Qué dijo Kist? ¿Que Ivy estaba desperdiciando el tiempo? ¿Que yo saldría corriendo cuando viera su apetito? ¿Que yo era suya? *¡Mierda!*

Lentamente, salí del salón caminando de espaldas. Ivy me miró y me quedé estática. La ira desapareció de su cara y la reemplazó por alarma cuando se dio cuenta de mi temor.

Parpadeé. Mi garganta se cerró y le di la espalda, dirigiéndome hacia el pasillo.

"Raquel, espera," me dijo con voz dulce. "Lamento lo de Kist. Yo no lo invité. Simplemente apareció."

Seguí hacia el pasillo, tensa y lista para explotar si llegaba a tocarme. ¿Fue por eso que Ivy decidió renunciar conmigo? No podía cazarme legalmente pero, como dijo Kist, a las cortes no les importa.

"Raquel..."

Estaba justo detrás de mí y giré súbitamente. Mi estómago dio un vuelco. Ivy dio tres pasos hacia atrás. Fueron tan veloces que no estaba segura si realmente se había movido. Alzó las manos para apaciguarme y demostraba su preocupación con el ceño fruncido. Sentí el pulso dandome martillazos, jaqueca. "¿Qué quieres?" le pregunté, esperando que me mintiera diciendo que todo había sido una equivocación. Desde afuera llegó el ruido de la moto de Kist. La observé mientras el ruido del motor se hacía cada vez más distante.

"Nada," dijo, sus ojos pardos fijos en los míos. "No escuches a Kist. Él solo te quiere confundir. Coquetea con lo que no puede obtener."

"¡Así es!," grité para no comenzar a temblar. "Yo soy tuya. Eso fue lo que tú dijiste, que soy tuya. ¡Yo no soy de nadie, Ivy! ¡Maldición, aléjate de mí!"

Sorprendida, movió los labios. "¿Oíste eso?"

"¡Claro que lo oí!" grité. La ira pudo más que mi temor y di un paso adelante. "¿Es así como tú eres de verdad?" le dije, señalando el salón. "¿Como ese...ese animal? ¿Eres así? ¿Me estás cazando Ivy? ¿El juego es llenarte la panza con mi sangre? ¿Acaso sabe mejor cuando lo haces traicionando? ¿Sí?"

"¡No!" exclamó turbada. "Raquel...yo"

"¡Me mentiste!" le grité. "Él me arrastró. Me dijiste que un vampiro vivo no podía hacerlo, a menos que yo quisiera ...y por todos los infiernos...¡ten la seguridad de que yo no quería!"

No respondió. Su sombra se reflejaba en las paredes del pasillo. Podía oír su respiración y percibir su agridulce y penetrante olor a ceniza húmeda y madera de secoya: nuestros aromas se mezclaban peligrosamente. Su postura era tensa y su inmovilidad me electrizaba el cuerpo. Sentí la boca seca y di un paso hacia atrás al caer en la cuenta de que le estaba gritando a un vampiro. La adrenalina se fue extinguiendo. Sentí náusea y frío. "Me mentiste," dije entre suspiros retrocediendo hacia la cocina. Sí, me había mentido. Papá tenía razón. No confíes en nadie. Ahora empacaría mis cosas para irme.

Los pasos de Ivy resonaban fuertemente a mis espaldas. Era obvio que golpeaba el suelo lo suficientemente duro para hacer ruido, pero yo estaba demasiado airada para prestarle atención.

"¿Qué haces?" me preguntó al ver que abría un gabinete para descolgar un manojo de hechizos de un gancho y meterlos en mi bolso.

"Me voy."

"¡No puedes! Ya oíste a Kist. ¡Te están esperando!"

"Prefiero morir conociendo a mis enemigos que morir durmiendo inocentemente junto a ellos," repliqué, dándome cuenta de que era una de las frases más estúpidas que había dicho. No tenía sentido.

Me detuve de repente cuando ella se deslizó frente a mí y cerró el gabinete.

"Quítate de mi camino," dije amenazante pero con voz baja para que no se diera cuenta que temblaba.

Se veía consternada y frunció el ceño. Me pareció totalmente humana y eso me asustaba hasta la médula. Justo cuando comenzaba a entenderla, comenzaba a actuar de esta manera.

Con mis hechizos y punzones fuera de mi alcance, estaba indefensa. Ella podía lanzarme contra la pared del otro lado del cuarto y romperme la cabeza contra el horno. Podía romperme las piernas para que no pudiera correr. Podía atarme a una silla y desangrarme. Pero todo lo que hizo fue quedarse ahí parada con una mirada de dolor y frustración en su cara pálida y perfectamente ovalada. "Puedo explicarlo," dijo en voz baja.

Luché contra el temblor al encontrarme con su mirada. "¿Qué es lo que quieres de mí?" susurré.

"No te he mentido," siguió, sin responder mi pregunta. "Kist es el descendiente elegido por Piscary. Casi siempre Kist es sólo Kist; pero Piscary puede..." Dudó. La miré y cada músculo de mi cuerpo pedía a gritos salir corriendo. Pero si yo me movía, ella se movería. "Piscary es más viejo que el polvo," dijo secamente. "Es lo suficientemente poderoso para hacer que Kist vaya a los lugares donde él ya no puede ir."

"Es un sirviente," solté. "El maldito lacayo de un vampiro muerto. Le hace las compras a la luz del día y le lleva humanos a papi Piscary para que se alimente."

Ivy hizo un gesto. Estaba menos tensa y asumió una actitud más relajada—aun entre mis hechizos y yo. "Es un gran honor que le pidan ser sirviente de un vampiro como Piscary. Pero no todo es unilateral. Gracias a ello, Kist tiene más poder del que debe tener un vampiro vivo. Por eso pudo arrastrarte. Pero Raquel" se apuró a continuar cuando quise decir algo, "yo no se lo hubiera permitido."

¿Y se supone que por eso debería estar contenta? ¿Porque no me quieres compartir? Mi pulso se había calmado y me hundí en un asiento. No creo que mis rodillas me aguantaran más. No sabía si mi debilidad se debía a la adrenalina usada o al aire cargado de feromonas que exhalaba Ivy. *¡Maldición, maldición, maldición!* Estaba hundida hasta la coronilla, especialmente si Piscary estaba metido en esto.

Se decía que era uno de los vampiros más viejos de Cincinnati. No se metía en problemas y mantenía a su gente a raya. Trabajaba dentro del sistema, ni más ni menos, y cumplía con toda la documentación, asegurándose de que cada captura hecha por su gente fuese legal. Era mucho más que el simple propietario de un restaurante. La política de la S.E. con este vampiro mayor era "no preguntes, no hables." Era uno de esos personajes que mencioné antes que se movía en los círculos ocultos de poder; pero mientras que pagara cumplidamente los impuestos y mantuviera al día su licencia para comprar de licores, no había nada que se pudiera hacer—y que nadie quisiera hacer. Pero si un vampiro parecía inofensivo, era sólo porque era más inteligente que los demás.

Miré a Ivy, parada con los brazos cruzados como si estuviera molesta. *Dios santo . . . ¿qué estaba haciendo aquí?*

"¿Cuál es tu relación con Piscary?," le pregunté con vos trémula.

"Ninguna," respondió. Hice una mueca de burla. "Es cierto," insistió. "Es un amigo de la familia."

"El tío Piscary ¿eh?," dije sarcásticamente.

"A decir verdad, eso es más preciso de lo que te imaginas. Piscary fundó la línea de sangre de vampiros vivos de mi madre en el siglo dieciocho."

"Y los ha estado desangrando lentamente desde entonces," agregué de nuevo con sarcasmo.

"No es así," repuso un poco molesta. "Piscary nunca me ha tocado. Es como un segundo padre."

"A lo mejor está dejando añejar la sangre en la botella."

Ivy pasó una mano por su pelo con inusual preocupación. "No es así. Créeme."

"Qué bueno," dije poniendo mis codos sobre la mesa. ¿Ahora tenía que preocuparme por un lacayo que poseía el poder de su maestro invadiendo mi iglesia? ¿Por qué no me lo dijo antes? Yo no iba a jugar este juego si las reglas iban a cambiar constantemente.

"¿Qué quieres de mí?," pregunté de nuevo, temiendo que me respondiera y me viera obligada a irme.

"Nada."

"Mentirosa," repuse; pero cuando levanté la cabeza ya no estaba.

Volví a respirar normalmente. El corazón me latía fuertemente dentro del pecho y me quedé allí parada, con los brazos cruzados, observando las paredes y los gabinetes vacíos. Odiaba que me hiciera eso. Don Pez movía sus aletas en el agua. Tampoco estaba a gusto.

Lentamente y de mala gana, guardé mis hechizos de nuevo. Pensé en el reciente ataque de las hadas en las escalinatas de la iglesia, las plastas explosivas de los zorros arrimadas junto a la puerta trasera y en las palabras de Kist sobre vampiros que esperaban a que estuviera sin la protección de Ivy. Estaba atrapada e Ivy lo sabía.

Trece

Le di unos golpecitos desde afuera a la ventana del pasajero del auto de Francis llamando a Jenks. "¿Qué hora es?" pregunté en voz baja, pues hasta los suspiros formaban eco en el estacionamiento. Seguramente las cámaras me estaban grabando pero nadie revisaba las películas, a menos que alguien se quejara de algún robo.

Jenks saltó de la visera y oprimió el botón que abría la ventanilla automática. "Las once y quince," dijo mientras bajaba la ventana. "¿Crees que hayan reprogramado la entrevista con Kalamack?"

Giré la cabeza y miré por encima de los autos hacia las puertas del ascensor. "No, pero si me demoran, me voy a cabrear." Me acomodé un poco la falda. Por fortuna el amigo de Jenks me había traído mi ropa y algunas joyas ayer. Todo estaba colgado ordenadamente en hileras o en montoncitos bien organizados dentro del clóset. Verla ahí me hacía sentirme un poco mejor. El tipo había hecho un buen trabajo lavando, secando y doblando todo y me puse a pensar cuánto cobraría por lavarme la ropa todas las semanas.

Encontrar ropa que fuera conservadora pero a la vez provocativa había sido más difícil de lo que imaginaba. Al final me decidí por una faldita roja, mallas sencillas y una blusa blanca de botones que podía abrirse o cerrarse, según la necesidad. Mis aretes de argolla eran demasiado pequeños para que Jenks pudiera posarse. Naturalmente, se quejó de su tamaño por media hora. Tenía el pelo recogido encima de la cabeza y un par de zapatos rojos de tacones. Parecía una estudiante desenfadada. El hechizo de disfraz servía de alguna ayuda. De nuevo era una morena de nariz grande apestando a perfume de lavanda. Francis me reconocería... y justamente quería que sucediera eso.

Me saqué nerviosamente la tierra de las uñas, prometiéndome cuidarlas. El esmalte rojo había desaparecido cuando me transformé en visón. "¿Me veo bien Jenks?," le pregunté mientras coqueteaba con mi collar.

"Sí. Muy bien."

"Ni siquiera me miraste," me quejé. Sonó la campana del ascensor. "A lo mejor es él," dije. "¿Tienes lista la poción?"

"Sólo tengo que darle vuelta a la tapa y le caerá encima."

Jenks subió la ventanilla y voló a esconderse. Yo había colocado un frasco de "hora de dormir" entre la visera y el techo. Sin embargo, Francis pensaría que se trataba de algo más siniestro. Era para ayudarlo a convencerse de dejarme a mí adelantar la entrevista con Kalamack. Secuestrar a un hombre adulto, por más tonto que fuera, era un asunto complicado. No podía sencillamente dejarlo sin sentido y meterlo en el maletero. Si lo dejaba ahí tirado inconsciente, cualquiera lo encontraría y me atraparían.

Jenks y yo habíamos aguardado una hora en el estacionamiento haciéndole algunas modificaciones pequeñas pero significativas a su auto deportivo. Jenks se demoró apenas unos instantes cortando la alarma y "arreglando" el seguro de la puerta del conductor y de la ventanilla. Y, aun cuando yo tenía que esperar a Francis afuera del auto, mi bolso ya se encontraba metido debajo del asiento del pasajero.

A Francis le habían dado un lindo auto: un convertible rojo con asientos de cuero. Tenía doble control de clima. Los vidrios podían polarizarse—lo sé porque los probé. Hasta tenía un teléfono celular—cuyas pilas ahora estaban en mi bolso. La placa personalizada decía: ATRAPADO. El bendito auto tenía mil cosas. Sólo le hacía falta despegar. Y todavía olía a nuevo. ¿Un soborno o dinero por su silencio?, pensé sintiendo celos.

La luz indicadora del ascensor se apagó. Me agaché detrás de un pilote esperando que fuera Francis. Lo último que quería era llegar tarde. Mi pulso se estabilizó en un ritmo rápido que ya me era familiar y sonreí al reconocer los pasos rápidos de Francis. Venía solo. Sacó un ramillete de llaves y luego se sorprendió cuando el auto no produjo su acostumbrado pito de bienvenida al desactivarse la alarma. Sentí un cosquilleo de emoción en la punta de los dedos. Esto sería divertido.

La puerta del auto se abrió y yo le di la vuelta por un lado. Simultáneamente, Francis y yo nos sentamos cada uno a un lado, cerrando las puertas al mismo tiempo.

"¿Qué demonios?" exclamó Francis, cayendo en la cuenta que tenía compañía. Sus pequeños ojos me miraban y se quitaba el pelo que le caía en la cara. "¡Raquel!" dijo, asombrado y perdiendo toda la confianza. "Estás muerta."

Trató de abrir la puerta pero yo estiré el brazo tomándolo por la muñeca y mandándole una señal a Jenks. El duende hizo una mueca. Agitaba las alas emocionado acariciando el frasco de poción. Francis se puso lívido. "Atrapado," susurré soltándolo y cerrando las puertas con seguro desde mi lado. "Te tengo."

"¿Qué...eh...qué estás haciendo?" tartamudeó Francis, pálido tras su sucia barbilla.

Sonreí. "Me estoy apoderando de tu misión...la entrevista de Kalamack; y tú acabas de ofrecerte de voluntario para conducir."

Se puso serio y dejó exhibir algo de su petulancia. "Por qué no te vas de Giro" repuso, con la mirada fija en Jenks y la poción. "Por ejemplo, haz magia negra y comete algún error fatal. Ahora mismo te voy a atrapar."

Jenks emitió un sonido de disgusto e inclinó el frasco. "¡Aguarda Jenks!" grité, arremetiendo sobre el asiento, casi encima de Francis. Pasé mi brazo derecho alrededor de la escuálida tráquea del hombre y lo presioné contra el asiento en una llave que no le permitía moverse. Sus dedos me apretaron el brazo, pero no me hacía daño. Comenzó a sudar mojando su chaqueta y el olor me pareció peor aun que el de mi perfume. "¡Idiota!," le dije entre dientes a Francis en el oído y mirando a Jenks. "¿Sabes qué es eso colgando encima de tus piernas? ¿Se te ha ocurrido pensar que podría ser irreversible?"

Sudando, agitó la cabeza. Yo me acerqué aún más, a pesar de que la palanca de cambios se me enterraba en la cintura. "Tu no prepararías nada fatal," me dijo, su voz más aguda que de costumbre.

Jenks se quejó desde el retrovisor. "Vamos Raque, déjame hechizarlo. Yo te puedo indicar cómo manejar un auto de cambios."

Me apretó más fuerte el brazo con los dedos. El dolor me hizo reaccionar apretándolo más todavía contra el asiento. "¡Insecto!" exclamó Francis, "¡eres un...!" Sus palabras se cortaron pues le apreté el cuello con el brazo.

"¿¡Insecto!?" exclamó Jenks enfurecido. "Apestoso... mis pedos huelen mejor que tú. ¿Te crees mejor que yo? ¿Pastelito de manzanas? ¡Llamarme insecto! ¡Déjamelo Raquel! ¡Déjamelo ya!"

"No," respondí suavemente. El fastidioso de Francis ya empezaba a hartarme de verdad. "Estoy segura de que Francis y yo podemos llegar a un acuerdo. Todo lo que quiero es que me lleve hasta la hacienda de Trent y a la entrevista. Francis no se meterá en problemas. Es una víctima ¿verdad?" Le sonreí socarronamente a Jenks esperando que aguantara su ira por haber sido insultado y que no le aplicara el somnífero a Francis todavía. "No lo harás desaparecer después Jenks, ¿me oyes? No matas al buey después de arar el campo. A lo mejor puedes usarlo la próxima primavera." Me recosté contra Francis respirándole en el oído. "¿No es cierto, muñeco?"

Asintió como pudo y lo solté lentamente. No le quitaba de encima la mirada a Jenks. "Atrévete a tocar a mi socio y ese frasco caerá sobre ti. Manejas demasiado aprisa, el frasco caerá. Tratas de llamar la atención..."

"y haré que te bañes en él" interrumpió Jenks, su voz juguetona ahora grave y rabiosa. "Repítelo y te hechizaré de lo lindo" dijo riendo y con malicia, "¿oíste *Francina?*"

Francis cerró los ojos un instante y se acomodó de nuevo en el asiento, arreglándose el cuello de su camisa blanca antes de arremangarse la chaqueta hasta los codos y tomar el volante. Le di gracias a Dios porque Francis había dejado su camisa hawaiana en casa por respeto a Kalamack.

Con la cara tensa, metió las llaves en la ranura del arranque y encendió el motor. La música retumbó y me hizo saltar. La brusquedad con la que giró el volante e hizo el cambio indicaba obviamente que no se había rendido aun. Iba a jugar el juego hasta que hallara la manera de salirse. A mí no me importaba. Todo lo que necesitaba era sacarlo de la ciudad. Después, Francis dormiría una buena siesta.

"No te saldrás con la tuya," me dijo, sonando como una película mediocre. Agitó su permiso de parqueo frente a la rejilla automática y salimos a la luz brillante y el tráfico del mediodía con la canción "Boys of Summer" de Don Henley a todo dar. Si no estuviera metida en este lío, tal vez lo estaría disfrutando.

"¿No podías ponerte un poco más de ese perfume, Raquel?" dijo Francis con tal desprecio que se le retorcía la cara, "¿o lo usas para tapar el hedor de tu insecto mascota?"

"¡Cállalo!" gritó Jenks. "Si no lo haces, lo haré yo."

Esto era estúpido. "Haz lo que quieras, Jenks," le dije mientras bajaba el volumen de la música. "Lo único que no dejes que esa poción lo toque."

Jenks hizo una mueca y comenzó a volar alrededor de Francis. El polvillo de duende comenzó a caer sobre Francis. él no lo veía, pero yo si podía verlo desde mi puesto pues se reflejaba con el sol. Francis comenzó a rascarse detrás de la oreja.

"¿Cuánto dura?" le pregunté a Jenks.

"Unos veinte minutos."

Jenks tenía razón. Cuando salimos de entre los edificios y pasamos por los suburbios directo hacia el campo, Francis no daba pie con bola. No se quedaba quieto. Sus comentarios eran cada vez peores y la rasquiña cada vez más intensa. Finalmente, saqué la cinta adhesiva y lo amenacé con sellarle la boca. Le habían salido verdugones rojos donde la ropa le tocaba la piel y supuraban un líquido transparente, como si padeciera de envenenamiento con hiedra venenosa. Cuando llegamos a campo abierto se rascaba tanto que mantener el auto sobre la vía era un verdadero reto. Lo estuve observando cuidadosamente. Manejar un auto mecánico no parecía tan difícil.

"Tú, *insecto*" dijo gruñendo, "también me hiciste esto el sábado, ¿verdad?"

"Lo voy a conjurar," dijo Jenks. Sentí el agudo timbre de su voz hasta en los ojos.

Cansada de todo esto le hablé a Francis. "Muy bien muñeco, acércate a la orilla."

Francis parpadeó. "¿Qué?"

Idiota, pensé. "¿Cuánto más crees que puedo controlar a Jenks si continúas insultándolo? ¡A la orilla!" Francis miró nerviosamente hacia mi lado. No habíamos visto ningún auto durante las últimas cinco millas. "¡Dije *a la orilla!*" grité. Condujo el auto a la orilla y manejó sobre la polvorienta gravilla. Apagué el motor y saqué las llaves. Nos detuvimos con una fuerte sacudida y mi cabeza golpeó el retrovisor. "¡Afuera!" ordené, desactivando el seguro de las puertas.

"¿Qué? ¿Aquí?" Francis era un niño de ciudad. Pensó que lo haría regresar caminando. Claro, la idea era tentadora, pero no podía correr el riesgo de que alguien lo recogiera o que lograra encontrar un teléfono. Se bajó rapidamente y entendí por qué cuando comenzó a rascarse. Abrí la cajuela y la carita delgada de Francis se puso blanca.

"Olvídalo," dijo, alzando sus brazos escuálidos. "No voy a meterme ahí."

Sentí un chichón en la frente por el golpe que acababa de darme. "Métete a la cajuela o te voy a enseñar cómo te transformo en visón para luego hacer una orejeras contigo." Vi como pensaba en lo que acababa de decirle preguntándome si se echaría a correr. Tal vez me hubiera gustado que lo hiciera. Sería un placer vencerlo otra vez. La última vez había sido hace dos días. De alguna forma lo metería en esa cajuela.

"Corre," dijo Jenks volando en círculos encima de él con el frasco. "Vamos. Atrévete, apestoso."

Francis se desinfló. "Vaya, cuánto te gustaría eso, ¿verdad insecto?," dijo con sorna. Pero se acercó mucho a mí y ni siquiera tuve problemas para inmovilizarle las manos con cinta adhesiva. Ambos sabíamos que podía soltarse con suficiente tiempo; pero su actitud prepotente desapareció tan pronto vio que yo alzaba la mano y que Jenks aterrizaba sobre ella con el frasco.

"Dijiste que no lo harías," tartamudeó. "¡Dijiste que me convertiría en un visón!"

"Te mentí. Las dos veces."

Francis me lanzó una mirada que parecía una bomba. "Esto no lo olvidaré," me dijo apretando los dientes. Así se veía más ridículo que con sus botas chillonas y sus pantalones anchos. "Yo mismo te atraparé."

"Eso espero," le dije sonriendo, y dejé caer el contenido del frasco en su cabeza.

"Felices sueños."

Abrió la boca para agregar algo pero su mandíbula quedó inmovibilizada tan pronto lo tocó el fragante líquido. Observé fascinada cómo se dormía en medio del aroma de hojas de lilas y laurel. Satisfecha, cerré la cajuela.

Luego me senté un poco tensa tras el volante acomodando bien el asiento y los retrovisores. Nunca antes había conducido un auto mecánico, pero si Francis podía hacerlo, era obvio que yo también podía.

"Pon primera," dijo Jenks, sentado en el retrovisor y modelando los movimientos que tenía que hacer. "Luego, aprieta el acelerador más de lo que creas necesario y suelta el embrague."

Con cuidado moví la palanca de cambios y arranqué el motor.

"¿Y? ¿Qué esperamos?"

Apreté el acelerador y solté el embrague. El auto saltó hacia atrás golpeando un árbol. Asustada, quité los pies de los pedales y el auto se apagó. Estaba confundida, pero Jenks estalló en risas. "Pusiste reverso, bruja" dijo, saltando por la ventana.

Lo observé a través del retrovisor mientras evaluaba los daños. "¿Es grave?" le pregunté.

"Está bien," repuso. Me sentí un poco mejor. "En un par de meses ni siquiera podrás ver dónde le pegaste. Eso sí, rompiste una de las luces traseras."

"Oh," dije, al darme cuenta que la primera frase se refería al árbol, no al auto. Estaba nerviosa pero moví la palanca hacia adelante, encendí el motor y arrancamos. Estábamos en camino.

Catorce

Jenks resultó ser un maestro relativamente pasable, gritando advertencias por la ventanilla mientras yo practicaba arrancando con el auto detenido hasta adquirir algo de habilidad. Pero mi seguridad desapareció tan pronto giré para entrar a la hacienda de Kalamack y tuve que reducir la velocidad en la garita de seguridad de la entrada. Era baja con el aspecto de una cárcel. Arbustos de muy buen gusto y un muro bajo escondían el sistema de seguridad que evitaba entrar sin ser visto.

"¿Y cómo has pensado pasar por aquí?" preguntó Jenks, volando para esconderse encima del visor.

"Eso no es problema," repuse, mi mente dando vueltas. De repente me acordé de que Francis venía en la cajuela, así es que le regalé al guardia mi mejor sonrisa y detuve el auto delante de la barrera blanca que nos cerraba el paso. El amuleto junto al reloj del guardia permaneció en verde. Era un control de hechizos mucho más barato que los lentes con aros de madera que dejaban ver a través de los encantamientos. Tuve la precaución de usar poca magia en mi hechizo de disfraz. Mientras que su amuleto estuviera verde, pensaría que mi hechizo era simplemente un maquillaje vanidoso, pero no un disfraz.

"Soy Francine," le dije. Alcé la voz sonriendo como una estúpida, como si hubiera pasado toda la noche sembrando azufre. "Tengo una cita con el Sr. Kalamack." Para parecer más tonta, empecé a jugar con un mechón de pelo. Hoy era morena. "¿Llegué atrasada?," pregunté, zafándome el dedo del nudo que accidentalmente me había hecho en el pelo. "No pensé que me tomara tanto tiempo llegar. ¡Vive tan lejos!"

El guardia no se inmutó. A lo mejor ya estaba perdiendo mi atractivo. O tal vez debí desabotonar otro botón más de la blusa. A lo mejor le gustaban los hombres. Revisó su lista y luego me miró.

"Soy de la S.E.," le dije, con un tono entre petulante y fastidioso. "¿Quiere ver mi identificación?" Hurgue en mi bolso por la inexistente identificación.

"Sra., su nombre no está en la lista" dijo el guardia con cara de estatua.

Giré la cabeza. "Oh, no…¿de nuevo ese tipo me inscribió como Francis? ¡Demonios!" exclamé, golpeando el volante con el puño. "Siempre hace lo mismo desde que me negué a salir con él. En serio. ¡Ni siquiera tenía auto! Quería llevarme al cine en autobús…por-fa-vo-o-o-o-r," gemí. "¿Me imagina en un autobús?"

"Un momento Sra." Alzó el teléfono y comenzó a hablar. Esperé, tratando de conservar mi estúpida sonrisa, y recé. Su cabeza asintió inconscientemente, pero su expresión parecía vacía cuando dio la vuelta.

"Siga directo," me dijo. Hice un esfuerzo por mantenerme tranquila. "Es el tercer edificio a su derecha. Puede estacionar en el estacionamiento de visitantes, justo al frente de las escalinatas."

"Gracias," repuse cantando alegremente. Arranqué con dificultad tan pronto se levantó la barrera blanca. Lo ví regresar a su garita por el retrovisor. "Como quitarle un dulce a un niño," murmuré.

"Salir puede ser más difícil," repuso Jenks secamente.

Debía conducir tres millas en medio de un bosque fantasmagórico. Mi buen humor se fue apaciguando a medida que el camino serpenteaba en medio de tantos centinelas silenciosos. A pesar de que todo me parecía muy antiguo, tuve la sensación de que todo estaba planeado, inclusive la cascada de agua que había junto a una curva. Un poco desilusionada, continué y el bosque artificial comenzó a ser menos denso hasta convertirse en un pastizal. Llegamos a un segundo camino, más concurrido. Aparentemente llegamos por la parte de atrás. Seguí el tráfico desviándome en el aviso que decía ESTACIONAMIENTO PARA VISITANTES. Una curva y ahí estaba. La hacienda Kalamack.

La gigantesca construcción que parecía una fortaleza era una extraña combinación de arquitectura moderna y tradicional, muy elegante, con puertas de vidrio y ángeles en los canalones. Las rocas grises estaban matizadas por árboles viejos y camas de flores. Otros edificios más pequeños la rodeaban, pero el principal tenía tres pisos de alto. Detuve el auto en uno de los espacios para visitantes. El elegante auto que estaba estacionada al lado hacía parecer el de Francis como un premio de caja de cereal.

Dejé caer el racimo de llaves de Francis en mi bolso y observé al jardinero que cuidaba los arbustos rodeando el estacionamiento. "¿Todavía quieres que nos separemos?," pregunté, acomodando el espejo retrovisor para arreglarme el pelo. "No me gustó lo que pasó allá en la entrada."

Jenks voló hasta pararse en la palanca de cambios, con las manos en la cintura como Peter Pan. "¿Tu entrevista dura los cuarenta minutos usuales?" preguntó. "Yo terminaré en veinte. Si no estoy aquí cuando termines, espérame más o menos a una milla de la entrada. Yo te alcanzo."

"Seguro," le dije, cerrando la cuerda de mi bolso. El jardinero usaba zapatos, no botas, y estaban limpios. ¿Qué jardinero tiene los zapatos limpios? "Ten cuidado," dije, señalando con la quijada al pequeño hombre. "Hay algo que huele mal."

Jenks rió. "El día que no pueda eludir a un jardinero me meteré a panadero."

"Bueno, entonces...deséame suerte." Le abrí la ventanilla a Jenks y salí del auto. Mis tacones sonaban rítmicamente al acercarme a revisar el golpe en la cajuela del auto de

Francis. Tal como lo dijo Jenks, una de las luces traseras se había roto y además estaba hundido. Di media vuelta sintiéndome culpable. Respiré profundamente y subí por las escalinatas angostas hacia las puertas dobles.

Un hombre apareció de un recoveco cuando me aproximaba y me detuve en seco. Era tan alto que se necesitaba mirarlo dos veces para verlo del todo. Y flaco. Me recordó a un refugiado europeo del post-Giro: formal, correcto y estirado. El hombre tenía nariz de halcón y el ceño permanentemente fruncido. Su pelo era gris en las sienes, aun cuando todo el resto era de color negro carbón. Su discreto pantalón gris y camisa blanca de oficina le venían perfectamente. Yo me acomodé el cuello de la blusa. "¿Srta. Francine Percy?," dijo con una sonrisa vacía y una voz ligeramente sarcástica.

"Sí. Hola," repuse adrede, dándole al hombre una buena sacudida de mano. Se estiró molesto. "Tengo una cita al mediodía con el Sr. Kalamack."

"Yo soy el asesor de publicidad del Sr. Kalamack, Jonathan," dijo el hombre. Además de cuidar exageradamente su pronunciación, no tenía acento alguno. "¿Tendría la amabilidad de acompañarme? El Sr. Kalamack la recibirá en su oficina al fondo." Parpadeó y sus ojos se aguaron. Pensé que sería el efecto de mi perfume. Tal vez me puse demasiado, pero por nada me arriesgaría a incitar los instintos de Ivy.

Jonathan me abrió la puerta indicándome que siguiera adelante. Caminé y me llamó la atención ver que el edificio era más claro adentro que afuera. Yo esperaba encontrarme en la residencia privada, pero esta no lo era. La entrada parecía la de cualquier negocio próspero, con el típico diseño de mármol y vidrio. El techo estaba sostenido por columnas blancas. Había un gran escritorio de caoba en medio de dos escaleras que conducían al segundo y tercer piso. La luz entraba por todas partes. O bien provenía del techo, o Trent gastaba una fortuna en bombillas de luz natural. Una suave y mullida alfombra verde silenciaba mis pasos. Se sentía el murmullo de conversaciones y un flujo lento pero permanente de personas en su rutina de costumbre.

"Por acá, Srta. Percy," me dijo suavemente mi acompañante.

Quité la vista de las gigantescas macetas con árboles de cítricos y fijé los ojos en los pasos medidos de Jonathan, pasando el escritorio de la recepción y luego por una serie de corredores. Cuanto más nos alejábamos, más bajo se hacía el techo y más agradables los colores y las texturas. De repente, oí el tranquilizante rumor del agua. No habíamos visto a nadie desde la entrada y eso me hizo sentir inquieta.

Era evidente que las oficinas habían quedado atrás y que ahora entrábamos a las áreas más privadas. ¿Qué es esto? me pregunté. Me alarmé cuando Jonathan se detuvo de repente y puso la punta de un dedo en su oído.

"Discúlpeme," murmuró, alejándose unos cuantos metros. Observé que llevaba un micrófono en el reloj de pulsera cuando alzó el brazo. Alarmada, traté de leer las palabras en sus labios pero se dio vuelta evitando que pudiera verlo.

"Sí Sh'an," susurró respetuosamente.

Contuve la respiración y esperé con la esperanza de oír lo que decía.

"Conmigo," dijo. "Me informaron que usted manifestó su interés y me tomé la libertad de acompañarla hasta su galería." Jonathan se dio vuelta un poco incómodo. "¿Ella?"

No supe si interpretar aquello como un insulto o un cumplido y fingí estar acomodando mis medias y dejando caer otro mechón de mi cabello junto a mi arete. Pensé si acaso alguien había examinado la cajuela. Mi pulso se aceleró cuando me di cuenta de lo rápido que esto podría volverse en mi contra.

Sus ojos se abrieron más que nunca. "Sa'han," dijo muy preocupado, "por favor, acepte mis disculpas. La garita de seguridad dijo que..." Sus palabras fueron cortadas y pude ver cómo se tensó ante lo que evidentemente era un llamado de atención. "Sí, Sa'han," dijo inclinando la cabeza en un acto inconsciente de respeto. "En su oficina principal."

El hombre alto retomó su compostura y se dio la vuelta mirándome. Yo le disparé una gran sonrisa. Sus ojos azules eran inexpresivos, como si yo fuera insignificante. "¿Si tuviera la gentileza de dar media vuelta?," dijo secamente, apuntando.

Sintiéndome más como una prisionera que como una invitada, obedecí las sutiles indicaciones de Jonathan y regresamos hacia el frente. Él caminaba detrás de mí. Esto no me gustaba para nada. No me ayudaba sentirme tan pequeñita junto a él y que mis pasos fueran los únicos que se escuchaban. Lentamente, los colores y las texturas suaves se convirtieron en paredes corporativas y eficiencia de oficina.

Siempre manteniendo una distancia de tres pasos atrás, Jonathan me indicó el camino a lo largo de un pasillo que salía del vestíbulo. A lado y lado había puertas de vidrios esmerilados. Casi todas estaban abiertas y había gente trabajando adentro, pero Jonathan me indicó que era la última oficina. La puerta era de madera y dudó antes de adelantarse a mí para abrirla. "Haga el favor de esperar aquí," me dijo con un ligero amago de amenaza en su voz. "El Sr. Kalamack la verá en breve. Yo estaré en el escritorio de su secretaria, si me necesita."

Me señaló un escritorio evidentemente desocupado, metido en una esquina poco notoria. Pensé en la Srta. Yolin Bates, muerta hace tres días. Sonreí forzadamente. "Gracias Jon," le dije vivazmente. "Eres una dulzura."

"Es Jonathan." Cerró la puerta secamente delante de mí, pero no sonó el click del cerrojo.

Me di la vuelta para examinar la oficina principal de Kalamack. Se veía normal, una oficina de un ejecutivo rico con mal gusto. En la pared junto a su escritorio habían empotrados toda suerte de aparatos electrónicos, con tantos botones e interruptores que un estudio de grabación envidiaría. En la pared opuesta había un gran ventanal por donde entraba la luz que brillaba sobre la alfombra. Sabía que estaba demasiado adentro del edificio para que esa ventana y la luz del sol fueran reales. Me parecía que ameritaba una exploración a fondo.

Puse mi bolso en la silla opuesta del escritorio y me acerqué a la "ventana." Con las manos en la cintura me fijé en los retoños y las manzanas caídas. Alcé las cejas. Los ingenieros estaban mal en sus cálculos. Era mediodía y el sol no estaba tan bajo para producir sombras tan grandes.

Satisfecha por descubrir el error, dirigí la atención a los peces que nadaban en el tanque junto a la otra pared detrás del escritorio. Estrellas de mar, doncellas azules, peces amarillos y hasta caballitos de mar convivían pacíficamente sin darse cuenta de que el mar quedaba a quinientas millas de allí. Recordé a Don Pez, nadando tranquilo en su pequeña pecera de vidrio. Fruncí el entrecejo, no con celos, sino molesta por la veleidad del futuro del mundo.

El escritorio de Trent tenía encima las cosas usuales, incluyendo una pequeña fuente de agua de piedra negra. El protector de pantalla de su computadora eran tres números que cambiaban: veinte, cinco, uno. Un mensaje enigmático. En una esquina, en el techo, había una cámara con una lucecilla roja que titilaba. Me estaban vigilando.

De nuevo pensé en la conversación que tuvo Jonathan con el misterioso Sa'han. Era evidente que mi historia de Francine había sido descubierta. Pero, si hubieran querido arrestarme, ya lo habrían hecho. Tenía la sensación de el Sr. Kalamack quería algo de mí. *¿Mi silencio?* Tendría que averiguarlo.

Sonreí a la cámara y me acomodé detrás del escritorio de Trent. Pude imaginar la conmoción que estaba produciendo cuando comencé a tocar las cosas. Primero, la agenda con sus citas estaba frente a mí, provocativamente abierta sobre el escritorio. El nombre de Francis estaba tachado con lápiz y con un punto de interrogación al frente. Haciendo una mueca de preocupación, pasé las hojas hacia atrás hasta el día en que la secretaria de Trent había sido atrapada con azufre. No había nada fuera de lo común. Una frase me llamó la atención: "Los Huntington a Ulrich." ¿Acaso estaba sacando gente ilegalmente del país? Buena pregunta.

El cajón de arriba no contenía nada inusual: lápices, lapiceros, notas adhesivas y un jaspe negro. No pude imaginar qué preocupaba tanto a Trent como para ameritar un objeto así. Los cajones laterales contenían archivos codificados por colores, relativos a la hacienda. Mientras esperaba a que alguien entrara a detenerme, me incliné para leer cómo su plantación de nuez pacana había sufrido por las heladas de este año, pero que sus fresas en la costa balanceaban la pérdida. Cerré el cajón sorprendida de que nadie hubiera entrado. ¿A lo mejor tenían curiosidad de saber qué estaba buscando? Al menos, yo sí lo sabía.

Trent tenía el gusto por los dulces de arce y por el whiskey del pre-Giro—por lo que encontré en el cajón inferior. Estuve tentada a destapar una botella de más de cuarenta años para probar su licor, pero pensé que eso haría que mis espías llegaran más rápido.

El siguiente cajón estaba lleno de discos compactos perfectamente bien organizados. *¡Bingo!*, pensé, abriéndolo más.

"Alzheimer," susurré, pasando un dedo sobre el rótulo escrito a mano. "Fibrosis cística, cáncer, cáncer…" En total, ocho estaban rotulados "cáncer." Depresión, diabetes …seguí leyendo hasta que encontré "enfermedad de Huntintgon." Mis ojos regresaron a la agenda y cerré el cajón. *Ahhh…*

Cómodamente sentada en el asiento de Trent, tomé su agenda y la puse sobre los muslos. Comencé en enero pasando las páginas lentamente. Cada cinco días, más o menos, salía un envío. Comencé a respirar más rápido al notar un patrón. Huntington salía el mismo día todos los meses. Pasé las hojas adelante y atrás. Todos los envíos salían el mismo día de cada mes, apenas con días de diferencia entre uno y otro. Luego, miré el cajón con los discos. Segura de que había descubierto algo, metí uno en la computadora y moví el ratón. ¡Demonios! Necesitaba la palabra clave.

Sonó una manija que giraba. Salté para ponerme en pie y oprimí el botón para sacar el disco.

"Buenas tardes, Srta. Morgan."

Era Trent Kalamack. Traté de no sonrojarme mientras

introducía el pequeño disco en mi bolsillo. "¿Disculpe?" repuse, reforzando mi hechizo al máximo. Ya sabían quién era. Vaya sorpresa.

Trent cerró el último botón de su saco gris y cerró la puerta. Tenía una sonrisa paralizante que acompañaba a sus facciones y su cara bien afeitada, dándole el aspecto de una persona de mi edad.

Su cabello era rubio, casi blanco, y él se veía bronceado. Parecía sencillo y relajado. Su aspecto era demasiado agradable para ser tan rico como decían. No era justo ser adinerado y además bien parecido. Las dos cosas... no.

"¿Prefiere ser Francine Percy?" dijo Trent, mirándome por encima de sus lentes metálicos.

Acomodé un mechón de pelo por detrás de la oreja, luchando por mostrar una actitud despreocupada. "En realidad, no," acepté. A lo mejor aun me quedaban unas cartas para jugar o no se tomaría la molestia perdiendo tiempo conmigo.

Trent se dirigió hacia su escritorio mostrándose un tanto preocupado, obligándome a retroceder al otro lado. Acomodó su corbata azul oscura y se sentó. Alzó la cabeza y, asombrado de que yo aun seguía en pie, dijo con cortesía mostrando sus dientes blancos y pequeños: "Siéntese, por favor." Apuntó un control remoto hacia la cámara. La luz roja se apagó y guardó el control en un cajón.

Seguí de pie. No confiaba en su actitud relajada. Toda suerte de sospechas aparecieron en mi cabeza y me sentí mal del estómago. El año pasado, la revista *Fortune* había impreso su foto en la portada como el soltero más codiciado. Era una fotografía desde la cabeza hasta las rodillas, reclinado casualmente contra una puerta con el nombre de la compañía en letras doradas. Su sonrisa era una combinación de confianza y secreto. Algunas mujeres se sienten atraídas por una sonrisa de esas. ¿Yo? Yo me pongo en guardia. Siguió con su sonrisa, colocando la mano debajo de la quijada, apoyando el codo en el escritorio.

Ví como se movía su pelo corto por encima de las orejas y

pensé que debía ser increíblemente suave para tan solo moverse con el viento que producía el sistema de ventilación.

Trent se tensó al ver cómo lo observaba, pero luego volvió a sonreír. "Le pido disculpas por el error en la reja de entrada, y luego por Jon," dijo. "No la esperaba por lo menos hasta dentro de una semana."

Me senté y las rodillas me flaquearon. *¿Me esperaba?* "Ciertamente, no comprendo," le dije directamente, contenta de que mi voz no temblara.

El hombre tomó un lápiz casualmente, pero sus ojos saltaron cuando moví los pies. Me pareció que estaba tan amarrado como yo. Borró meticulosamente el signo de interrogación frente al nombre de Francis y escribió el mío. Dejó el lápiz y se pasó la mano por el pelo para alisarlo.

"Soy un hombre ocupado, Srta. Morgan," dijo con voz segura pero agradable. "Para mí resulta más rentable atraer a los empleados de otras compañías que entrenarlos desde cero; y, aun cuando me cuesta admitir que he competido con la S.E., debo decirle que sus métodos de entrenamiento y las destrezas que logran son conmensurables con mis necesidades. Con toda sinceridad, habría preferido constatar que usted posee el ingenio para sobrevivir a una sentencia de muerte de la S.E. antes de contratarla. Pero tal vez el hecho de que por poco logra entrar a mis aposentos privados es suficiente confirmación."

Crucé las piernas y alcé las cejas. "¿Me está ofreciendo empleo, Sr. Kalamack? ¿Le gustaría que fuera su nueva secretaria? ¿Escribir sus cartas? ¿Servirle el café?"

"Santo cielo, ¡no!" dijo, ignorando mi sarcasmo. "Usted huele muy fuerte a magia como para que trabaje de secretaria, a pesar de que hace el intento de ocultarlo con ese... ummm...¿perfume?"

Me hizo ruborizar, pero estaba determinada a no quitarle la mirada a sus ojos inquisidores.

"No," prosiguió Trent. "Usted es demasiado interesante como para ser secretaria... inclusive una de las mías. No solamente ha abandonado a la S.E.: la está retando. Salió de compras. Entró a la bóveda de archivos para destruir el suyo. Encerró inconsciente a uno de sus agentes en la cajuela de su propio auto" dijo con risa perfectamente calculada. "Me gusta. Pero, mejor aun, me gusta su lucha por mejorar. He aplaudido su motivación para ampliar sus horizontes, aprender nuevas destrezas. La voluntad para explorar opciones que las mayoría rechazarían, es una actitud que trato de inculcarles a mis empleados. Claro que el leer ese libro en el autobús demuestra cierta falta de ... buen juicio" Un ligero brillo de humor negro se asomó en sus ojos. "¿A menos que su interés por los vampiros tenga una explicación más terrenal, Srta. Morgan?"

Mi estómago se había vuelto un gran nudo y pensé si tendría suficientes hechizos para salirme de esta. ¿Cómo averiguó Trent todo aquello si ni siquiera la S.E. podía controlar todos mis movimientos? Traté de pensar calmadamente al darme cuenta de lo profundo que estaba hundida en polvo de duende. ¿Qué diablos estaba pensando cuando me metí a este lugar? La secretaria del hombre estaba muerta. Él traficaba con azufre, no importa lo generoso que era con las colectas de beneficencia o que jugara al golf con el marido de la alcaldesa. Era muy inteligente y no le bastaba con controlar la tercera parte de la industria manufacturera de Cincinnati. Sus intereses ocultos formaban toda una red en los bajos fondos y estaba segura que deseaba conservarla.

Trent se inclinó hacia adelante con expresión resuelta y entendí que la cháchara inútil había terminado. "Mi pregunta, Srta. Morgan, es ¿qué quiere usted de mí?"

No dije nada. Toda mi confianza desapareció de repente.

Señalando su escritorio me preguntó: "¿Qué estaba buscando?"

"Chicle," respondí. Suspiró.

"Por favor, no perdamos más tiempo y esfuerzo. Sugiero que seamos honestos el uno con el otro." Se quitó los lentes dejándolos a un lado. "¿Por qué se arriesgó a morir para venir a verme? Le doy mi palabra que la historia de sus acciones hoy...¿desaparecerá? Sólo quiero saber con qué contar. ¿Qué hice yo para atraer su interés?"

"¿Saldré caminando libre de aquí?" le pregunté. Él se reclinó en el asiento asintiendo. Sus ojos tenían un color verde que jamás había visto. No eran azules. Ni por asomo.

"Todos quieren algo, Srta. Morgan," dijo con palabras claras que fluían como agua. "¿Qué es lo que quiere?"

Mi corazón latió ante su promesa de libertad. Seguí su mirada hacia mis manos y la tierra debajo de mis uñas. "A usted" repuse, doblando los dedos para esconderlos. "Quiero pruebas de que usted asesinó a su secretaria. Que está traficando con azufre"

"Oh..." exclamó con un suspiro conmovedor. "Usted quiere su libertad. Debí adivinarlo. Srta. Morgan, usted es más compleja de lo que pensé." Hizo un gesto y su traje de seda sonó con sus movimientos. "Entregarme a la S.E. ciertamente pagaría por su independencia. Pero usted comprenderá que no puedo permitirlo." Se enderezó de nuevo asumiendo su actitud de hombre de negocios. "Yo puedo ofrecerle algo tan valioso como su libertad. Tal vez mejor. Puedo pagar su contrato con la S.E. Podríamos llamarlo... eh...un préstamo. Usted podría trabajar conmigo. Yo le conseguiría un establecimiento decente, inclusive un pequeño personal de trabajo."

Primero sentí que se me helaba la piel, pero luego la sentí hervir. Quería comprarme. Sin notar mi rabia, abrió un archivo. Sacó un par de lentes con armadura de madera del bolsillo interior del saco y los equilibró sobre su pequeña nariz. Hice una mueca de molestia cuando me miró, cociente de que estaba observándome a través de mi disfraz. Hizo un leve ruido antes de doblar la cabeza para leer su contenido.

"¿Le gusta la playa?" preguntó suavemente. Me pregunté para qué fingía necesitar los lentes para leer. "Tengo un sembrado de nueces macadamia que me gustaría agrandar. Queda en los mares del sur. Usted podría, inclusive, elegir los colores de la casa principal."

"Puede irse a girar, Trent," le dije. Me miró por encima de sus lentes aparentemente sorprendido. Se veía atractivo y traté de alejar esa idea de mi mente. "Si quisiera que me tuvieran con correa de perrito me habría quedado en la S.E. En esas islas cultivan azufre. Más me valdría ser humana estando tan cerca del mar. Allá ni siquiera funcionan los hechizos de amor."

"Sol," dijo persuasivamente guardando sus lentes. "Arena cálida. Dueña de su tiempo." Cerró el archivo y puso la mano encima. "Puede llevar a su nueva amiga ¿es Ivy? Un vampiro Tamwood. Qué amiguita." Concluyó con una sonrisa irónica.

Mi genio se encendió. Él pensaba que podía comprarme; pero el problema era que me tentaba y eso me enfurecía conmigo misma. Lo miré desafiante, mis manos tiesas sobre los muslos.

"Sea honesta," dijo Trent, jugando con un lápiz entre sus largos dedos con asombrosa destreza. "Usted es muy astuta, inclusive tendrá habilidades. Pero nadie puede eludir permanentemente a la S.E. sin ayuda."

"Yo tengo una forma mejor," dije luchando por quedarme sentada. No tenía adónde ir si no me dejaba libre. "Voy a amarrarlo contra un poste en el centro de la ciudad. Voy a demostrar que usted está involucrado en la muerte de su secretaria y que trafica con azufre. Abandoné mi empleo Sr. Kalamack, pero no mis principios."

La ira destelló en sus ojos verdes, pero su cara siguió tranquila mientras guardó de nuevo el lápiz con un golpecito sonoro. "Puede confiar en que mantengo mi palabra, promesas o amenazas." Sus palabras llenaron el cuarto como una inundación y yo luché contra la estúpida tentación de levantar los pies de la alfombra. "Así debe hacerlo un hombre de negocios," dijo con cierto énfasis. "de lo contrario, no durará mucho en el mundo de los negocios."

Tragué saliva pensando qué demonios era Trent. Tenía la gracia, la voz, la velocidad y la seguridad del poder de un vampiro. Y, a pesar de lo mucho que me disgustaba este hombre, tenía un atractivo natural que se acentuaba con su fuerte personalidad en lugar de hacerlo con coqueteos o insinuaciones sexuales. Pero no era un vampiro vivo. A pesar de ser cálido y agradable por fuera, contaba con una gran personalidad que la mayor parte de los vampiros no tenían. Mantenía a la gente a distancia, demasiado alejado para seducir con el toque. No, no era un vampiro, pero quiás...¿un lacayo humano?

Me asombré. Trent parpadeó al ver que yo pensaba en algo sin saber qué era. "¿Decía, Srta. Morgan?," dijo, sintiéndose incómodo por primera vez.

El corazón me estallaba. "Su pelo está flotando de nuevo" le dije, tratando de confundirlo. Sus labios se abrieron ligeramente pero no encontraba palabras.

Salté de repente al sentir la puerta que se abría. Jonathan entró velozmente. Estaba tenso y disgustado, con actitud de protector encadenado por el mismo a quien había dado su palabra de proteger. Traía en las manos una bola de cristal del tamaño de una cabeza. Jenks estaba adentro. Asustada, me levanté apretando mi bolso contra el cuerpo.

"Jon," dijo Trent tranquilizándolo a medida que se ponía de pie. "¿Tendrías la amabilidad de acompañar a la Srta. Morgan y su socio?"

Jenks estaba tan furioso que de sus alas solo se percibía una nube negra. Lo veía gesticular algo, pero no podía oírlo; pero sus gestos eran inconfundibles.

"¿Mi disco, Srta. Morgan?"

Giré, jadeando, al darme cuenta que Trent había dado la vuelta a su escritorio y estaba detrás de mí. No lo sentí moverse.

"¿Su qué?" tartamudeé.

Tenía estirada la mano derecha. Era suave, pero con fortaleza. Portaba un sólo anillo de oro en un dedo y no pude evitar notar que apenas era unos cuantos centímetros más alto que yo. "¿Mi disco?" repitió. Yo tragué en seco.

Demasiado asustada para reaccionar, lo saqué de mi bolsillo y se lo devolví. Algo pasó sobre él. Fue como una sutil sombra azul tan difícil de distinguir como un copo de nieve entre miles, pero ahí estaba. En ese instante comprendí que a Trent no le preocupaba el azufre. Era algo que había en ese disco.

Mi mente regresó a ese cajón con todos esos discos bien organizados; pero mi determinación de mirarlo jamente a los ojos en lugar de volver la mirada hacia su escritorio fue más fuerte. Dios me ayude. El hombre no solamente traficaba con azufre, sino con drogas biológicas. Este tipo era un maldito capo de drogas biológicas. Mi corazón estuvo a punto de estallar y se me secó la boca. La pena por traficar con azufre era la cárcel. Pero la pena por traficar con drogas biológicas era la estaca, la hoguera y los restos esparcidos. ¡Y quería que trabajara para él!

"Usted ha demostrado una extraordinaria capacidad de planificación, Srta. Morgan," dijo Trent interrumpiendo mis rápidos pensamientos. "Los vampiros asesinos no la atacarán mientras se encuentre bajo la protección de un Tamwood. Además, organizar a un clan de duendes que mantengan alejadas a las hadas y vivir en una iglesia que les impide a los lobos acercarse es hermosamente simple. Avíseme cuando cambie de opinión y decida trabajar para mí. Aquí encontrará grandes satisfacciones y reconocimiento; algo en lo cual la S.E. ha sido negligente."

Yo mantuve mi actitud, concentrándome en evitar que mi voz temblara. Yo no había planeado nada. Había sido Ivy; y ni siquiera conocía sus motivos. "Con el debido respeto, Sr. Kalamack, váyase a Girar."

Jonathan se alteró, pero Trent simplemente agitó la cabeza y se dirigió a su escritorio.

Una mano gruesa me golpeó en el hombro. Instintivamente la agarré y me agaché para lanzar por los aires y derribar contra el suelo a quien me hubiera tocado. Jonathan cayó con un gruñido de asombro. Yo estaba arrodillada encima de su cuello antes de que siquiera me hubiera dado cuenta de mis propios movimientos. Asustada por lo que acababa de hacer, me levanté y retrocedí. Trent alzó la mirada totalmente despreocupado luego de guardar su disco en el cajón.

Tres personas más entraron al sentir la pesada caída de Jonathan. Dos me rodearon, y la tercera se acercó a él.

"Déjenla ir," dijo Trent. "El error fue de Jon," suspiró con un leve aire de desilusión. "Jon," agregó con actitud de cansancio, "ella no es la pelusa que aparenta ser."

El alto Jonathan se puso lentamente de pie. Se arregló la camisa y se acomodó el cabello con una mano. Me miró con odio. No solamente lo había superado frente a su jefe sino que le habían llamado la atención delante de mí. El pobre hombre alzó furioso a Jenks y me indicó la puerta.

Salí caminando libre bajo el sol más asustada por lo que acababa de rechazar que por abandonar la S.E.

Quince

Mordí la pizza descargando mi frustración por la extraordinaria tarde. De la mesa de madera de Ivy provino un crujido de papel. Volví mi atención hacia ella. Con la cabeza agachada y el ceño fruncido, centró la atención en un mapa. Sería una tonta si no hubiera caído en la cuenta de que su actividad se aceleraba al caer el sol. Se movía de nuevo con aquella gracia desconcertante, aun cuando estaba airada en lugar de amorosa. De todas formas, estaba pendiente de todos sus movimientos.

Ivy tiene una misión de verdad, pensé con amargura, parada en medio de la cocina mientras preparaba una pizza. Ivy tenía una vida. Ivy no estaba tratando de demostrar que el ciudadano más querido y destacado de la ciudad era un capo de las drogas biológicas y a la vez luchando por salvarse.

Sólo tres días trabajando independiente y Ivy ya tenía una misión para encontrar a un humano desaparecido. Me pareció extraño que un humano le solicitara ayuda a un vampiro, pero Ivy tenía sus propios hechizos, o mejor, la capacidad para intimidar. Había pasado toda la noche con las narices metidas en el mapa de la ciudad, indicando con un marcador de color los lugares que aquel hombre frecuentaba y señalando las vías que habría tomado para conducir de regreso del trabajo a casa y cosas por el estilo.

"No soy experta," dijo Ivy hablándole a la mesa, "pero ¿es así que se hace eso?"

"¿Quieres preparar la cena?" dije de inmediato, dirigiendo la mirada a la masa en mis manos. La circunferencia tenía más el aspecto de un óvalo, tan delgada en algunos sitios que ya tenía agujeros. Avergonzada, moví un poco de masa para cubrir el pequeño agujero. La observé de reojo mientras luchaba con los bordes de la masa. A la primera mirada seductora o movimiento inesperado, yo estaba lista para salir por la puerta y esconderme detrás de Jenks. Abrí el frasco de salsa con un sonoro "plop" y mis ojos saltaron hacia Ivy. No se movió. Desocupé casi todo en la pizza y cerré de nuevo el frasco.

¿Qué más puedo agregarle? pensé. Sería un milagro que Ivy me dejara cubrirla con todo lo usual. Decidí olvidarme de las castañas y más bien ponerle algo más mundano. "Pimientos," dije, "champiñones." La miré de nuevo. Me pareció que era una chica carnívora... "tocino que sobró del desayuno."

El marcador produjo un chirrido a medida que Ivy trazaba una línea desde la Universidad hasta la sección más peligrosa de clubes nocturnos de Los Hollows, frente al río. "Entonces..." dijo arrastrando las palabras. "¿Vas a decirme qué es lo que te molesta, o tendré que pedir una pizza cuando hayas quemado esa?"

Puse el pimiento en el lavaplatos apoyándome sobre el mostrador. "Trent es traficante de drogas biológicas," le dije, sintiendo de nuevo la misma sensación desagradable. "Si supiera que ahora lo quiero atrapar por eso, me mataría antes que la S.E."

"Pero no lo sabe," dijo Ivy casi de inmediato. "Sólo sabe que tu piensas que trafica con azufre y que ordenó asesinar a su secretaria. Si estuviera preocupado no te habría ofrecido ese trabajo."

"¿Trabajo?" repuse, dándole la espalda mientras lavaba el pimiento. "¿En los mares del sur, administrándole sus cultivos de azufre? Me quiere fuera de su camino. Eso es todo."

"Vaya vaya," dijo tapando el marcador golpeándolo contra la mesa. Giré alerta esparciendo gotas de agua por todas partes. "Piensa que eres una amenaza," concluyó, sacudiéndose exageradamente las gotas de agua que le cayeron accidentalmente encima.

Sonreí avergonzada, esperando que no se diera cuenta de que me tenía tensa. "No lo había pensado así."

Ivy volvió a su mapa, gruñendo por las manchas de agua sobre los nítidos dobleces. "Dame algo de tiempo para hacer una chequeo," dijo preocupada. "Si logramos hacernos con sus registros financieros y con los nombres de unos cuantos clientes suyos, podríamos tener alguna pista sobre el papel. Pero sigo pensando que se trata solo de azufre."

Abrí la refrigeradora para sacar el parmesano y el mozzarella. Si Trent no traficaba con drogas biológicas entonces yo era una princesa ninfa. Los marcadores de Ivy sonaron al meterlos en la taza de cerámica que tenía junto a su computadora. De nuevo me alarmé, puesto que le daba la espalda.

"Solo porque tiene un cajón lleno de discos rotulados con nombres de enfermedades que son tratadas con drogas biológicas, no significa que sea un capo," prosiguió, lanzando otro marcador en la taza. "A lo mejor son listas de clientes. El hombre es un filántropo. Media docena de hospitales funcionan gracias a sus donaciones."

"Puede ser," repuse poco convencida. Conocía las generosas contribuciones de Trent. El otoño pasado, su donación para la subasta de beneficencia para el programa Por los Niños sumó más de lo que me pagaban por un año de trabajo. Personalmente, pensaba que sus esfuerzos eran una máscara publicitaria. El hombre era una basura.

"Además," dijo Ivy reclinándose en el asiento y lanzando otro marcador a la taza en una extraordinaria demostración de coordinación, "¿para qué querría traficar con drogas biológicas? El hombre es muy rico. No necesita más dinero. Raquel, la gente tiene tres motivaciones: Amor...," Un marcador rojo cayó junto a los demás; "venganza," ahora uno negro, "y poder," terminó lanzando uno verde. "Trent tiene suficiente dinero para comprar las tres."

"Olvidaste una" dije, pensando si acaso era mejor mantener la boca cerrada. "Familia."

Ivy sacó los marcadores de la taza. Se sentó sobre los pies y comenzó a lanzarlos de nuevo. "¿Familia no va con amor?," preguntó.

No si los miembros están muertos, pensé, con mis recuerdos volando hacia papá. *En ese caso, iría con venganza.*

La cocina quedó en silencio mientras rociaba el queso parmesano sobre la salsa. Sólo el tableteo de los marcadores de Ivy rompían el silencio. Todos cayeron adentro. Los golpecillos ya me estaban poniendo nerviosa. De pronto, todo quedó en silencio y me quede inmóvil. Su cara quedó en sombras. No podía ver si sus ojos se habían puesto negros. Mi corazón latió más fuerte y me quedé quieta. Esperando.

"¿Por qué no me estacas, Raquel?" dijo exasperada, lanzando su pelo de medio lado para mostrarme sus iracundos ojos pardos. "No voy a atacarte. Ya te dije que lo del viernes fue un accidente."

Encogiéndome de hombros, hurgué ruidosamente en el cajón buscando un abrelatas para los champiñones. "Un accidente demasiado siniestro," murmuré para mí misma, mientras escurría los champiñones.

"Oí lo que dijiste," repuso con algo de duda. Sonó el ruido de un marcador cayendo en la taza. "Tú...eh...leíste el libro, ¿verdad?"

"Casi todo," admití; pero alarmada continué: "¿Por qué? ¿Estoy haciendo algo mal?"

"Me estás cabreando. Eso es lo que estás haciendo mal," dijo con voz fuerte. "Deja de vigilarme. No soy un animal. Puede que sea un vampiro, pero tengo alma."

Me mordí la lengua para no tener que responderle. De nuevo sonó la taza con los últimos marcadores que le quedaban en la mano. El silencio se hizo denso y tomó sus mapas. Yo le di la espalda para demostrarle que confiaba en ella. Pero no era cierto. Puse el pimiento en la tabla de cocina y abrí un cajón buscando ruidosamente hasta encontrar un gran cuchillo. Era demasiado grande para cortar pimientos, pero me sentía vulnerable. Ese era el cuchillo que usaría.

"Eh...No irás a ponerle pimiento a la pizza, ¿verdad?"

Dejé escapar el aire poniendo el cuchillo sobre la mesa. Según parece, nuestra pizza solo tendría queso. Sin decir otra palabra, guardé el pimiento en la refrigeradora. "¿Qué es una pizza sin pimientos?" murmuré.

"Algo comestible," fue su respuesta inmediata. Gurñí. Se supone que no debió oír eso.

Mis ojos pasaron revista a las delicias que había sobre la mesa. "¿Champiñones, ok?"

"No me imagino la pizza sin champiñones."

Puse capas de champiñones tajados sobre el parmesano. Ivy desdobló su mapa y yo la miré de reojo.

"Nunca me dijiste lo que hiciste con Francis," dijo.

"Lo dejé con la cajuela abierta. Alguien lo bañará con agua salada. Creo que le hice algo a su auto. No acelera, no importa la velocidad que pongas ni que tanto pises el acelerador."

Ivy se rió y se me erizó la piel. Se levantó y vino hacia mí, reclinándose sobre la mesa, como desafiándome a que objetara a su actitud. Mi nerviosismo regresó y se duplicó cuando Ivy se sentó encima de la mesa, a mi lado. "Entonces..." dijo, abriendo una bolsa de salchichón, metiéndose provocativamente una tajada en la boca, "¿qué crees que es?"

Estaba comiendo. Magnífico.

"¿Francis?" pregunté, sorprendida de que me lo preguntara ella.

"No. Trent."

Estiré la mano pidiéndole el salchichón y ella puso la bolsa en mi mano. "No lo sé. No es un vampiro. Pensó que mi perfume era para cubrir mi olor de bruja y no...eh...tu olor." Me sentía muy extraña con Ivy tan cerca de mí. Puse las tajadas de salchichón en la pizza como si fueran las cartas de un naipe. "Y sus dientes no son lo suficientemente afilados." Terminé y guardé la bolsa en la refrigeradora, lejos del alcance de Ivy.

"Podrían estar cubiertos." Ivy se quedó mirando a la refrigeradora y el salchichón guardado. "Le sería más difícil ser un vampiro activo, pero ha sucedido antes."

Mi mente volvió a la Tabla 6.1 y sus dos útiles diagramas. Sentí escalofríos que traté de ocultar estirándome para alcanzar un tomate. Ivy agachó la cabeza y mi mano pasó por encima. "No," dije con seguridad, "él entiende bien eso de respetar el espacio personal, cosa que ninguno de los vampiros vivos que he conocido—excepto tú—entienden."

Hubiera querido retirar mis palabras tan pronto como las dije. Ivy se puso tiesa. Pensé si acaso la distancia que ella establecía entre sí misma y todos los demás tenía que ver con el hecho de que ella no era un vampiro activo. Tenía que ser frustrante no saber si cada movimiento lo motivaba su cabeza o su apetito. Con razón Ivy tenía la tendencia a perder el control. Estaba luchando contra un instinto de mil años de antigüedad sin alguien que la ayudara a buscar el camino. Dudé antes de preguntarle: "¿Hay alguna forma de saber si Trent es un lacayo humano?"

"¿Lacayo humano?" repitió asombrada. "Esa es una posibilidad."

El cuchillo atravesó el tomate formando cuadraditos rojos. "Podría ser. Tiene la fortaleza interior, la gracia y el poder de un vampiro, pero sin ser un tocón. Y apostaría mi vida a que no es brujo ni aprendiz. No tiene ni el más mínimo rastro de olor a secoya. Son sus movimientos, la luz detrás de sus ojos…" Me quedé en silencio recordando sus ilegibles ojos verdes.

Ivy dio un pequeño salto bajándose de la mesa robándose de paso un salchichón de la pizza. La moví indiferentemente hacia el otro lado del fregadero para alejarla de la pizza. Acto seguido, tomó otro. De pronto sonó un zumbido y era Jenks que entraba por la ventana. Traía en los brazos un champiñón tan grande como él mismo, llenando la cocina de olor a tierra. Miré a Ivy y ella se encogió de hombros.

"Oye, Jenks," dijo Ivy dirigiéndose a su asiento en una esquina de la cocina. "Creo que ya superamos la prueba de 'puedo sentarme junto a tí sin morderte,' tú que piensas de Trent. ¿Crees que es un lobo?"

Jenks dejó caer su champiñón, aleteando furiosamente. "¿Cómo voy a saberlo? No estuve lo suficientemente cerca de él. Me atraparon. ¿Contenta?" Voló hacia la ventana junto a Don Pez, y se paró con las manos en la cintura mirando hacia la oscuridad.

Ivy movió la cabeza con molestia. "Así que te atraparon. Valiente cosa. Ellos sabían quién era Raquel, y sin embargo no la ves gimiendo por eso."

En verdad, yo le había dado vía libre a mi pataleta camino a casa. Tal vez eso fue lo que produjo ese ruido extraño que hacía el auto de Francis cuando lo estacioné debajo del árbol en el centro comercial.

Jenks comenzó a volar a 5 centímetros de la nariz de Ivy, sus alas rojas de rabia. "Veamos qué harías tú si te atrapara un *jardinero* en una bola de cristal. ¿Acaso no verías el mundo con otros ojos, Srta. Girasol?"

Mi mal humor desapareció de sólo ver a un duende de 10 centímetros retando a un vampiro. "Ya, déjate de renegar, Jenks" le dije suavemente. "No creo que fuera un jardinero de verdad."

"¿En serio?," dijo sarcásticamente volando hacia mí. "¿De verdad lo crees?" A sus espaldas, Ivy hacía un gesto como si fuera destriparlo con los dedos. Volteó los ojos y regresó a sus mapas. De pronto reinó un silencio incómodo, extraño. Jenks voló hasta su champiñón y me lo trajo, incluyendo la tierra. Estaba vestido con ropa ancha e informal. La seda era del color del musgo húmedo y el corte lo hacía ver como un jeque del desierto. Su pelo rubio estaba peinado hacia atrás y me pareció sentir olor a jabón. Nunca había visto a un duende en ropa casera. Se le veía muy bien.

"Ten," me dijo dejando el champiñón junto a mí. "Lo encontré en el jardín. Pensé que tal vez podrías usarlo para tu pizza."

"Gracias Jenks," le dije limpiando la tierra.

"Escucha" dijo, dando unos pasos hacia atrás. Sus alas se movían y luego se detenían intermitentemente. "Lo siento Raquel. Se supone que debí guardarte la espalda, pero en cambio me dejé atrapar."

Qué vergüenza, pensé, que un ser tan pequeño como una libélula me pidiera disculpas por no haberme protegido. "Vaya…eh…pues los dos metimos la pata," repuse amargamente, deseando que Ivy no estuviera presenciando esto. Ignorando su leve resoplido, lavé el champiñón y lo tajé. Jenks parecía satisfecho. Se fue a volar por encima de Ivy, describiendo molestos círculos alrededor de su cabeza hasta que ella empezó a manotearlo.

La dejó y regresó donde yo estaba. "Voy averiguar a qué huele Kalamack, así me cueste la vida," dijo Jenks mientras yo le agregaba su contribución a mi pizza. "Es una cuestión personal."

Bien, pensé, *¿por qué no?* Respiré profundo. "Volveré mañana por la noche," dije, recordando mi sentencia de muerte. Tarde o temprano, cometería un error; pero, a diferencia de Ivy, yo no podía regresar de la muerte. "¿Quieres acompañarme Jenks…no como asistente sino como socio?"

Jenks se levantó. Sus alas se tornaron moradas. "¡Seguro que sí! ¡Por mis barbas!"

"Raquel ¿qué crees que estás haciendo?"

Abrí el paquete de mozzarella y se lo agregué a la pizza. "Estoy ascendiendo a Jenks a socio. ¿Tienes alguna objeción? Ha estado trabajando tiempo extra y no merece nada menos."

"No," repuso mirándome desde el otro extremo de la cocina. "¡Me refiero a regresar donde Kalamack!"

Jenks voló a mi lado para formar un frente común. "Cierra la boca, Tamwood. Ella necesita uno de esos discos para demostrar que Kalamack trafica con drogas biológicas."

"No me queda otra alternativa," dije, haciendo tanta fuerza sobre el queso que se salió de la pizza.

Ivy se reclinó en su asiento con una lentitud exagerada. "Se que quieres atraparlo, pero piénsalo bien Raquel. Trent puede acusarte de todo, desde intrusión en propiedad privada hasta hacerte pasar por personal de la S.E. o de mirar mal a sus caballos. Si te atrapa, estás frita."

"Si lo acuso sin pruebas sólidas, se librará del proceso judicial de alguna manera." No podía mirarla a la cara. "Necesito pruebas rápidas y contundentes. Algo que la prensa pueda usar para profundizar en el asunto." Mis movimientos fueron algo torpes alzando el queso caído y poniéndolo otra vez en la pizza. "Necesito uno de esos discos y lo haré mañana."

Ivy hizo un leve sonido de incredulidad. "No puedo creer que de nuevo estés improvisando. Sin planear. Sin preparar. Nada. Ya probaste y te atraparon."

Me puse que ardía. "Sólo porque no planifico mis viajes al baño no significa que no sea buena agente," respondí secamente.

Apretó los dientes. "Nunca he dicho que no seas buena agente. Lo único que quiero decirte es que algo de planificación puede ahorrarte algunos errores vergonzosos, como el de hoy."

"¡Errores!," exclamé. "Escucha Ivy, ¡yo soy una agente de los mil demonios!"

Levantó las cejas. "No has hecho ni una sola captura completa en los últimos seis meses."

"Eso no es mi culpa. ¡Fue Denon! Inclusive lo admitió; además, si mis destrezas no te impresionan, ¿para que me rogaste que trabajáramos juntas?"

"No lo hice," dijo Ivy. Entrecerró los ojos y le comenzaron a salir manchas negras de ira en las mejillas.

No quería discutir con ella. Me di la vuelta para meter la pizza en el horno. La oleada de aire caliente me calentó la cara y se me metió el pelo en los ojos. "Sí, lo hiciste," masculle, sabiendo que me oiría, y luego dije más fuerte, "Se exactamente lo que haré."

"¿Sí?," repuso justo detrás de mí. Reprimí un grito y giré velozmente. Jenks estaba sentado en la ventana al lado de Don Pez, lívido. "Pues, veamos...cuéntame," dijo con su voz fluida y sarcástica, "¿Cuál es tu *plan perfecto?*"

No queriendo que notara mi temor, pasé rozando junto a ella, dándole deliberadamente la espalda mientras limpiaba la harina de la mesa con un gran cuchillo. Se me pararon los pelos de la nuca y giré para verla exactamente donde la había dejado, pero ahora tenía los brazos cruzados y una sombra negra volaba detrás de sus ojos. Mi pulso se aceleró. Yo sabía que no debería discutir con ella.

Jenks voló como una flecha poniéndose en medio de nosotras. "¿Cómo vamos a entrar Raquel?," preguntó, poniéndose a mi lado junto a la mesa.

Me sentía más segura cuando Jenks estaba vigilando a Ivy y le di la espalda a propósito. "Voy a entrar como visón." Ivy hizo un ruido de incredulidad y luego se puso seria. Terminé de limpiar la harina regada poniéndola en mi mano y la tiré a la basura. "Aunque me vean, no sabrán que soy yo. Será un sencillo toma y corre." Las palabras de Trent acerca de mis actividades regresaron a mi mente y me quedé pensando.

"Robar la oficina de un concejal no es un sencillo toma y corre," dijo Ivy tensa. "Es un gran robo."

"Con Jenks estaré dentro y fuera de su oficina en dos minutos; y fuera del edificio en diez."

"Y enterrada en el sótano de la S.E. en una hora," agregó Ivy. "Están locos. Los dos están totalmente locos. ¡Esa oficina es una fortaleza en medio del maldito bosque! Además, eso no es un plan. Eso es una idea. Los planes se escriben en papel."

Habló con desdén. Estiré los hombros. "Si planificara estaría tres veces muerta," dije. "No necesito un plan. Simplemente aprendes todo lo que puedes, y luego lo haces. ¡Los planes no tienen en cuenta las sorpresas!"

"Si tuvieras un plan, no tendrías sorpresas."

Ivy se quedó mirándome y yo tragué saliva. Bastaba con una mínima traza de negro en sus ojos para que mi estómago se me revolviera.

"Conozco un camino más placentero, si lo que quieres es suicidarte," concluyó.

Jenks aterrizó en mi arete y de inmediato le quité la mirada a Ivy.

"Es la primera cosa inteligente que ha hecho en toda la semana," dijo. "Así es que quítate de en medio, Tamwood."

Ivy entrecerró los ojos y yo di un paso rápido hacia atrás notándola distraída. "Eres tan tonto como ella, duende," repuso, mostrando los dientes. Los dientes de los vampiros son como las pistolas: no se muestran a menos que se vayan a usar.

"¡Déjala hacer su trabajo!," gritó Jenks.

Ivy se puso tensa como un alambre. El viento frío producido por el aleteo de Jenks me golpeó en la nuca. "¡Ya basta!" grité, antes de que me abandonara. Lo necesitaba ahí donde estaba. "Ivy, si tienes una idea mejor, dímela. Si no, cállate."

Jenks y yo nos quedamos mirándola como unos estúpidos, pensando que juntos éramos más poderosos que solos. Sus ojos se volvieron negros y mi boca se secó. No parpadeaban. Estaban vivos. Su promesa se me hacía apenas una insinuación lejana. El cosquilleo en mi estómago subió hasta hacerme un nudo en la garganta. No podía saber si era temor o ansiedad. Me miró fijamente sin respirar. *No me mires el cuello,* pensé aterrada. *¡Oh Dios, no me mires el cuello!* "Púdrete y muérete," susurró Jenks.

Pero se estremeció, dio la vuelta y se inclinó en el fregadero. Yo sudaba y podría jurar que escuché a Jenks suspirar de alivio. Esto pudo haber terminado muy mal.

Ivy habló con voz de muerta. "Bien," dijo mirando el fregadero. "Háganse matar. Los dos." Comenzó a moverse y yo salté. Salió de la cocina encorvada y adolorida. Muy pronto sentimos el fuerte golpe de la puerta de la iglesia que se cerraba. Después, nada.

Alguien va resultar lastimado esta noche, pensé.

Jenks saltó de mi arete posándose en la ventana.

"¿Qué le pasa a esa?" preguntó beligerante en el repentino silencio. "Uno hasta pensaría que le importamos."

Dieciséis

Desperté de un sueño profundo alertada por el ruido distante de vidrios rotos. Olía a incienso y mis ojos se abrieron instintivamente.

Ivy estaba inclinada sobre mí, su cara apenas a unos centímetros de la mía. "¡No!" grité, lanzando un puño en la oscuridad. El golpe la alcanzó en el estómago. Ivy se agarró el abdomen y cayó al suelo luchando por respirar. Yo asumí mi posición de combate encima de la cama. Mis ojos saltaron de la ventana gris a la puerta. Mi corazón parecía estallar y me invadió el frío de una ráfaga de adrenalina al ver que ella estaba en el camino hacia la única salida que había.

"Espera," jadeó, la manga de su bata cayendo y dejando al descubierto un hombro tratando de agarrarme con la mano.

"Maldito vampiro traicionero chupa sangre," dije entre dientes.

De repente, me sorprendí al ver a Jenks...no, era Jax que entró por la ventana y voló sobre mí. "Srta. Raquel," dijo, distraído y preocupado. "¡Nos atacan! ¡Son hadas!" casi escupiendo la última palabra.

Hadas, pensé llena de temor mirando mi bolso. No podía luchar contra las hadas con mis hechizos. Eran demasiado veloces. Lo mejor que podía hacer era tratar de destripar una. Oh Dios, jamás había matado en mi vida, ni siquiera accidentalmente. Maldita sea, yo era agente. La idea era atrapar con vida...pero ¿hadas?

Mis ojos saltaron hacia Ivy y me sonrojé cuando entendí por qué estaba en mi habitación. Bajé de mi cama con la poca elegancia que me quedaba y le tendí la mano para ayudarla a pararse. "Perdóname," susurré.

Inclinó la cabeza y me miró entre la cortina que formaba su pelo. El dolor apenas ocultaba su rabia. De pronto una mano blanca me lanzó al suelo. Caí al suelo, aterrada de nuevo, mientras que ella me tapó la boca. "¡Cállate!," me dijo casi sin aliento. "¿Quieres que nos maten? Ya están adentro."

Con los ojos bien abiertos susurré entre sus dientes. "No van a entrar. Es una iglesia."

"Las hadas no respetan el suelo sagrado. Les importa un bledo."

Estaban adentro. Viendo mi preocupación, Ivy me quitó la mano de la boca. Dirigí la mirada hacia la rejilla de la calefacción. Con la mano estirada traté de cerrarla haciendo una mueca por el chirrido.

Jax se posó encima de mi rodilla con pijama. "Invadieron nuestro jardín," dijo. Su actitud asustada no concordaba con su cara infantil. "Lo pagarán, pero estoy aquí sentado cuidándolas a ustedes dos...grandulonas." Voló hasta la ventana.

De pronto sonó un golpe en la cocina pero Ivy me impidió alzarme. "Jenks se hará cargo de ellas."

"Pero..." me tragué mis reclamos cuando Ivy se dio vuelta para mirarme con sus ojos negros en la pálida luz de la mañana. ¿Qué podía hacer Jenks contra hadas asesinas? Estaba entrenado como asistente, pero no para luchar en una guerra de guerrillas. "Escucha, lo lamento," susurré, "me refiero al golpe."

Ivy no se movió. La transparencia de la emoción brilló en sus ojos y sentí que se me iba el aire. "Si quisiera poseerte, brujita, no podrías detenerme."

Temblando, tragué fuerte. Parecía una promesa.

"Algo ha cambiado," dijo fijando su atención en la puerta cerrada. "No esperaba que esto sucediera antes de tres días."

Las náuseas me invadieron. La S.E. había cambiado de táctica. Todo esto es por mi culpa. "Francis," dije. "Es mi culpa. La S.E. ya sabe que puedo escabullirme de su vigilancia." Apreté las yemas de los dedos contra las sienes. Keasley, el viejo de enfrente, me lo advirtió.

Ahora sonó un tercer golpe, más duro aun. Ivy y yo miramos hacia la puerta y yo podía oír los latidos de mi corazón; y me pregunté si ella también los oía. Luego de un momento que pareció una eternidad, alguien golpeó en la puerta suavemente. La tensión se apoderó de mí y sentí cómo Ivy tomaba una lenta bocanada de aire alistándose.

"¿Papá?" preguntó Jax. Un gemido provino del otro lado de la puerta y Jax voló junto a ella. "¡Papá!" gritó. Salté poniéndome en pie encendiendo la luz, entreabriendo los ojos por el destello de luz para ver la hora en el reloj que me regaló Ivy. Las cinco y media. Apenas había dormido una hora.

Ivy se levantó con una velocidad asombrosa. Abrió la puerta y saltó afuera. Su bata se agitó en el aire y yo me estremecí viéndola partir. No quise lastimarla. Bueno...eso no era cierto. Si quise. Pero yo pensé que me había tomado por desayuno.

Jenks entró y por poco se estrella contra la ventana tratando de aterrizar.

"¿Jenks?," pregunté, decidiendo que las disculpas para Ivy podían esperar. "¿Estás bien?"

"Esteeeee," dijo arrastrando la voz como si estuviera ebrio. "No tendremos que preocuparnos de hadas durante algún tiempo." Asombrada, abrí bien los ojos al observar la espada de hierro que llevaba en una mano. Tenía un mango de madera y era tan larga como un palito para ensartar aceitunas. Tambaleándose, se sentó duro doblando accidentalmente su par de alas inferiores.

Jax ayudó a su padre a levantarse. "¿Papá?," dijo preocupado. Jenks estaba hecho un desastre. Una de sus alas superiores estaba hecha jirones. Sangraba por varias cortadas, una de ellas justo debajo del ojo derecho. El otro lo tenía cerrado por la hinchazón y se recostó pesadamente sobre Jax que trataba de mantenerlo derecho.

"Ven," le dije poniendo mi mano debajo y detrás de Jenks, haciéndolo sentarse en mi palma. "Vamos a llevarte a la cocina. Hay más luz que aquí. Tal vez podamos pegarte el ala."

"Allá no hay luz," dijo con la voz entrecortada. "Las rompí." Parpadeó tratando de recomponer su visión. "Lo siento."

Preocupada, formé una cavidad sobre Jenks con mis manos ignorando sus protestas. "Jax, llama a tu madre." Jax agarró la espada de su padre y salió raudo volando a ras del techo. "¿Ivy?" la llamé, mientras caminaba a oscuras contra la pared del pasillo. "¿Qué tanto sabes sobre duendes?"

"Aparentemente no lo suficiente," respondió justo detrás mío haciéndome saltar. Golpeé el interruptor de la luz de la cocina con el codo. Nada. Las luces estaban dañadas.

"Aguarda," dijo. "Hay vidrios por todo el piso."

"¿Cómo puedes saberlo?" le pregunté incrédula, pero dudé seguir adelante con los pies descalzos en la oscuridad. Ivy pasó a mi lado rozándome y la brisa de su movimiento me produjo escalofríos. Estaba como un vampiro. Oí el ruido del vidrio triturado y se encendió la luz fluorescente del horno, iluminando la cocina con un incómodo resplandor.

Los pedazos de vidrio fluorecentes brillaban en el suelo, y un olor cáustico llenaba el aire. Alcé las cejas al darme cuenta que se trataba de polvillo de hadas, me irritó la garganta. Inmediatamente dejé a Jenks sobre el mostrador para no dejarlo caer accidentalmente por mis estornudos.

Contuve la respiración y me acerqué hasta la ventana para abrirla mejor. Don Pez yacía tendido inerte en el piso, su pecera destruida. Lo levanté cuidadosamente de los vidrios rotos y lo metí en una taza de plástico llena de agua. Don Pez se estremeció y cayó pesadamente al fondo. Lentamente, sus agallas se movieron otra vez. Estaba bien.

"¿Jenks?" lo llamé, girando para encontrarlo parado donde lo había dejado. "¿Qué sucedió?"

"Las vencimos," dijo, su voz a duras penas audible y re-clinándose de lado.

Ivy tomó la escoba y comenzó a barrer los vidrios hacién-dolos un montón.

"Ellas pensaron que yo no sabía que estaban allí," prosi-guió Jenks mientras que yo buscaba algo de cinta adhesiva, asombrada de encontrarme un ala de hada rota que más parecía de polilla que de libélula. Sus escamas se caían al frotarlas con mis dedos manchándolos de verde y morado. Dejé el ala a un lado. Hay varios hechizos complicados que requieren polvo de hada.

Diablos, pensé, dándome media vuelta. Esto me hacía en-fermar. Alguien murió y yo estaba pensando usar parte de su cuerpo para fabricar un hechizo.

"La pequeña Jacey las detectó primero," dijo Jenks con una extraña cadencia en la voz. "Estaban al fondo del ce-menterio humano. Sus rosadas alas contrastaban contra el fondo de la luna descendente, a medida que la tierra entraba en su luminosidad de plata. Alcanzaron nuestras murallas. Nuestro frente presto. Lo que está escrito se cumplirá."

Desconcertada, miré a Ivy, ahí parada en silencio, inmó-vil con la escoba. Lo miraba fijamente. Esto era muy ex-traño: Jenks no maldecía. Hablaba poéticamente, y aun faltaba más:

"La primera cayó junto al roble, muerta por el sabor al acero en su sangre. La segunda sobre el sagrado suelo des-cansó, acompañada de gemidos por su absurda temeridad. La tercera fracasó en el polvoriento y duro campo de batalla. Mirando a su a su jefe en una silenciosa advertencia." Jenks alzó la mirada pero no me veía. "Este suelo es nuestro. Así lo atestiguan nuestras maltrechas alas, nuestra sangre enve-nenada, nuestros muertos sin enterrar."

Ivy y yo nos miramos a través de la luz inquietante. "¿Qué demonios?" suspiró Ivy. Los ojos de Jenks se torna-ron blancos. Giró la cabeza hacia nosotros, se llevó la mano a la frente en señal de saludo y se desplomó lentamente.

"¡Jenks!" gritamos Ivy y yo al mismo tiempo, saltando.

Ivy llegó primero. Alzó a Jenks con las manos y me miró aterrada. "¡¿Qué hago!?" gritó.

"¿Cómo voy a saberlo?" respondí. "¿Está respirando?"

Hubo un sonido de campanillas y la esposa de Jenks entró rauda a la habitación seguida de una fila de unos doce niños duendecillos. "El salón está limpio," dijo bruscamente, su manto de seda gris inflándose a su alrededor cuando se detuvo. "No hay hechizos. Llévenlo allí. Jhem, enciende la luz allá para que la Srta. Ivy pueda ver. Luego ayuda a Jinni a traerme mi equipo. Jax, lleva a los demás a revisar cuidadosamente toda la iglesia. Comiencen por el campanario. No dejen ranura sin revisar. Las paredes, las tuberías, los cables de la luz y el teléfono. Cuidado con los búhos. Además, te recomiendo revisar bien ese escondrijo del sacerdote. Si detectan el más mínimo olor de hechizos o de hadas, avísenme, ¿entendido? Ahora ¡a trabajar!"

Los niños duendes se desparramaron. Ivy, obediente, siguió las instrucciones de la diminuta mujer rápidamente y corrió al salón. Si no fuera porque Jenks yacía inmóvil en sus manos, no creería lo que estaba presenciando. Cojeando, los seguí.

"No querida," dijo la mujercita cuando Ivy quiso poner a Jenks sobre un mullido cojín. "En la mesa del fondo, por favor. Necesito una superficie dura para cortar."

¿Cortar? pensé mientras quitaba las revistas de Ivy de la mesa poniéndolas en el piso para abrirle espacio. Me senté en la silla más próxima y le di vuelta a la caperuza de la lámpara. La adrenalina comenzaba a abandonarme y sentí frío apenas cubierta con mi pijama de franela. ¿Qué pasaría si Jenks realmente estaba herido? Estaba horrorizada de que realmente hubiera matado a dos hadas. Las mató. Yo había mandado gente al hospital, sí... pero, ¿matar? Pensé en mis temores arrimándome en la oscuridad junto a un vampiro tenso y reflexioné si acaso yo sería capaz de hacer lo mismo.

Ivy depositó a Jenks como si se tratara de un papel fino y se retiró hasta la puerta. Estaba agachada y nerviosa, algo totalmente fuera de lugar en ella. "Voy a revisar afuera," dijo.

La Sra. Jenks sonrió cálidamente. "No querida," dijo. "Ahora estamos seguros. Pasará todo un día antes de que la S.E. logre hallar otro clan de hadas dispuestas a atravesar nuestras líneas. Además, cuesta muchísimo dinero convencer a unas hadas para que invadan el jardín de unos duendes, lo cual demuestra que no son otra cosa que primitivas salvajes. Pero, si quieres, puedes ir a cerciorarte. Hasta el niño más pequeñito podría bailar esta mañana entre las flores sin temor."

Ivy movió los labios como para protestar, pero cayó en la cuenta de que la Sra. Jenks hablaba en serio. Bajó la cabeza y se escabulló por la puerta trasera.

"¿Dijo Jenks algo antes de perder el sentido?" me preguntó la Sra. Jenks mientras le desplegaba las alas en una posición bastante extraña. Parecía un insecto clavado con alfileres en una exhibición y sentí náuseas.

"No," respondí, curiosa por su actitud tan calmada. Yo estaba frenética. "En realidad, habló como si estuviera recitando un soneto o algo así." Me subí el pijama hasta el cuello acurrucándome. "¿Va a estar bien?"

Se arrodilló junto a él y se vio más tranquila al pasarle un dedo debajo del ojo hinchado. "Está bien. Si maldecía o recitaba es porque está bien. Si me hubieras dicho que estaba cantando, me preocuparía." El movimiento de sus manos encima de su cuerpo se volvió más lento y su mirada distante. "La única vez que regresó a casa cantando casi lo perdemos." Sus ojos regresaron a la normalidad. Sonrió tristemente y abrió la bolsa que le trajeron los niños.

De pronto me invadió un sentimiento de culpa. "No sabe cuánto lo siento, Sra. Jenks," le dije. "De no ser por mí, esto jamás habría ocurrido. Si Jenks quiere terminar el contrato, está bien."

"¿¡Terminar su contrato!?" dijo la Sra. Jenks fijándome la mirada intensamente. "Por todos los cielos, hija mía, ¡no por algo tan insignificante como esto!"

"Pero Jenks no tenía por qué pelear," continué. "Pudieron matarlo."

"Apenas eran tres," respondió, extendiendo una sábana blanca junto a Jenks con un equipo que parecía de cirugía, con curas, bálsamos, inclusive algo que tenía el aspecto de membranas artificiales para alas. "Ellas sabían en qué se estaban metiendo. Vieron las advertencias. Las muertes fueron legítimas." Ella sonrió y entendí por qué Jenks usó su deseo para conservar a su esposa. Parecía un ángel, inclusive con ese cuchillo en la mano.

"Pero, no venían por ustedes venían por mí."

Agitó la cabeza haciendo mover su pelo ralo. "Eso no importa," dijo con voz lírica. "De todas formas se habrían metido al jardín. Yo creo que lo hicieron por *dinero*." Casi escupe la última palabra. "A la S.E. debió costarle mucho dinero convencerlas de medirse con Jenks," suspiró, mientras cortaba pequeños retazos de membrana según los agujeros que Jenks tenía en las alas, con la seguridad de quien remienda un par de medias.

"No se preocupe" dijo. "Ellas creyeron que como nosotros apenas tomamos posesión del lugar, iban a tomarnos con la guarda baja." Entonces me miró con suficiencia: "Pero se equivocaron, ¿no le parece?"

No supe que decirle. La animadversión entre duendes y hadas iba más allá de lo que podía imaginar. Concientes del hecho de que nadie podía ser el dueño de la Tierra, duendes y hadas rechazaban el concepto de títulos de propiedad y más bien esgrimían el dicho "el poder da derechos." Y, puesto que no estaban compitiendo con nadie más sino entre ellos, las cortes se hacían las ciegas en sus asuntos y los dejaban libres para ventilar sus diferencias, incluyendo matarse. Pensé qué habría sucedido con la persona que tenía el jardín antes de que Ivy arrendara la iglesia.

"Jenks te quiere mucho," dijo la mujercita, enrollando y guardando la membrana de alas. "La llama su amiga. Yo le daré a usted el mismo título para honrarlo a él."

"Gracias," tartamudeé.

"Pero no confío en usted," continuó. Yo parpadeé. Era tan directa como su marido, e igualmente "diplomática." "¿Es verdad que usted lo nombró su socio? ¿Es verdad o tan sólo una broma cruel?"

Asentí, más seria de lo que lo había estado en toda la semana. "Sí, señora. Él lo merece."

La Sra. Jenks tomó un par de tijeras en sus manos. Parecían más una reliquia que una herramienta funcional, con manijas de madera labradas con la figura de un ave. La punta era de metal. Abrí los ojos viendo cómo tomaba el frío metal y se arrodillaba delante de Jenks. "Por favor amor, sigue durmiendo," oí que susurraba. Observé asombrada cómo cortaba cuidadosamente los bordes pelados de las alas de Jenks. El olor de sangre cauterizada llenó el ambiente del cuarto cerrado.

Ivy apareció en el umbral de la puerta como por encanto. "Estás sangrando," dijo.

Moví la cabeza. "Es el ala de Jenks."

"No. Tú estás sangrando. Tu pie."

Me enderecé, angustiada. Cortando la mirada de Ivy, levanté el pie para mirar la planta. Una mancha roja me cubría el talón. Había estado demasiado concentrada en Jenks para notarlo.

"Te limpiaré," dijo Ivy. Dejé caer el pie y me encogí hacia atrás. "El *piso*," dijo Ivy molesta. "Dejaste huellas de sangre por todo el *piso*." Dirigí la mirada hacia donde señalaba en el pasillo. Mis huellas eran evidentes frente a la luz de la mañana que despuntaba. "No pensaba tocarte el pie," dijo Ivy entre dientes mientras salía otra vez.

Me sonrojé. Había despertado con Ivy respirando encima de mi cuello…

Sentí el golpe de las puertas del aparador y un chorro de agua en la cocina. Estaba molesta conmigo. Tal vez debería disculparme, pero ¿de qué? Ya le pedí disculpas por haberla golpeado.

"¿Está segura de que Jenks va a estar bien?" pregunté, tratando de eludir el tema de Ivy.

La mujer duende suspiró. "Si logro ponerle los parches antes de que despierte, sí." Se sentó sobre sus talones, cerró los ojos y rezó. Se frotó las manos en la falda y tomó una cuchilla sin brillo con mango de madera. Colocó un parche en su lugar y pasó la cara plana de la cuchilla por los bordes fundiendo la membrana contra las alas. Jenks se estremeció, pero no despertó. Cuando terminó, sus manos temblaban y polvo de duende salía de su cuerpo haciéndola brillar. Ciertamente, un ángel.

"¿Niños?" llamó. Aparecieron de todos lados. "Traigan a su papá. Josie ¿puedes asegurarte de que la puerta esté abierta?"

Observé cómo los niños descendían sobre él, levantándolo y sacándolo por el extractor de humo. La Sra. Jenks se levantó pesadamente mientras su hija mayor empacaba todo de nuevo en la bolsa. "Mi Jenks," dijo, "trata de alcanzar a veces más de lo que debería soñar un duende. No haga que mi marido muera en sus locuras, Srta. Morgan."

"Trataré," repuse, y los ví desaparecer por la chimenea. Me sentí culpable, como si estuviera manipulando a Jenks intencionalmente para protegerme. De pronto escuché los vidrios en el bote de la basura y me levanté a mirar por la ventana. Había salido el sol y hacía brillar las hierbas del jardín. Ya había pasado mi hora de dormir pero no creo que pudiera dormirme de nuevo.

Cansada y descontrolada, caminé hasta la cocina arrastrando los pies. Ivy estaba arrodillada con su bata negra lavando mis huellas. "Lo siento," le dije parada en medio de la cocina con los brazos cruzados.

Ivy alzó la mirada representando muy bien el papel de mártir. "¿De qué?," repuso queriendo arrastrarme hacia el trillado proceso de disculpas.

"Por…eh…golpearte. Estaba dormida," mentí. "No sabía que eras tú."

"Ya te disculpaste por eso," dijo, frotando de nuevo el piso.

"¿Por limpiar mis huellas?," probé de nuevo.

"Ofrecí hacerlo."

Moví la cabeza. Sí, se había ofrecido. No quería ahondar en los posibles motivos para aquello. Simplemente interpretaría su ofrecimiento como amabilidad. Pero había algo más que la molestaba. No tenía idea de qué podría ser. "Eh... está bien... dame una mano Ivy," dije finalmente.

Se levantó dirigiéndose hacia el fregadero, enjuagando metódicamente el trapo que dejó colgando sobre el grifo para secarlo. Se dio la vuelta recostándose contra el mesón. "¿Qué tal un poco de confianza? Te dije que no te mordería, y no lo haré."

Quedé con la boca abierta. ¿Confianza? ¿Ivy estaba molesta por la desconfianza? "¿Quieres que confíe en ti?" exclamé, cayendo además en la cuenta de que necesitaba estar molesta para hablar sobre este tema con Ivy. "Entonces, qué tal si te controlas un poco más. ¡Basta con contradecirte y te pones vampiro conmigo!"

"No es cierto," repuso abriendo los ojos.

"Vaya si es cierto," repuse gesticulando. "Como la primera semana que trabajamos juntas y discutíamos cuál es la mejor manera de atrapar a un ladrón en un centro comercial. Sólo porque no estoy de acuerdo contigo no significa que esté equivocada. Al menos escúchame antes de que decidas que lo estoy."

Respiró profundo y dejó escapar el aire lentamente. "Es verdad. Tienes razón."

Sus palabras me hicieron trastabillar. ¿Dijo que yo tenía razón? "Y algo más," agregué más calmada. "Ya deja de desaparecer en medio de las discusiones. Saliste de aquí esta noche como si fueras a cortarle la cabeza a alguien; y después me despierto contigo inclinándote sobre mí? Siento haberte golpeado, pero tienes que admitir que te lo merecías."

Una leve sonrisa se asomó en sus labios y desapareció. "Sí. Supongo que sí." Arregló el trapo en el grifo. Giró cruzando los brazos. "Está bien. No me iré en medio de una discusión, pero tú no te alteres tanto. Me sacudes de tal forma que no sé dónde estoy parada."

Vaya. ¿Quiso decir alterada como en asustada, molesta o ambas? "¿Cómo dices?"

"Y... ¿tal vez deberías comprar otro perfume?," agregó un poco apenada.

"Pero si... si... recién compré perfume," dije sorprendida. "Jenks dijo que tapaba todo."

Repentinamente la mirada de Ivy se tornó de angustia. "Raquel, aun puedo olerme intensamente en ti. Eres como una gigantesca galleta de chocolate en un plato esperando a que alguien se la coma. Y cuando te agitas, es como si acabaras de salir del horno: toda calientita y blanda. Hace tres años que no pruebo una galleta. ¿Podrías calmarte para que no huelas tan provocativamente?"

"Oh, Dios." Helada, me hundí en el asiento. No me gustaba que me compararan con comida; y nunca más podría comer otra galleta de chocolate. "Volví a lavar mi ropa," le dije en un tono de voz muy leve. "Ya no uso ni tus sábanas ni tu jabón."

Ivy miraba al piso cuando di la vuelta. "Lo sé," respondió. "Te lo agradezco. Ayuda. No es tu culpa. El olor de un vampiro se prende a quienes viven con el. Es un rasgo de supervivencia que extiende la vida del compañero del vampiro advirtiéndoles a otros vampiros que se retiren. No pensé que lo notaría puesto que estamos compartiendo el espacio donde vivimos y no la sangre."

Sentí escalofrío al recordar mi clase de fundamentos de latín, cuando me enseñaron que la palabra compañero viene de comida. "Yo no te pertenezco," le dije.

"Lo sé." Respiró lentamente sin mirarme. "La lavanda ayuda. Tal vez si cuelgas más en tu armario bastaría. Y trata de no ponerte tan emotiva, sobre todo cuando estamos discutiendo acciones alternativas."

"Está bien," le dije suavemente, entendiendo lo compleja que iba a ser esta convivencia.

"¿Todavía piensas entrar donde Kalamack mañana?" preguntó Ivy.

Asentí, aliviada por el cambio de tema. "No quiero ir sin Jenks, pero no creo que pueda esperar a que esté en condiciones de volar."

Ivy guardó silencio un tiempo largo. "Te conduciré hasta allá, por lo menos hasta donde creas que sea seguro."

Quedé atónita. "¿Por qué?...disculpa, quise decir...¿en serio?"

"Porque tienes razón. Si no logras hacer esto rápido, no durarás una semana más."

Diecisiete

"**N**o vas a ir, amor," dijo la Sra. Jenks con firmeza.

Desocupé el último resto de café en el fregadero y miré hacia el jardín que brillaba con el sol de la tarde. Me sentía incómoda. Preferiría estar en cualquier otro sitio.

"¡Por mil demonios . . . voy a ir!," dijo Jenks entre dientes.

Me di vuelta, cansada de la mañana sin sueño y sin ganas de ver cómo dominaban al pobre Jenks. Estaba parado en una mesa de acero inoxidable, furioso, con las manos en la cintura. Detrás estaba Ivy, agachada sobre su mesa de madera, planeando tres rutas hacia los terrenos de Kalamack. La Sra. Jenks estaba a su lado. Su posición inalterable hablaba por sí sola. Ella no quería que él fuera. Y, viendo su aspecto, yo no estaba dispuesta a contradecirla.

"Dije que no irás," repitió, esta vez con voz de hierro.

"¡Cuida tus palabras, mujer!" replicó; pero su aparente aspecto de tipo difícil tenía ciertos visos de súplica.

"Yo las cuidaré," continuó con tono severo. "Aún estás herido. Lo que yo digo se cumple. Es nuestra ley."

Jenks hizo un gesto lastimero. "Estoy bien. Puedo volar. Puedo pelear. Voy a ir."

"No lo estás. No puedes. No lo harás. Y mientras yo lo quiera, te quedarás de jardinero, no de agente."

"¡Puedo volar!" exclamó, y sus alas comenzaron a agitarse. Se alzó apenas un dedo del mostrador y descendió de nuevo. "Lo que pasa es que no quieres que yo vaya."

Se puso seria. "No voy a permitir que se diga que te mataron por mi culpa. Mi responsabilidad es mantenerte con vida, ¡y yo digo que *estás herido!*"

Alimenté a Don Pez con un trocito de hojuela de maíz. Esto era vergonzoso. Si por mi fuera lo dejaría ir, volara o no volara. Jenks se estaba recuperando más rápido de lo que se puede imaginar. Aun así, apenas habían transcurrido unas diez horas desde que recitaba sus poemas. Miré a la señora Jenks en interrogación arqueando mis cejas. La hermosa mujer duende agitó la cabeza. Nada que hacer.

"Lo siento Jenks," dije. "Estarás en el jardín hasta que tengas luz verde."

Dio tres pasos hasta el borde de la mesa con los puños cerrados.

Fui hacia Ivy que estaba en la otra mesa. "¿Entonces?" dije torpemente. "¿Cuál es tu idea para hacerme entrar?"

Ivy sacó el extremo del estilógrafo que sostenía entre los dientes. "Esta mañana hice algunas búsquedas en la red…"

"Quieres decir ¿luego de que me fui a dormir?" interrumpí.

"Sí." Volteándose para el otro lado, rebuscó entre sus mapas y sacó un folleto de colores. "Mira. Imprimí esto."

Lo tomé en las manos y me senté. No solamente lo había impreso sino que lo había doblado igual que un folleto. El panfleto anunciaba visitas guiadas de los jardines botánicos Kalamack: "'Venga a caminar en los espectaculares jardines privados del concejal Trenton Kalamack,'" leí en voz alta. "'Llame con anticipación para averiguar el horario y cuanto cuesta la entrada. Cerrado en luna llena por mantenimiento.'" Había más información, pero ya tenía mi sistema de entrada.

"Tengo otro para los establos," dijo Ivy. "Tienen visitas guiadas todo el año, menos en la primavera cuando nacen los potros."

"Qué considerados." Pasé el dedo sobre el dibujo de la

propiedad. No tenía idea de que a Trent le interesaran los jardines. A lo mejor *es* un brujo. Se escuchó un gemido duro y obvio y Jenks voló una distancia corta hasta la mesa. Apenas podía volar.

"Esto es maravilloso," dije, ignorando al beligerante duende que caminaba sobre el papel para detenerse directamente en mi campo de visión. "Pensé que tal vez podrías dejarme en algún lugar del bosque y desde allí buscar la manera de entrar, pero esto es maravilloso. Gracias."

Ivy me mostró una gran sonrisa. "Un poco de investigación ahorra tiempo."

Yo contuve un suspiro. Si Ivy se salía con la suya, tendríamos un plan en seis etapas colgando encima del retrete explicando qué hacer en caso de que el plan original no funcione.

"Creo que podría caber en una cartera grande."

"En una cartera para un trasero grande," complementó Jenks.

"Alguien me debe un favor," dijo Ivy. "Si ella compra el boleto, mi nombre no estará en la lista y podría usar un disfraz." Ivy sonrió ligeramente apenas dejando ver sus dientes. Yo le devolví una leve sonrisa. Se veía humana en la luz brillante del atardecer.

"Escuchen," dijo Jenks mirando a su esposa. "Yo también quepo en una cartera."

Ivy golpeó sus dientes con el estilógrafo. "Yo tomo la visita guiada y perderé desprevenidamente la cartera en algún lugar."

Jenks estaba parado encima del folleto agitando las alas torpemente. "Yo también voy."

Tiré del folleto debajo de Jenks y tropezó hacia atrás. "Nos vemos mañana más allá de la reja principal, en el bosque. Puedes recogerme justo donde nadie nos puede ver."

"Yo también voy," dijo Jenks más fuerte, pero lo ignoramos.

Ivy se reclinó en el asiento con aire de satisfacción. "*Eso sí es un plan.*"

Todo esto era extraño. Anoche, Ivy por poco me arranca la cabeza cuando sugerí casi la misma cosa. Todo lo que necesitaba era algo de motivación. Satisfecha de haber descubierto este detalle sobre Ivy, me levanté y abrí mi armario de hechizos. "Trent ya sabe de ti," le dije mientras miraba todos mis conjuros. "Sólo Dios sabe cómo. Definitivamente necesitas un disfraz. Veamos... puedo hacer que te veas vieja."

"¿Es que nadie me escucha?" gritó Jenks con sus alas rojas de ira. "Voy a ir. Raquel, dile a mi esposa que estoy bien."

"Espera, espera," dijo Ivy. No quiero hechizos. Tengo mi propio disfraz."

Sorprendida, me di vuelta. "¿No quieres uno de los míos? No duele. Sólo es una ilusión. No es un hechizo de transformación."

No quiso mirarme a los ojos. "Ya tengo algo en mente."

"Dije que ¡voy a ir!," gritó Jenks.

Ivy se frotó los ojos con las manos.

"Jenks," comencé a hablar.

"Dile," pidió Jenks lanzándole una mirada a su esposa. "Si tú le dices que estoy bien, me dejará ir. Para entonces ya podré volar."

"Escucha," le dije. "Habrá otras oportunidades..."

"¿Para irrumpir en la hacienda Kalamack?" gritó. "No creo. Es ahora o nunca. Es mi única oportunidad de averiguar a qué huele Kalamack. Ningún duende ni hada ha podido descifrar qué es; y ni tú ni nadie van a impedir que aproveche esta oportunidad." Su voz sonaba desesperada. "Ninguna de ustedes dos puede."

Miré a la Sra. Jenks con ojos suplicantes. Él tenía razón. No habría otra oportunidad. Inclusive era arriesgado poner en juego mi vida, que de todas maneras ya estaba adentro de la batidora esperando a que alguien oprimiera el botón. La hermosa duende cerró los ojos y cruzó los brazos. Asintió con preocupación. "Está bien," dije mirando a Jenks. "Puedes venir."

"¿Qué?," aulló Ivy. Yo me encogí de hombros impotente.

"Ella dijo que está bien," repuse dirigiendo la mirada a la Sra. Jenks. "Pero solamente si promete salir tan pronto yo lo ordene. No voy a arriesgarlo más de lo que puede volar."

Las alas de Jenks se tornaron moradas de emoción. "Saldré cuando yo lo decida."

"Absolutamente NO." Estiré los brazos sobre la mesa poniendo un puño a cada lado de Jenks. "Vamos a entrar allá según mi criterio y saldremos de allá según mi criterio. Esta es una brujocracia...no una democracia...¿entendido?"

Jenks se puso tenso y abrió la boca para protestar; pero entonces sus ojos saltaron de mí a su esposa. Su diminuto pie daba golpecitos en el piso.

"Está bien" dijo humildemente. "Pero sólo por esta vez."

Aprobé y crucé los brazos. "¿Concuerda esto con tu *plan*, Ivy?"

"Me da igual." Su silla raspó contra el suelo cuando se levantó. "Voy a llamar a lo del boleto. Tenemos que salir con tiempo para llegar hasta la casa de mi amiga y de la estación del autobús antes de las cuatro. Las visitas guiadas salen de allí." Su ritmo comenzó a tornarse vampiro cuando salió de la cocina.

"Jenks querido," dijo suavemente la pequeña mujer. "Estaré en el jardín por si acaso me..." Sus últimas palabras se le atoraron en la garganta y salió volando por la ventana.

Jenks reaccionó un segundo tarde. "Matalina, espera," gritó, sus alas agitándose velozmente, pero estaba prendido a la mesa. No pudo seguirle el paso. "¡Maldito Giro! Es mi única oportunidad," gritó.

Oí la voz apagada de Ivy en el salón que discutía con alguien por teléfono. "No me importa si son las dos de la tarde. Me debes." Hubo un corto silencio. "Yo puedo ir allá y retirarlo de tu escondite, Carmen. No tengo nada que hacer esta noche." Jenks y yo saltamos al oír un golpe seco contra la pared. Creo que fue el teléfono. Parece que todos disfrutábamos de una tarde apacible.

"¡Todo arreglado!" gritó con evidente alegría forzada.

"Podemos retirar el boleto dentro de media hora. El tiempo justo para cambiarnos."

"Excelente," dije suspirando, dirigiéndome a sacar una poción de visón. No creía que la simple ropa ofreciera un buen disfraz para un vampiro. "Oye, Jenks," dije en voz baja mientras escarbaba entre los cubiertos buscando un punzón de sangre. "¿A qué huele Ivy?"

"¿Qué?" gruñó, claramente alterado por lo de su esposa.

Pasé la mirada por el pasillo desocupado. "Ivy," le dije aun más bajo asegurándome de que ella no pudiera oírme. "Antes del ataque de las hadas salió de aquí furiosa. Parecía que fuera a sacarle el corazón a alguien. Yo no me voy a meter en su cartera a menos que esté segura que…" dudé un instante y luego susurré, "no está activa de nuevo."

Jenks se puso serio. "No." Se estiró y voló hacia mí. "Mandé a Jax a vigilarla, solo para asegurarnos de que nadie haya pasado un hechizo de contrabando dirigido a ti." Jenks resopló con aire paternal. "Le fue bien en su primera misión. Nadie lo vio. Igual que su viejo."

Me acerqué un poco más. "Entonces…¿dónde estaba?"

"En un bar de vampiros, cerca del río. Se sentó en una esquina, gruñéndole a todos los que trataban de acercarse. Y tomó jugo de naranja toda la noche," Jenks agitó suavemente la cabeza. "Si quieres que te de mi opinión, eso sí que me pareció extraño."

Sentimos un leve sonido cerca de la puerta. Jenks y yo nos pusimos derechos, tratando de ocultar cierta culpabilidad. Alcé la mirada parpadeando asombrada. "¿Ivy?," tartamudeé.

Sonrió sonrojándose un poco. "¿Qué te parece?"

"¡Oh! ¡Muy bien!," dije. "Te ves fantástica. Jamás te habría reconocido." Era verdad.

Ivy estaba vestida con un apretado vestido amarillo. Los dos delgados tirantes que lo sostenían sobresalían contra su piel blanca. Su cabello negro era una ola de ébano. El único color que tenía en la cara era el pintalabios rojo que la hacía verse más exótica de lo normal. Tenía puestos unos lentes de sol y un sobrero amarillo de alas que hacía juego con sus tacones altos. En el hombro cargaba una cartera tan grande como para meter a un potro.

Giró en círculo lentamente, como modelo profesional en pasarela. Sus tacones producían un agudo clic-clac y yo no pude menos que admirarla. Mirándola así pensé para mis adentros: no más chocolates, Raquel. Se detuvo y se quitó los lentes. "Creo que estará bien."

Moví la cabeza incrédula. "Sí, sí… eh… ¿de verdad te vistes así a veces?"

"Antes sí. Además, tiene la ventaja de no activar los amuletos de detección de hechizos."

Jenks hizo una mueca parado en el umbral. "A pesar de lo mucho que estoy disfrutando de esta increíble emanación de estrógeno, creo que debo despedirme de mi esposa. Avísenme cuando estén listas. Estaré en el jardín, a lo mejor cerca de la hierba apestosa." Alzó el vuelo bamboleándose y salió por la ventana. De nuevo volví la mirada hacia Ivy. Era impresionante.

"Estoy asombrada de que aún me quede bien," dijo Ivy mirándose. "Era de mi madre. Lo heredé cuando murió." Me lanzó una mirada grave con el ceño fruncido. "Y si alguna vez se aparece en nuestra puerta, no le digas que me lo puse."

"Seguro," repuse débilmente.

Ivy lanzó su bolso sobre la mesa y se sentó con las piernas cruzadas. "Ella cree que mi tía abuela se lo robó. Si se entera de que yo lo tengo, me hará devolverlo. Como si ella pudiera usarlo. Un vestido amarillo después de ponerse el sol es de muy mal gusto."

Me regaló una gran sonrisa y yo contuve el temblor. Parecía humana. Una humana rica y apetecible. Caí en la cuenta de que ese vestido era un vestido de cacería.

Ivy se quedó quieta al ver mi cara de susto. Sus ojos se dilataron y eso me aceleró el pulso. El terrible negro pasó sobre sus ojos y empezó a juguetear con sus instintos. De pronto perdí conciencia de estar en la cocina Aunque ella estaba del otro lado del recinto, a mi me pareció que estaba a mi lado. Sentí calor y después frío. ¡Ella estaba arrastrándome el aura en plena tarde!

"Raquel," dijo respirando profundo. Su voz tentadora me produjo escalofrío. "Deja de temer."

Mi respiración se tornó rápida y corta. Atemorizada, me esforcé por darle la espalda. *¡Maldición, maldición, maldición!* Esta vez no era culpa mía. ¡Yo no hice nada! Parecía tan normal, pero ¿ahora esto? Vi cómo Ivy se quedaba quieta, luchando por controlarse. Si llegaba a moverse, yo me tiraba por la ventana.

Pero no se movió. Poco a poco, mi respiración volvió a la normalidad, mi pulso bajó y su tensión disminuyó. Me quité el cabello de la cara y fingí lavarme las manos. Ella se tiró en el asiento junto a la mesa. El temor era un afrodisíaco para su apetito y sin quererlo yo lo estaba alimentando.

"No debí ponerme esto," dijo en voz baja y tensa. "Te espero en el jardín mientras que tú invocas tu hechizo." Asentí y ella se dirigió a la puerta, tratando de caminar normalmente. No caí en la cuenta en qué momento se levantó, pero ahí estaba ella, caminando por el pasillo. "Ah, Raquel," dijo suavemente parada en el umbral. "Si algún día vuelvo a la actividad, tú serás la primera en saberlo."

Dieciocho

"Creo que jamás podré librar mi nariz del hedor de ese costal." Jenks tomó una profunda bocanada del fresco aire de la noche.

"Bolsa," dije, oyendo que la palabra salió de mi boca como leve chillido. No podía articular otra cosa. Reconocí de inmediato el olor de la bolsa de la madre de Ivy, y de solo pensar que había pasado casi todo el día allí metida se me ponían los pelos de punta.

"¿Alguna vez habías sentido un olor así?" dijo Jenks risueño.

"Ya cállate Jenks"—chillido, chillido. En realidad, no es que me importara demasiado lo que lleva un vampiro cuando sale de cacería. Además, traté de no acordarme de la Tabla 6.1.

"No-o-o-o," dijo arrastrando las letras. "Más bien era un olor metálico almizclado como...eh..."

Pero el aire de la noche era agradable. Ya casi eran las diez y el jardín de Trent emitía el olor de la exuberante vegetación húmeda. La luna era un pequeño disco de plata perdido entre los árboles. Jenks y yo estábamos escondidos entre los matorrales detrás de un banco de piedra. Hacía ya horas que Ivy no estaba.

Esa tarde había dejado la cartera debajo del banco fingiendo estar mareada. Luego de echarle la culpa de su debilidad a una baja de azúcar en la sangre, la mitad de los hombres en el tour se ofrecieron para traerle una galleta del pabellón. Yo estuve a punto de echar a perder todo nuestro plan muriéndome de risa con la permanente y exagerada parodia de Jenks de lo que estaba ocurriendo afuera de la bolsa. Ivy había desaparecido en medio de un torbellino de hombres preocupados por ella. Yo no sabía si preocuparme o admirarme con la facilidad con la cual los dominó.

"Esto me huele tan mal como el viejo tío vampiro cuidando una fiesta de quinceañeras" dijo Jenks mientras salía de las sombras para dirigirse hacia el sendero. "No he oído ni un sólo pájaro en toda la tarde. Tampoco hay hadas ni duendes." Miró hacia la negra bóveda celeste.

"Vamos," chillé, mirando el sendero desolado. Lo veía todo en tonos grises y aun no lograba acostumbrarme a ello.

"No creo que haya duendes ni hadas," siguió Jenks. "Un jardín de este tamaño es capaz de mantener por lo menos a cuatro clanes. ¿Quién cuida las plantas?"

"¿A lo mejor es por aquel lado?" dije, tal vez ante la necesidad de hablar, pues él ni siquiera podía entenderme.

"Sí, sí…" continuó Jenks hablando solo. Grandulones. Brutos torpes de dedos gruesos que arrancan una planta enferma en lugar de darle una dosis de potasa.

No confiaba en la seguridad que Jenks tenía acerca de los duendes y las hadas. Yo estaba esperando que nos atacaran en cualquier momento. Después de ver el resultado de un enfrentamiento entre ambos, francamente no tenía apuro para experimentarlo de nuevo, especialmente ahora que era del tamaño de una ardilla.

Jenks estiró el cuello y escudriñó entra las ramas ajustando su sombrero. Me había dicho que era de color rojo fuego y que era el único color que protegía a un duende que osara entrar en el jardín de otro clan. Era un símbolo de buena voluntad y retiro rápido. Su constante cantaleta con el sombrero en el bolso de Ivy casi termina por enloquecerme. Además, haber permanecido detrás de ese banco toda la tarde no había sido propiamente divertido. Jenks se había pasado casi todo el día durmiendo, estirándose al despertar cuando el sol estaba por esconderse en el horizonte.

De pronto sentí una ráfaga de emoción que me abandonó tan rápido como había llegado. Chillé para llamar la atención de Jenks y mi dirigí siguiendo el olor de una alfombra. El tiempo que permanecimos en el bolso de Ivy detrás de ese banco le sentaron bien a Jenks. Pero, aun así, venía rezagado. Preocupada que tal vez el leve ruido de sus alas heridas pudieran alertar a alguien, me detuve y le indiqué que se subiera sobre mi lomo.

"¿Qué pasa Raque?," dijo Jenks ajustándose el sombrero. "¿Tienes piquiña?"

Le mostré los dientes, agaché la grupa y le señalé mis hombros.

"Ni por el infierno," refunfuñó. Miró luego hacia los árboles. "No voy a dejar que me lleven en cochecito como un bebé."

No tengo tiempo para perder en tonterías, pensé. Esta vez me paré y señalé al cielo. Era la señal que habíamos acordado dándole la orden de regresar a casa. Jenks bajó la mirada y yo saqué los dientes. Sorprendido, dio un paso hacia atrás.

"Está bien, está bien," se quejó. "Pero si le dices a Ivy, te voy a duendear todas las noches durante una semana, ¿comprendes?" Sentí su cuerpo liviano sobre mis hombros y se aferró a mi pelaje. Era una sensación extraña que no me gustó. "No vayas demasiado rápido," rezongó, sintiéndose también incómodo.

Aparte de su agarre mortal en mi piel, no podía sentirlo. Caminé tan rápido como pude. No me gustaba la idea de que hubieran ojos enemigos vigilándonos con el acero de las hadas, así que decidí salirme del sendero. Cuanto antes entráramos, mejor. Mis oídos y mi nariz trabajaban sin cesar. Podía olerlo todo, pero no era tan agradable como creía.

Las hojas se movían con cada brisa haciéndome parar o

meterme en la espesura. Jenks cantaba una monótona canción entre dientes. Algo acerca de sangre y margaritas.

Tejí mi paso a través de una barrera de zarzas y piedras caídas reduciendo la velocidad. Había algo diferente. "Las plantas han cambiado," dijo Jenks. Yo moví la cabeza. Los árboles por donde pasamos a medida que descendíamos por la loma eran más viejos. Además, olía a muérdago. La tierra vieja bien conservada tenía plantas crecidas. El aroma era más importante que la belleza visual. El estrecho pasadizo que encontré era de tierra prensada, no de ladrillo. El sendero estaba lleno de helechos hasta el punto de que una sola persona podía pasar. Se sentía el rumor del agua corriendo. Con más cautela aún, proseguimos hasta detenernos ante un olor muy conocido: Té Earl Gray.

Bajo la sombra de un lirio, me quedé quieta e intenté percibir el olor a humano. Todo estaba en silencio, excepto los insectos nocturnos. "Allá," me dijo Jenks. "Hay una taza en el banco." Se deslizó de mi espalda y desapareció en las sombras.

Me moví hacia adelante moviendo los bigotes y afinando el oído. El bosquecillo estaba desierto. Con un movimiento ágil subí al banco. Quedaba un trago de té en el fondo de la taza. El borde estaba cubierto de rocío. Su presencia decía tanto como el cambio de la vegetación. Sin saberlo, habíamos abandonado el parque público y estábamos en el jardín de Trent.

Jenks se encaramó en el asa, las manos en la cintura y el ceño fruncido. "Nada," dijo quejándose. "No puedo oler al hombre en la taza de té. Necesito entrar."

Salté del banco tratando de aterrizar bien. El hedor a área habitada era más fuerte hacia la izquierda y seguimos el sendero de tierra en medio de helechos. Muy pronto, el olor de muebles, alfombras y equipos electrónicos se hizo penetrante. No nos llamó la atención cuando hallamos la terraza al aire libre. Miré hacia arriba y pude ver un techo. Una enredadera nocturna florecía encima y su fragancia luchaba por sobresalir más que el hedor humano.

"¡Espera Raquel!," exclamó Jenks tirándome de una oreja cuando estaba a punto de pisar las tablas cubiertas de musgo. Algo rozó mis bigotes y retrocedí tocándolos con mis patas. Era pegajoso y accidentalmente pegué mis orejas sobre los ojos. Sentí pánico y me senté en las ancas. ¡Estaba pegada!

"No te frotes," me dijo Jenks con urgencia. "Quédate quieta."

No podía ver y mi pulso empezó a acelerar. Traté de chillar pero tenía la boca pegada. El olor a éter me invadió la garganta. Desesperada, traté de desprenderla con las manos, pero solo logré oír un zumbido apagado. ¡A duras penas podía respirar! ¿Qué demonios era esta cosa?

"Ya cálmate Morgan," dijo Jenks. "Deja de lanzarme golpes. Te voy a quitar esto."

Controlé mis instintos y me senté. Mi respiración era lenta y trabajosa. Una de mis patas estaba pegada a mis bigotes y me dolía. Si no me sentaba iba a caer por tierra.

"Está bien." Sentí la brisa que producían las alas de Jenks. "Voy a tocar tu ojo."

Mis manos temblaban a medida que Jenks limpiaba esa cosa de uno de mis párpados. Sus dedos eran suaves y diestros; pero el dolor me hacía sentir como si me estuviera arrancando el párpado. De pronto pude ver de nuevo. Con un solo ojo, ví como Jenks frotaba una bolita entre sus manos. Le salía polvillo de duende que lo hacía brillar. "¿Mejor?" preguntó mirándome.

"¡Claro que sí!" chillé, aun cuando sonó más sordo que de costumbre pues todavía tenía la boca pegada.

Jenks botó la bolita. Era esa cosa pegajosa mezclada con polvillo. "Quédate quieta y te quitaré el resto más rápido de lo que Ivy puede arrastrar un aura." Tiró de mi piel formando bolitas con la cosa pegajosa. "Lo siento," dijo, cuando me tiró la oreja. "No te advertí a tiempo."

"¿Cómo?," chillé mientras jalaba mis pelos. "Así fue como me atraparon ayer," dijo molesto. "Trent tiene el techo de su vestíbulo cubierto de seda pegajosa, justo arriba de la altura normal de los humanos. Es un material muy caro. Me llama la atención que también lo use en cualquier otro lugar." Jenks voló hacia mi otro costado. "Es un disuasivo contra hadas y duendes. Te lo puedes quitar, pero te demoras. Casi podría asegurar que todo el parque está cubierto. Por eso no hay nada que vuela."

Moví la cola para mostrarle que entendí. Había oído sobre la seda pegajosa pero nunca se me ocurrió pensar que la experimentaría en persona. Se sentía como telarañas.

Finalmente terminó y otra vez sentí mi nariz. Pensé si tendría la misma forma. Jenks se quitó el sombrero y lo lanzó debajo de una piedra. "Debí traer mi espada," dijo. La confrontación territorial entre hadas y duendes era de tal magnitud que cuando Jenks dejó su sombrero me convencí totalmente de que el jardín estaba libre de ambos. Su actitud sumisa de toda la tarde desapareció. Desde su punto de vista, seguramente todo el jardín le pertenecía, pues no había nadie que dijera otra cosa. Se paró a mi lado con las manos en la cintura, mirando detenidamente la terraza de Trent.

"Mira esto," dijo, sacudiendo polvillo de su cuerpo. Sus alas parecían una nube mientras soplaban el polvillo hacia la terraza con su brisa. La suave bruma parecía suspendida en el aire. Como por arte de magia, el polvillo se prendió a la seda marcando un trozo de malla. Jenks hizo una mueca de satisfacción con los labios. "Afortunadamente traje las tijeras de Matalina," dijo, sacando el par de tijeras con mango de madera de su bolsillo. Luego se acercó tranquilamente a la malla y cortó un agujero del tamaño de un visón. "Después de ti." Hizo una gran venia y yo me trepé a la terraza.

Mi corazón latió emocionado antes de regresar a un ritmo deliberadamente lento. Se trata tan sólo de una misión más, me dije a mí misma. Pero la emoción era un lujo que no podía darme ahora. Tenía que hacer de cuenta que mi vida no estaba de por medio. Mi nariz se movió buscando Entremundos o humanos. Nada.

"Me parece que es una oficina secundaria," dijo Jenks. "Mira. Ahí hay un escritorio."

¿Oficina?, pensé. Mis cejas peludas se alzaron. Era una terraza ¿no es así? Jenks se sacudía entusiasmado como un murciélago rabioso. Yo andaba a un paso más pausado. Después de recorrer unos cuatro metros las tablas cubiertas de musgo se convirtieron en una alfombra moteada encerrada por tres paredes. En todas partes había macetas con plantas muy bien cuidadas. El pequeño escritorio que había en la pared del fondo parecía con poco uso. También había un sofá grande y varias sillas alrededor de un bar. El cuarto era un lugar muy cómodo para descansar o para realizar trabajo ligero. Era una oficina que se extendía al exterior por la terraza y se convertía en jardín.

"¡Mira lo que encontré!," dijo Jenks emocionado.

Giré desde donde estaba junto a las orquídeas para ver a Jenks flotando encima de un grupo de equipos electrónicos. "Están ocultos tras la pared," explicó. "Fíjate en esto." Voló con los pies adelante hacia un botón adherido a la pared. El reproductor de CD y los discos se ocultaron en la pared. Satisfecho, Jenks oprimió de nuevo el botón y el equipo salió de nuevo. "¿Qué hará ese otro botón?," dijo, y voló como un destello atraído por la curiosidad de hallar nuevos juguetes.

Pensé que Trent tenía más discos de música que una residencia universitaria: pop, clásica, jazz, nueva era, hasta metálica. No tenía de música disco. Ganó un par de puntos conmigo.

Pasé nostálgicamente una de mis patitas sobre *El mar*, de Takata. De repente, el disco desapareció y entró en el reproductor. Yo di un salto hacia atrás. Alarmada, salté para oprimir el botón con las patas y todo se metió de nuevo en la pared.

"Aquí no hay nada, Raque. Vamos." Jenks miró decididamente hacia la puerta y se posó sobre la manija. Pero solamente giró cuando yo salté para sumar mi peso. Caí al suelo torpemente haciendo ruido. Jenks y yo nos quedamos sin respiración por un momento.

Mi pulso se aceleró. Empujé la puerta con la nariz

abriendo apenas lo suficiente para que Jenks lograra escurrirse. En un instante estaba de regreso. "Es un pasillo," dijo. "Puedes salir. Ya arreglé las cámaras."

De nuevo desapareció por la puerta mientras que yo tuve que usar toda mi fuerza para cerrarla. El sonido de la perilla fue duro y me acobardé, rezando para que nadie lo hubiese oído. Podía escuchar agua corriendo y el susurro de animales nocturnos que salía de una bocina invisible. Inmediatamente reconocí el pasillo como aquél que había atravesado ayer. Seguramente los sonidos estuvieron siempre allí pero eran tan subliminales que tan sólo podía escucharlos el oído de un roedor. Moví la cabeza para indicar que sabía dónde estábamos. Jenks y yo habíamos encontrado la oficina secundaria donde Trent entretenía a sus huéspedes "especiales."

"¿Hacia dónde?" susurró Jenks volando a mi lado. O bien sus alas funcionaban a la perfección o no quería que lo vieran montado en un visón. Segura, seguí caminando por el pasillo. En cada cruce decidí tomar el camino menos tentador y más desolado. Jenks trabajaba en la vanguardia ajustando cada cámara durante un lapso de quince minutos en los que no podíamos ser vistos. Afortunadamente, Trent operaba según el horario humano (por lo menos en público) y por eso el edificio estaba desocupado. O al menos eso creíamos.

"Mierda," dijo Jenks al mismo tiempo que quedé inmóvil. Sentimos voces en el vestíbulo. Mi pulsó comenzó a golpearme. "¡Corre!" dijo Jenks con urgencia. "¡No! Hacia la derecha. Esa silla y la planta en la maceta."

Me tiré hacia la maceta. El aroma de cítrico y terracota emanaba de la planta. Yo me acurruqué detrás de la maceta de barro y unos pasos suaves cruzaron por el piso. Jenks voló a esconderse entre las ramas.

"¿Tanto?" Reconocí claramente la voz de Trent que llegaba a mis sensibles oídos mientras que le daba la vuelta a la esquina con otra persona. "Averigua qué está haciendo

Hodgkin para incrementar la productividad. Si es algo que tú piensas que podría aplicarse en otros sitios, quiero un informe."

Contuve la respiración mientras Trent y Jonathan pasaron frente a nosotros.

"Sí, Sa'han." Jonathan garabateó en una libreta electrónica. "Ya terminé la revisión de antecedentes de las candidatas para nueva secretaria. Sería relativamente sencillo abrir espacio en su agenda de mañana en la mañana. ¿A cuántas quisiera entrevistar?"

"Pues…digamos que sólo a tres que te parezcan las más adecuadas y una que no. ¿Alguna que ya conozca?"

"No. Esta vez tuve que buscar por fuera del estado."

"Jon…¿hoy era tu día libre?"

Hubo un silencio. "Decidí trabajar, puesto que no tiene usted seretaria."

"Ah," repuso Trent con una sonrisa de satisfacción mientras giraban por la esquina.

"He ahí la razón de tu afán por terminar las entrevistas."

La negativa de Jon fue apenas un mero rumor mientras se alejaban.

"Jenks," chillé. No respondió. "¡Jenks!" chillé de nuevo, pensando si acaso habría hecho algo estúpido, como por ejemplo seguirlos.

"Aquí estoy," refunfuñó. Sentí alivio. La planta tembló mientras se deslizaba por el tronco. Se sentó en el borde de la maceta colgando los pies. "Lo olí bien" dijo. Yo me senté en las ancas esperando con ansiedad.

"No sé lo que es." Las alas de Jenks se tornaron azules a medida que su circulación se hacía más lenta y su estado de ánimo se apagaba. "Huele a pradera, pero no como brujo. No tiene trazas de hierro, por consiguiente no es vampiro." Los ojos de Jenks ondulaban confundidos. "Olí cómo su ritmo corporal disminuía, lo que significa que duerme toda la noche. Eso descarta a los lobos o cualquier otro Entremundo nocturno. ¡Duendes y relámpagos, Raque! No huele a nada que pueda reconocer. Pero…¿sabes qué es lo más extraño? Ese tipo que lo acompaña. Huele lo mismo que Trent. Tiene que ser un hechizo."

Mis bigotes temblaron. Extraño no era la palabra. Chillé.

"Así es." Se alzó lentamente, como una libélula, hasta la mitad del pasillo. "Deberíamos terminar ya la misión y largarnos de aquí."

Me estremecí de repente. *Largarnos de aquí,* pensé, dejando la seguridad de la planta. Podía apostar que no saldríamos por el mismo lugar por el que entramos. Pero de eso me preocuparía después de irrumpir en la oficina de Trent. Ya habíamos logrado lo imposible. Salir no era problema.

"Por acá," chillé, caminando por un pasillo ya conocido antes de llegar al vestíbulo. Podía oler la sal del tanque de peces en la oficina de Trent. Las puertas de vidrios esmerilados estaban a oscuras. Nadie trabajaba a esta hora y seguramente la puerta de madera de Trent estaría cerrada.

Veloz, Jenks se puso a trabajar. El seguro era electrónico y pasados unos momentos de jugueteo con la consola que estaba atornillada a la puerta, el seguro sonó y la puerta se abrió. "Estándard," dijo Jenks. "Hasta Jax podría abrirla."

El suave borboteo de la fuente en el escritorio salió por el pasillo. Jenks entró primero ajustando la cámara antes de que yo lo siguiera.

"No, espera," chillé, al ver que se lanzaba con los pies adelante hacia el interruptor de la luz. La habitación estaba bañada de un resplandor lúgubre. "¡Eh!" exclamé, tapándome la cara con las manos.

"Lo siento." Apagó la luz.

"Enciende la luz encima del acuario," chillé, tratando de ver algo con mis ojos ahora deslumbrados. "El acuario," repetí inútilmente, sentada en mis ancas y señalando con las manos.

"Raquel, no seas estúpida. No tienes tiempo de ponerte a comer." Entonces pensó un instante, bajó un poco y dijo: "¡Ah!, la luz. Buena idea."

La luz titiló y se encendió iluminando la oficina de Trent con un suave resplandor verde. Salté a su asiento giratorio y de allí al escritorio, moviendo torpemente las hojas de su agenda un par de meses. Finalmente arranqué una hoja. Mi pulso se aceleró. La dejé caer al piso y la recogí.

Abrí el cajón del escritorio y encontré los discos. No creí que Trent habría movido todo. *Tal vez,* me dije orgullosamente, *no pensó que yo fuera una amenaza importante.* Tomé el disco rotulado ALZHEIMER, tomé impulso sobre la alfombra y recargué todo mi peso contra el cajón para cerrarlo. Su escritorio estaba hecho de hermosa madera de cerezo. Lejanamente pensé en el triste contraste que habría entre mis muebles de madera prensada y los de Ivy.

Sentada en mis ancas, le indiqué a Jenks la cuerda. Jenks había doblado la hoja de manera que la pudiera sujetar y tan pronto me amarrara el disco, nos largaríamos de allí.

"Cuerda, ¿verdad?" Jenks hurgó en sus bolsillos.

De repente la luz del techo se encendió y yo quedé petrificada. Me agaché bajo el escritorio mirando hacia la puerta y vi dos pares de zapatos: un par de pantuflas suaves y un par de cuero duro. La luz se derramó por el pasillo.

"Trent," dijo Jenks con los labios sin hablar mientras aterrizaba a mi lado con el papel doblado.

Jonathan sonaba muy disgustado. "Ya se fueron, Sa'han. Voy a dar la alerta."

Se sintió un suspiro forzado. "Sí, anda. Veré que se llevaron."

El corazón me latía muy fuerte y me apretujé bajo el escritorio. Los zapatos de cuero dieron la vuelta dirigiéndose al pasillo. La adrenalina me invadió y pensé salir corriendo, pero no podía hacerlo con el disco entre las manos y tampoco pensaba dejarlo.

La puerta se cerró y maldije mi vacilación. Me acerqué a la tapa trasera del escritorio. Jenks y yo intercambiamos miradas. Yo le di la señal de irse a casa pero el agitó la cabeza enfáticamente. De nuevo nos agazapamos. Trent volvió y se detuvo frente al acuario.

"Hola, Sófocles," bufó Trent. "Si tan sólo pudieras decirme quién era."

Había dejado su saco de trabajo, lo cual lo hacía ver más informal. No me sorprendió la clara línea de sus hombros que se contorneaban contra su camisa al más mínimo movimiento. Suspirando, se sentó en su asiento. Su mano se dirigió al cajón de los discos y sentí que me flaqueaban las patas. Pasé saliva al darme cuenta de que estaba cantando la primera canción de *El mar, de Takata. Doble maldición. Le di todas las pistas.*

"Por eso lloran los recién nacidos; la elección fue real pero la oportunidad una mentira," susurró Trent. Era la letra de la canción.

Se quedó inmóvil con los dedos sobre los discos. Lentamente cerró el cajón con el pie. Sonó clic y me hizo saltar. Se acomodó aun más cerca del escritorio y escuché el sonido de la agenda que movió sobre la mesa. Estaba tan cerca que podía olerlo por fuera. "Oh," dijo sorprendido. "Imaginemos que..."

"¡Quen!" gritó.

Confundida, miré a Jenks. Una voz masculina que venía de un altoparalante llenó la oficina. "¿Sa'han?"

"¡Suelta a los perros!" dijo Trent. Su poderosa voz reverberó y temblé.

"Pero ¿acaso no..."

"¡Suelta a los perros, Quen!" repitió Trent con el mismo tono de voz, pero con rabia. Movía un pie rítmicamente debajo del escritorio.

"Sí, Sa'han."

Ahora su pie estaba quieto. "Espera." Oí que respiraba profundamente, como si degustara el aire.

"¿Señor?" dijo la voz.

Trent olió de nuevo. Lentamente, retiró el asiento del escritorio. Sentí que mi corazón estallaba y contuve el aire. Jenks se elevó para esconderse detrás de un cajón. Yo estaba paralizada, pues Trent se movió hacia atrás, se levantó y se agachó. No tenía dónde ir. Los ojos de Trent me encontraron y sonrió. El temor no me permitió moverme.

"Olvida esa orden," dijo suavemente.

"Bien, Sa'han." La voz quedó en silencio.

Miré a Trent sintiendo que iba a estallar.

"¿Srta. Morgan?" dijo Trent inclinando la cabeza con cortesía. Temblé. "Me gustaría decir que es un gusto." Aun así sonrió, moviéndose hacia adelante. Mostré mis dientes y chillé. Él retiró la mano frunciendo el entrecejo. "Salga de ahí. Usted tiene algo que me pertenece."

Sentí el disco junto a mí. Me habían atrapado y pasé de gran ladrón a idiota de pueblo en un segundo. ¿Cómo pude pensar que podía salirme con la mía? Ivy tenía razón.

"Venga, Srta. Morgan," me dijo estirando la mano debajo del escritorio.

Salté como un resorte hacia los espacios vacíos tratando de escapar, pero Trent lanzaba la mano dondequiera que yo estaba. De pronto chillé al sentir una mano fuerte que me atrapó por la cola. Mis garras se aferraban a la alfombra mientras que él tiraba. Giré aterrada hundiéndole mis dientes en la parte más gruesa de la mano.

"¡Maldita!" gritó y me sacó de un jalón. Todo daba vueltas y al mismo tiempo sacudió la mano violentamente golpeándome contra el escritorio. Vi millones de estrellas y sentí el sabor acanelado de su sangre. El dolor de cabeza me aflojó la mandíbula. Giraba por la cola de donde me tenía agarrada.

"¡Suéltela!" gritó Jenks.

El mundo giraba velozmente. "Trajo a su insecto," dijo Trent, golpeando un botón en su escritorio con la palma de la mano. Entonces sentí un ligero olor a éter.

"¡Véte Jenks!" chillé, al reconocer el olor de la malla pegajosa.

Jonathan abrió la puerta intempestivamente. Se quedó parado bajo el umbral con los ojos abiertos. "¡Sa'han!"

"¡Cierra la puerta!" gritó Trent.

Yo me retorcía desesperadamente tratando de escapar y Jenks salió como una flecha justo cuando logré clavarle de nuevo los dientes a Trent en el dedo pulgar. "¡Maldita bruja!" gritó, lanzándome contra la pared. De nuevo vi millones de estrellas que ahora se convertían en sombras negras. Las sombras crecieron más y más. Atontada, observé como la oscuridad crecía en mis ojos hasta que ya no veía nada más. Sentía calor. No podía moverme.

Estaba muriendo.

Tenía que ser.

Diecinueve

"Entonces, Srta. Sara Jane, ¿el horario dividido no es problema?"

"No señor. No me importa trabajar hasta las siete si puedo usar la tarde para hacer mis diligencias y cosas por el estilo."

"Le agradezco su flexibilidad. Las tardes las dedico a la contemplación. Trabajo mejor por la mañana y por la noche. Después de las cinco queda poco personal y sin distracciones puedo concentrarme mejor."

La suave voz de relaciones públicas de Trent me despertó haciéndome volver a mi estado de conciencia. Abrí los ojos sin saber por qué todo brillaba en gris y blanco. Entonces recordé. Era un visón. Pero estaba viva. Por pura suerte.

Las voces de Sara Jane y Trent continuaron mientras que me levanté temblorosa sobre mis cuatro patas. Estaba en una jaula. Mi estómago se tensó y sentí náuseas. Me acosté haciendo un esfuerzo por no vomitar. "Estoy destruída," susurré, a la vez que Trent me miraba por encima de sus lentes metálicos mientras que hablaba con una mujer delgada vestida de color pálido para la entrevista.

Me dolía la cabeza. Si no tenía una contusión, entonces era algo parecido. El hombro derecho, el que golpeó el escritorio, me dolía y también me dolía respirar. Puse mi pata delantera cerca para no moverme. Miré a Trent y traté de averiguar qué estaba sucediendo. Jenks no estaba en ninguna parte. *Ah, es verdad*, recordé con alivio. Logró escapar y estaría en casa con Ivy. Pero no podían hacer nada por mí.

En mi jaula había una botella de agua, un plato con bolitas de comida, una chozita de hurón lo suficientemente grande para meterme y una rueda de ejercicios. *Como si quisiera usarla*, pensé agriamente.

Estaba sobre una mesa en la parte de atrás de la oficina de Trent. Según la falsa luz solar de la ventana, apenas habían transcurrido unas pocas horas desde el amanecer. Demasiado temprano para mí. Pero, aun cuando me doliera en el orgullo, me iba a meter en esa choza a dormir. No me importaba lo que pensara Trent. Respiré profundo y me paré. "¡Ay! ¡Ay!" chillé, estremeciéndome de dolor.

"Oh, tiene un hurón de mascota," dijo suavemente Sara Jane.

Cerré los ojos en desgracia. No era un hurón. Era un visón. *Fíjate bien niña*.

Oí que Trent se levantaba de su escritorio y sentí, más que vi, que ambos se acercaron un poco más. Aparentemente la entrevista había terminado. Hora de comerse con los ojos al visón mascota. La luz se oscureció y abrí los ojos. Los dos estaban parados ahí, mirándome.

Sara Jane se veía muy profesional en su elegante vestido para la entrevista, su cabello largo y sencillo bajando hasta cierta distancia de los codos. La pequeña mujer era bonita. Pensé que a lo mejor nadie le prestaba mucha atención con esa nariz respingada, su vocecita de niña chiquita y su baja estatura. Sin embargo, pude ver en sus grandes ojos que estaba acostumbrada a trabajar en el mundo masculino y que sabía como hacer las cosas. También pensé que si la juzgaban mal sabría utilizar eso a su favor.

Su perfume era fuerte y me hizo estornudar. Me estremecí de dolor.

"Esta es....Ángela," dijo Trent. "Es un visón." Su sarcasmo fue sutil pero duro en mis oídos. Su mano izquierda masajeaba su derecha. La tenía vendada. *Tres vivas por el visón*, pensé.

"Se ve enferma." Las uñas cuidadosamente pintadas de Sara Jane estaban pulidas hasta la carne y sus manos se veían inusualmente fuertes, casi como las de un obrero.

"¿Le molestan los roedores, Sara Jane?"

Se enderezó y yo cerré los ojos mientras la luz los iluminaba. "Los desprecio, Sr. Kalamack. Vengo de una granja donde las alimañas se matan de inmediato. Pero no voy a perder un empleo por culpa de un animal." Tomó aire. "Necesito este empleo. Mi familia hizo grandes esfuerzos para pagar mis estudios y sacarme del campo. Tengo que pagarles lo que hicieron por mí. Tengo una hermana menor. Es demasiado inteligente para pasarse toda la vida cosechando remolachas. Quiere ser bruja. Obtener su título; pero no puedo ayudarla a menos que obtenga un buen empleo. *Necesito* este trabajo. Por favor, Sr. Kalamack. Yo sé que no tengo experiencia, pero soy inteligente y trabajo muy duro."

Entreabrí los párpados. Trent estaba serio. Pensaba. Su pelo lacio y su figura sobresalían con su elegante traje de negocios. Él y Sara Jane hacían bonita pareja, aun cuando ella era un poco baja. "Dicho en palabras simples, Sara Jane," dijo Trent con una sonrisa, "lo que más admiro en mis empleados es la honestidad. ¿Cuándo puede comenzar?"

"De inmediato" dijo con voz trémula. Sentí que enfermaba. Pobre mujer.

"Excelente," dijo complacido. "Jon le pedirá firmar algunos papeles. Luego le indicará sus responsabilidades. Será su sombra durante la primera semana. Puede preguntarle todo a él. Ha trabajado conmigo durante años y me conoce mejor que yo mismo."

"Gracias, Sr. Kalamack" repuso, alzando emocionada sus pequeños hombros.

"Es un gusto para mí." Trent la tomó del codo y la acompañó hasta la puerta. *La tocó*, pensé. *¿Por qué no me tocó a mí? ¿Acaso temió que pudiera averiguar lo que es?*

"¿Ya tiene un sitio donde vivir?," le preguntó. "No olvide preguntarle a Jon acerca de los alojamientos que tenemos fuera de la hacienda para empleados."

"Gracias, Sr. Kalamack. No, aún no tengo apartamento."

"Muy bien. Tómese el tiempo necesario para instalarse. Si lo desea, podemos depositar parte de su sueldo en un fondo libre de impuestos para su hermana."

"Sí, por favor." La sensación de alivio en la voz de Sara Jane era obvia, inclusive desde el pasillo. Estaba atrapada. Trent era una especie de dios para ella, un príncipe que llegó a su rescate y el de su familia. ¿Qué mal podía causarle?

Mi estómago dio vueltas. La habitación estaba vacía y yo me arrastré en la choza. Giré una vez para meter la cola y dejar la nariz apuntando hacia afuera. De pronto sentí que la puerta de la oficina se cerraba y de nuevo salté. Todo me dolió.

"Buenos días, Sr. Morgan," dijo Trent. La brisa llegó hasta mi jaula cuando pasó frente a ella. Se sentó en el escritorio y empezó a organizar sus papeles. "Pensaba dejarla aquí sólo hasta recibir una segunda opinión sobre usted. Pero no sé. Ahora es usted *motivo* de conversación."

"Vete al demonio," dije mostrándole los dientes. Todo soltaba chillidos.

"No me diga. No creo que eso haya sido un cumplido."

Un golpe en la puerta hizo que me pusiera alerta. Era Jonathan. Trent se veía ocupado. "¿Dime Jon?," le dijo, con la atención fija en el calendario.

El hombre alto se detuvo a una distancia respetuosa. "Sa'han, ¿la Srta. Sara Jane?"

"Posee justamente las cualidades que necesito." Trent dejó el lápiz. Se recostó en el asiento y se quitó las lentes mordiendo despreocupadamente una pata de la armadura hasta que cayó en la cuenta de la silenciosa mirada de desacuerdo de Jonathan. Trent las lanzó sobre el escritorio con una mirada molesta. "La hermana menor de Sara Jane necesita salir de la granja para estudiar brujería," le dijo. "Debemos apoyar la excelencia siempre que podamos."

"Ah . . . comprendo," dijo Jon un poco más relajado.

"Hazme el favor de averiguar el precio de venta de la granja de Sara Jane. Me gustaría jugar un poco en la industria del azúcar. Algo así como probar su dulce. Conserva a los trabajadores y traslada a Hodgkin como capataz durante seis meses para que entrene al capataz actual en sus métodos. Pídele que vigile a la hermana de Sara Jane. Si tiene algo de cerebro, pídele que la traslade donde tenga algunas responsabilidades."

Asomé la cabeza por la puerta, preocupada. Jonathan me miró con desprecio. "¿De nuevo con nosotros, Morgan?" dijo burlándose. "Si por mí fuera, la habría metido al triturador de desperdicios en el cuarto de descanso de los trabajadores y hubiera oprimido el interruptor."

"Bastardo," chillé, y le di la espalda para que entendiera.

Las arrugas de Jonathan se hicieron más profundas al fruncir el ceño y golpeó mi jaula con la carpeta que llevaba en la mano. Olvidando mi dolor me lancé contra los barrotes mostrándole los dientes.

Cayó hacia atrás asustado. Rojo de ira, el hombre tomó de nuevo impulso con la mano.

"Jon," dijo Trent suavemente, su voz apenas un susurro pero, aun así, el hombre quedó inmóvil. Yo permanecí aferrada a los barrotes con el corazón latiendo rápido. "Olvidas tu lugar. Deja en paz a la Srta. Morgan. Si tú la juzgas mal y ella se defiende, no es culpa suya. Es culpa tuya. Ya has cometido este error antes. Repetidamente."

Brava, bajé de nuevo al piso de la jaula y gruñí. No sabía que gruñía, pero lo hacía. Lentamente, Jonathan aflojó la mano. "Mi lugar es protegerlo a usted."

Trent alzó las cejas. "La Srta. Morgan no está en situación de lastimar a nadie. Ya basta."

Mis ojos saltaban de un hombre al otro. El más viejo aceptó la reprimenda de Trent sin reclamar. Jamás lo hubiera imaginado. Los dos tenían una relación muy extraña. Trent claramente tenía el control; pero recordé la cara de molestia de Trent cuando Jonathan había hecho manifiesto su desacuerdo cuando Trent mordía la pata de sus lentes. A lo mejor esa relación no siempre fue así. Pensé si acaso Jonathan se había encargado de la educación de Trent por un breve tiempo, cuando murió su madre y después su padre.

"Acepte mis disculpas, Sa'han," dijo Jonathan inclinando la cabeza.

Trent no respondió y regresó a sus papeles. Jonathan siguió allí parado aun cuando era obvio que ya podía retirarse. Trent alzó la cabeza. "¿Alguna otra cosa?" preguntó Trent.

"Su cita de las ocho treinta llegó temprano. ¿Traigo al Sr. Percy?"

"¡Percy!" chillé. Trent me miró. *¡No puede ser Francis Percy!*

"Sí," dijo Trent suavemente. "Por favor."

Demonios, pensé, mientras Jonathan regresaba al pasillo y cerraba lentamente la puerta al salir. La entrevista interrumpida de Francis. Caminé neviosamente alrededor de mi jaula. Mis músculos se estaban aflojando y el movimiento dolía pero se sentía bien. Me detuve al caer en la cuenta que Trent no me había quitado los ojos de encima. Entonces me metí de nuevo en mi choza, un poco avergonzada de su mirada.

Aun así, Trent seguía mirándome mientras enroscaba mi cola en la nariz para mantenerla caliente. "No se disguste con Jon," dijo suavemente. "El asume su trabajo con seriedad, como debe ser. Si lo presiona demasiado, la matará. Esperemos que usted no tenga que aprender esa lección."

Levanté el labio mostrando los dientes, pues no me gustaba que me diera lecciones de viejo sabio.

Un gemido hizo que los dos dirigiéramos nuestra atención hacia el pasillo. Francis. Le había dicho que podía convertirme en visón. Si conectaba bien los cables, era como estar muerta. Bueno...más muerta de lo que ya lo estaba. No quería que me viera. Y, aparentemente, Trent tampoco.

"Ummm...sí" dijo, poniéndose de pie a toda prisa, moviendo una de sus plantas grandes para esconder mi jaula. Ahora estaba tranquila y además podía ver a través de las hojas permaneciendo oculta. Golpearon en la puerta. "Adelante," dijo Trent.

"No, en serio…" decía Francis, pero Jonathan por poco lo hace entrar a empujones.

Pude ver cómo Francis miraba a Trent y tragaba saliva con dificultad. "Eh…hola, Sr. Kalamack," tartamudeó, quedándose quieto en una posición algo extraña. Estaba más desarreglado que de costumbre. Uno de sus cordones se asomaba debajo de los pantalones y su barba había crecido y se veía fea. Su pelo negro estaba alisado y sus pequeños ojos se veían cansados y con ojeras. Parecía que Francis no hubiera dormido y hubiese venido a la entrevista a conveniencia de Trent y no de la S.E.

Trent no dijo nada. Estaba sentado en su escritorio con la tranquilidad y la atención de un depredador junto a un pozo de agua.

Francis miró a Jonathan con los hombros encogidos. Francis se subió las mangas de poliéster de su chaqueta pero, acto seguido, las volvió a bajar. Quitándose el pelo de la cara, Francis se dirigió al asiento y se sentó en el borde. La tensión le resaltaba las facciones triangulares de la cara, especialmente cuando Jonathan cerró la puerta y se paró detrás de él con los brazos cruzados y las piernas abiertas. Dirigí toda mi atención hacia ellos. ¿Qué estaría sucediendo?

"¿Podría usted explicarme lo de ayer?" preguntó Trent con toda tranquilidad.

Yo estaba totalmente confundida, pero quedé boquiabierta cuando entendí. ¿Francis trabajaba para Trent? Eso explicaría su rápido ascenso y la forma en que un principiante como él llegó de repente a ser brujo. Me recorrió un escalofrío. Este acuerdo no tenía la bendición de la S.E. La institución no tenía ni idea. Francis era un espía. ¡El nene consentido era un cochino espía!

Miré a Trent entre las anchas hojas. Movió un poco los

hombros, como si estuviera de acuerdo con mis pensamientos. De nuevo sentí náuseas. Francis no era lo suficientemente bueno para meterse en algo tan resbaladizo. Sólo iba a lograr que lo mataran.

"Eh...uh...." tartamudeó Francis.

"Mi jefe de seguridad lo encontró hechizado en la cajuela de su propio auto," dijo Trent tranquilamente, apenas con una pequeña insinuación de amenaza. "La Srta. Morgan y yo tuvimos una conversación interesante."

"Ella...eh...ella dijo que me convertiría en un animal," interrumpió Francis.

Trent respiró profundo. "¿Y por qué habría de hacer eso?," preguntó como cansado de tener paciencia.

"Ella no me tiene estima."

Trent no respondió. Francis se encogió, tal vez al darse cuenta de lo infantil de su respuesta.

"Hábleme de Raquel Morgan," le ordenó Trent.

"Es...eh...es una piedra en un zapato," dijo, lanzándole una mirada nerviosa a Jonathan.

Trent tomó un lapicero entre los dedos y comenzó a darle vueltas. "Eso ya lo sé. Dígame algo más."

"¿Algo que usted aún no sabe?" soltó Francis. Sus ojos estaban fijos en el lapicero de Trent. "Seguramente usted le ha tenido puesta la mano más tiempo que a mí. ¿Le prestó dinero para pagar sus estudios?," dijo casi con celos, "¿o le susurró al oído a la persona que la entrevistó en la S.E.?"

Me puse seria. ¿Cómo se atrevía a sugerir semejante cosa? *Trabajé* para pagar mis estudios y el puesto lo conseguí *yo sola*. Miré a Trent odiándolos a todos. No le debía nada a nadie.

"No. No lo hice," dijo Trent dejando el lapicero. "La Srta. Morgan fue una sorpresa. Claro que le ofrecí trabajo," continuó, y Francis pareció hundirse en sí mismo. Su boca se movía pero no le salían palabras. Podía olerle el miedo, agrio y cortante.

"No el suyo," siguió Trent obviamente disgustado. "Dígame, ¿a qué le teme ella? ¿Qué le molesta? ¿Qué es lo que más valora en el mundo?"

Francis volvió a respirar con alivio. Se movió queriendo cruzar las piernas pero arrepintiéndose en el último movimiento. "No lo sé. ¿El centro comercial? Trato de mantenerme lejos de ella."

"Naturalmente," dijo Trent con su voz fluida. "Hablemos de eso un momento. Después de revisar sus actividades en los últimos días, uno podría poner sus lealtades en tela de juicio, Sr. Percy."

Francis cruzó los brazos. Se movió intranquilo en la silla y su respiración se aceleró. Jonathan dio un paso amenazante más cerca y Francis se quitó de nuevo el pelo de la cara.

Trent se puso terriblemente serio. "¿Sabe usted lo que me ha costado callar los rumores cuando salió corriendo de la bóveda de los archivos de la S.E.?"

Francis se lamió los labios. "Raquel me dijo que corriera, porque si no iban a pensar que la estaba ayudando."

"Y usted corrió, por supuesto."

"Ella dijo . . ."

"¿Y ayer?," interrumpió Trent. "Usted la condujo hasta mí."

La rabia de su voz me hizo salir de mi choza. Trent se inclinó hacia adelante y podría jurar que oí como se congelaba la sangre de Francis. El aura de hombre de negocios abandonó a Trent. Ahora era sólo poder. Puro y absoluto poder.

Me quedé observando ese cambio. Su semblante no era como el aura de poder de un vampiro. Era como chocolate sin endulzar: fuerte, amargo y aceitoso que deja un mal sabor al final. Los vampiros se hacían respetar con el miedo. Trent sencillamente exigía que lo respetaran. Y, por lo que pude ver, jamás le pasó por la mente que alguien se negara a hacerlo.

"Ella lo utilizó a usted para llegar a mí," susurró sin parpadear. "Eso es imperdonable."

Francis se acobardó en el asiento, su cara lívida y los ojos bien abiertos. "Lo, lo siento," tartamudeó. "No volverá a suceder."

Trent respiró lentamente. Yo observaba todo aterrada pero fascinada. El pececillo amarillo del acuario chapoteó en la superficie y a mí se me pararon los pelos de la espalda. Mi pulso se aceleró y tuve una extraña sensación, como si hubiera una nube invisible de mal olor. La expresión de Trent se puso vacía e indiferente. Parecía rodeado de una bruma y pensé si estaría invocando el más allá. Para hacerlo, tenía que ser brujo o humano; pero yo podría jurar que no era ninguna de las dos cosas.

Quité la mirada de Trent. Los delgados labios de Jonathan estaban abiertos. Estaba parado detrás de Francis, observando tenso y preocupado. Esta cruda demostración de ira no era de esperarse—ni siquiera Jonathan lo esperaba. Alzó la mano para protestar, asustado y dubitativo.

En respuesta, los ojos de Trent cambiaron de expresión, y exhaló aire. Los peces se escondieron detrás de los corales. Me quedé inmóvil. Los dedos de Jonathan temblaron y cerró los puños. Aún sin quitarle la vista a Francis, Trent dijo: "Eso ya lo sé."

Su voz sonó ajena y grave, tan extraña que resultaba hipnótica. Sentí quedarme sin aliento. Temblando, me acurruqué ahí donde estaba. ¿Qué demonios había sucedido? ¿O qué estuvo a punto de suceder?

"¿Qué piensa hacer ahora?," preguntó Trent.

"¿Señor?" repuso Francis temblando y parpadeando.

"Eso pensé." Trent movía los dedos reprimiendo su ira. "Nada. La S.E. lo vigila de cerca. Su utilidad comienza a esfumarse."

Francis abrió la boca. "¡Sr. Kalamack, espere! Como usted lo acaba de decir, la S.E. me vigila de cerca. Yo puedo atraer su atención para alejarlos de los muelles de aduanas. Otro decomiso de azufre me dejará limpio y al mismo tiempo los distraerá." Francis se acomodó en el borde de su asiento. "¿Puede movilizar sus . . . cosas?"

Cosas, pensé. Por qué no dice sencillamente drogas bioló-gicas. Mis bigotes trepidaron. Francis distraía a la S.E. con un cierto decomiso de azufre mientras que Trent movilizaba la verdadera maquinaria de producir dinero. ¿Por cuánto tiempo? Me quedé pensando. ¿Cuanto tiempo había traba-jado Francis para Kalamack? ¿Años?

"Sr. Kalamack," susurró Francis.

Trent reflexionó. Detrás, Jonathan fruncía el ceño pero ya sin el temor que hacía un instante lo invadía.

"Dígame cuándo" rogaba Francis, cada vez más cerca del borde del asiento.

Trent empujó a Francis contra el espaldar del asiento con una sola mirada. "No doy varias oportunidades, Percy. Las tomo." Acercó su agenda adelantando un par de días. "Me gustaría programar una remesa para el viernes. En el Suro-este. Último vuelo a Los Ángeles antes de la medianoche. Busque sus cosas de costumbre en la terminal del autobús, en el armario. Manténgalo anónimo. Mi nombre a aparecido demasiado en los diarios últimamente."

Francis saltó de pie aliviado. Dio un par de pasos hacia adelante como para darle la mano, pero miró a Jonathan y retrocedió. "Gracias, Sr. Kalamack," dijo efusivamente. "No se arrepentirá."

"No se me ocurriría eso ni por un instante." Trent miró a Jonathan y luego la puerta. "Disfrute la tarde," dijo despi-diéndolo.

"Sí señor, usted también."

Sentí que enfermaría tan pronto Francis salió tropezando de la oficina. Jonathan dudó un instante bajo el umbral ob-servando los ruidos odiosos que Francis les hacía a todas las mujeres que veía en el pasillo.

"El Sr. Percy se ha convertido más en un estorbo que en una ventaja," exhaló cansadamente Trent.

"Sí, Sa'han," asintió Jonathan. "Insisto en que debería sa-carlo de la nómina."

Sentí un nudo en el estómago. Francis no merecía morir sólo por ser un pobre estúpido.

Trent se frotó los dedos en la frente. "No," dijo finalmente. "Prefiero conservarlo hasta conseguir un reemplazo. Tal vez tenga otros planes para el Sr. Percy."

"Como usted prefiera, Sa'han," dijo Jonathan y cerró suavemente la puerta.

Veinte

"Ten Ángela," dijo persuasivamente Sara Jane. Una zanahoria se movía entre los barrotes de mi jaula. Me estiré para alcanzarla antes de que la dejara caer.

"Gracias," chirrié, a sabiendas de que no me entendía, pero de todas formas necesitaba decir algo. La mujer sonrió y metió los dedos cautelosamente en mi jaula. Rocé mis bigotes contra ellos. Sabía que eso le gustaría.

"¿Sara Jane?" llamó Trent desde su escritorio y la chica bonita giró velozmente sintiéndose culpable. "La contraté para que administre asuntos de mi oficina, no para que sea guardián de zoológico."

"Lo siento señor. Sólo trataba de deshacerme de mi irracional temor a los animales." Se pasó la mano por su falda de algodón que llevaba a la altura de las rodillas. No era tan elegante o profesional como el vestido para la entrevista, pero era nueva. Justo lo que pensé que vestiría una niña del campo en su primer día de trabajo.

Mordí desaforadamente la zanahoria del almuerzo de Sara Jane. Estaba muerta de hambre, pues me negué a comer esas bolitas rancias. *¿Qué pasa Trent?* pensé entre mordisco y mordisco. *¿Estás celoso?*

Trent se acomodó los lentes y volvió su atención hacia sus papeles. "Cuando haya terminado de liberarse de sus temores irracionales, me gustaría que bajara a la biblioteca."

"Sí, señor."

"El bibliotecario ha organizado alguna información que necesito; pero quiero que usted la seleccione. Tráigame lo que usted considera más importante."

"¿Señor?"

Trent dejó su bolígrafo. "Es información acerca de la industria de azúcar de remolacha." Sonrió con auténtica simpatía. Pensé si tendría su sonrisa patentada. "Tal vez decida experimentar en ese campo y necesito aprender más para tomar buenas decisiones."

Sara Jane salió como una flecha acomodando su bonito pelo detrás de una oreja, complacida pero a la vez apenada. Era obvio que adivinó la intención de Trent de comprar la hacienda donde servía su familia. *Eres una mujer inteligente,* pensé para mis adentros. *Piensa bien. Trent será el dueño de tu familia. Tú serás su propiedad, en cuerpo y alma.*

Volvió hacia mi jaula y dejó caer un último tallo de apio. Su sonrisa desapareció y la preocupación le hizo fruncir el ceño. Habría parecido atractiva en sus facciones de niña, sólo que su familia peligraba de verdad. Tomó aire para decir algo, pero cerró la boca. "Sí señor," dijo, su mirada distante. "Ya mismo le traeré la información."

Sara Jane salió y cerró la puerta. Sus pasos sonaban suaves en el pasillo.

Trent miró su puerta con sospecha mientras tomaba su taza de té: Earl Gray, sin leche y sin azúcar. Si seguía el mismo patrón de ayer, hablaría por teléfono y trabajaría con sus papeles de tres a siete, cuando la gente que trabajaba hasta tarde se iba a casa. Naturalmente, era más fácil traficar drogas ilegales desde la oficina cuando no había nadie alrededor mirando.

Trent había regresado esa tarde de su almuerzo de tres horas con su pelo recién peinado y oliendo a productos naturales. Estaba decididamente fresco. Mi teoría es que había pasado el mediodía durmiendo en su segunda oficina.

¿Por qué no? pensé, estirándome en la hamaca que había en mi celda. Él era lo suficientemente rico para decidir sus horas de trabajo.

Bostecé y mis ojos se cerraron. Era mi segundo día de cautiverio y estaba segura que no sería el último. Había pasado toda la noche anterior revisando minuciosamente mi jaula sólo para convencerme de que era a prueba de Raquel. Estaba diseñada para hurones. Era una jaula de dos niveles sorprendentemente segura. Las horas que pasé tratando de abrir las junturas fueron agotadoras. No hacer nada era un placer, pero mis esperanzas de que Jenks y Ivy hicieran algo para rescatarme eran casi nulas. Dependía de mí misma y llevaría tiempo transmitirle a Sara Jane que yo era una persona y que me dejara escapar de allí.

Abrí un párpado al sentir que Trent se levantaba de su asiento para dirigirse hacia sus discos de música que estaban en una repisa empotrada junto al equipo electrónico. Tenía una figura atractiva ahí parado junto a su música. Estaba tan absorto pensando en qué disco escuchar que no se dio cuenta de que yo estaba calificando su físico: 9.5 de 10. Le quité .5 porque casi todo su cuerpo estaba oculto bajo ese traje de negocios que a lo mejor costaba más que un auto.

Anoche también había tenido la oportunidad de echarle una provocadora mirada cuando se quitó el saco y no quedaba nadie en la oficina. El hombre tenía una espalda fuerte. Era un misterio y un pecado que la ocultara debajo de ese saco. Su abdomen liso se veía aun mejor. Tenía que hacer ejercicio, pero no sé en qué momento hallaba el tiempo para hacerlo. Daría lo que fuera por verlo en traje de baño—por lo menos. Sus piernas deberían ser musculosas, pues se decía que era un jinete experto. Tan vez sueno como una ninfómana hambrienta de sexo, pero no tenía nada más que hacer que mirarlo.

Trent había trabajado ayer hasta muy tarde después de ponerse el sol, aparentemente solo en el callado edificio. La única luz provenía de aquella ventana falsa. Lentamente, la luz palidecía a medida que caía el sol, imitando la luz natural hasta que encendía su lámpara. Varias veces caí en la cuenta de que me estaba quedando dormida pero me despertaba cuando él pasaba una página o sonaba alguna impresora. No paró de trabajar hasta que Jonathan entró para recordarle que comiera algo. Así se ganaba el sueldo, como me lo ganaba yo antes. La diferencia era que él tenía dos puestos: respetable hombre de negocios y capo de las drogas ilegales. Suficiente trabajo para ocuparlo todo el día.

Mi hamaca se mecía mientras observaba como Trent seleccionaba un disco. Giró y empezó a sonar una suave música de tambores. Me miró y se arregló el traje de lino gris y el pelo ralo como retándome a hablarle. Yo le devolví dos soñolientos dedos de aprobación y frunció el ceño. No era exactamente mi tipo de música, pero estaba bien. Era vieja, con cierta nostalgia que revolvía el alma. No era del todo mala.

Podré acostumbrarme a esto, musité mientras estiraba mi cuerpo que empezaba a sanar. No había dormido tan bien desde que abandoné la S.E. Era irónico estar a salvo de mi condena de muerte aquí, metida en una jaula en la oficina de un capo de las drogas.

Trent se acomodó de nuevo para trabajar. De vez en cuando acompañaba a los tambores con su bolígrafo deteniéndose a pensar. Obviamente, esta música era una de sus preferidas. Yo dormía y me despertaba a medida que transcurría la tarde, aplacada por el rumor de los tambores y el susurro de la música. Las ocasionales llamadas telefónicas hacían acentuar y bajar la melodiosa voz de Trent. Ahora yo esperaba la siguiente llamada con ansiedad sólo para oírle la voz.

De repente me despertó una conmoción en el pasillo. "Yo sé dónde queda su oficina," retumbó una voz segura que me hizo recordar a uno de mis profesores. Se oyó una leve reprimenda de Sara Jane. Trent y yo nos miramos con curiosidad.

"Maldita sea," musitó. Cerró sus ojos expresivos como tratando de controlar su reacción. "Le pedí que mandara a uno de sus asistentes." Escarbó en uno de sus cajones con inusitada prisa y el ruido me despertó del todo. Parpadeé para abrir bien los ojos y él apuntó el control remoto hacia el tocadiscos. Las flautas y los tambores cesaron. Luego tiró el control remoto en el cajón con aire de resignación. Podría asegurar que a Trent le gustaría compartir el día con alguien—alguien con quien no tuviera que fingir ser otra cosa de lo que realmente era—*lo que sea* que él fuera. La rabia que demostró con Francis hizo que mi termómetro escalofriante sobrepasara el límite máximo.

Sara Jane golpeó y entró. "Sr. Kalamack, el Sr. Faris quiere verlo."

Trent tomó aire. "Hágalo entrar."

"Sí, señor." Dejó la puerta abierta y sentí como se alejaba el sonido de sus tacones. Pero pronto sonaron de nuevo. Acompañaba a un hombre grande y pesado que vestía una bata gris de laboratorio. El hombre se veía gigantesco parado junto a la pequeña mujer. Sara Jane salió, pero su mirada reflejaba preocupación.

"No puedo decir que me gusta su secretaria," refunfuñó Faris mientras cerraba la puerta. "Sara...¿ese es su nombre?"

Trent se puso de pie y le extendió la mano, el desagrado oculto detrás de su aparente sonrisa. "Gracias por venir con tan poco tiempo de aviso, Faris. Se trata de algo muy sencillo. Uno de sus asistentes habría bastado. Espero no haber interrumpido seriamente sus investigaciones."

"Para nada. Siempre estoy dispuesto a madrugar," resolló sin aliento.

Faris apretó la mano con los mordiscos que le había propinado a Trent ayer y desapareció su sonrisa. El pesado hombre se acomodó trabajosamente en el asiento frente al escritorio de Trent como si fuera el dueño. Cruzo una pierna dejando ver sus pantalones de vestir y zapatos brillantes. Tenía una mancha oscura en la solapa y emanaba olor a desinfectante, casi ocultando su olor a secoya. Tenía las mejillas y las manos cubiertas de viejas marcas de viruela.

Trent regresó detrás de su escritorio y se reclinó hacia atrás, ocultando su mano vendada debajo de la otra. Hubo un momento de silencio.

"Bueno ¿para qué me necesita?" preguntó Faris en un tono fuerte, casi dándole una orden.

Me pareció notar un destello de molestia en Trent. "Directo como siempre," comentó Trent. "¿Qué puede decirme de esto?"

Me estaba señalando y contuve la respiración. De inmediato me escondí en mi refugio. Faris se levantó rezongando y su fuerte olor a secoya me golpeó a medida que se acercaba. "Vaya vaya," dijo. "Pero si es la pobre estúpida."

Disgustada, lo miré a los ojos casi perdidos entre los dobleces de su piel. Trent se había colocado al frente de su escritorio, apoyándose en él. "¿La reconoce?" le preguntó.

"No personalmente." Golpeó suavemente los barrotes de mi jaula con uno de sus dedos gruesos.

"¡Escucha!," grité desde mi choza. "¡Ya me estoy cansando de esto!"

"Cállate," repuso con desprecio. "Es una bruja," siguió Faris, descartándome como si yo no fuera nada. "Sólo manténgala lejos de su acuario y así no podrá transformarse. Tiene un poderoso hechizo. Seguramente la apoya una organización importante, pues es costoso. Además, es estúpida."

Eso iba dirigido a mí, pero resistí la tentación de lanzarle bolitas.

"¿Podría explicármelo?" Trent hurgó en su cajón del fondo y sacó dos vasos de cristal para servir dos tragos del whiskey añejo de 40 años.

"La transformación es un arte difícil. Se usan pociones en lugar de amuletos. Eso significa que se prepara una poción para una sola ocasión." Lo que sobra se bota. Es muy costosa. Puede pagar el sueldo de su bibliotecólogo asistente y montar un negocio para que el seguro la venda con lo que cuesta ese brebaje.

"¿Dice que es difícil?" dijo Trent dándole un vaso a Faris. "¿Podría usted preparar un hechizo así?"

"Si tuviera la receta," repuso, inflando el pecho al sentir su orgullo en entredicho. "Es un hechizo antiguo ¿tal vez preindustrial? No puedo identificar quién diseñó este hechizo." Se acercó un poco más respirando profundamente. "Afortunadamente para él, de lo contrario me iría a reemplazar al brujo de su biblioteca."

Esta conversación se pone interesante, pensé.

"Entonces, ¿usted no cree que ella misma preparó la poción?," preguntó Trent. Estaba de nuevo sentado en su escritorio y se veía increíblemente delgado y musculoso comparado con Faris. El pesado hombre agitó la cabeza y se sentó de nuevo. No se podía ver el vaso en su mano gruesa. "Podría apostar mi vida. No puede ser tan inteligente para preparar esta poción y al mismo tiempo ser tan bruta de dejarse atrapar. No tiene sentido."

"A lo mejor estaba impaciente," dijo Trent. Faris estalló en carcajadas. Yo salté tapándome los oídos con las manos.

"Sí, claro," repuso Faris entre risotadas. "Estaba impaciente. Está buena esa."

Vi que la compostura usual de Trent empezaba a resquebrajarse mientras se acercaba de nuevo a su escritorio y dejaba de lado su vaso aun sin probar.

"Entonces ¿quién es?" preguntó Faris, inclinándose hacia adelante con aire mordaz. "¿Una periodista audaz buscando el reportaje de su vida?"

"¿Existe algún hechizo que me ayude a entenderla?," preguntó Trent, ignorando la observación de Faris. "Todo lo que habla son chillidos."

Faris gruñó inclinándose para dejar su vaso desocupado sobre el escritorio, pidiendo otro trago sin hablar. "No. Los roedores no tienen cuerdas vocales. ¿Piensa quedarse con ella más tiempo?"

Trent giró el vaso en la mano. Se quedó en silencio y me alarmó.

Faris sonrió siniestramente. "¿Qué está tramando en esa mente malvada, Trent?"

El crujido del asiento de Trent sonó duro al inclinarse hacia adelante. "Faris, si no necesitara tanto de su talento lo haría azotar en su propio laboratorio."

El hombre hizo una mueca y cambió de semblante. "Lo sé."

Trent guardó la botella. "Tal vez la haga participar en el torneo del viernes."

Faris parpadeó. "¿El torneo de la ciudad?," dijo en voz baja. "Una vez presencié uno pero los combates no terminan hasta que alguno muere."

"Eso he oído decir."

El miedo me hizo lanzarme contra la malla metálica. "Eh, un momento," chillé. "¿Qué quieren decir con que alguno muere? ¡Oigan! ¿¡Podría alguien hablar con el visón!?"

Le lancé una bolita a Trent pero cayó apenas medio metro más allá. Probé de nuevo, pero la pateé en lugar de lanzarla con la mano. Esta vez golpeó la parte de atrás del escritorio. "¡El Giro te arrastre, Trent!" grité. "¡Háblame!"

Trent me miró alzando las cejas. "Naturalmente, esta rata pelea."

Mi corazón saltaba. Aterrada, me senté en las ancas. Combates de ratas. Son ilegales. Anónimas. A muerte. Me iban a llevar a un cuadrilátero en una lucha a muerte contra una rata.

Estaba confundida. Posé mis largas patas de pelo blanco contra la malla de mi jaula. Me sentía traicionada. Faris pareció enfermar. "No hablará en serio," susurró, su cara pálida. "¿De verdad piensa apostarla? ¡No puede hacer eso!"

"¿Por qué demonios no puedo?"

Faris luchaba por emitir las palabras. "¡Es una persona!," exclamó. "No durará tres minutos. La van hacer jirones."

Trent se alzó de hombros con una indiferencia que no fue fingida. "Sobrevivir es problema suyo, no mío." Se puso sus lentes de alambre y concentró la mirada en sus papeles. "Buenas tardes, Faris."

"Kalamack, vas demasiado lejos. Ni siquiera tú estás por encima de la ley." Tan pronto terminó esa frase, tanto Faris como yo sabíamos que fue un error. Trent alzó la mirada. Observó a Faris en silencio por encima de los lentes y apoyó un codo encima de sus papeles. Aguardé sin poder respirar y la tensión me hizo erizar la piel. "¿Cómo está su hija menor, Faris?" preguntó Trent con su hermosa voz pero incapaz de ocultar la suciedad de su pregunta.

El hombre cambió de color. "Está bien" susurró. Su arrogante seguridad se había desvanecido. Ahora sólo era un hombre asustado.

"¿Cuántos años tiene...quince?" Trent se recostó en su asiento, puso sus lentes junto a la caja de documentos y cerró el puño. "Hermosa edad. Quiere ser oceanógrafa, ¿no es cierto? ¿hablar con los delfines?"

"Sí," a duras penas se escuchó su respuesta.

"No sabe usted lo satisfecho que estoy de ver que el tratamiento contra el cáncer de los huesos haya funcionado."

Observé la parte posterior del cajón de Trent donde guardaba los comprometedores discos. Luego miré a Faris, pero esta vez interpreté su bata de laboratorio desde otro punto de vista. Se me heló la sangre y volví la mirada hacia Trent. No solamente traficaba con drogas biológicas sino que las producía. Yo no sabía qué me horrorizaba más: si el hecho de que Trent estaba jugando con la misma tecnología que borró del mapa a la mitad de la población del mundo o el hecho de que estaba chantajeando con ella a la gente, amenazando a sus seres queridos. ¡Era tan agradable, tan encantador, tan desgraciadamente simpático con esa personalidad y tan seguro de sí mismo! ¿Cómo podía algo tan oscuro convivir junto con algo tan atractivo?

Trent sonrió. "Ha estado en remisión por cinco años. No es fácil hallar buenos médicos que estén dispuestos a explorar técnicas ilegales. Además, cuestan mucho."

"Sí, señor," repuso Faris.

Trent lo miró inquisitivamente. "Buenas tardes, Faris."

"¡Basura!," dije. "¡Eres una basura, Trent! ¡Eres la porquería que se le pega a mis botas!"

Faris se dirigió tembloroso hacia la puerta. Me tensé cuando olí cierta actitud desafiante. Trent lo tenía arrinconado y el pobre hombre ya no tenía nada que perder.

Trent también lo presintió. "Va a tratar de escapar, ¿cierto Faris?" le dijo cuando él abría la puerta y se filtraba el sonido externo de la oficina. "Usted sabe que eso no puedo permitírselo."

Faris se dio vuelta con una mirada desesperada. Estupefacta, vi cómo Trent desatornillaba la tapa de su bolígrafo e introducía un pequeño proyectil en el tubo vacío. Con un pequeño soplido de aire le disparó a Faris.

El pobre hombre abrió los ojos y dio un paso adelante hacia Trent agarrándose la garganta. Emitió un ruido áspero y su cara empezó a hincharse. Estaba demasiado impactada para sentir miedo y ví cómo Faris caía de rodillas. El hombre metió una mano en el bolsillo de la camisa. Sus dedos buscaban a tientas y una jeringa cayó al piso. Trató de alcanzarla estirando el brazo pero rodó por el suelo. Trent se puso de pie. Su cara era inexpresiva y pateó la jeringa de la mano de Faris.

"¿Qué le hiciste?" chillé, observando cómo atornillaba su bolígrafo de nuevo. Faris se puso morado. Emitió un último sonido carrasposo. Luego quedó en silencio.

Trent guardó su bolígrafo en un bolsillo y pasó por encima de Faris para llegar hasta la puerta abierta. "¡Sara Jane!" gritó. "Llama a los paramédicos. El Sr. Faris está mal."

"¡Se está muriendo!," chillé, "¡eso es lo que sucede! ¡Tú lo mataste, maldito!"

El rumor de los comentarios aumentó a medida que todos salían de sus oficinas. Reconocí los pasos veloces de Jonathan que se detuvieron en seco bajo el umbral de la puerta mientras observaba el cuerpo de Faris tirado en el suelo. Luego le hizo una mueca de desacuerdo a Trent.

Trent estaba en cuclillas junto a Faris tomándole el pulso.

Se encogió de hombros mirando a Jonathan y luego inyectó a Faris con la jeringa a través de los pantalones. Yo sabía que ya era demasiado tarde. Faris no respondía. Estaba muerto y Trent lo sabía.

"Ya vienen los paramédicos," dijo Sara Jane desde el pasillo mientras sus pasos se acercaban. "Puedo traer . . ." Se detuvo detrás de Jonathan y puso su mano sobre la boca mirando a Faris.

Trent se puso de pie dejando caer la jeringa al suelo con algo de dramatismo. "Oh, Sara Jane," le dijo suavemente mientras la hacía regresar al pasillo. "Lo siento. No mire. Es demasiado tarde. Creo que fue una picadura de abeja. Faris es alérgico a las abejas. Traté de aplicarle su antitoxina pero no hizo efecto con suficiente rapidez. Seguramente trajo una abeja consigo sin darse cuenta. Se dio una palmada en la pierna justo antes de caer."

"Pero él . . ." tartamudeó ella mirando una vez más hacia atrás mientras Trent la alejaba.

Jonathan se agachó y arrancó un pelo de la pierna derecha de Faris que guardó en el bolsillo. El hombre me miró con ojos sarcásticos.

"Lo siento mucho," dijo Trent en el pasillo. "¿Jon?" llamó, y Jonathan se puso de pie. "Por favor, asegúrate de que todos salgan temprano. Desocupa el edificio."

"Sí, señor."

"Esto es terrible, espantoso," continuó Trent como si realmente lo sintiera. "Vete a casa, Sara Jane. Trata de no pensar en ello."

Escuché que trataba de contener un sollozo y sus pasos se alejaron.

Hacía apenas unos minutos Faris estaba ahí parado. Horrorizada observé cómo Trent pasaba por encima de su brazo. Tranquilo como si nada se dirigió a su escritorio y oprimió el intercomunicador. "¿Quen? Lamento molestarte. ¿Podrías venir a mi oficina? Hay un equipo de paramédicos en camino a la hacienda y seguramente alguien de la S.E. vendrá luego."

Hubo un momento de duda pero al final sonó la voz de Quen por el altoparlante. "¿Sr. Kalamack? Voy enseguida."

Miré a Faris hinchado y tirado en el piso. "Lo mataste," dije acusándolo. "Dios me ayude. ¡Lo mataste en tu propia oficina delante de todos!"

"Jon," dijo Trent suavemente, rebuscando indiferentemente en uno de sus cajones. "Asegúrate de que su familia reciba los mejores beneficios. Quiero que su hija menor estudie en la universidad que quiera. Que todo quede anónimo. Preséntalo como una beca."

"Sí, Sa'han." Su voz era informal, como si los cadáveres fueran cosa de todos los días.

"Qué generoso eres, Trent," chillé. "Pero creo que preferiría tener a su papá."

Trent me miró. Había una línea de sudor sobre su frente. "Quiero hablar con el asistente de Faris antes de que termine el día," dijo suavemente. "¿Cómo se llama, Darby?"

"Darby Donnelley, Sa'han."

Trent asintió, frotándose la frente como si estuviera preocupado. Cuando bajó la mano ya no sudaba. "Sí, eso es. Donnelley. No quiero que esto retrase mi agenda."

"¿Qué quiere usted que le diga?"

"La verdad. Faris era alérgico a las picadas de abejas. Todos sus empleados lo saben."

Jonathan empujó a Faris con el pie y salió. Sus pasos sonaron fuerte ahora que no había ruido de fondo. La oficina se había desocupado muy rápido y me pregunté cuántas veces sucedería esto.

"¿Le gustaría reconsiderar mi oferta inicial?" me preguntó Trent. Sostenía su vaso de whiskey intacto en la mano. No podría asegurarlo, pero creo que le temblaba. Por un instante pensó tomarse un trago, pero luego lo dejó de lado. Colocó el vaso suavemente. "Olvídese de la isla. Es más prudente tenerla más cerca. La forma en que usted se infiltró en mi propiedad es impresionante. Creo que podría convencer a Quen para contratarla. Por poco se muere de risa viendo cómo usted inutilizó al Sr. Percy con cinta adhesiva en la cajuela, y después estuvo a punto de asesinarla cuando le dije que usted se había metido a mi oficina principal."

Estaba tan aterrorizada que mi mente quedó en blanco. No pude responder. *Faris estaba muerto en el piso* y Trent me estaba ofreciendo trabajar para él.

"Faris estaba muy impresionado con su poción," continuó. "Decodificar técnicas de cambios genéticos anteriores al Giro no será más difícil que preparar una poción complicada. Si usted no está interesada en explorar sus fronteras en el mundo físico podría probar con el mundo mental. ¡Usted tiene una gran combinación de destrezas, Srta. Morgan! Eso la hace excepcionalmente valiosa."

Me senté en ancas sin palabras.

"Verá, Srta. Morgan," continuó diciendo. "Yo no soy mala persona. A todos mis empleados les ofrezco condiciones justas de trabajo, la posibilidad para mejorar y oportunidades para que alcancen su potencial máximo."

"¿Oportunidades? ¿Posibilidades de mejorar?" farfullé a pesar de que él no podía entenderme. "¿Quién te crees que eres, Dios? Puedes irte al mismísimo infierno."

"Creo que entendí la idea general de eso," dijo, y sonrió fugazmente. "Por lo menos le he enseñado a ser honesta." Acercó el asiento al escritorio. "Voy a amansarla, Morgan, hasta que esté dispuesta a hacer cualquier cosa con tal de salir de esa jaula. Jon se demoró quince años, no como una rata, pero sí como un esclavo. Da igual. Creo que usted saldrá mucho antes."

"Eres un maldito, Trent" dije llena de cólera.

"No sea burda." Trent tomó su bolígrafo. "Estoy seguro de que su moral es tan fuerte, ó más fuerte aún, que la de Jon. Claro que él no tuvo que enfrentarse con ratas que trataban de destrozarlo. Con él me di el lujo de tomarme mi tiempo. Lo hice mucho más lento, y eso que en ese entonces no era tan bueno como ahora." Su mirada se perdió en el vacío, pensando. "Aún así, jamás se dio cuenta de que lo estaba amansando. La mayoría no se dan cuenta. Él aún no se da cuenta. Y si por si acaso usted llegara a sugerírselo, la mataría."

Trent reaccionó de nuevo con la mirada. "Me gusta tener todas las cartas destapadas sobre la mesa. Resulta más satisfactorio. ¿No le parece? Es mejor no ser tan diplomático sobre las cosas. Los dos sabemos lo que está sucediendo, pero si usted no sobrevive, no será una gran pérdida. No he invertido tanto en usted. Una jaula de alambre, unas cuantas bolitas de comida y algo de aserrín."

De repente, la idea de hallarme encerrada en una jaula me abrumó. Atrapada. "¡Déjame salir," grité, jalando la malla de mi celda. "¡Sácame de aquí, Trent!"

Golpearon la puerta y yo giré. Jonathan entró pisando junto a Faris. "El equipo de médicos está estacionando la ambulancia. Ellos pueden ocuparse de Faris. La S.E. solamente solicita una declaración. Nada más." Luego me dirigió una mirada de desprecio. "¿Qué le ocurre a tu bruja?"

"¡Déjame salir Trent!" chillé cada vez más frenética. "¡Déjame salir!" Corrí hasta la parte baja de la jaula. Con el corazón martillándome, subí de nuevo al segundo nivel. Me lancé contra los barrotes tratando de voltear la jaula. ¡Tenía que salir de allí!

Trent sonrió, su mirada tranquila y controlada. "La Srta. Morgan acaba de darse cuenta de lo convincente que soy. ¡Golpea su jaula!"

Jonathan dudó, confundido. "Pensé que usted no quería que la atormentara."

"En realidad, lo que te dije fue que no reacciones con rabia cuando has juzgado mal cómo puede reaccionar una persona. Ahora no estoy reaccionando con rabia. Le enseño a la Srta. Morgan su nuevo lugar en la vida. Ella está dentro de una jaula y yo puedo hacer lo que quiera con ella." Sus fríos ojos se fijaron en los míos. "¡Pégale-a-su-jaula!"

Jonathan hizo una mueca. Con la carpeta que tenía en la mano, lanzó el brazo contra la malla de alambre. El duro golpe me asustó, a pesar de que ya sabía que venía. La jaula se estremeció y yo me aferré a la malla con mis cuatro patas.

"Cállate, bruja," agregó Jonathan con una dulce satisfacción. Corrí a esconderme en mi choza. Trent acababa de darle permiso para atormentarme cuanto quisiera. Si no me mataban las ratas, lo haría Jonathan.

Veintiuno

"**V**amos Morgan, haz algo," bufaba Jonathan clavándome un palo y empujándome. Yo temblaba tratando de no reaccionar.

"Sé que sientes rabia," continuó, cambiando de posición
para clavarme el palo en el otro costado. El piso de mi jaula
estaba lleno de lápices, todos masticados hasta la mitad.
Jonathan me había atormentado intermitentemente toda la
mañana. Luego de muchas horas de chillarle y embestirlo,
caí en la cuenta de que mis esfuerzos no sólo conseguían
agotarme sino alimentar el entusiasmo de ese maldito sá-
dico. Ignorarlo no resultaba tan satisfactorio como atacarlo
para quitarle los lápices de la mano y mordisquearlos hasta
la mitad, aunque guardaba la esperanza de que se aburriera y
se largara.

Trent había salido para su almuerzo-siesta hacía una media hora. Pero Jonathan no mostraba señales de querer irse.
Estaba contento de quedarse para acosarme entre bocado y
bocado de pasta. Ni siquiera estaba a salvo en medio de la
jaula. Simplemente metía un palo más largo y me habían
quitado la choza.

"Bruja maldita. Reacciona." Jonathan giró el palo para
golpearme en la cabeza. Me golpeó una, dos, tres veces en
medio de las orejas. Mis bigotes temblaban. Sentía como mi
pulso se aceleraba y me dolía la cabeza por el esfuerzo para

no reaccionar. Al quinto golpe no aguanté más. Me moví en reverso y agarré el palo partiéndolo en dos.

"¡Eres hombre muerto!," chillé, lanzándome contra la malla de alambre. "¿Escuchaste? ¡Cuando salga de aquí serás hombre muerto!"

Se enderezó y se pasó las manos por el pelo. "Sabía que lograría hacerte mover."

"Haz la prueba cuando esté fuera de esta jaula," dije, temblando de ira.

Oí el sonido de tacones altos que se acercaban en el pasillo y sentí alivio. Reconocí los pasos y aparentemente también Jonathan. Se puso serio y dio un paso atrás. Esta vez Sara Jane entró a la oficina sin golpear. "¡Oh!," exclamó llevándose la mano a la solapa de su nuevo traje de oficina que había comprado el día anterior. Trent les pagaba a sus empleados por adelantado. "Lo siento, Jon. No pensé que aún había alguien aquí." Hubo un extraño silencio. "Venía a darle a Ángela lo que sobró de mi almuerzo antes de salir a mis vueltas."

Jonathan la miró directamente. "Yo lo haré por ti."

Oh, no, por favor, pensé. A lo mejor empaparía primero la comida en tinta, y ni siquiera así me la daría. Las sobras de Sara Jane era lo único que tenía para comer y ya estaba medio muerta de hambre.

"Gracias, pero no" dijo. Me acurruqué aliviada. "Yo cerraré la oficina del señor Kalamack si usted quiere irse."

Sí, vete, pensé con el pulso latiéndome rápido. *Lárgate para que yo pueda decirle a Sara Jane que soy una persona.* Lo había intentado todo el día, pero la primera vez Trent estaba observando y Jonathan golpeó mi jaula tan fuerte que la hizo caer.

"Estoy esperando al Sr. Kalamack," dijo Jonathan. "¿Estás segura de que no quieres que la alimente?" dijo con actitud petulante, colocándose justo detrás del escritorio de Trent fingiendo ordenarlo. Mis esperanzas de que se largara se desvanecieron. Sabía lo que estaba haciendo.

Sara Jane se agachó para que sus ojos quedaran al nivel de

los míos. Creo que eran azules, pero no estaba segura. "No. No me demoraré. ¿Trabajará el Sr. Kalamack durante el amuerzo?" le pregunté.

"No. Sólo me pidió esperarlo."

Me moví hacia adelante oliendo la zanahoria. "Ven Ángela," dijo la mujer. Su voz suave era tranquilizante. Abrió una servilleta de papel. "Hoy sólo hay zanahoria. Ya no quedaba apio."

Miré sospechosamente a Jonathan. Chequeaba detenidamente la punta de los lápices en el escritorio de Trent así es que tomé una zanahoria con mucha cautela. De pronto sentí un golpe fuerte y salté. Dejó ver una sonrisita en los labios. Había dejado caer un archivo sobre el escritorio. La mirada iracunda de Sara Jane era suficiente para cuajar leche. "Ya basta," le dijo indignada. "La has acosado todo el día." Frunció los labios y empujó las zanahorias a través de la malla. "Aquí tienes cariño," dijo calmándome. "Come tus zanahorias. ¿No te gustan tus bolitas?" Soltó las zanahorias y dejó sus dedos entre la malla.

Los olí dejando que me acariciara la cabeza con sus uñas gastadas y maltrechas. Confiaba en Sara Jane y yo no confiaba en la gente así nomás. Tal vez era porque las dos estábamos atrapadas y ambas lo sabíamos. No pensé que ella supiera acerca del tráfico de drogas biológicas de Trent; pero era demasiado inteligente para no estar preocupada por la forma como murió su predecesora. Trent la usaría tal como usó a Yolin Bates dejando su cadáver tirado en algún callejón.

Sentí una presión en el pecho como si fuera a llorar. Percibí un leve olor de secoya en ella casi opacado del todo por su perfume. Sintiéndome miserable, jalé las zanahorias y me las comí lo más rápido posible. Olían a vinagre y me puse a pensar en la preferencia de aliño para ensaladas de Sara Jane. Me había dado tres. Yo hubiera podido comer el doble.

"Yo pensé que ustedes los granjeros odiaban a los asesinos de gallinas" dijo Jonathan fingiendo ser indiferente pero observándome para asegurarse de que no demostrara algún comportamiento diferente al de los visones.

Las mejillas de Sara Jane enrojecieron y se enderezó inmediatamente de su posición agachada. Antes de pronunciar palabra alguna estiró el brazo tembloroso y se aferró a mi jaula. "Oooh" dijo, fijando los ojos en la distancia. "Me levanté demasiado rápido."

"¿Estás bien?" pregunté indiferente, como si no le importara.

Ella se llevó las manos a los ojos. "Sí, sí…estoy bien."

Dejé de masticar al oír pasos suaves en el pasillo. Trent entró a la oficina. Se había quitado el saco. Su ropa era lo que lo hacía ver como ejecutivo en lugar de un salvavidas. "Sara Jane, ¿no es tu hora de almuerzo?" preguntó amablemente.

"Ya me iba, Sr. Kalamack," respondió. Nos miró a Jonathan y a mí con preocupación antes de salir. Sus tacones sonaron levemente en el pasillo y desapareció. Sentí algo de alivio. Si Trent estaba aquí tal vez Jonathan me dejaría en paz y yo podría comer.

El altanero Jon se sentó en el asiento frente al escritorio de Trent. "¿Cuánto tiempo?," preguntó, cruzando la pierna y fijándome la mirada.

"Depende." Trent alimentó a sus peces de una bolsa. El pez amarillo llegó a la superficie produciendo sonidos leves.

"Debe ser muy fuerte," dijo Jonathan. "No pensé que le hiciera efecto."

Paré de masticar. ¿Ella? ¿Sara Jane?

"Yo pensé que sí," repuso Trent. "Estará bien." Volteó la cabeza pensando. "En el futuro tendré que ser más directo en mis negociaciones con ella. Toda la información que me trajo sobre la industria del azúcar de remolacha estaba recargada. Toda indicaba que es un mal negocio."

Jonathan aclaró la garganta sonando condescendiente. Trent cerró la bolsa y la guardó en el cajón debajo del acuario. Se paró detrás de su escritorio con la cabeza inclinada mientras organizaba unos papeles.

"¿Y por qué no un hechizo, Sa'han?" Jonathan se estiró y se puso de pie, arreglándose las arrugas del pantalón. "Yo diría que así estaríamos más seguros."

"Es contra las reglas hechizar a los animales en la competencia." Escribió una nota en su agenda.

Jonathan sonrió con malicia. "Pero las drogas no. Es una perversión que tiene sentido."

Mastiqué más lento. Hablaban de mí. El sabor de vinagre estaba más fuerte en esta última zanahoria y sentía un hormigueo en la lengua. Dejé caer la zanahoria y toqué mis encías. Estaban entumecidas. *Maldición. Era viernes.*

"¡Bastardo!" grité lanzándole la zanahoria a Trent, sólo para ver cómo rebotaba contra la malla. "¡Me drogaste y drogaste a Sara Jane para que me drogara!" Iracunda me lancé contra la puerta sacando una pata para tratar de alcanzar la perilla. Sentí náuseas y mareo.

Los dos hombres se acercaron a mí, mirándome. La expresión dominante de Trent me heló. Aterrada, corrí hasta el segundo nivel, luego bajé al primero. La luz me lastimaba los ojos. Tenía la boca entumecida y me tambaleé perdiendo el equilibrio. *¡Me había drogado!*

En medio del pánico, caí en la cuenta de que la portezuela se abriría. Esta podía ser mi única oportunidad. Me quedé inmóvil en medio de la jaula, jadeando. Lentamente, me di vuelta. *Por favor,* pensé desesperada. Por favor, abran la portezuela antes de que pierda el conocimiento del todo. Mi corazón latía veloz y mis pulmones se hincharon. No sabía si era por la droga o por mi esfuerzo.

Los dos estaban callados. Jonathan me pinchó con un lápiz. Hice vibrar mi pata como si fuera incapaz de moverla. "Creo que está dormida" dijo emocionado.

"Dale tiempo." La luz me golpeó en los ojos cuando Trent se alejó y los entreabrí.

Sin embargo, Jonathan estaba impaciente. "Voy por el maletín."

La jaula tembló mientras abría la portezuela. Mi pulso se aceleró cuando Jonathan enroscó sus dedos alrededor de mi cuerpo. ¡Pero yo volví de nuevo a la vida y le clavé los dientes en un dedo!

"¡Maldita asquerosa!," maldijo Jonathan sacando la mano y jalándome también a mí hasta afuera. Me solté cayendo pesadamente al suelo. Nada me dolía. Estaba totalmente entumecida. Salté hacia la puerta, despatarrada, pues mis patas no respondían.

"¡Jon! ¡La puerta!," gritó Trent.

El piso tembló y sentí el duro golpe de la puerta que se cerraba. Dudé, incapaz de pensar. Tenía que correr. ¿Dónde diablos estaba la puerta?

La sombra de Jonathan se acercó. Le mostré los dientes y retrocedió, acobardado por mis diminutos incisivos. Emanaba el agudo hedor de miedo. Estaba asustado, el valentón. De pronto se lanzó hacia adelante agarrándome por el pescuezo. Yo me retorcí clavándole mis dientes en el pulgar. Gritó de dolor y me soltó. De nuevo caí al piso. "¡Maldita bruja!," gritó. Me tambaleé, incapaz de correr. Sentía la sangre de Jon en la lengua. Sabía a canela y vino.

"Tócame de nuevo y te arrancaré todo el dedo," chillé.

Jonathan retrocedió asustado. Fue Trent quien me alzó. Estaba bajo el efecto profundo de la droga y no podía hacer nada. Sentí como una bendición sus manos frías que me acunaban. Me depositó suavemente en el maletín y cerró la portezuela. La jaula trepidó.

Sentía la boca seca y el estómago retorcido. Alguien alzó el maletín poniéndolo sobre el escritorio. "Aun tenemos unos minutos antes de partir. Veamos si Sara Jane tiene crema antibiótica en su escritorio para esas mordidas."

La voz de Trent era tan borrosa como mi mente. La oscuridad se volvió total y quedé inconsciente. Maldije mi estupidez.

Veintidós

Alguien hablaba. Eso podía entenderlo. En realidad eran dos voces y ahora que recuperaba mi capacidad de pensar, caí en la cuenta que habían estado conversando durante algún tiempo. Una de las voces era la de Trent. Su extraordinaria elocuencia me hizo reaccionar otra vez. Al fondo se oía el agudo chillido de ratas.

"Ay, ¡maldición!," susurré, pero con un chillido débil. Tenía los ojos abiertos pero me esforcé por cerrarlos. Los sentía tan secos como papel de lija. Unos cuantos dolorosos parpadeos más y comenzaron a fluir las lágrimas. Lentamente logré enfocar de nuevo las paredes grises del maletín.

"¡Sr. Kalamack!," dijo una voz dándole la bienvenida y el mundo dio vueltas cuando giraron el maletín. "Me dijeron en la segunda planta que usted estaba aquí. Es un gusto." La voz se acercó más. "¡Y además trajo un contrincante! Espere usted a verlo, sólo espere" dijo el hombre, desbordado de emoción agitando para arriba y para abajo la mano que le había ofrecido Trent. "Un nuevo contrincante hace que el concurso sea mucho más emocionante."

"Buenas tardes Jim," repuso Trent cálidamente. "Disculpe que haya llegado así no más sin avisar."

La sosegada voz de Trent fue un bálsamo que hizo desaparecer mi dolor de cabeza. La amaba y la odiaba a la vez. ¿Cómo podía algo tan hermoso pertenecerle a alguien tan funesto?

"Usted siempre es bienvenido, Sr. Kalamack." El tipo olía a aserrín. Yo me acurruqué en un rincón. "¿Ya se registró? ¿Le han asignado un puesto para el primer asalto?"

"¿Acaso habrá más de una pelea?" interrumpió Jonathan.

"Sí señor, así es," repuso Jim animadamente al tiempo que giró el maletín para quedar de frente a la portezuela. "Uno apuesta su rata hasta que muere, o la retira. ¡Oh!" exclamó al verme. "Un visón. Vaya... es usted muy elegante. Naturalmente, eso hará que sus posibilidades cambien. Pero no se preocupe. En el pasado hemos tenido tejones y serpientes. Apreciamos la diversidad y a todos les encanta cuando un contrincante nuevo es devorado."

Empecé a respirar aceleradamente. Tenía que salir de allí.

"¿Está seguro de que su animal luchará?" preguntó Jim. "Las ratas que tenemos aquí han sido criadas para atacar; claro que ahora tenemos a una rata callejera que ha dado espectáculo los últimos tres meses."

"Tuve que drogarlo para meterlo en el maletín," dijo Trent con voz seria.

"Ah, un batallador. Veamos..." dijo Jim solícito, arrebatándole un cuaderno de registro a un trabajador que pasaba por ahí. "Permítame cambiar el primer asalto que le correspondía por uno de los últimos. Así tendrá más tiempo de eliminar el sedante. Además, a nadie le gustan los primeros turnos. No hay suficiente tiempo para que los animales se recuperen antes del siguiente asalto."

Me acerqué impotente a la parte delantera del maletín. Jim parecía un buen tipo con mejillas redondas y panza grande. Con un pequeño hechizo podría convertirse en el San Nicolás del centro comercial. ¿Qué estaba haciendo en los antros de Cincinnati?

La mirada amable de Jim pasó por encima del hombro de Trent y agitó el brazo saludando a alguien. "Por favor, conserve siempre a su animal con usted," dijo fijando la mirada en la persona que acababa de llegar. "Tiene cinco minutos para meter a su animal en la arena una vez que lo llamen. De lo contrario queda eliminado."

La arena...qué divertido, pensé.

"Ahora sólo necesito saber el nombre de su animal," dijo Jim.

"Ángela," repuso Trent con sinceridad burlona, pero Jim lo anotó sin dudarlo ni un instante.

"Ángela," repitió Jim. Adiestrado y propiedad de Trent Kalamack.

"¡No te pertenezco!" chillé, y Jonathan le dio un golpe al maletín.

"Vamos arriba, Jon," dijo Trent dándole la mano a Jim. "El ruido de estas ratas me está atravesando la cabeza."

Me paré en mis cuatro patas para equilibrarme ante la oscilación del maletín al ponernos en movimiento. "No voy a pelear Trent," chillé con fuerza. "No puedes ignorarme así."

"Quédese quieta, Srta. Morgan," dijo Trent mientras subíamos. "No me dirá que no está entrenada para esto. Todos los agentes saben cómo matar. Bien sea que trabaje para mí o para ellos ¿cuál es la diferencia? Es sólo una rata."

"¡Nunca he matado a nadie en la vida!" grité golpeando la portezuela, "y no lo haré por ti." Pero pensé que no tenía opción. No podía razonar con una rata, decirle que todo era un grave error ¡y que por qué no arreglábamos las cosas amigablemente!

El ruido de las ratas fue opacado por las conversaciones en voz alta en la parte superior de las escaleras. Trent hizo un pausa para acomodarse al ambiente. "Mira," dijo. "Ahí está Randolph."

"¿Randolph Mirick?" preguntó Jonathan. "¿No ha tratado usted de organizar una reunión con él para incrementar sus derechos sobre el agua?"

"Sí." Trent pareció saborear la palabra. "Desde hace siete semanas. Aparentemente es un hombre muy ocupado. Y mira más allá. ¿Ves a la mujer que sostiene a ese asqueroso perrito? Es la Jefe Ejecutiva de la compañía de vidrios con la que hemos hecho negocios. Me gustaría hablar con ella sobre la posibilidad de obtener un buen descuento por volumen. No pensé que esta sería una oportunidad para hacer contactos."

Empezamos a movernos entre la multitud. Trent mantenía conversaciones ligeras y amigables, exhibiéndome como si fuera una mula premiada. Me agazapé al fondo de la jaula ignorando los gestos que me hacían las señoras. Sentía la boca como una secadora de pelo y podía oler sangre vieja, orines y ratas.

También podía oírlas chillando en tonos tan agudos que la gente no escuchaba. Ya habían comenzado los enfrentamientos aun cuando ninguna persona parada lo sabía. Barrotes y plásticos gruesos separaban a los combatientes, pero ya emitían sus violentas amenazas.

Trent encontró un asiento al lado de la miserable alcaldesa de la ciudad y luego de acomodarme en medio de sus pies empezó a hablarle sobre los beneficios globales de zonificar nuevamente su propiedad como propiedad industrial y no comercial. Argumentaba que la mayor parte de su terreno se empleaba de una u otra manera en ganancias industriales. Ella no parecía escucharlo hasta que Trent sugirió que tal vez tendría que trasladar a sus industrias más afectadas hacia otros lugares más...amigables.

Pasé una hora de pesadilla. Los chillidos ultrasónicos atravesaban los sonidos más graves, pero la multitud humana no los sentía. Jonathan hacía comentarios complejos que no redundaban en beneficio mío, pues adornaba las monstruosidades que tenían lugar en la arena. Ninguno de los asaltos duró mucho—diez minutos por mucho. El repentino silencio seguido de la explosiva gritería de los espectadores era una barbarie. Pronto pude oler la sangre de la que Jonathan parecía obtener inspiración. Yo saltaba con cada movimiento de pies de Trent.

El público aplaudió educadamente el resultado oficial del último asalto. Evidentemente hubo un ganador. Gracias a Jonathan me enteré de que la rata ganadora le había abierto el vientre a su oponente antes de que el perdedor pudiera rendirse, y que todavía le clavaba los dientes en una de sus patas.

"¡Ángela!" llamó Jim con voz profunda y espectacular que retumbó por los altoparlantes. "Adiestrado por Kalamack y propiedad de Kalamack."

Invadida de adrenalina, mis patas comenzaron a temblar. *Tengo que superar a una rata,* pensé, mientras sentía cómo el público vitoreaba a mi oponente en la arena, El Barón Sanguinario. No me dejaría matar por una rata.

Sentí un nudo en el estómago cuando Trent pasó junto al banco vacío junto a la arena. El olor era cien veces peor. Sabía que él también sentía el olor por la expresión de malestar que puso. Jonathan le seguía los pasos entusiasmado. A pesar de ser un mojigato elegante de cuello planchado y medias almidonadas, al hombre le gustaban los deportes sangrientos. Ahora casi no podía oír los chillidos de las ratas. La mitad estaban muertas y la otra mitad se lamían las heridas.

Hubo un momento de intercambio de cumplidos entre los propietarios seguido de una dramática emoción orquestada por Jim. Yo no escuchaba su palabrería de maestro de ceremonias. Estaba más concentrada en echarle una primera mirada a la arena.

El círculo era del tamaño de una piscina para niños rodeado de paredes de un metro de altura. El piso era de aserrín. Tenía manchas oscuras que indicaban ser de sangre. El hedor a orina y miedo era penetrante, tanto que me asombré de no poder verlo. Alguien con humor negro había colocado animales de juguete en la arena.

"¿Caballeros?" dijo Jim teatralmente, llamando la atención. "Pongan a sus combatientes."

Trent acercó la cara a la jaula. "He cambiado de opinión, Morgan," murmuró. "Ya no te necesito como agente. Para mí vales más matando ratas que matando a mis competidores. Los contactos que puedo hacer aquí son asombrosos."

"Muérete," gruñí.

Ante mi osco chillido abrió la portezuela y me tiró al ruedo.

Caí suavemente en el aserrín. La sombra de un movimiento del otro lado del ruedo me anunció la llegada del Barón Sanguinario. El público emitió un "¡Oh! de asombro al verme y yo salté rápidamente escondiéndome detrás de una pelota. Yo era mucho más atractiva que una rata."

Era espantoso tener la nariz metida en el aserrín: sangre, orina, muerte. Sólo pensaba en escapar. Mis ojos buscaron a los de Trent y sonrió. Él pensaba que podía torcerme el brazo y yo lo odiaba.

El público gritaba y me di vuelta para ver cómo el sanguinario venía hacia mí. No era tan largo como yo pero sí más fornido. Tal vez pesábamos lo mismo. Chillaba sin cesar en su carrera. Me paralicé sin saber qué hacer. En el último instante decidí saltar para quitarme del camino, dándole una patada al pasar. Era una fórmula de ataque que usé cientos de veces cuando era agente. Fue una reacción instintiva, aun cuando para un visón no tenía mayor gracia y no era muy efectiva. Terminé la patada girando y cayendo de cuclillas viendo cómo la rata resbalaba hasta detenerse.

El Barón dudó un instante examinando con su hocico el flanco donde lo había golpeado. Quedó en silencio.

Me atacó de nuevo y el público lo animaba. Esta vez apunté mejor acertándole en la cara al tiempo que yo saltaba hacia un lado. Aterricé de cuclillas y mis manos asumieron automáticamente la posición de combate, como si estuviera peleando contra una persona. La rata resbaló de nuevo hasta detenerse, chillando y agitando la cabeza como tratando de enfocar. El campo de visión de una rata debe ser muy limitado. Podía usar eso a mi favor.

Chillando con ira, El Barón se abalanzó contra mí por tercera vez. Me concentré en la idea de saltar directamente hacia arriba, caer sobre sus espaldas y ahogarlo hasta que perdiera el sentido. Sentía náuseas. No mataría por Trent. Ni siquiera a una rata. Si sacrificaba mis principios o mi ética, me poseería en cuerpo y alma. Si le daba mi brazo a torcer con ratas, mañana sería con gente.

La muchedumbre gritaba a más no poder y El Barón embistió de nuevo. Salté. "¡Mierda!" chillé al ver que se detuvo debajo de mí. ¡Le caería encima! Caí suavemente y chillé cuando me clavó los dientes en la nariz. Aterrada, traté de zafarme pero se aferró con fuerza, no permitiéndome liberarme. Me retorcí, lo golpeé en la boca con las manos y le propiné un par de patadas en la panza. Chilló con los golpes y aflojó su agarre. Finalmente me soltó y pude escabullirme.

Retrocedí un poco frotándome la nariz. No sé por qué no me la arrancó de la cara.

El Barón se puso de pie. Se tocó el costado donde lo había golpeado primero, luego la cara y finalmente la panza donde habían aterrizado mis patadas. Estaba haciendo un inventario de mis golpes. Su pata derecha se alzó para frotarse la nariz y me pareció entender que me estaba imitando. ¡El Barón era una persona!

"¡Demonios!" chillé. El Barón movió la cabeza una vez. Respiraba muy rápido y pasé la mirada por las paredes del ruedo y la gente que se abarrotaba contra ellas. Juntos podíamos escapar pero solos no teníamos ninguna opción. El Barón me hizo unos sonidos suaves. El público quedó en silencio. No iba a dejar escapar esta oportunidad. Torció los bigotes y yo lo embestí. Rodamos por el suelo en una lucha inofensiva. Todo lo que necesitaba era idear la manera de salir de allí y decírselo a El Barón sin que Trent se diera cuenta.

Nos trenzamos en una serie de vueltas y luego nos separamos. Me puse de pie y giré para buscarlo. Nada. "¡Barón!," grité. ¡Se había ido! Di vueltas y vueltas pensando si acaso lo habrían sacado del ruedo. De pronto sentí unos rasguños rítmicos detrás de una torre de bloques de madera. Luché contra la urgencia de darme vuelta pero finalmente sentí alivio. Ahí estaba. Ahora tenía una idea.

El único momento en que las manos se metían al ruedo

era cuando terminaba el combate. Uno de los dos tendría que fingir que moría.

"¡Escucha!" grité al tiempo que El Barón se lanzaba sobre mí. Sus afilados dientes se clavaron en mi oreja rasgándola. Mis ojos se llenaron de sangre cegándome. Furiosa, lo lancé por encima del hombro. "¿Qué demonios te pasa?" chillé mientras él caía pesadamente. El público estalló de la emoción, olvidando de inmediato nuestro comportamiento no roedor de segundos atrás.

El Barón hizo una serie larga de chillidos, sin duda tratando de explicarme lo que pensaba. Yo lo embestí agarrándolo por la tráquea haciéndolo callar. Me aporreó con las patas traseras a medida que le cortaba el suministro de aire. Se retorció agarrándome de la nariz con las uñas. Yo aflojé mi agarre al sentir los alfileres de sus garras dejándolo respirar.

Rengueó. "Se supone que no tienes que morirte todavía" dije chillando trabajosamente pues tenía su piel en mi boca. Lo atenacé hasta que lo sentí quejarse y patalear. El público empezó a murmurar pensando que Ángela se anotaría la primera victoria de la noche. Miré a Trent pero el instinto me hizo recapacitar al reconocer que sospechaba algo. Esto no iba a funcionar. Tal vez El Barón podía escapar. Yo no. Sería yo quien tendría que morir, no él.

"Ven, pelea" chillé, sabiendo que no me entendía. Aflojé mi agarre. Pero él no entendió. Se quedó inmóvil. Entonces le lancé una patada en la entrepierna.

Gritó de dolor y se zafó de mí. Yo me alejé rodando. "Atácame, mátame," chillé. Movió la cabeza tratando de recuperar su enfoque. Yo le hice una señal moviendo mi cabeza hacia el público. Él parpadeó como si hubiera entendido y me atacó. Su mandíbula fue directa a mi tráquea dejándome sin aire. Me sacudí con fuerza y los dos nos fuimos contra las paredes. Escuché los gritos de emoción de la gente y la presión de la sangre me reventaba en la cabeza.

Me tenía agarrada muy duro, demasiado duro para poder respirar. *Ahora, en cualquier momento*, pensé desesperada.

Puedes dejarme respirar en cualquier momento. Nos fuimos contra una pelota pero aún no me soltaba. El pánico me invadió. ¿Acaso no era una persona? ¿Había dejado que una rata me agarrara con un mordisco mortal?

Comencé a luchar por zafarme pero me mordió más fuerte. Sentí que mi cabeza iba a estallar. La sangre me latía. Me retorcí y pataleé clavándole una garra en el ojo hasta que le salieron lágrimas; pero aun así no me soltaba. Logré hacer una voltereta que nos lanzó contra las paredes. Entonces logré atraparlo por el cuello. Me soltó de inmediato y por fin pude respirar.

Lo mordí furiosa y sentí el sabor de su sangre en mis dientes. Me devolvió el mordisco y chillé de dolor. Aflojé mi agarre y él hizo lo mismo. Los gritos del público presionaban tanto como el calor de las lámparas. Estábamos tirados en el piso sobre el aserrín tratando de disminuir el ritmo de la respiración para que pareciera que nos estábamos asfixiando el uno al otro. Finalmente comprendí. Su dueño también sabía que él era una persona. Los dos teníamos que morir.

La gente gritaba. Querían saber quién era el ganador o si los dos estábamos muertos. Miré con los ojos entreabiertos y vi a Trent. No estaba contento. Entendí que nuestro teatro apenas tenía éxito parcialmente. El Barón se quedó muy quieto. Emitió un pequeño chillido y yo le respondí muy bajo. Sentí de repente un nuevo ánimo.

"¡Señoras y señores!" sonó finalmente la voz profesional de Jim acallando el ruido. "Parece que tenemos un empate. ¿Podrían los propietarios retirar a sus animales por favor?" El público quedó en silencio. "Haremos una breve pausa para determinar si alguno de los combatientes está vivo."

Mi corazón comenzó a martillar al percibir que se aproximaban sombras. El Barón emitió tres chillidos breves y de repente saltó. Yo reaccioné un poco tarde agarrando la primera mano que encontré.

"¡Cuidado!" gritó alguien. Volé por el aire cuando la mano me soltó intempestivamente. Me arqueé con mi cola formando círculos frenéticamente. Pude ver una cara sorprendida y aterricé sobre el pecho de un hombre. Gritó como una niñita tratando de quitarme de encima y caí duro al piso. Tomé aire y me arrastré debajo de su silla.

El ruido era ensordecedor. Uno diría que se había escapado un león y no dos roedores. La gente se dispersó. El sonido de pasos que pasaban junto a la silla parecía irreal. Alguien que olía a aserrín trató de agarrarme pero lo amenacé con los dientes y retrocedió.

"Tengo al visón," gritó un empleado en medio del escándalo. "¡Tráiganme una red!" Apenas volteó la mirada salí corriendo. Mi pulso latía tan rápido que sonaba como un zumbido. Esquivé piernas y asientos casi estrellándome de cabeza contra la pared del fondo. La sangre que me chorreaba de la oreja caía en mis ojos nublándome la vista. ¿Cómo saldría de allí?

"Todo el mundo tranquilo," sonó la voz de Jim por los altavoces. "Por favor, diríjanse al vestíbulo a disfrutar de un refrigerio mientras continuamos la búsqueda. Les pedimos que mantengan cerradas las puertas exteriores hasta que hayamos atrapado a los combatientes." Hubo una pausa. "¡Y saquen a ese perro de aquí!" concluyó molesto.

¿Puertas? pensé, mirando aquel manicomio. Yo no necesito puertas. Necesito a Jenks.

"¡Raquel!" dijo una voz arriba de mí. Chirrié al tiempo que Jenks aterrizaba sobre mis hombros con un leve golpe. "Estás hecha una mierda," gritó en mi oído herido. "Pensé que esa rata te había matado; ¡pero cuando saltaste y agarraste la mano de Jonathan estuve a punto de orinarme en los pantalones!"

"¿¡Dónde está la puerta!?" traté de preguntarle. Cómo logró encontrarme es una historia que tendríamos que dejar para más tarde.

"No sé," dijo. "Me fui tal como lo ordenaste. Apenas regresé hoy. Tan pronto Trent salió con esa caja para gatos supe que tú estabas adentro. Yo me escondí en el parachoques. Te apuesto a que no sabías que así viajan los duendes por la ciudad ¿lo sabías? Más vale que saques tu trasero peludo de aquí antes de que alguien te encuentre."

"¿¡Hacia dónde!?" chillé. "¿¡Para qué lado!?"

"Por atrás. Hay una ruta de escape. Hice un reconocimiento durante el primer combate. Oye... estas ratas salvajes. ¿Viste como esa le arrancó la pierna a la otra? Sigue esta pared por unos seis metros y luego bajas tres escalones hasta llegar a un pasillo."

Empecé a moverme y sentí que Jenks se aferraba a mi piel.

"Huy... tu oreja esta hecha trizas" dijo Jenks mientras descendíamos los tres escalones. "Muy bien. Ahora continúa por el pasillo a la derecha. Hay una abertura... ¡No! ¡No te metas ahí!" gritó Jenks cuando ya empezaba a hacerlo. "Es la cocina."

Di media vuelta y me quedé paralizada al oír un ruido de pasos. Mi pulso se aceleró. No me dejaría atrapar. ¡Eso jamás!

"El fregadero," susurró Jenks. "La puerta del armario no está con llave. ¡Corre!"

Lo vi. Correteé por el piso, mis garras raspando suavemente. Me escurrí adentro mientras Jenks voló junto a la puerta para espiar. Retrocedí para esconderme detrás de un balde y escuché en silencio.

"No están en la cocina," gritó una voz apagada. Sentí un poco de alivio. Había dicho "están." El Barón seguía libre.

Jenks regresó aleteando sin parar y se paró en el armario. "Demonios, no sabes cuánto me alegra verte. Ivy no hace otra cosa que estudiar un plano que encontró de la propiedad de Trent," susurró. "Se pasa la noche rezongando y escribiendo papeles. Después arruga y tira cada hoja en una esquina. Mis hijos gozan de lo lindo jugando en la montaña que formó. No creo que ella sepa que estoy aquí. Sólo piensa en ese mapa y en tomar jugo de naranja."

Sentí olor a tierra. Mientras Jenks cacareaba como un adicto al azufre que necesita su dosis, exploré el oloroso armario y descubrí que la tubería del fregadero pasaba debajo del piso de madera de la casa. El espacio entre el metal y el piso era apenas suficiente para mis hombros. Comencé a masticar.

"Dije que sacaran a ese perro de aquí," ordenó una voz apagada.

"No, espera. ¿Puedes darle una pista? Tal vez pueda encontrarlos."

Jenks se acercó. "Claro, el piso. ¡Es buena idea! Te ayudaré." Se puso junto a mí.

"Busca a El Barón," chillé.

"¿Quién dice que no puedo ayudar?" dijo Jenks orgulloso. Arrancó un palito de madera del tamaño de un palillo cerca del agujero.

"La rata," chillé. "No puede ver." Frustrada dejé caer un recipiente de detergente. El polvo se derramó y el olor a pino me invadió. Le arrebaté el palillo a Jenks y con él escribí: "Busca a la rata."

Jenks se elevó y tapándose la nariz con una mano preguntó. "¿Por qué?"

"Hombre" escribí. "No ve."

Jenks gruñó. "¿Encontraste un amigo? Espera a que Ivy se entere."

Mostré los dientes señalando la puerta con el palillo. Aún así dudó. "¿Te quedarás aquí agrandando ese agujero?"

Desesperada le lancé el palo. Jenks retrocedió un poco. "¡Está bien, está bien! No te vuelvas loca."

Su risa retumbó por todas partes libremente cuando pasó por la ranura de la puerta. Yo seguí mordisqueando la madera. Tenía un sabor horrible, una mezcla pútrida de jabón, grasa y moho. Sentí que enfermaba. Mi cuerpo se tensó. Cada golpe que escuchaba me sobresaltaba. Estaba esperando a escuchar el grito triunfal de la captura. Afortunadamente, el perro no entendió que diablos esperaban de él. Sólo quería jugar y a todos se les estaba agotando la paciencia.

Me dolía la mandíbula pero contuve mis lamentos. Un poco de jabón había entrado en la herida que tenía en la oreja y me ardía como el mismísimo infierno. Traté de meter la cabeza en el agujero para llegar al espacio por donde podría arrastrarme. Si lograba meter la cabeza, de seguro pasaría también mi cuerpo. Pero aún no era lo suficientemente grande.

"¡Miren!" gritó alguien. "Está funcionando. Parece que ya detectó el olor."

Saqué la cabeza del agujero con desesperación. Me raspé la oreja y empezó a sangrar de nuevo. De repente oí un rasguño en el pasillo y redoblé mi esfuerzo. Sentí la voz de Jenks. "Es la cocina. Raquel está debajo del fregadero. No. Es el siguiente armario. ¡Rápido! Creo que te vieron."

De pronto entró un destello de luz acompañado por aire. Me senté escupiendo madera.

"¡Hola! ¡Ya regresamos! Aquí está tu rata, Raquel."

El Barón me miró. Sus ojos brillaban e inmediatamente formamos un equipo. Metió la cabeza en el agujero y comenzó a roer. No había suficiente espacio para acomodar sus anchas espaldas. Yo continué agrandando el agujero arriba. Ahora escuchábamos los ladridos del perro en el pasillo. Por un instante se nos heló el corazón pero seguimos mordiendo. Sentí un nudo en el estómago.

"¿Suficientemente grande?" gritó Jenks. "¡Váyanse rápido!"

Metí la cabeza en el agujero junto a El Barón mordisqueando frenéticamente. De repente oímos rasguños en la puerta del armario. La luz invadió el mueble al abrirse la puerta. "¡Aquí!" gritó una voz. "¡Encontró a uno aquí!"

Estaba perdiendo las esperanzas. Alcé la cabeza y me dolía la mandíbula. El detergente de pino me cubría la piel y me hacía arder los ojos. Giré la cabeza y pude ver las patas que nos buscaban. Pensé que el agujero aún no era lo suficientemente grande. De pronto sentí un chillido agudo. El Barón estaba acurrucado señalando hacia abajo. "No es lo suficientemente grande para ti," le dije.

Se abalanzó sobre mí jalándome y metiéndome en el agujero. El ruido del perro se hizo más fuerte y yo caí en el aire.

Estiré las patas tratando de engancharme a la tubería. Con una de mis patas delanteras logré fijarme a unos tubos soldados y me detuve. Arriba el perro ladraba sin cesar. Los rasguños de sus patas sonaban en el piso de madera y entonces sentí un chillido. Terminé mi caída y toqué fondo. Me quedé ahí escuchando el gemido de muerte de El Barón.

Debí quedarme, pensé desesperada. *Nunca debí dejar que me metiera por este hueco.* Sabía que él no cabía.

De repente sentí un golpe seco y que raspaban la tierra a mi lado.

"¡Lo lograste!" chillé al ver cómo El Barón se revolcaba en la tierra a mi lado.

También llegó Jenks brillando con su tenue luz. Traía un bigote de perro en una mano. "¡Debiste verlo, Raque!" me dijo emocionado. "Le propinó un mordisco a ese perro en la nariz ¡yahoo! ¡pum! ¡bam-bam! ¡esto es para ti grandulón!"

El duende siguió volando en círculos a nuestro alrededor, demasiado excitado para quedarse quieto. Sin embargo, El Barón estaba tiritando. Se enroscó como una bola de peluche y se veía enfermo. Me acerqué para agradecerle. Le toqué los hombros y saltó, mirándome con sus ojos negros bien abiertos.

"¡Saquen a ese perro de aquí!," dijo una voz furiosa arriba en el piso. Alzamos la mirada para ver una tenue luz. Los ladridos cesaron y mi pulso comenzó a normalizarse. "Así es," dijo Jim. "Son mordiscos frescos. Uno se escapó por aquí."

"¿Cómo llegamos allá abajo?" Era Trent. Me llené de pánico acurrucándome contra la tierra.

"Hay una escotilla en el pasillo pero el espacio tiene acceso a la calle por cualquiera de los respiraderos." Sus voces se alejaron. "Lo siento mucho, Sr. Kalamack. Es la primera vez que tenemos una fuga," continuó Jim. "Haré que alguien baje allá inmediatamente."

"No. Ya escapó." Sonó frustrado y yo sentí un aire de victoria. Jonathan no iba a tener un viaje de regreso nada agradable. Me estiré un poco y suspiré cansada. Me ardían los oídos y los ojos. Quería regresar a casa.

El Barón chilló para llamar mi atención y señaló la tierra. Había escrito algo: "Gracias."

No pude contener una sonrisa. Me acurruqué junto a él y escribí: "Por nada." Mis letras se veían desordenadas junto a las suyas.

"Vaya, que *ternura*" se burló Jenks. "¿Ahora podemos largarnos de aquí?"

El Barón saltó hacia la malla que tapaba el respiradero aferrándose con las cuatro patas y empezó a morder cuidadosamente las soldaduras.

Veintitrés

Raspé con la cuchara el fondo del recipiente plástico de requesón formando un montoncito con lo que quedaba. Sentía frío en las rodillas y las cubrí con mi bata azul de felpa. Me arreglé la cara mientras que El Barón se transformaba en hombre y se duchaba en el segundo baño, el que Ivy y yo habíamos decidido que sería el mío. Me moría de ganas de ver cómo era. Las dos estuvimos de acuerdo en que si había sobrevivido a las peleas de ratas tanto tiempo tenía que ser un monumento de hombre. Era valiente, caballeroso y no le molestaban los vampiros—esto último era lo más asombroso pues, según Jenks, El Barón es un humano.

Jenks había llamado a Ivy por cobrar desde el primer teléfono que vimos. El ruido de su motocicleta—recién retirada del taller luego de que se metió bajo un camión la semana anterior—nos pareció una bella canción. Por poco me hace llorar cuando saltó de su silla vestida de cuero negro de pies a cabeza, apenas me vio. Por lo menos había alguien que se preocupaba si yo vivía o estaba muerta, así fuese un vampiro cuyos motivos aún no lograba descifrar.

Ni El Barón ni yo quisimos meternos en la cajita que había traído para transportarnos. Después de discutir cinco minutos—ella protestando y nosotros chillando—decidió botar la cajita en el callejón refunfuñando frustrada y nos dejó subir adelante. No estaba de muy buen humor cuando salió del callejón con un visón y una rata subidos en el tanque de gasolina con las patitas encima del velocímetro. Finalmente logramos salir del tráfico del viernes en la tarde y tomar velocidad. ¡Al fin entendí por qué a los perros les gusta sacar la cabeza por las ventanillas!

Montar en moto siempre me pareció emocionante, pero ahora como roedor sentía un torrente de excitación. Estaba feliz de regresar a casa con el aire que me doblaba los bigotes y me hacía tener los ojos semiabiertos. No me importaba que la gente mirara a Ivy con extrañeza y que sonaran la bocina. Sentí que tendría un orgasmo cerebral por la sobrecarga emocional. Hasta sentí tristeza cuando Ivy finalmente giró para tomar nuestra calle.

Empujé con el dedo el último poco de queso en la cuchara sin prestarle atención a los ruidos de marrano que emitía Jenks parado en el cucharón que colgaba de la mesa en medio de la cocina. No había parado de comer desde que me transformé de nuevo, pero como sólo había probado zanahorias durante los últimos tres días y medio, tenía derecho a una comilona.

Puse el recipiente desocupado junto al plato sucio que tenía al frente. Pensé si duele más transformarse siendo humano. Según el quejido masculino de dolor que se escuchó en el baño antes de prenderse la ducha, diría que duele igual.

A pesar de haberme jabonado dos veces, sentía aun el olor de visón bajo mi perfume. Mi oreja herida palpitaba, mi cuello tenía perforaciones con manchas rojas donde El Barón me había mordido y mi pierna izquierda me dolía por la caída que tuve de la rueda de ejercicios. Pero qué bien se sentía ser de nuevo una persona. Observé a Ivy lavando los platos. Tal vez debí taparme la oreja.

Aún no les había contado a Ivy y a Jenks todo lo sucedido durante los últimos días. Sólo les había contado de mi cautiverio pero no de todas las cosas que aprendí. Ivy no había dicho nada pero presentí que se moría de ganas de decirme lo idiota que fui por no tener un plan alterno de escape.

Cerró la llave tan pronto terminó de enjuagar el último

vaso. Lo dejó escurriendo y se dio vuelta para secarse las manos con la toalla de los platos. Ver a un vampiro delgado vestido de cuero lavando platos era una escena que solamente podía suceder en mi vida de locos. "Veamos. Explícame bien las cosas" dijo Ivy reclinándose en la mesa. "Trent te atrapó con las manos en la masa; pero en vez de entregarte te metió a las peleas de ratas de la ciudad para que dieras tu brazo a torcer y trabajaras para él."

"Ajá." Me estiré para alcanzar el paquete de galletas que tenía Ivy junto a su computadora.

"Tiene sentido." Se movió y tomó mi plato vacío. Lo lavó y lo puso a escurrir junto a los vasos. Además de mis platos, no vi más platos, cubiertos ni tazas. Sólo veinte vasos con una gota de jugo de naranja en el fondo.

"La próxima vez que te enfrentes a alguien como Trent ¿podríamos tener por lo menos un plan si te atrapan?," dijo dándome la espalda.

Alcé la cabeza del paquete de galletas fastidiada. Tomé aire para decirle que podía hacer papel higiénico con sus planes, pero dudé. Sus hombros estaban tensos y la cara seria. Recordé que Jenks me dijo lo preocupada que estaba y también cómo yo despertaba sus instintos. Dejé escapar el aire lentamente. "Sí, claro," repuse con algo de duda. "Podemos tener un plan libre de errores para cuando yo meta la pata, siempre y cuando también tengamos uno para ti."

Jenks dejó escapar una risilla e Ivy lo miró. "No necesitamos uno para mí," dijo.

"No olvides escribir eso y pegarlo junto al teléfono," repuse indiferentemente. "Yo haré lo mismo." Le estaba tomando el pelo, pero luego pensé que a lo mejor era capaz de hacerlo puesto que tomaba todo tan en serio.

Sin decir más, Ivy decidió empezar a secar los platos y los vasos que había dejado escurriendo. Mastiqué las galletas de jengibre observando cómo sus hombros se relajaban y sus movimientos se volvían más lentos. "Tenías razón," dije, pues pensé que al menos le debía eso, "nunca he contado con nadie antes, no estoy acostumbrada."

Ivy dio media vuelta y me sorprendió su actitud relajada. "Oye, no hay problema."

"¡Oh! ¡Ayuda!" dijo Jenks desde el organizador de cubiertos. "Creo que voy a vomitar."

Ivy le dio un golpe con la toalla con una sonrisa irónica. La observé detenidamente mientras seguía secando los platos. Las cosas eran distintas cuando lograba calmarse y acomodarse al momento. Ahora que lo pensaba, el año que logramos trabajar juntas fue justamente porque logramos acomodarnos a las circunstancias. Sin embargo, para mí era más difícil acomodarme estando rodeada de todas sus cosas pero ninguna mía. Me había sentido vulnerable y al borde del precipicio.

"Debiste verla, Raquel," dijo Jenks susurrando en voz alta para que ella lo oyera. "Se pasó todos los días sentada con sus mapas buscando una manera para rescatarte de Trent. Le dije que solo podíamos estar atentos y ayudarte cuando se presentara la oportunidad."

"¡Cierra la boca, Jenks!" dijo Ivy intempestivamente con voz grave de advertencia. Comí la última galleta y me levanté para botar el paquete.

"Si vieras. Tenía este plan maravilloso" continuó Jenks, "pero lo botó cuando te estabas duchando. Iba a llamar a todos los que le deben favores. Hasta habló con su madre."

"Voy a conseguir un gato," dijo Ivy seriamente. "Un gato grande y negro."

Saqué un paquete de pan y la miel de la alacena donde la había escondido de Jenks. Llevé las cosas a la mesa y las puse en orden.

"Afortunadamente, escapaste en ese momento," dijo Jenks haciendo oscilar el cucharón que llenó la cocina de destellos. "Ivy estaba a punto de gastar lo poco que aún le queda para salvarte, de nuevo."

"Voy a llamar a mi gato Polvo de Duende. Lo dejaré en el jardín y no le daré de comer."

Pasé la mirada de la boca cerrada de Jenks a Ivy. Habíamos tenido una conversación cálida y punzante sin que ella se pusiera vampiro ni yo me asustara. ¿Por qué Jenks tenía que arruinarlo todo? "Jenks," le dije suspirando "¿No tienes nada que hacer?"

"No." Saltó y metió una mano en el chorro de miel que estaba sirviendo en el pan. Se agachó un poco y luego se levantó. "Entonces ¿se quedarán con él?"

Miré a Jenks inquisitivamente y se rió.

"Tu nuevo n-o-o-o-vio," dijo arrastrando las letras.

Mis labios se movieron instantáneamente al ver el asombro de Ivy. "No es mi novio."

Jenks se quedó estático en el aire encima del frasco sacando miel con los dedos para llevársela a la boca. "Yo los vi juntos en la moto," dijo. "Ummm... esto está bueno." Tomó más y ahora sus alas sonaron más fuerte. "Se estaban tocando las colas" agregó burlonamente.

Enfadada lo palmoteé pero voló fuera de mi alcance y luego regresó. "Debiste verlos, Ivy. Se revolcaron por el suelo mordiéndose." Jenks estalló en una aguda risa tonta. Yo incliné levemente la cabeza cuando aterrizó a mi lado izquierdo. "Fue amor al primer mordisco."

Ivy dio media vuelta. "¿Te mordió en el cuello?" dijo con seriedad de muerte, excepto por sus ojos. "Entonces debe ser amor. A *mí* no me deja morderle el cuello."

¿Y todo esto? ¿Noche de emprenderla contra Raquel? No me parece divertido. Saqué otra tajada de pan para terminar mi emparedado y ahuyenté a Jenks de la miel que salió dando tumbos. Trataba de conservar el equilibrio en vuelo pues el aumento de azúcar lo emborrachó.

"Oye, Ivy," dijo Jenks volando de medio lado y lamiéndose los dedos. "¿Has oído lo que dicen acerca del tamaño de la cola de las ratas? Cuanto más larga tienen la cola más largo tienen el..."

"¡Ya cierra la boca!" grité. En ese momento apagaron la ducha y contuve el aire. Una oleada de ansiedad hizo que me sentara derecho en mi silla. Miré a Jenks que reía borracho de miel. "Jenks," dije. "Vete." No quería que El Barón tuviera que aguantarse a un duende borracho.

"N-o-o-o-o" respondió, tomando más miel con una mano. Molesta, cerré de nuevo el frasco y Jenks emitió un leve sonido de desagrado. Con la mano lo ahuyenté hasta los utensilios que colgaban. Con suerte permanecería allí hasta pasar la borrachera, es decir, unos cuatro minutos como mucho.

Ivy salió musitando algo sobre vasos que había en la sala. El cuello de mi bata se había mojado con el pelo. Me limpié la miel de los dedos y me movía nerviosamente como si se tratara de una primera cita. Que tontería. Ya nos habíamos conocido. Inclusive, tuvimos una versión roedora de primera cita: un resonante combate en el gimnasio, una carrera escapando de la gente y los perros y un paseo por el parque en moto. ¿Pero qué le dices a un tipo que no conoces y que te salvó la vida?

Oí que la puerta del baño chirriaba abriéndose. Ivy frenó en seco en el pasillo con dos tazas colgándole de los dedos. Yo me cubrí las piernas con la bata y no supe si ponerme de pie. La voz de El Barón viajó suavemente por el aire y llegó a la cocina. "Tú eres Ivy ¿verdad?"

"Uhh" dudó Ivy. "Tú tienes puesta mi bata," dijo y sonrió. Grandioso. El Barón ya estaba impregnado con el olor de Ivy. Buen comienzo.

"Oh, lo lamento," dijo con voz agradable y sonora. No podía aguantar más las ganas de verlo. Ivy parecía no hallar palabras. El Barón respiró ruidosamente. "La encontré en el tendedero y no había nada más que ponerse. Mejor busco una toalla."

Ivy dudó un poco. "Eh...no," repuso con inusual voz de asombro. "¿Estás bien? Ayudaste a Raquel a escapar."

"Sí. ¿Está en la cocina?" preguntó.

"Entra." Ivy volteó los ojos. Ella venía adelante. "Es un nerdo" me dijo con los labios pero sin hablar. Quedé paralizada. *¿Un nerdo me salvó la vida?*

"Eh, hola," dijo, torpemente parado bajo el umbral de la puerta.

"Hola," respondí desconcertada sin hallar otras palabras, mirándolo de arriba abajo. No era propiamente justo decir que era un geek, pero comparado con los tipos a los que estaba acostumbrada Ivy, tal vez.

El Barón era tan alto como Ivy pero sus músculos eran tan escasos que parecía más alto. Sus brazos pálidos que se transparentaban detrás de la bata negra de Ivy mostraban algunas cicatrices leves, seguramente de anteriores peleas de ratas. Tenía las mejillas rasuradas—tendría que ir a comprar una cuchilla nueva pues la que me prestó Ivy ya estaría dañada. Los lóbulos y los arcos de las orejas tenían rasguños. Dos agujeros sobresalían en su cuello. Se veían rojos e irritados. Eran como los míos y sentí verguenza.

A pesar de su figura angosta—o tal vez debido a ella—se veía bien. Tenía el pelo largo y oscuro y la forma como se lo quitaba permanentemente de los ojos me hizo pensar que normalmente lo llevaba más corto. La bata lo hacía verse cómodo y tranquilo; pero la forma en que la seda negra caía encima de sus músculos flacos hizo que mis ojos vagaran. Ivy había exagerado su crítica. Tenía demasiados músculos para ser un nerdo.

"Tienes el pelo rojo" dijo, y comenzó a moverse. "Yo pensé que era castaño."

"Y yo pensé que...eh...que eras más bajo." Me levanté a medida que se aproximaba y, luego de una extraña pausa, me tendió la mano desde el otro lado de la mesa. Está bien. No era precisamente Arnold Schwarzenegger pero me había salvado la vida. Digamos que estaba entre un bajito y joven Jeff Goldblum y un descuidado Buckaroo Banzai.

"Mi nombre es Nick" dijo mientras me daba la mano. "Bueno, en realidad es Nicolás. Gracias por ayudarme a escapar de ese nido de ratas."

"Yo soy Raquel." Tenía una mano agradable al tacto. Lo suficiente para saludar con firmeza sin tratar de demostrar lo fuerte que era. Hice un ademán indicando las sillas de la cocina y nos sentamos. "No hay de qué. En realidad, nos ayudamos mutuamente. Dirás que no es asunto mío, pero ¿cómo diablos terminaste como rata de pelea?"

Nick se frotó una oreja con la mano mirando el techo. "Yo

…eh…estaba organizando la colección privada de libros de un vampiro. Hallé algo interesante y cometí el error de llevarlo a casa." Me miró a los ojos, avergonzado. "No pensaba quedármelo."

Ivy y yo intercambiamos miradas. *S-ó-o-o-l-o- lo tomó prestado*…claro. Si había trabajado con vampiros antes, eso explicaba su calma frente a Ivy.

"Al enterarse, me transformó en rata," continuó Nick. "Luego me regaló a uno de sus socios comerciales. Fue él quien me inscribió en las peleas pues sabía que yo tenía la ventaja mental de un ser humano. Ganó mucho dinero conmigo. ¿Y tú? ¿Cómo llegaste allá?"

"Eh…preparé una poción para convertirme en visón y terminé en las peleas por equivocación." No le estaba mintiendo. No lo tenía en mis planes, de manera que fue un accidente. Es la verdad.

"¿Eres bruja?" preguntó con una sonrisa grande. "Qué bien. No estaba seguro."

Yo también sonreí. Me había topado varias veces con humanos como Nick que pensaban que los Entremundos eran tan sólo el otro lado de la moneda humana. Siempre fueron sorpresas agradables.

"¿Qué son esas peleas?" preguntó Ivy. "¿Una especie de forma para deshacerse de la gente sin mancharse las manos de sangre?"

Nick agitó la cabeza. "No creo. Raquel es la primera persona con quien me topé y estuve allí tres meses."

"¡Tres meses!" exclamé espantada. "¿Fuiste una rata durante tres meses?"

Se acomodó en la silla y anudó bien la bata. "Sí. Imagino que han vendido todas mis cosas para pagar mis pagos atrasados de arriendo. Pero…ahora tengo manos de nuevo." Las alzó y observé que, aun cuando eran delgadas, tenían muchos callos.

Hice un gesto de dolor en señal de compasión. En Los Hollows la práctica corriente era vender los bienes del inquilino en caso de que desapareciera y la gente desaparecía con demasiada frecuencia. Tampoco tenía empleo pues obviamente lo habían "despedido" del anterior.

"¿De verdad viven en una iglesia?" preguntó.

Mi mirada siguió a la suya que se paseaba por nuestra cocina institucional. "Así es. Ivy y yo nos mudamos hace un par de días. No nos molestan los cuerpos enterrados en el jardín de atrás."

Sonrió forzadamente. Dios me perdone, pero eso lo hizo parecer un niño perdido. Ivy, quien de nuevo estaba en el fregadero, rió entre dientes.

"Miel." Sentí la voz de Jenks que se quejaba y alcé la vista para verlo. Nos miraba aferrado al cucharón y agitando sus alas velozmente. Voló inestable y por poco cae sobre la mesa. Me encogí avergonzada pero Nick sonrió. "Jenks ¿verdad?" preguntó Nick.

"Barón," repuso Jenks dando tumbos mientras se esforzaba por hacer su pose de Peter Pan. "Me alegro que puedas hacer algo diferente a chillar. Eso me produce dolor de cabeza. Chillidos, chillidos, chillidos. Ese ruido ultrasónico me perfora la cabeza."

"Nick. Nick Sparagmos."

"Escucha Nick, Raquel quiere saber qué se siente tener pelotas tan grandes como tu cabeza que se arrastran por el suelo."

"¡Jenks!" grité. *Oh Dios, por favor.* Agité la cabeza negándolo y miré a Nick. Él, sin embargo, pareció tomarlo con calma. Sus ojos brillaron e hizo una larga mueca.

Jenks tomó aire apresuradamente y salió disparado cuando traté de atraparlo. Estaba recuperando rápidamente el equilibrio. "Vaya cicatriz que tienes en la muñeca," dijo. "Mi esposa—es una chica dulce—me remienda. Hace maravillas con sus puntadas."

"¿Quieres algo para el cuello?" le pregunté, tratando de cambiar el tema.

"No. Estoy bien" dijo Nick. Se estiró lentamente como si estuviera entumecido y saltó poniéndose derecho cuando me rozó suavemente uno de mis pies. Traté de no ser demasiado obvia al mirarlo. Jenks fue menos diplomático.

"Nick," dijo Jenks aterrizando a su lado en la mesa. "¿Alguna vez has visto una cicatriz como esta?" Jenks se arremangó la camisa para exhibir un arrugado zigzag desde la muñeca hasta el codo. Siempre vestía camisa de seda de mangas largas. No sabía que tuviera cicatrices.

Nick silbó con asombro y eso le dio cuerda a Jenks. "Me la hizo un hada," dijo. "Estaba ocultando al objetivo que mi agente estaba persiguiendo. Bastaron un par de segundos de lucha en el techo y se perdió."

"Vaya vaya," dijo Nick impresionado y se inclinó hacia adelante. Olía bien: masculino sin caer en lobo y ni rastros de sangre. Sus ojos eran pardos. Bonitos. Me gustaban los ojos humanos porque los ves y sólo encuentras lo que esperas encontrar.

"¿Y esa otra?" preguntó Nick señalando una cicatriz redonda en la clavícula.

"Picada de abeja," repuso Jenks. "Me mandó a la cama tres días con escalofríos y sacudidas; pero hicimos respetar nuestro territorio alrededor de las macetas con flores. ¿Y esa que tienes ahí?" preguntó Jenks elevándose y apuntando hacia una cicatriz con ribetes que tenía Nick en la muñeca.

Nick me miró y luego se fijó en su cictraiz. "Me la hizo una rata grande llamada Hugo."

"Por poco te arranca la mano."

"Trató."

"Mira esta otra" dijo Jenks quitándose una de sus botas dejando ver un pie casi deforme detrás de su media transparente. "Un vampiro casi me hace papilla cuando no me quité de en medio a tiempo."

Nick hizo una mueca y yo sentí enfermar. Debe ser difícil medir diez centímetros en un mundo de uno ochenta. Abrió la parte superior de la bata para mostrar su hombro y algunos músculos. Yo me incliné hacia adelante para ver mejor. El tejido de cicatrices parecían boquetes producidos por clavos y quise averiguar qué tanto bajaban. Llegué a la conclusión de que Ivy estaba equivocada. No era un nerdo. Los nerdo no tienen abdominales como una tabla. "Éstas me las hizo una rata llamada Pan el Terrible" explicó Nick.

"¿Y qué tal esto?" Jenks dejó caer su camisa hasta la cintura. Yo estaba asombrada de ver cómo el cuerpo de Jenks estaba tan lastimado y lleno de cicatrices. "¿Ves eso?" dijo señalando una cicatriz cóncava y circular. "Mira, atraviesa hasta el otro lado." Giró para mostrar una cicatriz más pequeña abajo en su espalda. "Fue una espada de hada. Pudo haberme matado, pero acababa de casarme con Matalina. Ella me mantuvo con vida hasta que las toxinas fueron eliminadas de mi cuerpo."

Nick agitó la cabeza despacio. "Tu ganas," dijo. "Eso no puedo igualarlo."

Jenks se elevó varios centímetros sintiéndose orgulloso. Yo no supe qué decir. Mi estómago hacía ruidos y finalmente se me ocurrió decir: "Nick, ¿te gustaría comer un sándwich o algo?"

Nuestros ojos se encontraron. "Si no es mucha molestia."

Me levanté y caminé con mis peludas pantuflas rosadas hasta el refrigerador. "Ninguna molestia. De todas formas pensaba preparar algo para mí."

Ivy terminó de guardar el último vaso y comenzó a lavar el fregadero con polvo blanqueador. Inmediatamente le hice una mirada cortante. El fregadero no necesitaba una lavada. Simplemente estaba metiendo las narices. Tan pronto abrí el refrigerador repasé cuidadosamente las bolsas de comida de cuatro restaurantes diferentes. Aparentemente Ivy había pedido todo eso. Escarbando un poco encontré algo de mortadela y una lechuga que comenzaba a marchitarse. Mis ojos se posaron en el tomate que había en la repisa de la ventana. Me mordí los labios con la esperanza de que Nick no lo hubiera visto. No quería ofenderlo, pues casi ningún humano se atrevía a probar los tomates. Me interpuse entre Nick y el tomate y lo escondí detrás de la tostadora.

"¿Comiendo todavía?" murmuró Ivy entre dientes.

"Tengo hambre" rezongué. "Además, esta noche necesito todas mis fuerzas." Volví a meter la cabeza en el refrigerador para buscar la mayonesa. "Podría hacer buen uso de tu ayuda, si tienes tiempo."

"¿Ayuda para qué?" preguntó Jenks. "¿Para meterte a la camita?"

Me di vuelta con las manos llenas de cosas para preparar sándwiches y cerré la puerta del refrigerador con el hombro. "Necesito tu ayuda para atrapar a Trent y sólo tenemos hasta la medianoche para hacerlo."

Jenks saltó en el aire. "¿Qué?" preguntó secamente. Su buen humor desapareció.

Miré con preocupación a Ivy pues sabía que esto no le iba a gustar. A decir verdad, quería que Nick estuviera presente pues tal vez con un testigo Ivy no armaría una escena.

"¿Esta noche?" dijo Ivy, poniendo sus manos sobre los muslos y clavándome la mirada. "¿Quieres tratar de atraparlo esta noche?" Sus ojos se fijaron en Nick y luego en mí. Lanzó su trapo en el fregadero y se secó las manos con una servilleta de papel, "Raquel, ¿podemos hablar en el pasillo?"

Fruncí el ceño ante su implicación de que no podíamos confiar en Nick. Entonces dejé escapar un suspiro de exasperación y dejé caer en la mesa todo lo que tenía en los brazos. "Disculpa," le dije a Nick con una sonrisa.

Fastidiada, la seguí. Me detuve abruptamente al verla ahí parada en medio del pasillo en dirección a nuestras habitaciones. Su silueta cáustica la hacía verse peligrosa en la oscuridad del pasillo. Me tensé además por el penetrante olor a incienso. "¿Qué?" pregunté a secas.

"No creo que sea buena idea que Nick sepa tu pequeño problema" dijo.

"Ha sido una rata durante tres meses," repuse retrocediendo. "¿Cómo diablos podría ser un asesino de la S.E.? El pobre hombre ni siquiera tiene ropa y tú te preocupas de que pueda matarme?"

"No," protestó moviéndose más cerca poniéndome de

espaldas contra la pared. "Pero cuanto menos sepa de ti, más seguros estarán *ambos*."

"Oh." Me puse lívida. Ivy estaba demasiado cerca y eso no era buen síntoma.

"¿Y de qué piensas acusar a Trent?" preguntó. "¿De dejarte como visón? ¿De meterte a las peleas de ratas de la ciudad? Si piensas presentarte gimiendo a la S.E. con esa historia, estás muerta."

Sus palabras se habían tornado lentas y sofocantes. Tenía que salir de ese pasillo. "Después de tres días con él, tengo mucho más que eso."

La voz de Nick se escuchó en la cocina. "¿La S.E.?" habló fuerte. "¿Fueron ellos quienes te metieron en las peleas de ratas, Raquel? No serás una bruja negra ¿verdad?"

Ivy se sobresaltó. Sus ojos se tornaron pardos instantáneamente. Desconcertada, retrocedió. "Lo siento," dijo en voz baja. Claramente disgustada, Ivy regresó a la cocina. Yo la seguí aliviada para encontrarme a Jenks parado sobre el hombro de Nick. No sabía si Nick tenía un oído tan agudo o si Jenks le había transmitido todo, pero podría apostar que era lo segundo. Lo inquietante fue su pregunta tan informal acerca de la magia negra.

"No-o-o-o," repuso Jenks con petulancia. "La magia de Raquel es tan blanca como su trasero. Abandonó a la S.E. y se llevó consigo a Ivy. Ella era lo mejor que tenían y por eso Denon, su jefe, le puso precio a la cabeza de Raquel."

"Vaya, *eras* agente de la S.E." comentó Nick. "Ya entiendo. Pero, ¿cómo terminaste en las peleas de ratas?"

Aún a la defensiva, observé a Ivy que seguía fregando el fregadero encogiéndose de hombros. Bien. Hasta aquí llegaron los secretos para el chico rata. Regresé a la mesa arrastrando los pies y saqué seis tajadas de pan. "El Sr. Kalamack me atrapó en su oficina buscando pruebas de su participación en el tráfico de drogas biológicas," expliqué. "Pensó que sería más divertido meterme a las peleas de ratas que entregarme."

"¿Kalamack?" exclamó Nick asombrado. "¿Te refieres a

Trent Kalamack, el concejal? ¿Traficante de drogas biológicas?" La bata de Nick se abrió a la altura de sus rodillas y yo quería que se moviera tan sólo un p-o-o-qui-i-i-t-o más.

Con aire de suficiencia puse dos capas de mortadela en tres tajadas de pan. "Así es, pero mientras estuve enjaulada donde Trent aprendí que no solamente las trafica. También las *produce,*" concluí teatralmente.

Ivy se dio vuelta. Se quedó mirándome desde el otro lado de la cocina con el trapo colgando de la mano. Podía escuchar a los niños que jugaban en la casa vecina. Así fue el silencio. Quité las partes marchitas de la lechuga disfrutando la reacción de Ivy.

La cara de Nick se puso pálida. Era apenas normal pues a los humanos les aterraba la manipulación genética por razones obvias. Pero que Trent Kalamack estuviera jugando con ellas... eso era preocupante, sobre todo cuando no se sabía a qué lado del campo pertenecía: humano o Entremundos. "No puede ser el mismo Sr. Kalamack," dijo Nick consternado. "Yo voté por él ambas veces. ¿Estás segura?"

Ivy también se veía preocupada. "¿Es bioingeniero?"

"Al menos los financia," dije. *Y los asesina y los deja morir en el piso de su oficina.* "Esta noche enviará un cargamento al Suroeste. Si logramos interceptarlo e incriminarlo, podría pagar mi contrato. Jenks, ¿tienes esa hoja de papel de su agenda?"

El duende asintió. "La tengo bien oculta entre las piernas."

Por un instante iba a protestar, pero me di cuenta que no era tan mal escondite. El cuchillo hizo bastante ruido mientras untaba los panes con mayonesa y terminaba los sándwiches. Nick alzó la cabeza de las manos. Su cara estaba larga y pálida. "¿Ingeniería genética? ¿Trent Kalamack tiene un laboratorio biológico? ¿El concejal?"

"Y la segunda parte te va a encantar," continué. "Francis trabaja para él encubriéndolo en la S.E."

Jenks saltó hasta el techo y cayó de nuevo. "¿Francis? ¿Estás segura de que no te golpearon en la cabeza Raque?"

"Es tan cierto que trabaja con Trent como que llevo cuatro

días comiendo zanahorias. Yo lo vi. ¿Recuerdan esos decomisos de azufre que hizo Francis? ¿Su ascenso? *¿Ese auto?"* Terminé ahí mi explicación dejando que Jenks y Ivy descifraran el resto.

"¡Hijo de perra!," exclamó Jenks. "¡Los decomisos son para distraer la atención!"

"Exacto." Corté los sándwiches por la mitad. Satisfecha, puse uno para mí en un plato y dos para Nick en otro: estaba flaco. "Trent mantiene ocupadas a la AFE y la S.E. con azufre mientras que lo que produce el dinero de verdad sale por el otro lado de la ciudad."

Ivy se movió lentamente, pensando, mientras se enjuagó las manos de nuevo. "Francis no es tan inteligente," dijo, secándose los dedos dejando a un lado el trapo de los platos.

"No. No lo es. Lo van a hacer trocitos y empacar."

Jenks aterrizó a mi lado. "Denon se va a orinar en los pantalones cuando se entere," dijo.

"Esperen un momento" dijo Ivy concentrándose. El círculo de sus ojos pardos comenzó a disminuir por la agitación, no por el apetito. "¿Quién dice que Denon no está en la nómina de pagos de Trent? Necesitarás obtener pruebas antes de ir a la S.E. Te matarían antes de ayudarte a atraparlo. Y para atraparlo no bastará con nosotras dos y una tarde de planificar."

Apreté la frente preocupada. "Esta es mi única oportunidad, Ivy," protesté. "No importa lo alto que sea el riesgo."

"Umm." La mano temblorosa de Nick tomó un sándwich. "¿Por qué no van a la AFE?"

Ivy y yo nos miramos en silencio mientras Nick mordía y tragaba. "La AFE iría a medianoche a cualquier tugurio de Los Hollows tratándose de pistas sobre drogas biológicas, especialmente si el Sr. Kalamack está implicado. Si consiguen cualquier tipo de pruebas, ellos le echarán una mirada."

Ivy y yo nos miramos incrédulas. ¿La AFE?

Me tranquilicé un poco y sonreí. Nick tenía razón. La sola rivalidad que existía entre la AFE y la S.E. sería suficiente para que se interesaran. "Trent quedará frito, pagaré mi contrato y la S.E. quedará como una estúpida. Me gusta." Mordí mi sándwich limpiándome la mayonesa del extremo de la boca. Nick y yo nos miramos.

"Raquel," dijo Ivy preocupada. "¿Puedo hablar contigo un momento?"

Miré a Nick y de nuevo empecé a sentir ira. ¿Ahora qué? Ya había salido. "Disculpa," dije poniéndome de pie y amarrando nerviosamente el nudo de mi bata. "La princesa paranoia quiere hablarme." Ivy se veía bien. No habría problema.

Nick se limpió impasible algunas migas de los labios. "¿Te importa si preparo café? Me muero por una taza desde hace tres meses."

"Seguro. Como quieras" repuse, contenta de que no se sintiera ofendido por la desconfianza de Ivy. Yo sí lo estaba. Él propuso un buen plan pero a Ivy no le gustó porque ella no fue quien lo pensó primero. "El café está en el refrigerador," le dije, mientras seguí a Ivy hacia el pasillo.

"¿Cuál es tu problema?" le dije antes de estar cerca de ella. "Es tan sólo un tipo común y corriente y tiene razón. Convencer a la AFE para que persiga a Trent es mucho más seguro que convencer a la S.E. de que me ayude a mí."

No podía ver el color de los ojos de Ivy en la luz tenue y afuera estaba oscureciendo. El pasillo era de un negro inquietante con ella ahí. "Raquel, esta no es una redada en un nido de vampiros," me dijo. "Se trata de hacer caer a uno de los ciudadanos más poderosos de la ciudad. Una sola palabra equivocada de Nick y estarás muerta."

Se me formó un nudo en el estómago al recordarlo. Respiré profundo y entonces respondí lentamente. "Continúa."

"Yo se que Nick quiere ayudar. No sería humano si no quisiera pagarte de alguna manera por ayudarlo a escapar. Pero se hará daño."

No dije nada pues entendí que tenía razón. Nosotros éramos profesionales pero él no. Tendría que sacarlo del camino de alguna forma. "¿Qué sugieres?" pregunté y ella se tranquilizó.

"¿Por qué no lo llevas al campanario para que se pruebe ropa mientras que yo reservo un cupo en ese vuelo?" preguntó. "¿Qué vuelo dijiste que era?"

Me acomodé un mechón de pelo detrás de la oreja "¿Por qué? Solo necesitamos saber a qué hora sale."

"Tal vez necesitemos más tiempo. Como están las cosas, ya vamos atrasadas. Casi todas las compañías retrasan un vuelo si les dices que tienes restricciones diurnas. Le echan la culpa al mal tiempo o cualquier cuestión de mantenimiento. Y no despegan hasta que el sol no se vea a 12.000 metros de altura."

¿Restricciones diurnas? Eso lo explicaba todo. "Último vuelo a Los Ángeles antes de la medianoche" contesté.

La actitud de Ivy era resuelta. Entró en lo que yo llamaba "modalidad de planificación." "Jenks y yo iremos a la AFE a explicarlo todo" dijo preocupada. "Luego nos reuniremos contigo en el momento de atraparlo."

"Este...espera un minuto. Yo iré a la AFE. Este es mi caso."

Su molestia fue obvia, inclusive en la oscuridad del pasillo. Yo retrocedí, incómoda. "Es la AFE, Raquel. Puede que estés un poco más segura, pero podrían atraparte por el prestigio de atrapar a alguien que se le ha escurrido a la S.E. Algunos de esos tipos darían lo que fuera por matar a una bruja y tú lo sabes."

Sentí que enfermaba. "Está bien," dije lentamente mientras que mi boca se me hacía agua al oler el aroma de café. "Tienes razón. Me mantendré al margen hasta que le informes a la AFE lo que estamos haciendo."

La mirada decidida de Ivy se tornó de pronto en mirada de asombro. "¿Tú crees que yo tengo razón?"

El olor a café me arrastró hacia la cocina. Ivy me siguió en silencio. Cruzé los brazos al entrar al cuarto iluminado. El recuerdo de ocultarme en la oscuridad durante el ataque de las hadas asesinas sofocó cualquier sentimiento de emoción ante la posibilidad de atrapar a Trent. Tenía que preparar otros hechizos. Unos fuertes. Diferentes. Realmente diferentes, tal vez negros. Sentí que iba a enfermar.

Nick y Jenks estaban muy cerca. Jenks estaba convenciéndolo para que abriera el frasco de miel. Pero por las muecas y negativas que hacía, entendí que Nick conocía algo sobre duendes y vampiros. Me dirigí hacia la cafetera a esperar a que terminara. Ivy abrió el armario y me pasó tres tazas. En sus ojos leí que no entendía por qué yo estaba tan preocupada. Ella era un vampiro. Leía el lenguaje corporal mejor que la Dra. Ruth.

"La S.E. todavía me busca" dije en voz baja. "Cada vez que la AFE hace una jugada importante, la S.E. busca la manera de involucrarse. Si voy a aparecer en público, necesitaré algo para protegerme de ellos. Algo poderoso. Puedo prepararlo mientras que ustedes van a la AFE. Luego nos vemos en el aeropuerto" concluí.

Ivy estaba junto al fregadero con los brazos cruzados. Tenía sospechas. "Suena como una buena idea" dijo. "Algo de trabajo preliminar. Está bien."

La tensión me invadió el cuerpo. La magia negra siempre involucraba matar algo antes de agregárselo a la mezcla, especialmente las pociones fuertes. Estaba a punto de averiguar si sería capaz de hacerlo. Bajé la mirada y puse las tazas en fila. "¿Jenks? ¿Cómo están organizados mis perseguidores?"

La brisa de sus alas movió mi pelo mientras aterrizaba en mi mano. "Es leve. Ya son cuatro días desde la última vez que te vieron. Sólo están las hadas. Dales cinco minutos a mis hijos para que puedas escabullirte, si necesitas."

"Perfecto. Voy a salir a buscar nuevos hechizos tan pronto termine de vestirme."

"¿Para qué?" preguntó Ivy preocupada. "Ya tienes suficientes libros de magia."

Sentí que el sudor me empapaba el cuello y no me gustaba que Ivy se diera cuenta. "Necesito algo más poderoso." Me di vuelta y me llamó la atención la cara flácida de Ivy. Sentí pavor. Respiré profundo y bajé la mirada. "Necesito algo para atacar," dije con voz trémula, agarrándome la clavícula con una mano y tomándome el codo con la otra.

"Huy…Raque," empezó a decir Jenks mientras volaba justo frente a mis ojos. Sus diminutas facciones reflejaban preocupación, lo cual no me hacía sentir precisamente mejor. "Eso suena a magia negra ¿no es así?"

El corazón me martillaba el pecho y ni siquiera había empezado. "¿Te suena? ¡Pues nada!" repuse. Miré a Ivy. Su aspecto parecía normal, igual Nick. No parecía trastornado al levantarse por el tan anhelado café. Pensé en Nick como practicante de magia negra. Los humanos podían penetrar las líneas ley. En los círculos de Entremundos se consideraba que ese tipo de brujos y brujasnos eran más que una broma.

"La luna está creciendo," dije, "y eso está de mi lado. No voy a preparar hechizos para lastimar a alguien en particular…" El silencio fue incómodo.

La respuesta suave de Ivy fue desconcertante. "¿Estás segura Raquel?" dijo, y apenas pude percibir una leve advertencia en su voz.

"Voy a estar bien" repuse sin mirarla. "No lo hago por maldad sino para salvar mi vida. Hay una diferencia." *Eso espero. Dios, protege mi alma si me equivoco.*

Las alas de Jenks se agitaron y aterrizó en el cucharón. "Quemaron todos los libros de magia negra."

Nick sacó la cafetera y comenzó a servirse café. "La biblioteca de la universidad tiene algunos" dijo. La base metálica caliente sonó al gotear algo de café.

Todos nos volteamos a mirarlo y se encogió de hombros. "Los guardan en el armario de los libros antiguos."

Sentí una pizca de temor. *No debería hacer esto,* pensé. "Y tú tienes la llave ¿verdad?" dije sarcásticamente, pero me retracté cuando asintió.

Ivy exhaló incrédula. "Tienes la llave" se burló. "Hace una hora eras una rata pero tienes la llave de la biblioteca de la universidad."

De repente me pareció más peligroso ahí parado tranquilamente en la cocina, vestido con la bata de Ivy que le caía encima de su cuerpo delgado. "Trabajaba ahí al mismo tiempo que estudiaba."

"¿Fuiste a la universidad?" le pregunté sirviéndome una taza de café después que él.

Tomó un sorbo y cerró los ojos, como agradeciendo un milagro. "Tenía una beca completa. Estudié adquisición de datos, organización y distribución."

"Eres bibliotecario," comenté aliviada. Así fue como se enteró de los libros de magia negra.

"Lo fui. Puedo ayudarte a entrar y salir. No hay ningún problema. La señora que estaba a cargo de nosotros, los que trabajábamos y estudiábamos, escondía las llaves de los cuartos cerrados cerca de las puertas para que no la molestáramos." Tomó otro sorbo y sus ojos parecieron cristalizarse con la cafeína.

Ahora Ivy parecía preocupada de verdad y sus ojos pardos se redujeron.

"¿Raquel, puedo hablarte?"

"No," repuse suavemente. No quería volver a ese pasillo. Estaba nerviosa. El que mi corazón estuviera latiendo con fuerza por el temor a la magia negra y no por ella, daba lo mismo para sus instintos. Ir con Nick a la biblioteca era menos peligroso que fabricar un hechizo negro—lo cual aparentemente no le importaba. "¿Qué quieres?"

Ivy nos miró a Nick y a mí. "Sólo te iba a sugerir que llevaras a Nick al campanario. Tenemos ropas que podrían servirle."

Me retiré de la mesa con la taza de café sin probar en la mano. *Mentirosa,* pensé. "Dame un minuto para vestirme, Nick. Te acompañaré arriba. Espero que no te importe vestirte con ropa heredada de un antiguo sacerdote."

Nick pareció sorprenderse. "No. Está bien."

"Muy bien" repuse, pero mi cabeza estaba por estallar. "Cuando te hayas vestido iremos a la biblioteca y me mostrarás todos los libros de magia negra."

Miré a Ivy y Jenks al salir. Jenks estaba pálido. Era obvio que no le gustaba lo que yo estaba haciendo. Ivy estaba preocupada; pero lo que más me preocupaba a mí era la tranquilidad de Nick con todo lo relativo a Entremundos. Y ahora, con la magia negra. No sería un practicante ¿o sí?

Veinticuatro

Esperaba en el andén a que Nick bajara del taxi contando el dinero que tenía en mi billetera antes de guardarla de nuevo. Mi último pago se reducía. Si no tenía más cuidado, tendría que pedirle a Ivy que me sacara dinero del banco. Estaba gastando más rápido que de costumbre y no entendía por qué pues ahora mis gastos eran menores. *Deben ser los taxis*, pensé y prometí movilizarme más en autobús.

Nick había encontrado un par de viejos jeans de trabajo en el campanario que le quedaban grandes. Los llevaba ajustados con una de mis correas más conservadoras. Parecía que el viejo sacerdote había sido un hombre grande. El suéter con el escudo de la Universidad de Cincinnati le quedaba igualmente grande y ni para qué hablar de las botas de jardinero. Con todo, Nick caminaba como un personaje de una mala película de Frankenstein. De alguna manera su altura y buena cara hacían que se viera atractivo sin importar su aspecto descuidado. Yo en cambio parecía un desastre.

El sol no se había puesto aún pero las luces de la calle estaban encendidas puesto que el día estaba nublado. Nos habíamos demorado más llevando la ropa del sacerdote a la lavandería que viniendo hasta acá. Cerré con las manos el cuello de mi abrigo de invierno para protegerme del aire frío mientras observaba la calle iluminada. Nick hablaba unas últimas palabras con el conductor. Las noches podían ser frías los últimos días de primavera, pero de todas formas me hubiera puesto este abrigo largo para cubrir el vestido de cuadros escoceses que llevaba puesto. Tenía que continuar con mi disfraz de señora anciana. Lo había usado sólo una vez cuando no se por qué terminé metida en uno de esos banquetes para madres e hijas.

Nick salió del taxi. Cerró la puerta y le dio un golpecito al techo. El conductor lo saludó con un saludo y se alejó. Había autos por todas partes. La ciudad tenía mucho movimiento al atardecer, cuando tanto humanos como Entremundos estaban muy activos.

"Oye," me dijo Nick mirándome bajo la luz tenue. "¿Qué pasó con tus pecas?"

"Eh…" musité llevándome un dedo frente a los labios "yo no tengo pecas."

Nick tomó aire para decir algo pero luego cambió de opinión. "¿Dónde está Jenks?" preguntó finalmente.

Señalé nerviosamente hacia las escalinatas de la biblioteca. "Va adelante para revisar que todo esté bien." Observé a las pocas personas que entraban y salían de la biblioteca. ¡Gente que estudia los viernes en la noche! Hay personas que tienen el insaciable deseo de arruinarles a los demás la normalidad. Nick me tomó del codo pero yo me zafé. "Gracias. Puedo cruzar la calle yo sola."

"Se supone que eres una anciana. Ya deja de agitar los brazos y camina más lento."

Suspiré y traté de caminar más despacio mientras Nick cruzaba en la mitad de la calle. Sonaron bocinas pero Nick no les prestó atención. Estábamos en territorio estudiantil. Si hubiéramos cruzado en la intersección habríamos llamado la atención. Tuve la tentación de hacerles un par de señas a los conductores con los dedos, pero pensé que echaría a perder mi imagen de anciana.

"¿Estás seguro que nadie te reconocerá?" pregunté mientras subíamos por las escalinatas y llegábamos a las puertas de vidrio. Demonios, con razón los viejos mueren. Les toma el doble hacer cualquier cosa.

"Seguro." Me abrió la puerta y entré con mi andar cansado. "No he trabajado aquí desde hace cinco años y los únicos que están aquí los viernes son los estudiantes de primer año. Ahora encórvate y trata de no atacar a nadie." Le hice una sonrisa sarcástica y agregué: "Así está mejor."

Cinco años significa que él no era mucho mayor que yo. Era más o menos lo que yo había pensado, aun cuando era difícil asegurarlo con todas esas cicatrices que le hicieron las ratas.

Me detuve en la entrada para orientarme. Me gustan las bibliotecas. Huelen bien y hay silencio. La luz fluorescente de la entrada era muy débil pero la complementaba la luz natural que entraba por los grandes ventanales de dos pisos de alto, pero a esta hora la penumbra de la tarde oscurecía todo.

De pronto volví la mirada hacia algo borroso que caía del techo. ¡Venía directo hacia mí! Me agaché y Nick me tomó del brazo. Perdí el equilibrio y mis zapatos de tacón resbalaron dejándome despatarrada. Me sonrojé de rabia al ver a Jenks volando a mi alrededor riendo. "¡Maldita sea, vete al demonio!" grité. "¡Cuidado con lo que haces!"

Hubo un grito ahogado colectivo y todos se voltearon a mirarme. Jenks se ocultó en mi pelo, su risita haciéndome enfurecer aun más. Nick se agachó y me tomó del codo. "Lo siento abuela," dijo en voz alta, mirando a todos avergonzado. "La abuela no oye bien," prosiguió con su discurso que buscaba comprensión, "pobre vieja murciélago." Se volvió hacia mí serio, pero los ojos le brillaban. "¡Ya estamos en la biblioteca!" habló fuerte. "¡Tienes que guardar silencio!"

Estaba tan caliente como un horno. Rezongué un par de palabras y dejé que me ayudara a levantarme. La gente hizo comentarios de asombro pero pronto regresó a sus deberes.

Un chico con la cara llena de granos corrió hasta nosotros preocupado seguramente por una demanda. Haciendo más escándalo de lo necesario, nos acompañó hasta las oficinas de atrás parloteando sobre lo resbalosos que estaban los pisos pues los terminaban de encerar. Hablaría inmediatamente con el encargado de la limpieza.

Yo me apoyé en el brazo de Nick lamentándome de mi cintura y actuando como una ancianita. El asustado chico nos llevó zumbando por un área semi restringida. Preocupado por mí, me ayudó a sentar en un asiento ayudándome a subir los pies en una silla giratoria. Pero se detuvo un momento al ver el cuchillo de plata que llevaba aferrado a mi tobillo. Yo susurré algo sobre agua y él voló a traerla. Le tomó tres intentos pasar por la puerta con alarma; pero finalmente hubo silencio cuando se cerró tras él. Le hice una mueca sarcástica a Nick. Esta no era precisamente la manera como lo habíamos planeado, pero al fin de cuentas, aquí estábamos.

Jenks salió de su escondite. "Somos más resbalosos que un moco en la perilla de la puerta," dijo mientras volaba a examinar las cámaras. "¡Ajá!" exclamó. "Son falsas." Nick me tomó de las manos y me ayudó a ponerme de pie. "Iba a llevarte por la puerta del cuarto de descanso de los empleados, pero creo que esto va a funcionar." Lo miré sin musitar palabra y él continuó: "El sótano es por ahí."

Sonreí al tiempo que observaba el candado. "¿Jenks?"

"Aquí estoy" dijo saltando y empezó a hurgarlo. Lo abrió en tres segundos. "Ya está." Nick murmuró mientras giraba la perilla. La puerta se abrió y vimos unas escaleras en la oscuridad. Encendió las luces y esperamos. "No hay alarmas" dijo.

Saqué un amuleto de detección invocándolo rápidamente. Permaneció verde y cálido en mi mano. "Tampoco hay alarmas silenciosas" dije, colgándolo del cuello.

"Oigan" refunfuñó Jenks. "Esto es de primer año."

Comenzamos a descender. El aire en las escaleras estrechas era frío y no sentíamos el reconfortante olor a libros. Cada dos metros había una pálida bombilla que lanzaba rayos amarillentos y dejaba ver el polvo al abrigo de los escalones. Una franja de mugre de 15 centímetros de grueso cubría las paredes de lado y lado. También había un pasamanos pero no quise usarlo.

Los escalones terminaban en un pasillo oscuro donde se escuchaba todo. Nick me miró y yo revisé el amuleto. "Vamos bien" susurré. Él encendió las luces que iluminaron un pasillo de techo bajo y paredes de piedra. Rejas de alambre del techo al piso recorrían todo el pasillo dejando ver los libros que había detrás.

Jenks salió disparado delante de nosotros. Seguí a Nick taconeando hasta una de las rejas con seguro. Era la sección de libros antiguos. Jenks entraba y salía pasando por los agujeros en forma de diamante y yo pasé los dedos por la malla parada en las puntas de los pies con todos mis sentidos alertas. Fruncí el ceño. Tal vez era mi imaginación, pero podría jurar que sentía la magia flotando de las repisas llenas de libros y arremolinándose alrededor de mis tobillos. La sensación de la magia antigua era tan diferente del olor que había sentido arriba como lo es un chocolate cualquiera de una tableta de fino chocolate Belga: embriagador, intenso y dañino.

"¿Y la llave?" pregunté, segura de que Jenks no podía abrir las clavijas de los antiguos y pesados candados mecánicos. A veces los seguros viejos son mejores.

Nick pasó los dedos debajo de una repisa cercana. Sus ojos parecían recordar las frustraciones del pasado y de repente detuvo su mano. "Demasiado jóvenes para entrar al depósito de libros ¿verdad?" murmuró entre dientes al tiempo que sacaba una llave pegajosa. Miró fijamente unos segundos la vieja llave que sostenía entre las manos antes de abrir la reja de malla.

Mi corazón comenzó a latir aceleradamente pero se tranquilizó tan pronto chirrió la puerta. Nick metió la llave en el bolsillo con un movimiento abrupto y decidido. "Después de ti," dijo, encendiendo las luces fluorescentes.

Dudé un instante. "¿Hay alguna otra salida?" pregunté, pero Nick lo negó con la cabeza. Me di vuelta buscando a

Jenks. "Quédate aquí. Cúbreme la espalda" Me mordí los labios. "¿Me cubrirás la espalda Jenks?" repetí con un nudo en el estómago.

El duendecillo debió percibir el leve temblor de mi voz pues aterrizó en la mano que le ofrecía. Asintió con los ojos. Su camisa de seda negra comenzó a brillar iluminándolo más aún que el destello de sus alas en movimiento. "No te preocupes Raque" me dijo solemnemente. "Nada pasará por aquí sin que tú lo sepas, lo prometo."

Respiré nerviosamente. Nick estaba confundido. Todos en la S.E. sabían cómo había muerto papá. Le agradecí a Jenks el no mencionarlo y que tan sólo me dijera que estaría allí para ayudarme.

"Muy bien" dije, y me quité el amuleto de detección colgándolo donde Jenks pudiera verlo. Seguí a Nick ignorando la escalofriante sensación de mi piel. Bien fuera que enseñaran magia negra o blanca, eran tan sólo libros. El poder venía de usarlos.

La reja se cerró con un chirrido y Nick me indicó que lo siguiera. Me quité el amuleto de disfraz y lo metí en la bolsa. Luego me deshice el moño del pelo y lo solté. Ahora me sentía medio siglo más joven.

Observé los títulos mientras caminaba lentamente a medida que el pasillo se convertía en un salón más amplio escondido detrás de estantes y estantes de libros. Había una mesa y tres sillas giratorias diferentes que ni siquiera servirían para estudiantes.

Nick caminó seguro hacia el gabinete con puertas de vidrio del otro lado del salón. "Aquí, Raquel," dijo abriéndolas. "Busca aquí a ver si encuentras lo que necesitas." Se dio vuelta quitándose el pelo negro de los ojos. Parpadeó y observé en él una mirada pícara.

"Gracias. Esto es maravilloso. De verdad te lo agradezco." Dejé mi bolso en la mesa y me paré a su lado. Sentí preocupación y empujé el bolso un poco. Si el hehizo era demasiado repugnante, sencillamente no lo haría.

Saqué con cuidado el libro que parecía más viejo. El

empaste del lomo estaba roto y tuve que usar ambas manos para sostener el pesado tomo. Lo puse en una esquina de la mesa y acerqué una de las sillas. Aquí abajo hacía tanto frío como en una cueva y me alegré de tener mi abrigo. El aire seco olía a papas fritas. Sofoqué mis nervios y abrí el libro. Le habían arrancado la página del título. Usar un hechizo de un libro sin título era preocupante. El índice estaba intacto, pero me impresionó. *¿Un hechizo para hablar con fantasmas?* Qué bien.

"Tú no eres como los demás humanos que conozco," le dije mientras le daba un vistazo al índice.

"Mi madre estaba sola," dijo. "No podía pagar nada en los suburbios y prefería dejarme jugar con brujas y vampiros que con los hijos de adictos a la heroína. Los Hollows eran el menos grave de los dos males." Nick tenía las manos en los bolsillos de atrás y leía los títulos de las filas de libros. "Crecí aquí y estudié en Emerson."

Lo observé con curiosidad. El que hubiera crecido en Los Hollows explicaba por qué sabía tanto sobre Entremundos. Tenía que saberlo para sobrevivir. "¿Estudiaste en la Secundaria Entremundos de Los Hollows?" pregunté.

Sacudió la puerta cerrada de un armario grande. La madera se veía roja bajo el brillo de las luces fluorescentes. ¿Qué habría de peligroso allí para que estuviera en un armario con llave en una bóveda con llave detrás de una puerta con llave en el sótano de un edificio oficial?

Nick se encogió de hombros hurgando el candado. "No era mala. El rector pasó las reglas por alto después de que me causaron una conmoción cerebral. Me dejaron portar una daga de plata para alejar a los lobos y podía lavarme el pelo con agua bendita para evitar a los vampiros. Eso no los detenía, pero al menos el mal olor que sentían en mí los mantenía alejados."

"¿Agua bendita? Uumm." Al oírlo decidí que conservaría mi perfume de lilas en lugar de tener un olor corporal que sólo los vampiros podían sentir.

"Los problemas surgieron con las brujas y los brujos"

dijo, dándose por vencido con el candado. Se sentó entonces en una de las sillas y estiró sus largas piernas. Sonreí levemente. Ya imaginaba por qué las brujas lo molestaban. "Pero las bromas terminaron cuando me hice amigo del brujo más grande, malo y feo de la escuela." Dejó escapar una leve sonrisa. "Turco. Le hice las tareas durante cuatro años. Tenía que haberse graduado años atrás. Los maestros se hacían los de la vista gorda con tal de que se fuera de la escuela. Yo no iba gimiendo a la oficina del rector todos los días como los otros humanos que asistían a esa escuela. Era lo suficientemente fresco para meterme con los Entremundos. Mis amigos me defendían y así aprendí cosas que de otra forma no hubiera aprendido."

"Como por ejemplo que no se le debe temer a los vampiros," agregué, dándome cuenta de lo extraño que era que un humano supiera más de vampiros que yo.

"Por lo menos no al mediodía. Pero me sentiré mucho mejor tan pronto pueda ducharme para eliminar el olor de Ivy. No sabía que esa era su bata." Se acercó un poco. "¿Qué estás buscando?"

"No estoy segura" respondí nerviosa al ver que estaba mirando por encima de mi hombro. Tenía que haber algo que pudiera usar que no me mandara hasta el otro lado de la "Fuerza." De repente me invadió un preocupante destello de asombro. *¡Tú no eres mi padre, Darth. Jamás me uniré a tí!*

Los ojos de Nick se aguaron ante el penetrante olor de mi perfume y retrocedió. Las ventanillas del taxi estaban abiertas y ahora comprendí por qué él no había dicho nada al respecto.

"¿No has vivido con Ivy mucho tiempo, verdad?"

Levanté la mirada del índice sorprendida y su expresión se volvió tímida. "Eh... bueno, sólo me pareció que tú y ella no son...."

Me sonrojé y bajé la mirada de nuevo. "No, no lo somos," dije, "no si podemos evitarlo. Sólo somos compañeras de casa. Yo estoy del lado derecho del pasillo y ella del izquierdo."

Nick dudó un instante. "Entonces ¿te molestaría si te doy un consejo?"

Lo miré perpleja y él se sentó en una esquina de la mesa. "Prueba un perfume cítrico en lugar de uno de flores."

Abrí los ojos asombrada. Esto no lo esperaba y moví lentamente la mano hacia el cuello donde me había salpicado ese detestable perfume. "Jenks me ayudó a escogerlo" expliqué. "Me dijo que cubría muy bien el olor de Ivy."

"Estoy seguro que así es," sonrió Nick queriendo disculparse. "Pero tiene que ser demasiado fuerte para que funcione. Los perfumes cítricos no sólo tapan el olor a vampiro: lo neutralizan."

"Oh" suspiré, recordando el gusto de Ivy por el jugo de naranja.

"El olfato de los duendes es bueno, pero el de los vampiros es especializado. La próxima vez sal de compras con Ivy. Te ayudará a escoger algo que funcione."

"Lo haré" respondí, dándome cuenta de que pude evitar ofender a todo el mundo si hubiera pedido ayuda la primera vez. Cerré el libro sin título sintiéndome estúpida y me paré a escoger otro.

Saqué el siguiente libro de la repisa y me di cuenta que era más pesado de lo que pensé. Golpeó la mesa con fuerza y Nick se encogió. "Disculpa," dije acomodando la tapa tratando de ocultar que había roto el empaste podrido. Me senté y lo abrí.

Mi corazón dio un vuelco y quedé petrificada sintiendo cómo se me paraban los pelos de la nuca. No lo estaba imaginando. Con preocupación alcé la mirada hacia Nick para ver si él también lo había notado. Estaba mirando hacia uno de los pasillos que formaban los gabinetes de libros. La sensación fantasmagórica no provenía del libro. Provenía detrás de mí. *Maldición.*

"¡Raquel!" llamó una vocecilla desde el pasillo. "Tu amuleto cambió a rojo... ¡pero aquí no hay nadie!"

Cerré el libro y me puse de pie. Sentía algo en el aire. Mi corazón saltó de nuevo cuando algunos libros en el pasillo se movieron hacia el fondo de la repisa. "Eh...¿Nick? ¿Sabes si hay fantasmas en la biblioteca?"

"No que yo sepa."

Doble maldición. "Entonces ¿qué demonios es eso?"

Se veía dubitativo. "No lo se."

Jenks entró volando. "No hay nada en el pasillo Raque. ¿Estás segura de que el hechizo que me diste funciona?" preguntó mientras señalaba la alteración en el pasillo.

"¡Mierda!" exclamó, volando en medio de nosotros a medida que en el aire se iba formando una figura. De repente, todos los libros se movieron hacia adelante al mismo tiempo. Eso fue aun más aterrador.

La bruma se volvió amarilla y luego sólida. Silbé. Era un perro, un perro tan grande como un pony y con colmillos tan grandes como mi mano y cuernos que le salían de la cabeza...¿un perro? "Por favor, díganme que este es el sistema de seguridad de la biblioteca" susurré.

"No se que será" dijo Nick pálido y aterrado. El perro estaba entre nosotros y la puerta. Tenía saliva cayéndole de la mandíbula y podría jurar que escuchaba un siseo cuando tocaba el piso y producía humo amarillo. Olía a azufre. "¿Qué era esta cosa?"

"¿Tienes algo en tu bolso contra esto?" susurró Nick, quedándose inmóvil al ver que las orejas del perro se levantaban en alerta.

"¿Algo para detener a un perro amarillo del infierno? ¡No!"

"Si no le demostramos miedo tal vez no nos ataque."

El perro abrió la boca y dijo: "¿Quién de ustedes es Raquel Mariana Morgan?"

Veinticinco

Estaba jadeando y mi corazón parecía estallar. El perro abrió la boca bostezando con un pequeño gemido al final. "Debes ser tú" dijo. Sus pelos se pararon y se abalanzó hacia nosotros.

"¡Cuidado!" gritó Nick empujándome. El perro babeante aterrizó sobre la mesa.

Caí al suelo y asumí mi posición de defensa. Nick gritó de dolor. La mesa resbaló y se estrelló contra los estantes y se deslizó más cuando el perro saltó de nuevo. El plástico se rompió.

"¡Nick!" grité al verlo atrapado debajo de una pila de libros. El monstruoso perro estaba sobre él hurgándolo con el hocico. Había sangre en el piso. "¡Quítate de encima!" le grité al perro. Jenks estaba impotente en el techo.

El perro se volteó hacia mí. Contuve el aire. Sus iris eran rojos rodeados de un enfermizo halo anaranjado. Las pupilas eran sesgadas, como las de una cabra. Retrocedí sin quitarle la mirada de encima ni un segundo. Titubeando, saqué mi daga de plata del tobillo. Podría jurar que lo vi hacer una sonrisa de canino salvaje apenas me quité el abrigo y me deshice de mis tacones de anciana.

Nick se movió quejándose. Estaba vivo y sentí alivio. Jenks estaba parado sobre su hombro gritándole al oído que se levantara.

"Raquel Mariana Morgan," habló el perro con voz lúgubre pero suave. Yo me quedé esperando sintiendo escalofríos en el aire frío del sótano. "Uno de ustedes le teme a los perros" siguió diciendo asombrado. "No creo que seas tú."

"Ven y lo averiguas," le repuse audazmente. El corazón me latía aceleradamente, y empuñé mi cuchillo. Empecé a temblar. Los perros no hablan. No hablan.

Di un paso hacia adelante boquiabierta al ver cómo sus patas delanteras se estiraban y se paraba derecho para caminar. Adelgazó y asumió forma humana. Estaba vestido: jeans rasgados, chaqueta de cuero negro y una cadena que iba desde la cintura hasta la billetera. Tenía el pelo en punta y teñido de color rojo. No podía verle los ojos pues llevaba puesto lentes oscuros. No podía moverme del asombro viendo cómo aparecía ahora este muchacho fanfarrón.

"Me mandaron a matarte," me dijo hablando con sórdido acento londinense a medida que terminaba de transformarse en pandillero de callejón. "Me pidieron que me asegurara de hacerte morir asustada, nena. No me dieron mayor información, así que a lo mejor me tomará un buen rato."

Retrocedí intempestivamente al darme cuenta de que estaba casi encima de mí. Con un movimiento demasiado veloz para notarlo, me lanzó un golpe con el puño pegándome sin que me diera cuenta de que se había movido. El dolor que sentí en la mejilla fue intenso y luego sentí que se entumecía. Un segundo golpe en el hombro me alzó del piso. Me doblé y me fui de espaldas contra un anaquel de libros.

Caí al suelo y encima cayeron los libros. Me levanté tratando de despejar la vista. Nick se había metido en medio de dos anaqueles de libros. Sangraba en la cabeza y el cuello y su mirada era de espanto y asombro. Se tocó la cabeza mirando la sangre como si le dijera algo. Nuestras miradas se encontraron. La cosa estaba en medio de los dos.

De pronto se lanzó de nuevo contra mí. Caí de rodillas atravesándolo con el cuchillo dando tumbos. Aterrada, logré zafarme pero siguió atacándome. Ahora su cara era nebulosa y comenzó a transformarse cuando le clavé el cuchillo. *¿Qué demonios era esto?*

"Raquel Mariana Morgan," rió sarcásticamente. "¡He venido por ti!"

Me levanté y comencé a correr pero una mano gruesa me tomó por el hombro y me giró de regreso. La cosa me tenía agarrada y me paralicé viendo cómo su otra mano se convertía en un puño asesino. Sonrió mostrando sus dientes perfectamente blancos y tomó impulso con el brazo. Iba a pegarme en el estómago.

A duras penas logré bajar mi brazo para bloquear el golpe pero el puño me golpeó en el brazo. El dolor me dejó sin aire y caí de rodillas. Grité de dolor tomándome el brazo mientras caía. La cosa también me siguió y rodé por el piso tratando de alejarme. Me cayó encima. Sentía cómo me aplastaba. Sentía su aliento en la cara y sus largos dedos me apretaron los hombros haciéndome gritar. Metió su otra mano debajo de mi vestido pasándola sobre mis muslos, buscando. Abrí los ojos asombrada. *¿Qué demonios?*

Tenía su cara a centímetros de la mía y podía ver mi expresión de terror reflejada en sus lentes. Sacó la lengua caliente y repugnante y recorrió mi cara con ella desde el mentón hasta la oreja. Con las uñas buscó mi ropa interior tirando y enterrándomela salvajemente.

Reaccioné de nuevo tumbándole los lentes enterrándole las uñas en sus iris anaranjados.

Su sorpresivo gemido me dio un rápido respiro. Aproveché su instante de confusión para rodar y alejarme de él. Sin embargo me pateó un riñón con sus botas oliendo a ceniza. Jadeando, me doblé en posición fetal escondiendo mi cuchillo con el cuerpo. Esa vez lo tenía. La cosa se distrajo y no comenzó a transformarse. Si sentía dolor entonces también podía morir.

"¿No te asusta que te viole, nena?" me dijo con placer. "Eres una maldita ramera luchadora."

Me agarró por un hombro y traté de defenderme, indefensa frente a los dedos largos que me levantaban a trancazos. Miré a Nick alertada por el ruido de unos golpes fuertes. Estaba golpeando el candado de uno de los gabinetes de madera con una pata de la mesa. Su sangre estaba en todas partes. Jenks estaba encima de su hombro con sus alas rojas de susto.

Todo era borroso frente mí. Quedé pasmada al ver que esa cosa se transformaba de nuevo. Ahora, la mano que me tomaba del hombro era suave. Traté de recuperar el aliento y ví que era un hombre joven, alto, elegante y con levita. Tenía unos lentes opacos sobre su nariz delgada. Estaba segura de haberlo golpeado pero no tenía heridas en los ojos ¿Era un vampiro? ¿Un vampiro realmente viejo?

"¿Tal vez le temes al dolor?," dijo esa visión de hombre elegante, hablando con tanta propiedad como el mismo profesor Henry Higgins.

Me alejé de un salto cayendo contra un gabinete de libros pero me siguió haciendo una mueca espantosa. Me levantó lanzándome contra Nick que seguía golpeando el mueble al otro lado de la habitación.

Mi espalda lo golpeó con tanta fuerza que perdí el aire y mi cuchillo sonó al caer al suelo. Me deslicé por el gabinete roto luchando por respirar. Terminé sentada a medias sobre una repisa detrás de las puertas destrozadas. Estaba impotente frente a la cosa que me levantó por el vestido.

"¿Qué eres?," dije carraspeando.

Sonrió mostrando sus dientes blancos. "¿Qué te asusta, Raquel Mariana Morgan?" preguntó. "No es el dolor. No es la violación. Tampoco los monstruos."

"¡Nada!" dije jadeante y le escupí en la cara.

Mi saliva siseó al caer en su cara y temblé al recordar la saliva de Ivy en mi cuello.

La cosa pareció disfrutarlo. "Le temes a las sombras sin alma," susurró con placer. "Temes morir en los amorosos brazos de una sombra sin alma. Tu muerte será un placer para ambos, Raquel Mariana Morgan. Qué forma tan contradictoria de morir—con placer. Habría sido mejor para tu alma temerle a los perros."

Lancé mis manos de nuevo dejándole cuatro heridas en la cara con mis uñas. No se inmutó. La sangre salió densa y roja. Me retorció los dos brazos en la espalda agarrándome las dos muñecas con una mano. Sentí nauseas. Me tiró del brazo y el hombro aplastándome contra la pared, pero logré zafar una mano para lanzarle un golpe.

Me bloqueó antes de que pudiera pegarle. Lo miré a los ojos y sentí que mis rodillas flaqueaban. La levita de caballero se había convertido en chaqueta y pantalones negros de cuero. Su tez rojiza se transformó en una carita un tanto cachetona con cabello rubio. Le brillaban dos aretes. Entonces ví que Kisten me sonreía mostrándome su lengua roja. "¿Te gustan los vampiros, brujita?" susurró.

Me retorcí tratando de zafarme. "No estés tan seguro" murmuré. Seguí luchando y ahora se transformaba de nuevo. Se volvió más pequeño, apenas una cabeza más alto que yo. El cabello le creció largo, lacio y negro. El rubio desapareció y su cara se volvió la de un fantasma. La mandíbula cuadrada de Kisten se hizo más suave y ovalada.

"Ivy" susurré paralizada de terror.

"Me diste un nombre," dijo con voz suave y femenina. "¿Quieres esto?"

Quise tragar y no podía moverme. "No me asustas," murmuré.

Sus ojos centellaron. "Pero Ivy sí."

Reuní fuerzas tratando de zafarme a medida que me acercaba más por la muñeca. "¡No!" grité en el instante en que abrió la boca mostrándome los colmillos. Mordió profundo y grité. Fuego corrió por mi brazo entrando en mi cuerpo. Me mordió la muñeca como un perro mientras yo me contorsionaba tratando de escapar.

Sentí que me destrozaba la piel al retorcerme. Levanté la rodilla, lo empujé y me soltó. Caí de espaldas jadeando petrificada. Era como si Ivy estuviera ahí en frente con mi sangre goteándole de la boca. Alzó una mano quitándose el pelo de los ojos dejando una mancha roja sobre su frente.

No podía, no podía enfrentarme a esto. Tomé difícilmente una bocanada de aire y corrí hacia la puerta.

La cosa estrechó un brazo como una serpiente con la velocidad de un vampiro y me jaló hacia atrás. Sentí un dolor intenso al estrellarme contra la pared de cemento. La mano pálida de Ivy me atrapó. "Deja que te muestre lo que hacen los vampiros a puerta cerrada, Raquel Mariana Morgan."

Comprendí que moriría en el sótano de la biblioteca universitaria.

Esa cosa que se transformó en Ivy se inclinó más cerca. Sentía que el pulso me empujaba la piel y un cosquilleo caliente en la muñeca. La cara de Ivy estaba a centímetros de mi cara y me pareció que sacaba las imágenes de mi cabeza. Llevaba un crucifijo colgado alrededor del cuello y olía a jugo de naranja. Sus ojos se veían ahumados lanzando una mirada de apetito sofocante. "No," suspiré, "No, por favor."

"Puedo poseerte cuando me de la gana, brujita" susurró con una voz que imitaba la de Ivy.

Entré en pánico luchando inútilmente. La cosa que se parecía Ivy sonrió mostrando sus dientes. "Tienes tanto miedo" susurró cariñosamente, ladeando la cabeza para que su cabello negro rozara mi hombro. "No tengas miedo. Te gustará. ¿No te lo dije antes?"

Me sacudí al sentir que algo me tocaba el cuello. Dejé escapar un gemido al caer en la cuenta de que era una lengua que se movía veloz. "Te va a encantar" dijo con el mismo susurro gutural de Ivy. "Palabra de explorador."

Por mi mente pasó la imagen de Ivy cuando me sujetó en el asiento. La cosa gemía de placer apretándome contra la pared. De pronto empujó mi cabeza de lado y yo pegué un alarido aterrorizada.

"Oh, por favor" suspiraba la cosa mientras que yo ya sentía el filo helado de sus dientes en mi cuello. "Oh por favor. Ahora…"

"¡No!" grité, pero me clavó los dientes. Penetró tres veces con movimientos rápidos. Yo me aferré a sus puños y así, aferrados, caímos al piso. Me aplastó contra el cemento frío. Mi cuello ardía como fuego. La misma sensación subió por mi muñeca hasta la cabeza. Temblé de escalofrío. Podía sentir cómo me chupaba rítmicamente tratando de tomar más de lo que mi cuerpo podía dar.

Jadeante, sentí que me invadía una sensación agria. No podía distinguir dolor de placer. Era...era...

"¡Quítate de encima!" gritó Nick.

Oí un golpe y sentí una sacudida. La cosa se levantó.

Yo no podía moverme. No quería moverme. Estaba tirada en el piso, paralizada y entumecida bajo el letargo inducido por el vampiro. Jenks voló sobre mí y la brisa de sus alas sobre mi cuello me producía vibraciones.

Nick estaba de pie con los ojos cubiertos de sangre. Tenía un libro tan grande en las manos que le costaba trabajo sostenerlo. Murmuraba entre jadeos, pálido y asustado. Sus ojos pasaron del libro a la cosa que estaba a mi lado.

De nuevo se transformó en perro. Gruñendo, lo atacó.

"Nick" susurré al tiempo que Jenks me cubría el cuello con polvo de duende. "¡Cuidado!"

"¡Laqueo!," gritó Nick, haciendo malabares con el libro sobre su rodilla levantada lanzando una mano al aire.

El perro se estrelló contra algo y luego cayó. Yo observaba tirada en el piso. Se levantó de nuevo aturdido agitando la cabeza. Gruñó otra vez y lo atacó de nuevo, pero cayó por segunda vez. "¡Me encerraste!" rabió, cambiando de una forma a otra en un grotesco caleidoscopio de formas. Miró el piso y el círculo que Nick había formado con su propia sangre. "¡Tú no tienes los conocimientos para llamarme desde el más allá!," gritó.

Agachado sobre el libro, Nick se pasó la lengua por los labios. "No. Pero puedo encerrarte en un círculo una vez que estás aquí," repuso algo dudoso, como si no estuviera del todo seguro.

Jenks esparcía polvo de duende sobre mi muñeca parado en la palma de mi mano mientras que la cosa se estrellaba contra la barrera invisible. Del piso salía humo donde sus pies tocaban el cemento. "¡No de nuevo!," se lamentaba. "¡Sácame de aquí!"

Nick pasó saliva y pasó junto a la sangre y los libros caídos dirigiéndose hacia mí. "Dios mío, Raquel" dijo, dejando caer el libro al suelo con el ruido de páginas rotas. Jenks secaba la sangre de mi cara cantando una canción de cuna sobre rocío y rayos de luna.

Miré el libro roto en el piso y luego a Nick. "¿Nick?" llamé con voz trémula mirando su silueta contra la lúgubre luz fluorescente. "No puedo moverme. ¡No puedo moverme Nick! ¡Creo que me paralizó!" le dije agobiada por el pánico.

"No, no," repuso mirando al perro. Se puso detrás de mí y me alzó sentándome desplomada encima de él. "Es la saliva del vampiro. El efecto desaparecerá."

Acunada en sus brazos y muslos, sentí que comenzaba a enfriarme. Entumecida, lo miré. Sus ojos pardos estaban medio cerrados. Tenía la mandíbula tensa de la preocupación. La sangre le manaba de la cabeza formando un pequeño riachuelo que le empapaba la camisa. Tenía las manos rojas y pegajosas pero sus brazos eran cálidos. Comencé a temblar.

"¿Nick?" dije. Los dos miramos a la cosa. De nuevo era un perro. Ahí estaba mirándonos, goteando saliva. Le temblaban los músculos. "¿Es un vampiro?"

"No," repuso lacónicamente. "Es un demonio, pero tiene mucho poder. Posee las destrezas de cualquier forma que toma. Pronto podrás moverte." Su cara era de angustia mirando la sangre esparcida por el cuarto. "Vas a estar bien." Aún acunándome en sus muslos, usó mi cuchillo de plata para cortar la parte inferior de su camisa. "Estarás bien" susurró, mientras amarraba el trapo alrededor de mi muñeca poniéndola luego suavemente sobre mi muslo. Gemí ante el inesperado movimiento de mi muñeca.

"¿Nick?" Veía destellos negros frente a las luces. Me fascinaron. "No hay más demonios. No han habido más ataques demoníacos desde el Giro."

"Estudié tres años de demonología como segunda lengua para perfeccionar mi latín," dijo mientras se estiraba para alcanzar mi bolso que Jenks rescató de abajo de la mesa destrozada. "Esa cosa es un demonio." Tenía mi cabeza recostada en sus muslos mientras él hurgaba en mi bolso. "¿Tienes algo aquí contra el dolor?"

"No. Me gusta el dolor." Nick me miró primero y luego a Jenks. "Nadie estudia demonología," le dije asombrada tratando de sonreír. "Es...cómo podría decirlo, lo más inútil del mundo." Dirigí la mirada hacia el gabinete. Las puertas seguían cerradas pero las láminas estaban rotas por los golpes que le propinó Nick y por las veces que me estrellé contra el mueble. Detrás de la madera astillada había un espacio vacío del tamaño del libro que estaba en el piso junto a mí. *De manera que esto es lo que esconden en un armario con llave en un cuarto con llave detrás de una puerta con llave en el sótano de un edificio oficial.* Miré incrédula a Nick. "¿Tú sabes parar demonios?," le pregunté. Dios me perdone, pero ahora me sentía bien, liviana como una pluma. "Eres un practicante de magia negro. Yo arresto a gente como tú" le dije, pasándole un dedo por la mandíbula.

"No precisamente," respondió Nick tomando mi mano y bajándola de nuevo. Agitó un poco el puño de su suéter para limpiarme la sangre de la cara. "No trates de hablar Raquel. Perdiste mucha sangre." Se volvió hacia Jenks. "¡No puedo llevarla así en el autobús!"

Jenks puso cara de tragedia. "Iré por Ivy." Voló hasta mi hombro y susurró: "Aguanta Raque. Ya vuelvo." Luego se dirigió hacia Nick refrescándome con la brisa de sus alas. Cerré los ojos esperando que nunca se terminara.

"Si la dejas morir aquí yo mismo te mataré," amenazó Jenks y Nick asintió con la cabeza. Salió volando con el zumbido de mil abejas y el sonido retumbó en mi cabeza inclusive cuando ya Jenks no estaba.

"¿Puede escapar?" pregunté abriendo los ojos. Mis emociones pasaban de un extremo al otro y finalmente las lágrimas formaron lagunas en mis ojos.

Nick metió el gran libro de hechizos demoníacos en mi bolso. Sus huellas sangrientas estaban sobre ambos. "No. Y

cuando salga el sol, ¡puff! desaparecerá y estarás a salvo."
Metió mi cuchillo en el bolso y alcanzó mi abrigo.

"Pero estamos en el sótano. Aquí no hace sol," argumenté.

Nick rasgó el forro de mi abrigo y lo presionó sobre mi
cuello. Gemí al sentir el éxtasis por el efecto de la saliva de
vampiro que aún permanecía activa. La hemorragia había
disminuido y pensé si acaso se debería al polvo de duende
de Jenks. Aparentemente servía para otras cosas, además de
producirle rasquiña a la gente.

"No es la luz del sol la que hace que un demonio regrese
al más allá," dijo Nick pensando que me lastimaba. "Tiene
algo que ver con rayos gamma o protones, diablos Raquel.
Ya deja de hacer tantas preguntas. Enseñaban demonología
como ayuda para entender el desarrollo del lenguaje, pero
no para aprender a controlar demonios."

El demonio se había transformado de nuevo en Ivy y yo
temblé al ver que se relamía los labios con la lengua manchada de sangre, provocándome. "¿Qué nota sacaste, Nick?
Por favor, dime que sacaste una A."

"Umm" tartamudeó Nick cubriéndome con mi abrigo.
Estaba muy preocupado. Me tomó en sus brazos, casi arru-
llándome. Yo sentía los latidos de mi muñeca al mismo
ritmo de los latidos del cuello. "Despacio," murmuró. "Todo
saldrá bien."

"¿Estás seguro?" se escuchó una voz que provenía de una
esquina.

Nick levantó la mirada y juntos miramos al demonio. De
nuevo tenía el aspecto de un caballero vestido de levita.
"Déjame salir. Yo puedo ayudarte," dijo con toda simpatía.

Nick tuvo un momento de duda. "¿Nick?" dije súbitamente invadida por el miedo. "¡No lo escuches! ¡No!"

El demonio sonrió y miró por encima de sus lentes opacos. Tenía los dientes blancos y parejos. "Rompe el círculo y
la llevaré donde su Ivy. De lo contrario . . ." Frunció el ceño,
como si estuviera preocupado. "Parece que tuviera más sangre afuera que adentro."

Nick pasó la mirada por la sangre esparcida en los libros y paredes y sentí que me agarraba más fuerte. "Trataste de matarla," dijo con voz entrecortada.

El demonio se encogió de hombros. "Me obligaron a hacerlo. Ahora que me encerraste en el círculo eliminaste a quien me convocó y con ello desapareció mi obligación de obedecerle. Ahora soy todo tuyo, pequeño brujo." Sonrió y mi respiración se volvió rápida y jadeante.

"Nicky" susurré, ahora que el letargo producido por la pérdida de sangre empezaba a desaparecer lentamente. Estaba mal, muy mal. Recordé aterrorizada su ataque salvaje y mi corazón comenzó a latir aceleradamente.

"¿Puedes llevarnos de vuelta a la iglesia?" preguntó Nick.

"¿La que está junto a la línea ley pequeña?" La silueta del demonio tembló un instante con cara de asombro. "Alguien cerró un círculo ahí hace seis noches. La onda expansiva que envió hasta el más allá me hizo temblar las entrañas." Luego inclinó la cabeza cuestionando. "¿Fuiste tú?"

"No," repuso Nick débilmente.

Sentí enfermar. Puse mucha sal. Dios me acompañe. No sabía que los demonios podían sentir cuando uno arrastra una línea ley. Si salía de esto con vida no lo haría nunca más.

El demonio me fijó la mirada. "Yo puedo llevarlos allá," dijo, "pero a cambio no quiero que me impongan la obligación de regresar al más allá."

Nick me apretó fuerte. "¿Quieres que te deje libre en Cincinnati toda la noche?"

El demonio sonrió como demostrando su poder. Exhaló lentamente y escuché cómo sonaban las articulaciones de sus hombros. "Quiero matar a quien me convocó. Luego me iré. Aquí hay demasiado hedor." Su mirada me hizo estremecer. "Tú no vas a llamarme ¿no es cierto, pequeño brujo? Yo podría enseñarte las cosas que tú quieres saber."

El temor y el dolor luchaban dentro de mí durante el tiempo que Nick estuvo dudando. Finalmente movió la cabeza.

"No vas a lastimarnos mental, física ni emocionalmente. Tomarás el camino más directo y no harás nada que nos lastime después", dijo.

"Nick, Nicky" repuso el demonio con asombro. "¿No confías en mí? Yo podría llevarlos por una línea ley antes de que Ivy salga de allá. Pero tienes que apurarte. Raquel Mariana Morgan parece desvanecerse rápidamente."

¿Por el más allá? ¡No! Eso fue lo que mató a papá.

Nick tragó saliva, preocupado. "¡No!" traté de gritar contorsionándome para zafarme de sus brazos. El estupor que me producía la saliva de esa cosa ya casi desaparecía del todo y con cada movimiento sentía mucho dolor. Pero prefería el dolor sabiendo que el placer había sido un espejismo. Nick estaba pálido. Se esforzaba por no dejarme mover y me sostenía el cuello con el forro del abrigo.

"Raquel," susurró. "Ya has perdido mucha sangre. ¡No sé que hacer!"

Mi garganta estaba demasiado seca para tragar. "¡No! ¡No lo dejes salir!," insistí. "¡Por favor!" le rogué quitándole las manos de encima. "Estoy bien. Ya no estoy sangrando. Voy a estar bien. Déjame aquí y ve a llamar a Ivy. Ella vendrá a buscarnos. No quiero pasar por el más allá."

El demonio frunció el ceño, mostrándose preocupado. "Ummm" musitó suavemente jugando con el corbatín de seda. "Parece que está incoherente. Mala cosa. Tic-Tac, Nicky, tienes que decidir rápido."

Nick repiró profundo y reflexionó. Miró el pozo de sangre en el piso y luego me miró a mí. "Tengo que hacer algo," susurró. "Estás helada, Raquel."

"¡No, Nick!" grité. Me dejó en el suelo levantándose. Con un pie rompió el círculo de sangre.

Escuché un gemido aterrador y me tapé la boca al darme cuenta de que era yo misma. El terror me invadió completamente cuando vi cómo se sacudía el demonio. Lentamente, dio un paso sobre la línea. Luego pasó la mano sobre la pared manchada de sangre chupándose el dedo, con la mirada fija en mí.

"¡No dejes que me toque!" Estaba totalmente histérica.

"Raquel," dijo Nick tratando de calmarme arrodillado a mi lado. "Dijo que no va a lastimarte. Los demonios no mienten. Lo dicen todos los textos que estudié."

"¡Y tampoco dicen la verdad!" exclamé.

Los ojos del demonio centellaban de ira, pero después cambiaron de expresión como si estuviera preocupado por mí antes de que Nick pudiera darse cuenta. Se acercó a mí y yo traté de retroceder. "¡No dejes que me toque! ¡No me obligues a hacer esto!"

El temor de Nick era por mi actitud y no por el demonio. Él no entendía. Pensó que sabía lo que hacía. Pensó que sus libros tenían todas las respuestas. Pero no sabía lo que estaba haciendo. Yo sí.

Nick me tomó del hombro y le habló al demonio. "¿Puedes ayudarla?," le preguntó. "Se va a matar."

"¡No, Nick!" chillé mientras que el demonio se arrodilló y puso su cara sonriente junto a la mía.

"Duerme, Raquel Mariana Morgan," exhaló. No recuerdo nada más.

Veintiséis

"¿Qué pasó? ¿Dónde está Jenks?" dijo Ivy. Su voz seca y preocupada me sacó del aturdimiento. Sentí que me mecía hacia adelante. Había sentido calor pero ahora sentía frío. El olor a sangre era fuerte. El recuerdo de algo muy malo permanecía en mi memoria: carroña, sal y ámbar quemado. No podía abrir los ojos.

"La atacó un demonio." Era una voz suave y profunda. Nick.

Es verdad, pensé, y comencé a armar el rompecabezas. Estaba en sus brazos. De ahí venía el único olor agradable, masculino y dulce. Era su suéter manchado de sangre que frotaba mis ojos hinchados lastimándolos más aún. Comencé a temblar. ¿Por qué sentía frío?

"¿Podemos quitarnos de la calle?" preguntó Nick. "Ha perdido mucha sangre."

Sentí una mano cálida sobre la frente. "¿Un demonio hizo esto?" dijo Ivy. "No había ocurrido un ataque de demonios desde el Giro. Maldición. No debí dejar que saliera de la iglesia."

Los brazos que me sostenían se pusieron tensos y me moví hacia adelante y hacia atrás apenas se detuvo. "Raquel sabe lo que hacer," dijo Nick seriamente. "No es tu bebé, desde ningún punto de vista."

"¿A no?" dijo Ivy. "Pero actúa como si lo fuera. ¿Cómo permitiste que la atacaran así?"

"¿Yo? ¡Vampiro despiadado!" gritó Nick. "¿Tú crees que yo permití que esto sucediera?"

Se me formó un nudo en el estómago y sentí náuseas. Traté de ponerme el abrigo con mi mano sana. Entreabrí los ojos ante el brillo de las luces de la calle. ¿Podrían terminar de discutir después de meterme en la cama?

"Ivy," dijo Nick calmadamente. "No te tengo miedo, así es que ya deja la mierda del aura y no estorbes. Yo sé lo que buscas y no pienso permitir que lo hagas."

"¿A qué te refieres con eso?" tartamudeó Ivy.

Nick se inclinó hacia ella y yo quedé en medio de los dos. "Si no me equivoco, Raquel cree que tú y ella se mudaron el mismo día" dijo. "A lo mejor a ella le podría interesar saber que todas tus revistas llegan a la dirección de la iglesia." Escuché cómo Ivy respiraba asombrada mientras que él continuó amenazante. "¿Cuanto tiempo llevas viviendo aquí esperando a que Raquel renuncie? ¿Un mes? ¿Un año? ¿La estás cazando lentamente, Tamwood? ¿Quieres convertirla en tu lacayo cuando mueras? Estamos planificando por adelantado ¿verdad? ¿No es así?"

Me esforcé por retirar mi cabeza del pecho de Nick para poder oír mejor. Traté de pensar pero estaba muy confundida. ¿Acaso Ivy no se había mudado el mismo día que yo? Su computadora aun no estaba conectada a la red y tenía todas esas cajas en su habitación. Entonces, ¿por qué sus revistas llegaban a la iglesia? Mi mente pasó entonces al jardín perfecto para una bruja que había atrás y a los libros de hechizos en el ático. Dios me proteja. Soy una estúpida.

"No," repuso Ivy. "Las cosas no son como parecen. Por favor, no le digas eso. Puedo explicarlo todo."

Nick se puso en marcha ayudándome a subir las escalinatas de piedra. Estaba recuperando la memoria. Nick había hecho un trato con el demonio. Lo había dejado libre. El demonio me durmió y me hizo viajar por las líneas ley. Maldición. El portazo del santuario me hizo saltar y gemí de dolor.

"Está volviendo en sí," dijo Ivy lacónicamente. Su voz sonó en eco. "Déjala en la sala."

No en el sofá, pensé. Ahora me embriagaba la sensación de paz del santuario. No quería dejar mi sangre en el sofá de Ivy, aun cuando de todas formas había tenido sangre en el pasado.

Sentí un vacío en el estómago tan pronto Nick se agachó y por fin sentí la suavidad de los mullidos cojines bajo mi cuerpo. Escuché el clic de la lámpara de mesa y arrugué la cara ante el cálido y repentino brillo que percibía a través de mis párpados cerrados.

"¿Raquel?"

Sentía a alguien cerca que me acariciaba suavemente la cara.

"Raquel." El cuarto estaba en silencio. Sólo desperté con los susurros. Entreabrí los ojos y vi a Nick arrodillado junto a mí. Aún le chorreaba sangre de la frente y un riachuelo seco se le había formado entre la mandíbula y el cuello. Tenía mal aspecto y el cabello desordenado y alborotado. Estaba hecho un desastre. Ivy estaba detrás de él, preocupada.

"Eres tú," susurré, sintiéndome mareada y desubicada. Nick se reclinó hacia atrás con un respiro de alivio. "¿Puedo beber agua? No me siento bien" carraspeé.

Ivy se inclinó obstruyendo la luz. Me examinó con un profesionalismo que cesó apenas levantó el borde del vendaje improvisado que me puso Nick alrededor del cuello. Sus ojos se abrieron con asombro. "Prácticamente ha dejado de sangrar."

"Amor, confianza y polvo de duende" dije arrastrando las palabras. Ivy asintió.

Nick se puso de pie. "Llamaré a una ambulancia."

"¡No!" exclamé. Intenté sentarme pero la fatiga y las manos de Nick me lo impidieron. "Me atraparán. La S.E. sabe que estoy viva." Me recosté jadeando. Las heridas que me hizo el demonio en la cara latían rítmicamente con mi corazón. En mi brazo sentía la misma pulsación. Estaba mareada y el hombro me dolía al respirar. Cuando exhalaba lo veía todo oscuro.

"Jenks la cubrió con polvo," dijo Ivy, como si eso lo explicara todo. "Mientras que no vuelva a sangrar, no creo que empeore. Voy por una manta." Se puso de pie con esa velocidad graciosa e inquietante suya. Estaba entrando en la onda vampiro y yo no me hallaba en condición de defenderme.

Miré a Nick que salía. Parecía enfermo. El demonio lo había engañado. Estábamos en casa como lo había prometido; pero ahora había un demonio suelto en Cincinnati cuando todo lo que Nick tenía que hacer era esperar a que llegaran Jenks e Ivy.

"¿Nick?" musité.

"¿Qué? ¿Qué podía hacer?" Su voz suave y preocupada dejaba entreveer sentimiento de culpa.

"Eres un imbécil. Ayúdame a sentar."

Haciendo un gesto me tendió las manos con cuidado para ayudarme hasta que mi espalda estuvo contra el brazo del sofá. Me senté mirando al techo mientras que los puntos negros que bailaban ante mis ojos desaparecían. Respiré profundo y me miré. Mi vestido estaba manchado de sangre y mi abrigo me servía de manta. Un delgado hilillo de sangre había hecho que mis medias se me pegaran a los pies. El brazo mordido tenía un color grisáceo y lleno de manchas de sangre seca. La manga de la camisa de Nick aún estaba amarrada alrededor de mi muñeca y la sangre seguía chorreando con la velocidad de una llave goteando: plop, plop, plop. A lo mejor a Jenks se le agotó el polvo. Tenía hinchado el otro brazo y sentí que tenía roto el hombro. Sentía el cuarto caliente y luego frío. Miré a Nick sintiéndome lejana y fuera de la realidad.

"Mierda," musitó mirando hacia el pasillo. "Vas a perder el sentido de nuevo." Me tomó por los tobillos suavemente y me hizo recostar de nuevo hasta que mi cabeza quedó sobre el brazo del sofá. "¡Ivy!," gritó. "¿Dónde está esa manta?"

Miré al techo hasta que dejó de dar vueltas. Nick estaba acurrucado en una esquina dándome la espalda. Tenía una mano sobre el vientre y con la otra se tomaba la cabeza. "Gracias," susurré. Él se dio vuelta.

"¿De qué?" respondió con amargura, deshecho, con la cara manchada de sangre. Sus manos estaban negras de sangre y le sobresalían líneas blancas.

"Por hacer lo que creíste que era mejor." Sentí escalofríos. Se veía enfermo pero sonrió. Se veía preocupado. "Había tanta sangre que sentí pánico. Lo siento." Su mirada se fijó en el pasillo. No me extrañé al ver entrar a Ivy con una manta colgando de un brazo, varias toallas rosadas debajo del otro y un recipiente de agua en las manos.

El malestar que sentí fue más fuerte que el dolor. Aún sangraba; y ahí venía Ivy. Me estremecí.

"¿Qué?" dijo de repente mientras dejaba las toallas y el agua sobre la mesa de centro y me envolvía con la manta como si fuera un niño.

Tragué saliva y traté de mirarla directamente a los ojos. "Nada," repuse humildemente mientras que ella se enderezaba de nuevo y retrocedía. Aparte de verse más pálida que de costumbre, estaba bien. Pensé que no podría aguantar si se ponía vampiro. Estaba totalmente indefensa.

Sentí más calor con la manta que me cubría la quijada y por la luz de la lámpara. Temblé cuando se sentó en la mesa y acercó el cuenco de agua. Pensé en el color de las toallas y recordé que en el rosado no se notan las manchas viejas de sangre.

"¿Ivy?" dije asustada mientras que ella acercó las manos al trapo que tenía alrededor de mi cuello.

Retiró la mano y su expresión antes perfecta ahora se veía insultada y molesta. "No seas estúpida, Raquel. Déjame revisarte el cuello."

De nuevo acercó la mano pero yo me encogí. "¡No!" grité alejándome. Vi ante mí la imagen del demonio que se transformaba en Ivy. No pude luchar contra él y estuvo a punto de matarme. El terror me invadió completamente y reuní fuerzas para sentarme. El dolor del cuello parecía dar alaridos queriendo escapar a cambio de aquella exquisita mezcla de dolor y apetito que suministraba la saliva del vampiro. Me sacudía y me horrorizaba. Los ojos de Ivy se agrandaron hasta tornarse negros.

Nick se paró en medio de ambas cubierto de sangre seca y oliendo a miedo. "¡Atrás, Tamwood!" amenazó. "No vas a tocarla si le quieres arrastrar el aura."

"Tranquilízate niño rata," exclamó Ivy. "No estoy arrastrando auras. Estoy furiosa. Además no mordería a Raquel ahora ni aunque me lo rogara: apesta a infección."

Eso era más de lo que me interesaba oír. Sus ojos se habían tornado pardos otra vez. Fluctuaba entre la rabia y la necesidad de ser comprendida. De pronto me sentí culpable. Ivy no me había apretado contra la pared para morderme. Tampoco me había aterrorizado clavándome los dientes. No me había chupado el cuello gimiendo de placer aferrándome con fuerza mientras me contorsionaba. Maldición. No-fue-ella.

Nick seguía en medio de ambas. "Nick, está bien," le dije con voz trémula. Él sabía por qué yo tenía tanto miedo. "Todo está bien." Miré a Ivy. "Disculpa. Por favor, mira mi cuello."

Ivy se relajó de inmediato. Se acercó más sintiendo el derecho de hacerlo mientras que Nick se quitaba de en medio. Dejé escapar lentamente el aire que retenía mientras que ella me quitaba la tela empapada. "Muy bien," advirtió. "Esto va doler un poco."

"¡Ay!" grité. Mi reacción fue jalar cuando ella levantó la tela. Me mordí los labios para no hacerlo de nuevo. Ivy dejó el trapo sucio en la mesa y sentí que se me retorcía el estómago. Estaba negro de sangre húmeda y podría jurar que tenía pegados trocitos de piel. Temblé por el frío que sentí en el cuello pues tuve la sensación de sangre fresca que fluía.

Ivy me miró a la cara. "Llévate eso de aquí," ordenó Ivy. Nick salió con el trapo empapado.

Sin expresión en la cara, Ivy puso una toalla de manos sobre mi hombro para atrapar el nuevo flujo. Miré fijamente a la televisión apagada mientras ella empapaba una toallita y la escurría encima del cuenco de agua. Sus movimientos eran suaves, limpiando desde los bordes de las heridas hacia el centro. Aun así, yo no podía contener el dolor. El amenazante anillo negro que me cubría la visión comenzó a crecer.

"¿Raquel?" dijo suavemente. Inmediatamente volví la atención hacia ella sin saber con qué me encontraría. Sin embargo, su expresión era neutra y sus ojos y manos examinaban mis heridas en el cuello. "¿Qué sucedió?" preguntó. "Nick mencionó algo acerca de un demonio, pero esto parece…"

"Parece un mordisco de vampiro" terminé de manera insulsa. "Se transformó en vampiro y me hizo esto." Tomé aire temblando. "Se transformó en tu figura, Ivy. Discúlpame si estoy demasiado sensible ahora. Yo se que no eras tú. Sólo dame tiempo para convencer a mi subconsciente de que tú no trataste de matarme. ¿Está bien?"

Nuestras miradas se encontraron y las dos sentimos temor cuando un relámpago de claridad cruzó por su mente. Yo había sido atacada por un vampiro. Había sido iniciada a un club del cual Ivy trataba de alejarse. Ahora éramos dos. Luego recordé lo que dijo Nick respecto a que Ivy quería convertirme en su lacayo. No sabía qué pensar.

"Raquel, yo…"

"Después," dije. Nick regresó. Me sentía muy mal y de nuevo empecé a ver todo borroso. Matalina venía con él y con dos de sus niños. Traían una bolsa tamaño duende. Nick se arrodilló a mi lado. Sosteniendo el vuelo en el aire en medio de la habitación, Matalina evaluó la situación y tomó la bolsa que llevaban los niños. Luego los hizo salir por la ventana. "Vayan, vayan" oí que susurraba. "Ya sé que les había dicho otra cosa pero cambié de opinión. Váyanse a casa." Protestaron y se retiraron aterrados. ¡Cómo estaría de mal!

"¿Raquel?" dijo Matalina volando frente a mí de un lado a otro, tratando de determinar hacia dónde miraban mis ojos. La sala había quedado bajo un preocupante silencio y sentí escalofríos. Matalina era realmente hermosa. Con razón Jenks haría lo que fuera por ella. "Trata de no moverte, querida," me dijo.

De pronto, una brisa de aire proveniente de la ventana hizo que Matalina se elevara. "¡Jenks!," dijo aliviada la pequeñita mujer duende. "¿Dónde estabas?"

"¿Yo?," respondió volando frente a mis ojos. "¿Cómo llegaron aquí antes que yo?"

"Tomamos el autobús expreso" repuso Nick sarcásticamente.

Jenks estaba muy preocupado. Tenía los hombros caídos pero por fin pude sonreír. "¿Está muy cansado de trabajar este buen mozo hombrecito duende?" Respiré profundo y Jenks se acercó tanto que tuve que entrecerrar los párpados.

"Ivy, tienes que hacer algo" dijo. "Le cubrí las heridas con polvillo para disminuir la hemorragia, pero jamás he visto a alguien tan pálido que siga vivo aún."

"Eso es lo que estoy tratando de hacer," gruñó. "¡Quítense de mi camino!"

Sentí cómo cambiaba la brisa. Ivy y Matalina se acercaron a mí. Era reconfortante saber que un vampiro y un duende me estaban examinando el cuello; y puesto que una infección era motivo para bajar el apetito, debería encontrarme a salvo. Ivy podría determinar si mis heridas eran o no mortales . Y Nick... sentí deseos de reír, Nick me rescataría si Ivy perdía el control.

Ivy me tocó el cuello con los dedos y grité. Ivy también se sobresaltó y Matalina se elevó en el aire. "Raquel," dijo Ivy preocupada. "Yo no puedo arreglar esto. El polvillo de duende te ayudará sólo durante cierto tiempo, pero necesitas que te cosan. Tenemos que llevarte a emergencias."

"Nada de hospitales," dije suspirando. Ya no temblaba y sentía mi estómago extraño. "Allá los agentes entran pero nunca salen." Me permití una sonrisa.

"¿Prefieres morir en mi sofá?" dijo Ivy y Nick comenzó a seguirla.

"¿Qué le pasa a esa?" dijo Jenks en voz alta.

Ivy se puso de pie y cruzó los brazos. Se veía seria y molesta. Un vampiro molesto. Vaya, qué gracioso. Eso ameritaba una risa y reí de nuevo.

"Es la pérdida de sangre," dijo Ivy impaciente. "Será como un yo-yo entre la lucidez y la irracionalidad hasta que se equilibre o se muera. Odio esta parte."

Mi mano buena se arrastró hacia mi cuello pero Nick me obligó a meterla bajo la manta.

"¡No puedo arreglarlo, Raquel!" exclamó Ivy frustrada. "Te hicieron demasiado daño."

"Yo haré algo," dije con firmeza. "Soy una bruja." Me incliné para rodar del sofá y levantarme. Tenía que ir a la cocina. Tenía que cocinar la cena para Ivy.

"¡Raquel!" gritó Nick, tratando de agarrarme. Ivy saltó tomándome y haciéndome regresar al sofá. Sentí perder hasta el último aliento. La sala me daba vueltas. Miré el techo con los ojos totalmente abiertos haciendo un gran esfuerzo por no perder el sentido. Si eso sucedía, Ivy me llevaría a emergencias.

Matalina voló siguiendo mi mirada. "Ángel," susurré, "Eres un ángel hermoso."

"¡Ivy!" gritó Jenks. "¡Está delirando!"

El duende ángel me hizo una sonrisa que me pareció una bendición. "Alguien debe ir a buscar a Keasley," dijo.

"El viejo grandulón...eh...brujo del otro lado de la calle?"

Matalina asintió. "Dile que Raquel necesita ayuda médica."

Ivy también se mostró asombrada. "¿Crees que él puede hacer algo?" preguntó con temor patente en su voz. Ivy temía por mí. Tal vez yo también debería estar asustada.

Matalina se ruborizó. "El otro día pidió permiso para tomar unas ramitas del jardín. No hay nada de malo con eso." La hermosa duende zumbaba con la mirada baja. "Todas eran plantas con propiedades fuertes: milenrama, verbena, cosas por el estilo. Pensé que si las quería es porque sabe qué hacer con ellas."

"Mujer," repuso Jenks advirtiéndole.

"Estuve todo el tiempo a su lado," dijo con ojos desafiantes. "Sólo tocó lo que le permití. Fue muy educado y preguntó por el bienestar de todos."

"Matalina, este no es nuestro jardín," dijo Jenks, y el ángel se molestó.

"Si tú no vas por él, iré yo," dijo decididamente y salió como un rayo por la ventana. Yo apenas pude parpadear mirando hacia el sitio donde había estado.

"¡Matalina!" gritó Jenks. "No vueles dejándome así. Este no es nuestro jardín y no puedes hacer de cuenta que lo es," repuso volando frente a mi campo de visión. "Lo lamento," dijo Jenks evidentemente avergonzado y molesto. "No volverá hacerlo." Se puso muy serio y salió volando tras ella. "¡Matalina!"

"S'tá bien…" susurré, aun cuando ninguno de los dos estaba allí. "Digo que está bien. El ángel puede invitar al jardín a quien le plazca." Cerré los ojos. Nick puso la mano en mi frente y sonreí. "Hola Nick," dije suavemente abriendo los ojos. "¿Aún estás aquí?"

"Sí, aún estoy aquí."

"Muy bien," repuse, "porque tan pronto pueda ponerme de pie te voy a dar un beso m-u-u-u-y grande."

Nick me soltó la mano y retrocedió un paso.

Ivy hizo una mueca. "Odio esta parte," murmuró. "La odio. La odio."

Arrastré la mano hacia mi cuello pero Nick me la quitó. De nuevo oí el goteo en la alfombra: plop, plop, plop. La sala daba vueltas extraordinarias y yo observaba fascinada. Era gracioso y traté de reír.

Ivy hizo un sonido de frustración. "Si ríe es porque va a estar bien. ¿Por qué no te bañas?"

"Yo estoy bien. Voy a esperar hasta estar seguro."

Ivy se quedó en silencio por un segundo. "Nick," dijo Ivy. "Raquel apesta a infección. Tu apestas a sangre y miedo. Ve a bañarte."

"Oh." Un largo momento de duda. "Lo siento."

Le sonreí a Nick que estaba parado en la puerta. "Ve a ba-

ñarte Nick, Nicky," le dije. "No hagas que Ivy se ponga oscura y aterradora. Demórate todo lo que quieras. Hay jabón
y…" dudé por un instante tratando de recordar qué quería
decir, "toallas en el cajón," concluí satisfecha de mi logro.

Me tocó el hombro mirándome a mí y a Ivy. "Vas a estar
bien."

Ivy cruzó los brazos impaciente esperando a que se fuera.
Luego escuché la ducha. Eso me produjo mucha sed. Sentía
mi brazo estallar y las costillas inflamadas. Mi hombro y
cuello eran un sólo dolor. Giré para ver fascinada cómo se
movía la cortina con la brisa.

De repente sentí un golpe fuerte al frente de la iglesia que
acaparó toda mi atención hacia el pasillo oscuro. "Hola"
sonó la voz distante de Keasley. "¿Srta. Morgan? Matalina
me dijo que entrara."

"Quédate aquí" dijo Ivy inclinándose sobre mí hasta que
no tuve otra opción que mirarla. "Y no te levantes hasta que
yo regrese, ¿bien? ¿Raquel? ¿Me escuchas? *No te levantes.*"

"Sí, sí." De nuevo miré hacia las cortinas. Si entreabría los
ojos a-p-e-e-e-n-a-s lo suficiente, el gris se convertía en negro. "Quédate aquí."

Mirándome una última vez recogió sus revistas y salió. El
sonido de la ducha me atrajo. Me lamí los labios y pensé: ¿si
me esfuerzo de verdad puedo llegar hasta el fregadero de la
cocina?

Veintisiete

En el pasillo se escuchó el chasquido de una bolsa de papel y yo levanté un poco la cabeza del brazo del asiento. Esta vez no sentí que la sala daba vueltas y la visión nublada se tornó clara. Entonces entró un encorvado Keasley seguido de cerca por Ivy. "Qué bien," susurré casi sin aire. "Compañía."

Ivy pasó muy cerca de Keasley y fue a sentarse en la silla más cercana. "Te vez mejor," dijo. "¿Ya volviste en sí o todavía estás en la tierra de la fantasía?"

"¿Qué?"

Movió la cabeza y yo le sonreí a Keasley lánguidamente. "Disculpe que no le ofrezca un chocolate."

"Srta. Morgan," dijo, fijando la mirada en mi cuello. "¿Discutió con su compañera de vivienda?" dijo secamente pasándose la mano por su negro pelo crespo.

"No," repuse de inmediato. Ivy se puso seria.

Arqueó las cejas con incredulidad y puso su bolsa de papel sobre la mesita. "Matalina no me dijo lo que necesitaría, así es que traje un poco de todo." Miró la lámpara de la mesa con los ojos entreabiertos. "¿Tiene una luz más brillante?"

"Tengo una lamparita fluorescente." Ivy salió hacia el pasillo pero se detuvo. "No deje que se mueva. Se pondrá incoherente de nuevo."

Abrí la boca para decir algo pero desapareció y la reemplazaron Matalina y Jenks. Jenks parecía estar molesto, pero

Matalina no parecía estar arrepentida. Los dos estaban suspendidos en el aire en una esquina pero hablaban tan rápido y en una tono tan agudo que no pude entender lo que decían. Finalmente Jenks se fue. Estaba tan furioso que parecía que mataría lo primero que se le cruzara por enfrente. Matalina se acomodó su hermoso vestido blanco y voló hasta el brazo del asiento donde estaba mi cabeza.

Keasley se sentó en la mesita emitiendo un suspiro de preocupación. Su barba de tres días se estaba tornando blanca, lo que lo hacía verse muy descuidado. Las rodillas de sus overoles estaban manchadas de tierra húmeda y pude oler su exterior. Sus oscuras manos toscas se veían lastimadas obviamente de trabajar. Entonces sacó un periódico de la bolsa y lo extendió como un mantel. "¿Y quién está en la ducha? ¿Su madre?"

Resoplé sintiendo la hinchazón en mi ojo hinchado. "Se llama Nick," dije en el momento en que regresó Ivy. "Es un amigo."

Ivy hizo ruido poniendo una pequeña luz a un lado de la lámpara de mesa y la conectó. Yo cerré los ojos al sentir el calor y la intensidad de la luz.

"¿Nick?" comentó Keasley hurgando en su bolsa y sacando amuletos, paquetes envueltos en papel de aluminio y botellas que iba poniendo encima del periódico. "¿Es un vampiro?"

"No. Es humano," respondí. Keasley miró a Ivy con desconfianza.

Ivy no lo vio y se acercó un poco más. "El cuello es lo peor. Ha perdido una cantidad peligrosa de sangre."

"Eso ya lo sé," repuso el hombre mirando a Ivy agresivamente hasta que retrocedió un poco. "Necesito más toallas. ¿Por qué no le trae a Raquel algo de tomar? Necesita estar hidratada."

"Lo se" dijo Ivy, dando un paso en falso hacia atrás antes de dirigirse a la cocina. Se escuchó el sonido de vasos y el glorioso sonido del líquido. Matalina abrió su equipo de herramientas y comparó sus agujas con las de Keasley.

"Algo tibio" recalcó Keasley en voz alta. Ivy tiró la puerta del refrigerador. "Vamos a ver," dijo mientras me apuntaba con la luz. Él y Matalina estuvieron en silencio durante un buen tiempo. Luego se recostó hacia atrás dejando escapar un poco de aire. "Primero algo para calmar el dolor" dijo suavemente tomando un amuleto.

Ivy apareció en la entrada. "¿Dónde obtuvo esos hechizos?" preguntó sospechosa.

"Tranquilícese," repuso mientras inspeccionaba cuidadosamente cada paquete. "Los compré hace varios meses. Más bien sea útil y ponga a hervir una olla de agua."

Ivy refunfuñó y dio media vuelta regresando furiosa a la cocina. Escuché varios ruidos y después el sonido del gas que prendía. Abrió las llaves de agua al máximo para llenar la olla y de mi baño provino un pequeño gruñido de sorpresa.

Keasley había untado su dedo en sangre y había invocado el hechizo antes de que yo cayera en la cuenta. Colocó el amuleto alrededor de mi cuello y luego de mirarme fijo a los ojos para comprobar su eficacia, concentró toda su atención en mi cuello. "De verdad le agradezco esto" le dije al sentir que sus dedos aliviaban mi cuerpo. Mis hombros se encorvaron. Salvación.

"Yo usted, aguardaría a dar las gracias después de que reciba mi cuenta," murmuró Keasley. Alcé las cejas por el viejo chiste y él sonrió. Se acomodó de nuevo y me pinchó la piel. El dolor fue más fuerte que el hechizo y tuve que respirar profundo. "¿Aún duele?" preguntó innecesariamente.

"¿Por qué no la duerme?" preguntó Ivy.

Me sobresalté. No la había oído entrar. "No" dije a secas. No quería que lo convenciera de llevarme a emergencias.

"Así no sentirías dolor" siguió diciendo, parada desafiante y vestida de cuero y seda. "¿Por qué tienes que hacer las cosas de la forma más difícil?"

"No las hago difíciles. Simplemente no quiero que me duerman," reclamé. Mi visión se oscureció y me concentré en respirar para no perder el sentido.

"Señoras," dijo Keasley. "Estoy de acuerdo que sedar a Raquel sería más fácil para ella, pero yo no la voy a obligar."

"Gracias" dije lánguidamente.

"Ivy, ¿más ollas de agua por favor? ¿y las toallas?"

El microondas sonó e Ivy regresó a la cocina. ¿Y ahora qué mosco la picó? Me quedé pensativa.

Keasley invocó un segundo amuleto y lo puso junto al primero. Era otro hechizo para el dolor. Yo agradecí el alivio y cerré los ojos. Pero pronto los abrí cuando Ivy puso una taza de chocolate caliente sobre la mesa seguida de más toallas rosadas. Frustrada, regresó a la cocina haciendo ruido en un gabinete.

Lentamente saqué de debajo de la manta el brazo que me mordió el demonio. La inflamación había bajado un poco y me tranquilicé al notar que no estaba roto. Moví los dedos y Keasley puso el chocolate caliente en mi mano. El calor de la taza era reconfortante y tomé con placer la bebida. Sentí que me protegía.

Keasley me ponía toallas alrededor del hombro derecho mientras tomaba mi bebida. Lavó las últimas manchas de sangre del cuello empapando las toallas con el líquido de una botellita que sacó de la bolsa. Luego comenzó a examinar mi piel. "¡Ay!" grité casi derramando mi chocolate del salto. "¿Realmente necesita hacer eso?"

Keasley refunfuñó y me puso un tercer amuleto alrededor del cuello. "¿Mejor?" preguntó. La potencia del hechizo hizo que mi visión se volviera borrosa. ¿Dónde habría obtenido un hechizo tan fuerte? Pero luego recordé que él sufría de artritis. Se necesitaba un hechizo muy poderoso para aliviar ese dolor y me sentí culpable de que estuviera gastando sus hechizos medicinales en mí. Esta vez solamente sentí una leve presión mientras pinchaba y jalaba. Yo asentí. "¿Hace cuánto tiempo la mordieron?"

"Eh..." murmuré tratando de luchar contra la somnolencia que me producía el amuleto. "¿a la puesta del sol?"

"¿Y qué hora es? ¿Las nueve?" dijo mirando el reloj en el reproductor de discos compactos. "Muy bien. Podemos coserte." Se acomodó con aire de maestro y le hizo señas a Matalina para que se acercara. "Mira," le dijo a la mujercita duende. "¿Ves cómo la piel ha sido rajada en lugar de rasgada? Prefiero coser mil veces una mordida de vampiro que una de lobo. No sólo es más clara sino que no hay que eliminar las enzimas."

Matalina se acercó más. "Las lanzas de espinas producen heridas como estas, pero nunca he encontrado algo que mantenga el músculo en su lugar mientras que los ligamentos se vuelven a insertar."

Palidecí y bebí mi chocolate caliente de un trago deseando que dejaran de hablar como si yo fuera un experimento científico o un trozo de carne para la parrilla.

"Yo utilizo suturas veterinarias" dijo Keasley.

"¿Suturas veterinarias?" pregunté asombrada.

"Nadie controla las clínicas veterinarias" dijo con indiferencia. "Pero he oído decir que la nervadura que recorre el pecíolo de la hoja de laurel es suficientemente resistente para duendes y hadas. Pero yo no usaría nada distinto a la tripa de gato para los músculos de las alas. ¿Quieres un poco?" Esculcó en su bolsa y puso varios sobres de papel sobre la mesa. "Has de cuenta que es en pago por esas ramitas que arranqué."

Las alitas de Matalina se tornaron color rosa. "Esas plantas no eran mías."

"Sí que lo eran," interrumpí. "A mí me descuentan cincuenta del alquiler por mantener el jardín. Eso lo hace mío, aun cuando ustedes lo cuidan. Y yo digo que eso lo hace de ustedes."

Keasley levantó la mirada y Matalina puso cara de asombro.

"Digamos que es el sueldo de Jenks," agregué. "Naturalmente, eso si él quiere que el jardín sea su sueldo."

Hubo un momento de silencio. "Creo que eso le va a gustar," susurró Matalina y metió los pequeños sobres en su bolsa. Los dejó allí y voló hacia la ventana y de vuelta, evidentemente confundida. Era obvio que estaba nerviosa con mi propuesta. Yo no sabía si había hecho algo mal y observé las cosas de Keasley sobre el periódico.

"¿Usted es médico?" le pregunté, poniendo mi taza sobre la mesa. Tenía que acordarme de pedirle la receta de este hechizo. No sentía nada en ninguna parte.

"No." Escurrió las toallas empapadas de agua y sangre y las tiró al piso.

"Entonces, ¿dónde consiguió todas estas cosas?" insistí.

"No me gustan los hospitales," dijo a secas. "Matalina, yo haré las suturas internas y tú las de la piel. Estoy seguro de que tu trabajo es más parejo que el mío," sonrió acongojado. "Apuesto a que Raquel preferirá una cicatriz más pequeña."

"Todo se facilita cuando se está a milímetros de la herida," dijo Matalina satisfecha de que le pidieran ayuda.

Keasley me lavó el cuello con una gelatina fría. Yo me quedé mirando el techo mientras que él tomó un par de tijeras. Pensé que sería para cortar los bordes rasgados. Luego seleccionó una de sus agujas e hilo. Sentí presión en el cuello y respiré profundo. Dirigí la mirada hacia Ivy que se acercó obstruyéndole la luz a Keasley.

"¿Y esa otra herida?" dijo apuntando. "¿No debería coser esa primero? Es la que más sangra."

"No" repuso suturando una más. "¿Por qué no me trae otra olla con agua hirviendo?"

"¿Cuatro ollas con agua hirviendo?" cuestionó Ivy.

"Si fuera tan amable," repuso. Keasley siguió cosiendo mientras yo contaba las suturas con la mirada fija en el reloj. El chocolate no me sentó tan bien como hubiera deseado. No me habían cosido puntos desde que mi mejor amiga se escondió en mi armario de la escuela pretendiendo ser un zorro. Al final del día nos habían expulsado a las dos.

Ivy dudó, pero finalmente recogió las toallas mojadas y las llevó a la cocina. Se escuchó el agua de las llaves y de nuevo escuchamos un reclamo desde la ducha. "¡Ya deja de abrir la llave!" sonó la voz molesta y no pude evitar sonreír. Pero Ivy ya estaba de regreso vigilando sobre el hombro de Keasley.

"Esa sutura no está bien" dijo.

Me sentí un poco incómoda al ver que Keasley fruncía el ceño. Me caía bien, pero Ivy estaba comportándose como una pesada. "Ivy," murmuró Keasley, "¿por qué no hace una revisión del terreno?"

"Jenks está afuera. Estamos a salvo."

Keasley apretó los dientes. Tiró del hilo verde concentrado en su trabajo. "Tal vez necesite ayuda," dijo.

Ivy se puso seria cruzando los brazos y la bruma negra comenzó a invadir sus ojos. "Lo dudo."

Matalina agitó las alas tanto que no se veían cuando vio que Ivy se acercaba tapándole la luz a Keasley.

"Vete," le dijo suavemente sin moverse. "Me estás rondando."

Ivy retrocedió asombrada. Me miró a los ojos y yo le sonreí como disculpándome pero señalándole que estaba de acuerdo con Keasley. Agitada, dio media vuelta. Sentí el taconear de sus botas en el pasillo de madera y el santuario. Luego oímos reverberar por toda la iglesia el golpe de la puerta principal.

"Lo siento" dije, sintiendo que alguien debía presentar excusas.

Keasley se estiró difícilmente. "Está preocupada por usted y no sabe cómo demostrarlo sin morderla. O bien es eso o no le gusta perder el control."

"No es la única. Yo también comienzo a sentir que soy una fracasada" dije.

"¿Fracasada? ¿Cómo es eso?"

"Míreme," repuse secamente. "Estoy hecha una ruina. He perdido tanta sangre que no puedo ponerme de pie. No he logrado nada yo sola desde que abandoné la S.E. aparte de dejarme atrapar por Trent y convertirme en comida para ratas." Ya no me sentía como un agente. *Papá estaría desilusionado*, pensé. Debí quedarme donde estaba segura aunque aburrida.

"Está viva," dijo. "Eso no es cualquier cosa cuando se está bajo una amenaza de muerte de la S.E." Acomodó la lámpara haciéndola brillar en mi cara. Cerré los ojos dando un respingo apenas me puso una toalla fría en el párpado hinchado. Matalina comenzó a coser mi cuello y yo apenas sentía sus diminutas puntadas. No nos prestó mucha atención concentrada en su trabajo.

"Estaría muerta dos veces de no ser por Nick," dije mirando hacia la ducha.

Keasley apuntó la lámpara hacia mi oreja. Salté cuando la frotó con algodón húmedo con el que limpió la sangre vieja. "Usted habría escapado de Kalamack tarde o temprano. Pero en cambio asumió el riesgo de ayudar a escapar a Nick," dijo. "No veo dónde está el fracaso."

Lo miré con el ojo bueno entreabierto. "¿Cómo se enteró de la pelea de ratas?"

"Me lo dijo Jenks cuando veníamos hacia acá."

Satisfecha, hice una mueca cuando frotó un líquido maloliente en mi oreja herida. Vibré debajo de los tres amuletos contra el dolor. "Es todo lo que puedo hacer. Lo lamento."

Matalina voló frente a mis ojos mirándonos. "Terminado," dijo con su dulce voz de muñeca de porcelana. "Si usted puede terminar lo que falta, me gustaría…eh…" Sus ojos encantadores estaban impacientes. Parecía un ángel portador de buenas noticias. "Hablarle a Jenks acerca de su oferta de subarrendar el jardín."

Keasley asintió. "Ve tranquila," repuso. "Ahora sólo falta la muñeca."

"Gracias, Matalina," le dije. No sentía nada.

"No hay de qué." La diminuta duende salió disparada hacia la ventana y luego regresó. "Gracias a usted" susurró antes de desaparecer en la oscuridad del jardín.

La sala estaba desocupada. Quedamos solos Keasley y yo. Hacía tanto silencio que podíamos oír las tapas de las ollas de agua hirviendo que saltaban en la cocina. Keasley tomó las tijeras y cortó el algodón empapado que tenía en la muñeca. Apenas cayó, sentí nauseas en el estómago. Mi muñeca estaba aún allí, pero nada estaba en su lugar. Con razón el polvillo de duende de Jenks no logró detener la hemorra-

gia. Pedazos de carne blanca se amontonaban y tenía pequeños agujeros llenos de sangre. Si así estaba mi muñeca,
¿cómo estaría mi cuello? Cerré los ojos y me concentré en
respirar. Iba a perder el sentido. Lo presentía.

"Ahora ya tiene una aliada muy fuerte," dijo Keasley.

"¿Matalina?" dije conteniendo la respiración esperando
no hiperventilarme. "No se por qué" continué. "He puesto
en riesgo permanente a su marido y su familia."

"Ummm." Puso la olla de agua de Ivy sobre las rodillas metiendo lentamente mi muñeca en ella. Gemí al sentir el ardor
pero luego logré tranquilizarme al ver que los amuletos alejaban el dolor. Mi pinchó la muñeca y yo grité tratando de zafarme. "¿Quiere que le de un consejo?," preguntó.

"No."

"Muy bien. Escuche de todas formas. Me da la sensación
de que usted se ha convertido en un líder aquí. Acéptelo.
Sepa que eso tiene un precio. La gente hará cosas por usted.
No sea egoísta. Déjelos."

"Les debo la vida a Nick y a Jenks" dije, pero no me
gustó. "¿Qué tiene eso de extraordinario?"

"No. No es así. Gracias a usted, Nick ya no tiene que matar ratas para seguir con vida y la esperanza de vida de Jenks
se ha duplicado."

Retiré la mano y esta vez me soltó. "¿Cómo sabe eso?"
pregunté con desconfianza.

Keasley puso a un lado la olla y el golpe sobre la mesa fue
claro y seco. Puso una toalla rosada debajo de mi muñeca y
yo hice el esfuerzo de mirarla. El tejido se veía mejor. Salió
un lento brote de sangre que ocultó las heridas y fluyó sobre
mi piel mojada hacia la toalla empapada.

"Usted hizo a Jenks su socio," continuó mientras abría
una almohadilla de gasa para limpiarme. "Ahora tiene más
que cuidar que un empleo: tiene un jardín; y esta noche usted acaba de dárselo indefinidamente. Nunca he sabido que
alguien le arriende propiedades a los duendes, pero apuesto
a que las cortes Entremundos lo aceptarían en caso de que
otro clan la desafiara. Usted le garantizó que *todos* sus hijos

tendrán un lugar donde vivir hasta que sean adultos, no sólo los primeros. Eso para él debe ser el equivalente a una tarde jugando a las escondidas en un cuarto lleno de gente grande."

Observé cómo ensartaba un hilo en una aguja y me esforcé por mirar al techo. Los punzones y pinchazos empezaban lentamente. Todo el mundo sabía que los duendes y las hadas competían entre sí por un pequeño pedazo de tierra pero nunca pensé que tuvieran motivos tan profundos. Pensé en lo que Jenks había dicho acerca de arriesgar la vida por una picada de abeja por un miserable par de macetas con flores. Ahora tenía un jardín. Con razón Matalina había sido tan realista respecto al ataque de las hadas.

Ahora Keasley trabajaba con un ritmo de dos puntadas y un frote. El sangrado no se detenía. Yo no quise mirar. Pasé la mirada por la habitación gris hasta detenerlos en la mesita del fondo donde Ivy tenía sus revistas antes. Tragué saliva y sentí náuseas. "Keasley, usted ha vivido aquí algún tiempo, ¿verdad?" le pregunté. "¿Cuándo se mudó Ivy?"

Levantó la mirada de los puntos con asombro en su cara oscura y arrugada. "El mismo día que usted. Las dos se retiraron el mismo día, ¿no es así?"

Quise asentir pero me detuve. "Puedo entender por qué Jenks arriesga la vida por mí, pero..." le eché un vistazo al pasillo. "¿Qué gana Ivy con todo esto?" susurré.

Keasley miró mi cuello con repugnancia. "¿Acaso no es obvio?" Ella se alimenta de usted y a cambio evita que la S.E. la asesine.

Yo estaba indignada. "¡Ya le dije que Ivy no me hizo esto!" exclamé esforzándome para alzar la voz. "¡Fue un demonio!"

No pareció sorprenderse como esperaba. Se quedó mirándome esperando más. "Salí de la iglesia para buscar una receta" dije suavemente. "La S.E. me mandó un demonio que se transformó en vampiro para matarme. Nick lo encerró en un círculo, de lo contrario lo habría logrado." Me desvanecí exhausta. Sentía mi pulso martillar. Estaba demasiado débil hasta para molestarme.

"¿La S.E.?" dijo Keasley liberando la aguja y mirándome con el ceño fruncido. "¿Está segura de que era un demonio? La S.E. no usa demonios."

"Los usan ahora" repuse agriamente. Le di un rápido vistazo a mi muñeca y alejé la mirada. Aún sangraba. La sangre se coagulaba entre los puntos de las suturas, pero por lo menos se había detenido en mi cuello. "El demonio sabía mis tres nombres, Keasley. Mi segundo nombre ni siquiera está en mi registro de nacimiento. ¿Cómo pudo averiguarlo la S.E.?"

Keasley se veía preocupado mientras me secaba la muñeca.

"Si se trataba de un demonio entonces no debe preocuparse de quedar enlazada con los vampiros debido a las mordidas, creo."

"Pequeños favores" dije amargamente.

De nuevo tomó mi muñeca y acercó la lámpara. Puso otra toalla debajo para recoger la sangre que aún goteaba. "¿Raquel?" murmuró.

De repente sonaron las campanas de sospecha en mi cabeza. Siempre me había llamado señorita Morgan. "¿Qué?"

"Sobre el demonio, ¿hizo algún trato con él?"

Observé que su mirada seguía fija en mi muñeca y sentí miedo.

"Nick," respondí de inmediato. "Acordó dejarlo salir del círculo si me traía aquí con vida. Nos trajo por las líneas ley."

"Oh," respondió. Sentí que me helaba al oír el tono seco de su voz. Él sabía algo que yo no sabía.

"¿Qué?" le exigí. "¿Qué sucede?"

Tomó una lenta bocanada de aire. "Esto no va a sanar por sí sólo," dijo suavemente poniendo la muñeca sobre mis muslos.

"¿Qué?" exclamé tomándome la muñeca y sintiendo que

se me revolvía el estómago con el chocolate amenazando con devolverse. La ducha se apagó y sentí un instante de pánico. ¿Qué hizo Nick conmigo?

Keasley abrió un vendaje medicinal y lo puso sobre mi ojo. "Los demonios no hacen nada gratis," dijo. "Usted le debe un favor."

"¡Yo no acordé nada con él!" repuse. "¡Fue Nick! ¡Le dije a Nick que no lo dejara salir!"

"No es nada que haya hecho Nick," dijo Keasley tomando mi brazo herido frotándolo hasta que empezé a jadear. "El demonio quiere un pago extra por haberla traído a través de las líneas ley. Pero tiene opciones. Puede pagar ese viaje dejando que su muñeca gotee sangre el resto de su vida o deberle un favor al demonio y sanará. Yo le sugeriría lo último."

Me desmoroné en los cojines. "Qué bien." Maldición. Le pedí a Nick que no lo hiciera.

Keasley acercó mi muñeca hacia él y comenzó a vendarla con un rollo de gasa. La sangre la empapó tan rápido como le daba vueltas. "No permita que ese demonio no le permita a usted poner también condiciones" dijo mientras terminaba de colocarme todo el rollo sujetándolo al final con cinta adhesiva. "Puede negociar su paso hasta que lleguen a un acuerdo. Hasta puede negociar durante años. Los demonios dan opciones y son pacientes."

"¡Vaya opción!" exclamé. "Deberle un favor o vivir marcada el resto de la vida."

Se encogió de hombros mientras envolvía sus agujas, hilo y tijeras en el periódico para doblarlo. "A mí me parece que le fue muy bien para ser la primera vez que se enfrenta a un demonio."

"¡Primer enfrentamiento!" exclamé jadeando. *¿Primero? Como si fuera a tener otro.* "¿Cómo sabe usted todas estas cosas?" susurré.

Metió su periódico en la bolsa y dobló el borde hacia abajo. "Se vive bastante, se aprende bastante."

"Grandioso" Alcé la mirada al ver que Keasley me quitaba del cuello el amuleto más poderoso contra el dolor. "Aguarde" reclamé apenas sentí que regresaba el dolor con fuerza. "Necesito ese amuleto."

"Estará bien con dos." Se puso de pie y guardó el tercero en su bolsillo. "Así no se lastimará por tratar de hacer alguna cosa. Deje esos puntos una semana. Matalina le dirá cuándo se los puede quitar. No más transformaciones por ahora." Luego sacó un cabrestillo. "Úselo. Tiene el brazo herido. No está roto" dijo. Arqueó las cejas. "Tuvo suerte."

"Keasley, espere" dije, haciendo un esfuerzo por respirar y poner mi cabeza en orden. "¿Qué puedo hacer por usted? Hace una hora pensé que estaba muriendo."

"Hace una hora usted estaba muriendo" rió entre dientes. Luego se puso serio. "Es importante que no le deba nada a nadie, ¿no es así?" Dudó un instante. "La envidio por sus amigos. Ya estoy muy viejo y no me da miedo decirlo, pero los amigos son un lujo que no disfruto desde hace mucho tiempo. Si me deja confiar en usted, estamos a mano."

"Pero eso no es nada" protesté. "¿Necesita más plantas del jardín? ¿O una poción de visón? Aún está buena para un par de días y yo no la necesitaré más."

"No esté tan segura" dijo mirando hacia el pasillo al oír que se abría la puerta del baño. "Además, confiar en usted puede resultar costoso. Algún día podría necesitar esconderme. ¿Está dispuesta a aceptar?"

"Claro que sí" repuse, pensando de qué podría estar huyendo un viejo como Keasley. No podía ser algo peor de lo que me perseguía a mí. La puerta del santuario se cerró. Ivy ya había terminado de refunfuñar y Nick salió de la ducha. Muy pronto estarían enfrentándose otra vez y yo estaba muy cansada para hacer de árbitro. Jenks entró volando por la ventana y yo cerré los ojos para acumular fuerzas. Los tres juntos podían acabar de matarme.

Con su bolsa en la mano, Keasley dio media vuelta para salir. "Por favor, no se vaya todavía" le rogué. "Nick podría necesitar algo. Tiene una cortada grave en la cabeza."

"Raque" empezó Jenks volando alrededor de Keasley

para saludarlo. "¿Qué demonios le dijiste a Matalina? Está volando por todo el jardín como si estuviera bajo el efecto de azufre, riendo y llorando al mismo tiempo. No logro que esa mujer diga una sola palabra coherente." Se detuvo en pleno vuelo, sosteniéndose en el aire, escuchando.

"Oh grandioso," murmuró. "De nuevo están en las mismas."

Keasley y yo intercambiamos miradas a medida que nos llegaba la conversación del pasillo. Ivy entró poniendo cara de satisfacción y Nick la seguía de cerca. Cambió el ceño fruncido por una sonrisa cuando me vio sentada y de mejor semblante. Se había vestido con una camiseta blanca de algodón demasiado grande y un par de jeans limpios recién sacados de la secadora. Claro que su encantadora sonrisa no funcionó conmigo. La razón por la cual sangraba mi muñeca era demasiado grave.

"Usted debe ser Keasley" dijo Nick extendiendo la mano sobre la mesa como si nada hubiera pasado. "Yo soy Nick."

Keasley aclaró la garganta y le dio la mano. "Mucho gusto" respondió, aun cuando sus palabras no coincidían con su cara de desaprobación. "Raquel quiere que te examine la frente."

"Estoy bien. Dejó de sangrar en la ducha."

"¿De verdad?" Entrecerró los ojos. "La muñeca de Raquel no deja de sangrar."

Nick se puso lívido. Me miró y abrió la boca, pero de nuevo la cerró. Lo miré desafiante. Al infierno con todo. Él sabía exactamente lo que eso significaba. "Eh…ummm…" susurró.

"¿Qué?" presionó Ivy. Jenks aterrizó sobre su hombro pero ella lo espantó.

Nick se pasó la mano por la quijada sin decir palabra. Nick y yo íbamos a hablar…íbamos a hablar muy pronto. Keasley empujó agresivamente su bolsa de papel contra el pecho de Nick. "Sostén esto mientras preparo el baño de Raquel. Quiero asegurarme de que su temperatura sea la correcta."

Nick apenas retrocedió. Ivy nos miró a todos con sospecha. "Un baño," dije animadamente para que no se diera cuenta de que algo estaba mal. Sería capaz de matar a Nick si llegase a enterarse de lo sucedido. "Suena magnífico." Empujé la manta y el abrigo y giré los pies para ponerlos en el piso. Pero de pronto todo se oscureció y sentí frío.

"Aguarda, despacio" dijo Keasley poniendo su mano oscura sobre mi hombro. "Espera a que esté listo."

Respiré hondo pues no quería descansar la cabeza entre las piernas. Era tan poco decoroso.

Nick se veía enfermo ahí en el rincón. "Eh...creo que tendrás que esperar para bañarte. Acabé con el agua caliente."

"Está bien. Eso fue lo que te pedí que hicieras." Pero por dentro estaba siendo mordaz.

Keasley interrumpió. "Para eso son las ollas de agua."

Ivy puso mala cara. "¿Por qué no lo dijo antes?" gruñó mientras salía. "Yo lo haré."

"Fíjese que el agua no esté demasiado caliente" le dijo Keasley.

"Yo se cómo tratar la pérdida de sangre" repuso beligerante.

"Eso no lo dudo, jovencita." Luego dio media vuelta y empujó a Nick contra la pared. "Tú ve a decirle a la Srta. Morgan a lo que tiene que atenerse con su muñeca," le dijo arrebatándole la bolsa.

Nick asintió una vez, sorprendido del brujo pequeño y aparentemente inofensivo.

"Raque," dijo Jenks zumbando cerca. "¿Qué sucede con tu muñeca?"

"Nada."

"¿Qué está sucediendo con tu muñeca, Candela?"

"¡Nada!" respondí alejándolo con la mano casi jadeando por el esfuerzo.

"¿Jenks?" llamó Ivy por encima del sonido del agua de la llave. "Tráeme esa bolsa negra que hay en mi armario, ¿quieres? Voy a ponerla en el baño de Raquel."

"¿La que apesta a verbena?" repuso volando encima de mí.

"¡Te metiste entre mis cosas!" exclamó y Jenks sonrió avergonzado. "¡Apúrate!" agregó. "Cuanto antes esté Raquel en la tina más pronto nos largaremos de aquí. Mientras que ella esté bien tenemos que terminar su misión."

La idea del envío de Trent me regresó a la memoria. Miré el reloj y suspiré. Aún teníamos tiempo de avisarle a la AFE para atraparlo. Pero yo no participaría de ello desde ningún punto de vista.

Maldición.

Veintiocho

Deberían vender las burbujas como medicamento para el bienestar. Suspiré y me alcé un poco para meter el cuello en el agua. Opacados por los dos amuletos y el agua caliente, los latidos de dolor comenzaron a hacerse más leves. Hasta sentía mejor mi muñeca que tenía alzada sobre el borde seco de la tina. Podía escuchar a través de las paredes a Nick que hablaba por teléfono con su madre contándole que tuvo muchísimo trabajo durante los últimos tres meses, disculpándose por no haberla llamado. Aparte de eso, la iglesia estaba en silencio. Jenks e Ivy no estaban. "Estaban haciendo mi trabajo" susurré con amargura.

"¿Cómo dijo, Srta. Raquel?" dijo Matalina. La mujercita estaba parada sobre un montón de toallas y parecía un ángel con su vestido de seda blanca bordando un hermoso chal con retoños de flores de cerezo para su hija mayor. Me acompañaba desde que me metí a la tina para asegurarse de que no perdiera el sentido y me ahogara.

"Nada" dije, alzando difícilmente mi brazo herido acercando más las burbujas. El agua empezaba a enfriarse y mi estómago hacía ruidos. El baño de Ivy tenía un aspecto misterioso como el de mi madre, con pequeños jabones en forma de conchas y cortinas de encajes en los vitrales de colores. Había un florero de violetas en la cómoda y me llamó la atención que un vampiro se interesara por esas cosas. La tina era negra haciendo contraste con las paredes color pastel decorado con botones de rosas.

Matalina dejó su encaje de lado y voló encima de la porcelana negra. "¿Está bien que sus amuletos se mojen?"

Miré los hechizos contra el dolor que colgaban de mi cuello y pensé que me veía como una prostituta borracha el día de Mardi Gras. "Están bien" suspiré. "El agua con jabón no los disuelve como el agua salada."

"La Srta. Tamwood no quiso decirme qué le puso al baño," dijo Matalina preocupada. "Podría contener sal."

Ivy tampoco me dijo nada, pero a decir verdad, no quería saberlo. "No tiene sal. Ya pregunté."

Matalina aterrizó sobre mi dedo gordo que sobresalía del agua. Sus alitas se veían borrosas y en el agua se formó un espacio libre de burbujas. Levantándose el vestido, se inclinó cuidadosamente hundiendo una mano y llevándose una gota hasta la nariz. Formó hondas diminutas en el agua.

"Verbena," dijo con voz aguda. "Mi Jenks tenía razón. Sanguinaria, Sello de Oro." Nuestros ojos se encontraron. "Se usan para cubrir cosas muy potentes. ¿Qué estará tratando de ocultar?"

Mire hacia el techo. Mientras me aliviara el dolor, no me importaba.

De repente se escucharon pasos en las tablas de madera del pasillo y me quedé quieta. "¿Nick?" pregunté, viendo que la toalla estaba lejos de mi alcance. "Aún estoy en la tina. ¡No entres!"

Se detuvo de inmediato junto al enchape de madera que nos separaba. "Eh…hola Raquel, sólo quería saber cómo estás." Hubo un instante de duda. "Eh…necesito hablar contigo."

Se me revolvió el estómago cuando miré hacia la muñeca. Aún sangraba empapando la gasa de dos centímetros de grosor. El hilillo de sangre encima de la tina parecía un ribete. Tal vez por eso Ivy tenía una tina negra. La sangre no contrastaba tanto en el negro como en el blanco.

"¿Raquel?" dijo de nuevo ante mi silencio.

"Estoy bien" repuse fuerte. Mi voz rebotó en las paredes rosadas. "Dame un minuto para salir de la tina, ¿de acuerdo? Yo también necesito hablar contigo, pequeño brujo."

Dije lo último con malicia y sentí que daba media vuelta. "No soy brujo," contestó en voz baja. "¿Tienes hambre? Puedo preparar algo de comer." En su voz presentía culpabilidad.

"Sí, gracias" repuse, con la esperanza de que se alejara de la puerta. Tenía un hambre canina. Tal vez mi apetito se debía a una galleta parecida a un pastelillo que Ivy me hizo comer antes de salir. Era tan fea como un panqueque de arroz y después de que logré tragarla Ivy me dijo que mejoraría mi metabolismo, especialmente la producción de sangre. Aún sentía el sabor en la garganta. Era una especie de mezcla entre almendras, bananos y cuero de zapatos.

Nick se alejó y yo traté de alcanzar la llave del agua caliente con el pie. Seguro que el agua del calentador ya estaba caliente.

"No querida, no la calientes" advirtió Matalina. "Ivy dijo que salieras una vez estuviera fría."

¡Qué molestia! Sabía lo que había dicho Ivy pero me abstuve de hacer cualquier comentario.

Me alcé lentamente para sentarme en el borde de la tina. Sentí que se oscurecía el cuarto y me envolví instintivamente con una toalla rosada en caso de que perdiera el conocimiento. Cuando desapareció el gris, tiré del tapón de la tina y me levanté con cuidado. Se desocupó ruidosamente y limpié el vapor del espejo. Me incliné sobre el lavamanos para mirarme.

Escuché un suspiro y giré el cuerpo. Matalina aterrizó sobre mis hombros mirándome con tristeza. Me veía como si hubiera caído de un camión. Tenía un lado de la cara con un verdugón morado que me llegaba hasta el ojo. La venda de Keasley se había caído dejando expuesta una herida que seguía el contorno de la ceja. Me veía terriblemente. Ni siquiera me acordaba de esa herida. Me acerqué más para verme mejor. Entonces reuní fuerzas para quitarme el pelo greñudo del cuello.

Dejé salir un suspiro de resignación. El demonio no había hecho perforaciones claras sino más bien tres grupos de rasgados que se unían entre sí como ríos y tributarios. Las puntadas de Matalina parecían diminutas líneas de tren recorriendo mi clavícula.

Sentí escalofríos al recordar al demonio. Estuve cerca de morir. El sólo recuerdo me aterrorizaba; pero lo que realmente me desvelaría todas las noches sería el hecho de que, a pesar del terror y el dolor, la saliva de vampiro que me inyectó en la sangre me hizo sentir bien. Verdadera o falsa, la sentí sorprendentemente maravillosa.

Me envolví más fuerte con la toalla y di media vuelta.

"Gracias Matalina," susurré. "No creo que las cicatrices se noten demasiado."

"No hay de qué, querida. Es lo menos que podía hacer. ¿Quiere que la acompañe a vestirse?"

"No." Escuché el sonido de la mezcladora en la cocina. Abrí la puerta y le eché un vistazo al pasillo. Olí el aroma de huevos. "Creo que puedo hacerlo sola."

La pequeña mujer asintió y salió volando con su encaje, sus alitas produciendo un suave zumbido. Me quedé escuchando un buen rato hasta cerciorarme de que Nick estaba bien ocupado. Llegué hasta mi habitación cojeando y respirando aliviada por haber llegado sin que me viera.

Me senté en el borde de la cama para recuperar las fuerzas y mi cabello aun goteaba agua. No me gustaba la idea de ponerme pantalones, pero tampoco podía vestirme con falda y medias. Al final me decidí por los jeans amplios y una camisa escocesa fácil de poner sin tener que pasar tanto dolor del brazo y el hombro. Jamás me verían vestida a sí en la calle, pero la verdad es que no estaba interesada en atraer a Nick.

El piso todavía me daba vueltas mientras que me vestía y las paredes parecían inclinarse si me movía muy rápido, pero al final lograba recuperarme gracias a mis dos húmedos amuletos que colgaban de mi cuello. Caminé por el pasillo con mis pantuflas arrastrando los pies. Tal vez debía cubrir mis heridas en la cara con un hechizo, pues el maquillaje corriente no haría el trabajo.

Nick salió corriendo de la cocina buscándome con un sándwich en la mano. "Ahí estás" dijo con los ojos bien abiertos mirándome de pies a cabeza. "¿Quieres un sándwich de huevo?"

"No, gracias" repuse. Mi estómago hacía ruidos. "Demasiado azufre." Recordé la imagen de Nick sosteniendo ese libro negro mientras lanzaba una mano para detener en seco a ese demonio: asustado, temeroso y poderoso. Jamás había visto a un humano poderoso. Fue sorprendente. "Más bien necesito ayuda para cambiar el vendaje de mi muñeca," concluí cáusticamente.

Entonces se encogió destruyendo la imagen que había formado en mi cabeza.

"Discúlpame Raquel"

Seguí de largo y entré a la cocina. Sus pasos me seguían ligeros. Yo me incliné sobre el fregadero para darle de comer a Don Pez. Afuera estaba completamente oscuro y podía ver los pequeños destellos de luz que emitía la familia de Jenks vigilando el jardín. Me llamó la atención ver el tomate de nuevo en la ventana. Sentí preocupación y maldije mentalmente a Ivy. Fruncí el ceño. ¿Qué me importa lo que piense Nick? Esta era mi casa. Yo era un Entremundos. Si no le gustaba, peor para él.

Nick estaba detrás de mí, en la mesa. "Raquel, de verdad lo lamento" siguió. Yo di media vuelta con los brazos cruzados. Si perdía el conocimiento, mi indignación no tendría ningún efecto. "No sabía que tú tendrías que pagar. Lo digo de verdad."

Molesta, alejé el pelo mojado de mis ojos y permanecí parada con los brazos cruzados. "Esto es una deuda con un demonio, Nick, un maldito y miserable demonio."

Nick dobló su desgarbado cuerpo sobre uno de los asientos. Con los codos sobre la mesa, puso la cabeza entre las manos. Con la vista fija en la mesa dijo: "La demonología es una disciplina muerta. Nunca pensé que tuviera que poner en práctica mis conocimientos. La estudié sólo para obtener fácilmente las clases requeridas para lenguas extranjeras."

Alzó la cabeza para mirarme. Su preocupación, su necesidad de que lo escuchara y comprendiera me hicieron controlar mi siguiente comentario.

"De verdad que lo lamento" dijo. "Si pudiera transferir tu deuda hacia mí lo haría. Yo pensé que morirías. No podía dejar que eso sucediera en el asiento trasero de un taxi."

Poco a poco mi rabia desapareció. Había estado dispuesto a aceptar una deuda con un demonio para salvarme, pero no estaba obligado a hacerlo. Era una estúpida.

Nick movió el cabello de su sien izquierda. "Mira. ¿Ves cómo ya no sangra?"

Miré su piel justo donde lo había golpeado el demonio. Tenía una dolorosa herida roja recientemente cicatrizada. En medio del círculo había una línea. ¡Maldición! Ahora yo tendría que vivir con una marca demoníaca. Las brujas negras de líneas ley tenían marcas demoníacas, pero no las brujas blancas terrestres. ¡Yo no!

Nick dejó caer su cabello otra vez. "Desaparecerá cuando pague el favor. No es permanente."

"¿Favor?" pregunté.

Entrecerró sus ojos pardos rogando comprensión. "Tal vez sea algo así como información. Al menos eso es lo que dicen los textos."

Alcé una mano pasando los dedos por la frente. En realidad no tenía opción. No era como si Kotex vendiera toallas para estas cosas. "Entonces ¿cómo le hago saber al demonio que estoy de acuerdo en deberle un favor?"

"¿Estás de acuerdo?"

"Sí."

"Acabas de hacerlo."

Sentí que enfermaba. No me gustaba estar atada a un demonio de tal manera que pudiera enterarse instantáneamente que estaba de acuerdo con sus términos. "¿Nada de documentos? ¿Nada de contratos?," pregunté. "No me gustan los acuerdos verbales."

"Si quieres que venga aquí para firmar papeles sólo tienes que pensarlo. Vendrá."

"No." Mis ojos se fijaron sobre la muñeca y sentí un cosquilleo. Me asombré cuando sentí que aumentaba hasta convertirse en una rasquiña que luego fue ardor. "¿Dónde están las tijeras?" pregunté muy seria. Nick miró alrededor pero ahora sentía como si mi muñeca estuviera en llamas. "¡Me quema!," grité. El dolor crecía mientras trataba frenéticamente de quitarme la gasa.

"¡Quítamela! ¡Quítamela!" grité. Girando, abrí toda la llave del agua y metí la muñeca debajo. El agua fría atravesó la gasa aliviando la sensación de fuego. Me incliné sobre el fregadero con el pulso palpitante mientras que el agua aliviaba mi dolor.

La brisa húmeda de la noche pasaba a través de las cortinas mientras miraba el jardín oscuro y el cementerio esperando a que desaparecieran los puntos oscuros. Sentía débiles las rodillas pues sólo la adrenalina me mantenía de pie. Luego sentí el sonido de las tijeras que Nick arrastró sobre la mesa.

Cerré la llave. "Gracias por la advertencia" le dije sarcásticamente.

"A mí no me dolió" repuso. Estaba preocupado, confundido y perplejo. Tomé la toalla de secar los platos y las tijeras y me dirigí hacia mi puesto en la mesa. Metí las tijeras entre la gasa empapada y comencé a cortar. Le lancé una mirada a Nick que estaba parado junto al fregadero con cara de culpa. Yo estaba en crisis.

"Discúlpame por rezongar tanto Nick," dije cambiando de opinión. Decidí desenvolver la gasa en lugar de cortarla. "De no ser por tí estaría muerta. Tuve suerte de que estuvieras allí para evitarlo. Te debo la vida y de verdad te agradezco lo que hiciste." Hubo un momento de silencio. "Esa cosa me aterró. Sólo quería olvidarla, pero ahora no puedo. No sé cómo reaccionar. Por eso me es fácil gritarte."

Nick dejó salir una tímida sonrisa y acercó una silla para sentarse a mi lado. "Déjame ayudarte," dijo, y me tomó la mano.

Al principio dudé, pero luego dejé que pusiera mi muñeca sobre sus muslos. Inclinó la cabeza sobre mi mano y sus rodillas casi tocaban las mías. Creo que le debía más que sólo gracias. "¿Nick? Lo digo en serio. Gracias. Me has salvado la vida dos veces. Esta cuestión estará bien. Lamento que ahora tengas una marca demoníaca por ayudarme."

Nick alzó la cabeza buscando mis ojos con su mirada. De pronto caí en la cuenta de lo cerca que estaba. Recordé cuando me tenía abrazada y me entró cargada a la iglesia. ¿Me habría tenido en sus brazos cuando cruzamos el más allá?

"Me alegro que estaba allí para ayudar" dijo suavemente. "En realidad, fue culpa mía."

"No. Me hubiera encontrado en cualquier sitio" repuse. Finalmente había quitado la última venda. Tragué saliva y miré mi muñeca. Estaba totalmente sana. Hasta los puntos verdes habían desaparecido. La cicatriz blanca parecía vieja. La mía era en forma de círculo con la misma línea que la cruzaba.

"Vaya," dijo Nick recostándose hacia atrás. "Creo que le gustas a ese demonio. A mi no me sanó del todo. Sólo detuvo la sangre."

"Ummm." Froté la marca que tenía en la muñeca. Me pareció mejor que la venda, eso creía. La gente no sabría de qué se trataba esa cicatriz pues nadie había visto demonios desde el Giro. "¿Ahora sólo tengo que esperar a que me pida algo?"

"Así es." Nick se levantó para dirigirse hacia la estufa.

Descansé los codos sobre la mesa y sentí cómo entraba el

aire a mis pulmones. Nick estaba frente a la estufa dándome la espalda pero el silencio creció volviéndose incómodo.

"¿Te gusta la comida de estudiantes?" preguntó súbitamente.

"¿Cómo dices?"

"Comida de estudiantes." Sus ojos se fijaron en el tomate de la ventana. "Lo que haya en el refrigerador mezclado con pasta."

Preocupada, me puse de pie y caminé hasta allá para ver qué había en la estufa. Había macarrones en una olla. Junto a ella había una cuchara de palo y levanté las cejas. "¿Usaste esa cuchara?" le pregunté.

Nick asintió. "Sí. ¿Por qué?"

Alcancé la sal y desocupé todo el recipiente en el agua.

"¡Oye!" exclamó Nick. "Ya le puse sal al agua. No se necesita tanta."

Sin prestarle atención, lancé la cuchara en mi vasija de disolución y saqué una de metal. "Hasta tanto no recupere mis cucharas de barro, el metal es para cocinar y la madera para conjurar. Enjuaga bien esos macarrones. Estarán bien."

Nick alzó las cejas. "Yo habría pensado que usabas cucharas metálicas para conjuros y de madera para cocinar puesto que los hechizos no se pegan al metal."

Me acerqué lentamente al refrigerador sintiendo que aumentaban los latidos de mi corazón inclusive por este mínimo esfuerzo. "¿Por qué crees que los hechizos no se pegan al metal? A menos que se trate de cobre, los metales echan todo a perder. Si no te importa, yo haré los hechizos y tú te dedicas a preparar la cena."

Sorprendentemente, Nick no se enfurruñó ni se puso a la defensiva. Sólo se sonrió.

De pronto sentí dolor a pesar de los amuletos cuando traté de abrir el refrigerador. "No puedo creer el hambre que tengo" dije mientras buscaba algo que no estuviera envuelto en papel o en plástico. "Creo que Ivy me dio algo sin darme cuenta."

Nick desocupó el agua para escurrir los macarrones. "¿En la galleta?"

Saqué la cabeza y le hize una seña con un ojo. ¿A él también? "Sí."

"Lo vi." Tenía los ojos puestos en el tomate mientras salía vapor del fregadero. "Cuando estaba escribiendo mi tesis de maestría tuve acceso a la bóveda de libros curiosos. Queda justo al lado del depósito de libros antiguos. El caso es que los diseños arquitectónicos de las catedrales preindustriales son aburridos y una noche encontré el diario de un sacerdote británico del siglo diecisiete. Lo habían juzgado y acusado de asesinar a tres de sus feligreses más bonitas."

Nick devolvió la pasta a la olla y abrió un frasco de salsa Alfredo. "Allí hablaba de esa sustancia. Decía que eso permitía que los vampiros tuvieran orgías de sangre y lujuria todas las noches. Desde el punto de vista científico deberías considerarte con suerte. Supongo que rara vez se lo dan a alguien que no pertenezca a su esfera y luego están obligados a mantener la boca cerrada."

Me sentí intranquila. ¿Qué demonios me dio Ivy?

Sin quitarle los ojos al tomate, Nick desocupó la salsa en la pasta. La cocina se llenó de un exquisito aroma y mi estómago comenzó a hacer ruido. Mientras revolvía, Nick miraba el tomate en la ventana. Se veía enfermo. Desesperada por la repulsión ilógica de los humanos por los tomates, cerré la refrigeradora y me acerqué a la ventana. "¿Cómo entró esto aquí?," musité. Lo metí en el agujero del duende tirándolo al jardín. Lo sentí caer.

"Gracias," dijo respirando tranquilo.

Yo regresé a mi asiento suspirando. Pensaba que Ivy y yo nos habíamos ganado a un cabezón, pero al menos era satisfactorio saber que al menos tenía un defecto humano.

Nick siguió cocinando agregándole champiñones, salsa de Worcestershire y salchichón a la mezcla. Sonreí al darme cuenta que se trataba de uno de los ingredientes de mi última pizza. Olía bien y apenas tomó el cucharón que colgaba de la mesa le pregunté: "¿Hay suficiente para dos?"

"Hay suficiente para todo un dormitorio." Nick me pasó un plato hondo y se sentó abrazando el suyo. "Comida de estudiantes" dijo con la boca llena. "Pruébala."

Miré el reloj encima del lavadero. Seguramente Ivy y Jenks estaban ahora en la AFE tratando de convencer al tipo de la portería de que no eran unos simples tontos. Y yo aquí, comiendo macarrones Alfredo con un humano. No era normal. Me refiero a la comida. Habría sido mejor con una salsa de tomates. Probé con algo de dudas. "Vaya," dije satisfecha. "Está muy buena."

"Te lo dije."

Por unos momento sólo se escucharon los sonidos de las cucharas y el canto de los grillos en el jardín. Nick comenzó a comer más lentamente y miró el reloj. "Eh...sabes..." dijo un poco dudoso. "Tengo que pedirte un gran favor."

Tragué y alcé la cabeza. Imaginaba lo que iba a decir. "Puedes quedarte aquí esta noche si quieres," le dije. "Pero no te garantizo que despiertes con todos tus líquidos completos o a lo mejor sin líquidos." La S.E. me tiene en la mira. Ahora apenas son esas hadas asesinas pero tan pronto corra la voz de que sigo con vida, es posible que quedemos a merced de ellos. Creo que estarías más seguro en un banco de un parque."

"Gracias" repuso. "Creo que me arriesgaré. Ya mañana te dejaré tranquila. Veré si aún haya algo que me pertenezca, iré donde mamá" Se veía muy preocupado, tanto como cuando pensó que moriría desangrada. "Le diré que lo perdí todo en un incendio. No será fácil."

Sentí un golpe de compasión. Yo sabía lo que era hallarse en la calle con una caja llena como única propiedad en la vida. "¿Estás seguro de que no quieres quedarte con ella esta noche? Es mucho más seguro."

Nick siguió comiendo. "Puedo cuidarme solo."

Sí, seguro, pensé, recordando ese libro sobre demonios que tomó de la biblioteca. Ya no estaba en mi bolso. Apenas quedaba una pequeña mancha de sangre para demostrar su existencia. Quería preguntarle si había hecho magia negra, pero si respondía que sí, entonces tendría que decidir qué hacer con él y no quería hacer eso en este momento. Me gustaba la confianza que Nick tenía en sí mismo y ver esa virtud en un humano era intrigante.

Una parte de mí rechazaba la idea de que me atraía por aquello del síndrome de la dama en apuros rescatada y en este momento yo necesitaba algo de seguridad en mi vida. Un humano que sabía magia y que podía mantener a los demonios a raya antes de que me rasgaran la garganta no estaba mal, sobre todo con un aspecto tan inofensivo con el suyo.

"Además," dijo Nick echándolo todo a perder, "Jenks me hechizaría si me voy antes de que regrese."

Exhalé desilusionada y molesta. Nick estaba haciendo de niñera.

De pronto sonó el teléfono. Miré a Nick sin moverme. Todo me dolía. Maldición.

Sonrió a medias y se puso de pie. "Yo contesto." Seguí comiendo mientras el desaparecía pensando que le diría que fuéramos de compras juntos tan pronto consiguiera algo de ropa nueva. Los jeans le quedaban demasiado anchos.

"¿Sí?" contestó Nick con voz sorprendentemente profesional. "Morgan, Tamwood y Jenks, servicio de agentes vampiros y brujos."

¿Servicio de agentes vampiros y brujos? pensé. Un poco de Ivy, un poco de mí. Estaba bien. Soplé la siguiente cucharada pensando que tampoco cocinaba nada mal.

"¿Jenks?" dijo Nick. Yo dudé y alcé la cabeza para ver a Nick que aparecía en el pasillo con el teléfono. "Está comiendo. ¿Ya están en el aeropuerto?"

Siguió una pausa larga y suspiré. La AFE era más abierta y estaba más interesada en ponerle el guante a Trent de lo que imaginé.

"¿La AFE?" dijo Nick ahora con tono preocupado. Me puse seria oyendo lo que siguió. "¿Ella hizo qué? ¿Hay algún muerto?"

Cerré los ojos lentamente por un instante dejando de lado

la cuchara. La comida de Nick me supo amarga y tragué con dificultad.

"Eh...sí, claro" dijo, entrecerrando los ojos. "Danos media hora." Colgó. Me miró a los ojos y dijo: "Tenemos problemas."

Veintinueve

Me incliné hacia la derecha del taxi mientras daba una curva cerrada. El dolor traspasaba mis amuletos y sólo atinaba a aferrarme a mi bolso sintiéndome muy mal. El chofer era humano y había dejado muy claro que no le gustaba manejar en Los Hollows después de oscurecer. No dejó de murmurar hasta que cruzó el río Ohio y sintió que estaba de nuevo donde permanecía la "gente decente." Para sus ojos, lo único que nos salvaba era que nos había recogido en una iglesia y que íbamos para la AFE: "Una institución decente del lado de la ley."

"Muy bien," dije a medida que Nick me ayudaba a sentarme derecha. "De modo que esa gente buena y decente de la AFE estaba acosando a Ivy y jugando al policía rudo. Alguien la tocó y..."

"Estalló" concluyó Nick. "Se necesitaron ocho policías para controlarla. Jenks dice que tres están en el hospital bajo observación. Otros cuatro fueron dados de alta."

"Idiotas," murmuré. "¿Y Jenks?"

Nick estiró un brazo al detenernos repentinamente frente a un gran edificio de vidrio. "Lo soltarán cuando llegue una persona responsable." Se veía un poco nervioso pero continuó. "Y en el caso de que no haya ninguna, entonces te lo darán a ti."

"Ja, ja" reí secamente. Miré a través del sucio vidrio del taxi y vi un letrero que decía: AGENCIA FEDERAL EN-

TREMUNDOS en las dos puertas. Nick salió primero y me ofreció la mano para ayudarme. Me bajé lentamente tratando de orientarme mientras que él le pagaba al taxista con el dinero que le di. Estaba claro bajo las luces de la calle y asombrosamente había poco tráfico para esa hora. Estábamos en el distrito humano de Cincinnati. Al ver el imponente edificio no pude menos que sentirme en minoría y muy nerviosa.

Escudriñé las ventanas oscuras a mi alrededor buscando señas de un posible ataque. Jax dijo que las hadas asesinas se fueron inmediatamente después de la llamada telefónica. *¿Para llamar refuerzos o tenderme una emboscada aquí?* No me gustaba la idea de hadas catapultas tomando impulso mientras que yo esperaba. Claro que ni siquiera un hada sería tan audaz de atacarme dentro del edificio de la AFE, pero en la acera era un blanco.

Por otra parte, era posible que las hubieran relevado de la misión puesto que ahora la S.E. estaba mandando demonios. Sentí un poco de satisfacción al pensar que ese demonio ya habría destrozado a quien lo invocó. No creía que fueran a mandar otro por el momento. La magia negra siempre regresa para atraparte. Siempre.

"Usted debería cuidar mejor a su hermana" dijo el taxista tomando el dinero. Nick y yo nos miramos asombrados. "De todas formas, yo creo que ustedes los Entremundos no se preocupan tanto por los demás como nosotros, la gente decente. Volvería papilla a cualquiera que se atreviera a tocar a mi hermana" agregó antes de arrancar.

Me quedé confundida mirando las luces del auto hasta que Nick dijo: "Cree que alguien te dio una paliza y que venimos a presentar una demanda."

Estaba demasiado nerviosa para reír y además me habría hecho perder el conocimiento, pero al menos sonreí apoyándome en su brazo para no caer. Alzando las cejas, Nick abrió la puerta de vidrio para mí como todo un caballero. De repente, me invadió la angustia tan pronto crucé la puerta. Me estaba poniendo en la posición de confiar en una institución manejada por humanos. Estaba caminando en arena movediza y no me gustaba.

El sonido de la gente hablando y el olor a café recalentado me eran familiares y me tranquilizaron un poco. Por todas partes sentía que estaba en una institución: piso de baldosas grises, gente hablando fuerte, sillas anaranjadas y padres preocupados por los jóvenes en dificultades que estaban sentados en ellas. Sentí que entraba a mi casa y mis hombros se aflojaron un poco.

"Ummm, allá" dijo Nick indicando el mostrador de la recepción. Mi brazo palpitaba en el cabestrillo y me dolía el hombro. O bien estaba disolviendo los amuletos con mi sudor o el exceso de esfuerzo los estaba anulando. Nick caminaba detrás de mí y eso me molestaba.

La secretaria de la recepción me miró con ojos de asombro. "Por Dios cariño, ¿qué te sucedió?" preguntó en voz baja.

"Eh…este…" hice una mueca poniendo los codos en el mostrador para pararme firme. El hechizo para la cara no era suficiente para ocultar mi ojo morado ni los puntos. ¿Qué se supone que debía a decirle? ¿Que había un demonio suelto en Cincinnati otra vez? Miré detrás de mí pero Nick no era de mucha ayuda. Estaba mirando hacia la puerta. "Eh…" tartamudeé. "Vengo a recoger a alguien."

"Espero que no sea el que te hizo eso."

No pude evitar sonreír por su preocupación. Le agradecí su compasión. "No."

La mujer se acomodó un mechón de pelo gris detrás de la oreja. "No quisiera tener que decirte esto, pero tienes que dirigirte a la oficina de la calle Hillman y esperar hasta mañana. No dejan salir a nadie después de las horas de oficina."

Suspiré. Detestaba el laberinto de la burocracia con toda el alma pero había descubierto que la mejor forma de lidiar con ella es sonreír y hacerse el estúpido. Así nadie se confunde. "Pero acabo de hablar con una persona hace menos de veinte minutos," insistí. "Me dijeron que viniera."

Se asombró y puso una expresión de asombro. "Ah," repuso mirándome de lado. "Tú vienes por…" dudó un instante, "¿duende?" Se frotó una pequeña ampolla detrás del cuello. La había hechizado un duende.

Nick aclaró la garganta. "Se llama Jenks" dijo secamente con la cabeza agachada. Se había dado cuenta de que por poco dijo "insecto."

"Sí," dijo despacio mientras bajaba la mano para rascarse el tobillo. "El señor Jenks. ¿Podrían tomar asiento allá?" nos dijo señalando con la mano. "Los atenderán tan pronto el capitán Edden esté disponible."

"El capitán Edden." Tomé a Nick del brazo. "Gracias." Me sentía vieja y cansada y me dirigí hacia las horribles sillas anaranjadas que estaban contra las paredes del vestíbulo. No me extrañó el cambio de actitud de la señora. En un instante pasé de ángel a ramera. A pesar de que había vivido con humanos durante cuarenta años me sentía tensa. Vivían asustados y tenían sus buenas razones para estarlo. No es fácil levantarse y saber que los vecinos son vampiros y que la maestra de cuarto grado en realidad es una bruja.

Nick escudriñó el vestíbulo con la mirada mientras me ayudaba a sentarme. Las sillas eran tan desagradables como lo había imaginado: duras e incómodas. Nick se sentó a mi lado en el borde de una de ellas. "¿Cómo te sientes?" me preguntó. Yo refunfuñaba tratando de acomodarme más cómodamente.

"Bien" repuse. "Muy bien." Hice una mueca siguiendo a dos guardias de uniforme con la mirada. Uno caminaba con muletas. El otro tenía un ojo negro que comenzaba a ponerse morado y se rascaba los hombros vigorosamente. *Mil gracias Jenks e Ivy*. Otra vez me sentí intranquila. ¿Ahora cómo convencería al capitán de la AFE para que me ayudara?

"¿Quieres comer algo?" dijo Nick atrayendo mi atención de nuevo. "Puedo ir al otro lado de la calle por algo. ¿Te gustan los helados de pacana?"

"No." Me salió más brusco de lo que pensé y sonreí para suavizar mi respuesta. "No, gracias" corregí. Sentía la preocupación en la boca del estómago.

"¿Qué tal algo de la máquina de dulces? ¿Sal y carbohidratos?" agregó. "Comida de campeones."

Agité la cabeza y puse mi bolso en medio de los pies. Traté de mantener calmada la respiración concentrándome en el rayado piso de baldosas. Si comía algo, iba a vomitar. Había comido otro plato de macarrones antes de que llegara el taxi por nosotros, pero ese no era el problema.

"¿Se acaba el poder de los amuletos?" adivinó Nick y yo lo confirmé.

De repente se detuvieron un par de zapatos pardos frente a mí. Nick se sentó bien con los brazos cruzados y yo alcé la cabeza.

Era un hombre fornido vestido con camisa blanca y caqui, esbelto y con apariencia de haber estado en la armada antes de pasar a la vida civil. Usaba lentes con aros plásticos pero demasiado pequeños para su cara redonda. Olía a jabón y su cabello corto estaba húmedo. Estaba parado como si fuera un bebé orangután. Pude intuir que lo habían hechizado pero tuvo la precaución de darse un baño antes de que le salieran ampollas. Llevaba la muñeca derecha vendada en un cabestrillo idéntico al mío. Cabello negro corto y bigote negro corto. Ojalá tuviera buen humor. "¿Srta. Morgan?" preguntó. Yo me enderecé con un suspiro. "Soy el capitán Edden."

Grandioso, pensé, esforzándome por ponerme de pie. Nick me ayudó. Caí en la cuenta de que podía mirar a Edden directamente a los ojos y que así disminuía un poco esa actitud tan oficial. Hasta me atrevería a decir que tenía algo de sangre de gnomo, si es que aquello era biológicamente posible. Mis ojos se fijaron en el arma que portaba alrededor de la cintura. Por un momento deseé tener otra vez mis esposas de la S.E. Entrecerró los ojos por la intensidad de mi perfume y me ofreció la mano izquierda en lugar de la derecha, puesto que ninguno de los dos podíamos utilizarla.

Mi pulso se aceleró mientras nos saludábamos. Era incómodo y habría preferido saludarlo de nuevo con la derecha. "Buenas tardes, capitán" dije tratando de ocultar mi nerviosismo. "Este es Nick Sparagmos. Me ayuda a mantenerme en pie."

Edden le hizo un gesto cortés a Nick, pero dudó un instante. "Sr. Sparagmos... ¿nos hemos conocido anteriormente?"

"No. Creo que no."

Nick habló muy rápido y yo lo examiné con los ojos de pies a cabeza. Nick había estado antes aquí y estoy segura de que no fue para recoger los boletos de la cena anual de beneficencia de la AFE.

"¿Está seguro?" preguntó el hombre pasándose la mano por el pelo.

"Sí."

El capitán lo siguió mirando. "Sí," dijo abruptamente. "Creo que estoy pensando en otra persona."

Nick se relajó imperceptiblemente haciendo aumentar mi interés.

La mirada del capitán Edden se concentró en mi cuello. Tal vez debería cubrir mis heridas y puntos con una bufanda o algo por el estilo. "¿Tendrían la amabilidad de seguirme?" dijo el fornido hombre. "Quisiera hablar con usted antes de dejar al duende bajo su custodia."

Nick se puso serio. "Se llama Jenks" musitó, apenas perceptible por el ruido del vestíbulo.

"Sí. El Sr. Jenks." Edden hizo una pausa. "Vengan a mi oficina del fondo."

"¿Y qué hay de Ivy?" le pregunté. No quería abandonar el área pública del vestíbulo. Mi pulso comenzó a acelerarse. Apenas tenía energías para mantenerme de pie. Si caminaba rápido perdería el conocimiento.

"La Srta. Tamwood permanecerá donde está ahora. Será entregada a la S.E. en la mañana para que inicien un proceso judicial."

La rabia pudo más que la precaución. "Usted debió pensar antes de tocar a un vampiro furioso," le dije. Nick me apretó el brazo. De todas formas yo no podía zafarme de él.

Edden dejó escapar una leve sonrisa. "No importa. Atacó

al personal de la AFE. Tengo las manos atadas con respecto a Tamwood. Nosotros no estamos preparados para lidiar con Entremundos." Luego dudó. "¿Quiere venir a mi oficina? Podemos discutir sus opciones."

Mi preocupación creció aún más. Nada le agradaría más a Denon que encarcelar a Ivy. Nick me pasó mi bolso y moví la cabeza. Esto se veía mal. Parecía que Edden hubiera acosado a Ivy hasta hacerla perder el control para hacerme venir hasta acá con el sombrero en la mano. Seguí a Edden hasta una oficina con paredes de cristales en una esquina del vestíbulo. Al principio me pareció que quedaba alejada de todo, pero si recogía las persianas podía verlo todo. Ahora estaban cerradas para que su oficina no pareciera una pecera. Dejó la puerta abierta y se oían todos los ruidos de afuera.

"Tome asiento" dijo, señalando las dos sillas verdes frente a su escritorio. Me senté agradecida. Estas sillas eran un poco más cómodas que las sillas plásticas del vestíbulo. Le eché una miraba a la oficina de Edden mientras Nick se acomodaba en su silla. Observé el polvo acumulado sobre los trofeos de bolos y las montañas de carpetas. Una pared estaba tapada por archivadores y encima de ellos había álbumes de fotos casi hasta el techo. De su escritorio colgaba un reloj. Tenía una foto de él junto a mi antiguo jefe, Denon, dándose la mano frente a la Municipalidad. Edden se veía bajo y corriente al lado del vampiro de Denon. Los dos sonreían.

Regresé la atención hacia Edden. Estaba inclinado en su silla esperando a que yo terminara de explorar su oficina. Si me lo hubiera preguntado, le habría dicho que es un marrano; pero el ambiente de esa oficina indicaba que allí se trabajaba de verdad. Era tan diferente a la oficina esterilizada de Denon repleta de tonterías como lo era mi viejo escritorio del patio de una iglesia. Me gustaba. Si tenía que confiar en alguien prefería que fuera una persona tan desordenada como yo.

Edden se puso serio. "Debo admitir que mi conversación con Tamwood fue fascinante, Srta. Morgan. Como ex funcionaria de la S.E., usted entenderá lo que podría causarle a la imagen de la AFE el detener a Trent Kalamack bajo el cargo de lo que sea…más aún bajo el cargo de fabricar y distribuir productos biológicos ilegales."

Directo al grano. Vaya si me empezaba a caer bien este tipo. Sentí un nudo en el estómago pero no dije nada. Aún no había terminado.

Edden descansó un brazo sobre su escritorio y colocó el cabestrillo sobre los muslos detrás de la mesa. "Pero usted también debe entender que no puedo pedirle a mi gente que arresten al concejal Kalamack por sugerencia de una ex agente de la S.E. Usted está bajo amenaza de muerte, así sea ilegal."

Mi respiración se aceleró casi a la par de mi pensamiento. Yo tenía razón. Encerró a Ivy para hacerme venir hasta acá. Sentí pánico al pensar si acaso estaría haciendo tiempo conmigo mientras llegaba la S.E. para atraparme, pero deseché la idea. La S.E. y la AFE estaban trenzadas en una agria rivalidad. Si Edden quería reclamar el precio de mi vida lo haría el mismo. No necesitaba invitar a la S.E. a su edificio. Me había hecho venir para evaluarme. ¿Para qué? No podía imaginarlo y me preocupé aún más.

Decidí tomar el control de nuestra conversación y sonreí, entrecerrando los ojos pues mi párpado inflamado me molestaba. Lo miré de frente librándome de la tensión de mis hombros y concentrándola en el estómago donde él no pudiera verla. "Quisiera disculparme por el comportamiento de mis socios, capitán Edden." Miré su muñeca vendada. "¿Se la rompió ella?"

Apenas dejó ver una brizna de asombro. "Peor que rota. Está fracturada en cuatro partes. Mañana sabré si necesito un yeso o si basta esperar a que sane. Esa maldita enfermería no me deja tomar nada más fuerte que aspirina. La próxima semana es luna llena, Srta. Morgan. ¿Se imagina el retraso de trabajo si tengo que tomar un día libre?"

Con esta conversación no íbamos para ningún lado. El dolor empezó a regresar y tenía que averiguar qué quería Edden antes de que fuera demasiado tarde para movernos contra Kalamack. Había algo más aparte de Trent. Él sólo podía encargarse de Ivy si quisiera.

Me enderecé quitándome uno de mis amuletos y lo empujé hacia él. Mi bolso estaba lleno de hechizos pero ninguno contra el dolor. "Lo entiendo, capitán Edden. Estoy segura de que podemos llegar a un acuerdo que nos beneficie a los dos." Mis dedos soltaron el pequeño disco y traté de esforzarme para controlar la ola de dolor. Las náuseas me revolvieron el estómago y me sentí tres veces más débil. Ojalá no hubiera cometido un error dándoselo. Como lo vimos con la secretaria de la recepción, eran pocos los humanos que aceptaban a los Entremundos y menos aún su magia. Me pareció que valía la pena arriesgarse. Edden parecía inusualmente abierto. Tendríamos que ver cuánto.

Tomó el amuleto con curiosidad. "Usted sabe que no puedo aceptar esto" dijo. "Para un oficial de la AFE estos se considera…" Se puso serio mientras sus dedos se cerraban alrededor del amuleto disminuyendo el dolor. "Soborno," dijo en voz baja.

Sus ojos oscuros se fijaron en mi cara. Yo le sonreí a pesar del dolor. "Un cambio." Alcé las cejas ignorando la tensión que me producían las curas. "Aspirina por aspirina." Si era suficientemente astuto entendería que yo estaba probando las aguas. Pero si era un estúpido, daba igual. Yo estaría muerta este fin de semana. Claro que si no existiera una manera de "convencerlo," entonces yo no estaría ahí sentada en su oficina.

Por un momento Edden se quedó inmóvil, como temiendo moverse y romper el hechizo. Finalmente sonrió. Se inclinó hacia la puerta abierta y gritó por el pasillo. "¡Rosa! Tráigame unas cuantas aspirinas. Me estoy muriendo aquí." Se inclinó hacia atrás con una mueca colgándose el amuleto alrededor del cuello y escondiéndolo detrás de la camisa. Sintió alivio y entendí que teníamos un buen comienzo.

Sentí intranquilidad al ver que entraba apuradamente una mujer. Estaba asombrada de vernos en la oficina de Edden.

Sin mirarme, sacó dos vasos de papel mientras que Edden le indicaba dejarlos en el escritorio. La mujer frunció el ceño dejando las aspirinas junto a las manos del capitán y se retiró en silencio. Apenas salió, Edden estiró el pie y cerró la puerta. Esperó un momento acomodándose bien los lentes sobre la nariz antes de poner su brazo bueno sobre el herido.

Tomé uno de los vasos y miré las pastillas. Ahora era mi turno de confiar. Esas diminutas pastillas blancas podían contener cualquier cosa, pero ante todo necesitaba aliviar mi dolor.

Había oído hablar de pastillas. Tuve una compañera de habitación que las usaba siempre. Mantenía un frasquito junto al cepillo de dientes. Decía que funcionaban mejor que los amuletos y tampoco había necesidad de pincharse los dedos. Una vez la vi tomarse una. Hay que tragarlas enteras.

Nick se acercó. "Trágalas enteras" dijo y yo asentí con la cabeza. Volteé el vaso sintiendo el sabor amargo de corteza de sauce que pasé con un poco de agua tibia. Me esforcé por no toser sintiendo cómo bajaban las aspirinas, pero me tensé por el repentino dolor que sentí al moverme. ¿Se supone que esto me haría sentir mejor?

Nick me dio unos golpecitos consoladores en la espalda. Vi reír a Edden por mi ineptitud a través de mis ojos llorosos. Alejé a Nick con la mano y reuní mis fuerzas para sentarme derecha. Pasó un momento. Luego otro. Nada. La aspirina no surtía efecto. Con razón los humanos sospechaban tanto. Sus remedios no funcionaban.

"Puedo entregarle a Kalamack, capitán Edden" dije, observando el reloj que tenía detrás del escritorio. Eran las diez y cuarenta y cinco. "Puedo demostrar que está traficando con drogas ilegales: producción y distribución."

Se le iluminó la cara. "Déme las pruebas e iremos al aeropuerto."

No lograba entender esto. Ivy le había dicho todo, pero aún quería hablar conmigo. ¿Por qué no aceptó la información para cubrirse de gloria? Sólo Dios lo sabe. ¿Qué estaría tramando? "No las tengo" acepté. "Escuché cuando organizó todo. Si hallamos las drogas, será prueba más que suficiente."

Edden apretó los labios moviendo su bigote. "No voy a realizar una captura basándome en pruebas circunstanciales. Ya he hecho el papel de idiota ante la S.E."

Miré el reloj de nuevo. Diez y cuarenta y seis. Nuestros ojos se encontraron pero le dejé ver que estaba molesta. Ahora sabía que yo estaba contra el tiempo. "Capitán," dije, tratando de que mi voz no sonara implorante. "Penetré a la oficina de Trent Kalamack para obtener las pruebas pero me atraparon. Pasé los últimos tres días encerrada allá y presencié varias reuniones que confirman mis sospechas. Él es productor y distribuidor de drogas ilegales."

Tranquilo y sereno, Edden se recostó en su silla giratoria. "¿Usted estuvo tres días donde Kalamack y espera que le crea que dijo todas esas cosas delante de usted?"

"Yo me había transformado en visón" repuse secamente. "Se supone que iba a morir en las peleas de ratas de la ciudad. No que escaparía viva."

Nick se acomodó intranquilo en la silla pero Edden movió la cabeza, como si yo acabara de confirmarle alguna sospecha.

"Trent maneja una red de drogas biológicas casi semanalmente" continué tratando de no jugar con mi pelo. "Chantajea a quien puede y a quienes se encuentran en la desafortunada necesidad de adquirir esas drogas. Usted puede detectar sus ganancias secretas identificando los decomisos de zufre de la S.E. Los usa como..."

"Distracción" dijo Edden terminando mi frase. Le dio un golpe al archivador que tenía al lado hundiéndolo. Nick y yo saltamos. "¡Maldición! Por eso es que nunca hacemos decomisos."

Asentí. Era ahora o nunca. Ya no importaba si confiaba en él o no. Si no me ayudaba, estaba muerta. "Pero hay más," continué, rezando que estuviera haciendo lo correcto. "Trent tiene un agente de la S.E. en su nómina de pagos que ha estado a la cabeza de casi todos los decomisos de azufre."

Edden se puso más serio aún. "Fred Perry."

"Francis Perry" corregí, sintiendo un repentino destello de rabia.

Edden se acomodó en la silla entrecerrando los ojos. Era obvio que le molestaba la idea de un policía corrupto tanto como a mí. Tomé aire temblando. "Esta noche sale un cargamento de drogas biológicas. Con mi ayuda, usted puede atraparlos a los dos. La AFE recibe el crédito por el arresto, la S.E. queda mal y su departamento paga secretamente mi contrato." Sentí que me dolía la cabeza y sólo recé que no hubiera soltado mi única oportunidad por el escusado. "Digamos que son honorarios de asesoría. Aspirina por aspirina."

Con los dientes apretados, Edden miró hacia el techo de tablas. Lentamente se fue tranquilizando mientras que yo esperaba y jugaba con mis uñas al mismo ritmo que el tic-tac del reloj.

"Me siento tentado a dejar a un lado las reglas por usted, Srta. Morgan" dijo, haciendo saltar mi corazón. "Pero necesito más. Algo que los de arriba puedan anotar en su libro de ganancias y pérdidas y que mantenga su valor por mucho tiempo."

"¿Más?" preguntó Nick molesto.

La cabeza me palpitaba. *¿Quería más?* "No tengo más, capitán" dije con frustración.

Sonrió malévolamente. "Sí tiene."

Traté de alzar las cejas pero la cinta adhesiva me lo impidió.

Edden miró la puerta cerrada. "Si esto funciona... me refiero a atrapar a Kalamack" Se pasó sus manos gruesas por la frente. Cuando las bajó, el capitán de la AFE confiado, accesible y seguro de sí mismo ya no estaba. En cambio, vi a un hombre motivado e inteligente que me asombró. "He trabajado para la AFE desde que me retiré del servicio militar" dijo suavemente. Llegué arriba buscando las cosas que hacían falta y hallándolas.

"Yo no soy una mercancía, capitán" repuse ofuscada.

"Todo el mundo es una mercancía," dijo. "Mis departamentos en la AFE están en gran desventaja, Srta. Morgan. Los Entremundos han evolucionado y conocen las debilidades humanas. Demonios, ustedes tal vez son responsables de la mitad de nuestros complejos mentales. La triste realidad es que no podemos competir."

Edden quería que me volviera en contra de mis compatriotas Entremundos. Debería ser más astuto. "No hay nada que yo sepa que no se encuentre en una biblioteca," repuse aferrando mi bolso fuertemente. Quería levantarme y salir de allí, pero él me tenía justo donde quería tenerme y yo sólo podía verlo sonreír. Sus dientes planos eran totalmente humanos comparados con sus ojos depredadores.

"Estoy seguro de que eso no es del todo cierto," dijo. "Pero yo sólo le estoy pidiendo un consejo, no una traición." Edden se reclinó en su silla pensando. "A veces, por ejemplo esta noche con la Srta. Tamwood, algunos Entremundos vienen a nosotros con información o solicitando ayuda para algo que prefieren no llevar a la S.E. Para serle sincero, no sabemos qué hacer con ellos. Mi gente sospecha tanto que no logra hacer buen uso de esa información; y en las contadas ocasiones que logramos entender, no logramos capitalizar la información. El único motivo por el cual pudimos controlar a la Tamwood fue porque aceptó dejarse encarcelar como requisito para escucharla a usted. Hasta la fecha, les traspasamos a regañadientes estos casos a la S.E." Nuestras miradas se encontraron. "Nos hacen parecer unos tontos, Srta. Morgan."

Me estaba ofreciendo trabajo pero en lugar de tranquilizarme me preocupé más.

"Si quisiera tener un jefe, me habría quedado en la S.E. capitán."

"No," repuso de inmediato. Su asiento chirrió al sentarse recto. "Tenerla a usted aquí sería un error. Mis superiores no sólo pondrían mi cabeza en una estaca, sino que tenerla a usted en la nómina de pagos es contrario a los acuerdos de la

AFE/S.E." Ahora su sonrisa era realmente malévola. Esperé lo que vendría. "La quiero como asesora ocasional, según las necesidades."

Dejé salir el aire lentamente. Ya entendí lo que quería.

"¿Cómo dijo que se llama su empresa?" preguntó Edden.

"Agentes vampiros y brujos" dijo Nick.

Edden rió. "Suena como un servicio de parejas."

Hice una mueca, pero era tarde para cambiar el nombre. "Supongo que me pagarán por estos servicios *ocasionales*" dije mordiéndome el labio inferior. *A lo mejor funcionaría.*

"Naturalmente."

Ahora era mi turno de mirar hacia el techo. El pulso me latía al saber que había encontrado la manera de salir de esto. "Soy parte de un equipo, capitán Edden." Al decirlo pensé si acaso Ivy estaría pensando continuar aun en sociedad. "No puedo hablar por ellos."

"La Srta. Tamwood ya aceptó. Me parece que dijo: 'Si la brujita dice sí, yo también.' El Sr. Jenks expresó el mismo sentimiento, aun cuando sus palabras precisas fueron un tanto más...coloridas."

Miré a Nick quien se encogió de hombros incómodamente. No teníamos ninguna garantía de que al final Edden pagara mi contrato. Pero había algo en su humor sarcástico y reacciones auténticas que me convencieron de que sí lo haría. Además, esta noche ya había hecho un pacto con un demonio. Esto no podía ser peor.

"De acuerdo, capitán Edden" dije de repente. "Es el vuelo de las 11:45 de Southwest hacia Los Ángeles."

"¡Excelente!" Golpeó el escritorio con la mano buena y yo salté otra vez. "Sabía que aceptaría. ¡Rosa!," gritó con la puerta cerrada pero luego gruñó y se inclinó para abrirla. "Mande una escuadra con perros detectores de azufre a..." Se quedó mirándome. "¿Dónde será el decomiso?" me preguntó.

"¿Ivy no se lo dijo?" pregunté sorprendida.

"Tal vez sí. Quería asegurarme de que no mentía."

"La antigua estación de autobuses" respondí con el corazón martillándome en el pecho. *En realidad lo estábamos logrando. Íbamos a capturar a Trent y pagar mi contrato.*

"¡Rosa!" gritó de nuevo. "A la antigua estación de autobuses. ¿Quién trabaja esta noche que no esté en el hospital?"

Una vez femenina pero gruesa respondió en medio del ruido exterior. "Está Kaman, pero en este instante se está bañando tratando de quitarse ese polvo de insecto. Dillon, Ray..."

"Basta," dijo Edden. Se puso de pie saliendo de la oficina y nos indicó a Nick y a mí que lo siguiéramos. Respiré profundo y me levanté. Ahora el dolor se me había convertido en leves latidos. Seguimos a Edden por el pasillo. La agitación me hizo acelerar el paso. "Creo que la aspirina funciona al fin" le susurré a Nick mientras alcanzábamos al capitán. Estaba inclinado sobre un escritorio brillante como un cristal hablando con la misma mujer que había llevado las pastillas.

"Llame a Rubén y a Simón. Necesito alguien con la cabeza fría. Mándelos al aeropuerto y dígales que me esperen."

"¿A usted, señor?" Rosa nos miró a Nick y a mí por encima de los lentes. Su frente fruncida lo decía todo. No estaba contenta con dos Entremundos en el edificio, menos aún parados detrás de su jefe.

"Sí. Yo. Haga venir la camioneta sin distintivos. Esta noche estoy de misión." Se acomodó bien el cinturón en la cintura. "Sin errores. Esto tiene que hacerse bien."

Treinta

El piso de la camioneta de la AFE estaba limpio. Había un cierto olor a humo de pipa que me recordaba a papá. Adelante iban Edden y el conductor, Clayton. Nick, Jenks y yo íbamos sentados en el asiento del medio. Las ventanillas estaban abiertas para ventilar mi perfume. De haber sabido que no soltarían a Ivy hasta después de llegar a un acuerdo, a lo mejor no lo hubiera usado. Por ahora, apestaba.

Jenks estaba furioso. Su vocecilla me atolondraba el cerebro con la cantaleta y sólo lograba producirme más y más ansiedad. "Métete una media en la boca, Jenk" susurré mientras pasaba mi dedo por el fondo de la bolsita de maní para comerme la sal del fondo. Tan pronto la aspirina me controló el dolor sentí mucha hambre. Tal vez era mejor no tomar aspirinas si después me iba a morir de hambre.

"Vete al Giro" gruñó Jenks desde el soporte para vasos donde lo había puesto. "¡Me metieron en una maldita jarra de agua, como si estuviera en exposición! ¡Me rompieron los flecos de las alas! ¡Mira! Destrozaron la nervadura principal. Tengo la camisa con manchas de metal ¡arruinada! ¿Y mis botas? ¿Las viste? Jamás podré quitarles las manchas de café."

"Te pidieron disculpas" dije, aun cuando sabía que era un caso perdido. Estaba insoportable.

"Me tomará toda una semana para que me crezca esta ala. Matalina me va a matar. Todos huyen de mí cuando no puedo volar, ¿sabías? Inclusive mis hijos."

Hice de cuenta que Jenks no existía. La diatriba comenzó tan pronto lo soltaron y no paraba. Aun cuando a Jenks no lo habían acusado de nada a pesar de animar a Ivy desde el techo y llenar de polvillo a los policías de la AFE, sí empezó a meter la nariz donde no le correspondía hasta que lo atraparon y lo metieron en una jarra desocupada de agua.

Ahora empezaba a comprender aquello que había dicho Edden. Él y su gente no tenían ni la más remota idea de cómo manejar a los Entremundos. Pudieron atraparlo en un cajón o en un armario mientras curioseaba. Así sus alas no se habrían mojado y puesto tan frágiles como papel higiénico. Tampoco habría ocurrido la persecución de diez minutos con una red... ¡Y así no habría hechizado a medio piso de oficinas! Ivy y Jenks habían ido a la AFE a las buenas pero terminaron creando un caos. Era preocupante lo que podía llegar a hacer un Entremundos violento y poco colaborador.

"No tiene sentido," dijo Nick lo suficientemente fuerte para que Edden escuchara. "¿Por qué quiere Kalamack llenarse los bolsillos con ganancias ilegales? Ya es millonario."

Edden dio media vuelta en su asiento. Tenía puesta una gorra amarilla de la AFE. Era su único símbolo de autoridad. "A lo mejor estará financiando un proyecto que no quiere que se conozca. Es difícil rastrear el dinero cuando se adquiere ilegalmente y se gasta de la misma manera."

Me detuve a pensar qué podría ser. ¿Algo más en curso en el laboratorio de Faris?

El capitán puso la quijada sobre su brazo. Su cara estaba iluminada por los faros de los autos que venían detrás de nosotros. "Sr. Sparagmos," dijo. "¿Alguna vez ha tomado el paseo turístico en ferry por el río?"

Nick puso cara de asombro. "¿Disculpe?"

Edden agitó la cabeza. "Es muy extraño, estoy seguro que lo he visto antes."

"No," repuso Nick echándose para atrás. "No me gustan los botes."

El capitán emitió un sonido leve y giró de nuevo en su asiento. Jenks y yo cruzamos una mirada. El duende puso una mirada astuta y entendió antes que yo. Mi bolsa de maní desocupada crujía y la metí en mi bolso. No iba a lanzarla al piso limpio. Nick estaba en la sombra y sentado muy cerca. La luz lejana de los autos que venían en el otro sentido apenas dejaban ver su nariz respingada y su cara delgada. Me acerqué un poco más y susurré: "¿Qué hiciste?"

Su mirada siguió fija en la ventanilla y su pecho subía y bajaba lentamente al respirar. "Nada."

Miré la parte de atrás de su cabeza. *Sí. Te creo. Y yo soy la nena en los carteles de la S.E.* "Escucha. Lamento haberte metido en esto. Si quieres irte tan pronto lleguemos al aeropuerto, te entiendo." En el fondo yo no quería enterarme de lo que hizo.

Movió la cabeza sonriéndome. "Todo está bien" dijo. "Te acompañaré esta noche. Te lo debo por haberme sacado de ese nido de ratas. Una semana más y enloquecería."

Sentí un escalofrío de sólo pensarlo. Había penas peores que la de estar en la lista negra de la S.E. Toqué su hombro un instante y volví a recostarme en mi asiento mirándolo de reojo. Poco a poco se fue calmando y su respiración se normalizó. Cuanto más lo iba conociendo, más diferencias le encontraba con la mayoría de los humanos. Pero en lugar de preocuparme me hacía sentir más segura. Otra vez regresé a mi síndrome de la dama en peligro y el caballero. Tal vez había leído demasiados cuentos de hadas siendo niña pero también vivía en la realidad y no me molestaba ser rescatada de vez en cuando.

El silencio era incómodo y mi ansiedad aumentó. ¿Qué pasaría si llegábamos tarde? ¿Qué tal si Trent hubiera cambiado el vuelo? ¿Y si todo era una distracción bien montada? *Ayúdame, Dios mío,* pensé. Me estaba jugando el todo por el todo en las próximas horas. Si no salía bien, estaba perdida.

"¡Bruja!" gritó Jenks para llamar mi atención. Caí en la cuenta que estaba tratando de que le prestara atención durante los últimos minutos. "¡Álzame!" exigió. "No veo nada desde aquí."

Le ofrecí la mano para que trepara. "No se me ocurre por qué la gente se aleja de ti cuando no puedes volar" le dije secamente.

"Esto *no* habría sucedido si cierta persona no me hubiera roto la maldita *ala*," dijo en voz alta.

Lo puse sobre mi hombro desde donde podía ver el tráfico a medida que nos acercábamos al aeropuerto internacional de Cincinnati–Kentucky del Norte. Casi todo el mundo lo llamaba Hollows Internacional, o más fácil aún: el H.I. Los autos eran levemente iluminados por las escasas luces de la calle pero se hicieron más numerosas a medida que estábamos más cerca de la terminal. De repente me invadió la emoción y me enderecé en mi asiento. Todo saldría bien. Lo atraparía. No importaba lo que fuera Trent, iba a atraparlo. "¿Qué hora es?" pregunté.

"Las once y quince" murmuró Jenks.

"Las once y veinte" corrigió Edden señalando el reloj de la camioneta.

"Las once y quince," rebatió Jenks. "Yo sé mejor dónde está el sol que usted por qué orificio orinar."

"¡Jenks!" grité disgustada. Nick soltó los brazos que tenía cruzados.

Edden alzó la mano en señal de paz. "No se preocupe Srta. Morgan."

Clayton me miró por el retrovisor. Era un policía serio que aparentemente no confiaba en mí. "Señor, a decir verdad, nuestro reloj está adelantado cinco minutos" dijo a regañadientes.

"¿Se da cuenta?" dijo Jenks.

Edden levantó el teléfono del auto y encendió el altoparlante para que todos pudiéramos oír. "Vamos a asegurarnos de que ese avión se quede en tierra y que ocupen sus posiciones," dijo.

Llena de ansiedad, acomodé mi cabestrillo mientras Edden oprimía tres números del teléfono. "¡Rubén!" ladró en la bocina sosteniéndola como si se tratara de un micrófono. "Háblame."

Hubo un momento de silencio y de pronto se escuchó una voz masculina por el altoparlante. "Capitán, estamos en la puerta de embarque, pero el avión no está aquí."

"¿¡No está!?" grité al tiempo que me abalancé hacia el asiento delantero. "Ya deberían estar abordando."

"Nunca llegó hasta la rampa, señor" continuó Rubén. "Todos esperan en la terminal. Dicen que es una reparación menor que tomará sólo una hora. ¿Esto no es por orden suya?"

Miré a Edden. Casi podía ver cómo sus ideas daban vueltas alrededor de su cara llena de conjeturas. "No," repuso. "Quédense ahí." Luego cortó la comunicación.

"¿Qué está sucediendo?" le grité al oído. Él me devolvió una mirada molesta.

"Ponga el trasero en su asiento, Morgan" dijo el capitán. "Probablemente se trata de las restricciones de luz diurna de su amigo. La compañía no va a dejar a los pasajeros esperando en la pista cuando la terminal está desocupada."

Observé a Nick que tocaba nerviosamente un ritmo desconocido con los dedos. Nerviosa, me acomodé en el asiento. Podía ver la luz del faro del aeropuerto que brillaba bajo las nubes. Ya estábamos por llegar.

Edden marcó un número de memoria, sonriendo tranquilo al levantar la bocina. "Hola ¿Chris?" preguntó. Escuché la voz lejana de una mujer que contestaba. "Tengo una pregunta. Parece que hay un vuelo de Southwest detenido en la pista. El de las once y cuarenta y cinco para Los Ángeles. ¿Cuál es el problema?" Escuchó atentamente mientras yo me comía el pellejo de las uñas. "Gracias Chris," rió. "¿Qué tal el filete más grande de la ciudad?" Rió de nuevo y podría jurar que sus orejas se pusieron rojas.

Jenks se rió de algo que no pude oír. Miré a Nick pero me ignoraba.

"Chrisy," dijo Edden arrastrando las letras. "Tal vez mi esposa se moleste con eso." Jenks se rió al tiempo con Edden y me ponían nerviosa. "Hablamos luego" y colgó el teléfono.

"¿Entonces?" pregunté desde mi asiento.

Edden seguía sonriendo. "El avión está detenido en tierra. Parece que la S.E. tenía conocimiento de que transportaba una bolsa de azufre."

"Maldición," dije. El señuelo era la estación de autobuses, no el aeropuerto. ¿Qué hacía Trent?

Los ojos de Edden destellaron. "La S.E. está a quince minutos de aquí. Nosotros podríamos quitárselo en las narices."

Jenks empezó a maldecir en mi hombro.

"No vinimos aquí por azufre," protesté al ver que todo comenzaba a desbaratarse. "¡Vinimos por drogas biológicas!" Estaba echando humo pero cerré la boca mientras pasaba un ruidoso auto en sentido contrario.

"Ese si que está violando el código urbano," comentó Edden. "Clayton, trata de localizar su número."

La mente me daba vueltas. Esperé a que pasara antes de hablar de nuevo. El motor rugía y parecía que fuera a treinta millas por encima del límite de velocidad, pero el auto apenas se movía. Los cambios chillaron y reconocí un sonido familiar: *Francis,* pensé, y contuve el aire.

"¡Ese es Francis!" gritamos Jenks y yo al tiempo mientras me daba vuelta para ver la luz de parqueo rota. La visión se me nubló por el dolor que sentí con el movimiento al pasar casi gateando hacia la parte posterior del coche. Jenks seguía sobre mi hombro. "¡Es Francis!" grité con el corazón. "¡Deténganse, de media vuelta! ¡Es Francis!"

Edden golpeó el tablero con fuerza. "¡Maldición! ¡Llegamos demasiado tarde!"

"¡No!" grité. "¿No lo entiende? Trent está haciendo el cambio. Las drogas y el azufre. La S.E no ha llegado aún. ¡Francis está haciendo el cambio!"

Edden se quedó mirándome. Las luces y las sombras pasaban por su cara a intervalos y seguíamos camino al aeropuerto.

"Francis tiene las drogas ¡den media vuelta!" grité.

La camioneta se detuvo en una luz roja. "¿Capitán?" dijo el chofer.

"Morgan, usted está loca si piensa que voy a dejar pasar la oportunidad de hacer un decomiso de azufre en las narices de la S.E. Usted ni siquiera está segura si era él."

Jenks rió. "Era Francis. Raquel le quemó el embrague a ese auto. Sí señor."

Tensé la cara. "Francis tiene las drogas. Las mandará en autobús. Apostaría mi vida por ello."

Edden abrió bien los ojos y apretó los dientes. "Así es. Ya lo hizo" dijo a secas. "Clayton, da la vuelta."

Me hundí en mi asiento dejando salir el aire. No me había dado cuenta de que lo había guardado tanto.

"¿Capitán?"

"¡Ya me oíste!" dijo claramente. No estaba contento. "Da media vuelta. Haz lo que dice la bruja." Entonces se volteó a mirarme muy serio. "Más te vale que tengas la razón, Morgan" dijo bufando.

"La tengo" repuse sintiendo un nudo en el estómago. Me recosté y me aferré bien cuando viramos. *Más me valía tener razón,* pensé mirando a Nick.

Nos cruzamos con un camión de la S.E. que se dirigía al aeropuerto, silencioso, con las luces intermitentes encendidas. Edden golpeó el tablero tan duro que no entendí cómo no se activó la bolsa de aire. Tiró de la radio. "¡Rosa!" bramó. "¿Qué hallaron los perros en la estación de autobuses?"

"Nada, capitán. Ya vienen de regreso."

"¡Mándelos allá otra vez!" ordenó. "¿A quién tenemos en Los Hollows vestido de civil?"

"¿Señor?" dijo confundida.

"¡¿Quién hay en Los Hollows que no haya mandado al aeropuerto!" gritó.

"Briston está en el centro comercial de Newport." Entonces los interrumpió un lejano timbre de teléfono y el capitán gritó de nuevo: "¡Que alguien conteste ese teléfono!" Hubo un instante de silencio. "Gerry la está acompañando, pero está uniformado."

"Gerry," musitó Edden poco satisfecho. "Mándelos a la estación."

"Briston y Gerry a la estación," repitió lentamente.

"Dígales que lleven sus EAC," agregó Edden mirándome.

"¿EAC?" preguntó Nick."

"Equipo Anti Conjuros" le expliqué.

"Buscamos a un hombre blanco de unos treinta años. Brujo. El nombre es Francis Percy, agente de la S.E."

"No es ni siquiera un principiante," interrumpí, aferrándome cuando frenamos abruptamente en un semáforo.

"El sospechoso podría estar transportando hechizos" continuó Edden.

"Es inofensivo" musité.

"No lo confronten a menos que trate de largarse," concluyó el capitán.

"Sí," dije, y nos pusimos en movimiento de nuevo. "Es capaz de hacernos morir de aburrición."

Edden se volteó a mirarme. "¿Por qué no se calla la boca?"

Me encogí de hombros y luego me arrepentí, pues regresó el dolor.

"¿Me entendió Rosa?" dijo el capitán.

"Armado, peligroso, no confrontarlo a menos que trate de largarse. Entendido."

Edden refunfuñó. "Gracias, Rosa," y apagó la radio con un dedo.

Jenks se aferró de mi oreja y solté un grito.

"¡Ahí está!" gritó el duende. "Miren. Justo delante de nosotros."

Nick y yo nos inclinamos hacia adelante para ver. La luz rota era como un faro. Vimos a Francis hacer una señal para girar, haciendo chirriar las llantas para dirigirse a la estación de autobuses. De pronto sonó una bocina fuerte: por poco se estrella contra un autobús.

"Bien," dijo Edden mientras dábamos la vuelta para estacionar del otro lado del estacionamiento. "Tenemos cinco minutos mientras que llegan los perros, quince para Briston y Gerry. Francis tiene que registrar sus paquetes en la recepción. Será una bonita prueba de que son de su propiedad." Se quitó el cinturón de seguridad y giró en el asiento al tiempo que la camioneta se detenía. Parecía un vampiro ansioso con esa sonrisa mostrando los dientes. "Ni siquiera lo miren hasta que no hayan llegado todos. ¿Entendido?"

"Sí. Entendido" repuse alegremente. No me gustaba estar bajo las órdenes de otra persona, pero lo que dijo tenía sentido. Me deslicé nerviosamente en el asiento para apretar mi cara contra la ventanilla de Nick y ver cómo Francis luchaba con tres cajas planas.

"¿Es él?" preguntó Edden fríamente.

Asentí. Jenks bajó por mi brazo y se detuvo en el borde de la ventanilla tratando de conservar el equilibrio con sus alas. "Así es. Ese es nuestro pastelito."

De pronto caí en la cuenta de que estaba casi encima de los muslos de Nick. Rápidamente retrocedí hasta mi puesto. El efecto de la aspirina empezaba a desaparecer y aun cuando el amuleto aun servía un par de días más, el dolor me molestaba cada vez más. Pero lo que más me preocupaba era la fatiga. Mi corazón latía como si acabara de terminar una carrera. No creía que fuera solo por la emoción.

Francis cerró la puerta del auto de una patada y comenzó a moverse tambaleando. Se jactaba de su imagen de persona importante entrando a la terminal con su escandalosa camisa y el cuello volteado hacia arriba. Reí al verlo sonreírle a una mujer que salía, pero que no le prestó atención. Recordé de pronto su cara de temor ahí sentado en la oficina de Trent y mi desprecio se convirtió en lástima por ese hombre inseguro.

"Muy bien chicos y chicas," dijo Edden distrayendo mi

atención. "Clayton, quédate aquí. Dile a Briston que entre apenas llegue. No quiero a nadie en uniforme cerca de las ventanas." Se quedó observando a Francis mientras entraba por las puertas dobles. "Dile a Rosa que mande a todos los que están en el aeropuerto. Parece que la bruja, quise decir, la Srta. Morgan tenía razón."

"Sí, señor," dijo Clayton. Alcanzó el teléfono con desgano. Las puertas se abrieron y era obvio que no éramos el típico grupo que viene a tomar el autobús, pero Francis era demasiado estúpido para darse cuenta. Edden metió su gorra amarilla de la AFE en el bolsillo trasero del pantalón y Nick era un flaco don nadie. Él sí parecía pertenecer a ese lugar. Mis heridas y el cabestrillo llamaban más la atención que si llevara un letrero que dijera: "Trabajo a cambio de hechizos."

"¿Capitán Edden?" dije mientras descendía y esperaba de pie. "Un minuto."

Edden y Nick me miraron intrigados mientras buscaba algo en mi bolso. "Raquel," dijo Jenks parado en el hombro de Nick. "Estás loca. No vas a verte mejor ni siquiera con diez hechizos cosméticos."

"Vete al Giro," murmuré. "Francis me reconocerá. Necesito un amuleto."

Edden observó con interés. Sentía la presión de la adrenalina mientras buscaba un hechizo de vieja con mi mano buena. Finalmente dejé el bolso en el asiento, agarré el hechizo adecuado y lo invoqué. Me lo puse alrededor del cuello y Edden no podía creerlo. Su aprobación fue muy satisfactoria. El hecho de que hubiera aceptado mi amuleto al comienzo tuvo mucho que ver en mi decisión de quedarle debiendo un par de favores. Cada vez que un humano demostraba aprecio por mis hechizos, sentía un calorcito en el corazón. *Majadero*.

Metí todo en desorden dentro del bolso y salí de la camioneta.

"¿Listos?" dijo Jenks sarcásticamente. "¿No quieres peinarte antes?"

"Vete al diablo, Jenks" le dije a la vez que Nick me daba la mano. "Puedo bajar sola" agregué.

Jenks saltó desde Nick hacia mí para posarse en mi hombro. "Te ves como una vieja. Compórtate como una."

"Es una viejita," dijo Edden tomándome del hombro para evitar que cayera mientras que mis botas de vampiro tocaban el pavimento. "Me recuerdas a mi madre," dijo volteando los ojos y tapándose la nariz. "Inclusive, hueles igual."

"Ya cállense todos ustedes" dije. La falta de aire hizo que sintiera vértigo y el dolor que sentí al bajar del auto subió por mi columna vertebral hasta el cráneo con intención de quedarse ahí un buen rato. Estaba dispuesta a no dejarme vencer por la fatiga así que me solté de Edden y caminé tambaleandome hasta las puertas. Los dos hombres me siguieron tres pasos atrás. Me sentía como un marrano en mis jeans anchos y esa espantosa blusa escocesa. Además, la idea de ser una vieja tampoco me subía mucho el ánimo. Empujé las puertas pero no logré abrirlas. "¿Podría alguien abrirme la puerta?" Jenks rió.

Nick me tomó del brazo mientras que Edden abrió la puerta. Una oleada de aire caliente nos golpeó el rostro. "Ven," dijo Nick. "Apóyate en mí. Así pareces más vieja."

Podía aguantar el dolor. Era la fatiga lo que me golpeaba el orgullo y me obligaba a aceptar el brazo de Nick. O bien era eso o entraba gateando a la terminal.

Entré emocionada. Mis corazón se aceleró a medida que pasaba la mirada por la recepción en busca de Francis. "Ahí está" susurré.

Francis estaba casi totalmente oculto por una planta decorativa hablando con una chica joven que vestía el uniforme del municipio. El hechizo de Percy surtía su efecto acostumbrado pues ella parecía molesta. Había tres cajas a su lado sobre el mostrador y toda mi existencia dependía de ellas.

Nick me tiró suavemente del codo bueno. "Vamos mamá, vamos a sentarnos allá."

"Vuelve a llamarme así y me encargaré de tu planifica-ción familiar," lo amenacé.

"Mamá," dijo Jenks lanzando oleadas de brisa sobre mi cuello con sus alas.

"Basta," dijo Edden serio y en voz baja. No le quitó la mirada a Francis ni un segundo. "Ustedes tres vayan a sen-tarse allá a esperar. Nadie se mueve a menos que Percy trate de escapar. Voy a cerciorarme de que esas cajas no sean car-gadas en ningún autobús." Sin dejar de mirar a Francis, el capitán tocó el arma que llevaba debajo de la chaqueta diri-giéndose indiferentemente hacia el mostrador. Edden le son-rió a otra dependiente de lejos.

¿Sentarnos a esperar? Sí. Por qué no.

Tuve que ceder ante los suaves jalones de Nick y nos diri-gimos hacia la fila de asientos. Eran anaranjados, como los de la AFE, y se veían igualmente incómodos. Nick me ayudó a sentarme en uno y él lo hizo en el de al lado. Se es-tiró y fingió dormir la siesta con los ojos entreabiertos obser-vando a Francis. Me senté derecho con mi bolso sobre los muslos, aferrándome a él como lo hacen las viejitas. Y en-tendí por qué: todo me dolía y pensaba que si me acomodaba me desbarataría en pedazos.

De pronto gritó un niño y me sobresalté. Alejé la mirada de Francis que estaba muy ocupado haciendo el ridículo para fijarme en otras personas. Había una madre cansada con tres niños, uno de ellos aún con pañales, discutiendo con un empleado acerca de unos cupones. Un grupo de hombres de negocios absortos en sus cosas, caminando para arriba y para abajo dándose ínfulas, como si esta terminal fuera solo un mal sueño y no la realidad de su existencia. Un par de jóvenes caminando peligrosamente juntos, a lo mejor es-capándose de sus padres. Vagos. Un viejo mal vestido que me hizo una seña con un ojo.

Me puse muy nerviosa. Aquí no estaba segura. La S.E. podía estar en cualquier lugar, lista a cazarme.

"Tranquilízate, Raque" dijo Jenks como si me hubiera leído la mente. "La S.E. no te va atrapar cuando el capitán de la AFE juega en tu mismo equipo."

"¿Cómo puedes estar tan seguro?" pregunté.

Sentí el viento producido por sus alas soplando en mi cuello.

"No lo estoy."

Nick abrió los ojos y se sentó derecho. "¿Cómo te sientes?" preguntó en voz baja.

"Yo estoy bien, gracias" dijo Jenks. "¿Sabías que un gigante de la AFE me arrancó una maldita ala? Mi mujer me va a matar."

Sonreí. "Con hambre" le respondí. "Agotada."

Nick me miró antes de volver los ojos hacia Francis. "¿Quieres algo de comer?"

En su bolsillo sonaron las monedas que habían sobrado del viaje en taxi hasta la AFE. "Aún te queda suficiente para comprar algo en esa máquina que está ahí."

Una leve sonrisa apareció en mis labios. Era agradable tener a alguien que se preocupara por mí. "Seguro. Gracias. ¿Qué tal algo con chocolate?"

"Chocolate" reiteró Nick poniéndose de pie. Miró a Francis al otro lado del recinto desde las máquinas con alimentos. El tonto estaba inclinado encima del mostrador, seguramente tratando de que la chica le diera su número telefónico. Nick se alejó. En realidad se movía con mucha gracia para ser tan delgado. ¿Qué habría hecho para que la AFE se lo llevara?

"Algo con chocolate," repicó Jenks en falsete. "¡Ohhhhh ...Nick, eres mi héroe!"

"Vete al infierno," le dije más por costumbre que otra cosa.

"¿Sabes una cosa Raque?" dijo Jenks mientras se acomodaba mejor sobre mi hombro. "Vas a ser la abuela más extraña que jamás haya visto."

Estaba demasiado cansada para responder. Respiré profundamente pero despacio para que no me doliera. Mis ojos saltaron de Francis a Nick. Sentí algo de emoción mirando la alta figura de Nick mientras compraba algo en la máquina con su cabeza inclinada mirando las monedas. "Jenks, ¿qué piensas de Nick?" El duende rebuznó, pero al ver que le hablaba en serio se calmó. "Está bien" dijo. "No te lastimará. Está con esa honda de complejo de héroe y tu pareces necesitar alguien que te rescate. Deberías haberle visto la cara cuando estabas tirada en el sofá de Ivy. Pensé que se iba a morir. Pero no esperes que piense lo mismo que tú sobre lo que está bien o está mal."

Alcé las cejas y me dolió la cara. "¿Magia negra?" susurré. "Por Dios Jenks, no me digas que la practica."

Jenks se rió fuertemente. "No. Me refiero a que no le importa robarse los libros de la biblioteca."

"Ahh" pensé de nuevo en su intranquilidad cuando estábamos en las oficinas de la AFE y luego en la camioneta. ¿Eso era todo? No podía ser. De todas formas, los duendes eran reconocidos por sus juicios de personalidad, no importa que tan sucios, excéntricos o bocones fueran. ¿Cambiaría la opinión de Jenks si le contaba lo de mi marca demoníaca? Me daba miedo preguntarle. Diablos, me daba mucho miedo mostrársela.

Alcé la mirada para ver a Francis riendo, escribiendo algo en un papel y pasándoselo a la chica detrás del mostrador. Se pasó la mano por debajo de la nariz y luego le hizo una sonrisa de ratón. "Buena chica," susurré cuando la arrugó y la lanzó por encima del hombro mientras Francis caminaba hacia la puerta.

Mi corazón pareció despertar. ¡Se dirigía hacia la puerta! *Maldición*.

Busqué ayuda. Nick estaba luchando con la máquina y me daba la espalda. Edden estaba conversando con un hombre vestido con el uniforme de las empresa de autobuses. El capitán tenía la cara roja y los ojos fijos en las cajas detrás del mostrador. "Jenks" dije suavemente. "Ve por Edden."

"¿Qué? ¿Quieres que vaya gateando tal vez?"

Francis iba a mitad de camino de la puerta. No confiaba

en Clayton. No era capaz de detener la orinada de un perro. Recé para que Edden se diera la vuelta pero no lo hizo. "¡Vé por él!" le dije sin importarme su desagrado, bajándolo de mi hombro al piso.

"¡Raquel!" gritó Jenks a medida que yo trataba de caminar tan rápido como me era posible para interponerme entre Francis y la puerta. Era muy lenta, pero Francis pasó delante mío.

"Disculpe, joven" gorgoteé con el pulso corriendo por el esfuerzo. "¿Podría decirme dónde está la zona de equipajes?"

Francis giró velozmente y yo traté de no manifestar mi temor de que me reconociera y viera el odio que sentía por lo que había hecho. "Esta es la terminal de autobuses, señora" dijo con su clásica cara de fastidio. "Aquí no hay zona de equipajes. Sus cosas están en el andén."

"¿Cómo dice?" pregunté, maldiciendo a Edden. *¿Dónde demonios estaba?* Agarré duro el brazo de Francis y se volteó a mirar mi mano arrugada por el hechizo.

"¡Está afuera!" gritó tratando de zafarse, sacudiéndose cuando sintió mi perfume.

Pero yo no lo soltaba. Pude ver de reojo a Nick que miraba atónito mi silla vacía. Su mirada recorrió a la gente hasta que finalmente me vio. Se alarmó y corrió hacia Edden.

Francis llevaba sus papeles debajo del brazo y con la otra mano trataba de zafarse de mis dedos que lo agarraban. "Suélteme, señora" dijo. "Aquí no hay zona de equipajes."

Sentí un calambre y él tiró con fuerza acomodándose la camisa. "Maldita vieja murciélago," dijo bufando. "¿Qué demonios es lo que hacen ustedes las ancianas? ¿Nadar en perfume?" Pero entonces se quedó con la boca abierta. "Morgan" pronunció mi nombre casi sin aire, reconociéndome. "Me dijo que estabas muerta."

"Lo estoy" repuse, y mis rodillas amenazaron con doblarse. Sólo me sostenía la adrenalina.

Su estúpida mirada me dijo que no tenía idea de lo que

estaba sucediendo. "Tú vienes conmigo. Denon me dará un ascenso cuando te vea."

Agité la cabeza. Tenía que hacer esto de acuerdo a la ley, de lo contrario Edden se iba a cabrear. "Francis Percy, bajo la autoridad de la AFE, te estoy acusando de conspirar voluntariamente para traficar drogas biológicas."

Su sonrisa desapareció y su cara se puso blanca bajo su horrible barbita. Dirigió la mirada por encima de mi hombro hacia el mostrador. "¡Mierda!" dijo, y dio media vuelta para salir corriendo.

"¡Alto!" gritó Edden, demasiado lejos para que sirviera. Salté sobre Francis agarrándolo por las rodillas. Los dos caímos pesadamente. Francis se retorció dándome una patada en el pecho tratando de escapar. Jadeé con dolor.

Un golpe de aire pasó por encima de nosotros y alcé la mirada. Yo veía las estrellas mientras Francis luchaba por soltarse.

No, pensé, al ver que una bola de fuego azul se estrellaba contra la pared del fondo. *Las estrellas eran de verdad.*

El suelo tembló con la fuerza del estallido. Las mujeres y los niños gritaban cayendo de espaldas contra las paredes. "¿Qué fue eso?" tartamudeó Francis. Se retorció debajo de mí y se quedó mirando boquiabierto por una fracción de segundo mientras que la llamarada azul golpeaba la horrible pared amarilla y giraba para desaparecer.

Asustada por primera vez, me di vuelta para ver a mis espaldas. Ahí había un hombre de pie, de baja estatura, bien vestido y que parecía muy seguro con una bola roja del más allá en una mano. Una mujer menuda vestida igual, sonriente, con una mano en la cintura, cubría la puerta principal. Había una tercera persona. Un tipo musculoso del tamaño de un Volkswagen parado junto al mostrador.

Parecía que la reunión anual de brujos y brujas en la costa oeste había terminado.

Grandioso.

Treinta y uno

Francis respiraba agitadamente. "¡Suéltame!" chilló temeroso con voz aguda y desagradable. "¡Suéltame Raquel! ¡Van a matarte!"

Le clavé los dedos mientras trataba de soltarse. Yo resoplaba de dolor pues su esfuerzo por librarse hacía que mis heridas se abrieran. La sangre empezó a salir. Busqué torpemente un amuleto en mi bolso mientras que la bola del más allá que sostenía el hombre de baja estatura comenzó a cambiar de rojo a azul. *Maldición*. Estaba invocando un hechizo.

"¡Esto es lo único que me faltaba!" murmuré furiosa encima de Francis tratando de retenerlo.

Ahora la gente corría. Desaparecían por los pasillos y salían al estacionamiento. Cuando los brujos combaten, sólo sobreviven los que corran más rápido. Tomé una bocanada de aire y vi que el hombre ya no movía los labios. Moviendo la mano hacia atrás lanzó el hechizo.

Jadeando alcancé a levantar un poco a Francis y lo puse frente a mí.

"¡No!" gritó. Estaba aterrado al ver que el hechizo venía directamente hacia él.

La fuerza del golpe nos lanzó por el suelo hasta las sillas. Francis clavó su codo en mi brazo herido y sentí mucho dolor. Su grito se apagó en un gorgoteo.

Mi hombro me estaba matando de dolor y traté de quitarme a Francis de encima. Cayó al piso sin conocimiento mientras yo retrocedí observándolo. Estaba cubierto por una delgada película azul que palpitaba. Tenía un poco en mi manga pero se escurrió sola para unirse con la que cubría a Francis. Estaba convulsionando envuelto en ella y de repente se quedó inmóvil.

Alcé la mirada. Los tres asesinos estaban hablando en latín y formaban extrañas figuras en el aire con las manos. Sus movimientos eran elegantes y deliberados.

"¡Raquel!" gritó Jenks a tres sillas de distancia. "Están fabricando una red. ¡Sal de ahí! ¡Tienes que salir de ahí!"

¿Salir? pensé mirando a Francis. El azul había desaparecido dejándolo tirado en el suelo con las piernas y los brazos abiertos en ángulos extraños. Me invadió el horror. Había hecho que Francis recibiera mi golpe. Fue un accidente. No fue mi intención matarlo.

Sentí náuseas y un nudo en el estómago. Dejé mi temor a un lado y me puse de pie con la fuerza que me infundía la rabia. Me aferré de una de las sillas anaranjadas y la acerqué tratando de levantarme. Habían logrado que usara a Francis como escudo. *Dios mío. Estaba muerto por mi culpa.*

"¿Por qué me hicieron hacer eso?" pregunté en voz baja mirando al hombre. Di un paso al frente sintiendo la tensión del ambiente. No estaba segura si lo que hice estuvo mal. Estaba viva, pero no quise hacerlo. "¿Por qué me hicieron hacer eso?" pregunté más fuerte. Sentía pinchazos por todo el cuerpo y pensé que era el comienzo de la red. No me importó. Tomé mi bolso y le di una patada a mi amuleto sin invocar.

El brujo de la línea ley abrió los ojos sorprendido cuando me acerqué a él. Con actitud decidida, empezó a invocar más fuerte. Podía escuchar a los otros dos susurrando como el viento. Era fácil moverse en el centro de la red, pero cuanto más me acercaba al borde más difícil me resultaba moverme. Estábamos parados dentro de un globo de aire azul. Del otro lado, Nick y Jenks empujaban tratando de entrar por la fuerza.

"¡Tú me hiciste hacerlo!" le grité.

Mi cabello se movió con una corriente del más allá. La red se volvió sólida. Con los dientes apretados, eché un vistazo a través de la bruma azul y pude ver los músculos del hombre fornido que ayudaba a sostener el globo al tiempo que lanzaba hechizos de líneas ley a los desaventajados oficiales de la AFE que llegaron corriendo. Ya no me importaba. Dos de los brujos estaba adentro conmigo y no irían a ninguna parte.

Estaba furiosa y frustrada. Estaba cansada de vivir escondida en una iglesia, cansada de esquivar plastas explosivas, cansada de lavar mi correspondencia en agua salada y cansada de vivir con miedo. Y, por culpa mía, Francis estaba tirado en el piso sucio de un asqueroso terminal de autobuses. Por más gusano que fuera, no merecía esto.

Caminé cojeando hasta el hombre y abrí mi bolso. Metí la mano para sentir las muescas de los hechizos de sueño. Llena de furia, lo froté contra mi cuello y lo dejé colgando de la cuerda. Empezó a mover los labios y sus manos comenzaron a dibujar patrones. Si me iba a lanzar un hechizo inmundo, me quedaban apenas cuatro segundos. Si era suficientemente fuerte para matarme, cinco segundos.

"¡Nadie!" exclamé avanzando sostenida por voluntad pura. Se asombró al ver mi marca demoníaca cuando cerré el puño. "¡Nadie me obliga a mí a matar a alguien!" le grité lanzando mi brazo.

Los dos tambaleamos. Mi puño aterrizó en su mandíbula. El dolor en mi mano fue tal que me hizo agachar. El hombre trastabilló hacia atrás pero logró equilibrarse y repentinamente dejó de concentrar su poder. Furiosa, apreté los dientes y lancé mi puño de nuevo. No esperaba que lo atacara físicamente—los brujos de líneas ley nunca lo esperaban— y alzó su brazo para detenerme. Le agarré los dedos doblándolos hacia atrás y creo que le rompí por lo menos tres.

Gritó de dolor y al mismo tiempo se escuchó el grito de incredulidad de la mujer al otro lado del vestíbulo. Ella se lanzó hacia adelante en carrera. Aún lo tenía agarrado de la mano. Levanté mi pierna y tiré de él hacia mí asestándole un buen golpe. Sus ojos dieron vueltas y cayó de espaldas agarrándose el estómago. Miró con ojos llorosos a alguien detrás mío. Aun sin respirar rodó hacia la derecha.

Yo caí jadeante al piso y rodé hacia la izquierda. Entonces se oyó una explosión que me erizó. Alcé la cabeza para ver una bola de más allá verde que se extendía por la pared y el vestíbulo. Giré. La mujer menuda seguía acercándose con la cara seria y los labios en permanente movimiento. En sus manos sostenía una bola roja del más allá que comenzaba a inflarse y a exhibir rayas verdes por el esfuerzo que hacía para doblarla a su voluntad.

"¿Quieres vértelas conmigo?" le grité desde el piso. "¿Sí?" Me levanté tambaleando con una mano en la pared para mantener el equilibrio. El hombre detrás de mí dijo una palabra pero no escuché. Era demasiado ajena a mi mente para poder entenderla pero logró infiltrarse en mi cabeza. Traté de buscarle sentido. Pero entonces mis ojos se abrieron y traté de gritar.

Me tomé la cabeza con las manos cayendo de rodillas, gritando. "¡No!" chillé, clavándome las uñas en el cuero cabelludo. "¡Fuera!" Azotes con sangre seca. Gusanos retorciéndose. Amargo sabor a carne podrida.

El recuerdo de ello abandonó mi subconsciente. Jadeando, levanté la mirada. Estaba agotada. Ya no había nada en mi cabeza. Mi corazón palpitaba. Veía puntos negros que bailaban ante mis ojos. Sentía la piel cosquilleandome, como si no fuera mía. *¿Qué diablos fue eso?*

El hombre y la mujer estaban juntos. Ella tenía la mano debajo de su codo ayudándolo mientras se retorcía encima de su mano rota. Sentían ira, pero se veían, seguros y satisfechos. Él no podía usar la mano, pero obviamente no la necesitaba para matarme. Con repetir esa palabra bastaría.

Estaba muerta. Una muerta fuera de lo común, pero arrastraría conmigo a uno de ellos.

"¡Ahora!" escuché débilmente a Edden que gritaba, como a través de una bruma.

Los tres nos pusimos en alerta cuando la red comenzó a descender. La sombra de bruma azul que cubría el aire desapareció. El brujo musculoso de afuera estaba ahora en el piso con las manos puestas detrás de la cabeza. Seis oficiales de la AFE lo tenían rodeado. Sentí una pizca de esperanza, aunque dolorosa.

Mis ojos se fijaron en una figura que corría. Nick. "¡Aquí!" grité, agarrando del suelo el hechizo de sueño que había invocado y agitándolo con la mano.

El asesino se dio la vuelta pero ya era tarde. Nick se lo puso a la mujer alrededor del cuello y retrocedió. Ella se dobló. El hombre corrió para sostenerla y ponerla en el suelo lentamente. Luego miró sorprendido alrededor de la terminal.

"¡Somos de la AFE!" gritó Edden. Se veía extraño con su brazo en el cabestrillo y su arma en la mano izquierda. "¡Ponga las manos detrás de la cabeza y deje de mover la boca o le volaré los sesos!"

El hombre parpadeó asombrado. Respiró profundo y luego empezó a correr.

"¡No!" grité. Aún tirada en el suelo, desocupé mi bolso. Tomé un amuleto, lo froté en mi cuello sangrante y se lo tiré a los pies. La mitad de mis hechizos estaban enredados por las cuerdas y salieron volando como una bala a la altura de sus rodillas envolviéndolo como quien le amarra las patas a una vaca. Tropezando, cayó pesadamente.

Los agentes de la AFE llovieron sobre él. Ahora yo solo podía observar y contener la respiración. Se quedó inmóvil. Mi hechizo lo hizo caer en un sueño profundo dejándolo indefenso.

El ruido del personal de la AFE me hizo dirigir la atención hacia Francis. Me acerqué a él gateando. Estaba tirado, solo, junto a los asientos. Temí lo peor y le di vuelta. Sus ojos sin movimiento miraban al techo fijamente. Me puse pálida. *Dios mío, no.*

De repente movió el pecho. Se sonrió estupidamente bajo

el sueño que estaba teniendo. Estaba vivo y respiraba bajo el efecto de un encantamiento profundo de línea ley. Sentí alivio. No lo había matado.

"¡Atrapado!" le grité en su delgada e inconsciente cara de ratón. "¿Me oíste saco de boñiga de camello? ¡Atrapado! ¡Caíste!" *No lo había matado*.

Los zapatos pardos rayados de Edden se detuvieron junto a mí. Estaba tensa y me limpié la sangre de la cara. *No había matado a Francis*. Con los ojos entreabiertos pasé la mirada por sus pantalones caqui y su cabestrillo. Tenía puesta la gorra y no pude alejar la mirada de las letras azules que decían AFE sobre el fondo amarillo.

Edden emitió un murmullo de satisfacción. Su gran sonrisa lo hacía verse como un gnomo. Entumecida, parpadeé. Me costaba un esfuerzo sobrenatural llenar de aire mis pulmones.

"Morgan" dijo el hombre alegremente extendiendo su mano gruesa para ayudarme a levantar. "¿Se encuentra bien?"

"No" refunfuñé. Estiré los brazos para aferrarme a él. Sentí que el suelo daba vueltas y vi a Nick que trataba de decir algo. Luego perdí el conocimiento.

Treinta y dos

"¡**E**scuchen!" gritó Francis escupiendo babitas con el fervor de sus palabras. "Les diré todo. Yo sólo tenía que hacer decomisos de azufre. Eso es todo. Pero descubrieron a uno y el Sr. Kalamack decidió cambiar los envíos. Me pidió que hiciera el cambio. ¡Eso es todo! Yo no soy un traficante de drogas biológicas. Por favor. ¡Tienen que creerme!"

Edden no respondió jugando al policía difícil sentado frente a mí. Los documentos de remisión que firmó Francis y que lo incriminaban estaban ahora en sus manos. Francis actuaba como un cobarde sentado a uno de los extremos de la mesa, dos sillas más allá. Estaba asustado y tenía los ojos bien abiertos. Se veía patético con esa camisa de colores y esa chaqueta de poliéster con las mangas subidas tratando de vivir su vida de sueños.

Yo estiré mi adolorido cuerpo lentamente con los ojos puestos en las tres cajas de cartón amontonadas al otro lado de la mesa. Sonreí levemente. Sobre mis muslos, debajo de la mesa, tenía un amuleto que le quité al asesino principal. Era de color rojo brillante, muy desagradable. Se volvería negro en caso de que yo muriera o pagara mi contrato. Yo pensaba dormir durante una semana tan pronto el infame se apagara.

Edden hizo que Francis y yo entráramos al cuarto de descanso de los empleados para evitar otro ataque de brujos.

Gracias a los noticieros locales, todo el mundo sabía donde estaba. Ahora esperaba el momento en que aparecieran hadas por las tuberías. Confiaba más en la manta que me envolvía que en los agentes de la AFE que rodeaban la habitación para que pareciera llena de gente.

Acomodé la manta mejor alrededor de mi cuello sintiendo su calor y la mínima protección que me ofrecía. Tenía una red tejida de pequeños hililos de titanio que garantizaba la dilución de conjuros fuertes y rompía los más débiles. Los oficiales de la AFE usaban overoles hechos con esa misma tela y guardaba la esperanza de que a Edden se le olvidara pedírmela.

Mientras que Francis balbuceaba me dediqué a mirar las lúgubres paredes llenas de frases acerca de la alegría en el puesto de trabajo y cómo demandar al patrón. En una de las paredes había un horno de microondas y una nevera venida a menos. En otra una mesa con manchas de café. Tenían una decrépita máquina de dulces y sentí hambre otra vez. Nick y Jenks estaban en una esquina tratando de no entrometerse.

De repente se abrió la pesada puerta del cuarto. Entraron un oficial de la AFE y una mujer vestida con un provocativo vestido rojo. Llevaba un carné de identificación de la AFE alrededor del cuello. La gorra amarilla sobresalía como elemento ordinario. Adiviné que deberían ser Gerry y Briston, los del centro comercial. La mujer arrugó la cara y susurró burlonamente. "Perfume." Dejé escapar el aire. Me gustaría explicárselo, pero seguramente haría más mal que bien.

Los comentarios de los oficiales de la AFE me habían suministrado mi primera lección cuando me deshice del hechizo de disfraz y me convertí de viejita en mujer de veinte y tantos años de pelo ondulado rojo y con las curvas en su sitio, y uno que otro golpe. Me sentía como una semilla de maraca. Con mi cabestrillo, el ojo negro y envuelta en la manta me veía como un refugiado.

"¡Raquel!" gritó Francis con urgencia atrayendo mi atención. Su cara triangular estaba pálida y su pelo negro estaba hecho greñas. "Necesito protección. Yo no soy como tú. Kalamack va a matarme. ¡Haré lo que me pidan! Ustedes quieren a Kalamack. Yo quiero protección. Yo sólo me encargaba del azufre. No es mi culpa. ¡Raquel, tienes que creerme!"

"Sí, seguro." Estaba totalmente agotada. Respiré profundo y miré el reloj. Apenas habían transcurrido las doce de la noche pero a mí me parecía que ya iba a amanecer.

Edden sonrió. Su silla raspó el suelo cuando se levantó. Aferré bien el amuleto en mi mano y me incliné a mirar. Mi existencia dependía de aquellas cajas. Escuché el ruido de la cinta que se desprendía. Francis se limpió la boca observando con fascinación y miedo al mismo tiempo.

"Por amor a la Virgen" exclamó uno de los policías retrocediendo de la mesa tan pronto se abrió una de las cajas. "¡Son tomates!"

¿Tomates? Me puse de pie de un salto gruñendo de dolor. Edden saltó primero que yo.

"¡Están adentro!" balbuceó Francis. "Las drogas están adentro. Esconde las drogas en tomates para que los perros de la aduana no las detecten." Pálido tras su barbilla, se subió de nuevo las mangas. "¡Están ahí adentro! ¡Miren!"

"¿Tomates?" dijo Edden molesto. "¿Hace sus envíos en tomates?"

Cajas de tomates perfectos con tallos verdes. Quedé asombrada. Seguramente Trent introducía las ampollas durante el desarrollo de la fruta. Una vez maduros los tomates, las drogas ya estaban seguras adentro de un producto inofensivo que ningún humano se atrevía a comer.

"Ve allá Nick" demandó Jenks, pero Nick no se atrevió a moverse. Estaba pálido. Los dos policías que habían abierto las cajas se frotaban insistentemente las manos en el fregadero.

Como si se fuera a enfermar, Edden estiró la mano para agarrar un tomate y examinarlo. Su superficie era perfecta, sin un solo corte o rasguño. "Supongo que deberíamos abrir uno" dijo sin entusiasmo dejándolo sobre la mesa y limpiándose la mano en el pantalón.

"Yo lo haré," dije voluntariamente al ver que nadie se ofrecía. Alguien me pasó un cuchillo manchado. Lo agarré con la mano izquierda pero recordé que tenía la derecha en el cabestrillo. Busqué ayuda con la mirada pero ninguno de los policías de la AFE me miró a los ojos. Nadie estaba dispuesto a tocarlo. Alcé las cejas y dejé el cuchillo a un lado. "Está bien" dije. Alcé la mano y la dejé caer con fuerza sobre el tomate.

La camisa blanca de Edden quedó repentinamente salpicada de rojo. Su cara se tornó tan gris como su bigote y se escuchó un murmullo de desagrado entre los oficiales de la AFE. Alguno por poco vomita. Con el corazón palpitando, agarré el tomate con la mano y lo estrujé. La pulpa y las semillas corrieron entre mis dedos. De pronto mi respiración se detuvo al sentir un cilindro del tamaño de mi dedo meñique en la palma de la mano. Dejé caer la pulpa y agité mi mano. Hubo más murmullos de incredulidad al ver cómo se salpicaba la mesa con tomate. Era solo un tomate, pero por los ruidos de los musculosos y fuertes policías de la AFE, cualquiera creería que estaba estrujando un corazón putrefacto.

"¡Aquí está!" dije triunfalmente. Mostré en alto una ampolla de laboratorio cubierta de tomate. Nunca antes había visto drogas biológicas. Pensé que eran más impresionantes.

"Por todos los infiernos" dijo Edden muy suave tomando la ampolla con una servilleta. La satisfacción del descubrimiento pudo más que su aversión.

Francis estaba muy asustado. Su mirada pasó de las cajas a mí. "¿Raquel?" gimió. "Me protegerás de Kalamack, ¿verdad?"

Sentí que la rabia me recorría la columna vertebral. Me había traicionado y había traicionado todos mis principios por dinero. Me volví hacia él fijándole la mirada y acercándome a su cara. "Te vi donde Kalamack," le dije, y sus labios se pusieron tan blancos como un papel. Luego lo agarré de la colorida camisa dejándole una mancha roja. "Eres un traidor y te vas a podrir." Lo empujé de nuevo contra el espaldar del asiento y me senté con el corazón agitado por el esfuerzo, pero satisfecha.

"Bien, arréstenlo y léanle sus derechos."

Francis abrió y cerró la boca aterrado mientras que Birston sacó sus esposas de la cintura y se las puso alrededor de las muñecas. Me quité difícilmente mi brazalete hechizado de la mano mala y se lo lancé en caso de que Francis tuviera algo malévolo escondido bajo la manga. Edden dio su visto bueno y Briston se lo puso a Francis.

Los ojos de Francis estaban fijos en la ampolla. Creo que no escuchaba al hombre que estaba junto a él. "¡Raquel" gritó tan pronto le volvió la voz. "¡No dejes que me mate! ¡Me matará! ¡Yo te entregué a Kalamack! Ahora quiero un trato. ¡Quiero protección! Así funcionan estas cosas ¿verdad?"

Miré a Edden. Limpié lo que me quedaba de tomate con una servilleta de papel. "¿Tenemos que escuchar esto ahora?"

Edden sonrió maliciosamente. "Briston, mete a este costal de mierda en la camioneta. Registra su confesión por escrito y luego grábala. Léele sus derechos de nuevo. No quiero errores."

Francis se puso de pie y su silla raspó el sucio piso de baldosas. Su cara estaba demacrada y el pelo le caía sobre los ojos. "¡Raquel, diles que Kalamack me matará!"

Miré a Edden y apreté los labios. "Es verdad."

Francis comenzó a lloriquear al oír mis palabras. Sus ojos oscuros parecían embrujados, sin saber si debía estar contento o preocupado de que alguien tomara en serio sus temores.

"Dale una manta EAC" dijo Edden con desgano. "Cuídenlo."

Me sentí más tranquila. Francis estaría seguro cuanto más rápido lo sacaran de aquí.

Briston miró las cajas de tomates. "Capitán ¿y las cajas?"

Sonrió inclinándose sobre la mesa teniendo cuidado de no ensuciarse los brazos con el tomate derramado. "Vamos a dejar que las manejen los de pruebas."

Aliviada, Briston le hizo una señal a Clayton. "¡Raquel!" balbuceó Francis mientras se lo llevaban. "Vas a ayudarme ¿verdad? ¡Les diré todo!"

Cuatro policías de la AFE sacaron a Francis y los tacones de Briston sonaron musicalmente. La puerta se cerró y yo cerré los ojos agradeciendo el silencio. "Vaya noche," susurré.

La risa de Edden me hizo abrir los ojos. "Estoy en deuda contigo, Morgan" me dijo sosteniendo la ampolla blanca con tres servilletas de papel. "Después de verte luchar contra esos dos brujos no logro entender por qué Denon está tan obsesionado con hacerte desaparecer. ¡Eres un agente de todos los diablos!"

"Gracias" susurré al tiempo que suspiraba. Temblé recordando cómo me atreví a enfrentarme a dos brujos de línea ley al mismo tiempo. Estuve muy cerca. Si Edden no le hubiera roto la concentración al tercer brujo que sostenía la red, a lo mejor ahora estaría muerta. "Quiero darte las gracias por cubrirme la espalda" dije suavemente.

Una vez que se fueron los policías de la AFE, Nick salió de su esquina. Me dio un vaso con algo que alguna vez fue café. Lentamente se sentó en la silla junto a mí con la mirada puesta en las tres cajas que había en la mesa y el tomate desparramado. Parece que sintió más valor al ver a Edden tomarlo con la mano. Sonreí cansada y aferré el vaso de café para sentir el calor.

"Le agradecería que le informara a la S.E. que va a pagar mi contrato" le dije, "antes de poner un pie fuera de este cuarto" agregué, acomodándome mejor la manta EAC.

Edden dejó la ampolla con lentitud reverente. "Con la

confesión de Percy, Kalamack no podrá comprar su libertad." Ahora sonreía de oreja a oreja. Clayton me dijo que también decomisamos el azufre en el aeropuerto. Tal vez debería salir más en lugar de estar aquí detrás de este escritorio."

Tomé un sorbo de café. Su sabor amargo me llenó la boca y tragué sin ganas. "¿Y la llamada?" pregunté, dejando el café y observando el amuleto rojo sobre mis muslos.

Edden se sentó gruñendo y sacó un pequeño teléfono celular. Lo acunó en la mano y oprimió un sólo número con el dedo pulgar. Miré a Jenks para ver si estaba observando. Las alas del duende se agitaron. Impaciente, se deslizó sobre Nick y caminó sobre la mesa hasta mí. Yo lo alcé hasta mi hombro antes de que me lo pidiera. Jenks se paró junto a mi oído. "Tiene programado el número de la S.E."

"Qué tal eso," dije. La herida en mi frente me dolió cuando traté de alzar las cejas.

"Voy a exprimirle hasta la última gota de jugo a esta fruta" dijo Edden acomodándose atrás en su silla mientras timbraba el teléfono. La ampolla blanca estaba frente a él como un diminuto trofeo. "¿Denon? La próxima semana es luna llena. ¿Cómo estás?"

Quedé boquiabierta. No era el número de la S.E. Tenía programado el número de mi ex jefe. ¿Y seguía vivo? ¿El demonio no lo había matado? Seguramente consiguió a otra persona que le hiciera el trabajo sucio.

Edden me hizo un gesto sin entender por qué me sorprendía y regresó su atención al teléfono. "Magnífico," dijo interrumpiendo a Denon. "Escucha, quiero que canceles la orden que tienes contra una tal Srta. Raquel Morgan. ¿La conoces? Trabajaba para ti." Hubo una pausa y casi pudo descifrar lo que decía Denon pues hablaba muy fuerte. Jenks agitó las alas parado sobre mi hombro. Edden sonrió levemente.

"Ah, *sí* la recuerdas" dijo. "Magnífico. Retira a tu gente. Nosotros vamos a pagar." De nuevo una pausa y otra sonrisa.

"Denon, no sabes lo molesto que me siento. Ella no puede trabajar para la AFE. Haré la transferencia del dinero tan pronto abran los bancos por la mañana. Ah, y por favor, envía uno de tus furgones a la estación principal de autobuses. Tengo tres brujos para ser extraditados a la S.E. Estaban armando un escándalo y puesto que estábamos en los alrededores decidimos atraparlos por ustedes."

La conversación del otro lado de la línea no sonaba muy alegre y Jenks jadeó. "Ayyy Raquel," tartamudeó. "Está cabreado."

"No," dijo Edden serio sentándose derecho. "Obviamente lo disfrutaba." "No" dijo de nuevo haciendo una mueca. "Debiste pensarlo antes de mandarlos contra ella."

Las mariposas que tenía en el estómago estaban desesperadas por salir. "Dígale que tiene que disolver el amuleto principal que me enlaza" le dije colocándolo encima de la mesa para que lo viera brillar.

Edden cubrió la bocina con la mano. "¿El qué?"

Mis ojos se fijaron en el amuleto. Seguía brillando. "Dígale que quiero que disuelva el amuleto principal que me enlaza. Todos los grupos de asesinos que me buscan tienen un amuleto igual a este." Lo toqué con un dedo para cerciorarme si el cosquilleo que sentía era real o imaginario. "No se detendrán mientras brille."

Alzó las cejas. "¿Un amuleto que indica si aún estás viva?" me preguntó y yo asentí con una amarga sonrisa. Se trataba de un amable favor que se hacían los tríos de asesinos para que ninguno perdiera el tiempo planeando la muerte de alguien que ya estaba muerto.

"Ummm" dijo Edden acercando el teléfono al oído. "Denon," dijo amablemente. "Sé buen chico y apaga el hechizo que enlaza los signos vitales de Morgan para que pueda irse a dormir a casa."

La voz de Denon tronó en el pequeño parlante. Yo salté cuando oí reír a Jenks que hizo una voltereta para sentarse en mi arete. Pasé la lengua por los labios observando el amuleto deseando que se apagara. Nick me tocó el hombro y salté de nuevo pero seguí con la mirada clavada en el amuleto.

"¡Ya está!" exclamé al ver que titilaba y se apagaba. "¡Miren! ¡Desapareció!" Me latía el pulso y cerré los ojos pensando cómo se apagaban todos en la ciudad. Seguramente Denon tenía con él el amuleto maestro para ser el primero en enterarse de mi desaparición. Era un enfermo.

Lo levanté con dedos temblorosos y lo sentí pesado. Nick y yo nos miramos. Sentía tanto alivio como yo, y su sonrisa le llegaba hasta los ojos. Solté el aire recostándome en la silla mientras guardaba el amuleto en mi bolso. Había desaparecido la amenaza de muerte.

Denon enfadado preguntaba por el teléfono y Edden sonreía cada vez más. "Enciende tu televisión, Denon, buen amigo" dijo alejando el teléfono del oído un momento. "¡Dije que enciendas tu televisión! ¡Enciéndela!" Edden me miró. "Adiós Denon" le dijo en un falsete burlón. "Nos vemos en misa."

Edden colgó el teléfono. Se recostó en el espaldar de su silla y descansó su brazo bueno sobre el herido. Sonreía satisfecho. "Eres una bruja libre, Raquel. ¿Qué se siente regresar de la muerte?"

Mi cabello cayó hacia adelante al inclinarme para verme. Cada una de mis heridas reclamaba atención. Mi brazo palpitaba en el cabestrillo y me dolía la cara. "Maravilloso" repuse con una sonrisa. "Se siente maravilloso." Ahora podía regresar a casa y meterme debajo de las cobijas.

Nick se puso de pie con una mano en mi hombro. "Vamos Raquel. Te llevaremos a casa" dijo suavemente. Luego miró brevemente a Edden. "¿Puede completar los papeles mañana?"

"Seguro." Edden se levantó tomando cuidadosamente la ampolla entre los dedos dejándola caer en el bolsillo de la camisa. "Quisiera que estuvieras presente durante el interrogatorio del Sr. Percy, si puedes. Tienes un amuleto para detectar mentiras, ¿no es así?" Tengo curiosidad de compararlo con nuestros equipos electrónicos.

Sentía aturdida la cabeza y traté de acumular fuerzas para levantarme. No quise decirle a Edden el trabajo que se requiere para fabricar uno de esos amuletos y tampoco saldría a comprar hechizos por lo menos durante un mes. Tenía que dejar pasar un tiempo mientras que los amuletos dirigidos hacia mí salieran del mercado. Tal vez dos meses. Miré el amuleto negro sobre la mesa y controlé el temblor. *Tal vez nunca.*

De repente se escuchó un leve ruido de explosión y el piso tembló. Luego silencio absoluto y el sonido lejano de gente que gritaba a través de las paredes. Miré a Edden. "Eso fue una explosión" dijo, y mil ideas desfilaron por sus ojos. Pero sólo una me caló: *Trent.*

La puerta del cuarto se abrió súbitamente estrellándose contra la pared. Briston entró cayendo en el asiento que había ocupado Francis. "Capitán Edden" dijo jadeando. "¡Clayton! ¡Dios mío, Clayton!"

"Quédense con las pruebas" dijo, y salió disparado por la puerta casi tan rápido como un vampiro. Los gritos de la gente invadieron el recinto antes de que la puerta se cerrara. Briston estaba de pie con su vestido rojo y los nudillos de las manos blancos por la tensión de aferrarse a la silla. Agachó la cabeza pero pude ver cómo se le hinchaban los ojos de pesadumbre y frustración.

"Raquel" dijo Jenks tirando de mi oreja. "Levántate. Quiero ver qué sucedió."

"Fue Trent" susurré, sintiendo un nudo en las tripas. *Francis.*

"¡Levántate!" gritó Jenks como si pudiera alzarme de las orejas. "¡Arriba Raquel!"

Me levanté sintiéndome como un burro tirando de un arado. Me temblaba el estómago pero con la ayuda de Nick caminamos hacia el ruido y la confusión. Me envolví en la manta apretando mi brazo herido contra el cuerpo. Ya sabía lo que encontraría. Había visto a Trent matar a un hombre por lo menos. Pretender que se quedaría sentado con una soga legal alrededor del cuello era ridículo. Pero, ¿cómo se movilizó tan rápido?

El vestíbulo era un caos de vidrios rotos y un tropel de gente. El aire fresco de la noche penetraba por un agujero donde antes había vidrio. Había uniformes azules y amarillos de la AFE por todas partes y no precisamente para ayudar. Sentí el hedor a plástico quemado y veía el fuego negro y anaranjado que provenía del estacionamiento donde se quemaba la camioneta de la AFE. Luces rojas y azules se reflejaban contra las paredes.

"Jenks" dije sin aliento mientras que él me tiraba de las orejas para hacerme mover. "Deja de hacer eso o yo misma te destriparé."

"Entonces mueve tu trasero de brujita más rápido. No veo nada desde aquí."

Nick alejaba a los buenos samaritanos que se acercaban para ayudarme pensando que había sido herida por la explosión. Entonces cogió una gorra amarilla de la AFE y me la puso en la cabeza. Así nos dejaron tranquilos. Me sostuvo por la cintura con su brazo derecho a medida que caminábamos encima de los vidrios rotos. Ahora ya no estábamos iluminados por las luces amarillas de la estación sino por las luces titilantes de los autos de la AFE.

Afuera, los noticieros hacían su agosto desde un rincón. Sus gestos emocionados se iluminaban con las luces. Sentí un nudo en el estómago al caer en la cuenta de que su presencia fue la causa de la muerte de Francis.

Con los ojos entreabiertos por el calor, me acerqué donde estaba el capitán Edden parado en silencio, mirando, a diez metros del auto en llamas. Me detuve a su lado sin decir palabra. No me miró. Sopló el viento y el olor a plástico quemado me hizo toser. No había nada que decir. Francis estaba ahí adentro. Ahora estaba muerto.

"Clayton tenía un chico de trece años" dijo Edden con los ojos fijos en las nubes humo.

Sentí como si me hubieran dado un golpe en el estómago

y tuve que esforzarme para mantenerme en pie. Trece años. Mala edad para perder a su papá.

Edden respiró hondo. La fría expresión de su cara me heló. Las temblorosas sombras de las llamas hicieron resaltar las facciones de su cara. "No te preocupes, Morgan" dijo. "El trato es que me entregues a Kalamack y la AFE pagará tu contrato." Su cara estaba repleta de emociones pero no supe si eran de dolor o de rabia. "Tú me lo entregaste y yo lo dejé ir. Sin la confesión de Percy todo lo que tenemos es la palabra de una bruja muerta contra la suya. Para cuando obtenga una orden de allanamiento, los campos de tomates de Kalamack habrán desaparecido bajo la tierra. Lo siento. Se va a escabullir. Esto" dijo señalando el fuego, "esto no es tu culpa."

"Edden" comencé, pero levantó la mano.

Entonces se alejó caminando. "No quiero errores" se dijo a sí mismo. Estaba más golpeado que yo. Un oficial de la AFE de uniforme amarillo corrió a alcanzarlo, pero él no le prestó atención.

Volví los ojos hacia las llamas negras y doradas. Sentí enfermar. Francis estaba ahí adentro junto con mis hechizos. Parece que no traían tanta suerte después de todo.

"Esto no es tu culpa" dijo Nick sosteniéndome de nuevo con el brazo cuando mis rodillas flaqueaban. "Tú les advertiste. Hiciste todo lo que pudiste."

Me recosté en él antes de que cayera. "Lo sé" repuse secamente, convencida de que así era.

Un camión de bomberos se acercó en zigzag entre los autos estacionados, despejando la calle y atrayendo más gente con sus esporádicos sonidos de sirena. "Raquel" dijo Jenks jalando de nuevo.

"Ya déjame en paz, Jenks" le dije frustrada y amargada.

"Pues sacude tu escoba, brujita. Jonathan está del otro lado de la calle" repuso.

"¡Jonathan!" La adrenalina cruzó mi cuerpo adolorido y me solté de Nick. "¿Dónde?"

"¡No mires!" dijeron Nick y Jenks al unísono.

Nick me abrazó de nuevo y comenzó a dar la vuelta.

"¡Alto!" grité, ignorando el dolor tratando de ver a mis espaldas. "¿Dónde está?"

"Sigue caminando" dijo Nick secamente. "Tal vez Kalamack también te quiere ver muerta."

"¡Maldición! ¡Váyanse los dos al maldito Giro!" grité. "¡Quiero ver!" Empecé a resistirme para ver si lograba detener a Nick. Funcionó, pues logré soltarme y comencé a caminar.

Me di vuelta para explorar la calle de enfrente y me llamó la atención alguien que caminaba con paso rápido y familiar. Jonathan estaba mezclado entre el personal de emergencia y los fisgones. Era fácil ubicar a ese hombre alto y refinado que sobresalía sobre la muchedumbre. Estaba apurado, dirigiéndose hacia un auto estacionado frente al camión de bomberos. Observé con preocupación el largo auto negro pues sabía quién estaba adentro.

Manoteé a Nick para que me soltara cuando trató de enderezarme, maldiciendo a las personas y a los autos que se cruzaban en mi camino. La ventanilla de atrás bajó. Trent me miró a los ojos y contuve el aire. Las luces de los vehículos de emergencia me dejaron ver que su cara estaba herida y su cabeza cubierta de vendajes. El odio en sus ojos me apretó el corazón. "Trent" murmuré. Nick corrió para sostenerme pasando sus brazos debajo de los míos.

Nick se quedó quieto y los dos vimos cómo Jonathan se detuvo junto a la ventanilla. Se inclinó para escuchar a Trent. Mi pulso se aceleró al ver que el hombre alto se enderezó abruptamente para buscarme con la mirada. Temblé sintiendo el odio que emanaba de Jonathan.

Los labios de Trent se movieron y Jonathan saltó. Me dio un último vistazo y caminó tieso hacia la puerta del chofer. Luego escuché como tiraba la puerta.

No pude quitarle los ojos a Trent. Su expresión estaba llena de ira, pero sonrió y aquello me hizo pensar en la promesa que transmitía. La ventanilla subió y el auto se alejó lentamente.

No hice nada durante un instante. El pavimento estaba caliente. Si me levantaba tendría que moverme. Denon no mandó al demonio. Fue Trent.

Treinta y tres

Me agaché para recoger el periódico del último escalón de la iglesia. El olor a hierba recién cortada y el pavimento húmedo era como un bálsamo para mis sentidos. De pronto sentí que algo sucedía en la acera. En alerta, asumí mi posición de defensa. La niñita que montaba en su bicicleta rosada haciendo sonar la campanilla me hizo sentir como una tonta. Sus talones brillaban mientras pedaleaba tan rápido como si la persiguiera el mismo diablo. Sonreí golpeando el periódico contra la palma de mi mano y vi que daba la vuelta a la esquina. Me esperaba todas las tardes.

Había transcurrido una semana desde que la amenaza de muerte de la S.E. se había cancelado oficialmente. Pero yo seguía viendo asesinos. Claro que no sólo la S.E. quería verme muerta.

Exhalé ruidosamente y dejé que la adrenalina se asentara mientras cerraba la puerta de la iglesia a mis espaldas. El sonido del papel resonó en las pesadas vigas y paredes del santuario a medida que buscaba las páginas de avisos clasificados. Luego puse el resto debajo del brazo y me dirigí hacia la cocina mirando los avisos personales.

"Ya era hora de que te levantaras, Raque" dijo Jenks haciendo ruido con sus alas, volando en círculos por el estrecho pasillo. Jenks olía a jardín. Estaba vestido con ropas de trabajo y parecía un Peter Pan en miniatura con alas. "¿Vamos a ir por ese disco o no?"

"Hola Jenks" dije, sintiendo ansiedad y expectativa. "Sí, claro. Ayer solicitaron a un exterminador." Puse el periódico sobre la mesa del comedor empujando los mapas y colores de Ivy para hacer espacio. "Mira" le dije señalándole. "Encontré otro."

"A ver, déjame ver" exigió el duende aterrizando directamente encima del papel con las manos en la cintura.

Pasé los dedos por el aviso leyendo en voz alta. "TK busca reestablecer comunicación con RM, asunto: posible incursión de negocios." No había número telefónico pero era obvio quién lo había escrito: Trent Kalamack.

Con cierta preocupación me senté a la mesa. Miré hacia el jardín por encima de Don Pez, ahora en su nueva pecera de vidrio. Aun cuando mi contrato estaba pagado y la S.E. no era mayor amenaza, aún tenía que vérmelas con Trent. Sabía que producía drogas biológicas. Por eso, yo era una amenaza. Ahora él tenía paciencia, pero si yo no aceptaba trabajar para él me iba a poner bajo tierra.

Ahora ya no quería su cabeza. Quería que me dejara en paz. Chantajearlo era perfectamente aceptable y mucho más seguro que tratar de deshacerme de él en las cortes. Era un hombre de negocios y el lío para desembarazarse de un juicio era peor que su deseo de que trabajara para él o de verme muerta de una vez por todas. Necesitaba más que una simple hoja arrancada de su agenda. Hoy obtendría lo que necesitaba.

"Bonita pinta, Jenks" dijo Ivy desde el pasillo.

Salté asustada pero cambié mi actitud fingiendo acomodarme un mechón de cabello. Ivy estaba recostada contra el marco de la puerta. Parecía el espíritu de la muerte vestida con su bata negra. Se dirigió a la ventana para cerrar las cortinas y se recostó contra la mesa en la penumbra.

Mi silla chirrió al recostarme. "Te levantaste temprano."

Ivy se sirvió una taza de café frío del día anterior hundiéndose en el asiento frente a mí. Tenía ojeras y la bata mal amarrada a la cintura. Pasó los dedos con desgano por la hoja donde Jenks había dejado sus huellas de tierra. "Esta noche es luna llena. ¿Vamos hacerlo?"

Respiré rápidamente sintiendo que mi corazón golpeaba. Me puse de pie para botar el café viejo y preparar fresco antes de que Ivy se lo bebiera. Hasta yo tenía estándares más altos que ese. "Sí" repuse, sintiendo que me erizaba.

"¿Segura de que estás dispuesta a hacerlo?" preguntó fijando los ojos en mi cuello.

Me pareció sentir una punzada donde me miró, pero tal vez era mi imaginación. "Estoy bien" repuse, tratando de no taparme la herida con la mano. "Me siento mucho mejor. Me siento perfecta." Los pastelillos sin sabor de Ivy me produjeron hambre y náuseas al mismo tiempo y había recuperado la resistencia en tres días en lugar de tres meses. Matalina me había quitado los puntos del cuello que casi no dejaron cicatriz. Me preocupaba haberme recuperado tan rápido si tenía que pagar por ello más adelante, y de qué forma.

"¿Ivy?" pregunté mientras sacaba sobras del refrigerador. "¿De qué estaban hechos esos pastelillos?"

"Azufre."

Giré sorprendida. "¿Qué?" pregunté.

Jenks hizo una mueca e Ivy no me quitó la mirada de encima mientras se ponía de pie. "Estoy bromeando," dijo secamente. Me quedé mirándola. "¿No puedes aceptar una broma?" agregó caminando hacia el pasillo. "Dame una hora. Llamaré a Carmen para que se mueva."

Jenks saltó al aire. "Maravilloso" dijo agitando las alas. "Voy a despedirme de Matalina." El vuelo de Jenks produjo un haz de luz en la cocina cuando pasó en medio de las cortinas.

"¡Jenks! ¡No saldremos antes de una hora!" No necesitaba tanto tiempo para despedirse.

"¿A no?" escuché su voz lejana. "¿Acaso crees que mis hijos brotaron de la tierra?"

Me sonrojé y encendí la cafetera. Mis movimientos dejaban ver mi ansiedad y me detuve a pensar un instante. Había pasado la semana anterior planeando cuidadosamente con Jenks mi entrada donde Trent. Tenía un plan. También tenía un plan de apoyo. Tenía tantos planes que no entendía por qué no salían de mis orejas cuando me sonaba la nariz.

Mi ansiedad y el inevitable cumplimiento de horarios de Ivy nos colocaron exactamente una hora más tarde en la calle. Ivy y yo estábamos vestidas de cuero como motociclistas. Nuestra imagen no era precisamente la de un par de angelitos, especialmente la de Ivy. Escondidos alrededor del cuello llevábamos amuletos de esos que nos indicaban si estábamos bajo amenaza de muerte. Era mi plan de escape. Si me metía en problemas rompería el hechizo y el amuleto de Ivy se pondría rojo. Ella insistió, además de otras cosas que a mí me parecían innecesarias.

Subí al asiento del pasajero de la motocicleta de Ivy sin nada más que ese amuleto, un frasco de agua salada para romper el hechizo, una poción de visón y Jenks. Lo demás lo tenía Nick. Acomodé mi cabello en el casco y bajé la visera protectora y así comenzamos a movernos por Los Hollows cruzando el puente en dirección a Cincinnati. El sol de la tarde me calentaba los hombros. Hubiera querido que fuéramos de verdad tan sólo dos chicas en moto en plan de compras un viernes.

Pero en realidad nos dirigíamos hacia un estacionamiento para encontrarnos con Nick y la amiga de Ivy, Carmen. Ella tomaría mi lugar fingiendo ser yo durante el día, juntas de paseo por el campo. Me parecía una exageración, pero si con ello Ivy se sentía más tranquila, estaba bien.

Con ayuda de Nick me metería al jardín de Trent desde el estacionamiento. Él fingiría ser el tipo que extermina los insectos de los jardines, pues Jenks había infestado los preciados rosales de Trent el sábado anterior. Una vez adentro, lo demás sería fácil; eso, al menos es lo que yo me repetía constantemente.

Salí tranquila de la iglesia, pero cada cuadra que recorríamos hacia la ciudad era como un azote. Pensaba en mi plan una y otra vez analizando los defectos y los "qué tal si." Todo lo que habíamos diseñado parecía a prueba de errores visto desde la tranquilidad de nuestra cocina, pero dependía mucho de Nick e Ivy. Confiaba en ellos pero me sentía intranquila.

"Tranquilízate," gritó Ivy girando para salir de la ruidosa calle y entrando al estacionamiento junto a la plaza de la fuente. "Esto funcionará. Un paso a la vez. Eres una buena agente, Raquel."

Mi corazón dio un salto y asentí con la cabeza. Ivy no pudo ocultar la preocupación en su voz.

El estacionamiento estaba fresco y le dio la vuelta a la cerca para evitar pagar. Conduciría directo, como si estuviéramos en una calle. Me quité el casco al ver la camioneta blanca decorada con pasto verde y cachorros. No le había preguntado a Ivy dónde consiguió una camioneta de mantenimiento de jardines y tampoco lo haría ahora.

La puerta trasera se abrió mientras nosotros nos acercábamos. De la camioneta saltó la flaca amiga vampiro de Ivy vestida igual que yo con el brazo extendido para tomar mi casco. Se lo entregué al mismo tiempo que me bajé de la moto y ella tomaba mi lugar. Ivy nunca disminuyó la velocidad de la moto. Observé a Carmen metiendo su cabello rubio en el casco y aferrarse a la cintura de Ivy. ¿De verdad me veía yo así? No. Yo no era así de flaca. "Nos vemos esta noche, ¿ok?" dijo Ivy por encima del hombro siguiendo su camino.

"Entra" dijo Nick bajito, su voz opacada por el interior de la camioneta. Las miré una última vez y de un salto entré a la camioneta, cerrando la portezuela apenas entró Jenks.

"¡Por todos los diablos!" exclamó Jenks. "¿Qué demonios te hiciste?"

Nick dio media vuelta en el asiento del conductor. Sus dientes contrastaban muy fuerte sobre su piel maquillada de oscuro. "Mariscos," dijo dándose unas palmaditas en los ca-

chetes inflados. Su disfraz no era un hechizo. Se había teñido el pelo de negro metálico y con esa cara rechoncha no
parecía él. Era un buen disfraz y no activaba los detectores
de hechizos.

"Hola Raque Reque" me dijo con los ojos brillando.
"¿Cómo estás?"

"Estupendo," mentí nerviosa. No debí involucrarlo, pero
la gente de Trent conocía a Ivy. Además, él insistió. "¿Estás
seguro de que quieres hacer esto?"

Puso la camioneta en reverso. "Tengo un pretexto a
prueba de fuego. Mi tarjeta de marcar tiempo indica que estoy trabajando."

Lo miré con recelo mientras me quitaba las botas. "¿Estás
haciendo esto en tiempo de trabajo?"

"Nadie me está vigilando. Mientras cumpla con el trabajo, no les importa."

Lo miré con ironía. Estaba sentada encima de una lata
de insecticida y le dí una patada a mis botas para alejar-
las del camino. Nick había conseguido un trabajo limpiando
objetos en el Museo de Eden Park. Constantemente me sorprendía con su capacidad para adaptarse. En una semana
consiguió apartamento, lo amuebló, compró un camión des-
tartalado, consiguió trabajo y me invitó a salir—una invitación muy bonita incluyendo un tour por la ciudad en
helicóptero. Dijo que su antigua cuenta de banco le había
ayudado a organizarse de nuevo rápidamente. Seguramente
a los bibliotecarios les pagaban mucho más de lo que había
imaginado.

"Es mejor que te cambies," dijo casi sin mover los labios
mientras pagaba en la casilla automática y salíamos afuera.
"Llegaremos en menos de una hora."

Sentía mucha ansiedad y alcancé la bolsa blanca que tenía
el logotipo de la compañía de jardines. Allí metí unos zapatos livianos, mi amuleto indicador de seguridad y mi nuevo
traje de seda y nylon. Todo comprimido en una bolsa del tamaño de la palma de la mano. Hice campo para un visón y
un duende fastidioso y encima puse el overol de papel dese-

chable de Nick. Entraría como visón, pero por nada del mundo iba a quedarme así.

Mis hechizos brillaban por su ausencia. Sin ellos me sentía desnuda y si me atrapaba la S.E., lo máximo que podían imputarme era por violar la propiedad privada. Si portaba un sólo hechizo, inclusive uno que apenas produjera mal aliento, sería suficiente para que me acusaran de intentar lastimar a alguien. Eso era un delito grave y yo era un agente. Conocía la ley.

Me desvestí completamente atrás mientras Nick distraía a Jenks. Guardé toda posible prueba de mi presencia en la camioneta dentro de un tarro marcado SUSTANCIAS TÓXICAS y tomé la poción de visón. Apreté los dientes esperando el terrible dolor de la transformación. Jenks no dejó en paz a Nick cuando se enteró de que yo estuve desnuda. No quise anticipar que me iba a desnudar para no tener que aguantarme los chistes y comentarios de Jenks. Por eso tenía listo el vestido.

De ahí en adelante todo funcionó a tiempo.

Nick logró entrar al jardín sin problema pues lo esperaban. El verdadero servicio de jardines recibió mi llamada esa misma mañana cancelando la solicitud. Los prados estaban desocupados pues era luna llena y cerraban por mantenimiento general. Transformada en visón, correteé por los tupidos rosales que Nick debía rosear con un insecticida tóxico que en realidad era agua salada para transformarme de nuevo en persona. El amuleto, la ropa y los zapatos que me lanzó Nick fueron bienvenidos, especialmente teniendo en cuenta el comentario morboso de Jenks acerca de mujeres pálidas grandes desnudas mientras se balanceaba feliz en un tallo de rosa. Estaba segura de que el agua salada mataría las rosas en lugar de los furiosos insectos de Jenks. Pero eso también era parte del plan. Si por alguna razón me descubrían, Ivy entraría con un nuevo cargamento de plantas.

Jenks y yo pasamos la mayor parte de la tarde destripando insectos. Era mucho mejor que el agua salada para las rosas de Trent. Los jardines permanecían en silencio y los demás trabajadores siguieron las indicaciones de mantenerse a distancia que instaló Nick alrededor del rosal. Cuando finalmente salió la luna, yo estaba más tiesa que un gnomo virgen el día de su matrimonio, y el frío no ayudaba para nada.

"¿Ahora?" preguntó Jenks sarcásticamente. Sus alas parecían invisibles excepto por un ligero brillo plateado que le resplandecía de noche volando encima de mí.

"Ahora" repuse entre dientes a medida que avanzaba con mucho cuidado entre las espinas.

Jenks volaba en la vanguardia y así empezamos a merodear entre arbustos y árboles majestuosos. Finalmente entramos por una puerta trasera del comedor. De ahí al vestíbulo principal era cerca. Jenks ajustó las cámaras como de costumbre.

La nueva cerradura de la oficina de Trent nos dio más trabajo. Con el corazón palpitando, me moví intranquila junto a la puerta durante cinco minutos eternos que se demoró Jenks tratando de abrirla. Maldiciendo como de costumbre, finalmente me pidió ayuda para que sostuviera un interruptor con un papel sin doblar. Naturalmente, no se tomó la molestia de advertirme que estaba cerrando un circuito hasta que un corrientazo me hizo caer sentada en el trasero.

"¡Idiota!" susurré desde el piso mostrándole el puño en lugar de lanzárselo a las narices como hubiera querido. "¿¡Qué demonios crees que haces!?"

"No lo habrías hecho si te lo digo" repuso desde el techo.

Ignoré su estúpida justificación y empujé la puerta. Pensaba encontrarme con Trent esperándome y pude respirar tranquila al ver que no había nadie, sólo se veía la lucecilla del acuario detrás de su escritorio. Inmediatamente me dirigí agachada hasta el cajón de abajo y esperé a que Jenks me confirmara que no estaba con alarma. Contuve el aire y lo abrí. No había nada.

No me sorprendí y miré a Jenks encogiéndome de hombros. "Plan B" dijimos a un tiempo. Saqué un trapo del bolsillo y limpié todo. "A la oficina de atrás."

Jenks salió volando por la puerta y regresó. "Nos quedan cinco minutos. Tenemos que apurarnos."

Asentí con la cabeza mirando por última vez la oficina de Trent antes de seguir a Jenks. Zumbó delante de mí por el pasillo a la altura de mi pecho. Nerviosa, lo seguí a una distancia prudencial. Mis zapatos no hacían ruido sobre la alfombra a medida que trotaba por el edificio desocupado. El amuleto alrededor de mi cuello brillaba de un hermoso color verde.

Mi pulso se aceleró y sonreí al ver a Jenks parado frente a la puerta de la segunda oficina de Trent. Esto era lo que me hacía falta y la razón por la cual quería abandonar a la S.E.: la emoción, la lucha contra las adversidades. Quería demostrar que era más inteligente que los malos. Esta vez conseguiría lo que vine a llevarme. "¿Cuánto tiempo tenemos?" susurré frenando en seco sacándome un mechón de cabello de la boca.

"Tres minutos." Voló arriba y abajo. "No hay cámaras en su oficina privada. No está allí. Ya revisé."

Satisfecha, entré por la puerta y la cerré muy suave después que Jenks entró volando.

El olor del jardín era como un bálsamo. La luz de la luna entraba como si fuera la mañana. Me arrastré hasta el escritorio con una mueca irónica, pues ahora tenía la sensación de que estaba siendo utilizada. En segundos encontré el portafolio junto al escritorio. Jenks movió el cerrojo y yo lo abrí. Los dos suspiramos al ver los discos bien ordenados en filas. "¿Estás segura de que estos son?" musitó Jenks sobre mis hombros mientras que yo sacaba uno para meterlo en mi bolsillo.

Yo sabía que sí eran, pero apenas abrí la boca para responderle, sentimos que se rompía una rama en el jardín.

El corazón me latía aceleradamente y le hize a Jenks una señal con el dedo para que se escondiera. Voló en silencio hasta las luces. Yo contuve la respiración y me agaché detrás del escritorio.

Tenía la esperanza de que fuera un animal pero no fue así.

Pasos suaves primero que después se tornaron fuertes. Una sombra alta pasó segura del camino a la terraza. Dio tres pasos ágiles y mis rodillas flaquearon cuando reconocí la voz de Trent. Cantaba una canción que no pude reconocer mientras que se movía de tal forma que me producía escalofríos en la espalda. *Mierda,* pensé, tratando de acurrucarme más detrás del escritorio.

Trent estaba de espaldas buscando algo en el armario. Un incómodo silencio reemplazó su canto y se sentó en el borde de la silla entre la terraza y yo, mudándose de zapatos por una botas de montar. La luz de la luna hacía brillar su camisa blanca y parecía que la luz atravesara su chaqueta. Era difícil saberlo en la oscuridad, pero me pareció que su vestimenta inglesa de jinete era verde en lugar de roja. *Trent cría caballos,* pensé, *pero, ¿monta de noche?*

El golpe para acomodar sus talones en las botas sonó duro. Mi respiración comenzó a acelerarse al ver que se ponía de pie, pues se veía mucho más alto que de costumbre. La luz se opacó al paso de una nube frente a la luna y por poco no caigo en la cuenta de que estiró la mano debajo del asiento que había usado.

Con un movimiento suave sacó una pistola y me apuntó directamente. Sentí un nudo en la garganta.

"Puedo escucharla" dijo con voz firme. "Salga" "Ahora."

El escalofrío me recorrió de pies a cabeza y sentí agujas en las puntas de los dedos. Me acurruqué más debajo del escritorio pues no podía creer que me hubiera sentido. Pero me estaba mirando de frente, con las piernas bien abiertas y su sombra se veía formidable. "Baja el arma primero," susurré.

"¿Srta. Morgan?" dijo sorprendido como si esperara encontrar a otra persona. "¿Por qué debería bajarla?" preguntó con voz triste a pesar de la carga de amenaza que llevaba.

"Mi compañero le está apuntando con un hechizo en este momento" mentí. La sombra se movió y miró hacia el techo. "Luces, cuarenta y ocho por ciento" ordenó con voz gruesa. El cuarto se iluminó pero no lo suficiente para arruinar mi visión nocturna. Con mis rodillas convertidas en gelatina me levanté fingiendo que todo esto estaba planeado. Me apoyé en su escritorio con mi vestido apretado y crucé los tobillos.

Con la pistola en la mano, Trent me examinó con los ojos rápidamente. Se veía repugnantemente refinado e inteligente en su traje verde de montar. Me esforcé por no mirar el arma que me apuntaba a pesar de que tenía las tripas revueltas. "¿La pistola?" le dije confrontándolo y mirando hacia el techo donde estaba Jenks.

"¡Suelte el arma, Kalamack!" gritó Jenks desde una luz con sus alas zumbando en son de ataque.

Trent asumió una pose informal parecida a la mía. Le sacó las balas a la pistola y la tiró a mis pies. No la toqué pero sentí que mi respiración se normalizaba. Las balas sonaron al caer en un bolsillo de su chaqueta de montar. Con esta luz pude ver que sus heridas demoníacas habían sanado. Tenía un golpe amarillento en una mejilla y el extremo de un yeso sobresalía de la manga de la chaqueta. En la quijada mostraba un rasguño sanando. No pude evitar pensar que, a pesar de todo, aún se veía muy bien. No era normal que se sintiera tan seguro teniendo un hechizo mortal colgando sobre su cabeza.

"Me basta decir una palabra, y Quen llegará en tres minutos" dijo indiferentemente.

"¿Y cuánto tiempo necesita para morir?" amenacé.

Apretó los dientes con rabia. Así se veía más joven. "¿Vino para eso?"

"Si fuera así ya estaría muerto."

Aceptó eso como verdad. Parado ahí, recto, vio su portafolio abierto. "¿Qué disco tomó?"

Fingiendo sentirme segura, me quité un mechón de pelo de los ojos. "Huntington. Si algo me sucede, este disco irá a seis diarios y tres canales de noticias, junto con la hoja que falta en su agenda." Di unos pasos para alejarme del escritorio. "Déjeme en paz" le dije en clara amenaza.

Se quedó parado con los brazos colgando a los lados, pero

su brazo roto haciendo un ángulo. Sentí aguijones en la piel y también que mi máscara de seguridad comenzaba a desaparecer. "¿Magia negra?" rió burlonamente. "Los demonios asesinaron a tu padre. Qué pena ver morir a la hija de la misma forma."

"¿Qué sabe usted de mi padre?" le pregunté asombrada.

Dirigió la mirada hacia mi muñeca, la que tenía la marca del demonio, y palidecí. Sentí un nudo en el estómago recordando cómo ese demonio me mataba lentamente. "Espero que lo haya lastimado" le dije sin importarme el temblor de mi voz. A lo mejor pensaría que era de rabia. "No entiendo cómo logró sobrevivir. Yo por poco no lo logro."

Trent se puso rojo y me apuntó con el dedo. Me gustaba verlo actuar como una persona normal. "Fue un error haber mandado a ese demonio a atacarme" dijo con decisión. "Yo no me meto con magia negra y tampoco permito que lo hagan mis empleados."

"¡Miserable mentiroso!" exclamé sin importarme si sonaba como una inmadura. "Recibió lo que merece. ¡Yo no empecé esto, pero seré maldita si no lo termino!"

"Yo no soy el que porta la marca demoníaca, Srta. Morgan" dijo fríamente. "¿Y además mentirosa? Decepcionante. Estoy pensando seriamente en retirarle mi oferta de trabajo. Espero que rece usted para que no sea así, pues no tengo por qué seguir tolerando sus actos."

Estaba furiosa. Respiré profundo para decirle que era un idiota, pero me detuve. Trent pensaba que yo había invocado al demonio que lo atacó. Estaba asombrada de lo que estaba pensando. Alguien había invocado dos demonios: uno para mí y otro para Trent, y seguro no había sido la S.E. Podía apostar mi vida. Con el corazón en la mano iba a explicarlo, pero cerré la boca.

Trent se veía preocupado. "¿Srta. Morgan?" dijo suavemente. "¿Qué idea acaba de filtrarse por esa cabeza suya?"

Moví la cabeza y pasé la lengua por mis labios a la vez que retrocedí unos pasos. Si Trent pensaba que yo hacía magia negra me dejaría en paz. Además, mientras que yo tuviera pruebas de su culpabilidad, no se arriesgaría a matarme. "No trate de acorralarme en una esquina" lo amenacé, "y no lo molestaré más."

Trent endureció su expresión. "Váyase" me dijo, moviéndose elegantemente por la terraza. Intercambiamos posiciones simultáneamente. "Voy a ser generoso con usted y le daré una buena ventaja para comenzar" dijo mientras alcanzaba su portafolio para cerrarlo. Su voz era oscura y tan pertinaz como hojas de arce descompuestas. "Me tomará diez minutos llegar hasta mi caballo."

"¿Cómo dice?" le pregunté confundida.

"No he perseguido a una presa con dos piernas desde que murió mi padre." Trent se ajustó su casaca verde de montar con un movimiento agresivo. "Es luna llena, Srta. Morgan," dijo con voz profunda y deseosa. "Los perros están sueltos. Usted es una ladrona. Según la tradición, es mejor que empiece a correr. ¡Rápido!"

Mi corazón pareció estallar y mi cara se puso pálida. Tenía lo que quería, pero no me servía de nada si no podía escapar. Había cincuenta kilómetros de bosques desde donde yo estaba y la ayuda más cercana. ¿A qué velocidad corría un caballo? ¿Cuánto podía correr antes de caer exhausta? Tal vez debí decirle que yo no había enviado al demonio.

El sonido distante de un corno atravesó la oscuridad y respondió una jauría. El temor me atravesó como un cuchillo. Era un temor viejo tan primario que nada podía aplacarlo. Ni siquiera sabía de dónde venía. "Jenks, ¡vámonos!"

"Aquí detrás tuyo, Raque" respondió desde el techo.

Corrí tres pasos y salté desde la terraza de Trent aterrizando sobre los helechos. Entonces escuché el estallido de un disparo y las hojas junto a mí quedaron destruidas. Salté hacia el huerto y corrí tan rápido como pude.

¡Bastardo! pensé. Mis rodillas temblaban. ¿Qué pasó con mis diez minutos?

Corrí dando tropezones buscando mi frasco de agua salada. Mordí la tapa e introduje mi amuleto. Titiló y se apagó, pero el de Ivy se encendería de color rojo. El camino era menos de un kilómetro y medio y allí estaba la reja de entrada. La ciudad estaba a cincuenta. ¿Cuánto demoraría en llegar Ivy?

"¿Qué tan rápido puedes volar Jenks?" le pregunté jadeando en mi carrera.

"Bastante rápido, Raque."

Me quedé en los senderos hasta alcanzar la pared del jardín. Uno de los perros ladró al verme trepar y otro le respondió. *Mierda.*

Mi respiración seguía el ritmo de mis zancadas. Crucé un prado perfecto y me introduje en un bosque macabro. Los ladridos quedaron a mis espaldas. Parece que la pared les estaba dando trabajo. Tendrían que dar la vuelta. Tal vez lograría salir de allí. "Jenks" dije jadeando a medida que mis piernas comenzaban a protestar. "¿Cuánto tiempo llevo corriendo?"

"Cinco minutos."

Dios me ayude, rogué en silencio. Las piernas me dolían.

Jenks iba adelante dejando caer polvillo de duende para indicarme el camino. Pasé por cientos de árboles mientras mis pies golpeaban el piso rítmicamente. Mis pulmones me dolían y mis costillas también. Si salía con vida de esta, me prometí correr cinco millas todos los días.

El ladrido de los perros cambió. Aun cuando los oía lejos, presentí que prometían darme alcance muy pronto. La sensación me golpeó como un aguijón. Pero acumulé fuerzas buscando voluntad para mantener mi ritmo.

Seguí corriendo. Tenía el pelo pegado en la cara. Espinas y zarzas me rasgaron la ropa y las manos. Los cornos y los perros se aproximaban. Fijé la mirada en Jenks que volaba adelante pero un fuego estalló en mis pulmones abrasándome el pecho. Detenerme sería morir.

Llegué a una quebrada que me pareció un oasis. Caí al

agua y me levanté jadeando. Mis pulmones hacía el esfuerzo máximo y me sequé el agua de la cara para poder respirar. Los latidos de mi corazón eran más fuertes que el áspero sonido de mi respiración. Los árboles hacían todo más macabro. Yo era la presa. Todos en el bosque observaban en silencio agradeciendo no estar en mi lugar.

Mi respiración carraspeaba oyendo a los perros. Estaban cerca. Oí el corno y me invadió el terror. No sabía cuál de todos los ruidos era peor.

"¡Levántate Raquel!" decía Jenks con urgencia. "Sigue la corriente."

Me levanté con mucho esfuerzo y seguí corriendo por los bajíos. El agua reduciría mi velocidad pero también a los perros. En cuestión de minutos Trent dividiría a la jauría para buscarme a ambos lados de la corriente. De esta no escaparía.

El ladrido de los perros cambió. Yo exploré la orilla con pánico. Habían perdido el rastro aun cuando estaban justo detrás de mí. La imagen de ser destrozada por perros casi me paraliza y apenas podía mover las piernas. Trent se pintaría la frente con mi sangre. Jonathan guardaría un mechón de mi pelo en un cajón de su armario. Debí decirle a Trent que yo no le había mandado a ese demonio. Pero ¿me habría creído?

El rugido de una motocicleta me hizo reaccionar. "Ivy," dije, tratando de apoyarme en un árbol. La carretera estaba cerca. Seguro que se había puesto en camino antes. "Jenks, no dejes que siga de largo" dije jadeando por un poco de aire. "Estaré detrás de tí."

"¡Listo!"

Salió disparado y yo comencé a moverme. Los perros aullaban, buscaban. Escuché voces que daban instrucciones y eso me hizo correr. Un perro ladró fuerte y claro. Otro respondió. La adrenalina me recorrió el cuerpo. Las ramas me golpeaban la cara y caí a la carretera. Las palmas de las manos laceradas me ardían pero no tenía aire para gritar. Me esforcé por levantarme. Temblando miré por la carretera y vi que me bañaba una luz blanca. El rugido de la moto fue como la bendición de un ángel. Ivy. Tenía que ser ella. Tenía que estar en camino antes de que activara mi amuleto.

Me puse de pie, lista, con los pulmones a punto de reventar. Los perros se acercaban y podía oír los pasos de los cascos de los caballos. Caminé dando tumbos, sacudiendo las manos frente a la luz blanca. De pronto se detuvo con un ruido atronador junto a mí.

"¡Súbete!" gritó Ivy.

Casi no podía levantar la pierna, así es que ella me jaló para sentarme. El motor retumbaba y me aferré a su cintura para no caer. Jenks se clavó en mi cabello. Casi no podía sentir sus manos. La moto giró, saltó y arrancó.

El cabello de Ivy flotó hacia atrás golpeándome en la cara. "¿Lo conseguiste?" gritó al viento.

No pude responderle. Estaba temblando por el susto. La adrenalina me había abandonado, pero luego sentiría las consecuencias. Veía pasar el pavimento y el viento se llevó el calor de mi cuerpo enfriando mi sudor. Luchando contra las náuseas, moví mis dedos entumecidos y sentí el disco en el bolsillo de adelante. Le di un golpecito en el hombro, incapaz de hablar. Sólo respiraba.

"¡Muy bien!" gritó.

Estaba exhausta y dejé descansar mi cabeza sobre la espalda de Ivy. Mañana me quedaría en la cama hasta que llegara el diario de la tarde. Creo que iba a estar demasiado adolorida para moverme. Mañana me pondría vendas en las heridas de ramas y espinas. Esta noche, era mejor no pensar nada sobre esta noche.

Sentí escalofrío. Al darse cuenta, Ivy giró la cabeza. "¿Te sientes bien?" gritó.

"Sí" le dije al oído para que pudiera oírme. "Estoy bien. Gracias por venir a buscarme." Me saqué su pelo de la boca y miré hacia atrás fijamente.

Tres jinetes estaban parados bajo la luna que alumbraba la carretera. Los perros giraban inquietos levantando el cuello alrededor de las patas de los caballos. Lo logré, pero sentí que se me heló hasta la médula cuando el jinete de la mitad me hizo un saludo con la frente.

De repente sentí una sensación particular. Lo había superado. Él lo sabía y tenía la nobleza de aceptarlo. ¿Cómo no sentirse impresionada por alguien tan seguro de sí mismo? "¿Qué diablos es Trent?" susurré.

"No lo sé" repuso Jenks parado en mi hombro. "No lo sé."

Treinta y cuatro

La música de jazz a media noche va bien con los grillos. En eso pensaba mientras le agregaba trozos de tomate a la ensalada. Tuve un momento de duda viendo los rojos pedazos entre las hojas verdes. Miré a Nick por la ventana frente a la parrilla. Saqué los trozos y revolví la lechuga de nuevo para ocultar lo que quedaba dentro. Nick no se daría cuenta. Además, no se iba a morir por eso.

Me sentí atraída por el sonido y el olor de la carne asada y me incliné encima de Don Pez para ver mejor. Nick llevaba puesto un delantal que decía: "No muerdas al cocinero. Bésalo." Se veía a gusto y tranquilo parado delante del fuego a la luz de la luna. Jenks estaba sobre su hombro y volaba hacia arriba como las hojas del otoño con el viento cuando saltaban las llamas.

Ivy estaba en la mesa. Tenía un aspecto lúgubre y trágico leyendo la última edición del diario de Cincinnati a la luz de una vela. Había niños duendes por todas partes con alas transparentes que lanzaban destellos de luz reflejada de la luna, ya tres días llena. Sus gritos persiguiendo a las luciérnagas rompían el sonido opaco del tráfico de Los Hollows. Era una combinación reconfortante. Era el sonido de la seguridad que me hacía recordar los días de asados con mi familia. Un vampiro, un humano, una manada de duendes, era una familia un tanto extraña, pero me sentía bien de estar viva esta noche junto a mis amigos.

Satisfecha, mezclé la ensalada con aliño y tomé salsa para carnes. Luego salí abriendo la puerta de anjeo con la espalda que se cerró con un golpe haciendo saltar a Jenks y los niños quienes se dispersaron por el cementerio. Ivy alzó la mirada del diario cuando puse la ensalada y las botellitas a su lado. "Oye, Raquel," me dijo. "Nunca me contaste dónde encontraste esa camioneta. ¿Tuviste problemas para devolverla?"

Alcé las cejas. "Yo no conseguí esa camioneta. Pensé que lo habías hecho tú."

Simultáneamente miramos a Nick parado frente a la parrilla dándonos la espalda. "¿Nick?" pregunté y él se puso un poco tenso. Me acerqué a él con la salsa para carnes en la mano. Manoteé a Jenks para que se fuera y pasé mi brazo por atrás de la cintura de Nick. Sonreí al ver que contenía sorprendido la respiración. *Qué diablos. Estaba bien para ser humano.* "¿Te robaste esa camioneta por mí?" le pregunté.

"La tomé prestada" repuso parpadeando, pero inmóvil.

"Gracias" dije sonriendo y le entregué la botellita de salsa.

"Oh, Nick" canturreó Jenks con su típico falsete burlón. "¡Eres mi héroe!"

Suspiré molesta soltando a Nick y dando unos pasos hacia atrás. Ivy resopló en señal de asombro y Jenks lanzaba besos al aire volando en círculos alrededor de nosotros.

Fastidiada, lancé la mano para golpear a Jenks.

Él saltó hacia atrás, quedándose estático en un punto, asombrado porque estuve a punto de alcanzarlo. "Qué romántico" concluyó antes de volar hasta donde Ivy para molestarla. "¿Y qué tal va tu nuevo trabajo?" dijo arrastrando las palabras aterrizando a su lado.

"¡Ya cállate Jenks!" amenazó.

"¿Trabajo? ¿Tienes una misión?" le pregunté a la vez que abría su periódico para esconderse tras él.

"¿No sabías?" preguntó Jenks alegremente. "Edden y el juez se pusieron de acuerdo para imponerle a Ivy trescientas horas de trabajo comunitario por dejar fuera de combate a medio departamento de policía. Ha estado trabajando toda la semana en el hospital."

Asombrada, me dirigí hacia la mesa del jardín. Una esquina del diario temblaba. "¿Por qué no me lo dijiste? le pregunté mientras doblaba las piernas para sentarme frente a ella en el estrecho banco.

"Tal vez porque se ve como un caramelo a rayas" exclamó Jenks. Nick y yo nos miramos sin entender. "Ayer la vi cuando se dirigía al trabajo. Tiene que vestirse con una pequeña falda de rayas blancas y rosadas y un blusa estampada" rió Jenks cayendo de mi hombro. "Y mallas ajustadas para taparse el animado trasero. Se ve bastante bien en la moto."

¿Un vampiro vestido a rayas? Me esforcé por visualizar esa imagen.

Nick soltó una carcajada que trató de convertir inmediatamente en tos. Los nudillos de los dedos de Ivy se tornaron blancos. Dada la hora y la atmósfera relajaba, no era difícil que decidiera arrastrar un aura, y ciertamente estos chistes no estaban teniendo un buen efecto.

"Está en el Centro Médico Infantil cantando y organizando té con galletas," siguió Jenks sin poder contener la risa.

"Jenks," susurró Ivy. El diario bajó lentamente y yo sentí ansiedad al ver que sus ojos comenzaban a tornarse negros.

Con las alas desplegadas, Jenks hizo una mueca y abrió la boca. Ivy enrolló el diario y trató de golpearlo más rápido que el sonido. El duende salió disparado hasta la copa del roble riendo.

De repente, todos giramos ante el chirrido de la reja de madera de adelante. "¿Hola? ¿Llego demasiado tarde?" dijo la voz de Keasley.

"¡Estamos acá atrás!" grité al notar la sombra lenta de Keasley sobre el prado cubierto de rocío y los arbustos y árboles silenciosos.

"Traje el vino" dijo tan pronto estuvo más cerca. "El rojo va con la carne, ¿correcto?"

"Gracias Keasley" dije recibiéndole la botella. "No debió molestarse."

Sonrió y trató de entregarme un sobre relleno que llevaba bajo el brazo. "Esto también es tuyo" dijo. "El cartero no quería dejarlo en la entrada, así que yo firmé."

"¡No!" gritó Ivy estirando el brazo desde el otro lado de la mesa para agarrar el sobre. Jenks también voló desde el roble agitando las alas. Ivy se lo arrebató de las manos.

Keasley la miró de mal humor y decidió hacerle compañía a Nick junto a la parrilla.

"Ya ha pasado más de una semana" le dije fastidiada a medida que me secaba la mano del sudor de la botella que trajo Keasley. "¿Cuándo me dejarás abrir mi correspondencia?"

Ivy no respondió. Acercó la vela de citronela al sobre para leer el nombre del remitente. "Tan pronto Trent deje de mandarte correo" dijo suavemente.

"¡Trent!" exclamé. Me acomodé el pelo detrás de la oreja pensando en la carpeta que le había entregado a Edden hacía dos días. Nick volteó la cabeza y se veía preocupado. "¿Qué quiere?" musitó.

Ivy miró a Jenks. "Está limpio. Ábrelo" dijo el duende.

"Por supuesto que está limpio," gruñó Keasley. "¿Acaso crees que le daría una carta hechizada?"

Tomé el sobre de las manos de Ivy. Se sentía liviano. Pasé nerviosamente una uña por debajo de la tapa para abrirlo. Adentro se sentía un bulto y sacudí el sobre encima de la mano.

Del sobre salió el anillo que usaba en el dedo meñique y lo atrapé con la mano. Quedé boquiabierta por la sorpresa. "¡Mi anillo!" dije. Con el corazón dando golpes, miré mi otra mano y vi que no lo llevaba puesto. Alcé la mirada para ver la sorpresa de Nick y la preocupación de Ivy. "Pero cómo..." tartamudeé, pues no recordaba haberlo perdido jamás. "¿Cuándo? ¿Jenks? No puede ser que lo haya perdido en su oficina, ¿o sí?"

El tono de mi voz era alto y sentí presión en el estómago

cuando agitó la cabeza negativamente y sus alas se tornaron oscuras. "Esa noche no llevabas ninguna joya. Debió tomarlo después."

"¿Hay algo más?" preguntó Ivy secamente.

"Sí" repuse poniéndome mi anillo. Al comienzo lo sentí extraño pero luego se fue acomodando. Con las manos heladas, saqué un papel grueso de lino con olor a pino y manzana.

"Srta. Morgan," empecé a leer lentamente. "Felicitaciones por su nueva independencia. Cuando se de cuenta de lo ilusoria que es, le mostraré la verdadera libertad."

Dejé caer el papel sobre la mesa. Aquella inquietante sensación que tuve de que él me había estado observando mientras dormía se deshizo cuando comprendí que tan sólo era eso. El chantaje había echado raíces. Funcionó.

Puse aliviada los codos sobre la mesa y la frente entre mis manos. Trent había tomado mi anillo por un motivo: para demostrarme que podía hacerlo. Yo me infiltré en su "casa" tres veces. Tal vez él no toleraba el hecho de que podía hacerlo y sintió la necesidad de responder para demostrar que era capaz de hacer lo mismo. Había logrado acorralarlo y con eso avanzaba mucho en el camino de liberarme de mi sentimiento de vulnerabilidad.

Jenks voló por encima de la carta. "Costal de babosas" dijo, dejando escapar polvillo de duende. "¡Logró evadir mi vigilancia!, lo logró. ¿Cómo diablos lo hizo?"

Levanté el sobre y vi que el sello postal tenía la fecha del día siguiente al que escapé de él y sus perros. El hombre se movía rápido. Tenía que darle crédito por ello. Entonces pensé si sería él o Quen el que hizo el robo, pero apostaría a que había sido Trent.

"¿Raque?" dijo Jenks aterrizando sobre mi hombro, tal vez preocupado por mi silencio. "¿Te sientes bien?"

Miré la cara de preocupación de Ivy pensando en alguna forma de reírme de esta situación. "Voy a ir tras él" dije en broma.

Jenks se alejó de mi volando alarmado, Nick se dio media

vuelta y Ivy se puso seria. "Espera un minuto," dijo mirando a Jenks.

"¡Nadie me hace esto a mí!" continué haciendo un esfuerzo por no reír para no arruinar el juego.

Keasley frunció el ceño y se sentó acomodándose bien.

Ivy se puso más pálida que de costumbre a la luz de la vela. "Más despacio Raquel" me advirtió. "Él no hizo nada. Sólo quería tener la última palabra. Déjalo de ese tamaño."

"¡Volveré!" grité, alejándome un poco en caso de que estuviera atrayéndola demasiado y decidiera venir por mí. "Yo le enseñaré" dije agitando un brazo. "¡Voy a entrar a escondidas para robarle sus malditos lentes y se los mandaré por correo el día de su maldito cumpleaños!"

Los ojos de Ivy se pusieron negros. "¡Si lo haces te matará!"

¿De verdad creía que regresaría? ¿Estaba loca? Mi boca temblaba pues yo hacía esfuerzos para no reír. Keasley se dio cuenta y comenzó a sonreír extendiendo el brazo para alcanzar la botella de vino aun cerrada.

Ivy giró con velocidad de vampiro. "¿De qué te ríes, brujo?" dijo inclinándose hacia adelante. "Se va a matar. Jenks, dile que se va a matar. No te dejaré hacerlo Raquel, te lo juro. ¡Te amarraré antes de permitir que regreses!"

Sus dientes brillaban bajo la luz de la luna y estaba a punto de estallar. Una palabra más y habría sido capaz de cumplir su amenaza. "Está bien" dije con indiferencia. "Tienes razón. Lo dejaré en paz."

Ivy se quedó inmóvil y Nick dejó escapar un gran suspiro desde la parilla. Keasley quitó lentamente la cubierta de la botella. "Vaya, vaya. Te engañó, Tamwood" dijo riendo con gusto. "Te engañó de lo lindo."

Ivy se quedó mirándome, su cara blanca y perfecta oculta tras la realidad de que la había engañado. El desconcierto inicial cambió en alivio y después en molestia. Respiró profundo y se puso seria. Con rabia, se sentó de golpe a la mesa y agitó el papel.

Jenks reía formando círculos de polvillo de duende que

caían como rayos de sol que brillaban sobre sus hombros. Me levanté con una sonrisa y me dirigí a la parrilla. Eso me había gustado de verdad, casi tanto como haber tomado el disco. "Oye, Nick" dije acercándome por detrás. "¿Ya está esa carne?"

Nick sonrió. "Ya está a punto, Raquel."

Bien. Luego pensaría en todo lo demás.

**Las aventuras de Raquel Morgan
continúan con . . .**

EL REGRESO DE LOS
MUERTOS VIVIENTES

**A continuación presentamos un extracto
de la segunda novela de Kim Harrison,
El Regreso de los Muertos Vivientes.**

Subí un poco más la correa de lienzo sobre mi hombro para acomodar la regadera y me estiré para alcanzar la planta que colgaba. El sol entraba a chorros y me calentaba a través de mi overol azul de jardinera. Al otro lado del vidrio de las ventanas había un patio pequeño rodeado de oficinas de funcionarios importantes. Con los párpados entreabiertos por el sol, apreté la manija de la manguera y sentí que pasaba el agua.

Sonaba el tableteo de los teclados de las computadoras, al tiempo que yo me movía de planta en planta. Las conversaciones telefónicas se filtraban desde las oficinas hasta el mostrador de la recepción, y también unas carcajadas que más parecían ladridos de perro: eran hombres lobos. Cuanto mayor era su jerarquía en la manada, más humanos parecían. Pero la risa siempre los delataba.

Seguí con la mirada la hilera de plantas colgantes frente a las ventanas, hasta que mis ojos se detuvieron en el acuario de peces detrás del escritorio de la recepcionista. Sí... sí. Aletas de color marrón claro. Una mancha negra del lado derecho. Era él. El señor Ray criaba pececillos koi para la exposición anual de peces de Cincinnati. El ganador del año anterior siempre estaba expuesto en la parte exterior de su oficina; pero esta vez había dos peces, y los Howler no tenían a su mascota. El señor Ray pertenecía a los muchachos Den, rivales del equipo de béisbol de Entremundos. No había que pensarlo demasiado para saber quienes se la habían llevado.

"Entonces..." dijo la mujer sonriendo detrás del escritorio mientras metía una resma de papel en el cargador de la impresora. "¿Mark está de vacaciones? No me lo había dicho."

Asentí con la cabeza mientras me movía otro metro arrastrando mi equipo de riego sin mirar a la secretaria que vestía un elegante sastre ejecutivo marrón. Mark estaba de "vacaciones" profundamente dormido en un agujero del edificio donde trabajó antes de venir a este sitio, gracias a una poción de sueño temporal. "Sí señora," repuse subiendo la voz y agregándole cierto ceceo. "Él me dijo qué plantas tenía que regar." Entonces escondí mis uñas pintadas de rojo debajo de las palmas de las manos antes de que las viera. No iban bien con la imagen de mujer jardinera trabajadora, aun cuando eso debí pensarlo antes. "Todas las plantas de este piso. Luego las del vivero del techo."

Ella sonrió dejando ver los dientes. Era una mujer lobo de alta jerarquía en la manada de la oficina. Lo supe por el esmalte. Además, el señor Ray no tendría a un perro de secretaria cuando podía pagar el salario de una loba. Despedía un ligero olor de almizcle que no era del todo desagradable. "¿Le habló Mark del ascensor de servicio en la parte de atrás del edificio?" preguntó de forma servicial. "Es mucho más cómodo que tirar esa carretilla por las escaleras."

"No señora" respondí, ajustándome mejor la fea gorra con el logotipo de jardinería. "Tal vez quiere complicarme las cosas para que no le invada su territorio." Sentí que mi pulso se aceleraba y decidí empujar la carretilla de Mark más lejos con sus podadoras, su fertilizante y su sistema de riego. Yo sí conocía la existencia del ascensor, de las seis salidas de emergencia, de los pulsadores de alarma y del lugar donde guardaban las rosquillas.

"Hombres," dijo ella girando los ojos antes de sentarse de nuevo frente a su pantalla. "¿Acaso no se dan cuenta de que nosotras podríamos regir el mundo si quisiéramos?"

Aprobé evasivamente y rocié la siguiente planta con un poco de agua. Yo creía que lo regíamos ya.

De pronto escuché un zumbido sobre el ruido de la impresora y el suave parloteo de la oficina. Era Jenks, mi socio, que venía desde la oficina del jefe volando hacia mí de mal humor. Sus alas de libélula estaban rojas de agitación y dejaban caer polvillo de duende como rayos de sol. "Ya terminé con las plantas de allá adentro" dijo hablando duro mientras aterrizaba sobre el aro de la matera frente a mí. Se paró con las manos en la cintura, como un Peter Pan medieval, pero vestido de overol azul, como un basurero. Su esposa le había tejido una gorra que hacía juego con ese color. "Sólo necesitan agua. ¿Necesitas ayuda aquí afuera o puedo irme a dormir en la camioneta?" agregó mordazmente.

Me quité el tanque de la regadera y lo bajé para destornillar la tapa. "Necesito una bolita de fertilizante" le dije. Quería averiguar qué era lo que le molestaba.

Jenks voló hacia la camioneta refunfuñando y comenzó a esculcar. Por todos lados volaron estacas, tiras de pH y cintas verdes. "Lo encontré" dijo, y me trajo una bolita blanca tan grande como su propia cabeza. La dejó caer adentro del tanque y de inmediato sonaron burbujas. No era una bolita de fertilizante sino un oxigenador y potenciador para producir limo. Vaya con Jenks.

"Oh no, Raquel" susurró aterrizando en mi hombro. "Es poliéster. ¡Estoy vestido con poliéster!"

Me tranquilicé al ver qué era lo que le producía ese mal humor. "Vas a estar bien."

"¡Voy a quitarme esta cosa!" repuso, rascándose agitadamente debajo del cuello. "No puedo vestirme con poliéster. Los duendes somos alérgicos. Mira. ¿Lo ves?" Inclinó la cabeza para que su rubia cabellera descubriera el cuello; pero estaba muy cerca y no pude verlo bien. "Verdugones...¡y apestan! Puedo oler el petróleo. Estoy vestido de dinosaurio muerto. No puedo vestirme de animales muertos. Es una locura, Raquel."

"¿Jenks?," le dije, mientras enroscaba de nuevo la tapa de

la regadera y la colgaba a mis espaldas, dándole un empujoncito de paso. "Yo también llevo puesto lo mismo. Ya cállate."

"¡Pues apesta!"

Lo vi frente a mi suspendido en el aire. "¿Por qué no encuentras algo que podar?" le dije apretando los dientes.

Me despidió con un gesto de la mano y se alejó volando hacia atrás. En fin. Toqué el bolsillo trasero de mi espantoso overol azul para tomar las podadoras. Mientras que señorita secretaria escribía diligentemente una carta, yo coloqué un taburete y me subí para podar las hojas de la planta que colgaba junto a su escritorio. Jenks me ayudaba y pasados algunos minutos respiré. "¿Todo listo allá adentro?"

Me dijo sí con la cabeza y con los ojos fijos en la puerta de la oficina del señor Ray. "La próxima vez que revise su correo electrónico, todo el sistema de seguridad de Internet se va a caer. Si sabe algo de informática, lo arreglará en cinco minutos. Si no, le tomará horas."

"Sólo necesito cinco minutos" respondí. El sol que entraba por la ventana me hacía sudar. Adentro olía a jardín . . . un jardín con un perro mojado que jadeaba ahí tirado encima de las frías baldosas.

Mi pulso se aceleró y me moví hasta la planta siguiente. Ya estaba detrás del escritorio y la mujer estaba nerviosa. Invadí su territorio, pero tendría que aguantarme. Yo era la chica del agua. Tuve la esperanza de que ella relacionara mis nervios con el hecho de que estábamos tan cerca, y seguí trabajando. Tenía una mano en la tapa del tanque de la regadera. Con un solo giro quedaría abierta. Otro giro más y quedaría cerrada

"¡Vanessa!," sonó un grito airado desde la oficina de atrás.

"Aquí vamos" dijo Jenks volando hasta las cámaras de seguridad del techo.

Me di la vuelta y ví a un hombre furioso que asomaba medio cuerpo, un lobo según deduje por su estatura y complexión pequeñas. "Otra vez" dijo. Su cara estaba roja y se aferraba con fuerza al marco de la puerta. "Odio a estos aparatos. ¿Que tiene de malo el papel? Me gusta el papel."

La secretaria hizo una sonrisa profesional. "Señor Ray, no me diga que volvió a gritarle. Ya se lo dije. Las computadoras son como las mujeres. Si se les grita o se les piden demasiadas cosas al mismo tiempo, se bloquean y no obtendrá nada."

El hombre masculló alguna respuesta y desapareció otra vez en su oficina sin caer en la cuenta de que ella lo había amenazado. Mi corazón dio un brinco mientras que colocaba el taburete junto al tanque de la regadera.

Vanessa suspiró. "Que Dios lo ayude," murmuró al tiempo que se ponía de pies. "Ese hombre es capaz de fracturarse las bolas con la lengua" dijo con una mirada desesperada. Entonces entró en la oficina marcando el paso con sus tacones. "No toque nada. Ya regreso," me dijo en voz alta.

Respiré hondo. "¿Las cámaras?"

Jenks se posó sobre mí. "Diez minutos. Campo despejado." Entonces voló hasta la puerta principal y se acomodó en marco, arriba, para vigilar el corredor de afuera. Sus alas se movieron veloces y me hizo una señal de aprobación con sus diminutos pulgares.

La ansiedad me tensó la piel. Levanté la tapa del acuario y saqué la red verde que llevaba en el bolsillo de adentro del overol. Me paré en el taburete, enrollé la manga hasta el codo y metí la red en el agua. Los dos pececillos nadaron como relámpagos para esconderse atrás.

"Raquel," susurró Jenks de repente. "Todo va bien. Apenas está llegando."

"Vigila las puertas Jenks," le dije mordiéndome los labios con los dientes. *¿Cuánto tiempo toma atrapar a un pez?* Empujé una piedrita para atrapar al que estaba escondido detrás, pero nadaron hacia el frente.

De pronto sonó el teléfono. "Jenks…contesta," le dije tranquilamente mientras colocaba la red en ángulo para acorralarlos contra una esquina. "Te tengo…."

Jenks voló desde la puerta y cayó encima del botón rojo. "Oficina del señor Ray…espere por favor" dijo con voz de falsete.

"Maldición," dije, al ver que uno de los peces se me escapaba aleteando por el borde de la red. "Vamos... tan solo quiero llevarte a casa... especie de cosa resbalosa," amenacé apretando los dientes. "Casi... casi." Lo tenía entre la red y el vidrio. Si tan sólo se quedara quieto...

"¡Oiga!" dijo una voz gruesa que provenía del pasillo.

La adrenalina me hizo levantar la cabeza. Un hombre pequeño, de barbita bien cortada y con una carpeta llena de papeles debajo del brazo, estaba ahí parado en el pasillo que conducía a las otras oficinas. "¿Qué hace?" me preguntó agresivo.

Miré el tanque con mi brazo sumergido y la red vacía. El pez se había escapado. "Eh... dejé caer mis tijeras" repuse.

Un taconeo de zapatos y la voz de Vanessa llegaron de la oficina. "¡Señor Ray!"

Diablos. Hasta aquí llegó la forma sencilla de hacer esto. "Jenks, plan B" le dije gruñendo mientras tomaba el borde de arriba del acuario y tiraba de él.

Vanessa gritó en el otro cuarto cuando 25 galones de agua sucia de peces cayeron como una cascada sobre su escritorio. El señor Ray estaba a su lado. Yo salté del taburete empapada de la cintura hasta los pies. Nadie se movió. Estaban paralizados mientras yo examinaba el piso. "¡Te tengo!" grité, fijándome que tenía el que necesitaba.

"¡Quiere llevarse el pez!" gritó el hombrecito y el pasillo empezó a llenarse de gente. "¡Atrápenla!"

"¡Corre!" gritó Jenks. "Yo me encargo de quitártelos de encima."

Jadeando, caminé encorvada en zigzag tratando de sostenerlo sin lastimarlo. Se contorneaba y retorcía hasta que al fin logré asegurarlo entre mis dedos. Luego lo metí en la regadera, cerré bien la tapa y levanté la cabeza.

Jenks parecía una luciérnaga infernal volando de un lobo al otro, esgrimiendo lápices y lanzándolos en lugares sensibles: un duende de 10 centímetros conteniendo a tres hombres lobo. No me sorprendí. El señor Ray miraba conformado hasta caer en la cuenta de que yo tenía uno de sus peces. "¿Qué demonios hace usted con mi pez?" dijo rojo de ira.

"Estoy de salida" repuse. Entonces se abalanzó contra mí con sus manos gruesas. Yo, encantada, lo agarré del brazo tirándolo hacia adelante contra mi pie. Luego retrocedió tomándose el estómago con los brazos.

"¡Deja ya de jugar con esos perros!" le grité a Jenks mientras buscaba alguna manera de escapar. "Tenemos que irnos."

Entonces tomé el monitor de la computadora de Vanessa y lo lancé contra el vidrio. Hace tiempos que quería hacer lo mismo con el de Ivy. Quedó hecho trizas y la pantalla se veía extraña sobre el césped. Llovieron lobos furiosos a la sala que dejaban escapar su almizcle. Agarré el tanque y me lancé por la ventana. "¡Tras ella!" gritó alguien.

Caí de hombros sobre el césped bien cortado, y luego de rodar me puse de pies. "¡Arriba!" dijo Jenks. "¡Por allá!"

Cruzó el pequeño patio encerrado y yo lo seguí cargando la pesada regadera a mis espaldas. Con las manos libres pude trepar por el enrejado. Las espinas me rasgaron la piel pero no le presté atención.

Apenas llegué arriba jadeando respiré de nuevo, pero el sonido de ramas rotas me anunció que venían siguiéndome. Subí por el borde del techo y corrí. El aire estaba caliente y la silueta de los edificios de Cincinnati apareció ante mí.

"¡Salta!" me dijo Jenks tan pronto llegué al borde.

Confiaba en él. Salté corriendo del techo agitando las manos. Sentí una explosión de adrenalina y un vacío en el estómago: ¡un estacionamiento! ¡Me hizo saltar del techo para aterrizar en un estacionamiento!

"¡Yo no tengo alas Jenks!" grité. Apreté los dientes y doblé las rodillas.

El dolor me invadió apenas golpeé el pavimento. Caí hacia adelante raspándome las palmas de las manos y el tanque con el pececillo sonó y cayó al romperse la correa. Yo rodé para absorber el impacto.

El tanque de metal también salió rodando y yo salí corriendo tras él a pesar del dolor. Mis dedos lo alcanzaron a rozar, pero quedó debajo de un auto. Maldije mi suerte y me tiré de estómago sobre el piso, estirándome para alcanzarlo.

"¡Ahí está!" gritaron.

Sentí un ruido metálico en el auto junto a mi, y luego otro más. El pavimento a mi lado de repente tenía un agujero y me rosearon pedacitos de metralla. ¿Me disparan?

Gruñendo, me escurrí debajo del auto y tiré el tanque. Luego lo tomé entre los brazos y retrocedí. "¡Escuchen!," les grité quitándome el pelo de la cara. "¿Que demonios están haciendo? ¡Es tan solo un pez... y ni siquiera es suyo!"

Los tres lobos parados en el techo me miraban. Uno se rascó la cara con el revólver.

Yo di media vuelta y comencé a correr. Esto ya no valía la pena por quinientos dólares. Cinco mil, tal vez. *La próxima vez voy a averiguar los pormenores antes de cobrar la tarifa básica,* pensé mientras corría detrás de Jenks.

"¡Por aquí!" chilló Jenks. Trocitos de pavimento saltaban golpeándome al tiempo que sonaban los disparos. El estacionamiento no tenía rejas y con las piernas temblando por la adrenalina, corrí a meterme entre los peatones. El corazón me latía fuerte y me detuve un instante para verlos ahí junto a la silueta de los edificios. No habían saltado. No necesitaban hacerlo. Dejé sangre por todo el enrejado, pero no pensé que fueran a seguirme la pista. No era su pez. Era el de los Howler. Además, el equipo de béisbol de Entremundos pagaría mi arriendo del mes.

Mis pulmones trabajaban agitados mientras trataba de igualar mi paso con el de la gente que me rodeaba. Hacía calor y sudaba bajo mi costal de poliéster. Seguramente Jenks me cubría la espalda, así es que me metí en un callejón para cambiarme. Dejé a los peces en el piso y recosté la cabeza contra la fresca pared de un edificio. Lo había logrado. Ya podía pagar otro mes de arriendo.

Me levanté para quitarme el amuleto de disfraz que llevaba alrededor del cuello. De inmediato me sentí mejor, pues la apariencia de mujer oscura de pelo marrón y nariz grande desapareció, revelando mi ondulado pelo rojo hasta los hombros y mi piel pálida. Miré mis palmas raspadas y las froté con cuidado. Podría haber comprado un amuleto para el dolor, pero no quería portar muchos por si acaso me atrapaban y la "intención de robar" se cambiaba por "intención de lastimar físicamente." De la primera podía escabullirme, pero de la segunda tendría que defenderme. Yo era agente y conocía la ley.

El aire de septiembre se sentía bien a la sombra. Me acomodé la blusa, alcé el tanque y caminé bajo el sol sintiéndome yo de nuevo. Le puse mi gorra a un chico en la cabeza que se quedó mirándola, sonrió, y me hizo un tímido saludo mientras que su mamá se agachaba para preguntarle dónde la había encontrado. Estaba en paz con el mundo y comencé a caminar por el andén. Mis tacones sonaban y me solté el pelo. Iba en dirección de *Fountain Square* para tomar el autobús. Había olvidado ahí mis lentes oscuros esa mañana y con algo de suerte los encontraría. Ay dios, cómo disfrutaba de la independencia.

Habían transcurrido casi tres meses desde que perdí la paciencia por los casos de pacotilla que me confiaba mi antiguo jefe de Seguridad Entremundos. Me sentía utilizada y subvalorada, así que decidí romper el acuerdo verbal y dejar la S.E. para comenzar mi propia agencia. En ese momento me pareció que era una buena idea hacerlo. Luego, sobreviví a la amenaza de muerte cuando no pude pagar el soborno por incumplir mi contrato con la S.E.. Pero eso me abrió los ojos; y jamás lo habría logrado sin la ayuda de Ivy y Jenks.

Curiosamente, ahora que empezaban a conocerme, las cosas se ponían más difíciles en lugar de ser más fáciles. Claro que ahora le estaba dando buen uso a mi grado profesional fabricando los hechizos que antes compraba, algunos de los cuales nunca había podido costear. Pero el dinero era un problema real. No es que no pudiera conseguir trabajos: es que el dinero no duraba mucho en el jarrón de galletas encima de la nevera.

Lo que me gané probando que una pandilla trataba de inculpar a un zorro de la pandilla rival, se fue en pagar la renovación de mi licencia de bruja. Antes la pagaba la S.E. Luego encontré al familiar perdido de un aprendiz de brujo; pero el dinero lo usé para pagar la cláusula adicional de mi seguro de salud. Yo no sabía que a los agentes libres no nos cubría. La S.E. me daba un carné que había usado antes. Después le tuve que pagarle a un tipo para que neutralizara los hechizos mortales que le lanzaron a todas mi pertenencias y que aun estaban metidas en un depósito; comprarle a Ivy una nueva levantadora de seda porque estropeé la suya; y de paso, comprarme algo de ropa, pues tenía que mantener mi buena reputación.

Pero el verdadero desagüe de mis finanzas eran los taxis. Casi todos los conductores de autobuses de Cincinnati me reconocían al verme y no me recogían. Por eso, Ivy tenía que recogerme para llevarme a casa. Era injusto. Ya había pasado casi un año desde que accidentalmente les hice caer el cabello a todos los pasajeros de un autobús cuando trataba de atrapar a un lobo.

Estaba aburrida sin dinero. Por lo menos ahora tenía algo por recuperar las mascotas de los Howler. Era lo de un mes. Además, los lobos no me perseguirían, pues no eran sus peces. Si querían hacer un reclamo en la S.E., tendrían que explicar dónde los obtuvieron.

"Oye Raque," dijo Jenks descendiendo desde quién sabe donde. "Tu espalda está fuera de peligro. ¿Cuál es el plan B?"

Alcé las cejas y lo miré con sorna mientras volaba a mi lado, justo a mi paso. "Tomar a los peces y correr como el demonio."

Jenks rió y aterrizó en mi hombro. Había tirado su diminuto uniforme y ahora se veía normal con su camisa verde de seda de manga larga y pantalón. Llevaba una pañoleta roja amarrada a la cabeza como señal para otros duendes y hadas de que no estábamos invadiendo sus territorios. Sus alas lanzaban destellos donde aun quedaba el polvillo de duende que lanzó durante la confusión de mi escapada.

Disminuí el ritmo a medida que nos aproximábamos a

Fountain Square. Busqué a Ivy pero no la encontré. Ya más tranquila, me senté del lado seco de la fuente mientras jugaba con mis lentes de sol en la mano. Ya vendría. Esa mujer vivía pendiente de los horarios.

Mientras Jenks pasaba debajo del rocío para quitarse el "hedor a dinosaurio muerto," yo abrí los lentes y me los puse. Mis ojos descansaron apenas se oscureció el brillo de esa tarde de septiembre. Estiré mis largas piernas y me quité el amuleto de olor que llevaba alrededor del cuello para lanzarlo al agua. Los lobos siguen pistas por el olor, y si se decidían perseguirme, la pista terminaría en este lugar tan pronto me subiera al auto de Ivy y nos largáramos.

Con la esperanza de que nadie hubiera caído en la cuenta, eché un vistazo por encima de la gente a mi alrededor: ví a un vampiro lacayo, anémico y nervioso, realizando el trabajo diurno de su amante; a dos humanos que susurraban y se reían de verle las heridas del cuello; a un brujo cansado...no...un aprendiz de brujo, pues no olía a secoya, sentado en una banca vecina comiendo panecillos; y yo. Respiré lento para recuperarme. Tener que esperar a que alguien te recoja es un anticlímax.

"Me gustaría tener un auto," le dije a Jenks mientras ponía entre mis piernas el tanque con los peces. Diez metros más allá se veía el movimiento del tráfico. Había más autos, de modo que pensé que serían pasadas las dos de la tarde. Era el momento en que empezaban a coexistir humanos y Entremundos en este pequeño y reducido espacio. Pero las cosas se hacían más fáciles cuando bajaba el sol y casi todos los humanos se retiraban a sus hogares.

"¿Y para qué quieres un auto?" preguntó Jenks parado sobre mis rodillas al tiempo que sacudía sus alas de libélula con grandes brazadas. "Yo no tengo auto. Nunca he tenido uno y me movilizo bien. Los autos son un problema" dijo. Yo ya no lo escuchaba. "Tienes que ponerles gasolina, mantenerlos y perder el tiempo lavándolos. Además, necesitas un lugar para guardarlos. ¿Y el dinero que gastas en ellos? ¡Son peor que tener novia!"

"No me importa" repuse moviendo repetidamente mis pies para irritarlo. "Me gustaría tener un auto." Seguí mirando a la gente. "James Bond nunca tiene que esperar el autobús. He visto todas sus películas y jamás tiene que esperar por el autobús." Lo miré con ojos entreabiertos. "Le haría perder...clase."

"Eh...sí," repuso con la atención fija en lo que sucedía a mis espaldas. "Y, además, resulta más seguro. ¡Lobos, a las once!"

Comencé a respirar más rápido a medida que giraba para verlos. De nuevo sentí tensión. "¡Mierda!" susurré, alzando el tanque. Eran esos tres de nuevo. Lo supe por su estatura y la manera como respiraban profundamente. Apreté los dientes y me puse de pies. *¿Dónde estaba Ivy?*

"¿Raque?" preguntó Jenks. "¿Por qué te persiguen?"

"No lo se." Pensé en mi sangre que quedó en aquellas rosas. Si no rompía la pista de olor me seguirían hasta la casa. Pero...¿por qué? Tenía la boca seca y me senté dándoles la espalda segura de que Jenks los vigilaba. "¿Ya me vieron?" le pregunté.

Jenks salió volando y regresó un segundo más tarde. "No. Tienes una ventaja de media cuadra, pero es mejor que te muevas."

Me moví un poco y evalué el riesgo de quedarme quieta esperando a Ivy, o moverme y que me vieran. "¡Maldición! Ojalá tuviera un auto" murmuré. Me incliné hacia la calle para intentar ver el techo azul de algún autobús, un taxi, cualquier cosa. *¿Dónde demonios estaba Ivy?*

OTROS LIBROS INTERESANTES...

SE BUSCA
Una Novela de Suspenso
Michele Martinez
ISBN: 0-06-083752-7 (libro de bolsillo)

Melanie Vargas es madre soltera con una vida de hogar caótica y una carrera prometedora en la procuraduría federal. Una noche de verano, mientras pasea por las calles de Nueva York, ve como la casa de un rico y poderoso ex procurador arde en llamas mientras que su dueño torturado y asesinado yace en su interior. Melanie sabe que un caso tan prominente —como seguramente lo será éste— sería bueno para la trayectoria de su carrera y decide tomar el caso. Pero esta oportunidad podría llegar a costarle más aun ya que tendrá que descubrir al culpable antes de que el asesino la encúentre a ella.

LA AMANTE PERFECTA
Stephanie Laurens
ISBN: 0-06-083751-9 (libro de bolsillo)

Por fin en español, una novela de romance por Stephanie Laurens, autora best seller en el *New York Times* y a nivel internacional.

¿Qué harías tú para seducir a *La Amante Perfecta*? Simón Cynster ha decidido encontrar la pareja ideal —alguien que sea una perfecta dama de día y una amante ardiente de noche. Jamás se imaginó que Portia Ashford, a quien conoce desde la infancia, sería la mujer que le provocaría una irresistible atracción, hasta que un beso apasionado le hace cambiar de parecer para siempre. Pero a medida que él y Portia comienzan a explorar las profundidades de la arrebatadora pasión que comparten, sucede algo terrible…algo que pone a Portia en peligro mortal, forzando a Simón a proteger a su adorada amante perfecta.

LA NOCHE DE LA BRUJA MUERTA
Kim Harrison
ISBN 0-06-083750-0 (libro de bolsillo)

Los vampiros son los reyes de la noche en un mundo de despiadados predadores, poblado de peligros inimaginables… Y Rachel Morgan es quien tiene la difícil tarea de asegurarse que ese mundo se mantenga civilizado. Ella es una bruja, una cazarrecompensas irresistible y atractiva que se asegurará de encontrarlos a todos… ya sea vivos o muertos.

La Noche de la Bruja Muerta es una novela de fantasía llena de magia, acción, romance y misterio, una lectura divertida e ideal para los amantes de lo supernatural.

Visite www.AuthorTracker.com para encontrar información exclusiva acerca de sus autores preferidos de HarperCollins.

Disponible en cualquier librería o llamando al 1-800-331-3761

Para convertirse en un miembro del Club Rayo envíe un email a rayo@harpercollins.com

rayo
Una rama de HarperCollinsPublishers
www.harpercollins.com